ullstein

Das Buch

Auf Gut Briest in Preußen hat sich im September 1891 die ganze Familie versammelt. Moritz von Briest trauert gemeinsam mit seiner Frau Antonie und seinen Kindern um deren Großeltern, die bei einem Zugunglück in der Schweiz ums Leben gekommen sind. Edgar von Trönicke, ein Freund der Familie, ist ebenfalls zur Testamentsverlesung angereist. Er vermutet hinter dem Unglück einen Sabotageakt. Trönicke ist Privatdetektiv und bietet an, Nachforschungen anzustellen.

Otto von Briest, ältester Sohn der Familie, ist sofort Feuer und Flamme. Am liebsten würde er selbst in die Schweiz reisen, wäre da nicht sein Studium und die allgemeine Erwartung, dass er seinem Vater nachfolgt und Ingenieur wird.

Sein Bruder Levin kann sich dagegen für gar nichts begeistern, er sucht noch nach seiner Bestimmung im Leben. Doch dann sieht er durch Zufall, wie Otto Lilienthal einen Flugversuch mit seiner selbstgebauten Apparatur unternimmt. Der Traum vom Fliegen hat ihn erfasst und lässt ihn nicht wieder los.

Amalie von Briest, einzige Tochter des Hauses, soll sich in der Frauenbewegung engagieren. So lautet zumindest der Wunsch ihrer Mutter. Antonie von Briest ist eine wichtige Figur im *Verein zur Wahrung der Interessen der Arbeiterinnen*. Doch Amalie sieht, wie schwer das Amt ihrer Mutter die Ehe ihrer Eltern belastet. Außerdem hat Amalie ganz andere Dinge im Sinn: Sie will unbedingt ihrer Freundin Emma von Schley dabei helfen, ihren Traum zu verwirklichen und als erste Frau mit einem Fallschirm zu springen.

Der Autor

Richard Dübell, geboren 1962, lebt in Landshut. Als Autor von historischen Romanen stürmt er seit Jahren die Bestsellerlisten. Mit *Der Jahrhundertsturm* legte er den Grundstein für die große Deutschland-Saga, die nun mit *Der Jahrhunderttraum* fortgesetzt wird.

Besuchen Sie den Autor unter: www.duebell.de

Von Richard Dübell sind in unserem Hause bereits erschienen:
Der Jahrhundertsturm · *Allerheiligen* · *Himmelfahrt*

RICHARD DÜBELL

DER *Jahrhundert* TRAUM

Roman

Ullstein

Besuchen Sie uns im Internet:
www.ullstein-taschenbuch.de

MIX
Papier aus verantwortungsvollen Quellen
FSC® C083411

Originalausgabe im Ullstein Taschenbuch
1. Auflage Januar 2017

Umschlaggestaltung: zero-media.net, München
Titelabbildung: © FinePic®, München (Hintergrund, Flugzeug);
© Lee Avison/Trevillion Images (Pärchen)
Gestaltung der Karte von Berlin:
© Angelika Solibieda, cartomedia Karlsruhe
Satz: LVD GmbH, Berlin
Gesetzt aus der Minion
Druck und Bindearbeiten: CPI books GmbH, Leck, Germany
ISBN 978-3-548-28827-7

Für alle, die träumen. Hört nie damit auf!

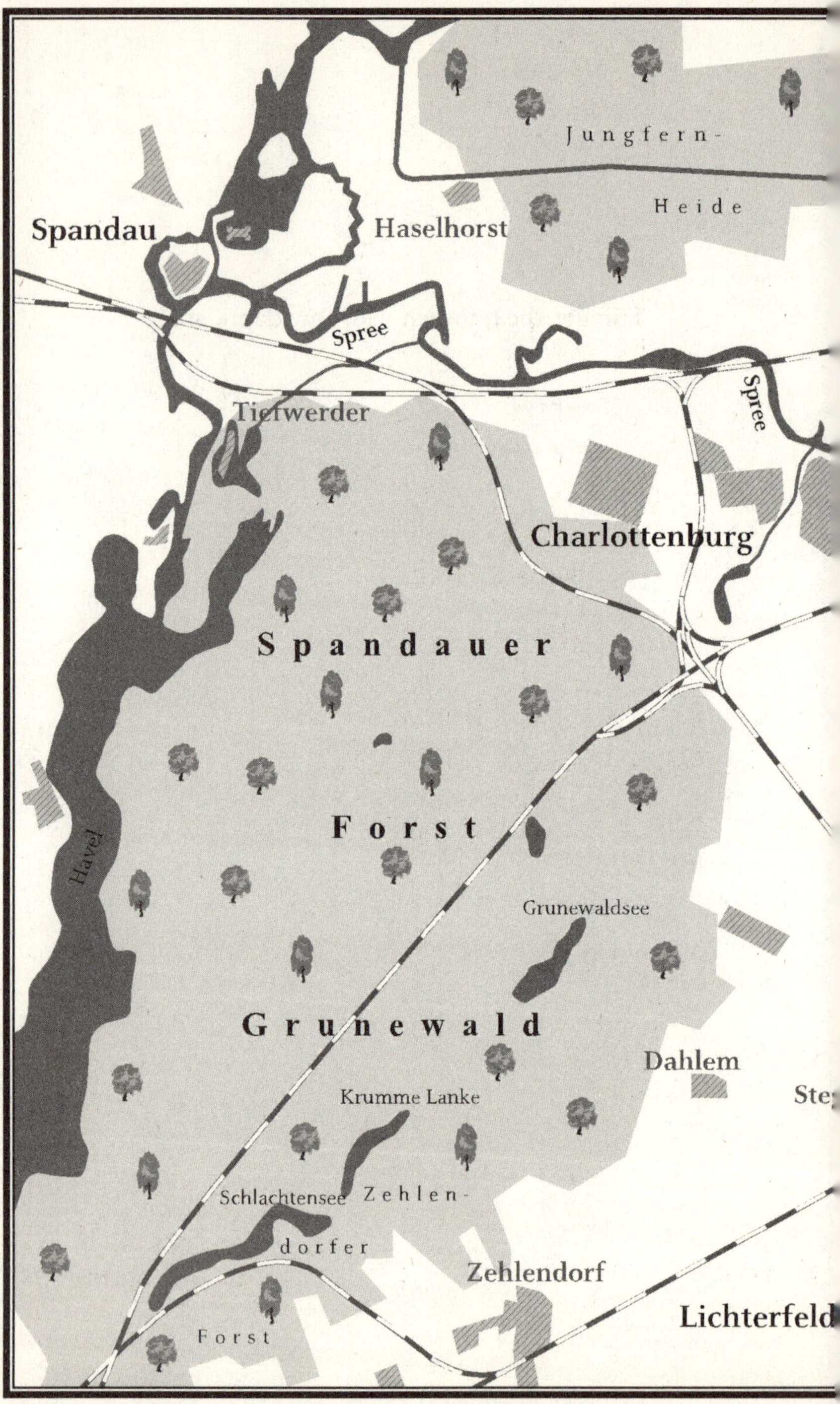
Jungfern-
Heide
Spandau
Haselhorst
Spree
Tiefwerder
Spree
Charlottenburg
Spandauer
Forst
Havel
Grunewaldsee
Grunewald
Dahlem
Krumme Lanke
Schlachtensee
Zehlen-
dorfer
Forst
Zehlendorf
Lichterfeld

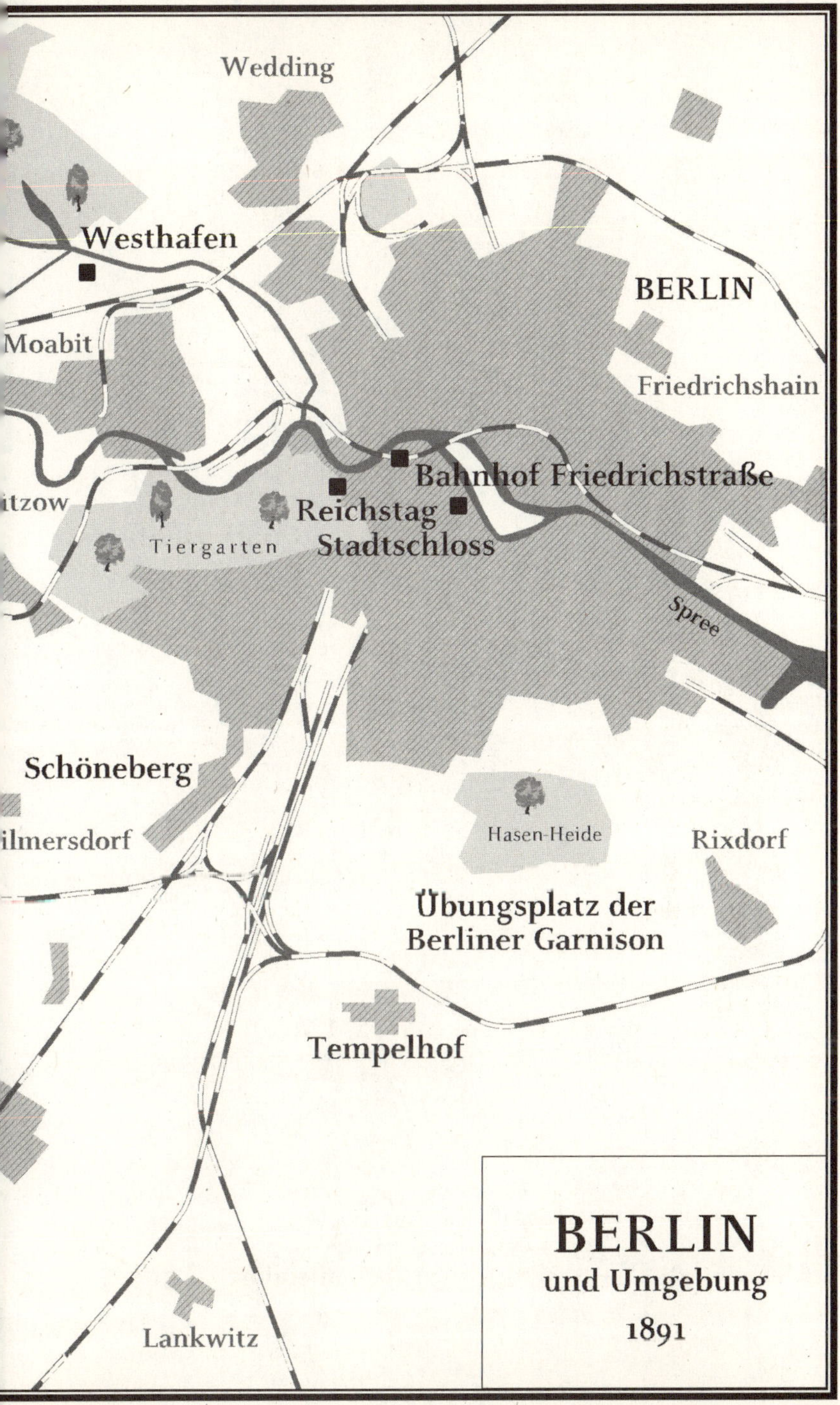

Wedding
Westhafen
BERLIN
Moabit
Friedrichshain
Bahnhof Friedrichstraße
Reichstag
Stadtschloss
itzow
Tiergarten
Spree
Schöneberg
Hasen-Heide
Rixdorf
ilmersdorf
Übungsplatz der
Berliner Garnison
Tempelhof
Lankwitz
BERLIN
und Umgebung
1891

Wenn du ein Schiff bauen willst, dann lehre die Männer die Sehnsucht nach dem weiten Meer.

ANTOINE DE SAINT-EXUPÉRY, *CITADELLE*

1. BUCH

Der Traum vom Frieden

Juni 1891

»Die Brücke ist noch weit weg.«

Friedrich Wenger

1

Paul Baermann schaute aus dem Fenster. »Wenger und Bodmer fahren zu schnell«, sagte er.

Seine Frau Louise stellte die Aussage nicht in Frage. Pauls Instinkt bei allem, was mit der Eisenbahn zusammenhing, hatte sich noch nie getäuscht. »Kann das gefährlich werden?«, fragte sie.

»Ja.«

»Was wirst du tun?«

»Ich geh vor zu den Lokomotiven und sorge dafür, dass sie langsamer fahren.«

Louise beugte sich zu ihrem Mann und küsste ihn auf die Wange. »Dann tu das, mein Lieber«, sagte sie und stand auf, um ihn aus der Sitzbank rutschen zu lassen. Er zwinkerte ihr zu und ging durch den Mittelgang des Erste-Klasse-Reisezugwagens nach vorn.

Es war der 14. Juni 1891, kurz vor halb drei Uhr am Nachmittag. Ein Sonntag mit strahlendem Sonnenschein. Zehn Minuten zuvor hatte der Zug Nr. 174 der privaten Jura-Simplon-Bahngesellschaft den Centralbahnhof Basel verlassen.

Louise ahnte nicht, dass der Kuss der letzte war, den sie Paul jemals geben würde.

2

Der Zug war voll besetzt – über fünfhundert Passagiere. Die meisten davon wollten zu einem Bezirksgesangsfest in Münchenstein, das bereits am Vormittag begonnen hatte. Wegen des hohen Fahrgastaufkommens hatte die Bahngesellschaft zwei weitere Personenwagen eingestellt und eine zweite Lokomotive vorgespannt.

Paul war von der Zugkombination überrascht worden. Niemand hatte ihm die Änderung mitgeteilt. Er war versucht gewesen, dagegen Einspruch zu erheben. Doch als er und Louise auf dem Bahnsteig eingetroffen waren, waren die zusätzlichen Personenwagen bereits zum Großteil besetzt gewesen. Die Passagiere wieder aussteigen zu lassen, die beiden Wagen auszuspannen und den Zug neu zusammenzustellen, hätte zu einer Verspätung geführt, die den gesamten Zugverkehr aus Basel an diesem Tag zum Erliegen gebracht hätte. Ganz zu schweigen von dem Chaos auf dem Bahnsteig und der Wut der Passagiere, die bereits Fahrkarten gelöst hatten, aber hätten zurückgelassen werden müssen. Paul hatte es nicht übers Herz gebracht, und er wusste auch nicht, ob er sich gegen den Zugführer hätte durchsetzen können. Die Bahngesellschaft hatte ihm weitreichende Kompetenzen verliehen, aber diese erstreckten sich nur auf Zustand und Wartung des Schienennetzes, nicht auf den Zugverkehr an sich.

Der Zug lief ruhig auf dem Gleis. Den Rangier- und Güterbahnhof der Schweizer Centralbahngesellschaft hatte er bereits passiert. Danach hatte er deutlich beschleunigt. In den nächsten Minuten würde er in die weite Kurve einlaufen, die auf die Birsbrücke führte, und dann in den Bahnhof von Münchenstein. Die Brücke war erst vor fünfzehn Jahren eingeweiht worden, eine Arbeit des Architekturbüros von Gustave Eiffel, der große Erfahrung im Bau von Eisenbahnbrücken und Viadukten besaß. Vor zehn

Jahren hatte ein Hochwasser die Brücke stark beschädigt; sie war sofort repariert worden, und vor einem Jahr hatte man sie weiteren Verstärkungsmaßnahmen unterzogen. Dass Paul und Louise sich im Zug befanden, hatte mit diesen Reparaturen zu tun.

Paul Baermann war seit seiner Jugend von der Eisenbahn fasziniert. Die erste Fahrt einer dampfgetriebenen Lokomotive auf deutschem Boden, die Fahrt des legendären *Adler* von Nürnberg nach Fürth, hatte sein gesamtes weiteres Leben bestimmt. Seiner Leidenschaft wegen hatte er sein gutbürgerlich vorgeplantes Leben in München aufgegeben und war nach Stationen in Berlin und Paris schließlich auf Gut Briest in Preußen heimisch geworden – ohne jemals seinen Beruf wirklich aufzugeben. Aus dem Münchner Lehrjungen war ein preußischer Gutsherr geworden, aus dem Abenteurer ein verheirateter Mann, aus dem Ingenieur ein begehrter Streckenplaner, dessen unfehlbarer Instinkt ihn zu einer Koryphäe hatte werden lassen. Auch heute noch war seine Expertise gefragt.

Paul war mittlerweile siebzig. Man sah es ihm kaum an. Das blonde Haar und der kurzgeschnittene Bart waren grau geworden, die Schultern ein wenig runder, die Hüften ein wenig breiter. Seine Augen und sein Lachen waren aber immer noch zwanzig Jahre alt. Er liebte seinen Beruf, er liebte sein Leben, er liebte Louise so wie an dem Tag, an dem er sie in Paris kennengelernt hatte. Damals hatte Pauls bester Freund, Alvin von Briest, mit dem er nach Frankreich gegangen war, Paul eröffnet, dass er unsterblich in Louise verliebt war. Es war niemals leicht gewesen in den fünfzig Jahren, die seitdem vergangen waren, aber drei Dinge hatten immer Bestand gehabt: Pauls Liebe zu Louise, Pauls Freundschaft zu Alvin und Pauls Leidenschaft für die Eisenbahn.

Er und Louise hatten Plätze im ersten Waggon nach dem Gepäckwagen erhalten; die Betreiber der Jura-Simplon-Bahn hatten ihn mit vielen Vollmachten und Privilegien ausgestattet. Sie hatten Paul gebeten, ihr gesamtes Netz in Augenschein zu nehmen und gegebenenfalls Empfehlungen für Ausbesserungen auszusprechen. Der Schweizer Nationalrat arbeitete an einer neuen Norm speziell für Eisenbahnbrücken. Die Jura-Simplon-Bahn war erst vor einem Jahr aus mehreren kleinen Betreibergesellschaften gegründet worden. Die Gesellschafter wollten etwaigen schlagartig auftretenden Mehrkosten und daraus resultierenden Finanzproblemen, die aus dem Inkrafttreten der Norm zustande kommen mochten, entgegenwirken. Daher hatten sie den in Eisenbahnkreisen berühmten Paul Baermann engagiert. Paul hatte nicht lange überlegt. Der Auftrag bedeutete mehrere Wochen Aufenthalt in der Schweiz, im Frühsommer, mit allem Luxus und zu einem fürstlichen Gehalt. Er hatte Louise an Ostern mit der Reise überrascht. Auch sie hatte nicht gezögert, die Einladung anzunehmen. Auch dann nicht, als Paul ihr eröffnet hatte, dass es noch einen anderen, weniger öffentlichen Grund für die Reise gab. Im Gegenteil: Louises Augen hatten vor Abenteuerlust gefunkelt.

Paul klopfte gegen die Hüfttasche seines Jacketts, während er durch den Gepäckwagen eilte. Der Brief war darin. Er hatte ihn an den Mann geschrieben, der ihm seinen zweiten, geheimen Auftrag gegeben hatte. In dem Brief stand, dass alle bisher gezogenen Schlussfolgerungen falsch waren. Dass die Hinweise in die falsche Richtung gedeutet hatten. Dass es ein Verbrechen gab, aber ein viel schlimmeres als das, was er und sein Auftraggeber gemutmaßt hatten. Dass sie sich geirrt hatten. Plötzlich hatte Paul das Gefühl, er hätte den Brief unbedingt aufgeben sollen, bevor er in den Zug gestiegen war. Er nahm sich vor, ihn sofort nach der Ankunft in Münchenstein zur Poststation zu tragen. An einem Tag voller Ausflügler wie diesem würde sie geöffnet haben, auch wenn Sonntag war.

Nach dem Gepäckwagen kam der Tender der zweiten Lokomotive. Draußen huschten die Häuser der beiden Brüglinger Siedlungen vorbei. Die von Hecken und Baumgruppen bestandene Ebene flirrte in sattem Grün. Paul hatte das Gefühl, dass der Zug immer noch an Dampf zulegte. Die flache Brüglinger Ebene lud zum Beschleunigen ein, aber nach ihr kamen die weite Rechtskurve und dann die Birsbrücke – gefährliche Streckenabschnitte für einen Zug, der eigentlich zu lang und zu schwer war.

Paul schritt durch den schmalen Gang des Tenders. Kohlehaufen türmten sich links und rechts. Er roch den Rauch vom Schornstein der Lok, der einen flackernden Schatten über den offenen Tender warf; Funken wirbelten über Pauls Kopf hinweg. Er atmete den Duft des Rauchs ein. Die meisten Zugpassagiere beklagten sich gern, dass ihre gesamten Kleider nach dem Rauch rochen, wenn sie mit dem Zug reisten. Für Paul war und blieb es der Duft von Fortschritt, von der Vernetzung eines ganzen Kontinents, von der Freiheit des Menschen zu reisen.

Der Heizer war eifrig bemüht nachzulegen und beachtete ihn nicht. Kaum dass er Platz machte, damit sich Paul an ihm vorbeiquetschen konnte. Das Feuerloch der Lokomotive glühte. Der Lokführer musterte Paul über die Schulter, als er in den Führerstand trat. Er hieß Friedrich Wenger und ließ sich anmerken, dass er Pauls Anwesenheit auf seiner Lokomotive als Eindringen empfand.

»Sie fahren zu schnell«, rief Paul gegen den Fahrtwind, das Stampfen der Dampfmaschine und das Rauschen der Räder auf den Schienen.

»Nein, tu ich nicht!«, erwiderte Wenger in Baslerdütsch. Die meisten Angestellten der Bahngesellschaft, die wussten, dass Paul aus Preußen kam, hatten sich von Anfang an bemüht, so breit wie möglich in ihrem Dialekt zu sprechen. Die Schikane verfehlte ihr Ziel, da Paul in München geboren und aufgewachsen war, seinen bayerischen Dialekt nie verloren hatte und gut in der Lage war, das Baslerdütsch zu verstehen.

»Sie fahren mindestens fünfzig Kilometer pro Stunde«, sagte Paul.

»Woher wollen Sie das wissen?«

»Ich weiß es.«

»Na und?« Der Lokomotivführer gab seinem Heizer einen trotzigen Wink, und dieser schaufelte Kohle nach. Wenger starrte Paul herausfordernd an. Paul lehnte sich aus der Fensteröffnung. Der Zug näherte sich bereits der Kurve. Dahinter sah Paul die Uferbewachsung der Birs. Die Schienen führten mitten hinein, auf die Brücke zu, von der von hier aus nur das diesseitige Widerlager erkennbar war. Dahinter erhob sich der schmale Felsrücken im Zentrum Münchensteins mit der Burgruine darauf; der helle Stein schimmerte durch das Grün.

»Auf der Brücke dürfen Sie höchstens dreißig Stundenkilometer fahren«, erklärte Paul.

»D'Brugg isch no wyd«, versetzte Wenger verächtlich.

»Die ist schneller da, als Sie denken. Ihr Zug ist schwerer und braucht länger, um Fahrt zu verlieren. Nehmen Sie Dampf weg, Herr Wenger.«

»Ich brauche mir von Ihnen nichts sagen zu lassen.«

Der Zug fuhr in die Kurve ein. Paul fühlte, wie die Fliehkraft das lange Gespann nach links zerrte; nicht gefährlich, sagten Pauls Instinkte, aber doch stärker, als ihm lieb war.

»Wie sieht das Ihr Kollege in der vorderen Lok?«

»Herr Bodmer sieht das genauso wie ich.«

Die beiden Männer lieferten sich ein stummes Blickduell, das Wenger nur unterbrach, um seinem Heizer zuzunicken und sich einmal nach draußen zu lehnen, um zu sehen, wo der Zug sich befand. Die Säulenreihe der schlanken Pappeln auf dem diesseitigen Ufer der Birs kam näher und näher.

Wenger versuchte einzulenken. »Wir haben seit Basel fünf Minuten Verspätung. Wir müssen das einholen.«

»Fünf Minuten sind doch kein Problem.«

»Die Jurabahn fährt immer pünktlich!«

Der Zug ratterte durch den Zenit der Kurve. Man musste Pauls feines Gespür für die Eisenbahn haben, um wahrzunehmen, dass die Fliehkraft nun stärker war, als dem Zug guttat. Er neigte sich nach links. Nicht weit, nur so weit, dass die Räder auf der rechten Seite ihre Schienenhaftung einzubüßen begannen. Eine Unebenheit, eine schlecht verlegte Schiene, eine kleine Bodenverwerfung auf dem rechtsseitigen Schienenstrang konnten jetzt dazu führen, dass der Zug das Gleichgewicht zu verlieren begann. Seine ungeheure Masse war durch die schnelle Fahrt durch die Kurve zu weit nach links verlagert. Paul hielt den Heizer, der nachlegen wollte, auf. Auf keinen Fall durfte noch mehr Dampf auf den Kessel.

Friedrich Wenger, der nicht Pauls Instinkte besaß, aber Hunderte von Stunden Erfahrung auf dieser Strecke, bemerkte ebenfalls, dass er Geschwindigkeit wegnehmen musste. Er zog am Regulator, um den Dampfdruck zu vermindern, und kurbelte an der Steuerung. Der abgelassene Dampf entwich schrill pfeifend aus dem Ventil des Dampfdoms.

Die Geschwindigkeit des Zugs verringerte sich nicht. Paul wusste, warum. Johannes Bodmer, der Führer der ersten Lok, hatte nichts gemerkt und folgte immer noch der vorher zwischen den beiden Lokführern abgesprochenen Maxime: die verlorene Zeit wieder einzuholen. Er löste sogar ein fröhliches Antwortsignal auf den Pfiff der zweiten Lok aus. Und es gab noch einen zweiten Grund: die vielen Wagen. Sie hätten die beiden Loks auch mit unverminderter Geschwindigkeit vor sich hergeschoben, wenn beide Lokomotiven versucht hätten, Fahrt wegzunehmen.

»Nicht bremsen!«, rief Paul scharf, als er die Bestürzung im Gesicht Wengers erkannte.

»In der Kurve? Halten Sie mich für blöd?«, schnappte Wenger. Er riss ein rotes Fähnchen aus einer Halterung, lehnte sich nach draußen und wedelte damit wie verrückt. Dazu brüllte er: »Bodmer! He, Bodmer!« Beides nützte nichts. Der vordere Zugführer konnte das Gebrüll nicht hören, und er sah sich anscheinend nicht um, so dass er das Warnsignal hätte sehen können.

»*Nundedie*!«, fluchte Wenger. Er steckte das Fähnchen zurück und kurbelte hastig weiter an der Steuerung.

Paul spähte nach hinten. Der Fahrtwind riss an seinen Haaren und stellte den Kragen seines Gehrocks auf. Der Hauptteil des Zugs hatte den Zenit der Kurve passiert.

»Jetzt können Sie bremsen!«, rief er.

»Aber wenn Bodmer nicht mitbremst ...«

»Er muss den Ruck bemerken. Dann wird er aufwachen. Los, bremsen Sie, Mann!«

Die Brücke war höchstens noch einen halben Kilometer voraus. Der Zug hatte die Kurve ohne Unglück hinter sich gelassen, aber er war jetzt instabil. Die Gefahr, dass er auf der Brücke aus den Schienen sprang, war groß, erst recht bei diesem Tempo.

»Bremsen Sie, Wenger!«, brüllte Paul.

Wenger betätigte das Führerbremsventil und den Zusatzbremshahn gleichzeitig. Er nahm Dampf aus dem Kessel. Die Lok pfiff gellend. Von der vorderen Lok ertönte jetzt auch das schrille Pfeifen von entweichendem Dampf. Johannes Bodmer hatte die Gefahr endlich erkannt und versuchte ebenfalls, den Zug abzubremsen. Die Westinghouse-Bremsen, ein System von Druckluftbehältern und Bremszylindern, wirkte auf die Räder des Zugs ein.

Der Zug wurde langsamer. Aber es reichte nicht. Die Masse der Wagen verhinderte ein effektives Verlangsamen.

Mit weit aufgerissenen Augen sah Paul, der jetzt nach vorn blickte, Bodmers Lok auf die Brücke fahren. Der Zug war noch immer viel zu schnell. Die Führungslok pfiff schrill. Wenger nahm die Hände von den Bremshebeln. Er war bleich. Er wusste genau, was geschah, wenn der Zug mitten auf der Brücke zu bremsen versuchte. Der Bremsimpuls würde sich über die Schienen auf das jenseitige Widerlager auswirken wie ein gewaltiger Stoß; der Zug würde notgedrungen schwanken und die Konstruktion der Brücke verwinden. Paul sah an Wengers Miene, dass er plötzlich an die Hochwasserschäden der Brücke dachte. Repariert, gewiss – aber alles, was repariert war, war danach schwächer als zuvor. Und wie gut waren die Reparaturen gewesen? Wie lange hatte man sich dafür Zeit genommen, hatte man den einträglichen Schienenverkehr stillgelegt? All diese Gedanken huschten in Sekunden über Wengers Gesicht, gefolgt von der geradezu inbrünstigen Hoffnung, dass Johannes Bodmer ebenso dachte und nicht in Panik versuchte, den Zug noch mehr abzubremsen.

Wengers Hoffnung erfüllte sich nicht. Paul vernahm den Ruck, mit dem der Führer der ersten Lok die Bremsen erneut betätigte.

Er spürte etwas in der Brückenkonstruktion nachgeben. Es war wie bei einem Knochenbruch im eigenen Körper – man merkt, dass etwas zerbricht, dann erst fühlt man den Schmerz. Der Zug konnte keinen Schmerz empfinden, aber er konnte, wie ein Mensch, der sich ein Bein brach, zur Seite kippen.

Der Zug kippte.

Paul sprang in den Tender. Ihm war klar, dass der Zug die Brücke einreißen und in den Fluss stürzen würde. Die Loks würden das jenseitige Widerlager der Brücke vielleicht noch erreichen, aber die Wagen nicht, und diese würden die Loks zurückzerren. Die ersten beiden Waggons und der Gepäckwagen würden als Erste in den Fluss fallen, die Lokomotiven würden sie unter sich begraben, danach würden die nachdrängenden Wagen auf sie fallen. Wer darin saß, würde zermalmt werden. Wer trotzdem überlebte, würde unter Wasser eingeklemmt sein und ertrinken.

Paul versuchte, den Gepäckwagen zu erreichen und durch ihn hindurch den Wagen, in dem Louise saß. Er wusste, dass niemand den Zug noch retten konnte. Alles, was er wollte, war, bei Louise zu sein. Ihre Hand zu nehmen, wenn die Katastrophe sie beide verschlang.

Der Brief in seiner Jackentasche fiel ihm ein, der Brief, den er hatte nach Berlin schicken wollen, um einen Irrtum aufzuklären.

Um eine Verschwörung zu verhindern. Zu spät. Er hätte ihn tatsächlich zur Post geben sollen, bevor er in den Zug eingestiegen war. Er dachte an Louise und vergaß den Brief wieder. Sein ganzes Streben war jetzt nur noch darauf gerichtet, zu seiner Frau zu gelangen.

Er rannte durch einen entgleisenden Tender, als die Brücke zwischen der ersten und der zweiten Lok brach. Er verlor den Boden unter den Füßen und sah die Kohlenhaufen links und rechts wie in einem surrealen Traum auseinanderfliegen, weil der Tender im freien Fall war.

Er rannte zu Louise, um sie festzuhalten.

Er rannte, während er mit dem Zug zusammen fiel.

Ein Mann, der seine große Liebe nie aufgegeben hatte und nun gegen alle Wahrscheinlichkeit darum kämpfte, zu ihr zu gelangen, um mit ihr vereint zu sterben.

September – Dezember 1891

»Gott hat den Vögeln die Flügel gegeben,
nicht den Menschen.«

Georg Wilhelm von Siemens

3

Edgar Trönicke kletterte vom Phaëton und betrachtete die Auffahrt von Gut Briest. Die Familie hatte ihm den Wagen zum Bahnhof von Genthin geschickt, um ihn abzuholen. Er hatte den Lenker hier anhalten lassen, anstatt sich bis zum Eingang des Gutshofs fahren zu lassen. Er hatte das Gefühl von Heimat wieder in sich wecken wollen, das er damals immer gespürt hatte.

Fast zwanzig Jahre war das her. Wann war er zum letzten Mal hier gewesen? Vor fünfzehn Jahren. Manchmal verlor man Orte und Menschen aus den Augen, obwohl man sie liebte.

Gut Briest war nicht Edgars wirkliche Heimat. Obwohl … das stimmte nicht. In den Wochen seiner Rekonvaleszenz war es doch Heimat gewesen. Als Edgar sich mit dem Gedanken hatte abfinden müssen, dass er als einhändiger Mann durch sein weiteres Leben würde gehen müssen. Dass er seine Träume, was er nach dem Abschied vom Militär alles tun würde, begraben musste, weil er dazu zwei Hände gebraucht hätte. All das ganz abgesehen davon, dass er damals auch hatte lernen müssen, mit dem tobenden Schmerz in einer Gliedmaße umzugehen, die er gar nicht mehr besaß. In jenen Wochen hatte ihn die Gewissheit getröstet, dass er auf Gut Briest immer willkommen sein würde.

Unwillkürlich sah er zu seiner linken Hand hinunter. Sie steckte in einem Handschuh und öffnete und schloss sich mit seltsamen, zittrigen Bewegungen. Er rieb sich über den linken Oberarm, um den sich die Ledermanschette der Prothese schloss, und fragte sich, wann er jemals genug Geld beisammenhaben würde, um sich eine richtig funktionierende Prothese zu kaufen.

Eine, die zu den Schulterbewegungen auch die passenden Fingerbewegungen ausführte oder sich nicht selbständig bewegte, ohne dass er es wollte. Eine, deren Gurte ihn nicht im Lauf des Tages genauso schmerzten wie die eingebildete Verletzung in der nicht mehr existierenden Hälfte seines linken Arms.

Hauptsächlich aber fragte er sich, wie die Familie, die im Gutshaus auf ihn wartete, ihn begrüßen würde. Würde man ihm vorhalten, dass er den Tod Pauls und Louises mit verschuldet hatte? Hatte er es? Er fragte sich, wie viel Paul und Louise ihrem Sohn und ihrer Schwiegertochter überhaupt von den Gesprächen erzählt hatten, die Paul und Edgar vor dessen Abreise geführt hatten. Edgar hatte keine Ahnung, wo Moritz und seine Familie im Frühsommer gewesen waren. Moritz' Arbeit bei der Firma Siemens trieb ihn über den ganzen Erdball. Er konnte im Juni in Timbuktu gewesen sein, nach allem, was Edgar wusste. Wenn er nicht im Land gewesen war, würde Paul ihn wohl kaum informiert haben. Edgar und Paul waren sich einig gewesen, dass nur das Allernötigste zu Papier gebracht werden sollte in der Angelegenheit.

»Wollnse wieder einsteigen, Herr?«, fragte der Wagenlenker.

»Nee, fahrnse ma, ick jeh die letzten Schritte zu Fuß.« Edgar sah das Grinsen des Wagenlenkers und erinnerte sich daran, dass er sich hier ein bisschen zusammenreißen musste mit seiner Ausdrucksweise. Es würde ohnehin vergebliche Liebesmüh sein. Sein Berlinerisch kam immer durch, egal wie er sich anstrengte.

»Wie Se wünschen, Herr.«

Edgars Herz klopfte langsam und schwer, während er zum Eingang des Gutshauses schritt. Er wünschte sich, nicht zur Testamentseröffnung eingeladen worden zu sein. Wieso war er überhaupt dazugebeten worden?

Rechter Hand lag die Kapelle, in der Edgar in den ersten Tagen seiner Rekonvaleszenz darum gebetet hatte, dass die Phantomschmerzen vergingen und er seinem neuen Leben einen Sinn abgewinnen konnte. Links lag der große Fischteich mit den mächtigen Bäumen an seinem Ufer. Er hatte sich im stillen Wasser immer wieder gespiegelt, den Oberkörper frei, das anfangs stark geschwollene Narbengewebe und gerötete Fleisch betrachtend, das da war, wo nach dem Ellbogen sein Unterarm hätte beginnen sollen. Die Herbstkälte hatte er nicht gespürt. Er hatte versucht, mit diesem neuen Abbild von sich klarzukommen: Edgar Trönicke, Feldwebel a. D., Kriegsversehrter.

Vor den Stufen, die zum Eingangsportal des Gutshofs hinaufführten, zögerte er. Als Paul und Louise ihn hier aufgenommen hatten, um zu gesunden – nachdem sie erfahren hatten, in welchem Zustand Edgar aus Frankreich zurückgekehrt war –, war er hier aus und ein gegangen wie ein Familienmitglied. Obwohl die paar Dutzend Schritte vom Tor des Guts bis hierher das Heimatgefühl wieder geweckt hatten, kam es für ihn nicht in Frage, an die alte Vertrautheit anzuknüpfen. Er zog an der Klingelschnur, trat einen Schritt zurück und wartete. Plötzlich traf ihn die Erkenntnis, dass Paul und Louise tot waren, mit voller Wucht. Wer immer ihn an der Tür begrüßte, es würden nicht sie sein. Niemals wieder.

4

Moritz von Briest nahm Edgar persönlich an der Tür in Empfang. Er war Pauls und Louises ältester Sohn, knapp vier Jahre älter als Edgar, der fünfundvierzig war. Sie lächelten sich an. Ihre Beziehung Freundschaft zu nennen, wäre vielleicht zu weit gegriffen gewesen. Aber Edgar hatte Moritz zweimal im Leben einen wichtigen Dienst erwiesen. Beide Männer wussten, dass sie sich im Notfall wieder aufeinander würden verlassen können.

»Mein herzliches Beileid«, murmelte Edgar und drückte Moritz' Hand.

»Danke, Edgar. Es tut mir leid, dass wir uns jetzt erst sehen. Wir hätten dich viel früher einladen sollen. Aber du weißt ja, wie es ist …« Moritz machte eine vage Handbewegung. »Wenigstens waren Antonie und ich nicht weit weg. Wenn das ein Jahr früher passiert wäre, wären wir nicht auf Borkum gewesen, sondern auf St. Lucia in der Karibik. Dann befänden wir uns immer noch auf der Rückreise.«

»Du wirst bald wieder zurückmüssen, wa?«, fragte Edgar, dem nun klar war, dass Moritz und seine Frau keine Ahnung hatten von dem, was Edgar ihren Vater in der Schweiz nachzuforschen gebeten hatte.

»Ja und nein. Ich werde später was dazu sagen. Darf ich dich bis dahin um Geduld bitten?«

Edgar zuckte mit den Schultern. Er schluckte die Bemerkung hinunter, dass auch er noch eine Ankündigung zu machen hatte.

In der Tür zum Salon stand Antonie von Briest, Moritz' Frau, und begrüßte Edgar mit einer leichten Umarmung. Edgar sprach erneut sein Beileid aus und blickte Antonie dabei ins Gesicht. Er erinnerte sich, als er sie zum ersten Mal gesehen hatte – das war während der Feiern anlässlich des Sieges des preußischen Heers über die Österreicher bei Königgrätz gewesen. 1866. Fünfundzwanzig Jahre her. Eine ganze Generation. Während die Berliner ihre Soldaten hatten hochleben lassen, hatte Edgar Trönicke, damals Soldat bei der königlichen Garde, wegen eines alkoholisierten Fehltritts in Ungnade gefallen und daher vom Ehrenspalier ausgeschlossen, in einem Boot gesessen und Moritz und Antonie durch die Berline Kanäle geschippert. Moritz und Antonie waren ein Liebespaar gewesen, das ein paar Augenblicke abseits von Eltern und Aufpassern gebraucht hatte, um sich über ihre Liebe klarzuwerden. Edgar war so eine Art grinsender, verständnisvoller Amor gewesen, der betont in die andere Richtung geschaut hatte und seinen Posten im Ehrenspalier keine Sekunde vermisste, weil er dort, wo er war, einen viel ehrenvolleren Posten bekleidete.

»Kaum zu glauben, dass sie plötzlich nicht mehr da sein sollen«, sagte Antonie. »Nicht wahr?«

»Sie sagen es, Frau von Briest.«

Edgar spürte die Neugier im Blick Antonies. Sie fragte sich, wieso die Notariatskanzlei ihn eingeladen hatte. Moritz stellte sich wahrscheinlich dieselbe Frage, konnte es aber besser verbergen. Nun, mit dieser Neugier waren sie schon zu dritt. Erneut wünschte er sich, nicht hier zu sein, obwohl er mit der Erinnerung an Gut Briest und seine Bewohner nur Wärme und Kameradschaft verband.

Der Rest der Familie hatte sich im Salon versammelt. Seit Pauls und Louises Tod war ein Vierteljahr vergangen. Zeit für die Hinterbliebenen, sich wieder zu fangen, sich mit dem Verlust zu arrangieren. Sich Dinge zu sagen wie: *Sie hatten ein erfülltes Leben!*, und *Wenigstens waren sie in ihren letzten Augenblicken zusammen!*, und *Sie würden wollen, dass wir uns voll Freude an sie erinnern, nicht voller Trauer.* Alles Aussagen, die darüber hinwegtrösten sollten, dass man den Verlust spürte und ihn noch lange spüren würde und irgendwo, irgendwie im Herzen ein Loch an der Stelle zurückblieb, an der die Verstorbenen ihren Platz gehabt hatten. Das Fehlen der beiden Menschen, die diese Familie zusammengehalten hatten, war auch im Raum spürbar. Edgar war im Lauf seines bürgerlichen Berufs immer wieder auf Menschen gestoßen, denen der Tod geliebte Angehörige viel zu plötzlich entrissen hatte. Es war überall das Gleiche gewesen – eine verwaist wirkende Familie hatte sich unwillkürlich um einen leeren Mittelpunkt herumgruppiert.

Edgar kannte jedes Mitglied der Familie, auch wenn er sie alle seit Jahren nicht mehr gesehen hatte. Moritz und Antonie von Briest hatten drei Kinder. Otto, der nach dem im vorigen Jahr zurückgetretenen preußischen Ministerpräsidenten, Otto von Bismarck, benannt war; er war einundzwanzig und sah seinem Großvater Paul zum Verwechseln ähnlich mit seiner athletischen

Figur und dem blonden Haarschopf. Levin war der zweite Sohn, er war sechzehn und sah niemandem ähnlich, den Edgar von der Familie der Briests kannte – weder seinen Eltern noch seinen Großeltern. Vielleicht kam bei ihm ein weiter zurückliegendes Familienmitglied durch – Pauls Vater oder der von Louise. Amalie, die einzige Tochter, war dreizehn, blond und eher unscheinbar. Man konnte ihr allerdings ansehen, dass sie in ein paar Jahren die gleiche Schönheit wie ihre Mutter sein würde.

Die Familienverhältnisse der Briests waren kompliziert. Louise, Moritz' Mutter, war mit Alvin von Briest verheiratet gewesen, hatte aber zugleich Paul Baermann geliebt, Alvins besten Freund. Sie hatte sich nie endgültig für einen der beiden entscheiden können. Die Männer hatten es – nicht ohne Schwierigkeiten – akzeptiert. Das Dreiecksverhältnis hatte erst mit Alvins Tod geendet. Moritz, der als Sohn Alvins aufgewachsen war, war in Wahrheit von Paul gezeugt worden, eine Tatsache, die Louise den beiden Männern lange verschwiegen hatte. Auch damit hatten sich die drei Liebenden arrangiert. Sie hatten ein ungewöhnliches, nicht immer konfliktfreies Leben geführt. Aber ihre Liebe und die Freundschaft Alvins und Pauls waren stets größer gewesen als all diese Verwicklungen. Die großherzige Einstellung war etwas, das Moritz von seinen Eltern gelernt hatte. Seine Frau Antonie, Moritz' große Liebe, hatte im Lauf der Jahre eine weniger gelassene Haltung zu den Dingen entwickelt und sich dadurch von Moritz, aber auch von ihren Kindern entfernt.

Die beiden jungen Männer standen auf und schüttelten Edgar die Hand. Levin starrte mit ungenierter Faszination auf die im Handschuh verborgene Kunsthand Edgars, und dieser versuchte, so zu tun, als bemerke er es nicht, bis Otto seinem kleinen Bruder einen Stoß verpasste. Amalie knickste zuerst, aber dann reichte sie Edgar auch die Hand und lächelte ihm zu. Edgar murmelte eine dreimalige Beileidsbekundung, setzte sich in den angebotenen Sessel und blickte zum Schreibtisch hinüber, hinter dem ein Mann mit weißem Backenbart, der Notar der Familie von Briest, seufzte: »Guten Tag, Herr Trönicke. Ich bin Doktor Carl Schwerdtfeger, der Notar der Familie. Dann können wir ja wohl anfangen, oder?«

Edgar beobachtete die Familie, während die Einzelheiten des Testaments halb gehört an ihm vorbeidrifteten. Er konnte nicht einmal damit aufhören, als es ihm bewusstwurde. Innerlich seufzte er. Berufskrankheit, wie die Staublunge eines Bergarbeiters, das Rheuma einer Wäscherin oder die Ekzeme eines Bäckers. Weniger schmerzhaft, aber manchmal genauso belastend.

Moritz von Briest: niedergeschlagen und traurig und nur halb bei der Sache, ein Mann, der über eine Zukunft nachdachte, die gerade ein bisschen komplizierter geworden war.

Antonie von Briest: ebenso traurig und irgendwie alleingelassen, als habe sie eine wichtige Stütze verloren. – Louise?

Otto von Briest: unruhig, nervös, wie jemand, der sich im Wald verirrt hat und es nur nicht zugeben möchte.

Levin von Briest: lustlos, ratlos, ein junger Mann, der nicht weiß, was er will, aber eine klare Vorstellung von dem hat, was er *nicht* will, nämlich: alles.

Amalie von Briest: still, an der Schwelle vom Kind zur Frau, mehr verwirrt von der verlorenen Ausstrahlung ihrer Mutter als vom Tod ihrer Großeltern.

»Nun kommt noch ein Zusatz«, erklärte Doktor Schwerdtfeger. »Herr Baermann hat ihn in Form eines Briefs dem Testament beigefügt, den er per Post aus der Schweiz an meine Kanzlei hat senden lassen.« Edgar horchte bestürzt auf. »Der Inhalt des Briefs und damit des testamentarischen Zusatzes ist der Grund für die Anwesenheit von Herrn Trönicke. Herr Baermann hat dies in einer Begleitnotiz spezifiziert, die mich auch ermächtigt hat, den Brief vorab zu lesen, um seine Rechtsgültigkeit als testamentarischer Zusatz zu bestätigen.«

Edgar fühlte die Blicke der Familie auf sich. Er räusperte sich und zuckte mit den Schultern. »Wenn det so is«, sagte er und verstummte dann verlegen.

Der Notar beugte sich über den Brief und begann vollkommen ausdruckslos und mit undeutlicher Stimme zu lesen. Mit derselben Diktion hatte er sich bereits durch das Testament genuschelt.

»›Ihr Lieben, wir haben diesen Zusatz zu unserem Testament verfasst aus der Befürchtung heraus, dass unsere Reise in die Schweiz böse enden könnte. Diese Befürchtung hat etwas zu tun mit einer Sache, mit der unser alter Freund Edgar Trönicke uns beauftragt hat. Es ist seine Sache, euch darüber so viel zu erzählen, wie nötig ist, deshalb haben wir Herrn Doktor Schwerdtfeger gebeten, ihn zur Testamentseröffnung einzuladen. Es ist seltsam, von seiner eigenen Testamentsverlesung zu schreiben … noch dazu, da wir beide eigentlich glauben, dass dieser Brief völlig unnötig ist und wir uns alle gesund wiedersehen. Was wir im Auftrag Edgars herausgefunden haben und womit auch er sicher nicht gerechnet hat, haben wir ihm in einem getrennten Brief mitgeteilt. Wir hoffen, dass er diese Informationen zu dem Zeitpunkt, an dem diese Zeilen verlesen werden, bereits dazu nutzen konnte, dem Gesetz auf die Sprünge zu helfen und den Tod von vielen hundert Menschenleben in der nahen Zukunft zu vermeiden. Vielleicht gelingt es ihm sogar, etwas aufzuhalten, was sonst unsere Gesellschaft und unser Land in einen Abgrund aus Hass führt.‹«

Der Notar unterbrach sich und musterte die Anwesenden der Reihe nach. Edgar fühlte sich wie vor den Kopf geschlagen. Sein Herz pochte wie verrückt. Ein Brief? Paul wollte ihm einen gesonderten Brief geschrieben haben? Mit Informationen, die den Tod von Hunderten verhindern und das Land vor Unheil bewahren sollten? In die Stille, die sich über den Raum legte, hörte er seine Kunsthand sich bewegen, hörte das leise Knarren, Quietschen und Klacken. Er versuchte, still zu sitzen und seine Schultermuskulatur zu entspannen. Die Hand zuckte weiter. Die Blicke der anderen brannten auf ihm. Er konnte ihnen nicht begegnen.

Paul Baermanns letzte Botschaft erklang wieder, vernuschelt und verschliffen mit der Lesestimme des Notars. »›Edgar, du weißt selbst am besten, was davon an die Öffentlichkeit darf und was nicht. Ich möchte betonen, dass wir Dir freiwillig unsere Unterstützung zugesichert haben und dass niemand von uns ahnen konnte, was unsere Nachforschungen ergeben würden. Nichts, was passiert ist, ist auch nur im Entferntesten Deine Schuld. Du hast uns ein sehr großzügiges Honorar angeboten. Wir haben es abgelehnt, weil wir für diese Reise schon von der Eisenbahngesellschaft bezahlt werden, die nichts davon ahnt, dass meine Untersuchungen in zwei Richtungen laufen. Da die Dinge sich nun aber so entwickelt haben, wie ich Dir in meinem Brief geschrieben habe, möchte ich, dass Du das gesparte Geld dafür verwendest, weiter an der Sache dranzubleiben. Für jede Mark, die Du ausgibst, legen wir aus unserem Vermögen eine weitere Mark obendrauf. Bitte nimm diese testamentarische Verfügung an. Dein Auftrag hat uns eine Möglichkeit gegeben, noch ein letztes Mal für die Zukunft unserer Kinder zu kämpfen, und uns auf etwas gestoßen, das sonst im Dunkeln weitergetrieben wäre und schreckliche Früchte getragen hätte. Nimm die Verfügung als unseren Dank an Dich dafür. Die Kanzlei von Herrn Doktor Schwerdtfeger wird Dich in allen buchhalterischen Belangen unterstützen.‹«

Der Notar blickte auf. »Unser Honorar für diese Leistung können wir im Vorfeld berechnen und von den in Frage kommenden Beträgen abziehen«, sagte er hilfreich. Er räusperte sich erneut. »Der Testamentszusatz trägt die erforderlichen Unterschriften inklusive zweier Zeugen und eine ärztliche Bestätigung, dass Ihre Eltern, Herr von Briest, im Vollbesitz ihrer geistigen Kräfte waren. Er ist aus meiner Sicht nur schwer anfechtbar – wenn Sie das vorhaben sollten.«

»Ich … nein … ich weiß nicht …«, stotterte Moritz. Er starrte Edgar mit einem ratlosen Blick an. »Ich bin völlig … Edgar, was soll das?«

»Ick kann det nich annehmen«, hörte Edgar sich sagen. »Det jeht nich.« Er hielt seine Kunsthand fest, damit sie aufhörte, zu zucken und ihre unwürdigen Geräusche von sich zu geben.

Antonie hatte still zu weinen begonnen. Jetzt putzte sie sich die Nase und sagte entschlossen: »Wenn es der Wunsch meiner Schwiegereltern war, sollten Sie ihn nicht so schnell ablehnen. Wir müssen reden. Ich glaube, Sie haben uns viel zu erzählen, Herr Trönicke, selbst wenn Paul meinte, einiges davon wäre brisant. Sie haben ihm vertraut. Sie können uns vertrauen.«

Der Notar stieß seine Blätter zusammen, stand auf und verstaute sie in einer Tasche. »Alle nötigen Unterschriften können später in meiner Kanzlei erbracht werden«, sagte er. »Ich überlasse Sie nun Ihren Gesprächen und versichere Ihnen, Herr und Frau Briest, nochmals meiner aufrichtigen Anteilnahme.«

»Ich lasse den Wagen holen, der Sie nach Genthin bringt«, sagte Moritz und zog an der Klingel für das Hausmädchen. »Danke für Ihren Beistand, Herr Doktor.«

»Keine Ursache.« Der Notar schüttelte allen die Hand, Edgar zuletzt. Jetzt, aus der Nähe, sah Edgar, dass der Mann ein Glasauge hatte, perfekt gemacht und vorher nicht erkennbar. Die Haut um das Glasauge herum war mit feinem weißen Narbengewebe überzogen. Die Reparatur der Verletzung musste eine Unsumme Geld gekostet haben, aber sie war es wert gewesen. Der Notar schielte zu Edgars künstlicher linker Hand hinunter. »Siebzig-einundsiebzig?«, fragte er leise.

»Dreiundsiebzig«, erwiderte Edgar überrascht. »Letztet Kontingent. Kleener Abschiedsgruß von den Franzosen. Bombe im Zuch.«

Der Notar nickte. Mit der freien Hand deutete er auf sein Glasauge. »Siebzig. Sedan.«

»War 'ne Knochenmühle«, bestätigte Edgar. Der Notar drückte ihm noch einmal die Hand und verließ sie dann. Sie hörten die Kutsche davonfahren, die ihn nach Genthin brachte.

Moritz stand auf und trat zum Fenster. Er blickte hinaus. Edgar wusste, dass er dort draußen die Gespenster Pauls und Louises sah.

»Stimmt es, was mein Schwiegervater angedeutet hat?«, fragte Antonie. »Dass sein und Louises Aufenthalt in der Schweiz mit Ihnen zu tun hatte?«

»Nur der Teil, der ihnen den Tod jebracht hat«, erwiderte Edgar bitter. Erneut fühlte er schockierte Blicke auf sich ruhen. Er hatte es gesagt, wie er es gemeint hatte. Ihm war schlecht.

»Was kannst du uns erzählen, Edgar?«, fragte Moritz.

»Jar nüscht!«, stieß Edgar hervor.

»Weil der Brief meines Vaters so viel brisantes Material enthält?«

»Weil ick nie 'nen Brief jekriegt habe!«, rief Edgar. »Vastehste, was det bedeutet, Moritz? Wenn dein Vater und deine Mutter wegen irjendwelcher Informationen jestorben sind, die se uffjeschnappt haben, denn sinse völlich umsonst jestorben, weil ick die Informationen nie bekommen hab!«

»Aber … es ging doch um Hunderte von Leben!«, sagte Otto fassungslos. »Um die Zukunft Deutschlands!«

»Ja«, sagte Edgar grimmig. »Und det Wissen darüber ham Paul und Louise mit ins Grab jenommen.«

In das Schweigen nach seinen Worten begann seine Kunsthand wieder zu knarren, zu quietschen und zu klacken.

5

Am 16. September 1873 verließ ein Zug mit den letzten deutschen Soldaten Frankreich. Die Raten der im Frieden von Frankfurt vereinbarten Kontributionen waren alle entrichtet worden. Frankreich gehörte wieder den Franzosen.

In diesem Zug saß Feldwebel Edgar Trönicke vom 4. Garde-Regiment zu Fuß, Spandau, und langweilte sich. Er wünschte, der Zug würde schneller fahren. Er brannte darauf, aus dem Militärdienst auszuscheiden. Der Feldzug gegen Frankreich, die Belagerung von Paris – er war froh, dass alles vorbei war. Er hoffte, dass er nie wieder auf Menschen würde schießen müssen.

Zu Hause würde er sich ausmustern lassen. Sein Dienstzeugnis würde glänzend sein. Er war nicht immer ein vorbildlicher Untergebener gewesen, aber stets ein hervorragender Soldat, und kein Regimentskommandeur würde einem Veteranen des Krieges mit seinen Leistungen eine schlechte Bemerkung in den Ausmusterungsbescheid schreiben, nur weil er ab und zu Befehle eher ausgelegt als befolgt hatte. Außerdem hatte er das Glück gehabt, dass zwei Schutzengel während der letzten Jahre seiner Dienstzeit die Hände über ihn gehalten hatten. Der eine war Oberst von Briest gewesen, dessen Familie er seit Jahren auf vage Weise freundschaftlich verbunden gewesen war. Der andere war ein Hauptmann der Dragoner namens Ferdinand Graf von Zeppelin, dem er mit einem gezielten Schuss das Leben gerettet und dafür gesorgt hatte, dass der Mann zu einer Legendenfigur des Krieges geworden war. Zeppelin hatte es Edgar mit einer Freundschaft gedankt, die Klassen- und Hierarchieschranken nicht achtete. Edgar vermisste den jungen, unkonventionellen Grafen schon jetzt.

Der Zug war überbesetzt mit heimkehrenden Soldaten und deren Ausrüstung sowie Zivilisten, die von der deutschen Garnison gelebt hatten. Die Offiziere hatten ihre Familien mit dabei. Der Zug fuhr langsam und ratterte in seinem Gleis. In Abständen waren Frachtplattformen zwischen den Personen- und geschlossenen Frachtwagen eingeklinkt. Bewaffnete Soldaten hinter niedrigen Sandsackbarrieren saßen darauf. Sie sicherten den Zug. Der Friedensschluss vor zweieinhalb Jahren hatte zwar die regulären Kampfhandlungen beendet, aber nicht die Wut der

Franzosen auf die deutschen Besatzer. Revanchisten hatten Anschläge auf die preußischen Militäreinrichtungen verübt. Es stand zu befürchten, dass die Unruhestifter versuchen würden, die Gelegenheit zu nutzen und den abziehenden Soldaten einen letzten, blutigen Denkzettel zu verpassen.

Wenn er erst aus dem Militärdienst ausgeschieden war, standen Edgar zwei Wege in die Zukunft offen. Der eine war, in das kleine Unternehmen seines Vaters einzusteigen. Edgar Trönicke senior betrieb eine Fischerei auf der Spree. Mehrere hochklassige Berliner Restaurants waren Stammkunden. Darauf konnte man aufbauen, besonders wenn man das Angebot auf Vergnügungsfahrten auf dem Fluss und den angrenzenden Seen ausdehnte. Edgars erste Begegnung mit Moritz und Antonie hatte ihm diese Idee eingegeben. Man würde den ganzen Tag selbst mit an den Riemen sitzen und pullen, aber das und die damit verbundene körperliche Anstrengung scheute Edgar nicht. Wenn das Unternehmen erfolgreich wurde, konnte man ja weitere Boote kaufen und Ruderer anheuern, und bis dahin würde Edgar eben alle Arbeit selbst erledigen. Wer ein paar Jahre als Soldat gedient hatte, den schreckten weder Kälte noch Nässe, noch Mühsal, noch die Eintönigkeit eines ganzen Tages gleichförmigen Schaffens.

Die andere Möglichkeit war, Berlin zu verlassen und nach Süddeutschland zu gehen. Ferdinand von Zeppelin hatte sie Edgar angeboten. Der Graf hing einem Traum an – einen lenkbaren Ballon zu bauen, der Menschen und Lasten durch die Luft befördern konnte. In ihren Gesprächen hatte der Graf immer wieder damit angefangen. Die Amerikaner hatten in ihrem Bürgerkrieg, den Zeppelin als militärischer Beobachter vor Ort mitverfolgt hatte, Ballons für die Observation der Schlachtfelder eingesetzt. Die Franzosen hatten aus dem belagerten Paris welche aufsteigen lassen, um deutsche Geschützstellungen aus der Luft zu identifizieren. Wenn die Ballons ihre Halteleine verloren, waren sie hilflos mit dem Wind davongetrieben. Es musste eine Möglichkeit geben, Ballons lenkbar zu machen! Edgar hörte seinen ungleichen Freund und Kameraden Zeppelin noch immer voller Elan sagen: »Denn wäret des koi Ballon mehr, denn isch des e *Luftschiff*!« Zeppelin hatte Edgar gefragt, ob er an der Konstruktion und beim Bau eines solchen »Luftschiffs« teilhaben wollte. Er, Zeppelin, würde die Mittel dafür schon auftreiben, besonders nachdem er die preußische Heeresführung von der Nützlichkeit einer solchen Erfindung überzeugt hatte. Edgar hatte auf das Unternehmen seines Vaters hingewiesen.

»Böötle, des war geschtern«, hatte Zeppelin leidenschaftlich gesagt. »D'Eisebaa isch heut. Morge – des isch die Zeit vom Luftschiff!«

Edgar lächelte in sich hinein. Er konnte sich also aussuchen, ob er seine Zukunft in etwas Gestrigem oder etwas Morgigem fand. So oder so – die Zukunft würde die Zeit von Edgar Trönicke sein.

Dann explodierte die Bombe, und der Zug entgleiste. Und die Zukunft war nicht mehr die Zeit von Edgar Trönicke.

6

Als ich aus dem Militärlazarett entlassen wurde, haben Paul und Louise mich auf Gut Briest eingeladen«, erklärte Edgar, nachdem er die Vorgeschichte erzählt hatte. Er bemühte sich, hochdeutsch zu sprechen. »Meine Eltern hätten mich natürlich auch aufgenommen, aber ich hatte den Blick gesehen, den mein Vater auf den leeren Ärmel meiner Uniformjacke geworfen hatte, als ich nach Hause kam. Er war … enttäuscht. Ich hatte keinen Wert mehr für ihn. Wenn man die Riemen eines Boots pullt, braucht man zwei gesunde Hände. Und fürs Fischen auch. Ich hatte nur noch eine. Die hier …«, er hob den linken Arm mit der Prothese hoch, »… habe ich zu der Zeit noch gar nicht gehabt. Aber sie hätte eh nichts genützt.« Die Kunsthand öffnete und schloss sich. Alle starrten darauf. Edgar fühlte, wie der erinnerte Schmerz in seiner echten Hand sich meldete, und senkte die Prothese wieder. Er ahnte, dass er heute Nacht wieder mit Phantomschmerzen wach liegen würde.

»Was ist passiert mit Ihrer Hand?«, fragte Levin, als alle anderen schwiegen. »Wer hat die Bombe gelegt?«

Antonie verdrehte die Augen über die neue Taktlosigkeit, aber Edgar machte es nichts aus. Er fand betretenes Schweigen belastender als eine offene, neugierige Frage.

»Wer die Bombe gelegt hat – darauf komm ich gleich noch. Damals dachten wir jedenfalls, es wären Revanchisten gewesen. Was meine Pfote betrifft … Die Bombe hat einen der Frachtwaggons gesprengt. Das hat den Zug zum Entgleisen gebracht. Die Waggons rutschten und rollten den Damm hinunter, haben sich verkeilt, sich gegenseitig zerschmettert oder zerdrückt. Je weiter vorn der Waggon im Zug eingehängt war, desto schlimmer haben ihn die nachdrängenden Wagen zugerichtet. Ich hab doppelt Glück gehabt; ich war in einem der hinteren Waggons, und ich war wach. Deshalb konnte ich mich halbwegs festhalten, als der Wagen sich überschlug. Die Kameraden, die geschlafen haben, sind herumgeschleudert worden wie Lumpenpuppen. Sie brachen sich das Genick, den Schädel, das Rückgrat, prallten gegeneinander oder wurden durch die Fenster nach draußen geworfen und vom Gewicht des Wagens zermalmt. Ich hab nur den linken Unterarm verloren. Ich lag ein paar Stunden unter den Trümmern des Wagens und den zerschmetterten Kameraden begraben, bis ich befreit wurde. Das Schlimmste in der ganzen Zeit waren die Schreie der Verletzten. Die der Menschen und die der Pferde.«

Nun schwieg auch Levin. Edgar räusperte sich. Er hatte die Geschichte nicht oft erzählt, und er hatte auch jetzt einiges ausgelassen. Die Angst, lebendig zu verbrennen, als er den Geruch von Rauch und Feuer wahrgenommen hatte. Die Panik, ersticken zu müssen unter Trümmern und toten Körpern. Die Furcht, zu verbluten, als ihm das Ausmaß seiner Verletzung klargeworden war. Die Erwartung, dass Revanchisten auf der Lauer gelegen hatten und jetzt das Wrack des Zugs stürmten, um die Überlebenden zu erschlagen. Und den Schmerz, den eisigen, bohrenden, wühlenden, tobenden, rasenden Schmerz in dem, was von seinem linken Unterarm übriggeblieben war, eingeklemmt unter einer zerborstenen Sitzbank. Dass er sich bemüht hatte, nicht vor Schmerz und Panik zu heulen wie ein Wolf und es doch getan hatte.

»Ich erzähle euch das alles, damit ihr wisst, was Paul und Louise mir bedeutet haben«, sagte Edgar. »Hier auf Gut Briest hab ich wieder Hoffnung für die Zukunft bekommen. Mit deinem Vater, Moritz, hab ich Abende lang beisammengesessen und habe überlegt, zu was ich noch tauge. Meine Idee mit der Fischerei und den Bootsausflügen – passé. Bei Graf Zeppelin würde ich auch nicht einsteigen können, ein Konstrukteur braucht beide Hände so nötig wie ein Fischer.«

»Deshalb bist du am Ende Detektiv geworden«, sagte Moritz.

Edgar nickte. »Es stellte sich heraus, dass das etwas war, was ich konnte. An Dingen dranbleiben. Muster finden. Spuren vergleichen. Zuhören, besonders, was zwischen den Zeilen gesagt wird.«

»Ich hab das meiste davon nicht mitbekommen«, erklärte Moritz. »Wir waren zuerst für Siemens in Halifax, dann in Brest, dann auf Cape Cod, dann in Cornwall – wo immer die Firma die transatlantischen Telegrafenkabel verlegte. Zuletzt auf St. Lucia, dann auf Borkum … ich hätte dir wohl öfter schreiben sollen …«

»Du hattest dein Leben, Moritz, ich meines. Seien wir ehrlich – so nahe haben wir uns nie gestanden, dass wir uns wöchentlich mit Neuigkeiten über unser Fortkommen auf dem Laufenden hätten halten wollen. Ich ging zuerst nach Dresden zu Heinrich Römer, der dort ein Büro nach dem Vorbild der Pinkerton-Agentur in Chicago eröffnet hatte und mit Vorliebe ehemalige Polizisten und Soldaten anheuerte. Das *Detektiv- und Rechtsbüro Rex.*«

Levin von Briest sagte plötzlich: »Hatten Sie da schon Ihre …?« Er verstummte und deutete mit verspäteter Verlegenheit auf Edgars Kunsthand.

Antonie seufzte.

Edgar lächelte. Auch danach offen gefragt zu werden war ihm lieber als das verstohlene Starren. Nur das ständige Eigenleben der Prothese war ihm so peinlich wie eh und je. »Nein. Aber nachdem ich Römer gezeigt hatte, dass ich die linke Hand nicht brauchte, um schreiben, schießen und zuschlagen zu können wie jeder andere, und das Schießen sogar noch besser, nahm er mich ohne Zögern auf.«

»Schreiben, schießen und zuschlagen …«, sagte Otto, aber es hörte sich weniger ablehnend als fasziniert an.

»Ich hab das in der falschen Reihenfolge gesagt«, meinte Edgar. »Der zweitgrößte Anteil an der Arbeit eines Detektivs ist das Schreiben. Berichte, Überwachungsprotokolle, Anklagevorbereitungen …«

»Und was ist dann der größte Anteil? Das Schießen oder das Zuschlagen?«

»Otto!«, rief Antonie tadelnd.

»Was denn, Mama? Ich frag doch nur.«

»Den größten Anteil«, entgegnete Edgar und grinste, »hat die Warterei.«

»Die Warterei?«

»Und zwar die sinnlose.«

»Oh!«

»Nur det hier keene falschen Illusionen wachsen«, sagte Edgar und grinste noch breiter.

»Entschuldige, aber ich weiß leider gar nichts«, sagte Moritz. »Bist du noch bei Römer in Dresden? Ich dachte, Doktor Schwerdtfegers Kanzlei hätte dich in Berlin erwischt?«

»Ich wechselte zu einer Berliner Agentur, sobald es dort eine gab. Sie wurde von ein paar ehemaligen Offizieren ins Leben gerufen – Caspari-Roth, Roffi und Pelzer. Das war vor zehn Jahren. Aber mittlerweile bin ich selbständig. Bei Römer in Dresden hab ich mich auf Wirtschaftskriminalität spezialisiert, das kam mir dann in Berlin zugute, und als ich mich selbständig machte, konnte ich ein paar wichtige Klienten zu mir rüberziehen. Ick komm um die Runden.«

»Wirtschaftskriminalität«, sagte Otto mit einem enttäuschten Unterton. »Was ist das denn?«

»Viel schreiben, wenig schießen«, erwiderte Edgar lächelnd. »Wissen Sie, was eine Versicherungsgesellschaft darstellt?«

»Nein.«

»In Berlin firmiert seit fast zwanzig Jahren die sogenannte Transatlantische Güterversicherungs-Gesellschaft. Sie übernimmt das Risiko für einen großen Teil des Warenverkehrs in Europa und nach Übersee – Straße, Schiene, Fluss, Meer, worauf immer auch der Gütertransport abgewickelt wird. Die Mitglieder dieser Gesellschaft zahlen relativ geringe Beiträge in die Kasse der Versicherungsgesellschaft, die es ihnen ermöglichen, Verluste auf dem Transportweg in voller Höhe ersetzt zu bekommen. Da solche Verluste die Ausnahme sind, muss die Versicherung auch nur in diesen Ausnahmefällen bezahlen. Kritisch wird es, wenn die Verluste sich so häufen, dass die Auszahlungen drohen, das Kapital der Gesellschaft zu übersteigen.«

»Zum Beispiel weil viele Unfälle passieren«, sagte Otto.

»Zum Beispiel, weil viele Unfälle mit Absicht herbeigeführt werden, um für wertlose, aber hoch versicherte Ware einen Verlust geltend zu machen, der den tatsächlich erlittenen Schaden bei weitem übersteigt. So etwas nennt man Versicherungsbetrug.«

»Und das verfolgen Sie mit Ihrer Agentur?«

»Im Wesentlichen«, sagte Edgar. »Es ist das, was die Agentur am Leben erhält. Der Rest ist sozusagen die Beilage zum Menü.«

»Aber das kommt doch sicher nicht oft vor«, warf Antonie ein.

Edgar seufzte. »Beim großen Börsenkrach damals, 1873, sind viele Unternehmer erfinderisch geworden, um sich vor dem Ruin zu retten. Einige davon haben die Methoden auch nach der Krise fortgeführt.«

»Das hat Siemens damals auch ganz schön zu schaffen gemacht«, bestätigte Moritz. »Und danach musste sich die Firma auf die neuen Regeln einstellen, die helfen sollten, die Krise in Deutschland zu überwinden – Schutzzölle auf ausländische Waren, künstlich hochgehaltene Preise, Steuerbefreiungen für die Industrie und erhöhte Lebenshaltungskosten für das einfache Volk … und natürlich das blödsinnige Geschrei und die Hetzereien gegen die Bankiers, die das alles nach sich zog – vor allem gegen die jüdischen Banken … also ich habe genügend jüdische Bankiers erlebt, die sich anständig verhalten haben.«

»Es haben sich aber einige bei der Krise bereichert«, warf Otto ein. »Haben Sie selbst erzählt, Papa.«

»Stimmt. Die meisten davon saßen in der Regierung und gingen am Sonntag brav in die Kirche statt am Samstag in den Tempel.«

»Und wer sich nicht durch die finanzpolitischen Maßnahmen bereichern oder wenigstens sein Fell retten konnte, fand andere Methoden«, sagte Edgar. »Im Dezember 1875 gab es einen Sprengstoffanschlag auf ein Auswandererschiff in Bremerhaven. Eine Bombe zündete frühzeitig auf dem Dock, noch während des Beladens. Es gab über achtzig Tote. Wäre die Bombe auf hoher See explodiert, wie vorgesehen, wäre das Schiff gesunken, und es hätte über vierhundert Tote gegeben. Das Motiv für den Anschlag: Versicherungsbetrug.«

Antonie von Briest schluckte. Moritz und die beiden Söhne starrten Edgar voller Horror an. Amalie hatte die Augen geschlossen.

»Ich bitte um Entschuldigung«, sagte Edgar. »Das zu erzählen ist taktlos. Ich habe mich hinreißen lassen.«

Moritz machte eine abwehrende Handbewegung. »Das war nicht der einzige Fall, oder?«

»Ich hab bei Römer, dann bei Caspari und später selbst einen Haufen Nachforschungen angestellt. Die Transatlantische Güterversicherungs-Gesellschaft, von der ich vorhin gesprochen habe, ist mein Hauptklient. 1877 kollidieren zwei Fracht- und Passagierschiffe im Ärmelkanal, die *Avalanche* und die *Forest*: hundertsechs Tote. Angeblich waren Navigationsfehler eines der beiden Kapitäne schuld, doch es war ein versuchter Versicherungsbetrug. 1879 sinkt die Passagierschiff *Borussia* im Nordatlantik: hundertneunundsechzig Tote. Zwei Monate später stürzt die Eisenbahnbrücke über den Firth of Tay in Schottland ein: siebzig Tote. 1881 brennen in Nizza, Prag und Wien Theater ab: über sechshundert Tote. 1882 entgleist die Breisachbahn in der Nähe von Freiburg: neunundsechzig Tote. 1883 sinkt das Passagierschiff *Cimbria* bei Borkum: vierhundertsiebenunddreißig Tote. 1887 sinkt die *W. A. Scholten* im Ärmelkanal: hundertzweiunddreißig Tote. 1889 …« Edgar unterbrach sich plötzlich. Er räusperte sich. »Ich glaube, das reicht. Es tut mir leid, dass ich so viel Tod und Verbrechen in euer Haus getragen habe.«

»Waren das alles Versicherungsbetrügereien?«, fragte Antonie fassungslos.

»Nicht immer nachweisbar. Und die Muster passen nicht ganz zusammen. Bei den Schiffskatastrophen lässt sich nachvollziehen, dass hoch versicherte Fracht an Bord war. Da sie in allen Fällen irgendwo auf dem Meeresgrund gelandet ist, kann keiner mehr sagen, ob sie überversichert war oder nicht. Aber ich nehme es an. Die drei Theaterbrände wurden angeblich durch unachtsamen Umgang mit Gaslaternen ausgelöst, aber ich glaube nicht daran – andererseits war in allen drei Häusern die Brandversicherung nicht höher als der Wert der Häuser, niemand hatte davon einen Gewinn. Und die Zugunglücke … die Breisachbahn, ein Jahr später eines in Steglitz, jetzt Münchenstein, dazu kommen drei weitere, die nur mit Glück oder durch die Umsicht des Bahnpersonals verhindert werden konnten, von beschädigten Schienen an gefährlichen Stellen bis zu defekten Bremssystemen … Jedenfalls kann ich derzeit bei diesen Vorfällen noch überhaupt keinen Nutznießer erkennen. Vielleicht ist es wirklich nur in allen Fällen Schlamperei oder einfach Pech gewesen. Aber …«

»… aber du hast meinen Vater gebeten, in der Schweiz die Augen und Ohren offen zu halten, wenn er schon dort war und sich mit der Bahn beschäftigte.«

»Richtig.« Edgar seufzte.

»Edgar – Paul und Louise wären auch dann in der Schweiz gewesen und hätten in diesem Zug gesessen, wenn du sie nicht um Hilfe gebeten hättest.«

»Danke, dass du das sagst, Moritz. Es tröstet mich nicht. Besonders nicht im Licht von Pauls letzter Nachricht.«

»Der Brief, von dem mein Schwiegervater geschrieben hat, ist nie bei Ihnen angekommen?«

»Nie«, bestätigte Edgar.

Da Moritz schwieg, sprach Antonie weiter. »Meine Schwiegereltern haben im *Hotel Krafft* in Basel logiert. In ihrem Zimmer wurde kein Brief an Sie gefunden, sonst hätten wir ihn schon längst an Sie weitergeleitet. Und was sie … was sie mit sich führten …« Sie unterbrach sich.

Edgar brauchte nicht weiterzufragen. Unwillkommene Bilder stiegen in ihm hoch. Er hatte gesehen, was von manchen seiner Kameraden in dem letzten Militärzug aus Frankreich übriggeblieben war. Er wollte sich nicht vorstellen, in welchem Zustand man die Leichen aus dem Zugunglück von Münchenstein gefunden hatte.

»Was immer Paul mir mitteilen wollte, es hat mich nicht erreicht«, sagte Edgar abschließend. »Daher muss ich die testamentarische Verfügung zurückweisen. Ich weiß nicht, auf welche Spur er mich bringen wollte.«

»Du hast vorhin gesagt, man hätte anfangs geglaubt, dass der Zug mit den Soldaten von Revanchisten gesprengt wurde«, sagte Moritz plötzlich. »Was war der wirkliche Grund? Versicherungsbetrug?«

Edgar holte Luft. »Es gab nie eine offizielle Version, dass es nicht Revanchisten gewesen sein könnten. Inoffiziell gab es eine Untersuchung, denn die französische Regierung versicherte hoch und heilig, dass keine der zu diesem Zeitpunkt noch bestehenden Revanchistengruppen den Anschlag verübt hätte. Alle seien froh gewesen, die verfluchten Deutschen aus dem Land zu haben, dabei wollte man sie nicht noch aufhalten. Es stellte sich heraus, dass ein Teil der Ladung, die zerstört wurde, hoch versichert war – sie gehörte einem zivilen Kriegsgewinnler.«

»Und diese Güter waren zufällig in dem Waggon, der gesprengt wurde!«, sagte Otto verächtlich.

»Nein, waren sie nicht. Aber da es sich um jede Menge Zerbrechliches aus Museen und Porzellanmanufakturen handelte, war trotzdem alles hin. Ein Verdacht blieb trotzdem, weil sich die meisten dieser Sachen nie auf dem freien Markt hätten verkaufen lassen. Die Franzosen hätten sie ersatzlos zurückfordern können. Die Versicherung jedoch musste bezahlen.«

»Wenn es Versicherungsbetrug war«, sagte Moritz und schaute nun betont auf Edgars Prothese, »hättest du ein ganz eigenes Interesse daran, Pauls Nachforschungen weiterzuführen. Ein Zug, ein möglicher Versicherungsbetrug, ein Zugunglück, viele Tote – und deine zerstörte Zukunft. Es ist von Anfang an dein persönlicher Fall. Wer immer es war, sie schulden dir Stunden voller Schmerz, deinen halben Arm und deine gesamten Träume.«

Antonie schnappte nach Luft. »Moritz!«, stieß sie hervor.

Edgar sagte und versuchte, seine Stimme gelassen klingen zu lassen: »In solchen Situationen erinnere ich mich, wie resolut deine Mutter sein konnte.«

»Hab ich recht oder hab ich recht?«, fragte Moritz.

»Moritz, warum bist du auf einmal so aggressiv?«, fragte Antonie.

»Weil ich möchte, dass Edgar die Verfügung annimmt und weiterforscht – Papa und Mama zuliebe. Mit dem Geld, das die beiden nicht angenommen haben. Und mit der Zusage aus dem Testament über die Verdoppelung des Spesenaufwands. Und …«, er zögerte kurz, »… mit meiner Zusage, dass ich alle Spesen bezahle, die anfallen, wenn das Honorar aufgebraucht ist. Edgar, ich beauftrage dich hiermit, im Namen meines Vaters und meiner Mutter herauszufinden, ob mit ihrem Tod nur ein Unglück oder ein Versicherungsbetrug in Verbindung zu bringen ist!«

Edgar schwieg. Seine Gedanken überschlugen sich. Er überlegte, ob er dieser Runde mitteilen sollte, worüber er sich Gedanken machte, seit der Notar Pauls Brief vorgelesen hatte. Aber das hätte geheißen, sie in seine Welt mitzunehmen – in die Welt von Täuschung, Verschleierung, Lüge und Gier. Und dort wollte er sie nicht haben. Es gab genügend Tage im Jahr, an denen er selbst nicht dort sein wollte.

Doch wenn er den Auftrag annahm, würde diese Familie, die ihm so teuer war wie die, die er nie selbst gehabt hatte, von all diesem Schmutz befleckt werden. Was sollte er tun? Das Schlimme war: Jedes einzelne von Moritz' Worten war zutreffend gewesen.

»Setz einen Vertrag auf, ich komme morgen in deine Agentur nach Berlin und unterschreibe ihn«, sagte Moritz.

»Warum so eilig?«, fragte Edgar, um Zeit zu gewinnen.

»Weil ich möchte, dass du dich sofort um diese Sache kümmerst. Ich kann es nämlich nicht tun. Das ist das, was ich zu sagen angekündigt habe, als ich dich begrüßt habe. Wir alle werden – mit Ausnahme Ottos, der sein Ingenieurstudium an der Technischen Hochschule beendet und für den gesorgt ist – demnächst nach Amerika gehen. Ich übernehme die neue Elektromotorenfabrik von Siemens in Chicago.«

»Wir tun *was*?«, fuhr Levin auf, während Otto und Amalie

überrascht dasaßen und die Köpfe schüttelten. »Ich hab keine Lust, nach Amerika zu gehen. Da leben nur Wilde.«

»Dann passen wir ja dazu«, sagte Moritz mit einem schiefen Lächeln.

In Edgar erwachte die Berufskrankheit von neuem und versorgte ihn mit unwillkommenen Beobachtungen: dass Levin von Briest seinen Eltern noch Probleme bereiten würde, wenn er mit nach Chicago ging; dass Otto sich plötzlich von der Familie ausgeschlossen fühlte; dass Amalie Angst vor der Umsiedlung hatte – und dass Antonie von Briest, Moritz' Frau, nur deshalb mitging, weil die gesellschaftlichen Konventionen ihr keine Wahl ließen. Die Briests waren eine Familie, die ihren inneren Zusammenhalt verloren hatte.

7

Einige Tage später waren die Briests in Werder, einem Berliner Ausflugsort an der Havel. Es war der 27. September 1891, ein Sonntag. An diesem Tag änderte sich Levin von Briests Leben für immer.

An diesem Tag sah er einen fliegenden Mann.

Der Tag begann mit einem Besuch bei Georg Wilhelm von Siemens. Moritz nahm Antonie, Levin und Amalie zu diesem Besuch mit. Otto war von der kurzen Reise nach Werder ausgenommen geblieben, worüber Levins großer Bruder nicht unglücklich gewesen war. Levin beneidete ihn glühend. Er hatte keine Lust, zu einem von seines Vaters Arbeitstreffen mit seinen Chefs mitgeschleift zu werden, noch dazu an einem warmen, sonnigen Herbstsonntag wie diesem. Aber Moritz hatte keine Widerrede geduldet. Natürlich war Levin klar, weshalb er, Amalie und ihre Mutter mitgenommen wurden – Moritz' oberster Chef sollte die

Familie des Mannes kennenlernen, dem er in ein paar Monaten den Bau und die Leitung seines ersten Werks in Amerika anvertrauen würde. Er wusste, wie wichtig es war, dass die Firmenleitung – die Brüder Arnold und Georg Wilhelm von Siemens und deren Onkel Carl von Siemens – einen guten Eindruck bekamen, deswegen machte er gute Miene und versuchte, sich so ordentlich zu benehmen, wie er es als kleiner Junge gelernt hatte.

Die Familie von Siemens besaß ein Sommerhaus in Werder mit allem Komfort. Arnold und Georg Wilhelm von Siemens begrüßten sie freundlich, doch Levin kam es so vor, als habe zumindest Georg Wilhelm, der jüngere der beiden Brüder, Vorbehalte. Besonders als er Antonie die Hand gab und sich darüber verbeugte, einen Handkuss andeutend, schien er steifer als sein Bruder. Die Gespräche drehten sich um die geplanten Geschäftspartner, mit denen die neu zu gründende Siemens & Halske Electric Company of America zusammenarbeiten würde. Levin verstand, dass Arnold von Siemens der Unternehmensleiter der ausländischen Siemens-Gesellschaften war und damit der eigentliche Chef seines Vaters, und dass Arnold kurz vor der Abreise nach Amerika stand, um dort die endgültigen Möglichkeiten auszuloten, wie sich die Geschäfte des Unternehmens nach Übersee ausdehnen ließen, und die nötigen Geschäftspartnerverträge zu unterzeichnen.

Beide Siemens-Brüder waren um einiges jünger als Moritz, hagere, ernst blickende Männer. Aber während Arnolds voller, dichter Bart ihn gravitätisch wirken ließ, sah Georg Wilhelm mit seinem knappen, an den Seiten gezwirbelten Schnauzer nur herablassend und misstrauisch aus. Levin musterte ihn, bis Georg Wilhelm die Musterung zu spüren schien und zu ihm herüberblickte. Levin, der die Augen nicht rasch genug niederschlagen konnte und vermeiden wollte, bei einem verlegenen Wegschauen ertappt zu werden, wurde rot und versuchte, dem Blick des Industriellen standzuhalten.

»Wie gut ist dein Englisch, junger Mann?«, fragte Siemens.

Levin zögerte. Er fühlte, wie die Blicke aller Erwachsenen im Raum auf ihm ruhten und die seiner kleinen Schwester auch. »*I become better every week*«, sagte er unbeholfen, weil er dachte, dass eine Antwort in englischer Sprache zumindest etwas Eindruck schinden würde. Er starrte Siemens dabei ins Gesicht. Aus dem Augenwinkel sah er das Zucken im Gesicht seines Vaters und wusste, dass er irgendetwas falsch gesagt hatte. Sowohl sein Vater als auch seine Mutter sprachen aufgrund der vielen Auslandsaufenthalte, die Moritz als Angestellter von Siemens & Halske absolviert hatte, fließend Englisch – und auch Französisch, soweit Levin wusste. Er selbst fand sich nicht unbedingt mit einem großen Talent für Sprachen gesegnet. Den Beweis für diesen Verdacht bekam er sofort geliefert.

Siemens lächelte knapp. »*I* get *better every week*«, korrigierte er. »Und am besten müsste es natürlich heißen: *I get better every* day.«

Levins Gesichtsfarbe wurde noch dunkler, und er sagte: »Ja, Herr von Siemens.«

»Levin ist schon sehr gut«, kam seine Mutter ihm zu Hilfe. Levin wusste nicht, ob es ihn erleichterte oder noch peinlicher war. »Er lernt fleißig.«

Georg Wilhelm von Siemens lächelte Antonie an. Das Lächeln besaß keinerlei Wärme. »Das gehört sich auch für den Sohn des zukünftigen Fabrikleiters der Firma Siemens & Halske in Amerika. Ihr Mann repräsentiert das Unternehmen auf dem gesamten nordamerikanischen Kontinent, und seine Familie repräsentiert ihn.«

Levin spürte, dass eine Botschaft in den letzten Worten mitgeschwungen hatte, die er nicht verstand. Er konnte jedoch sehen, dass seine Mutter sie verstand, denn ihre Miene wurde undurchdringlich. Die Botschaft war nicht freundlich gemeint gewesen.

»Es ist natürlich eine Wechselwirkung«, erwiderte Antonie. »Ein führender Angestellter wird auch daran gemessen, wie gut die Firma ist, die er vertritt.« Für ein paar Momente fochten die Blicke Antonies und die Georg Wilhelm von Siemens' ein Duell aus. Es endete unentschieden. Antonie lenkte trotzdem ein. »Unsere gesamte Familie ist stolz darauf, dass mein Mann Ihr Unternehmen vertreten darf.«

Siemens nickte. Ein weiterer musternder Blick aus seinen Augen traf Levin, der schluckte. Verstohlen sah er die Erwachsenen an, als das Gespräch, das kurz gestockt hatte, wiederaufgenommen wurde. Er hatte keine Ahnung, was hier eben vorgefallen war und vor allem, warum. Aber es war einfach, an der Körpersprache der vier Erwachsenen abzulesen, dass nun eine Spannung um den Tisch herum herrschte, die vorher nicht vorhanden gewesen war. Er hoffte, dass nicht er der Auslöser dieser Spannung war. Weil er den Fehler in seiner englischen Antwort gemacht hatte? Aber selbst einem Halbwüchsigen wie ihm war klar, dass die Spannung hauptsächlich zwischen dem jüngeren Siemens-Bruder und Levins Mutter bestand. Was hatten die beiden gegeneinander? Levin senkte den Blick und sah, dass Antonie unter dem Tisch die Hand Amalies hielt und dass ihre Fingerknöchel weiß waren.

Es gab ein Mittagessen und danach Kaffee, Tee, Limonade und Kuchen auf einer hölzernen Veranda, die über einen weitläufigen, sanft zum Ufer der Havel hin abfallenden Garten blickte. Das Sommerhaus lag am Rand der Werder Kernstadt auf einer Havelinsel, zu der eine Brücke vom Festland herführte. Levin und Amalie erhielten Erlaubnis, vom Tisch aufzustehen und durch den Garten zu stromern, aber beide waren so unsicher, was sie tun durften und was nicht, dass sie nur zum Havelufer hinunterschlenderten und aufs Wasser und hinüber zum Festland schauten. Mehrere bunte Papierdrachen standen dort über den Obstwiesen und tanzten träge in der Brise.

»Als Kind habe ich viele Drachen steigen lassen«, ertönte eine Männerstimme hinter ihnen.

Levin und Amalie drehten sich überrascht um. Zu Levins Missvergnügen war Georg Wilhelm von Siemens über den Garten zu ihnen heruntergekommen. Der Industrielle blickte zu den Drachen hinüber, die bunte Tupfen vor dem weiß-blauen Frühherbsthimmel waren. Im Sonnenschein wirkten seine strengen Züge milder als vorhin, und sein Lächeln war nicht mehr so kühl. »Ihr auch?«

»Nein«, sagte Levin vorsichtig. Auch Amalie schüttelte den Kopf.

»Ihr habt etwas versäumt. Warum nicht? Das Gut eurer Familie liegt doch in der Nähe der Elbe, im Jerichower Land. Da muss es das ganze Jahr über guten Wind geben.«

»Wir waren meistens mit meinem Vater auf Reisen«, sagte Levin.

»Wo die Siemenskabel verlegt wurden«, sagte Amalie schüchtern. »Zum Beispiel auf Santa Luzia …«

»Verstehe«, erwiderte Siemens und fügte dann – offensichtlich konnte er nicht aus seiner Haut – hinzu: »Es heißt *Saint Lucia*.« Diesmal lächelte er aber freundlich und nicht verächtlich. »Gab es dort, wo ihr wart, keine Drachen?«

Levin zuckte mit den Schultern. Siemens wandte sich ab und betrachtete wieder die Drachen auf dem Festland.

»Die Chinesen haben den Drachen erfunden«, sagte er. »Vor über zweitausend Jahren oder mehr. Da war er noch kein Kinderspielzeug. Nur Reiche und hochstehende Adlige durften einen fliegen. In neuerer Zeit experimentieren sogar Wissenschaftler damit. Benjamin Franklin, ein berühmter amerikanischer Forscher und Staatsmann, hat mit Drachen während Gewittern versucht, die Elektrizität von Blitzen einzufangen.«

»Wird er mit unserem Papa in Schickargu zusammenarbeiten?«, fragte Amalie.

Siemens schüttelte den Kopf. »Nein, er ist schon lange tot. Aber wenn er heute noch leben würde, wäre er vermutlich einer unserer geplanten Geschäftspartner drüben. Du hast gut aufgepasst, junges Fräulein, dass du Elektrizität und den Zweck unseres Werks in *Chicago* zusammenbringst.«

»Mama hat es mir erklärt«, sagte Amalie.

»Ach was«, erwiderte Siemens und schien ein wenig von seiner aufgeräumten Laune zu verlieren.

»Wie lässt man einen Drachen fliegen?«, fragte Levin.

»Man braucht zwei Leute. Zuerst stellt man fest, woher der Wind kommt, dann nimmt einer die Drachenschnur und der andere den Drachen selbst. Man gibt dem Drachen ein bisschen Leine. Dann rennen beide gleichzeitig los, in den Wind hinein. Wenn derjenige, der den Drachen hält, spürt, dass dieser hochsteigen möchte, lässt er ihn los, und der vordere rennt noch schneller und gibt gleichzeitig noch mehr Schnur aus. Mit ein bisschen Glück steigt der Drachen dann in die Höhe und bleibt dort, solange der Wind stark genug weht. Es ist im Grund das Prinzip eines Segels.«

»Nicht eines Flügels?«, fragte Levin, unwillkürlich fasziniert von der knappen Beschreibung des Unternehmers, aus der sich doch eine Art von kindlicher Begeisterung hatte heraushören lassen.

»Eines Vogelflügels? Nein. Ein Vogel kann auch fliegen, wenn kein Wind geht. Er schafft sich den Auftrieb durch die schnelle Flügelbewegung.«

»Aber manchmal schlagen die Vögel gar nicht mit den Flügeln und fliegen trotzdem.«

»Stimmt. Aber dazu muss dann wahrscheinlich genug Wind wehen.«

»Ich hab schon gesehen, dass Vögel an windstillen Tagen ohne Flügelschlag in der Luft bleiben«, widersprach Levin, zuckte innerlich zusammen, als ihm klarwurde, wem er soeben widersprochen hatte, und fügte unsicher hinzu: »Glaube ich wenigstens.«

Georg Wilhelm von Siemens sah ihn abschätzig an. »Natürlich glaubst du das, weil du es wirklich schon gesehen hast. Ich auch. Ich habe dir die gedankenlose Antwort eines Erwachsenen gegeben, der vor einem Kind nicht zugeben will, dass er etwas nicht weiß. Kein Grund für dich, die Wahrheit deiner Erwiderung abzuschwächen.«

»Entschuldigung, Herr von Siemens.«

»Und auch kein Grund, sich zu entschuldigen.«

Levin senkte den Blick, ratlos, was er darauf erwidern sollte. Als er endlich wieder aufblickte, betrachtete Siemens bereits wieder die Drachen. »Manchmal frage ich mich, ob die Drachen nicht der Grund dafür sind, dass die Menschen immer wieder den Wunsch verspüren, selbst fliegen zu können«, murmelte er. »Der Mensch steht am Boden und denkt, er hat den Drachen gefesselt, weil er ihn an der Leine hat. Aber der Drache ist es, der fliegt, nicht der Mensch. Vielleicht verstehen wir ganz einfach falsch, wer in Wirklichkeit an der Leine hängt.« Unvermittelt blickte er Levin an. »Möchtest du mal sehen, wie ein Mann fliegt?«

»Wie soll das gehen?«, fragte Levin überrascht. »Mit einem Drachen?«

»Nein, mit selbstgebauten Flügeln. Eigentlich gleitet er eher. Interessiert dich das? Ich glaube nicht, dass seine Versuche den Traum vom Menschenflug erfüllen; ich glaube, dass das Einzige, was den Menschen zuverlässig in die Luft heben kann, der Ballon ist – und bleibt. Oder irgendetwas, das das Prinzip des Ballons aufnimmt. Gott hat den Vögeln die Flügel gegeben, nicht den Menschen, also ist auch der Menschenflug auf Flügeln nicht in Gottes Plan. Aber nett anzusehen sind die Gleiter und Hopser allemal. Er unternimmt seine Versuche gar nicht weit von hier.«

»Wer?«

»Der Mann mit dem Flügelapparat. Sein Name ist Otto Lilienthal. Er ist ein Berliner Fabrikant – ganz erfolgreich, er hat ein Patent auf eine besondere Dampfdruckkessel-Technologie. Ein

Verrückter, aber einer mit Mut und Erfindergeist. Seine Gleitversuche unternimmt er auf dem Derwitzer Mühlenberg, nordwestlich von hier. Ich sage eurem Vater, dass er einen Umweg über Derwitz machen soll, bevor mein Kutscher euch nach Brandenburg zur Bahn bringt. Lilienthal ist bei einem Wetter wie heute auf jeden Fall dort.«

8

Der Mühlenberg stellte sich als der Überrest eines Hügelrückens heraus, der als Kiesbruch verwendet worden war, wahrscheinlich beim Bau der Bahnlinie. Eine Seite stieg sanft an, eine Seite brach steil über dem Abbau ab. Am Fuß des Kiesabbruchs stand eine kleine Menschenmenge und schaute nach oben. Weitaus mehr Menschen saßen in weitem Umkreis verteilt auf Decken im Gras und genossen den Sonntag. Es gab Familienpicknicks, Jungmännerausflüge, ein paar Aquarellmaler, alternde Fräuleins mit Büchern unter Sonnenschirmen. Familienväter, die ihre geschwollenen Wohlstandsbäuche spazieren führten, die Ehefrau am Arm und ein Kind an der Hand führend, das Kindermädchen mit dem Rest der Nachkommenschaft hinterdreinstolpernd. Liebespaare, die steif nebeneinander auf der Decke saßen und stockende Unterhaltungen führend, während ihre Aufpasserin so tat, als würde sie woandershin schauen, und dabei jede auch noch so kurze Berührung argwöhnisch beobachtend. Kinder, die Reifen über das Geflecht von Trampelpfaden und Spazierwegen trieben, kläffend begleitet von kleinen Hunden. Entrepreneure, die in Körben die am Vorabend billig erstandene Restware der örtlichen Bäcker mit sich führten und das angetrocknete Zeug zu Preisen anboten, die nur wenig unter denen frischer, eben in die Backstube getragener Ware lagen. Hungrige Ehefrauen und Kinder, die seufzende Gatten und Väter dazu drängten, bei diesen Entrepreneuren einzukaufen. Die gesamte Szene wirkte so gutbürgerlich, dass es vollkommen unwahrscheinlich schien, ausgerechnet hier könne ein verrückter Erfinder dem Traum vom Fliegen hinterherjagen.

Auf dem kurzen Weg mit Siemens' Kutsche hatte Levin bereits alles erfahren, was es über den »fliegenden Mann«, Otto Lilienthal, den Unternehmer mit der merkwürdigen Leidenschaft, ein Vogel sein zu wollen, zu wissen gab. Siemens' Kutscher war ein Quell von Klatsch und Tratsch und ließ seine Passagiere großzügig an seinem Wissen teilhaben.

Otto Lilienthal war ein Sonderling. Tagsüber werkelte er in seiner Fabrik mit, abends und nachts hockte er in einer Werkstatt in seinem Garten und bastelte an seinem Fluggerät. Er hatte keine Freunde, sondern saß immer nur mit seinem Bruder Gustav beisammen. Wer hockte sich schon freiwillig zu seiner Familie!

Otto Lilienthal hatte ein Buch veröffentlicht, in dem er behauptete, Vögel könnten nur deshalb fliegen, weil ihre Flügel gewölbt seien! Dabei musste doch jedem denkenden Menschen klar sein, dass es der Flügelschlag war, der die Vögel in der Luft hielt – und wenn sie ohne Flügelschlag segelten, dann nur, weil starke Aufwinde sie nach oben drückten, wie ein Blatt von einem Baum, das auch nach oben flog, wenn man von unten pustete.

Otto Lilienthal wurde von den preußischen Zeitungen verhöhnt, während er angeblich aus dem Ausland – vor allem aus Frankreich, was allein schon verdächtig war! – ermutigende Briefe zu den Theorien in seinem Buch bekam. Als ob die Franzmänner von irgendetwas anderem eine Ahnung hätten, als wie man ein Weinglas richtig herum hielt!

Levins Vater war in Gedanken versunken, seine Mutter betrachtete den Himmel, und Amalie döste vor sich hin, so dass Levin das Gefühl hatte, der Kutscher redete nur mit ihm. »Aber die Leute interessieren sich doch für Herrn Lilienthal und seine Experimente, wie es aussieht«, sagte er und deutete auf die Menschenmenge am Fuß des Kiesbruchs.

»Nee, nee, junger Herr«, sagte der Kutscher, »die hoffen nur, det er vor ihre Oogen runterfällt.«

Er hielt die Kutsche am Rand der kleinen Menschenmenge an. »Von hier sehen Se's am besten«, erklärte er. »Normalerweise springt er immer von dort oben ab.«

Levin fragte den Kutscher nicht, wieso er so gut Bescheid wusste, wo es doch eigentlich kompletter Unfug war, was Otto Lilienthal trieb. Er ahnte, dass er zur Antwort bekommen hätte, der Kutscher interessiere sich auch nur dafür, ob Lilienthal vom Himmel fiel oder nicht.

»Ich möchte jetzt zum Bahnhof«, sagte Amalie, die der Halt aus ihrem Dösen aufgeweckt hatte. Sie sah sich schlechtgelaunt um.

»Ich möchte das aber sehen«, erklärte Levin genervt.

»Was denn – einen Hügel mit Leuten davor?«, spottete Amalie.

»Als Herr von Siemens von den Flugversuchen erzählt hat, hast du ganz interessiert geguckt!«, warf Levin seiner Schwester vor.

»Jetzt interessiert es mich aber nicht mehr!«

»Wir bleiben noch ein bisschen, der Zug fährt ohnehin nicht gleich ab«, sagte Moritz. Er wandte sich an den Kutscher. »Tut sich hier noch was, was meinen Sie?«

»Eijentlich hopst er immer een paarmal pro Tag den Hang runter«, erklärte der Kutscher. »Kann nich mehr lange dauern. Außer, es is ihm zu böig. Eenmal hat er schon Bruch jebaut, hab ick jehört, weil der Wind zu stark war. Hat sich gleich nachm Weghopsen uff de Schnauze jelegt. Verzeihung, gnä Frau: Ick wollte sagen uff de Neese.«

»Es ist *viel* zu böig«, maulte Amalie.

Levin verdrehte die Augen und wandte sich hilfesuchend an seinen Vater. »Wir sind extra hierhergefahren!«

»Hab ich gesagt, dass wir gleich wieder aufbrechen?«

»Da tut sich was«, sagte Antonie von Briest.

Auf der Kante des Abbruchs stand jetzt ein Mann in weißem Hemd, knielangen weißen Hosen und langen schwarzen Beinlingen darunter. Die sanfte Brise blies ihm langes, lockiges Haar aus dem Gesicht. Mehr konnte Levin von ihm nicht erkennen, aber da ein spöttischer Applaus unter den Zuschauern aufbrandete, nahm er an, dass der Mann in der bizarren Aufmachung Otto Lilienthal war. Lilienthal verschwand wieder, während sich aus der kleinen Menge am Fuß des Kiesabbruchs zwei Herren in Anzügen lösten und den kurzen Abhang emporkletterten. Einer davon trug eine Kamera an einem Stativ über der Schulter und stellte sie auf. Der zweite stieg noch etwas weiter empor und begann mit jemandem zu reden, den man hinter der Hügelkante nicht sehen konnte. Was er dort erfuhr, gab er an den Mann mit der Kamera weiter, der nach einigem Herumgetue unter dem schwarzen Tuch verschwand.

»Die machen Fotos von den Versuchen«, sagte Levin, bereits mehr als halb fasziniert. »Ganz schön aufwendig.« Der Aufwand schien zu beweisen, dass Lilienthal seine Flugexperimente nicht nur zum Spaß durchführte, sondern sie als wirkliche Forschung betrachtete.

»Ganz schön langweilig«, konterte Amalie. Aber Levin konnte sehen, dass sie verstohlen den Mann mit der Kamera beobachtete.

»Amalie, hör auf zu stänkern«, sagte Antonie mit mehr Schärfe in der Stimme, als Levin erwartet hatte. Selbst Moritz warf seiner Frau einen erstaunten Blick zu. Antonie reagierte nicht darauf. Amalie begann zu schmollen.

Am Fuß des Hügels raunte die Menge, als Lilienthal erneut auf dem Hangabbruch erschien. Levin hielt die Luft an. Er wusste nicht, was er erwartet hatte, aber nicht das.

Dort oben stand ein Mann mit Flügeln.

Die Flügel hatten vage die Umrisse eines Vogelflügels, wenn man so tat, als wären die einzelnen Federn in Wahrheit eine kompakte Fläche. Sie waren aus strahlend weißem Tuch über einem engmaschigen hölzernen Gerippe, deutlich gewölbt. Levin verstand, warum der Kutscher Schwierigkeiten damit hatte, diese Wölbung als die einer Vogelschwinge zu empfinden oder die Natur als Lilienthals Konstruktionsvorlage zu erkennen. Lilienthals Flügel sahen überhaupt nicht wie Vogelflügel aus.

Sie sahen aus wie das, was herauskam, wenn man alles Überflüssige wegnahm und nur noch das übrigließ, was das Fliegen eigentlich ausmachte. Sie sahen aus wie die Quintessenz des Fliegens! Noch bevor Lilienthal auch nur einen Schritt weit geflogen war, wünschte Levin schon nichts sehnlicher, als an seiner Stelle dort oben zu stehen, den Flugapparat zu halten, zu spüren, wie der Wind an ihm zerrte, zu fühlen, wie das Gerät nach der Luft, nach dem Himmel, nach der Freiheit strebte, zu erleben, wie es war, wenn man den Boden zurückließ und flog! Er merkte nicht, dass er aufgestanden war und so breitbeinig in der offenen Kalesche stand wie Lilienthal oben auf dem Hügel, und dass er in den Knien wippte wie der Mann mit dem Flugapparat.

»Ich seh nichts«, maulte Amalie.

Levin achtete nicht auf sie.

Lilienthal trat ein bisschen hin und her, wie ein Sturmvogel, der sich aufmacht, von seiner Klippe abzuspringen. Er blickte zu einem weiteren Helfer, der mit einem langen Seidentuch an einem Stock an den Hügelabbruch getreten war und den Stock in die Höhe hielt. Das Seidentuch flatterte im Wind und zeigte, dass die Brise genau von vorn kam. Lilienthal zögerte. Levin wusste, warum, ohne nachdenken zu müssen. Das Seidentuch tanzte ein wenig hin und her. Der Wind kam nicht einheitlich von vorn, sondern änderte seine Richtung – nicht viel, höchstens einen Viertelkreis auf einer gedachten Kompassscheibe. Doch das schien schon etwas zu viel zu sein. Levin konnte die Unschlüssigkeit Lilienthals förmlich fühlen. Er sah ihn zwischen der kleinen Menge Gaffer, seinen Helfern und dem weiß-blauen Himmel hin und her blicken. Der Fotograf kam hinter seinem Tuch hervor und schaute in Lilienthals Richtung. Levin sah ihn fragend die Arme ausbreiten. Lilienthal musterte erneut das flatternde Seidentuch. Den Himmel. Die Gaffer. Seine Blicke strichen über die weißen Flügel seiner Apparatur, als wolle er sich bei ihr Rat holen, ob er es versuchen sollte.

Schließlich nickte er.

Levin schluckte.

Der Fotograf verschwand unter seinem Tuch, sein Begleiter oben an der Hügelkante legte sich hin und schmiegte sich an den Hang. Der Mann mit dem Seidentuch senkte den Stock.

Lilienthal trat zurück und machte ein paar federnde Schritte auf der Stelle, wie ein Faustkämpfer im Ring.

Levin hielt die Luft an.

Ein, zwei, drei lange Schritte.

Lilienthal trat über die Kante.

Zwei weitere Schritte den Hang hinab.

Die Leute unten am Fuß des Kiesabbruchs kreischten auf und liefen auseinander. Lilienthal, in seinem Apparat mächtig wirkend wie ein Riese, lief direkt auf sie zu! Die Schwingen aus Holz und Tuch federten, fast wie richtige Flügel. Der ganze Apparat schien zu erwachen.

Levin keuchte.

Plötzlich waren Lilienthals Füße in der Luft. Er zog die Knie an. Levin konnte sehen, wie er sich nach vorn warf. Wie ein Mann, der Anlauf genommen hat und über einen Bach springt, weit, weit nach vorn.

Nur dass Lilienthal nicht sprang.

Lilienthal flog.

Es war, als ob etwas den Flugapparat nach oben ziehen würde, eine unsichtbare, hilfreiche Macht. Hüte flogen und kollerten über das Gras, als sich ein paar schreckhafte Seelen unter den Zuschauern zu Boden warfen, aber es war unnötig. Lilienthal flog mit einem ruckelnden, jähen Hopser über ihre Köpfe hinweg, schwankte, die Flügel griffen in den Wind … gaukelnd wie ein Schmetterling, wie ein Blatt in einer Bö senkte sich der Gleiter hinter der Menge nach unten, Lilienthal zog erneut die Beine an, lehnte sich nach hinten … der Flugapparat gewann nochmals an Höhe … welche Strecke hatte der fliegende Mann nun schon zurückgelegt, zwanzig, dreißig, vierzig Schritte, ohne den Boden zu berühren …? Levin folgte dem Flug mit den Blicken, ansonsten wie gelähmt in der Kutsche stehend, vollkommen verzaubert. Lilienthal flog. Und er flog immer noch! Erneut schien den Gleiter seine Auftriebskraft zu verlassen, erneut warf sich Lilienthal nach hinten und zog die Beine an. Der Apparat sauste empor, höher als vorhin, steil nach oben. Zu steil, wurde Levin auf einmal klar, viel zu steil …

Er hörte einen Schrei, dann löste sich Otto Lilienthal aus seiner Konstruktion und sprang ab, aus drei oder vier Metern Höhe, prallte auf den Boden und rollte sich ab. Der Gleiter verlor jedes flugähnliche Verhalten, stellte sich auf, kippte über eine Seite ab, trudelte unbeholfen herunter und landete mit einem Knacken, das Levin mehr fühlte als hörte. Die Schwingen sackten zusammen. Der elegant geschwungene Schwanz brach ab. Lilienthal kam auf die Beine und knickte wieder ein. Die Zuschauer gafften erschrocken, dann rannten sie zu ihm. Seine Helfer kamen ebenfalls den Hang heruntergeeilt, allen voran der Mann mit dem Seidentuch. Der Fotograf hatte einfach seine Kamera stehenlassen und lief mit ausholenden Schritten.

Dennoch war der Erste, der bei Lilienthal ankam, Levin von Briest.

Er wusste nicht, wie er von der Kutsche heruntergesprungen war und zu dem verunglückten Flieger gerannt war. Im einen Moment hatte er sich noch selbst auf dem Fahrzeug stehen sehen. Im nächsten kniete er schon neben Lilienthal, der auf dem Boden saß und seinen Fußknöchel fluchend massierte.

»Ist Ihnen was passiert?«, hörte er sich hervorstoßen.

»Nicht mehr als sonst«, knurrte Lilienthal. Er musterte Levin. »Kennen wir uns, junger Mann?«

Jetzt waren die anderen heran. Der Mann mit dem Seidentuch fiel auf der anderen Seite Lilienthals auf die Knie. »Was ist passiert, Otto? Geht's dir gut?«

»Eine Windbö, Gustav. Nichts weiter. Ich hätte vielleicht doch nicht starten sollen. Ich hab mir den Knöchel verknackst. Der Apparat ist hinüber.«

»Das lässt sich reparieren, Otto. Hauptsache, du bist nicht schlimmer verletzt.«

Der Mann, den Lilienthal Gustav genannt hatte, zog den Verunglückten in die Höhe. Levin half mit. Lilienthal stellte sich auf den verletzten Fuß und zischte, aber das Fußgelenk trug ihn.

Levin klaubte das Kopftuch auf, das Lilienthal verloren hatte. Mit heftig klopfendem Herzen hielt er es dem Erfinder hin. Die beiden Männer schauten ihn erstaunt an. Von allen Seiten drängten sich nun Schaulustige heran. Die ihn zuerst spöttisch beklatscht hatten, klopften dem sichtbar nur leicht verletzten Lilienthal nun erleichtert und begeistert auf die Schultern.

»Ich hab Ihren Namen nicht verstanden, junger Freund«, sagte Lilienthal.

»Ich bin Levin von Briest«, sprudelte Levin hervor. »Und ich … ich will fliegen lernen, Herr Lilienthal!«

9

Später im Zug dösten die Familienmitglieder vor sich hin oder schauten zum Fenster hinaus. Amalie, die neben Levin saß, war jedoch unruhig. Levin, vor dessen innerem Auge sich wieder und wieder die Szene abspielte, wie Lilienthal plötzlich geflogen war, und der gerne noch ein wenig davon geträumt hätte, wie er eines

Tages genauso fliegen würde, zischte schließlich genervt: »Mensch, Amalie, jetzt halt dich doch mal still!«

Amalie reagierte nicht wie in letzter Zeit üblich gereizt, sondern fragte nur: »Levin?«

»Was ist?«

»Wenn der Mann mit dem Flugapparat aus größerer Höhe abgesprungen wäre, hätte er sich schwer verletzt oder wäre gestorben.«

»Ja, wahrscheinlich.« Levins Begeisterung für Lilienthals Experimente vertrug sich nicht gut mit solch morbiden Feststellungen.

»Aber wenn er nicht abgesprungen wäre, wäre er mit dem Apparat abgestürzt und vielleicht auch gestorben.«

»Er ist aber nicht gestorben, er lebt und wird seinen Flugapparat reparieren und weiterfliegen!«

»Aber wenn er wieder mal abspringen muss und ist diesmal weiter oben? Oder wenn sein Apparat höher fliegt und dann runterfällt?«

»Worauf willst du eigentlich raus, Amalie?«

»Weiß ich auch nicht. Ich denke nur, es müsste irgendwas geben, damit er dann trotzdem eine Chance hat, heil runterzukommen.«

»Die einzige Chance ist, eben nicht abzustürzen, sondern den Flugapparat immer zu beherrschen – so wie ein guter Reiter sein Pferd beherrscht oder ein guter Lokführer seine Maschine. Und jetzt gib Ruhe, Amalie.«

Amalie schwieg. Levin erkannte erstaunt, dass sie auch diesmal nicht schmollte, sondern nur nachdenklich war. Kleine Schwestern, dachte er. Meine Güte! Jeden Tag ein anderer blöder Einfall.

Er schaute wieder zum Fenster hinaus und sah in Gedanken einen Mann in einem Gleiter mühelos und elegant neben dem Zug herfliegen, und der Mann war er.

10

Edgar Trönicke saß in einem der beiden Zimmer, die seine Agentur darstellten, und blickte zum Fenster hinaus. Seine Prothese war bewegungslos, weil auch Edgar sich ganz still hielt. Er dachte nach. Über Krach. Besonders über rhythmischen Krach. Ganz besonders über rhythmischen Krach, der aus dem anderen Zimmer zu hören war und jeden normalen Menschen, der nachdenken wollte, in den Wahnsinn trieb.

Klack. Klack. Klackklackklack. KLACK.

Der Himmel über Berlin war graugelb. Berliner Novemberfarbe. Nieselregen fiel aus ihm und ließ die Friedrichstraße glänzen. An der reichverzierten Hausfassade seinem Bürofenster gegenüber zogen sich dunkle Feuchtigkeitsstreifen von allen Ecken und Kanten und verwandelten das fröhliche Sandbraun des Anstrichs in ein totes Kaki. Edgars Agentur befand sich im zweiten Stock eines Gebäudes, das an der Ecke Friedrichstraße/Taubenstraße stand; seine Werbeplane mit der großen Schrift DETECTIVE und darunter etwas kleiner AGENTUR spannte sich über die Balustrade vor seinem Fenster; darüber im dritten und darunter im ersten Stock gab es gleichartige Fenster mit gleichartigen Balustraden davor, nur dass hier Werbeplanen mit den Aufschriften CORSETS vorgespannt waren. Edgars Agenturwerbung wurde quasi delikat eingerahmt.

Die Fußgänger unten achteten weder auf die eine noch auf die andere Werbung. Sie hatten es eilig, wenn sie die Straße querten. Sie wollten nicht nass werden, aber vor allem wollten sie nicht von einer Pferdedroschke oder einem öffentlichen Dampfbus über den Haufen gefahren werden, deren Lenker auch nicht nass werden wollten. Wenn das Klackern aus dem Nachbarzimmer einmal innehielt, konnte man die Geräusche hören, die das quirlende Leben in der Friedrichstraße erzeugte und die bis hier heraufdrangen. Für Edgar waren sie immer die Lebensgeräusche einer fröhlichen, atmenden Stadt gewesen und darum willkommen, selbst wenn Teile dieser fröhlichen Geräuschkulisse aus den Flüchen von Kutschern, dem Wiehern von Pferden, dem trunkenen Gelächter irgendwelcher Tagediebe und nachts manchmal aus dem Gekreisch miteinander raufender Bordsteinschwalben bestanden. Es brauchte jede soziale Schicht, um eine Stadt zu bilden, und die Friedrichstraße beherbergte sie alle.

Allerdings jetzt: Klack. Klack. KLACKKLACKKLACKKLACK!

Edgar schüttelte den Kopf. Wieso begann eigentlich jeder technische Fortschritt mit etwas, das einem auf die Nerven ging? Er hegte schon Tagträume, in denen er sich seinen großen Revolver zücken sah, das andere Zimmer betreten, Hermine Leitner von ihrem Platz verscheuchen, anlegen, zielen und ... PENG! Ah, wie die verhassten Zahnräder und Tasten und Federn in einer Wolke aus Metallstaub und Papierfetzen davonfliegen würden. Blattschuss!

KlackKlackKlackKlack.

Krrks ...

Stille.

Dann eine normalerweise entzückend rauchige Stimme, jetzt aber eine genervte Oktave zu hoch: »Oooch, verdammtet Scheißding! Ick hau dir gleich zum Fenster raus!«

Edgar rief, ohne den Blick von draußen abzuwenden: »Hermine, du kannst nicht das Eigentum der Agentur zum Fenster rauswerfen.«

Von jenseits der Wand kam die Antwort: »Wetten, det ick kann?«

»Versuch, unten niemand zu treffen.«

»Ick könnte versuchen, dir zu treffen, wenn de so freundlich wärst un ma vor die Tür jehst.«

Edgar nahm die Füße vom Fenstersims, kippte seinen Stuhl in die Waagrechte zurück, stand seufzend auf und trat in das Nebenzimmer. Es war noch kleiner als seines. Es beherbergte einen Tisch und ein Kabinett voller Papierstöße. An dem Tisch saß eine junge Frau mit rotem Haar, Sommersprossen und einem einfachen grünen Kleid, dessen Ärmel sie aufgekrempelt hatte. Vor ihr auf dem Tisch stand eine Apparatur, die aussah, als hätte sich ein Igel auf eine gewölbte Platte gesetzt, auf der ein Bogen Papier lag. Die Platte wiederum war in ein kompliziertes Gestänge eingehängt und stand auf einem wuchtigen Fuß.

Bei der Apparatur handelte es sich um eine Malling-Hansen-Schreibkugel, die neueste Erfindung auf dem Markt der normierten Schrift. Die junge Frau, die mit spitzen Fingern in ihren Eingeweiden herumfummelte, war Hermine Leitner, Edgars Bürohilfe, Assistentin, Sekretärin und täglicher Quell von Freude. Selbst wenn sie verärgert war wie gerade eben, empfand Edgar ihre Anwesenheit als Sonnenstrahl.

»Was ist los?«, fragte Edgar.

»Die Stangen haben sich schon wieder verklemmt«, sagte Hermine. »Ick gloob, ick schreib zu schnell für det verschnarchte Ding.«

»Geh beiseite, Hermine, ich hol meinen Revolver.«

Hermine sah auf und musterte Edgar mit zusammengekniffenen Augen. »Wozu?«

»Ich knall das verschnarchte Ding ab.«

»Untersteh dir, Edgar Trönicke!« Hermine legte schützend die Arme um die Schreibmaschine.

»Grade wolltest du es noch zum Fenster rauswerfen.«

»Det is was anderes, wenn ick det sage!«

»Ich hab das Ding gekauft, Hermine«, erinnerte Edgar und unterdrückte ein Grinsen. »Das Riesenloch in meinem Konto lässt mich jeden Tag daran denken.« Ganz zu schweigen von dem tödlichen Klackern, fügte er in Gedanken hinzu.

»Na und? Ich arbeite damit. Wer hat mehr Rechte, darüber zu bestimmen?«

»Der, dem es gehört?«

Der vertraute Umgang zwischen Edgar und Hermine war durchaus nicht üblich. In den ersten Monaten ihrer Zusammenarbeit hatte die übliche Förmlichkeit zwischen Chef und Untergebener geherrscht. Aber Edgar hatte das nicht lange durchgehalten und Hermine angeboten, einander zu duzen. Es hatte sich herausgestellt, dass sie beide keine Freunde von Förmlichkeiten waren, und aus einem Arbeitsverhältnis war schnell eine Freundschaft geworden, in der weder Edgar noch Hermine ein Blatt vor den Mund nahmen.

»Ooch, Edgar«, sagte Hermine, »du bist so wat von von jestern! Fass mir bloß meene jeliebte Greta nich an.«

»Greta?«

Hermine errötete. »Ick musste ihr doch 'n Namen jeben, damit ick se verfluchen kann, wenn die Typen sich verklemmen. So wie jetzt.« Sie gab dem Apparat einen Klaps. »Olle Trulla!«

Edgar hatte die Schreibkugel angeschafft, nachdem ihn sein Hauptkunde, die Versicherung, darauf aufmerksam gemacht hatte, dass handgeschriebene Rechnungen und Berichte nicht mehr zeitgemäß waren. Ein einheitliches Schriftbild aller eingesandten Belege erleichterte der Verwaltung der Versicherung die Arbeit, und weniger Verwaltungsaufwand bedeutete weniger Kosten und damit ein effizienteres Arbeiten zugunsten der Versicherungsnehmer.

Edgar hätte darauf hinweisen können, dass die Kosten nicht weniger wurden, sie wurden nur auf die Dienstleister abgewälzt wie ihn, der ein kleines Vermögen für die Schreibmaschine ausgeben musste. Aber der kluge Dienstleister schwieg und begann damit, die bisher aus Höflichkeit vollzogene Praxis, Arbeitsstunden nur dann abzurechnen, wenn sie dreißig Minuten überschritten und alles, was darunter war, auf die eigene Kappe zu nehmen, zu ändern. Derzeit rechnete Edgar auch Viertelstunden ab. Die Versicherung hatte bis jetzt keinen Einspruch erhoben. Mit ein bisschen Glück brachte er so die Kosten der Schreibmaschine in ein, zwei Jahren wieder herein und machte nachher einen erhöhten Gewinn durch die neue Abrechnungspraxis. Man musste ein Fuchs sein, wenn man kein armer Hund werden wollte.

»Soll ick Tee und een paar Stullen von der Gaststube holen?«, fragte Hermine und deutete vage zum Fenster hinaus in die Richtung, in der in wenigen Schritten Entfernung ein Restaurant lag. Die Friedrichstraße war von Lokalen jeder Güteklasse geradezu gesäumt.

»Hast du Hunger?«

»Nee, ick nich, aber du hast in einer halben Stunde Besuch.«

»Stimmt, Moritz von Briest.« Edgar dachte daran, dass er seinem Auftraggeber und Freund keine wirklich befriedigenden Neuigkeiten mitteilen konnte. Seit zwei Monaten drehte er sich bei seinen Nachforschungen zum Tod Pauls und Louises im Kreis. Als er ihm einen Bericht darüber zugesandt hatte, hatte Moritz höflich angefragt, welche Kosten bis dahin angefallen seien. Edgar hatte sich geweigert, eine Rechnung zu stellen, weshalb Moritz darauf bestanden hatte, sich persönlich zu treffen, um über den Stand der Dinge zu sprechen. Edgar war klar, dass Moritz ihn dabei zwingen wollte, einen Scheck anzunehmen. Die Aufrichtigkeit seines alten Freundes rührte ihn und machte ihn zugleich verlegen, weil es ihm schwerfiel, von der Familie Briest Geld zu nehmen. Andererseits hatte die Schreibkugel wirklich viel Geld gekostet, und die patente kleine Taschenbuchkamera der Frankfurter Firma Dr. Rudolf Krügener, die er sich geleistet hatte, war mit sechzig Mark zwar deutlich günstiger gewesen als die Kodak Nr. 1 des Amerikaners Eastman, mit der Edgar zuerst geliebäugelt hatte, aber immer noch teuer. Edgar hatte schon während seiner Zeit bei Caspari-Roth, Boffi und Pelzer mit der Verwendung von Kameras experimentiert. Seiner Prothese wegen fiel es ihm schwer, rasche Skizzen vor Ort anzufertigen. Der Fortschritt der Technik, die begonnen hatte, die schweren und unhandlichen Glasplatten zum Festhalten fotografischer Aufnahmen durch leichte Rollfilme zu ersetzen, war ihm gerade recht gekommen. Hersteller wie Talbot oder Stegemann in Berlin, Goldmann in Wien oder Vega in Genf hatten sich bereits auf die Anfertigung kleiner Geheimkameras spezialisiert, die in falsche Bücher, Operngläser und sogar in die Griffe von Gehstöcken eingebaut waren.

Edgar zog seine Geldbörse heraus und gab sie Hermine. »Hol mal was«, sagte er. »Und kauf für dich und deinen Bruder für heute Abend auch was.«

»Oh, is det 'ne Jehaltserhöhung?«

»Ne Gratifikation für den selbstlosen Schutz meiner Agentureinrichtung vor dem Chef selbst.«

»Weil ick nich zulasse, dette die Greta abknallst?«

Edgar grinste. »Genau.«

Hermine kam hinter dem Tisch hervor und gab Edgar einen Schmatz auf die Wange. »Det is lieb, Edgar, aber weeßte, für heute Abend hab ick schon Bollenfleisch für Rudi und mich aufm Speiseplan. Ick bring dir morjen wat mit, falls Rudi wat übriglässt.«

»Zwiebeln und Lamm mag ich!«, sagte Edgar genießerisch.

»Weeß ick doch!«

»Denn kauf dir für dich und Rudi 'ne Molle auf meine Kosten, Hermine.«

»Werd ick, Edgar. Bin gleich wieder zurück.«

Moritz von Briest kam pünktlich. Er brachte seinen ältesten Sohn Otto mit. Die beiden älteren Männer begrüßten sich herzlich. Edgar versuchte einmal mehr vergeblich, den emotionslosen Beobachter in sich zum Schweigen zu bringen, der ihm sagte, dass Moritz der ergrauende Schnurrbart bieder und älter und beliebig aussehen ließ und dass sein Gesicht müder und bleicher war als im September.

»Darf ich vorstellen?«, fragte Edgar. »Meine Assistentin und die gute Seele der Agentur: Hermine Leitner. Hermine – dies sind die Herren Moritz und Otto von Briest.«

»Angenehm«, sagte Hermine, knickste und errötete dann, als die beiden Männer ihr die Hand schüttelten. Edgar sah mit Amüsement, dass Otto genauso rot geworden war wie Hermine.

»Was ist das hier, wenn ich fragen darf?«, erkundigte sich Otto. Er deutete auf die Schreibkugel.

»Das ist Greta«, erklärte Edgar im Versuch, einen Scherz zu machen, bis ihm auffiel, dass Otto ihn gar nicht gefragt hatte. Er hatte sich an Hermine gewandt.

»Man kann damit normierte Buchstaben schreiben. Wie beim Buchdruck, nur einfacher und flexibler«, sagte Hermine. Sieh an, dachte Edgar, du kannst ja reden, ohne zu berlinern wie eine Gassengöre aus dem Wedding! Und sogar besser als ich!

»Wofür braucht man das?«, fragte Otto.

»Um Berichte zu schreiben, die auch jemand lesen kann, der an meiner Sauklaue scheitert«, sagte Edgar. »Kommt rein. Hermine hat eine kleine Stärkung gebracht. Hermine, du kannst für heute Schluss machen, wenn du möchtest.«

Edgar führte Moritz in das zweite Zimmer, rückte ihm einen seiner durchgesessenen Besucherstühle zurecht und setzte sich dann hinter seinen Schreibtisch. »Wo ist Otto?«, fragte er.

Moritz, der zum Fenster hinausgeschaut hatte und geistesabwesend wirkte, sah sich überrascht um. »Otto?«

Otto von Briest kam zur Tür herein, immer noch mit rotem Kopf. »Entschuldigung. Fräulein Leitner hat mir den Schreibapparat erklärt.«

»Ihre Greta«, erklärte Edgar.

Otto zuckte fragend mit den Schultern.

»Vielleicht konstruieren Sie ja mal ein Nachfolgegerät, bei dem sich nicht dauernd die Typen verklemmen«, schlug Edgar vor. »Wenn Sie mit der Schule fertig sind. Wie viele Jahre noch?«

»Zwei.«

»Nicht mehr lange also. Aber das zieht sich, oder?«

»Das können Sie laut sagen.«

»Und dann?«

»Weiß ich noch nicht. Papa und Mama haben schon Vorstellungen, aber was mich betrifft ...« Er zuckte erneut mit den Schultern.

Einen Augenblick dachte Edgar, Otto hätte noch etwas hinzufügen wollen, doch dann lenkte ihn Moritz ab, der kurz die Augen schloss und seufzte. »Noch einmal sagen zu können, ich weiß nicht, was ich will – und dabei aber die ganze Zukunft offen zu haben.«

»Du hast doch immer gewusst, was du willst, Moritz«, sagte Edgar. »Und du hast es bekommen.«

»Du hast recht. Ich war gedankenlos. Es tut mir leid.«

»Warum?«

Moritz gestikulierte verlegen zu Edgars ruhig auf der Tischplatte liegender Kunsthand. »Deine Pläne haben sich nicht so erfüllt.«

»Ich bin da, wo ich gute Arbeit leisten kann. Was will man mehr?«

Moritz schien es als Überleitung zu nehmen, denn er setzte sich aufrechter hin. Edgar kam es so vor, als wäre er erleichtert und würde es zugleich bedauern, dass sich das Gespräch von den persönlichen Themen wegbewegte.

»Ich weiß, dass du hervorragende Arbeit leistest, Edgar«, sagte er. »Daher möchte ich dich bitten, mir endlich eine Rechnung zu stellen. Arbeit muss belohnt werden.«

»Ich bin noch nicht wirklich weitergekommen ...«

»Ich dachte, in deinem Gewerbe rechnet man nach Stunden ab, nicht nach Erfolg.«

Edgar seufzte. »Das ist auch für mich eine persönliche Angelegenheit. Das weißt du doch.«

»Wie ist denn der Stand der Dinge?« Moritz holte einen Brief aus der Innentasche seiner Jacke, faltete ihn auseinander und hielt ihn hoch. »Hat sich seither irgendwas geändert?«

Der Brief war ein Bericht, den Edgar an Moritz gesandt hatte. Er war noch aus der Zeit vor Greta und in Hermines steiler, schräger Handschrift verfasst. »Nicht wesentlich, sonst hätte ich dir einen aktuellen Bericht geschickt.«

Moritz nickte und legte den Brief auf den Tisch. »Woran liegt es, glaubst du? Da hat doch irgendwer Dreck am Stecken, und jemand anderer mauert für ihn.«

»So könnte es bei einer Sichtweise aussehen«, sagte Edgar, einem anderen Reflex seines Berufs folgend, der ihm riet, mit Anschuldigungen und Interpretationen vorsichtig zu sein.

»Gibt's denn eine andere Sichtweise?«

»Nee …« Edgar seufzte.

Edgar hatte nicht den legalen Weg gehen und sich als Pauls heimlicher zweiter Auftraggeber vorstellen können. Dieses Vorgehen hätte Pauls Namen noch im Nachhinein in Misskredit gebracht und zu Rückforderungen seitens der Gesellschaft führen können. Die Gesellschaft hatte in einer hochanständigen Geste Pauls gesamtes Honorar samt einem hohen Schmerzensgeld an seine Erben ausbezahlt. Daher hatte Edgar sich als freiberuflicher Kollege Pauls ausgegeben, der mit ihm befreundet gewesen war und der nun darum bat, Einsicht in dessen Untersuchungen nehmen zu dürfen.

Zuerst hatte es geschienen, als sei Edgars Ersuchen im Dickicht der Bürokratie des Bahnunternehmens hängengeblieben. Die Jura-Simplon-Bahngesellschaft war aus dem Zusammenschluss dreier Bahnbetreiber entstanden, die wiederum kurz vorher durch Fusionen geschaffen worden waren. Das Unternehmen war eine Aktiengesellschaft, an der die Kantone Bern und Luzern, der Schweizer Bund und einige Gemeinden entlang des Streckennetzes beteiligt waren.

Schließlich war Edgar an einem Doktor Carl Wechlin gescheitert, einem Beamten in der Regierung des Kantons Luzern. Dieser hatte ihm mitgeteilt, dass aufgrund der Bemühungen des Schweizer Bundes, die Eisenbahn sicherer zu machen – ein Unterfangen, dem der Freund des Antragstellers, Herr Ingenieur Paul Baermann, in ebenso tragischer wie vorbildlicher Weise sein Leben geopfert hatte – Auskunftserteilungen an Dritte derzeit ausgeschlossen waren; mit vorzüglichster Hochachtung, ganz der Ihre, Doktor C. Wechlin, Unterstatthalter.

Edgar hatte daraufhin den Weg direkt über die Kantonsregierung eingeschlagen, mit Hilfe eines befreundeten Kollegen, der noch bei Caspari-Roth, Boffi und Pelzer arbeitete, und der freundlichen Duldung seines ehemaligen Arbeitgebers. Detektivarbeit lebte in erster Linie von einem funktionierenden Netzwerk, daher unterstützten sich auch vermeintlich konkurrierende Agenturen ohne Vorbehalte, im Verständnis einer *do-ut-des*-Strategie zum allseitigen Nutzen. Der Kollege hatte erneut eine ablehnende Nachricht erhalten, und wieder war sie unterzeichnet mit »ganz der Ihre, Doktor C. Wechlin, Unterstatthalter«.

»Wer ist dieser Doktor Wechlin?«, fragte Otto. »Und was ist ein Unterstatthalter?«

»Ein hochrangiger Beamter in der Kantonsregierung. Ganz oben steht der Schultheiss, sein Stellvertreter ist der Statthalter, und dessen Abteilungsleiter sind die Unterstatthalter.«

»Mist«, sagte Otto. »An so einem kommen wir wohl kaum vorbei.«

»Ich habe versucht, Erkundigungen über Doktor Wechlin einzuziehen. Viel ist nicht dabei herausgekommen. Ganz normales Elternhaus, Schulbildung, Studium, Kantonsdienst, Beamtenkarriere …«

»Das hört sich so an, als gäbe es doch etwas Besonderes«, meinte Otto, als Edgar seine Aufzählung beendete.

Edgar blickte zu Moritz hinüber, der irgendwann während der Schilderung von Edgar Bemühungen angefangen hatte, zum

Fenster hinauszuschauen. Als diesem das Schweigen im Raum bewusstwurde, wandte er seine Aufmerksamkeit wieder dem Gespräch zu. »Hm?«, machte er. »Entschuldige, Edgar, ich bin übermüdet. Die Vorbereitungen zur Übernahme meines Postens in Chicago sind noch zeitaufwendiger als die eigentliche Arbeit dort, wie mir scheint.« Er räusperte sich und bewies, dass er doch nicht vollkommen geistesabwesend gewesen war, indem er hinzufügte: »Und – gibt es etwas Besonderes bei diesem Doktor Wechlin?«

»Er hat sich in den letzten zehn Jahren mehrmals zu einem längeren Urlaub in Berlin aufgehalten.«

»Das tun viele Leute, oder? Berlin ist das Herz der Welt.«

Edgar, der an die sozialen Schichten und das ausufernde Leben in der Friedrichstraße dachte, hätte Berlin als Organ weiter südlich des Gürtels angesiedelt, sagte aber nichts dazu. Stattdessen erklärte er: »Ob es was bedeutet oder nicht – ich werde rauszufinden versuchen, was er hier gemacht hat in seinen auffällig langen Urlauben.«

»Und dann?«, fragte Moritz.

Otto sagte begeistert: »Wenn er sich irgendwas hat zuschulden kommen lassen, könnten wir ihn erpressen – wenn er zu zweifelhaften Damen gegangen ist, zum Beispiel, oder Opiumhöhlen aufgesucht hat …«

Moritz wandte sich mit einem schockierten Gesichtsausdruck an seinen ältesten Sohn: »Du lieber Himmel, Otto, wieso weißt du von solchen Sachen?«

»Ach, Papa … was glauben Sie, worüber im Studium geredet wird?«

»Bis jetzt dachte ich, über die Ingenieurwissenschaften«, erwiderte Moritz trocken.

Edgar lächelte Otto an. »Und was immer im Studium über den Beruf des Detektivs geredet wird – Leute zu erpressen, um die Nachforschungen zu beschleunigen, ist nicht Teil davon.« Im Stillen dachte er: Nun hast du schon zweimal ›wir‹ gesagt, mein lieber Otto. Und wenn ich an dein Zögern denke, als ich vorhin nach deinen Berufsvorstellungen gefragt habe …

»Aber der Kerl verheimlicht uns doch was!«

»Der Kerl tut mit großer Wahrscheinlichkeit nur seine Pflicht, vielleicht nur etwas zu bürokratisch und selbstherrlich.«

Otto blickte verdrossen drein. »Was tun wir, wenn sich rausstellt, dass seine Aufenthalte in Berlin ganz harmlos waren?«

»Dann stelle ich mein Ersuchen ganz einfach ein zweites Mal. Und ein drittes Mal. Und ein zehntes Mal, wenn es sein muss. Vielleicht geht er ja demnächst wieder mal in Urlaub und sein Stellvertreter während dieser Zeit ist etwas weniger bürokratisch veranlagt.«

»Und wenn hier rumgev…, wenn er sich hier unsaubere Dinge geleistet hat …?«

»Sag mal, Otto«, begann Moritz, »ich glaube, ich habe deiner außerfamiliären ›Erziehung‹ zu wenig Aufmerksamkeit gewidmet in letzter Zeit!«

»Wenn Doktor Wechlin *alle* Aspekte des Berliner Nachtlebens genossen hat, ist das eine Information, die wir nicht gegen ihn verwenden werden«, sagte Edgar. »Berufsethos.«

»Warum erkundigen wir uns dann überhaupt?«

»Weil eine Agentur nie genug Argumente besitzen kann, wenn jemand auf den Gedanken kommt, sie plötzlich anzuklagen, weil er sich bedroht fühlt. Man kann den prospektiven Kläger dann freundlich davor warnen, dass eine Gerichtsverhandlung alle möglichen unschönen Dinge ans Licht bringen könnte.«

Otto lachte. »Das ist dann keine Erpressung?«

»Nein, das ist Selbstschutz.«

»Ich glaube, ich werde dein Gewerbe nie verstehen«, meinte Moritz.

»Ich schon!«, stieß Otto hervor. Dann räusperte er sich. »Ich meine natürlich …«

Moritz unterbrach ihn, indem er aufstand. »Tu, was du für

richtig hältst, Edgar. Ich vertraue dir voll und ganz. Und schick mir endlich eine vermaledeite Rechnung!«

11

Edgar machte sich gewohnheitsmäßig ein paar Notizen, nachdem sein Besuch gegangen war. Er brachte den Zettel ins andere Büro, damit Hermine ihn am nächsten Morgen ablegen konnte. Hermine war noch immer da. Irgendwie war Edgar nicht übermäßig überrascht.

»Ich denke, Rudi wartet auf das Bollenfleisch?«, fragte er.

»Die Keule soll froh sein, wenn ick ihm überhaupt wat zu essen bereite!«

»Recht hast du.«

»Außerdem macht die Greta noch immer Mucken.« Die Schreibkugel stand unberührt und völlig wiederhergestellt auf dem Tisch. Nicht einmal Papier war eingelegt.

»Tatsächlich.«

»Wat soll'n der Unterton, Chef?«

»Oh, nüscht, nüscht.« Edgar grinste übers ganze Gesicht.

»Ick mach hier Überstunden für die Agentur, und du willst hier wat andeuten!?«

»Nie im Leben!«

Die Tür öffnete sich. Otto von Briest kam herein. Als er Edgar sah, stutzte er. »Oh … äh …«

»Was vergessen, Herr von Briest?«, flötete Hermine.

»Ja … meine Handschuhe … äh …«

»Ich schau mal, ob sie bei mir im Büro liegen«, sagte Edgar, verzog sich in seine Kammer, machte die Tür hinter sich zu und setzte sich. Von draußen hörte er Hermine fragen: »Wo haben Sie sie denn hingelegt?«

»Ich weiß nicht …«, hörte er Otto antworten. Kleine Pause, dann: »Ich hab mir selbst nicht dabei zugeguckt, weil ich nur Sie angesehen habe.«

»Ach, nu hörnse … ähem … jetzt hören Sie aber auf, Sie Charmeur.«

»Ich … ich … möglicherweise habe ich sie in ein Fach des Kabinetts gelegt.«

Pause. Edgar dachte: Du weißt genau, dass du sie da hingelegt hast. Ich wette aber, da sind sie nicht mehr.

»Da sind sie leider nicht, Herr von Briest.«

»Oh.«

»Ick … ich helfe Ihnen suchen. Das Zimmer ist ja nicht so groß.«

Pause. Schritte. Die kleinen, undeutbaren Geräusche von Dingen, die hochgehoben und weggeschoben werden.

»Sehen Sie nur, Herr von Briest, da sind sie. Im Postkorb, unter all dem Papier. Wie sind die denn da reingekommen?«

Na, weil du sie da versteckt hast, Hermine, dachte Edgar.

»Ich muss wohl völlig in Gedanken gewesen sein«, sagte Otto.

»Das passiert schon mal, Herr von Briest.«

»Ich … äh … es tut mir leid, dass ich Sie aufgehalten habe, Fräulein Leitner.«

»Halb so wild, Herr von Briest.«

»Nein, ich … ich … lassen Sie mich die gestohlene Zeit wieder wettmachen, ja?«

»Und wie wollen Sie das tun?«

»Indem ich Sie zum Essen ausführe?«

»Det jehört sich doch nich fürn anständjet Mädel, Herr von Briest.«

»Ich würde meine kleine Schwester mitbringen, und Sie können ja … äh … Ihren Verlobten … mitnehmen …?«

»Wat denn fürn … ich meine, es tut mir leid, Herr von Briest, aber es gibt keinen Verlobten in meinem Leben.«

»Oh? Äh … oh …«

Gott, nun macht schon, bevor ihr beide es noch aus Verlegenheit verbockt, dachte Edgar.

»Also jedenfalls … wenn Sie mir die Ehre erweisen würden, Fräulein Leitner …?«

»Ich muss mir das wirklich überlegen, Herr von Briest.«

»Ich hoffe auf eine positive Antwort. Auf Wiedersehen, Fräulein Leitner. Grüßen Sie mir Herrn Trönicke. Ich möchte ihn nicht stören.«

»Ja«, sagte Hermine.

»Was ›ja‹?«, fragte Otto verwirrt.

»Ja, ich nehme Ihre Einladung an.«

»Oh!«

»Ja …«

»Ich … ich sende Ihnen Nachricht, wann es geht. Einverstanden?«

»Ich bitte darum.«

»Äh … auf Wiedersehen …«

Als Otto draußen war, wartete Edgar noch eine halbe Minute, dann verließ er sein Zimmer wieder. Hermine funkelte ihn an. Ihre Wangen waren hochrot, und ihre Lippen glänzten, als hätte sie sich daraufgebissen.

»Wat!?«, schnappte sie.

»Rudi wartet aufs Bollenfleisch«, sagte Edgar.

»Ick bin ja schon weg.«

»Ich wünsch dir einen wunderschönen Abend, Hermine«, sagte Edgar. »Genieß das Leben.«

»Lass mir die Greta in Ruhe, Edgar, hörste?«

»In diesem Raum«, erklärte Edgar träumerisch, »schwebt im Moment so viel rosenzarte Romantik, dass selbst Greta begnadigt wird.«

»Du bistn Hornochse, Edgar.« Hermine küsste ihn auf die Wange. »Bis morjen!«

12

Zwischen den Concierges der Berliner Hotels und den angesehenen Detekteien der Stadt gab es ebenfalls eine stillschweigende *do-ut-des*-Vereinbarung. Die Concierges gaben den Detektiven Auskünfte über Gäste, solange diese sich im Rahmen ihrer Diskretionspflicht bewegten. Die Detekteien wiederum überprüften ab und zu die Leumunde der Bewerber, die um die Posten der Portiers, Liftiers, Voituriers, Bagagisten und Zimmermädchen nachfragten, oder sorgten dafür, dass Trickdiebe und Betrüger, die sich im Hotel einquartiert hatten, identifiziert und in einer abgelegenen Seitengasse über die Falschheit ihres Tuns belehrt wurden. Wer eine Auskunft von einem Concierge brauchte und nicht wusste, welcher von ihnen der richtige Ansprechpartner war, brauchte nur zum Concierge des nächsten Hotels zu gehen, diesem das Auskunftsersuchen nahezubringen und zu warten. Die Anfrage würde sich in kürzester Zeit von Conciergemund zu Conciergeohr weiter fortpflanzen – und niemand sonst würde je etwas von ihr erfahren. Voraussetzung war, dass man einer Agentur angehörte oder sie selbst führte, die das Ansehen der örtlichen *Union des Concierges* besaß. Erfüllte man diese Voraussetzung nicht, konnte man im Rinnstein verhungern, und keiner der Concierges würde einem auch nur die Schuhgröße eines Gasts verraten.

Beim Concierge des *Hotels Victoria* wurde Edgar, der das Vertrauen der diskreten Männer besaß, fündig. Eine knappe Woche nachdem er seine Anfrage in Umlauf gegeben hatte, tauchte ein kleiner Junge mit einem zerknüllten Wisch in der Hand bei ihm auf. Der Wisch war ein unbeschriebenes Blatt mit dem Briefkopf des *Hotels Victoria*. Edgar ließ Pfennige in die aufgehaltene Dreckpfote des Boten regnen, bis dieser mit der freien Hand die Mütze zog und triumphierend davonlief. Edgar ging wesentlich gemächlicher die Friedrichstraße hinauf bis zur Kreuzung mit Unter den Linden, wo das Hotel auf der gegenüberliegenden Seite lag.

»Herr Doktor Wechlin hat dreimal im *Victoria* logiert«, sagte der Concierge unter Zuhilfenahme seines *cardex*, eines Notizbuchs, in dem jeder wichtige Gast mit seinen Eigenheiten und Sonderwünschen eingetragen war. »Alle drei Male war er nur wenige Tage hier und hat nur einen einzigen geschäftlichen Termin außer Haus wahrgenommen.«

»Wo fand der statt?«

»Das kann ich Ihnen nicht sagen, Herr Trönicke, aber ich kann Ihnen sagen, dass er von einer Droschke abgeholt und später wieder zurückgebracht worden ist.«

»War es jedes Mal dieselbe Droschke?«

»Nicht bei allen drei Gelegenheiten, aber jedes Mal für die Hin- und Rückfahrt.«

»Und er hat Ihnen nicht verraten, für welches Ziel er die Droschke brauchte?«

»Die Droschke wurde ihm gesandt, Herr Trönicke, er hat sie nicht über das Hotel geordert.«

»Und Herr Doktor Wechlin hat auch später nicht gesagt, wohin ihn die Droschke gebracht hat? Es gab auch keine Beschwerden über den Kutscher oder Ähnliches, denen man das Fahrtziel hätte entnehmen können?«

»Nein, Herr Doktor Wechlin hat dazu nichts verlauten lassen.«

»Ich will ja gar nicht wissen, ob es ein Bordell war.«

»Natürlich wollen Sie das nicht wissen, Herr Trönicke.« Der Concierge blickte Edgar mit gleichbleibendem Lächeln an. Plötzlich wurde Edgar klar, dass der Mann ihm vorhin eine subtile Botschaft übermittelt hatte. Offenbar wollte er später sagen können, dass er nichts von sich aus verraten hatte – er wollte gezielt gefragt werden. Hm … *Doktor Wechlin* hatte nichts zu seinem Fahrtziel verlauten lassen …

»Und was hat der Droschkenkutscher über das Fahrtziel gesagt?«

»Lichtenberg.«

Edgar war verblüfft. Lichtenberg war ein Dorf im Osten Berlins, das sich gerade von einem beliebten Ausflugsziel der Berliner Bevölkerung zu einem Gewerbestandort veränderte. Siemens & Halske, Moritz' Arbeitgeber, hatte dort eine Fabrik, es gab Holzlagerplätze, kleinere Handwerksbetriebe, eine Kinderheilanstalt, einen Großmarkt für Gänse und Schweine und diverse weitere Industrie, deren Zweck Edgar unbekannt war. Edgar war sicher gewesen, dass Wechlin doch zu einem Bordell gefahren war – aber in Lichtenberg gab es keine Etablissements, zu denen man extra aus der Schweiz hätte anreisen wollen. Private Bekannte, die er besuchte? Immerhin möglich; aber warum hatte er sich dann in einem der teuersten Hotels der Stadt einquartiert und nicht dort? Edgar hatte keine Ahnung, wie viel ein Abteilungsleiter eines Schweizer Kantons verdiente. Aber wer im *Victoria* abstieg, musste zu den Spitzenverdienern gehören, und das schloss sich für Doktor Wechlin wahrscheinlich dann doch aus. Welche Verbindung gab es noch? Siemens & Halske – über Moritz beziehungsweise über Paul, Moritz' Vater? Zu weit hergeholt.

»Sie haben gesagt, die Droschke wurde Herrn Doktor Wechlin gesandt, er musste sie nicht selbst bestellen?«

»Richtig, Herr Trönicke.«

»Hat der Kutscher gesagt, wer ihn beauftragt hat?«

»Ein Herr namens Oscar Glock. Er ist Fabrikant mit einem Betrieb in Rummelsburg, im Bezirk Lichtenberg …«

»Ich kenne ihn«, sagte Edgar überrascht. »Das heißt, nicht ihn persönlich, aber seinen Namen.«

»Sehen Sie.« Der Concierge schien überhaupt nicht neugierig zu sein, woher Edgar der Name bekannt war, was bedeutete, dass er darauf brannte, es zu erfahren. Es würde einen Eintrag in seinem *cardex* geben und irgendwann ihm, einem seiner Gäste oder jemandem, dem er gefällig sein wollte, nützen. *Do ut des*, dachte Edgar. *Ich gebe, damit du gibst.*

»Ich kenne den Namen, weil der Bruder meiner Bürohilfe dort angestellt ist«, sagte er. »Ich habe mir aber nie weitere Gedanken über ihn gemacht. Von den Erzählungen meiner Bürohilfe hatte ich den Eindruck, ihrem Bruder gefällt es dort.«

»Und machen Sie sich jetzt Gedanken?«

»Nur darüber, was Doktor Wechlin und Oscar Glock zu Bekannten macht.«

»In Herrn Glocks Fall zu einem sehr großzügigen Bekannten, Herr Trönicke.«

»Wie meinen Sie das?«

»Ich erzähle Ihnen das nur, weil Sie im Sommer geholfen haben, den Heiratsschwindler zu überführen, der sich hier einquartiert hatte. Der Kerl hätte unserem Haus einen üblen Ruf bescheren können.«

Und besonders dir als Concierge, dachte Edgar, ohne eine Miene zu verziehen. Man geht davon aus, dass so eine Type einem Concierge auffällt. Natürlich hatte auch der beste Concierge bei einem Schwindler, der seine Rolle wirklich gut spielte, keine Chance. Der Mann, den Edgar überführt hatte, war sehr gut gewesen. Aber das spielte keine Rolle; die Reputation des Concierge hätte einen noch größeren Dämpfer erfahren als die des Hotels, wenn der Schwindler zum Zug gekommen wäre.

»Herr Glock hat die Droschke nicht nur geschickt«, erzählte der Concierge mit gedämpfter Stimme, »sondern auch jedes Mal im Voraus bezahlt. So wie auch die Räumlichkeiten von Herrn Doktor Wechlin.«

»*Räumlichkeiten?*«

»Herrn Doktor Wechlin standen in unserem Hotel immer zwei nebeneinanderliegende Zimmer zur Verfügung – ein Schlafraum und ein Wohnraum. Mit Zimmerservice und Restaurantbenutzung.«

»Das muss ja ein Vermögen gekostet haben.«

Der Concierge leistete sich einen seltenen Ausflug in den Sarkasmus. »Sie machen sich keinen Begriff.«

Oscar Glock also … er stellte kleine Dampfmaschinen und Elektromotoren her, nach allem, was Edgar wusste. Viel mehr hatte Hermine nie erzählt. Aber er würde sie fragen können, was es noch zu wissen gab. Warum Glock den Luzerner Beamten allerdings dreimal eingeladen hatte, würde auch sie nicht wissen. Jedenfalls roch es fischig. Kleinst-Dampfmaschinen und Elektromotoren, hm? Und Doktor Wechlin war auf irgendeine Weise in einer Abteilung des Kantons, dass man auf ihn stieß, wenn man sich in Angelegenheiten der Bahngesellschaft umtat. Maschinenfabrik – Eisenbahn. Man konnte sich viele Verbindungen vorstellen. Zum Beispiel einen lukrativen Liefervertrag für Glock-Produkte an die Jura-Simplon-Bahn.

Oder einen Frachtwaggon voller Eisenschrott, der jedoch als hochwertige Elektromotoren aus der Glock'schen Produktion versichert worden war – mit einem Siegel des Kantons als Beglaubigung. Wenn der Zug nun verunglückte …

Was hatte Edgar bezüglich des Zugs herausgefunden, mit dem Paul und Louise in den Tod gefahren waren? Es waren zusätzlich Personenwagen angehängt worden, aber er hatte auch Frachtwagen gezogen? Mindestens einer davon war in die Birs gestürzt, seine Fracht rettungslos zerstört?

»Kennen Sie Herrn Glock persönlich?«, fragte Edgar.

»Leider nicht, Herr Trönicke.«

»Vielen Dank für Ihre Hilfe. Ach, übrigens – die Gendarmerie hat einen Hehlerladen im Scheunenviertel ausgehoben. Falls einem Ihrer Gäste in der letzten Zeit etwas abhandengekommen ist, durch einen Taschendieb zum Beispiel, könnte es sich dort wiederfinden. Wenn Sie es zurückerlangen, würde das sicher zum guten Ruf des Hotels beitragen. Melden Sie sich bei der Wache in der Friedrichstraße und sagen Sie, ich hätte Sie geschickt.«

»Vielen Dank, Herr Trönicke.«

»War mir ein Vergnügen.«

»Ach, Herr Trönicke – vielleicht interessiert es Sie, dass Herr Doktor Wechlin bei seinem ersten Aufenthalt ein kleines Problem mit einem Zimmermädchen hatte …«

Ah, dachte Edgar, jetzt kommt's. Ein Notzuchtversuch, ein unsittliches Angebot, ein lüsternes Gegrapsche … Wechlin, jetzt gehörst du mir! »Können Sie mir sagen, welches Problem?«

»Er wollte sie ausgetauscht haben. Er sagte, sie rieche streng und er könne ihren Körpergeruch in seinen Räumen wahrnehmen.«

»Was ist das denn für ein Verrückter?«

»Ich halte so ein Verhalten eines Gastes für skandalös«, sagte der Concierge. »Noch dazu war es eine reine Verleumdung.«

»Arbeitet das Zimmermädchen noch hier?«

»Selbstverständlich. Sie ist eine sehr zuverlässige Kraft. Wenn Sie möchten, lege ich ihr nahe, bei Gelegenheit bei Ihnen vorbeizukommen. Vielleicht weiß sie etwas, das Ihnen hilft.«

»Gern«, sagte Edgar, der diese Spur in Gedanken schon als unergiebig wegzuschieben begann. »Wie heißt sie?«

Der Concierge tippte unwillkürlich auf die linke Seite seines Sakkos, dort, wo auf den Westen des Dienstpersonals im *Victoria* deren Vorname eingestickt war.

»Rahel«, sagte er. »Rahel Rosenblatt.«

13

In einem der vielen Bücher, die Amalie von Briest verschlungen hatte, seit sie lesen konnte, hatte es geheißen, im Mittelalter wären manche Frauen in diesem Alter schon Königinnen gewesen. Leider fühlte sie sich weit davon entfernt, eine Königin zu sein.

Ihr ältester Bruder behandelte sie immer noch wie ein Kleinkind, ihr nächstälterer Bruder Levin nahm sie nicht ernst. Ihr Vater hatte sie bis vor kurzem wenigstens wie eine Prinzessin auf den Knien geschaukelt und mit väterlichen Zärtlichkeiten überschüttet, aber das war vorbei, weil sie in einem Alter war, in dem sich das nicht mehr schickte. Ihre Mutter wiederum sagte ihr unablässig, es sei an der Zeit, dass die Frauen ihre Rechte einforderten und dass sie und ihre Altersgenossinnen die erste Generation wären, die gleichberechtigt neben den Männern stehen würde. Aber eine königliche Behandlung zog das auch nicht nach sich, im Gegenteil, man erwartete nichts anderes als *Pflichterfüllung*, *Hingabe* und *Einsatz* von ihr. Das war sicher nicht das, was die damaligen Königinnen gehört hatten, wenn ihre Untertanen respektvoll vor ihnen niederknieten und demütig auf Gnadenbeweise warteten.

Was auch nicht zu einem königlichen Gefühl beitrug, waren die Gesinnungsgenossinnen von Amalies Mutter. Sie waren Frauen aus der Arbeiterschicht. Sie hatten rote, raue Hände und trugen einfache graublaue Kleider, deren Säume abgestoßen waren, selbst wenn man ansonsten erkennen konnte, dass es sich um ihren Sonntagsstaat handelte. Sie hatten entweder breite, herbe oder schmale, kränkliche Gesichter. Sie redeten in schwerstem Magdeburger oder Brandenburger oder Berliner Dialekt. Sie rochen manchmal nach Kernseife und Lavendel, meistens aber nach Bratfett und Herdrauch. Sie führten zuweilen Säuglinge mit, die sie, auf einem Diwan im Briest'schen Salon sitzend, stillten, mit schlaffen weißen Brüsten, die sie aus ihren Miedern kramten und die Amalie dazu veranlassten, krampfhaft woandershin zu schauen.

Antonie von Briest nannte ihre Art, die Rechte der einfachen Frauen einzufordern, das Schneeballprinzip. Es hatte angefangen mit einem sonntäglichen Besuch von drei Frauen, die ihre Nervosität und Verlegenheit mit forcierter Gleichgültigkeit zu überspielen versuchten. Sie hatten damit nicht einmal die zwölfjährige Amalie überzeugt. Das war vor einem guten Jahr gewesen, als die Familie von Briest aus St. Lucia zurückgekehrt war und Moritz sich auf ein neues Kabelverlegeprojekt für Siemens & Halske vorbereitete.

Die Zeit in der Karibik war keine glückliche gewesen. Es war zu heiß gewesen und zu schmutzig. Moritz hatte das Essen nicht vertragen und Antonie das Ungeziefer. Alle drei Kinder waren erkrankt. Die britischen Schulen waren so schlecht gewesen, dass Antonie die Ausbildung ihrer Kinder mit Hilfe von Schulmaterial, das auf Firmenkosten aus Deutschland herbeigeschafft wurde, selbst übernommen hatte. Selbst der neunzehnjährige Otto, der nur auf das Ende des Projekts wartete, um in Berlin an der Technischen Hochschule zu studieren, hatte sich noch in Antonies Schulstunden setzen müssen. Antonie, die als Frau des Projektleiters und mit ihrem Adelsnamen eine hohe Autorität genoss, hatte darauf bestanden, dass auch die Kinder der anderen deutschen Ingenieurfamilien in ihren Unterricht gingen, was zu Ärger innerhalb der Siemensianer geführt hatte, die Antonies gutgemeinte Forderungen als Versuch der Briests missdeuteten, sich in alle Bereiche des täglichen Lebens einzumischen. Weiterer Ärger war daraus entstanden, dass Antonie auch die Kinder von ausgewanderten Deutschen einlud, die Stunden zu besuchen – da viele der Auswanderer in ärmlichen Verhältnissen lebten, stieß es einige der Ingenieurfrauen ab, ihre Kinder mit deren Kindern im selben Raum zu wissen. Der britische Gouverneur wiederum hatte Antonies Bemühungen als Beleidigung für die Qualität seiner Bildungspolitik empfunden – nicht zuletzt, weil Antonie ihn schriftlich hatte wissen lassen, dass sie diese als unzureichend empfand. Sie hatte auf offiziellem Siemens-Briefpapier geschrieben, was im Nachgang dazu geführt hatte, dass Moritz sich zuerst bei der Firmenleitung und dann beim britischen Gouverneur entschuldigen musste. Die ganze Familie war froh gewesen, als das Projekt beendet und sie für ein paar Monate nach Hause zurückgekehrt waren. Vermutlich war auch ganz St. Lucia froh gewesen, angefangen bei den Auswandererkindern, die endlich wieder ihre Tage mit Spielen am Hafen der Hauptstadt Castries verbringen konnten statt im Salon des Briest'schen Hauses.

Nur wenige Wochen nach der Heimkehr der Briests waren dann die drei Frauen auf dem Gut erschienen. Antonie hatte sie eingeladen. Amalie war aufgefordert worden, dem Gespräch beizuwohnen. Sie hätte sich vermutlich weder dessen Inhalt noch die Namen der Besucherinnen gemerkt, steif vor Langeweile auf dem Sofa sitzend und sich nach draußen wünschend, wo die Sonne schien und das weite Gutsgelände zum Reiten, Herumlaufen oder Im-Gras-Liegen einlud. Doch nach diesem Besuch war eine der Frauen mit neuen Besucherinnen wiedergekommen, und danach eine von den neuen Besucherinnen mit wieder einer Handvoll neuer Frauen … und so fort. Jedes Mal hatte Antonie den gleichen kleinen Vortrag gehalten und ihre Pläne mit den Namen der ursprünglichen Besucherinnen legitimiert. Jedes Mal war Amalie gezwungen gewesen, dabei zu sein – als »diejenige, die all diese Bemühungen schließlich am allermeisten anging, weil sie zugunsten ihrer Generation geschahen«. Vor allem aber als diejenige, die sich am meisten dabei langweilte. Immerhin war ihr bald klargeworden, dass die drei nervösen Damen, die Antonie als Erste nach Gut Briest eingeladen hatte, auf ihre Weise Berühmtheiten waren. Und dass in ihren Kreisen auch ihre Mutter Antonie auf dem Weg war, eine Berühmtheit zu werden.

Die Namen der drei ersten Besucherinnen hatten Emma Ihrer, Pauline Staegemann und Marie Hofmann gelautet. Sie hatten vor sechs Jahren in Berlin den *Verein zur Wahrung der Interessen der Arbeiterinnen* gegründet. Worin die Wahrung dieser Interessen bestand, hatte Amalie anfangs nicht verstanden. Die wiederholten Vorträge und ihre eigenen Erlebnisse mit den Kindern der armen Familien in St. Lucia sorgten jedoch dafür, dass ihr nach und nach ein Licht aufging, wofür die Vereinsgründerinnen kämpften – und nun auch ihre Mutter. Der heutige Sonntagnachmittag unterschied sich nicht von den anderen Gelegenheiten, und auch die Besucherinnen glichen ihren Vorgängerinnen in Kleidung, Geruch und Habitus.

»Hier, wo Sie sitzen, meine Damen, saßen noch vor kurzem die tapferen Gründerinnen des Vereins«, erklärte Antonie, nachdem ihren Besucherinnen Kaffee, Tee und Gebäck gereicht worden war. Diese hatten es zum Teil gegessen, zum Teil heimlich in den Taschen ihrer Kleider verschwinden lassen, wahrscheinlich um es mit nach Hause zu nehmen. Antonie sah demonstrativ darüber hinweg und hatte auch Amalie eingebläut, darüber keine Bemerkungen zu machen. »Frau Emma Ihrer aus Velten, Frau Marie Hofmann und Frau Pauline Staegemann aus Berlin. Für diejenigen, die unsere Vorkämpferinnen nicht kennen: Frau Ihrer führt mit ihrem Mann eine Apotheke, Frau Staegemann war Dienstmädchen und betreibt jetzt einen Gemüseladen, Frau Hofmann ist die Vorsitzende des Deutschen Kulturbundes. Frau Staegemann hat vor fast zwanzig Jahren in Berlin den ›Arbeiterfrauen- und Mädchenverein‹ gegründet. Natürlich ist er verboten worden – der frühere Reichskanzler von Bismarck hat mit seinem Sozialistengesetz dafür gesorgt! Weil die sozialistische Bewegung sich nämlich für die Rechte der Arbeiter generell einsetzt, und den Besitzenden ist nichts so ungelegen, als wenn die Arbeiter jemanden haben, der sich für sie starkmacht; und am schlimmsten finden sie es, wenn es sich dabei auch noch um Frauen handelt. Vor sechs Jahren wurde dann der ›Verein zur Wahrung der Interessen der Arbeiterinnen‹ gegründet, durch Frau Staegemann und Frau Ihrer. Den hat schon ein Jahr später die Polizei aufgelöst, aber da hatte er bereits über tausend Mitglieder.«

Bei den ersten Treffen hatte Antonie noch hinzugefügt: »Sie können übrigens jederzeit selbst nachlesen, welche Erfolge wir schon auf dem Weg zur Gleichberechtigung erzielt haben. Seit kurzem gibt es eine Wochenzeitschrift, sie heißt *Die Arbeiterin …*«

Die Besucherinnen hatten sich jedes Mal verlegen angeblickt und nicht darauf reagiert. Schließlich hatte Antonie verstanden, dass die Damen, die sie als Mitstreiterinnen umwarb, Zeitungen nur dazu verwendeten, mit ihnen den Kohlenofen anzuzünden.

Eine Frau fragte schüchtern: »Un wie komm Se dazu, sich für uns eenfachet Volk starkzumachen, gnä Frau, wenn ick so unverschämt sein darf zu fragen? Wo Se doch 'ne feine Dame sin und Ihr Gatte een Direktor bei Siemens is.«

»Mir ist es ein Graus, dass Menschen davon abgehalten werden, über ihr eigenes Geschick zu bestimmen, nur weil sie das angeblich falsche Geschlecht oder die falsche Herkunft haben.«

»Aba det is ja nich Ihr Kampf, gnä Frau. Sie ham ja allet, wat Se wollen.«

»Was ich will, ist, dass alle Frauen, gleich welcher Schicht, die Rechte der Männer teilen!«

»Entschuldjen Se, gnä Frau, aba wat interessiern uns die Rechte, die wa kriegen sollen, wenn wa stattdessen zu wenich Puseratze kriejen für unsere Arbeit, ooch wenn wa jenauso malochen wie unsere Männer. Un dennoch reicht et nich hinten un nich vorne, so det unsere Kinder nüscht Vernünftijet zu beißen kriejen.«

»Entschuldjen Se ooch, gnä Frau, aba ick hab schon jehört von die Frauenbewegungen, vom Deutsch-Evangelischen Frauenbund, vom Katholischen Frauenbund, vom Alljemeinen Deutschen Frauenverein un wie se alle heeßen. Denen jehts drum, det se det Abitur machen un studieren dürfen, det se sich eenfacher scheiden lassen könn, det se Jütertrennung von ihre Männer kriejen und über ihre eijene Puseratze ooch selber bestimmen dürfen; denen jehts drum, det se sich selbst aussuchen dürfen, wat se arbeeten und ob se überhaupt 'ner Arbeit nachjehen dürfen, und det se am Wahltach 'n Kreuzchen machen dürfen und mitbestimmen, wer die Politik macht. Wir wolln uns nich scheiden lassen, weil wa ohne unsere Männer die Kinder nich großkriejen, Geld ham wa eh nich, über det wa bestimmen wollten, außadem sin wa froh, wenn wa übahaupt 'ne Arbeit kriejen, und det wir so schwer schuften müssen wie unsere Männer, um über die Runden zu kommen, is wohl klar. Wat die Politik betrifft – ick persönlich kann nich ma jut jenug lesen, um zu wissen, wo ick 'n Kreuzchen hinmalen sollte am Wahltach.«

»Alles«, sagte Antonie leise, »fängt mit euren Rechten an. Kämpft für das Recht, über euch selbst bestimmen zu dürfen, dann könnt ihr auch Forderungen nach gerechten Löhnen stellen. Und das ist der erste Schritt aus eurem Elend heraus.«

Und das war es, was Antonie von Briest ebenfalls zu einer Berühmtheit machte. Die Vereinigungen, die ins Leben gerufen worden waren, ob nun eine Pauline Staegemann, eine Emma Ihrer, eine Clara Zetkin oder eine Marie Hofmann dahinterstanden, hatten allesamt einen sozialistischen Hintergrund. Es ging um die Verbesserung der Lebensverhältnisse der Arbeiterinnen. Es war kein Kampf, in den jemand mit einem Adelstitel, einem Mann in einer hohen Führungsposition bei einem Weltunternehmen und eigenem Gutsbesitz sich einbrachte, schon gar nicht, wenn er sich dabei in Opposition zu den Ansichten einer Regierung brachte, die so lange von Reichskanzler Otto von Bismarck geführt worden war. Otto von Bismarck hatte die Briests viele Jahre gefördert, war trotz seines berechnenden Wesens der Freundschaft zu Alvin von Briest immer treu geblieben; er hatte Amalies großen Bruder Otto, der nach ihm benannt war, als Säugling auf seinem dicken, gemütlichen Bauch schlummern lassen.

Antonies Bemühungen isolierten sie in ihrer eigenen gesellschaftlichen Klasse und beschädigten ihre Reputation, umso mehr, als sie keinen persönlichen Vorteil daraus zog. Was sie tat, tat sie zum Nutzen anderer, nämlich der in Armut, Ausbeutung und Rechtlosigkeit lebenden Frauen der Arbeiterschicht.

Die Gespräche, die Antonie von Briest mit ihren Gästen aus der Arbeiterschicht führte, waren eine Mischung aus Mutmachen, Motivation und Mitgliederwerbung. Die Frauen sollten verstehen, dass es auf sie und ihre Zivilcourage ankam, wenn sie ein besseres Leben ertrotzen wollten; sie sollten merken, dass sie dabei auch von Frauen unterstützt wurden, die aus einer ganz anderen Gesellschaftsschicht stammten, aber dennoch ihren Kampf mitführten, so wie Antonie von Briest oder Gertrud Gräfin Schack. Sie sollten stolz auf sich selbst sein, dass sie in dieser Zeit der radikalen Veränderung die Rolle derer spielten, die die Änderungen mit vorantrieben.

Sie sollten dem Verein beitreten und weitere Mitglieder werben und die Frauenbewegung zu einer Macht formen, die die alten Männer in der Regierung nicht mehr ignorieren konnten.

Antonie war ehrlich. Sie erzählte von der Gefahr, als Frauenrechtlerin verhaftet und vor Gericht gestellt zu werden, so wie es Emma Ihrer und Pauline Staegemann geschehen war. Es hatte empfindliche Geldstrafen gegeben, Vereine waren aufgelöst, Publikationen verboten worden. Gertrud Gräfin Schack hatte man vor ein paar Jahren aus Deutschland ausgewiesen. Manche Aktivistinnen in Frankreich waren für ihre Mühen mit Zwangsarbeit und Deportation bestraft worden. Sie erzählte aber auch von Triumphen: den Auftritten Clara Zetkins und Emma Ihrers beim Internationen Sozialistenkongress; Emma Ihrers Wahl in die Generalkommission der Deutschen Gewerkschaften; Pauline Staegemanns erfolgreiche Kampagne gegen willkürliche Preisfestlegungen seitens der Arbeitgeber für das Nähmaterial der in Heimarbeit tätigen Textilarbeiterinnen, die zu einer Änderung der Gewerbeordnung geführt hatte.

Was sie nicht erzählte, waren die Probleme, die ihr Engagement auf ihre eigene Familie herabbeschwor. Diese wurden Amalie an diesem Tag zum ersten Mal bewusst. Der Anlass war das Zusammentreffen der von einem Wagen zum Genthiner Bahnhof transportierten Besucherinnen mit den vom Bahnhof in der Briest'schen Kalesche heimkehrenden Moritz und Otto von Briest.

Der Wagenlenker hielt an und ließ die Herrschaft zuerst zum Tor hereinfahren; er lüpfte grüßend den Hut. Die Frauen neigten die Köpfe. Die Mutigste von ihnen rief jedoch plötzlich: »Herr Direktor, Ihre Jemahlin is 'ne Heilige, wirklich wahr!«

Moritz nickte dankend zurück. Amalie, die mit ihrer Mutter bis zum Tor mitgegangen war, um die Besucherinnen zu verabschieden, konnte erkennen, dass sich sein Gesicht spannte und er nur aus Höflichkeit schwieg. Er stieg ab und umarmte seine Frau. Die Umarmung fiel von beiden Seiten steif aus. Amalie schluckte. Den ganzen Nachmittag über hatte sie Langeweile empfunden. Nun war sie auf einmal beklommen.

Moritz fasste sie um die Taille und hob sie in die Kalesche. »Otto fährt mit dir zum Stall«, sagte er. »Da Julius die Damen zum Bahnhof fährt, muss jemand anderes das Pferd abspannen und versorgen. Du kannst Otto dabei helfen.«

Otto rutschte beiseite, gab ihr die Zügel und grinste. »Dann zeig mir mal, ob dir der Gaul gehorcht«, sagte er. Aber er schaute sich, während sie in Richtung Stall rollten, mehrfach zu ihren Eltern um, die beim Tor stehen geblieben waren und zu reden begannen.

Amalie hatte das Gefühl, dass ihm genauso beklommen zumute war wie ihr. Auf einmal bedauerte sie es zutiefst, dass die Zeiten vorbei waren, in denen sie die Hand ihres Vaters nehmen und er sie hochheben und auf seinem Arm halten konnte. Es hätte ihr das Vertrauen wiedergegeben, dass im Haus von Briest die gleiche Liebe herrschte wie eh und je.

14

Das Wetter hatte sich immer noch nicht gebessert – typisches Berliner Novemberwetter mit grauem Himmel, Nieselregen und böigen, kalten Ostwinden. Edgar schlug den Mantelkragen hoch, während er die Herzbergstraße entlangtrottete. Er fror, was seine Kunsthand dazu brachte, sich ständig zu bewegen. Er hatte sie in die Manteltasche gesteckt und fühlte sie dort drin sich öffnen und schließen wie eine kleine, lebendige Krabbe. In der Luft hing ein Duftgemisch von Holz- und Kohlenbrand, gekochtem Gemüse, nassem Stein, Exkrementen und Farbe.

Die Droschke hatte ihn vor dem Fabrikgebäude von Oscar Glock abgesetzt, aber Edgar hatte beschlossen, zuerst die Umgebung zu sondieren, bevor er dort vorsprach. Der Zufall hatte ihm einen wunderbar harmlosen Grund dafür in die Hände gespielt. Hermine hatte im Lauf des Vormittags in der Tür zu seinem Zimmer gestanden, grün im Gesicht, und sich wegen Magenproblemen entschuldigt. Edgar hatte ihr eine Droschke nach Hause bezahlt – und ihr versprochen, ihrem Bruder Bescheid zu sagen, dass dieser auf kein warmes Abendessen zu Hause hoffen konnte, sondern sich in einem Lokal etwas kaufen musste, da er ohnehin in der Nähe von Rudis Arbeitsplatz zu tun habe.

Er hatte Hermine nichts von der Spur zu Oscar Glock erzählt, weil er sie nicht in einen Loyalitätskonflikt zwischen ihrem Bruder und ihrem Arbeitgeber bringen wollte. Insofern war er geradezu dankbar dafür, dass Hermine ausfiel und nach Hause gefahren wurde, auch wenn er sie bedauerte. Hermine war eine robuste Natur, die kaum etwas umwarf. Dass sie einmal krank war, war extrem selten.

Oscar Glocks Unternehmen war in einem alten Bau untergebracht, der auf einer Seite noch das alte Fachwerkgerüst zwischen den Backsteinen aufwies. Die Bogenfenster waren hoch. In den beiden unteren Stockwerken waren sie von innen mit Läden zugestellt. In den beiden oberen Stockwerken waren die Fenster frei, aber kein Gebäude in der Nähe war hoch genug, dass man hätte hineinsehen können. All das konnte einen ganz normalen Grund haben. Edgar kam es dennoch befremdlich vor. Was ihn noch mehr irritierte, war, dass das Gebäude eine Art optischer Täuschung darstellte. Erst wenn man den Block, in dem es sich befand, einmal umrundet hatte, fiel einem auf, dass es viel breiter und höher war, als es den Anschein hatte, wenn man es nur flüchtig oder von einer Seite betrachtete. Die Schmalseiten waren nicht rechtwinklig, sondern schräg an die Längsseiten angesetzt, so dass es schlanker aussah, als es in Wirklichkeit war. Die Fenster waren breiter als gewöhnlich, was die tatsächliche Länge des Baus tarnte. Und das Dach war ein Tonnendach aus hell angestrichenem Blech, was verschleierte, wie steil seine Wölbung war und zu welcher Höhe es auf seinem Scheitelpunkt gelangte. Jemand hatte viel Hirnschmalz in diesen auf den ersten Blick arglos aussehenden Bau verwendet – und noch mehr Geld darin investiert. Der Zweck dieser Vorkehrungen war Edgar schleierhaft.

Es gab zwei Eingänge in das Fabrikgebäude. Einer lag auf der Schmalseite, einem weiten Hof zugewandt, und bestand aus riesigen, mehrteiligen Flügeltüren. Der andere war auf der modernen Längsseite und führte durch einen erdgeschossigen Vorbau, in dem ein Büro untergebracht sein musste. Die Fenster waren mit Gardinen verhängt. Hinter ihnen brannte Licht. Edgar konsultierte seine Taschenuhr. Es war kurz nach drei Uhr nachmittags – beste Arbeitszeit, auch wenn die Jahreszeit und das Wetter den Tag bereits düster werden ließen.

Das Firmenschild war an die Eingangstür angeschraubt: O. Glock Maschinenbau-Gesellschaft. Es sagte alles und nichts. Edgar klopfte, nachdem er vergeblich nach einer Klingel gesucht hatte, und wollte eintreten. Die Tür war versperrt. Er hätte überrascht sein sollen, dass Oscar Glock es einem Besucher seines Unternehmens schwermachte, ihn aufzusuchen, aber es passte irgendwie zum Gesamteindruck.

Er hörte, wie innen das Schloss betätigt wurde, dann stand ein vierschrötiger Mann in der geöffneten Tür und betrachtete ihn schweigend. Er trug Melone, Hemd mit Kragen und Anzug und wirkte darin wie ein Tanzbär im Balletröckchen.

»Guten Tag«, sagte Edgar. »Ich möchte gern zu Herrn Glock.«

»Warum?«

»Vielleicht möchte ich ihm ein lukratives Geschäft vorschlagen?«

»Hamse 'n Termin?«

»Lukrative Geschäfte schaffen sich ihren Termin von allein, finden Sie nicht?«

»Hä?«

»Hol ma den Chef, aber 'n bisschen plötzlich, wa!«, schnappte Edgar.

Der Mann riss überrascht die Augen auf. Sein Gesicht rötete sich.

»Biste immer noch da, du halbe Portion?«, sagte Edgar und trat einen Schritt vor. Unwillkürlich wich der Mann zurück. Damit stand Edgar im Windfang. Niemand konnte ihm mehr die Tür vor der Nase zuknallen – genau das, was er mit seinem gespielt groben Auftreten beabsichtigt hatte. »Den Chef, sonst mach ick dir Beene!«

Der Mann schnappte nach Luft. Edgar nutzte das Überraschungsmoment, um noch einen Schritt vorzutreten. Wieder wich der Mann zurück. Seine Hände ballten sich zu Fäusten. Dann wandte er den Kopf und brüllte: »Herr Glock!«

Eine Tür an der Stirnseite des kurzen Gangs öffnete sich. Der Mann, der herauskam, trug ebenfalls Hemd und Anzug, aber er wirkte, als sei er damit geboren worden. Sein Gesicht war kantig, sein Haar blond und mit Pomade in Form gebracht. »Was ist hier los?«, fragte er mit sonorer Stimme.

»Der hier will wat von Ihnen, Chef.«

Oscar Glock zögerte einen Augenblick, dann seufzte er und machte eine entschuldigende Geste in Edgars Richtung. »Hat der werte Herr auch einen Namen, Heinz?«

Heinz wandte sich ab und fragte Edgar mit zusammengebissenen Zähnen: »Wen darf ick melden, mein Herr?« Er strahlte dabei eine so unterdrückte Wut aus, dass Edgar erwartete, er werde jeden Moment aus seinem Anzug platzen.

»Na also«, sagte Edgar ungnädig und wandte sich dann direkt an Oscar Glock. »Mein Name ist Edgar Trönicke, und ich …«

»Oh. Ich kenne Sie. Sind Sie nicht der Arbeitgeber von Hermine Leitner, der Schwester eines meiner Arbeiter?«

»Ihre Detailkenntnis der Verhältnisse Ihrer Arbeiter verblüfft mich«, sagte Edgar, schlagartig noch misstrauischer als zuvor.

»Das hier ist ein kleines Unternehmen, da kennt man bald alle seine Schäfchen in- und auswendig.« Glock lächelte erneut entschuldigend und rollte die Augen in Richtung Heinz, der immer noch kochend dastand. Dann trat er vor und streckte die Hand aus: »Ich muss mich wirklich bei Ihnen entschuldigen. Ich bin Oscar Glock. Herzlich willkommen in meiner Firma. Darf ich Sie in mein Büro bitten?«

Das Büro war spartanisch eingerichtet, ungleich der Arbeitszimmer aller anderen Unternehmensleiter, die Edgar jemals kennengelernt hatte. An den Wänden hingen Bilder von dramatischen Landschaften. Er erkannte die Rügener Kreidefelsen, die Bastei in der Sächsischen Schweiz, eine bayerische Voralpenlandschaft. Den Rest erkannte er nicht, nahm aber an, dass es sich bei allen Motiven um Ansichten aus Deutschland handelte. Alles waren Fotografien, vergrößert und gerahmt, in manchen Fällen dezent koloriert. Oscar Glock ging mit der Zeit.

Statt sich hinter seinen Schreibtisch zu setzen, nahm Glock an einem kleinen Tisch Platz, der zusammen mit drei Sesseln in seinem Büro stand. Er gestikulierte zu einer der freien Sitzgelegenheiten.

»Nehmen Sie Platz, Herr Trönicke. Ich muss mich für Heinz entschuldigen. Er ist einer meiner Arbeiter. Normalerweise empfängt meine Sekretärin meine Besucher, aber ich musste ihr heute freigeben – schwere Erkältung.«

»Und da haben Sie Heinz in einen Anzug gesteckt? Sie hätten lieber den Anzug allein die Arbeit machen lassen sollen.«

»Ja, er ist ziemlich unbeholfen. Ich kann mich nur noch mal entschuldigen. Ich hätte den Empfangsdienst für heute ja einfach ausfallen lassen, aber ich erwarte noch einen Geschäftskunden …«

»Sind Sie sicher, dass Heinz ihn nicht schon vergrault hat?«

Glock lachte. »Geben Sie dem Mann eine Chance, Herr Trönicke. Normalerweise gießt er Stahl, der verzeiht alle groben Manieren.«

Edgar zuckte mit den Schultern und lächelte. In Wahrheit war er weder gekränkt noch betroffen vom Verhalten des Arbeiters. Er hatte nur sehen wollen, wie weit Glocks Ausgeglichenheit ging – von seinen Einlassungen hatte er kein Wort geglaubt. Aber wenn Glock schauspielerte, dann tat er es sehr gut. Beinahe war Edgar geneigt, seinen Argwohn doch wieder beiseitezuschieben.

»Meine Bürohilfe hat sich heute auch verabschiedet«, sagte Edgar. »Das ist der Grund, warum ich hier bin. Ich wollte ihrem Bruder mitteilen, dass er sich auf dem Nachhauseweg etwas zu essen kaufen muss, sie kann heute nicht für ihn kochen.«

»Rudi Leitner«, sagte Glock. »Ein sehr zuverlässiger Mann. Ich bin froh, dass ich ihn in der Mannschaft habe. Aber sagen Sie mal, Herr Trönicke – normal ist das nicht, dass Sie deswegen den Weg von Berlin hierher auf sich nehmen?«

Jetzt lachte Edgar. »Nein, bei aller Zuneigung zu Fräulein Leitner. Ich war in einer beruflichen Angelegenheit bei der Firma Siemens & Halske und dachte mir, die paar Schritte bis zu Ihnen kann ich mir grade noch leisten.«

»Siemens & Halske beauftragt ein Detektivbüro?«, fragte Glock.

»Nein, mein Kunde ist eine Versicherung. Es geht um Versicherungsbetrug.« Edgar ließ nicht anmerken, dass er auf jede Reaktion Glocks lauerte wie ein Habicht. Doch alles, was Glock von sich gab, war ein höfliches »Aha?«.

»Ich habe mir eine technische Auskunft bei Siemens & Halske eingeholt, die für meine Nachforschungen hilfreich ist.«

»In Ihrem Beruf muss man überall ein bisschen Bescheid wissen, nehme ich an.«

»Man weiß nie genug.« Edgar stand auf. »Aber ich halte Sie auf. Wenn Sie noch Besucher erwarten …« Er griff mit der Kunsthand nach seinem Hut, den er auf einen freien Sessel gelegt hatte. Wie er erwartet hatte, blickte Glock auf die Prothese, die mit einer ruckartigen Bewegung zuschnappte. Der Fabrikant räusperte sich, als er seine Unhöflichkeit bemerkte.

»Verzeihen Sie«, sagte er. »Ich bin immer wieder erstaunt, was diese Apparaturen können.«

»Meine ist nicht besonders ausgefeilt, fürchte ich.« Edgar zerrte den Hut aus dem Griff seiner Prothese und ließ sie sich dann mit zittrigen Bewegungen öffnen und schließen.

»Kriegsverletzung?«, fragte Glock.

»Frankreich. Kaum zu glauben, dass das zwanzig Jahre her ist, nicht wahr? Zwanzig Jahre Frieden … beten wir, dass er noch zwanzig Jahre hält, was? Waren Sie auch in Frankreich? Sie dürften ein paar Jahre jünger sein als ich …«

»Nein, ich war zu jung. Leider. Ich hätte den Franzmännern gern eingeheizt. Und jetzt machen wir Geschäfte mit ihnen – auch ich.« Glock schnaubte. »Sic transit gloria mundi, oder?«

»Würden Sie Herrn Leitner ausrichten, was ich …?«

»Ich lasse ihn kurz holen«, unterbrach der Fabrikant. »Wenn Sie schon den Umweg gemacht haben …«

»Bitte keine Umstände.«

»Kein Problem. Mein Besuch wird schon nicht gleich in den nächsten Minuten eintreffen.«

Während sie auf Leitner warteten, betrachtete Edgar die Bilder. Bei einem Bergpanorama tat er so, als würde ihm plötzlich etwas einfallen. »Sie haben doch gute Beziehungen in die Schweiz, oder?«

Glock blinzelte überrascht. »Ja«, sagte er dann langsam. »Wie kommen Sie darauf?«

»Das Foto von den Bergen hat mich erinnert … ich habe mich nämlich schon die ganze Zeit gefragt, in welchem Zusammenhang ich von Ihrem Unternehmen schon gehört habe, abseits der Verbindung zum Bruder meiner Bürohilfe. Jetzt weiß ich es wieder. Ich habe für eine andere Versicherung in der Schweiz recherchiert – es ging um Versicherungsbetrug im Zusammenhang mit der Bahn. Man hatte mir damals als Ansprechpartner einen Beamten im Kanton Luzern genannt, einen Doktor Wechlin. Und ich erinnere mich, dass es hieß, wenn ich Glück hätte, könnte ich den Mann sogar hier in Berlin treffen. Er sei öfter zu Besprechungen hier. Und dabei fiel dann Ihr Name.«

»Ich kenne Doktor Wechlin tatsächlich. Er holt sich ab und zu technischen Rat bei mir. Der Mann hat große Pläne. Er will den Zugverkehr in der Schweiz kostengünstiger machen. Ich stelle kleine Dampfmaschinen her – wir reden über die Möglichkeiten, dadurch kleinere Zugmaschinen zu konstruieren, die wiederum geringere Tunnelquerschnitte ermöglichen – ein Segen für ein Land wie die Schweiz.«

»Das glaube ich gern. Woher kennt Doktor Wechlin Sie?«

Glock wies auf die Fotos. »Ich bin begeisterter Amateurfotograf. Ich reise viel herum.«

»Die Fotos sind von Ihnen? Donnerwetter!«

»Danke. Jedenfalls habe ich bei einer dieser Reisen Doktor Wechlin kennengelernt. Wir kamen ins Gespräch … Sie wissen ja, wie das manchmal so geht.«

Edgar nickte. »Dann haben Sie ihn zu sich nach Berlin eingeladen, als Ihnen klarwurde, dass Sie und er gemeinsame Interessen haben.«

»Gemeinsame Interessen … wenn man so will. Ich bin Unternehmer. Ich stelle etwas her, was ihm helfen kann, seine Ziele zu verwirklichen. Insofern ziehen wir tatsächlich an einem Strang. Ich hoffe, Sie verurteilen mich nicht, dass ich so offen materialistisch denke. Ich gebe zehn Menschen Lohn und Brot, und ich möchte selbst auch nicht gerade bei der Armenspeisung anstehen.«

»Wenn ich nicht unternehmerisch denken würde, müsste ich genauso um die Armensuppe anstehen«, sagte Edgar.

Glock seufzte. »Und was die Einladung betrifft – Sie können sich vorstellen, dass nicht alle in der Kantonsregierung so fortschrittlich denken wie Doktor Wechlin. Man wollte ihm nicht einmal die Kosten für die Reise ersetzen, geschweige denn die Unterkunft. Aber ich will Geschäfte mit ihm machen, also habe ich in die eigene Tasche gegriffen – und dabei natürlich ein bisschen angegeben. Klappern gehört zum Geschäft. Ich habe ihn im *Hotel Victoria* einquartiert, weil ich dort Sonderkonditionen habe. Ich bringe alle meine Gäste dort unter.«

»Ich muss sagen, man kann sich von Ihnen eine Scheibe abschneiden als Geschäftsmann.«

»Vielen Dank. Sie übertreiben.«

Edgar wandte sich wieder den Fotos zu. Er und Glock tauschten ein paar Bemerkungen zu den Örtlichkeiten aus, und Glock verfiel in einen kleinen Monolog zur Technik der Landschaftsfotografie. Rudi Leitner ließ auf sich warten. So lange, wie es dauerte, um ihn aus der Fabrikhalle herbeizuschaffen, hätte die Halle auch in Berlin stehen können. Während er Glock zuhörte und an den richtigen Stellen Geräusche von sich gab, dachte Edgar nach.

Glock hatte eine auf den ersten Blick vollkommen plausible Geschichte erzählt. Er war sogar allen möglichen Nachfragen zuvorgekommen, mit einer Aura vollkommen unschuldiger Eloquenz und verzeihlicher Selbstzufriedenheit. Auch hier wäre Edgar beinahe geneigt gewesen, ihm zu glauben. Aber die Geschichte stimmte nicht zusammen. Glock war kein Stammkunde im *Victoria*. Der Concierge hätte ihn sonst gekannt. Glock hatte Doktor Wechlin dort untergebracht, um ihn zu beeindrucken. Der Mann war ihm wichtig. Wegen seiner Stellung in der Kantonsregierung? Weil er Schweizer war? Weil er einen Doktortitel besaß? Edgar hatte keine Ahnung, und noch viel weniger war ihm klar, wie sich all das mit einem möglichen Versicherungsbetrug in Deckung bringen ließ. Glock hätte versicherte Fracht im Münchensteiner Zug haben müssen, um so etwas nahezulegen, aber das war nicht der Fall. So viel hatte Edgar auch ohne Wechlins Hilfe herausgefunden. Das alles hieß aber nicht, dass nicht doch ein Betrug vorlag. Es war offenbar nur eine neue, noch geschickter getarnte Sorte von Betrug.

Und was die Situation in der Firma Glocks betraf – Edgar glaubte keine Sekunde an die Geschichte von der erkrankten Sekretärin. Glock hatte keine Sekretärin. Er hatte Heinz, der Besucher abzuschrecken hatte und der nur deshalb einen Anzug trug, weil er in Latzhose und Arbeiterhemd völlig unmöglich ausgesehen hätte. Heinz war nämlich auch kein Arbeiter. Heinz war ein Leibwächter. Und mit seinem Benehmen hätte er bei jedem anderen Erfolg gehabt, nur nicht bei einem ehemaligen Gardefeldwebel, der seit zwanzig Jahren Privatdetektiv war. Es stand nur eines fest – die Maschinenfabrik O. Glock konnte es sich leisten, prospektive Kunden wie Lieferanten an der Tür abzuweisen, und das war etwas, was sich mit normalem Geschäftsgebaren überhaupt nicht in Einklang bringen ließ.

Als Rudi Leitner endlich eintrat, brachte er den Geruch von Schmieröl und Kohlenrauch mit. Er hatte Schmutzflecken auf den Wangen, seine Arbeitshosen waren dreckig und seine Hände rußig. Edgar schüttelte ihm trotzdem die Rechte, brachte sein Sprüchlein über Hermines Unpässlichkeit an, versicherte ihm, dass seine Schwester eine unersetzbare Kraft in der Agentur war, und wünschte ihm einen schönen Abend und ihr gute Besserung. Rudi Leitner, der die Verwandtschaft zu Hermine nicht verleugnen konnte mit seinem roten Haar und seinen Sommersprossen, aber linkisch dastand und nervös wirkte, während Hermine sich hielt wie eine Königin und jeden Raum, den sie betrat, sofort dominierte, dankte ihm. Nach einem fragenden Blick zu seinem Arbeitgeber trollte er sich wieder, und auch Edgar verabschiedete sich. Für heute hatte er mehr herausgefunden, als er gehofft hatte. Es war nur alles ein großer Haufen Einzelteile, die kein vernünftiges Bild ergaben. Er würde die Angelegenheit mit jemandem besprechen müssen. Er wusste auch schon, mit wem – seinem Auftraggeber. Er würde in den nächsten Tagen nach Gut Briest fahren. Dann konnte er vielleicht auch herausfinden, was an Moritz von Briest fraß und ihn zu einem geistesabwesenden, resigniert wirkenden Mann gemacht hatte – und Otto ein paar Tipps geben, wie er sich Hermine, wenn ihm wirklich etwas an ihr lag, gewogen machen konnte. Oder ihn warnen, die Finger von der jungen Frau zu lassen, wenn er nur mit ihr spielen wollte. Nicht zuletzt würde es ihm guttun, den Gutshof wiederzusehen.

Edgar atmete tief ein und aus, den Industriegeruch der Herzbergstraße. Auf einmal wurde ihm bewusst, dass ihn etwas an Rudi Leitner irritiert hatte. Er hatte Schmutz im Gesicht und an den Händen gehabt wie jemand, den man beim Zusammenbau einer Maschine unterbrochen hatte. Aber seine Fingernägel waren absolut sauber gewesen.

15

In seinem Büro saß Oscar Glock mit verbissener Miene hinter seinem Schreibtisch. Sein Gesicht war rot. Seine Augen funkelten.

»Wie hat der beschissene Schnüffler hierhergefunden?«, knurrte er. »Das möchte ich zu gern wissen.«

Rudi Leitner saß auf einem der Besuchersessel. Er hatte die Arbeitshose abgestreift und sich Hände und Gesicht gewaschen. Unter der Arbeitshose hatte er eine normale Straßenhose getragen. Er zuckte mit den Schultern, während er den Kragen wieder an sein Hemd knöpfte. Er wirkte nun nicht mehr linkisch. Er fläzte in dem Besuchersessel mit der Haltung eines satten, aber wachsamen Raubtiers. »Über Wechlin? Ich hab dir gesagt, dass ich nichts von dem Kerl halte.«

»Ich auch nicht. Ein Windbeutel und Dampfplauderer, der sich an der Illusion seiner eigenen Bedeutung berauscht. Aber leider brauchen wir ihn. Er ist der Schlüssel zu den Vereinigungen in der Schweiz.«

»Dann freue ich mich auf den Tag, an dem wir ihn nicht mehr brauchen.«

»Der wird kommen, keine Sorge. Ich mache mir mehr Gedanken um diesen verfluchten Trönicke. Die Geschichte, die er mir aufgetischt hat – woher er meinen Namen kannte, die Verbindung mit Wechlin und all das, das war reiner Mumpitz. Der Drecksack hat gelogen, dass sich die Balken biegen. Und er wusste verdammt viel, mehr, als ich für möglich gehalten hätte. Gut, dass ich das geahnt habe und ihm immer einen Schritt voraus war in unserem Gespräch. Ich wüsste nur zu gern, wieso der Plattfuß so gut informiert ist.«

»Ich habe meiner Schwester nie auch nur ein Wörtchen erzählt. Darauf kannst du dich verlassen. Von ihr weiß er es nicht.«

»Hab ich auch nicht vermutet. Und Wechlin kann es auch nicht gewesen sein, der hat gar nicht mit ihm geredet. Das Ganze ist mir ein Rätsel. Der Schnüffler ist jedenfalls gefährlicher, als er aussieht. Ich bin mir auch nicht sicher, ob ich ihm wirklich Sand in die Augen streuen konnte. Er hat sich nicht in die Karten blicken lassen. Verdammter Kriegskrüppel. Eigentlich sollten die alle auf unserer Seite sein!«

»Was hast du ihm erzählt?«

»Was ich mit Wechlin für so einen Fall beredet habe. Wechlin hat mir telegrafiert, dass er in den letzten Wochen zweimal eine Nachfrage zu der Geschichte in Münchenstein abgebogen hat. Warum sich so ein Schnüffler wie Trönicke ausgerechnet für diese Sache interessiert, ist mir schleierhaft.«

»Wie geht's jetzt weiter, Oscar?«

»Ich werde Wechlin zurücktelegrafieren, dass er so tut, als sei alles ein Missverständnis gewesen, und dass Trönicke selbstverständlich in die aktuellen Untersuchungsergebnisse eingeweiht wird. Es war ja ohnehin ausgemacht, dass der Kanton einen Untersuchungsbericht zu dem Unglück veröffentlicht – jetzt ist der richtige Zeitpunkt dafür, fast ein halbes Jahr später. Jetzt glaubt jeder, dass die Kantonsregierung wirklich eingehende Untersuchungen angestellt hat und dass das Ergebnis wasserdicht ist.«

»Die Baufirma, die die Brücke ursprünglich repariert hat, wird an dem Bericht pleitegehen.«

»Na und?« Glock grinste. »Einer weniger von den Bastarden, der den Arbeitern die Butter vom Brot stiehlt. Wenn sich alles so entwickelt, wie ich glaube, dann hat das Experiment mit den Schweizern geklappt. Wechlin bekommt den Ruhm, den er haben will, und wir wissen, dass es hier unter den gleichen Voraussetzungen genauso gut klappen wird.«

»Was soll Trönicke von Wechlin mitgeteilt bekommen?«

»Das, was auch in den Schweizer Zeitungen steht. Mit originalen Ausschnitten. Wenn das den Plattfuß überzeugt und er Ruhe gibt – gut für ihn. Wenn er weiter schnüffelt, kommst du zum Zug.«

»Was erwartest du von mir?«

»Ich bin auf Trönickes Spielchen heute eingegangen, weil ich wollte, dass du ihn dir in Ruhe anschauen kannst. Merk dir seine Visage. Wenn es nicht anders geht, machst du ihn kalt.«

»Aber dann ist meine Schwester brotlos.«

»Dann stelle ich deine Schwester ein. Keine Sorge. Bleib an Trönicke dran. Wenn seine Zeit gekommen ist ...« Oscar fuhr sich mit dem Daumen über die Kehle. »Das gilt für ihn und für alle, denen er was erzählt, verstehst du?« Er blickte über die Schulter in die Richtung, in der sich hinter dem kleinen Anbau die Fabrikhalle erhob, breiter, länger und höher, als ein ahnungsloser Betrachter ahnte. Was auch Edgar nicht gesehen hatte – der Boden der Halle lag ein Stockwerk unter dem Niveau der Straße. Die Halle war *noch* höher, als selbst er vermutete. »Wir haben was Großes vor, Rudi. Das Leben eines Schnüfflers und seiner Freunde ist ein Dreck dagegen.«

Rudi Leitner zuckte mit den Schultern. »Kein Problem, Oscar. Ich geh dann und besorg mir was zu essen, wenn es abends schon nix gibt. Verdammte Weiber mit ihrer beschissenen Weiberkrankheit, zu nix nütze.«

»Kommst du noch mal zurück?«

»Brauchst du mich?«

»Nein, aber wenn du mit den feinen Klamotten zu Hause auftauchst, fragt sich deine Schwester, wo du gewesen bist.«

»Ich zieh mir die Arbeitersachen wieder an, bevor ich nach Hause gehe, keine Sorge.«

»Ich fahr nachher in die Stadt zum Professor. Du hast das Kommando hier, solange ich weg bin. Lass das neue Gasgemisch testen, ob es so effizient ist, wie wir glauben; dann sperr pünktlich zu, wir sind gut in der Zeit mit der Konstruktion. Und bring deiner Schwester was Gutes mit – bald ist Weihnachten! Sie ist jetzt wertvoll für uns, weil wir über sie rausfinden können, was Trönicke in seinem stillen Kämmerchen plant.«

»Meine Schwester ist so oder so wertvoll«, sagte Rudi Leitner mit einem kaum merkbaren Unterton der Befremdung.

»Das hab ich sagen wollen. Bis morgen, Rudi!«

16

Die gemeinsamen sonntäglichen Mittagessen, so wie sie sich in der letzten Zeit auf Gut Briest gestaltet hatten, verdarben Amalie den Appetit. Ihr Vater sagte so gut wie gar nichts. Otto nörgelte über sein Studium. Levin schwadronierte vom Fliegen oder schmollte, wenn er wegen seines ständigen Schwadronierens angegriffen wurde. Und ihre Mutter beherrschte den Tisch mit ihren Themen.

Zu Amalies großer Verlegenheit war diesmal sie im Zentrum von Antonies Unzufriedenheit. Nicht direkt ihretwegen – aber doch wegen etwas, das sie in aller Unschuld getan hatte, nämlich der Köchin aus Langeweile bei der Zubereitung des Essens zu helfen.

»*Das* ist nämlich das Ergebnis der Weigerung des Staats, den Mädchen eine gymnasiale Schulbildung zuteilwerden zu lassen. Was gibt es stattdessen? Die höheren Mädchenschulen, die einem nicht einmal einen Abschluss vermitteln. Neun Jahre Schule, und dann? Keine Beamtenlaufbahn, kein Studium, keine Möglichkeit, sich selbst eine Existenz aufzubauen. Wir erziehen unsere jungen Frauen dazu, sich den nächstbesten Mann nehmen zu müssen, nur damit sie versorgt sind. Und diejenigen, die es besser wissen sollten, unterstützen das noch! Von den Ärzten hört man, wir Frauen wären körperlich und geistig nicht für ein Studium geeignet. Pah! Die scheinheiligen Politiker jammern, dass mit einem Studium die schätzenswerten weiblichen Eigenschaften verlorengehen, zum Beispiel die Gefühlswärme. Darauf kommt es ihnen doch gar nicht an. Sie wollen die Naivität der Frauen erhalten, das ist alles! Dass die Kirche meint, die gottgewollten Berufe der Frau seien die als Ehefrau, Hausfrau und Mutter, ist ohnehin klar. Was ich nur nicht verstehe, ist, dass so viele Eltern diesem Geschwätz auch noch ihr Gehör schenken, anstatt sich dagegen aufzulehnen. Da muss erst eine Frauenbewegung gegründet werden, damit …«

»Und *was* ist das Ergebnis all dieser offiziellen Dummheit?«, unterbrach Moritz genervt.

»Wie bitte?«

»Du hast deine Tirade angefangen mit den Worten: ›Das ist das Ergebnis.‹«

»Das Ergebnis ist, dass eine junge Frau wie Amalie ganz automatisch in die Küche geht und dort mithilft, anstatt etwas für ihre Bildung zu tun – etwas zu lernen, eine Zeitung zu lesen oder sich für Politik zu interessieren. Und ich habe Fakten auf den Tisch gelegt, keine Tirade gehalten.«

»Antonie, Amalie ist erst dreizehn!«

»In dem Alter sind früher …«

»Ja, ich weiß, Königinnen schon im Kindbett gestorben.«

»… junge Frauen Herrscherinnen über ganze Länder gewesen!«, zischte Antonie und funkelte Moritz an. »Darf ich vielleicht mal ausreden, ohne dauernd unterbrochen zu werden?«

Amalie hörte niedergeschlagen zu und fühlte sich schlecht. Ihre Brüder starrten verlegen auf ihre Teller.

»Du solltest mich lieber in meinem Kampf unterstützen, statt zu spotten«, sagte Antonie. »Aber von dir kommt rein gar nichts außer leerem Gerede.«

»Was? Ich habe wegen deiner …« Moritz unterbrach sich. Er war blass geworden. Sorgfältig legte er Gabel und Messer neben den Teller, schob den Stuhl zurück, stand auf, sagte: »Ich habe noch zu arbeiten«, und verließ das Esszimmer.

»Geh nur«, murmelte Antonie verbissen. »Flüchte vor der Wahrheit.« Sie sah auf und der Reihe nach ihre Kinder an.

Amalie ahnte, dass sie genauso schockiert dreinblickte wie Otto und Levin.

Antonie seufzte. »Manchmal sind die Eltern eben unterschiedlicher Meinung«, sagte sie. »Ich halte es für richtig, wenn alles auf den Tisch kommt, statt sich im Stillen zu streiten. Männer und Frauen sollten von Natur aus gleichberechtigt sein, daher darf die Frau auch dem Mann widersprechen, wenn sie nicht seiner Meinung ist. Ich bin im Grunde froh, dass ihr das mitbekommt, denn es wird euch später dabei helfen, die Dinge richtig zu sehen.«

Nach dem Essen klopfte es an der Tür von Amalies Zimmer im Obergeschoss des Gutshauses. Bevor sie noch etwas sagen konnte, öffnete sich die Tür mit Schwung. Levin stand darin.

»Komm mal mit«, sagte er.

»Wohin?«

»Otto will uns was sagen.«

»Und was?«

»Hör auf, die Prinzessin zu spielen, und komm endlich.«

»Ich spiele nicht die Prinzessin!«, rief Amalie aufgebracht.

Levin seufzte. »Jetzt komm schon. Das wird dir gefallen.«

»Wo sind Mama und Papa?«

»Papa ist in seinem Arbeitszimmer, und Mama ist ins Dorf gefahren.« Levin grinste. »Vermutlich, um dem Pfarrer zu sagen, dass die Frauenpolitik der Kirche falsch ist.«

Amalie konnte nicht darüber lachen. Levin ließ die Schultern sinken. »Komm mit oder lass es bleiben«, brummte er, nun lustlos.

Amalie sprang kurz entschlossen auf. »Also gut, ich komme«, sagte sie. Auf einmal fühlte sie, wie die Niedergeschlagenheit sich in Rastlosigkeit verwandelte. »Was will er uns erzählen?«

»Wart's ab.«

Otto stand in der Zufahrt des Gutshofs, die Hände in den Hosentaschen, und schaute in den grauen Novemberhimmel. Er trug wie ihr Vater und wie Levin einen Anzug – wer einigermaßen Stil und Anstand besaß, kleidete sich am Sonntag vornehm, auch wenn er nur zu Hause blieb. Während Levin in einem Anzug immer noch deplatziert aussah und Amalie ihren Vater kaum anders als vornehm gekleidet kannte, kam ihr angesichts Ottos Kleidung auf einmal zu Bewusstsein, dass ihr großer Bruder ein erwachsener Mann war. Als er noch ein Junge gewesen war, hatte er sie geärgert. Später hatte er sie mit Herablassung behandelt. Erst in den letzten Wochen, schien ihr, war er ihr freundlich und geschwisterlich zärtlich begegnet; und unvermittelt begann sie, ihn zu vermissen, obwohl er das Haus noch gar nicht verlassen hatte. War da nicht die Rede von einer Hermine gewesen, die Otto gefiel? Würde sie seine Frau werden? Amalie wünschte sich von Herzen, dass die Familie von Briest sich nie auflösen würde – auch wenn ihr Vater still und in sich gekehrt und ihre Mutter anstrengend und manchmal biestig war. Auf einmal hatte sie Angst, dass Otto ihr und Levin mitteilen würde, dass er heiratete und sie ihn nie wiedersehen würden. Was sollte ihr daran gefallen? Dass Otto sie fragen würde, ob sie eine der Brautjungfern sein wollte? Sie schluckte.

Otto zeigte in den Himmel. »Was seht ihr da oben?«

»Nichts«, sagte Levin.

»Dann kommt nächsten Sonntag mit mir nach Charlottenburg zur Hochschule. Wenn das Wetter einigermaßen mitspielt, gibt es dort was am Himmel zu sehen!«

»Und was?«, fragte Amalie. Sie war verwirrt, weil sie fest mit der von ihr gefürchteten Hiobsbotschaft gerechnet hatte. Worauf wollte Otto hinaus?

»Bevor wir von Papas letztem Projekt auf Borkum zurückkamen«, erklärte Otto, »hat ein Mann auf dem Gelände der Hochschule tolle Vorführungen gemacht. Er war eine Zeitlang auf Reisen, und jetzt ist er wieder da und tritt nur am nächsten Sonntag in Charlottenburg auf. Dann macht er Winterpause, und wo er im nächsten Frühjahr sein wird, weiß er noch nicht. Er hat Anfragen aus ganz Deutschland. Er heißt Hermann Lattemann. Mein Hauptlehrer ist Professor Schley; er hat für uns Studenten eine ganze Anzahl Eintrittskarten ergattert, und ich hab zwei davon abbekommen.«

»Von welchen Vorführungen redest du denn?«, rief Levin. »Mach's nicht so spannend!«

»Lattemann ist Ballonflieger. Er macht Aufstiege über Charlottenburg. Er nimmt dazu Leute gegen Bezahlung mit.«

Levin bekam glänzende Augen. »Und die Eintrittskarten, die du hast, berechtigen dazu, mit ihm mitzufahren?«

»Nein, die sind nur für den Besuch der Veranstaltung. Er macht auch noch andere Sachen.« Otto zwinkerte Amalie zu, die mit dieser Geste überhaupt nichts anfangen konnte. »Aber vielleicht finden sich ja Mama und Papa bereit, noch was draufzulegen für einen Ballonflug …?«

»Aber du hast nur zwei Eintrittskarten«, sagte Levin. Er blickte betont zu Amalie herüber. »Wir sind drei.«

»Schon gut«, sagte Amalie resigniert. Es war schon klar gewesen, dass es darauf hinauslaufen würde. Otto und Levin würden zusammen dorthin gehen und dem Ballonflieger zusehen. Amalie würde ohnehin keine Erlaubnis erhalten, sich das Spektakel anzuschauen. Wozu Otto sie allerdings extra mit herausgebeten hatte, verstand sie nicht. Hatte er sie ärgern wollen? Nun, in diesem Fall wäre es ihm nur halb gelungen, denn … »Das interessiert mich sowieso nicht so wirklich«, sagte sie.

»Doch, Schwesterchen, das interessiert dich schon. Und weil das so ist, sind die Eintrittskarten für dich und Levin. Ich begleite euch hin und bleibe in der Schule, solange die Aufführung stattfindet. Und ihr seht euch das Ganze an.«

Levin begann zu stottern vor Glück. »Das … das ist ja fast so gut … wie ein Probeflug von Lilienthal. Ich werd verrückt. Vielleicht lassen sich Mama und Papa erweichen, den Preis für einen Aufstieg … das würde ich so rasend gern … und wenn ich dann noch wenigstens einmal mit einem Lilienthal-Gleiter … dann kann ich sterben, weil es nicht mehr besser werden kann!«

Otto lachte.

Amalie sagte: »Danke, Otto, aber wegen mir musst du nicht verzichten. Ich bin nicht so wild auf eine Ballonfahrt.«

»Amalie, du weißt doch gar nicht, was Lattemann noch vorführt! Ich hab gehört, was du zu Levin gesagt hast, als wir vor ein paar Wochen von Derwitz nach Hause gefahren sind. Komm mit und schau dir an, was da geboten wird! Ich garantiere dir, du wirst begeistert sein. Mehr sag ich nicht. Vertrau mir, Schwesterchen!« Otto grinste über sein ganzes Gesicht, und Amalie, hin- und hergerissen zwischen Misstrauen und Erwartung, zwischen der Befürchtung, enttäuscht zu werden, und der Bewunderung für ihren ältesten Bruder, sagte ja.

17

Otto von Briest plante seine Abendesseneinladung für Hermine Leitner generalstabsmäßig. Man hätte auch sagen können, er recherchierte dafür so gründlich wie ein Detektiv.

Keiner der Briests besaß große Kenntnisse, was Örtlichkeiten in Berlin betraf. Moritz' Aufträgen im Namen von Siemens & Halske folgend, waren sie in den letzten zwanzig Jahren in der halben Welt herumgereist. Die kurzen Zeiten zwischen zwei Projekten hatte die Familie meistens auf dem Gut verbracht, um ihre Heimat zu genießen, Nachbarn und Freunde zu treffen oder wieder aufs Laufende zu kommen, was die Verwaltung des Besitzes betraf. Moritz hatte in diesen Zeiten zwar Termine in Berlin wahrgenommen, aber meistens in Lichtenberg im Firmengebäude, oder er war einer Einladung der Geschäftsleitung gefolgt, die in einem der Privathäuser der Familie von Siemens stattfand oder in einem Hotelrestaurant, um dessen Reservierung er sich nicht hatte bemühen müssen. Kurz gesagt, Moritz oder Antonie von Briest nach einer Adresse zu fragen, zu der man eine junge Frau, an die man Tag und Nacht denken musste, ausführen konnte, war wenig erfolgversprechend.

Otto fragte jemanden, der Bescheid wissen musste. Er fragte Edgar Trönicke. Edgar lieferte ihm eine Liste von Hotelrestaurants, die er empfehlen konnte – das *Hôtel du Parc* und das *Hotel Fürstenhof* am Potsdamer Platz, das *Böttcher's Hotel*, das *Cassel's Hotel* und das *Hotel König von Portugal* in der Burgstraße. Er legte ihm außerdem das Café des *Victoria* ans Herz und wies Otto darauf hin, dass er bei Nennung von Edgars Namen oder wenn Edgar für ihn eine Tischreservierung vornahm Rabatt bekommen würde. Für Otto war daraufhin klar, dass er die gutgemeinte Empfehlung nicht annehmen würde. Wenn Edgar mit dem Café oder dem damit verbundenen Hotel eine gute berufliche Beziehung verband, würde auch Hermine darüber Bescheid wissen, und sie würde wissen, dass es einen Rabatt gab. Was für einen Eindruck würde das machen, wenn ein Herr die Dame seines Herzens in eine Lokalität ausführte, in dem er einen Nachlass bekam? Otto entschied sich für das *Hôtel du Parc*.

Als Nächstes musste die Frage der Begleitung geklärt werden. Sein Scherz, dass er Amalie mitnehmen würde, war Unsinn gewesen – Amalie war viel zu jung, als dass er sie hätte mitnehmen können, geschweige denn, dass ihre Eltern dies erlaubt hätten. Er hätte einen Studienkollegen fragen können, aber noch hatte er keine so tiefen Freundschaften an der Hochschule geschlossen, dass er hätte sagen können, wer ein witziger und galanter Tischbegleiter hätte sein können – der zur rechten Zeit woandershin schaute, wenn man verstohlen die Hand seiner Herzensdame zu berühren versuchte. Am Ende fragte er seinen Bruder Levin.

Was zu einer weiteren Komplikation führte, denn Levin hatte keine Lust, sich einen Abend lang mit zwei Menschen zu langweilen, die kein Auge für ihn haben würden. Er ließ sich erst überreden, als Otto ihm versprach, mit ihm im Gegenzug zu den nächsten sonntäglichen Flugversuchen Lilienthals zu fahren und beide Zugfahrkarten nach Derwitz sowie die Verpflegung für den Tag zu bezahlen.

Dies wiederum warf die Frage der Finanzierung des Abenteuers auf. Otto wandte sich an seinen Vater, der mit den Augen rollte, als Otto das Hotel und die Abmachung mit Levin erwähnte, sich aber schließlich bereit erklärte, die Kosten zu übernehmen.

Als Nächstes kam das unvermeidliche Gespräch über Schicklichkeiten und Moral, diesmal mit Antonie von Briest. Otto war perplex über die Ansichten seiner Mutter. Wie konnte er eine junge Frau ausführen, die er erst einmal gesehen hatte? Es gehörte sich, dass man sich zuerst monatelang Briefe schrieb, bevor man so ein Treffen erwog! Gab es dort, wohin Otto seine Erwählte ausführen wollte, auch Tanz? Dann sollte er beim Wiener Walzer passen, in den feinen Kreisen der Gesellschaft galt er immer noch als unzüchtig wegen des dabei nötigen engen Aneinanderschmiegens der Tanzpartner! Wen nahm die junge Dame als Aufpasserin mit? Hoffentlich niemanden aus ihrer Dienerschaft, es war allgemein bekannt, dass Dienstmädchen gerne behilflich waren, die Moral ihrer jungen Herrschaft zu verderben! Jeden Versuch, die Angebetete mit mehr als den Fingerspitzen zu berühren oder über einen gehauchten Handkuss hinaus zu versuchen, sie zu küssen, musste Otto sich unbedingt aus dem Kopf schlagen! Dass er sich ja nicht unterstand, sich ein Beispiel an den Sitten in den Ländern zu nehmen, in denen sie bisher gelebt hatten! Dass er die junge Dame ja nicht dazu brachte, irgendetwas zu tun oder zu dulden, was sie einem widerlich-lüsternen Beichtvater später beichten musste! Wenn Otto nicht wusste, wie er eine etwaige Zuneigung in höflich-distanzierte Worte fassen sollte, dann sollte er lieber schweigen, statt wie die meisten jungen Männer zu derben Späßen und Zoten zu greifen!

Nach diesem Gespräch taumelte Otto wie betäubt aus dem Salon, nur um draußen auf seine kleine Schwester Amalie zu stoßen, die ganz offensichtlich gelauscht hatte und beschämt vor ihm davonlief. Etwas später am Tag näherte sie sich ihm jedoch in schüchterner Vertraulichkeit und bewies, dass sie mehr sah, hörte und verstand, als er ihr bisher zugetraut hatte. Sie erklärte ihm, dass die Ängste Antonies damit zu tun hatten, dass Hermine – Otto hatte arglos erzählt, wer das Mädchen war, das er ausführen wollte – aus dem Proletariat stammte. Ihre Mutter hatte einen Horror vor der Vorstellung, dass Otto womöglich seine überlegene Stellung als Sohn eines angesehenen Adligen und Großbürgers ausnutzen könnte, um einem unterlegenen Mädchen aus der Arbeiterschicht zu schaden. Otto war sprachlos, dass seine Mutter ihm so ein Verhalten auch nur im Ansatz zutraute, und noch sprachloser, von der bedrückten Amalie zu erfahren, dass Antonies leidenschaftliches Engagement für das Proletariat nicht nur ihn verletzte. Wen es noch verletzte, bekam er allerdings nicht aus seiner kleinen Schwester heraus.

Dann musste ein Termin gefunden werden, der für alle Beteiligten passte, was doch noch zu einem massiven Briefwechsel führte, der sich vor dem Treffen entwickelte …

Schließlich saßen vier junge Menschen an einem Tisch im *Hôtel du Parc* und versuchten, Konversation zu machen, während Otto die Kosten des Menüs für den gesamten Tisch im Kopf zusammenrechnete und versuchte, sich nicht vorzustellen, was sein Vater sagen würde, wenn er ihm die Rechnung des Restaurants vorlegte. Es war der zweite Adventsonntag, alle Tische waren gefüllt, die Kanonenöfen bollerten, draußen wechselten sich Schnee und

Regen ab, und drinnen hatten die Herren rote Köpfe, und die Damen waren blass, weil ihre Korsagen sie so sehr zusammenschnürten, dass sie in der Hitze kurz vor einer Ohnmacht standen.

»Was ist eine amerikanische Suppe?«, fragte Levin seinen Bruder in einem Flüsterton, der noch am nächsten Tisch gehört werden konnte. Er studierte ratlos die Menükarte.

»Keine Ahnung«, flüsterte Otto zurück und lächelte Hermine verlegen zu.

Hermine hatte ihren Bruder mitgebracht, der genauso rothaarig wie sie war und genauso gern lächelte, aber einen argwöhnischen Zug um die Augen hatte, der Hermine fehlte. Otto fand ihn nicht unsympathisch und versuchte, sich vorzustellen, dass zwischen ihnen Freundschaft entstand, wenn er sein Schwager werden sollte. Levin begegnete Rudolf Leitner mit Zurückhaltung, hatte aber nicht verbergen können, dass er von Hermine hingerissen war. Jetzt sagte Rudolf – Hermine hatte ihn als Rudi vorgestellt, aber Otto war nicht sicher, ob er nicht besser förmlich blieb und ihn ohnehin mit »Herr Leitner« anredete – schulterzuckend: »Ich glaube, da ist Mais und Speck und Hühnchen drin, aber beschwören würde ich es nicht.« Anders als Hermine schien Rudolf Leitner sich nicht schwerzutun, seinen Berliner Dialekt abzulegen und gepflegtes Hochdeutsch zu sprechen.

»Oh«, sagte Levin. »Mais.«

»Als ob du schon so viel Mais gegessen hättest, dass er dir zum Hals heraushängt«, sagte Otto.

»Auf St. Lucia gab es Mais bis zum Erbr…« Levin unterbrach sich, weil Otto ihn unter dem Tisch gegen den Knöchel trat. »… ich meine, bis zum … äh … also, jedenfalls gab es viel Mais.«

»Ich kann mich nicht daran erinnern«, entgegnete Otto.

»Was ist ein Hummer-Tatar?«, fragte Hermine.

»Da ist … äh … Hummer mit … äh …«, begann Otto verzweifelt.

»Das ist doch gehacktes oder geschabtes Fleisch, oder?«, erkundigte sich Rudolf Leitner.

Otto erkannte, dass ihm ein Rettungsseil zugeworfen wurde in Form dieser Frage, auf die er antworten und so tun konnte, als hätte er das schon vorher gewusst. »Stimmt«, sagte er erleichtert. »Mit … äh … Zutaten.«

»Is det roh?«, fragte Hermine mit kaum unterdrückter Abscheu.

»Irgendwo haben wir mal Beef Tatar gegessen«, erinnerte sich Levin. »Das war roh.«

»Ach du lieber Gott, roher Krebs«, sagte Hermine und schüttelte sich.

Otto fing ihren Blick auf und erkannte, dass er einen grandiosen Fehler gemacht hatte.

Er hatte Hermine mit einem Abendessen in diesem feinen Lokal beeindrucken wollen. Aber alles, was Hermine gewollt hatte, war, einen Abend mit ihm zu verbringen und sich darüber im Klaren zu werden, ob und wie sehr sie ihn mochte – und nicht, welche Qualität das Menü hatte. Außerdem ließ sich in ihrem Blick ihre Panik ablesen, mit den feinen Speisen nicht zurechtzukommen und sich vor ihm, seinem Bruder und womöglich auch noch ihrem eigenen Bruder zu blamieren. Im Gegensatz zu den anderen Damen im Lokal waren Hermines Wangen hektisch rot – nicht aus Hitze, sondern aus Nervosität.

»Junghühnchen mit Salatkompott haben sie auch im Angebot«, erklärte Rudolf Leitner und errötete leicht, als er einen vorwurfsvoll-verzweifelten Blick seiner Schwester auffing. »Hinterher gibt's Aprikosentorte«, sagte Levin nachdenklich.

Otto wusste, dass von ihm als Einladendem eine Entscheidung erwartet wurde. Es gab im Grunde nur eine einzige. Aber wie sollte er sie begründen, ohne dass der Eindruck entstand, ihm ginge es ums Geld? Er hatte eine Idee. Er legte die Serviette weg und winkte dem Kellner.

»Welchen wirklich guten Champagner können Sie uns empfehlen?«, fragte er.

»Veuve Cliquot«, antwortete der Kellner, ohne zu zögern.

»Sehr wohl.«

»Was wünschen die Herrschaften zu speisen?«

»Heute«, sagte Otto, »geht es uns nur um Ihren Weinkeller. Wie vorzüglich Ihre Küche ist, weiß man in unserem Haus bereits.«

»Ah … welches Haus wäre das, wenn man fragen darf, gnädiger Herr?«

Otto bedeutete dem Kellner, näher zu treten, und raunte halblaut und mit Verschwörerblick: »Natürlich das Haus Siemens & Halske, guter Mann. Wer sonst würde die Weinkeller der ersten Hotels in der Stadt überprüfen lassen, ob sie gut genug sind für eine Familienfeier, bei der das gesamte Lokal angemietet werden soll?«

»In diesem Fall«, sagte der Kellner und stand noch etwas strammer, »empfehle ich den Herrschaften einen Paul Krug Millésime.«

»Nicht mehr Veuve Cliquot?«

Der Kellner blinzelte nicht. »Ich empfehle den Herrschaften, umzudisponieren.«

Hermine, die am schnellsten verstanden hatte, sagte in fast fehlerfreiem Hochdeutsch: »Nur für die Buchhaltung – mit welchem Preis müssten die Herren von Siemens rechnen?«

»Fünfzig Mark pro Flasche«, sagte der Kellner.

Otto versuchte, sich nicht anmerken zu lassen, dass sein Herz soeben gestockt hatte. Für fünfzig Mark hätten sich zehn Leute am Menü des *Hôtel du Parc* satt essen können. Aber jetzt konnte er nicht mehr zurück. »Wir würden Ihrem Vorschlag folgen und den Paul Krug gern verkosten«, sagte er. Diesmal spürte er einen Tritt an den Knöchel – Levin, der ihn entsetzt anblickte.

Als der Kellner weg war, sagte Otto so leichthin wie möglich:

»Wir wollen doch die Tischreservierung nutzen, oder? Und wenn der Champagner wirklich so gut ist … Was das Essen betrifft, schlage ich vor, wir suchen uns eine Lokalität, in der es Dinge gibt, die zuträglicher sind als roher Fisch und … und was man hier sonst noch so anbietet.«

Rudolf Leitner grinste und nickte Otto zu. Otto glaubte, eine gewisse Anerkennung aus dieser Geste herauslesen zu können. Tatsächlich hatte er sich elegant aus der Affäre gezogen und Hermine, derentwegen der Lokalwechsel nötig war, jede Verlegenheit erspart. Er fing einen dankbaren Blick von ihr auf und fühlte eine innere Wärme aufsteigen – die gleich wieder erlosch, als er zu Levin blickte und in dessen immer noch entsetzten Augen die Frage erkannte: Fünfzig Mark für eine Flasche Schampus!? Die Freude über seinen Coup wurde zu Asche. Die Familie von Briest würde an dieser Ausgabe nicht zugrunde gehen, aber es würde das letzte Mal sein, dass Moritz seinem ältesten Sohn Kredit für ein Abendvergnügen gab. Und damit das letzte Mal, dass er Hermine ausführen konnte, denn erstens hatte er als Student der Technischen Hochschule keine Einkünfte, und zweitens hatte er mit diesem ersten Abend einen Standard gesetzt, den zu unterschreiten Hermine nur enttäuschen und ihn als Windbeutel entlarven würde.

»Also, wenn ick was vorschlagen dürfte …«, sagte Hermine. Ihre Wangen waren immer noch rot vor Nervosität. »Entschuldjen Se, Herr von Briest, wenn ick vorpresche, aber ick bin det so jewöhnt von meine Arbeit bei Edgar … bei Herrn Trönicke.«

»Nur zu«, brachte Otto hervor und dachte: Wenn sie jetzt das *Grand Hotel de Rome* vorschlägt, ist es auch schon egal. Das Hotel war das renommierteste Haus in Berlin und auf jeden Fall das teuerste weit und breit.

Hermine wechselte einen Blick mit ihrem Bruder. »Kennen Sie *Die Rippe* im Nikolaiviertel?«

»Nie gehört, um ehrlich zu sein. Ist das ein Lokal?«

Rudolf Leitner sprang ein. »Es heißt so, weil sein Wahrzeichen ein Knochen an der Fassade ist – angeblich die Rippe eines Riesen vom Müggelberg, der vor ein paar hundert Jahren die Gegend unsicher machte.«

»Wenn Sie das empfehlen können … sehr gern.« Otto dachte daran, dass es auch sündhaft teure Restaurants gab, die nicht einem Hotel angeschlossen waren. Er konnte es Hermine und ihrem Bruder kaum verdenken, wenn sie ein solches Etablissement vorschlugen. Immerhin hatte er mit seinem großspurigen Auftritt beim Kellner die entsprechende Vorlage geliefert. Die Geschwister Leitner mussten notgedrungen glauben, dass er sich gewohnheitsmäßig in den obersten Preiskategorien herumtrieb, und würden versuchen, dem gerecht zu werden.

»Ich fürchte, an diesem Vorschlag bin ich nicht ganz unschuldig«, sagte Rudolf Leitner. »Meine Schwester weiß um meine Vorliebe für Bollenfleisch, und in der Rippe gibt es das beste in ganz Berlin.«

»Bollenfleisch?«, fragte Otto verwirrt.

Nun wirkte Rudolf Leitner verlegen. »Geschmortes Lamm mit Zwiebeln und Kartoffelpüree.«

Levin seufzte. »Mann, wie lange hab ich das nicht mehr gegessen! Pfeif auf die Aprikosentorte … äh … ich wollte sagen: Unter diesen Umständen kann man getrost auf eine Aprikosentorte verzichten, nicht wahr?«

Einen Augenblick trat Schweigen am Tisch ein. Jeder versuchte, sich auf die veränderte Situation einzustellen. Ottos Blicke bohrten sich in die Hermines. Er konnte sehen, wie sie mit einem Entschluss rang. Er ahnte, dass sie die gleichen Gedanken bewegten wie ihn. Gerade als er sich ein Herz fassen und sie aussprechen wollte, kam sie ihm zuvor.

»Entschuldjen Se noch mal, Herr von Briest«, sagte sie leise. »Ick will nich, det Se wat Falsches von uns denken. Mein Bruder und ich, wir sin einfache Leute.«

»Gott sei Dank«, hörte Otto sich hervorstoßen. »Wir nämlich eigentlich auch!«

»Red für dich selber, Bruderherz«, sagte Levin, aber er grinste dabei. Dann wandte er sich an Rudolf Leitner: »Zwiebelfleisch? Was gibt's da noch?«

»Falscher Hase, Kapernklopse, Stolzer Heinrich, Chansonettenbrüstchen – je nachdem, was die Küche hergibt.«

»Weißt du, wie ich solche Sachen vermisst habe, als wir auf St. Lucia waren?«, fragte Levin seinen Bruder.

Ottos Blicke ließen die Hermines nicht los. »Ich wollte Ihnen imponieren«, gestand er.

»Ham Se jeschafft«, sagte Hermine.

Otto unterbrach den Blickwechsel, um sich im Lokal umzusehen. »Ist schon schön hier, oder?«, fragte er.

»Nee, nich mit dem Lokal. Det Se det jetzt eben zujejeben haben.«

»Oh.« Otto wusste nicht, ob er beschämt oder beglückt sein sollte.

Hermine sagte: »Ma ehrlich – der Schampus is doch eijentlich unverschämt teuer, wa? Wegen meiner müssen wir den nich trinken.«

»Aber der Kellner ist schon losgezogen …«

»Der kramt immer noch im Weinkeller herum«, sagte Rudolf. »Wir haben nichts gegessen und nichts getrunken. Sie sind der Einladende, Herr von Briest, daher will ich mich nicht einmischen – aber wenn wir jetzt schnell gehen, haben wir keine Zeche geprellt, und keiner trägt einen Schaden davon.«

»Zu spät«, sagte Levin. »Da kommt er und bringt für fünfzig Mark Prickelwasser.«

Otto straffte sich. »Dann lassen Sie uns das Ganze auch genießen!«

»Ooch Mensch, det tut mir leid, det Se jetzt die Unkosten haben«, sagte Hermine.

»Die Belohnung ist deutlich größer als der Schaden«, erklärte Otto und blickte Hermine ins Gesicht. Er bildete sich ein, Levin und Rudolf leise stöhnen zu hören.

Der Kellner zeigte eine verstaubte Flasche vor, säuberte sie mit großer Geste, zeigte das Etikett erneut am Tisch herum, zog den Korken mit einem Aufwand heraus, mit dem in der Berliner Charité eine lebensrettende Operation durchgeführt worden wäre, ließ Otto am Korken schnuppern, nachdem er zuvor selbst geschnuppert hatte, winkte einen Unterkellner heran, der vier Champagnerkelche auf einem Tablett balancierte, goss einen Schluck ein und kredenzte ihn Otto. Otto verstand, dass er probieren sollte. Der Champagner schmeckte säuerlich-kühl und prickelte bis in seinen Magen hinunter.

»Eine gute Wahl«, brachte er hervor und lächelte den Kellner an.

Dieser goss die anderen Champagnerkelche voll, stellte sie vor jeden hin und sagte dann: »Zum Wohl, die Herrschaften. Geht auf Rechnung des Hauses. Mit bester Empfehlung der Hotelleitung – und in der Hoffnung, dass die Familie von Siemens unser Etablissement bei der Wahl der Feier bedenken wird.«

»Wir werden die allerbeste Empfehlung aussprechen«, sagte Otto, der kaum glauben konnte, dass er gerettet war – und unter dem Tisch spürte, wie Hermine Leitner ihren Fußknöchel gegen den seinen drückte.

18

Das Lokal befand sich am Molkenmarkt, und tatsächlich hingen eine riesige, dunkel verwitterte Rippe und ein Schulterblatt als Wahrzeichen an der Fassade. Sie hatten sich in zwei Droschken dorthin fahren lassen; zu Ottos Bedauern war Hermine zu ihrem Bruder in den Wagen gestiegen. Aber er spürte den Druck ihres

Fußes unterm Tisch immer noch und fühlte die Wärme, die davon ausging.

In der *Rippe* gab es an diesem Abend keines der von Rudolf Leitner prophezeiten Gerichte, sondern Kohlrouladen mit Kartoffelbrei. Otto, der eigentlich darauf hätte achten sollen, dass Levin keinen Alkohol trank, und der schon mit dem Champagner ein Auge zugedrückt hatte, drückte hier nochmals eines zu und ließ Levin ein Bier bestellen. Er unterhielt sich mit Hermine Leitner, ohne dass er nachher hätte sagen können, worüber sie gesprochen hatten. Als sie von ihrem Bier getrunken hatte, tauschte er heimlich die Gläser aus, um seine Lippen dorthin drücken zu können, wo ihre gewesen waren – und war selig überrascht, als sie beherzt einen Schritt weiter ging und ihm unter dem Vorwand, ihre Roulade sei besonders lecker, einen Bissen auf ihrer Gabel anbot. Er nahm ihn an und fühlte, wie er eine Erektion bekam, weil diese scheinbar unschuldige Geste fast so gut war wie ein echter Kuss. Dass Rudolf Leitner und Levin auch noch mit am Tisch saßen, vergaß er vollkommen. Er wurde erst wieder aufmerksam, als Levin sich an ihn wandte und sagte: »Du warst doch auch mit dabei, Otto. Er ist wirklich geflogen.«

»Wie bitte?«

»Lilienthal. Er ist wirklich geflogen, nicht wahr?« Levins Augen glänzten.

»Worum geht es?«, fragte Otto, nicht gerade glücklich darüber, aus seinem persönlichen Universum gezerrt worden zu sein, in dem er sich allein mit Hermine Leitner aufgehalten hatte.

»Ich habe Rudi erzählt, dass wir einen Mann wie einen Vogel haben fliegen sehen.«

Otto seufzte. »Mein kleiner Bruder hat recht – wir haben das wirklich gesehen. In Derwitz.«

»Ich verzeihe dir ausnahmsweise den ›kleinen Bruder‹«, sagte Levin würdevoll.

»Oh, ich bezweifle das ja gar nicht«, erklärte Rudolf. »Ich hab schon davon gehört. Aber mehr als kurze Hopser sollen das nicht sein.«

»So weit möchte ich mal hopsen können«, ereiferte sich Levin. »Er ist geflogen – wie ein Vogel. Mit strahlend weißen Schwingen, direkt hinein ins Blau!«

»Du trinkst ab sofort nur noch Limonade«, entschied Otto.

»Aber wenn's doch stimmt!«

»Ich glaube auch daran, dass der Mensch bald den Himmel erobert«, sagte Rudolf Leitner. »Nur nicht auf Vogelschwingen.«

»Wie sonst? Mit einem Ballon? Das ist ja nichts Neues.«

»Ballons haben ein Problem. Sie lassen sich nicht lenken. Sie fliegen dahin, wohin der Wind sie treibt. Das hat mit Fliegen nichts zu tun, oder?«

»Da haben Sie recht«, sagte Otto.

Levin sagte: »Lilienthal kann seinen Gleiter lenken.«

»Wie sehen Sie die Eroberung der Lüfte glücken, Herr Leitner?«, fragte Otto, dem der Eifer Levins etwas peinlich war und der nicht wollte, dass die Stimmung am Tisch jetzt angespannt wurde.

»Haben Sie schon mal den Ausdruck ›Luftschiff‹ gehört?«

»Ach Gott, Rudi!«, stöhnte Hermine. Sie wandte sich an Otto. »Det is sein Steckenpferd!«

»Sie sehen ja, dass es fast das gleiche Steckenpferd ist, das mein Bruder reitet. Die Begeisterung dafür ergreift viele.«

»Luftschiffe werden seit vierzig Jahren entwickelt«, erklärte Rudolf Leitner. Otto hatte den Verdacht, dass Hermines Bruder entweder genauso wenig vertrug wie Levin oder schon ein, zwei Bier mehr hatte, denn auch seine Augen glänzten in leicht angeschickerter Begeisterung. »Sie beruhen auf aerostatischen Kräften, genau wie ein Ballon.«

»Auf was für Kräften?«, fragte Levin.

»Rudi, Mensch, lass doch nich immer so raushängen, det de dir auskennst«, sagte Hermine.

»Aerostatik ist die Lehre von den unbewegten Gasen«, sagte Otto und lächelte.

Rudolf Leitner nickte ihm anerkennend zu.

»Ich studiere Ingenieurwissenschaften an der Technischen Hochschule«, erklärte Otto.

»Rudi arbeitet bei Glock in der Maschinenfabrik.«

»Wir stellen möglichst kleine Dampfmaschinen her«, sagte Rudolf. »Das mit den Luftschiffen interessiert mich rein privat. Gase, deren Dichte geringer ist als Luft, erheben sich notgedrungen. Körper, die mit einer genügenden Menge solcher Gase im richtigen Gemisch gefüllt und möglichst leicht sind, werden durch den Einfluss dieser Gase mit in die Höhe gehoben.«

»Warten Sie«, sagte Otto, »ich glaube, ich bringe das noch zusammen. Also … ein Ballon steigt nur dann auf, wenn seine Dichte geringer ist als die der Luft, die ihn umgibt. Das bedeutet, dass seine gesamte Masse – die Hülle, der Korb und das Gas, das ihn füllt – geteilt durch sein Gesamtvolumen kleiner sein muss als die Dichte der umgebenden Luft.«

»So was lernt ihr?«, fragte Levin fassungslos. »Das hört sich schwieriger an, als Flügel zu bauen und wie ein Vogel zu fliegen.«

»Um einen Ballon zu einem Luftschiff zu machen und ihn lenken zu können, braucht er zunächst eine andere Form – nicht rund, sondern länglich. Wie ein Fisch, wenn man sich die Flossen wegdenkt.«

»Und eine Art Antrieb«, sagte Otto. »Ein Segel?«

»Dann wäre das Luftschiff wieder vom Wind abhängig.«

»Ich verstehe. Und ich verstehe, warum der Gedanke Sie begeistert. Der Antrieb könnte wie bei einem Marineschiff eine Dampfmaschine sein – möglichst leicht, damit der natürliche Auftrieb des Flugkörpers nicht zerstört wird – also zum Beispiel etwas in der Art, wie Ihre Firma sie baut.«

Rudolf Leitner nickte und zuckte gleichzeitig mit den Schultern. »Zum Beispiel«, sagte er. »Man könnte sich aber auch einen

Antrieb mit Elektromotoren denken. Sie sehen – viel mehr Möglichkeiten, als sie ein Gleiter mit Vogelschwingen bietet.«

Levin schwieg offenbar nicht überzeugt.

»Ein Franzose namens Giffard hat vor vierzig Jahren ein Luftschiff mit einer Dampfmaschine als Antrieb entwickelt. Er ist fast zweitausend Meter hoch geflogen – und fast dreißig Kilometer weit gekommen! Aber es wurde mit einem Segel gesteuert, was bedeutet, dass es weiterhin vom Wind abhängig war. In Brünn hat vor zwanzig Jahren ein Ingenieur namens Haenlein ein Luftschiff konzipiert, das von einem Gasverbrennungsmotor angetrieben wurde und so schnell war, dass es gegen den Wind fliegen konnte. Aber das Luftschiff war so unberechenbar und das Gasgemisch so gefährlich, dass es die ganze Zeit an Seilen festgehalten wurde. Die Franzosen experimentieren seit ein paar Jahren mit Elektromotoren für ein Luftschiff herum. Angeblich haben sie damit sogar einen Rundkurs steuern können, aber höher als zwei-, dreihundert Meter sind sie nicht gekommen. Und in Leipzig gibt es einen Buchhändler, der Geld in die Weiterentwicklung eines Lenkballons steckt, der von einem Verbrennungsmotor angetrieben wird – so einem Ding, wie es auch in diesen neuartigen Motorwagen steckt. Aber das führt alles nicht in die richtige Richtung. Die Lenkbarkeit der Luftschiffe ist mit all diesen Maßnahmen immer noch zu sehr vom Wind abhängig.«

»Ich weiß, was in die richtige Richtung führt – der Gleiter von Otto Lilienthal«, rief Levin.

»So eifrig, wie du diesen Mann verteidigst, solltest du ihn eigentlich fragen, ob du bei ihm mitmachen darfst«, meinte Otto. »Vielleicht lässt er dich seinen Gleiter festhalten, während er Anlauf nimmt?«

»Wer weiß, vielleicht tu ich das sogar?«, versetzte Levin.

»Was, glauben Sie, führt in die richtige Richtung bei der Eroberung des Himmels?«, fragte Otto und wandte sich an Rudolf Leitner.

Der zuckte mit den Schultern. »Schwer zu sagen. Aber vielleicht tritt ja schon morgen irgendein Erfinder vor die Tür seiner Werkstatt und sagt: Heureka, ich hab's gefunden! Diese Entwicklungen sind ja immer auch eine Frage des Geldes, nicht wahr? Der Kerl, der das Luftschiff in Brünn hat steigen lassen, musste aufhören, weil er beim Börsenkrach damals sein ganzes Geld verlor und keinen Sponsor fand.«

Otto hatte auf einmal den Verdacht, dass Leitner mit seiner Antwort ausgewichen war. Einige Augenblicke lang hatte er das Gefühl, Hermines Bruder hätte auf einmal gemerkt, dass er mehr gesagt hatte, als er wollte. Aber worüber? Die Dinge, die er erzählt hatte, konnte man wahrscheinlich in jeder Zeitung nachlesen. Wahrscheinlich wären sie den Briests sogar bekannt gewesen, wenn sie nicht immer im Ausland gelebt hätten. Aber dann vergaß er seinen Argwohn wieder und wandte sich Hermine zu. Er hörte der Unterhaltung zwischen Levin und Rudolf zu, die sich von den Luftschiffen nun auf Lilienthals Gleiter verlagert hatte und in der Levin das große Sagen hatte, während Rudolf zuhörte. Aber irgendwie ließen Ottos Gedanken das Thema doch nicht los, denn während er Hermine anlächelte und sie zurücklächelte und er wieder die Berührung ihres Fußes an seinem spürte, stellte er sich vor, wie es wäre, mit ihr in der Gondel eines Luftschiffs zu stehen. Nur sie und er. Die Welt tief unter sich, die Schachbrettmuster der Felder, die dunklen Wälder, die glitzernden Mäanderbänder der Flüsse und die fröhlich-bunten Dachlandschaften der Dörfer und Städte. Den Himmel über sich, das blaue Firmament, die aufsteigenden, strahlend weißen Wolken, das Fächeln des Winds in ihren Haaren. Sie würden in die blaue Weite hineinfliegen, angetrieben von einer treu tuckernden Dampfmaschine, und während die Sonne von der Haut ihres Luftschiffs widerstrahlte und alles in goldene, schimmernde Wärme tauchte, würden sie sich küssen. Und nicht mehr damit aufhören.

19

Als sie das Lokal verließen und zu einem Droschkenstand pilgerten, ließ sich Rudolf Leitner zurückfallen und hielt auch Levin am Ärmel fest. Obwohl sie den ganzen Abend unterschiedlicher Meinung gewesen waren über die Art und Weise, wie die Menschen den Himmel erobern würden, hatte Levin den Bruder Hermines ins Herz geschlossen. Denn im Grunde teilten sie den gleichen Traum: Der Mensch musste das Fliegen lernen! Außerdem hatte Rudolf es geschafft, Otto zu überzeugen, Levin wenigstens noch ein Bier zu genehmigen. Betankt mit einem Glas Champagner und zwei Bieren und einer stattlichen Portion Kohlroulade, war Levin bereit, Leitners irrige Ansichten über die Technik des Fliegens vollumfänglich zu verzeihen. Nur überzeugen würde er sich von ihm nie lassen. Im Lauf des Abends waren sie irgendwann vom förmlichen Sie zum Du übergegangen, aber da Hermine und Otto in ihrem eigenen Gespräch gefangen gewesen waren, bestand die Vertraulichkeit vorerst nur zwischen den Brüdern der beiden Turteltauben.

»Lassen wir uns mal ein bisschen zurückfallen, damit die zwei ungestört reden können«, sagte Rudolf.

»Aber wir sind doch dabei, damit die Schicklichkeit gewahrt bleibt!«

»Wir sehen ja, was sie tun. Und was sie reden, will keiner wirklich hören, oder?«

»Die reden nicht, die schmachten nur!«

»Hermine hat mir erzählt, dass sie deinen Bruder in der Agentur kennengelernt hat? Euer Vater ist ein Klient von Edgar Trönicke?«

»Meine Familie ist mit Trönicke schon lange bekannt. Unser Vater hat ihn zum ersten Mal getroffen, als er um unsere Mutter geworben hat, und Trönicke hat irgendwie mitgeholfen – ich bring nicht mehr zusammen, wie das genau war. Ist ja auch nicht so wichtig.«

»Das liegt dann ja schon 'ne Weile zurück.«

»Irgendwas hat Trönicke dann noch mal für unseren Vater getan, während des Kriegs mit Frankreich. Weiß ich auch nicht mehr genau. Ich weiß aber, dass Trönicke aus dem Krieg verletzt heimgekommen ist und mein Großvater ihn auf unserem Gut hat bleiben lassen, bis er wieder gesund war. Trönicke hat nur eine Hand, die andere ist eine Prothese.« Levin ließ die linke Hand auf- und zuschnappen. »Wenn er sie nicht bewegt, merkt man es gar nicht, außer dass sie in einem Handschuh steckt.«

»Schon ungewöhnlich, dass einer in seinem Beruf versehrt ist. Man sollte meinen, dass man sich da auch mal seiner Haut wehren muss. Aber mit einer Hand …?«

Levin zuckte mit den Schultern. Er fand Edgar Trönicke auf distanzierte Art sympathisch, aber allzu viele Gedanken hatte er sich nie über ihn gemacht. Er war ein Freund seines Vaters mit einer uralten Bindung an die Familie und einem Beruf, der Levin nicht interessierte – das war alles. »Ich glaube, ich hab mal gehört, dass er ganz gut schießen kann. Aber er war ja Soldat, da muss er das gelernt haben. Ansonsten: keine Ahnung.«

Rudolf nickte.

In Levins leicht benebeltem Hirn formte sich der vage Eindruck, dass Hermines Bruder über die dürre Auskunft irgendwie enttäuscht war. Vielleicht hielt Rudolf ihn für jemanden, der keine Ahnung von den Dingen hatte, die um ihn herum vorgingen, weil er noch zu unreif war. Auch das war nicht mehr als ein undeutliches Gefühl, doch es führte dazu, dass Levin sich wünschte, seinem neuen Bekannten das Gegenteil zu beweisen. Er kramte in seinem Hirn, was er noch über Edgar Trönicke wusste.

»Trönicke beschäftigt sich mit Versicherungsbetrug«, sagte er.

»Hat Hermine mir schon erzählt. Sie ist ansonsten recht verschwiegen, was die Vorgänge in der Agentur angeht. Muss sie ja auch sein – die gute Seele!«

»Arbeitet deine Schwester auch bei den Fällen mit, die Trönicke bearbeitet?«

Rudolf lachte. »Nein, um Gottes willen. Sie macht die Schreibarbeiten und führt Trönickes Buchhaltung.«

»Sonst hätte sie vielleicht bei dem Fall mitgearbeitet, mit dem mein Vater die Agentur beauftragt hat. Da geht es jedenfalls auch um Versicherungsbetrug, meint Trönicke.«

»Irgendwas bei Siemens & Halske? Dein Vater ist dort doch Direktor, oder? Ist er über irgendwas gestolpert? Die Siemens-Brüder sind so schnell zu einem großen Unternehmen geworden, da gibt's bestimmt ein paar faule Eier in ihrem Nest.«

»Nein, es ist eine private Angelegenheit. Sie hat mit dem Tod unserer Großeltern zu tun. Sie sind im Sommer verstorben.«

»Tut mir leid, das zu hören. Mein Beileid.«

»Ich hab sie nicht sehr gut gekannt, weil wir immer irgendwo auf der Welt unterwegs waren. Aber wenn Vater zwischen seinen Projekten Urlaub gemacht hat, haben wir mit ihnen auf dem Gut gewohnt.« Levin fühlte plötzlich einen Stich des Bedauerns, den er die ganzen Monate nicht mehr gespürt hatte. »In der Zeit hat mein Opa viel mit uns unternommen – wir sind ständig mit der Bahn irgendwohin gefahren, sogar auf die Loks durften wir, wenn er dabei war. Die Lokführer kannten ihn alle. Meine Oma war Französin, sie hat bis zuletzt immer so witzig franzoselt, so: ›Isch 'ab das Essön fertisch, wascht eusch die 'foten, bevor ihr eusch zu Tisch setzt!‹ Das waren dann immer Riesenportionen, wenn Oma gekocht hat, lauter leckere französische Sachen.«

Rudolf lachte.

»Aber dann sind Oma und Opa bei einem Eisenbahnunglück im Sommer ums Leben gekommen«, sagte Levin.

»Eisenbahnunglück!?« Rudolfs Stimme war plötzlich lauter geworden.

Levin sah ihn überrascht an.

Rudolf sagte: »Bei Glock bauen wir auch Dampfmaschinen für kleinere, leistungsfähigere Loks. Deshalb ist es für uns immer ein Schreck, wenn irgendwo ein Zugunglück passiert. Im Sommer – sag mal, kann das das Unglück in der Schweiz gewesen sein? Bei Basel?«

»Der genaue Ort heißt Münchenstein«, bestätigte Levin.

»Und auf diesem Zug waren eure Großeltern!?«

»Mein Opa hat da was im Auftrag der Bahngesellschaft untersucht – aber nebenher war er, wenn ich das richtig mitgekriegt habe, auch für Edgar Trönicke unterwegs, wahrscheinlich wegen irgendeines Versicherungsbetrugs. Deshalb hat unser Vater ja Edgar Trönicke angeheuert: weil wir rauskriegen wollen, ob wirklich eine Schweinerei hinter dem Zugunglück steckt. Dann wären Oma und Opa nämlich nicht verunglückt, sondern ermordet worden. Ich kenne meinen Papa – wenn sich das rausstellt, dann wird er nicht ruhen, bis die Sache aufgeklärt ist, und wenn er das Gut verkaufen muss, um hundert Detektive anzuheuern. Wer dahintersteckt, der hat kein Pardon zu erwarten!«

Levin stockte, weil Rudolf ihn mit einer Mischung aus Schock und Entsetzen anstarrte. »Hab ich was Falsches gesagt?«, fragte er beklommen.

Rudolf Leitner schüttelte sich. »Nein, nein. Ich bin nur erschrocken. Hermines und meine Eltern sind früh gestorben. Ich hab mir gerade vorgestellt, was ich gefühlt hätte, wenn ich gewusst hätte, jemand hat sie umgebracht.«

Levin hob unbehaglich die Schultern. Er war über Rudolfs heftige Reaktion erschrocken. Doch dann sagte er sich, dass jemand, der mit solcher Begeisterung wie Rudolf Leitner über den Traum vom Fliegen sprach und der mit solch offensichtlicher Zuneigung an seiner Schwester hing, wohl auch tiefes Mitgefühl empfinden musste, wenn er vom Unglück anderer Leute hörte. Noch dazu, wenn er soeben mit diesen Leuten Freundschaft geschlossen hatte. »Hoffen wir, dass die Fliegerei von Unglücken verschont bleibt«, sagte er. »Und von Betrügereien.«

Rudolf klopfte ihm kameradschaftlich auf die Schultern. Auf einmal wirkte er wieder so aufgeräumt wie zuvor. »Oje, mein Lieber, was die Ballonfahrerei angeht, wird das ein Wunschtraum bleiben. Da sind schon mindestens ein halbes Dutzend Leute umgekommen, zuletzt zwei Franzosen bei einem wissenschaftlichen Höhenexperiment. Mit einem Luftschiff kann so was nicht passieren, weil man damit der Herr über die Elemente bleibt.«

Auf diese Weise wieder an seine Liebhaberei erinnert, fühlte sich Levin bemüßigt, eine neue Diskussion über die erfolgversprechendste Technik des Fliegens zu beginnen, und als er und Otto sich von den Geschwistern Leitner verabschiedeten, hatte er die befremdliche Reaktion Rudolfs auf seine Geschichte völlig vergessen.

20

Amalie saß in der Droschke neben Levin, ihr gegenüber Otto, und war stolz, mit ihren beiden schmucken älteren Brüdern unterwegs zu sein. Vom Bahnhof Charlottenburg zur Technischen Hochschule hätte man in einer halben Stunde zu Fuß gehen können, aber Otto hatte auf der Droschke bestanden. Amalie wusste, dass er es nicht zuletzt ihr zuliebe getan hatte, um ihr ein vollkommenes Sonntagserlebnis zu bereiten. Perfekt wäre der Tag gewesen, wenn Amalie am Morgen nicht eine Auseinandersetzung mit ihrer Mutter gehabt hätte. Otto und Levin hatten sich in besten Sonntagsstaat gekleidet, so dass auch Amalie ihr schönstes Kleid herausgesucht hatte. Antonie hatte abwertend gesagt, sie sehe darin viel zu püppchenhaft aus und sie solle doch durch ihre Kleiderwahl demonstrieren, dass die Frauen nicht dazu da seien, die Augen der Männerwelt zu erfreuen. Außerdem sei das

Wetter zwar trocken, aber der Boden am Aufstiegsplatz sicher matschig und schlammig, und sie würde den Saum des schönen Kleids ruinieren. Amalie hatte sich jedoch durchgesetzt – und Antonie hatte sie erstaunt, indem sie nicht nur nachgegeben, sondern auch mit widerwilliger Anerkennung gesagt hatte, dass sie die Beharrlichkeit Amalies gut finde. Wenn auch am falschen Platz angewendet … Antonie hatte weiter für Erstaunen gesorgt, indem sie Otto Geld zugesteckt hatte, damit er für sie drei Getränke und Essen kaufen konnte. Man konnte also sagen, dass der Tag trotz der kleinen Eintrübung wegen des Kleids gut begonnen hatte.

Amalie wusste, dass Levin nicht ganz so dachte. Er war enttäuscht. Er hatte gehofft, dass ihre Eltern das Geld für einen Ballonaufstieg lockermachen würden. Doch Otto hatte herausbekommen, dass Hermann Lattemann pro Passagier fünfundzwanzig Mark nahm. Bei dieser Summe hatte sogar der normalerweise großzügige Moritz gestreikt. Amalie und Otto hatten es mit Fassung getragen, aber sie waren auch nicht so vernarrt in das Fliegen wie Levin.

Was sie betraf, fragte sie sich immer noch, welche Besonderheit Hermann Lattemann bieten würde außer einem Aufstieg im Ballon. Otto hatte die ganze Woche dichtgehalten und allenfalls mit kryptischen Bemerkungen Amalies Spannung wachgehalten. Worüber hatte sie auf der Zugfahrt von Derwitz nach Hause mit Levin geredet? Über den Gleiter von Otto Lilienthal und über die Gefahren eines Absturzes – und wie man sich dagegen vielleicht schützen konnte. Ihr war schleierhaft, auf welche Weise das mit der heutigen Vorführung zu tun haben könnte. Aber der Kitzel, nicht zu wissen, was sie erwartete, belebte sie und ließ ihr Herz schneller schlagen.

Wie Antonie vorausgesagt hatte, war der Aufstiegsplatz auf dem weitläufigen Campus der Hochschule eine einzige Schlammschlacht. Universitätsdiener versuchten, mit Brettern und starken

Leinenplanen Überbrückungen über die größten Pfützen zu bauen. Die Frauen hatten die langen Röcke ihrer Kleider bis über die Knöchel gerafft, um die Säume zu schützen; die Männer balancierten mit angewiderten Gesichtern durch den Matsch und versuchten, ihre Schuhe nachher durch Schütteln vom anhaftenden Schlamm zu befreien. Schmale, spitz zulaufende Stiefeletten waren gerade der letzte Schrei der Herrenmode – das ideale Schuhwerk, um damit *nicht* durch Schlamm zu waten. Inmitten des Schlammfelds ragte der Ballon auf, gefesselt unter seinem Haltenetz, fröhlich rot-weiß gestreift, für Amalies Gefühl bestürzend klein.

Der Zugang zu der freien Fläche war abgeriegelt. Wer sie betreten wollte, musste die Eintrittskarten vorzeigen. Otto verabschiedete sich gutgelaunt von seinen Geschwistern, und Amalie folgte Levin auf einem Zickzackpfad durch den Dreck. Als sie näher kamen, stellten sie fest, dass sich um den Ballon herum ein dichter Ring aus Zuschauern gebildet hatte. Korpsstudenten in ihren Monturen, Frischlinge, weitere Universitätsdiener und ein paar Polizisten hatten um diesen Ring einen Kordon gezogen, der weitere Schaulustige davon abhielt, sich näher zu drängen. Enttäuscht starrte Amalie nach oben. Alles, was sie über die Rücken der Gaffer sehen konnte, war der Ballon. Seine Hülle war nicht prall, aber es war genügend Auftriebsstoff darin, dass er in die Höhe strebte und gegen die Maschen des Netzes drückte. Sie hörte eine Männerstimme von jenseits des Zuschauerrings etwas erklären, ohne ein Wort davon zu verstehen.

»Das gibt's doch nicht«, murrte Levin. »Wenn ich mir die Rücken von Leuten hätte anschauen wollen, wäre ich zu Hause in die Kirche gegangen!« Er sprach einen der Universitätsdiener an und kam schulterzuckend zurück. »Es sind viel mehr Leute gekommen, als man erwartet hat. Aus Sicherheitsgründen dürfen nur so und so viele näher an den Ballon heran. Wir müssen warten, bis genügend Zuschauer gegangen sind, dann lässt man uns auch nach vorn. Der Pedell hat gemeint, dass nach dem nächsten Aufstieg bestimmt ein paar Leute das Interesse verlieren …«

»Und wie lange dauert das noch?«

»Keine Ahnung«, knurrte Levin. »Komm, wir suchen Otto. Vielleicht kann er was machen.«

Sie fanden ihren Bruder im Gespräch mit einem großen, massiv gebauten Mann mit Bürstenfrisur, eckig zugeschnittenem Vollbart, einem Zwicker auf der Nase und einem dröhnenden Lachen, mit dem er gerade auf eine Bemerkung Ottos antwortete. Otto wandte sich um und stellte sie einander vor: »Mein Bruder Levin von Briest und meine Schwester Amalie von Briest – mein Hauptlehrer, Herr Professor Julius von Schley.«

Schley schüttelte ihnen die Hände. Er hatte warme, kräftige Pranken. Dann wies er auf eine junge Dame, die bisher von ihm verdeckt worden war, eine blasse, spitzgesichtige Person mit großen dunklen Augen, die noch festlicher herausgeputzt war als Amalie. »Meine Tochter Emma.«

Emma knickste und flüsterte: »Sehr angenehm.« Otto war sie offensichtlich schon vorgestellt worden, denn sie ignorierte ihn. Amalie lächelte ihr zu und erhielt ein scheues, aber erfreutes Lächeln zur Antwort.

»Warum seid ihr nicht beim Ballon?«, fragte Otto.

»Wir kommen nicht ran«, brummte Levin. »Die lassen keinen mehr durch.«

Professor von Schley spähte zu dem Kordon hinüber. »Was?«, dröhnte er. »Wir wollten auch noch zu Herrn Lattemann und ihn begrüßen. Das wäre ja noch schöner. Folgen Sie mir, meine Herrschaften – mich lässt man überall durch.«

Otto sagte: »Darf ich Ihnen meine Geschwister anvertrauen, Herr Professor? Ich habe keine Eintrittskarte.«

Von Schley lachte erneut sein dröhnendes Lachen. »Machen Sie sich keine Sorgen, Herr von Briest. *Ich* bin Ihre Eintrittskarte.«

Otto schlug die Hacken zusammen und verbeugte sich. »Ich bin Ihnen sehr verbunden, Herr Professor.«

Schley wandte sich an seine Tochter. »Du nimmst lieber den Stuhl, Emma, meinst du nicht?«

»Ich kann das schon, Vater.«

»Nein, nein, das Gelände ist ganz uneben. Ich möchte nicht, dass du stürzt.«

»Aber in dem Schlamm werden die Räder ganz schmutzig ...«

»Die macht schon wieder jemand sauber.«

»Wie Sie wünschen, Vater.«

Überrascht und verlegen sah Amalie dabei zu, wie Emma zu einem Rollstuhl ging, der ihr noch gar nicht aufgefallen war. Das junge Mädchen setzte sich umständlich hinein, zog ihr Kleid zurecht, legte ihre blassen, schmalen Hände auf die Stützen und sah sich dann mit einem Ausdruck von Resignation und Scham um.

»Darf ich Sie schieben ...?«, begann Otto, aber Amalie, die einer jähen Eingebung folgte, kam ihm zuvor. Sie trat einfach an den Rollstuhl heran, packte die Griffe und sagte: »Ich schiebe, einverstanden?«

Emma schielte über die Schulter zu ihr nach oben. »Sie sind sehr freundlich, Fräulein von Briest.«

Sie kamen nicht weit. Je mehr sie sich dem Kordon näherten, desto mehr wühlten sich die Reifen in den Schlamm, bis der Rollstuhl feststeckte. Professor von Schley löste Amalie ab und zog den Stuhl. Ein halbes Dutzend Studenten eilte herbei und bot Hilfe an. Schley überließ es ihnen, den Rollstuhl durch den weichen Boden zu zerren. Emma bedankte sich mit leiser Stimme. Amalie fragte sich, ob nur sie die geradezu tödliche Scham bemerkte, die Schleys Tochter befallen hatte. Erneut folgte sie einem Einfall, trat neben den Rollstuhl und nahm die kalte, dünne Hand Emmas in ihre eigene. Sie musste dazu den Rocksaum fallen lassen, aber es war ihr in diesem Moment egal. Emma blickte überrascht auf und lächelte dann schüchtern, ein Lächeln mit Tränen in den Augenwinkeln.

Im Gefolge des Professors war es überhaupt kein Problem, durch den Kordon und dann durch den Ring der Schaulustigen bis ganz nach vorn zu gelangen. Amalie konnte nun den ganzen Ballon sehen. Die Gondel war noch nicht eingehängt. Sie stand in einiger Entfernung neben einem großen Tuch- und Seilhaufen. Amalie wurde klar, dass dies ein anderer Ballon war, dessen Hülle fast leer unter ihrem Netz auf dem Boden lag und zu dem die Gondel gehörte. Der kleinere Ballon, der über dem Abflugplatz stand, hätte diesen komfortabel großen Korb niemals tragen können. Wofür war dann der kleinere, halb gefüllte Ballon? Es war offensichtlich, dass die Vorführungen, bei denen Passagiere mitgenommen wurden, schon vorüber waren. Was konnte dann noch kommen? Kam überhaupt noch etwas? Amalie musterte von der Seite Levins irritiertes, besorgtes Gesicht. Auch er schien zu fürchten, dass der Spaß schon vorbei war und sie zu spät gekommen waren.

An einigen miteinander verbundenen Behältern war ein dicker, praller Schlauch befestigt, der in einem Ventil an der Unterseite des schwebenden Ballons endete. Er war mit vier Haltetauen an Bodenankern geerdet, die noch nicht richtig straff waren. Ein weiteres, noch dickeres Tau war in ordentlichen Schlingen neben der Gondel abgelegt und bildete einen hüfthohen Seilhaufen. Das Tau endete in einem wuchtigen, eisernen Haken. Der Schlauch, der die Gasmischung zuführte, zuckte und blähte sich. Es konnte nicht mehr allzu lange dauern. Unter dem Ballon erkannte Amalie jetzt – statt des Korbs – eine Art Stange mit Lederschlaufen zum Festhalten und daran hängenden Steigbügeln. Sie war ratlos, was das alles bedeutete, und wandte sich an Levin, aber da winkte der Professor dem Mann, der vor dem Ballon stand und dem Publikum etwas erklärte, und dieser unterbrach sich und kam sofort näher.

Er entpuppte sich als der Ballonflieger Hermann Lattemann. Der Professor stellte die Briests vor. Lattemann trug einen Tropenhelm wie ein Afrika-Forscher, war schmal und klein und kultivierte einen buschigen Backenbart. Er redete mit einem so starken hessischen Dialekt, dass Amalie ihn kaum verstand. Lattemann seinerseits stellte ihnen eine junge, robust-hübsche Frau vor, die sich während seiner Erklärung damit beschäftigt hatte, am Netz des Ballons zu zupfen und die Befestigung der Stange samt Steigbügeln zu überprüfen. Sie hieß Katharina Paulus und war seine Assistentin.

Die Männer begannen eine kurze Unterhaltung, aus der Amalie nur heraushörte, dass Lattemann im Sommer dieses Jahres bereits seine fünfhundertste Ballonfahrt absolviert hatte. Sie beobachtete seine Assistentin, die sich wieder am Ballon zu schaffen machte und nun einen dicken Packen eingerolltes Tuch dort einhängte. Ein hölzerner Ring baumelte an Dutzenden von dünnen Tauen unter dem Paket.

»Sie ist nicht nur seine Assistentin«, flüsterte Emma von Schley. Amalie, die wieder neben ihren Rollstuhl getreten war, sah überrascht zu ihr hinunter. »Sehen Sie nur, wie sie alles doppelt und dreifach überprüft. Wie besorgt und ernst sie schaut. Sie liebt ihn.«

Amalie blinzelte verwirrt. »Aber sie heißt anders als er. Sie ist nicht seine Frau.«

»Das macht doch nichts. Solange sie ihn liebt und er sie …«

Amalie schwieg. Sie hatte das Gefühl, dass dieses Gespräch ein wenig über ihren Horizont ging. Stattdessen musterte sie Emma verstohlen von der Seite. Anfangs hatte sie gedacht, die junge Frau sei nicht älter als sie, doch nun, nach dieser Aussage und bei genauerer Betrachtung, revidierte sie ihre Meinung. Emma war vermutlich so alt wie Levin, vielleicht sogar ein, zwei Jahre älter. Ihr bleiches, schmales Gesicht ließ sie kindlicher aussehen, als sie war.

»Waren Sie schon mal bei so einer Vorführung?«, fragte Emma. Amalie schüttelte den Kopf.

»Ich auch nicht. Ich komme nur selten raus. Vater sorgt sich immer um meine Gesundheit.«

»Was fehlt Ihnen denn?«, fragte Amalie, bevor ihr bewusst wurde, dass sie eine peinliche Indiskretion begangen hatte. »Oh, ich bitte um Entschuldigung.«

»Eigentlich nichts, aber ich bin von schwacher Konstitution. Vater hat schon recht, dass er sich Gedanken macht.«

»Bitte verzeihen Sie meine unhöfliche Frage.«

»Aber es ist doch nicht unhöflich, sich nach dem Befinden von jemandem zu erkundigen. Wenn Parzival den Gralskönig gleich nach seiner Wunde gefragt hätte, anstatt höflich zu schweigen, wäre ihm viel Leid erspart worden, oder nicht?«

»Ja, stimmt.« Amalie und Emma wechselten einen Blick. In Emmas Augen konnte Amalie ebenso viel Willen, ihr zu vertrauen, lesen wie Bereitschaft, sich sofort wieder in sich selbst zurückzuziehen. Sie hatte keine Ahnung, wie sie darauf reagieren sollte.

»Wissen Sie, warum unter dem Ballon kein Korb hängt?«, fragte sie schließlich.

»Nein. Vielleicht hängen sie noch einen ein. Ach nein – vorhin hat es ja geheißen, dass es keine Personenauffahrten mehr gebe, weil es nicht sicher sei, dass es windstill bleibt – und nicht zu regnen beginnt.«

»Aber das wäre eine Enttäuschung für alle, die gekommen sind und Eintritt bezahlt haben!«

»Für Sie und Ihre Brüder auch.«

»Ja, ziemlich. Vor allem für Levin. Er ist Feuer und Flamme fürs Fliegen, seit wir vor ein paar Wochen Herrn Lilienthal zugeschaut haben.«

»Für Sie nicht?«

»Es wäre nicht so schlimm. Ich bin … ich weiß nicht … als wir

Herrn Lilienthal zuschauten, hatte ich schreckliche Angst, dass er abstürzt. Er musste aus seinem Gleiter herausspringen, weil etwas schiefging. Das hätte böse enden können.«

»Haben Sie jetzt auch Angst?«

»Ja«, gestand Amalie. »Als wir herfuhren, war ich nur gespannt, aber seit ich Herrn Lattemann gesehen habe und den Ballon, ist mir wieder gar nicht wohl.«

Emma griff nach Amalies Hand. »Dann wäre es Ihnen ja lieber, wenn es keine Vorführung mehr gäbe?«

»Nein, das auch nicht. Schon Levins wegen.«

»Ich finde das schön, dass Sie und Ihre Brüder sich so umeinander sorgen.«

»Haben Sie keine Geschwister?«

»Nein. Mama starb nach meiner Geburt am Kindbettfieber. Mein Vater hat nicht wieder geheiratet. Freunde habe ich auch keine, weil …«, Emma machte eine vage Bewegung über ihren Körper hinweg, »… ich ja nicht viel rauskomme.«

Zum dritten Mal folgte Amalie einer Eingebung. Sie war selbst überrascht über ihr Verhalten. Normalerweise hielt sie sich zurück und beobachtete und machte sich Gedanken. Vorzupreschen war nicht ihre Art. Seit sie die Spannungen in ihrem Elternhaus spürte, war sie eher noch stiller geworden. »Vielleicht können wir ja Freunde sein?«, fragte sie und wurde rot.

Emma zögerte. Dann drückte sie Amalies Hand. »Das wäre sehr schön«, sagte sie leise.

Verlegen schauten die beiden jungen Frauen in unterschiedliche Richtungen. Aber sie ließen gegenseitig ihre Hände nicht los.

Professor von Schley trat heran. »Gleich fängt es an«, sagte er vergnügt. Er musterte Amalie und strahlte sie dann an. »Aufgeregt?«

»Ja, Herr Professor.«

»Schön. Aufregung gibt einen gesunden Teint.« Einen Moment lang hatte Amalie den Eindruck, der fröhliche Professor würde sie gleich in die Wange kneifen, doch dann tätschelte er nur vorsichtig Emmas Schulter. »Wenn es dir zu aufregend wird, mein Schatz, bringe ich dich gerne zurück ins Schulgebäude.«

»Vielen Dank, Vater, aber ich möchte gern hierbleiben.«

»Sag es mir, wenn es dir zu viel wird.«

»Das werde ich, Vater.«

Hermann Lattemann trat an den mittlerweile prall gefüllten Ballon heran. Seine Lebensgefährtin nabelte den Gasschlauch ab und schloss das Ventil am Ballon. Lattemann hakte das zusammengerollte Tau in einen Ring ein, der zwischen den beiden Steigbügeln von der Stange herunterhing und Amalie jetzt erst auffiel. Er wickelte von dem weißen Seidentuch, das er um den Tropenhelm gebunden hatte, ein paar Lagen ab und knotete sie sich unter dem Kinn zusammen. Dann gab er Katharina Paulus einen Kuss auf die Lippen. Als ein paar Zuschauer klatschten, grinste er, warf sie herum und drückte ihr einen Riesenschmatz auf. Die meisten im Publikum lachten, ein paar holten überrascht Luft, andere – die wenigsten – zischten empört über die Unschicklichkeit. Amalie schaute zu Professor von Schley, doch dieser lächelte nur. Anscheinend war er der Ansicht, dass für Akrobaten und Schausteller wie Lattemann und Paulus andere Maßstäbe anzulegen waren.

Lattemann winkte, dann trat er in die Steigbügel und steckte die Hände in die Lederschlaufen. Er nickte Katharina Paulus zu, und diese machte nacheinander die Haltetaue los, immer die einander gegenüberliegenden. Als nur noch eines fest war, hing der Ballon schräg in der Luft. Sie zog an der Schlaufe des letzten Knotens, und der Ballon schoss mit erstaunlicher Geschwindigkeit und vielen Ahs und Ohs des Publikums in die Höhe. Das dicke Tau, das Lattemann in den Ring eingehakt hatte, entrollte sich, von Katharina Paulus scharf beobachtet. Es war klar, dass die junge Frau ihren Gefährten von Herzen liebte und peinlichst darauf bedacht war, jeden Fehler auszuschließen, um Schaden von ihm fernzuhalten.

Emma und Amalie schauten dem aufsteigenden Ballon nach. Emmas Mund stand vor Staunen offen. Amalie sah aus dem Augenwinkel, dass es ihrem Bruder Levin nicht anders ging. Das Publikum begann, zu klatschen und Lattemann anzufeuern. Schließlich hielt der Ballon mit ein paar Rucken an – das dicke Haltetau war mit mehreren Schlingen und Knoten in einen wuchtigen Bodenanker geknüpft gewesen, so dass es den Aufstieg nicht mit einem starken Ruck, sondern nach und nach verlangsamte. Lattemann wirkte winzig, eine Spielzeugfigur unter einem Spielzugballon. Wie mochte es wohl von seiner Warte aus aussehen? Lauter Menschenpüppchen zwischen Puppenhäuschen? Amalie erinnerte sich an den Fotografen am Derwitzer Mühlenberg. Schade, dass die meisten Kameras so schwer und unhandlich waren. Man hätte sie mit nach oben nehmen und die Welt aus der Perspektive eines Vogels fotografieren können. Wie hoch mochte Lattemann überhaupt sein?

Das Publikum stellte sich dieselbe Frage und begann zu raten. Man einigte sich auf mindestens fünfundsiebzig Meter. Das Haltetau, von seiner eigenen Schwere zu Boden gezogen, hing leicht durch und schwankte und tanzte. Der Ballon bewegte sich leicht auf und ab.

Und Lattemann …

Amalie blieb das Herz stehen. Er hatte den Halt verloren und steckte nur noch mit einem Fuß und einer Hand in den Halterungen! Sie schlug die Hand vor den Mund. Ein paar Frauen im Publikum kreischten auf. Doch es war nur ein Kunststück. Lattemann winkte mit dem freien Arm, dann schwang er sich wieder zurück und hängte sich mit dem anderen Arm und Bein ins Freie. Diesmal winkte er mit dem Bein. Das Publikum lachte erleichtert und klatschte. Amalie starrte nach oben, mit wild klopfendem Herzen. Ihre Hände schwitzten. Emmas Hand in der ihren war noch kälter geworden. Unwillkürlich sah sie zu ihrer neuen Freundin hinunter und in deren weit aufgerissene Augen.

»Das ist so aufregend!«, hauchte Emma.

Amalie fürchtete, dass Professor von Schley, wenn er das hörte, sich gleich wieder erkundigen würde, ob Emma diese Erregung schon ertragen konnte – und sie vielleicht zurück ins Schulgebäude brachte. Aber der Professor gaffte so gebannt wie alle anderen nach oben, wo Lattemann sich nun auf die Stange geschwungen hatte und mit den Kniekehlen dort einhakte. Kopfunter hängend winkte er, knotete das Seidentuch unter seinem Kinn los ... sein Helm fiel herunter, ein paar neue Aufschreie von den Frauen ... doch auch das war geplant gewesen, er fing ihn elegant auf, winkte mit ihm, stülpte ihn sich, immer noch kopfunter hängend, wieder auf und band ihn fest. Neues Gelächter, neuer Applaus. Amalies Herz klopfte weiter in hämmerndem Stakkato. Alles, was Lattemann dort oben tat, war lang geprobte Akrobatik. Mit Sicherheit saß jeder Griff, er wusste genau, was er tat. Und doch – wenn er einen Fehler machte, fiel er nicht nur ein paar Meter vom Zirkusseil in ein aufgespanntes Netz. Er fiel dann wie vom höchsten Kirchturm Berlins und würde beim Aufprall zerschmettert werden. Amalie wagte nicht, sich auszumalen, welche Angst Katharina Paulus um ihren Liebsten haben musste. Doch die junge Frau schaute nicht nach oben, sondern hebelte die vier Bodenanker der Haltetaue aus dem Erdreich und trug sie beiseite. Dann suchte sie mit Blicken den Boden ab, als ob dort nichts herumliegen dürfe. Vielleicht lenkte sie sich nur ab, damit sie nicht an die Gefahr denken musste, in der ihr Gefährte dort oben schwebte.

Dieser hatte sich mittlerweile so auf die Stange geschwungen, dass er rittlings auf ihr saß. Mit einer Hand hielt er sich fest, mit der anderen nestelte er ein Tuch aus der Jackentasche und schüttelte es aus. Dann begann er, damit zu wedeln. Die Zuschauer klatschten und pfiffen und begannen zu johlen. Das Tuch war eine preußische Staatsflagge, zwei schwarze Balken oben und unten auf weißem Grund, die einen schwarzen Adler einrahmten.

Lattemann hängte die Flagge an einen der Stricke, die von der Stange zum Netz hinaufführten. Dann griff er zu dem Paket mit dem hölzernen Ring, das Katharina Paulus vorher am Ballon befestigt hatte.

Und verlor den Halt.

Es war ein Bild, das Amalie nie vergessen würde. Der Ballonfahrer, der eben noch vergnügt auf der Stange saß und sich nach dem Tuchballen reckte … im nächsten Augenblick fiel er schon wie ein Stein herab. Die Spielzeugfigur unter dem Spielzeugballon – in ein paar Herzschlägen würde sie zwischen ihnen auf den Boden aufschlagen und kein Spielzeug mehr sein und erst recht kein lebendiger Mensch, sondern ein zerschmetterter Haufen aus Stoff, Fleisch und Knochen. Amalie hörte sich schreien und spürte, wie sich die Nägel von Emmas Hand in ihre Haut gruben. Sie hörte das Publikum unisono kreischen und brüllen. Sie sah Levin einen Satz in ihre Richtung machen, als wolle er sie vor dem fallenden Mann beschützen. Sie sah da und dort im Publikum Frauen ohnmächtig vor Entsetzen in die Arme ihrer Begleiter sinken. Sie sah Lattemann fallen, fallen …

Sie sah, wie über dem stürzenden Ballonfahrer eine rot-weiß gestreifte Blume erblühte und sich mit einem Knall öffnete. Sie sah ihn an dem hölzernen Ring darunter hängen, beide Hände darum geklammert. Sie hörte ihn lachen und jauchzen.

Atemlos verstand Amalie, dass auch das ein Trick gewesen war. Der ultimative, alles überstrahlende Trick. Lattemann schwebte unter dem runden Schirm herunter wie der Samen einer Pusteblume, völlig ungefährdet, die Beine schwingend und damit seinem sanften, langsamen Sturz eine elegante Spiraldrehung gebend. Die Bewegung erinnerte sie an Lilienthal, der ebenfalls mit schwingenden Beinen den Flug seines Gleiters beeinflusst hatte. Plötzlich verstand sie, worauf ihr Bruder Otto angespielt hatte, als er sie aufgefordert hatte mitzukommen. Das Gespräch zwischen ihr und Levin im Zug von Derwitz. Ihre Gedanken, wie Lilienthal lebend hätte davonkommen können, wenn er aus großer Höhe aus seinem Gleiter springen musste. Otto, der aufmerksame Zuhörer, hatte sie zu einer Veranstaltung mitgenommen, die bewies, dass ihre Gedanken richtig gewesen waren und dass jemand sie sich schon vor ihr gemacht hatte. Die ihr zeigte, dass niemand Grund hatte, sich über ihre Überlegungen lustig zu machen, weil sie gut und richtig waren.

Und doch war Amalie einem Mann wie Hermann Lattemann weit voraus, weil er – und vermutlich etliche andere, die ähnliche Akrobatenstücke auf Lager hatten – an den bremsenden Schirm nur als Zirkusattraktion dachte. Amalie dachte an ihn als etwas, das das Leben der Pioniere retten konnte, die sich in die Lüfte schwangen; das Leben eines Otto Lilienthal; das Leben ihres Bruders Levin, wenn dessen Traum sich erfüllte, auch einmal mit einem solchen Gleiter durch die Luft zu segeln. Sie merkte, dass sie die Luft angehalten hatte, und begann wieder zu atmen.

Rings um sie herum brüllte das Publikum vor Begeisterung und klatschte. Die ohnmächtig gewordenen Frauen wurden zu Bewusstsein gebracht und darüber aufgeklärt, dass sie einem besonders gelungenen Akrobatenstück aufgesessen waren. Sie lachten. Niemand machte dem elegant landenden und sich dann verbeugenden Lattemann einen Vorwurf, dass er sie alle zu Tode erschreckt hatte. Im Gegenteil: Da-capo-Rufe wurden laut. Diejenigen unter den Zuschauern, die schon gewusst hatten, was passieren würde, wie Professor von Schley, die meisten Studenten und Pedelle und auch Amalies Bruder Otto – grinsten breit.

Amalie schaute zu Emma hinunter, deren Brustkorb sich heftig hob und senkte und deren Gesicht glänzte wie im Fieber. »Geht es Ihnen gut?«, fragte Amalie besorgt.

»Er hat sich einfach getraut«, murmelte Emma und blickte Amalie mit schwimmenden Augen an. »O Gott, was für ein Gefühl muss das sein – wenn man es einfach wagt, der Gefahr zu trotzen.« Tränen liefen ihr die Wangen hinab, und Amalie konnte nicht anders, als sich vor den Rollstuhl zu kauern und Emma in den Arm zu nehmen. Die junge Frau schlang die Arme um sie wie eine Ertrinkende und schluchzte.

21

Auf der Rückfahrt war Amalie still, während Otto und Levin sich aufgeregt unterhielten. Sie hörte ihnen nicht zu. Sie dachte darüber nach, dass sie heute eine Freundin gewonnen hatte. Dass sie noch nie einen so einsamen, verängstigten Menschen wie Emma von Schley gesehen hatte. Dass ihr Vater trotz seiner lauten, launigen Fröhlichkeit und seiner rührenden Sorge um sie es nicht vermochte, seiner Tochter Lebensmut zu geben. Dass er ihn ihr vielleicht gerade damit nahm, weil seine Sorge sie zu einem ängstlichen, schwachen Menschen machte. Dass sie, Amalie von Briest, trotz der Schwierigkeiten mit ihrer Mutter, der Zurückgezogenheit ihres Vaters und der angespannten Situation auf Gut Briest gesegnet war, weil sie eine Familie hatte, in der sie aufgehoben war, und nun auch eine Freundin, die ihre Zuneigung suchte wie eine Blume die Sonne.

Das war der Augenblick, in dem ihr bewusst wurde, dass all das keinen Bestand hatte, denn in wenigen Monaten würde sie mit ihren Eltern und Levin nach Amerika gehen. Otto würde hierbleiben und sein Studium zu Ende bringen und vielleicht seine Hermine heiraten. Und die Freundschaft zu Emma von Schley würde enden, noch bevor sie richtig hatte beginnen können. Die Familie, so wie sie sie kannte, würde auseinanderbrechen.

Amalie starrte entsetzt zum Zugfenster hinaus. Nun fühlte sie sich fallen, fallen … aber sie hatte keinen Fallschirm, der sie auffing und sicher zu Boden schweben ließ.

22

Am zweiten Adventssonntag war Edgar Trönicke auf Gut Briest eingeladen. Er hatte sich nicht lange gesträubt, die Einladung anzunehmen. In der Vorweihnachtszeit kam ihm sein Junggesellenleben ab und zu etwas trist vor. Ein Abend in der warmen Gastfreundschaft der Briests, eine Übernachtung auf dem Gut und am nächsten Tag ein Spaziergang über die zugefrorene, weite Ebene des Jerichower Lands würden ihm guttun.

Der Einladung war ein Brief an Moritz von Briest vorausgegangen, in dem Edgar mitgeteilt hatte, dass es eine neue Entwicklung im Fall des Zugunglücks von Münchenstein gab. Moritz hatte mit der Einladung geantwortet und Edgar gebeten, die Familie bei diesem Anlass zu informieren. Die Einladung hatte sich nicht auf Hermine erstreckt, was aber den simplen Grund haben konnte, dass man sie allein nicht hätte einladen können, ohne die Grenzen des Anstands zu überschreiten, besonders nicht, da es um eine Übernachtung ging – dass man aber, wenn man ihren Bruder mit eingeladen hätte, Gäste mit dabeigehabt hätte, für deren Ohren der Bericht Edgars nicht bestimmt war. So wie Edgar die Briests kannte, hatten sie sich die Köpfe zerbrochen, bevor sie beschlossen hatten, Hermine einfach zu ignorieren. Die Entscheidung konnte nicht zur Zufriedenheit Ottos gewesen sein. Nach allem, was Edgar mitbekommen hatte, verfestigte sich die Romanze zwischen Otto und Hermine immer mehr. Otto hatte die Anstandsvorschrift, vor einer ersten Einladung zuerst Dutzende von Briefen schreiben zu müssen, umgedreht und schrieb Hermine nun so gut wie jeden Tag einen. An den Tagen, an denen das Studium an der Hochschule seine Anwesenheit nicht in vollem Umfang verlangte, stellte er sie auch selbst zu.

Man brauchte kein Detektiv zu sein, um die Spannung im Briest'schen Salon zu spüren. Moritz wirkte noch immer blass,

Antonie verbissen, Amalie verloren. Otto war geistesabwesend, was Edgar allerdings geneigt war, sehnsüchtigen Gedanken an Hermine zuzuschreiben – und trotzdem war es ihm, als gäbe es noch einen anderen Grund. Lediglich Levin war aufgekratzt. Die Suppe war noch nicht gegessen, da wusste Edgar auch schon, weshalb: Der junge Mann war beseelt vom Gedanken, dass der Mensch sich Flügel bauen und damit wie ein Vogel fliegen konnte. Flugapparat hier, Lilienthal dort, dazwischen: Gleiter, Flügelwölbung, Auftrieb, Vogelschwingenprinzip … Ein weniger aufmerksamer Beobachter als Edgar hätte bei Levins kommunikativem Dauerfeuer gar nicht gemerkt, dass der Rest der Familie eher zu schweigsam war. Levin hingegen schien noch nicht realisiert zu haben, dass seine persönlichen Träume – er würde im Frühjahr an Otto Lilienthal schreiben und ihn fragen, ob er bei seinen Studien mithelfen dürfe, er würde auch gratis für ihn arbeiten und die Werkstatt ausfegen, wenn es sein musste, er würde Teil von Lilienthals Eroberung des Himmels sein! – keine Flügel bekommen konnten. Sobald Moritz seinen Posten in Chicago antrat, würden außer Otto alle Familienmitglieder nach Amerika gehen und dort für ein paar Jahre bleiben. Lilienthal würde seine Werkstatt allein ausfegen müssen. Aber Edgar wollte nicht derjenige sein, der Levin wieder auf den Boden der Tatsachen holte, schon gar nicht als Gast der von Briests.

Das Essen war eine Mischung aus preußischer und französischer Tradition. Es gab eine Fischsuppe mit Zwiebeln, Nelken und Lorbeer, danach Rippenbraten aus dem Ofen mit Apfel, Trockenpflaumen und Majoran, dazu Klöße und Karotten, und als Dessert einen Baumkuchen, eine Biskuitrolle mit Schokoladenüberzug. Edgar war froh, seine etwas weitere Weste angezogen zu haben.

Amalie entschuldigte sich nachher und ging auf ihr Zimmer, und Edgar machte sich eine mentale Notiz, entweder mit Moritz oder mit Antonie über das Verhalten des jungen Mädchens zu sprechen. Otto und Levin blieben. Während eine Dienstmagd und der für die Zeit der Abwesenheit der Familie mit der Verwaltung des Guts betraute Majordomus den Tisch abräumten und Wein und Cognac bereitstellten, bekam Edgar von Moritz eine Zigarre angeboten.

»Aus Magdeburg«, sagte Moritz. Es klang beinahe entschuldigend.

»Nathusius – 'ne ehrwürdige alte Marke«, sagte Edgar loyal. Er hatte eigentlich erwartet, dass Moritz eine Partagás offerieren würde. Die Zigarren wurden von der Königlichen Tabakfabrik in Havanna hergestellt und waren auf der Weltausstellung in Paris vor über zwanzig Jahren ausgezeichnet worden; seitdem belieferte das Unternehmen Königshäuser auf der ganzen Welt. Moritz musste aus St. Lucia einen Vorrat mitgebracht haben, denn er hatte Edgar, als sie sich am Tag nach der Testamentseröffnung verabschiedet hatten, eine Kiste davon zum Geschenk gemacht. Vielleicht war der Vorrat aufgebraucht … dann konnte er aber nicht groß gewesen sein, denn Otto lehnte die angebotene Zigarre ab, und Levin bekam keine angeboten. Anscheinend war Moritz der einzige Raucher in der Familie.

Antonie schien irgendwie Edgars Gedanken gelesen zu haben, denn sie sagte lächelnd: »Wir haben die Zigarren aus der Karibik alle weggetan. Die Firma Nathusius beschäftigt in Magdeburg und auch hier im Raum viele Heimarbeiterinnen und zahlt ihnen anständig Lohn. Das unterläuft die Tabakarbeitergewerkschaften. Die sind dagegen, dass die Frauen den gleichen Lohn wie die Männer erhalten. Ich finde, dass man eine solche Einstellung bekämpfen muss, wo man nur kann – besonders, wenn man damit einen Fabrikanten unterstützt, der den armen Frauen Lohn und Brot bringt.«

Aus dem Augenwinkel sah Edgar, wie Moritz' Gesicht versteinerte. »Absolut«, erklärte er im Bemühen, keinen Grund für irgendwelche scharfen Bemerkungen, egal von welcher Seite, zu liefern.

Der Majordomus bat darum, sich zurückziehen zu dürfen, nachdem er für die Herren – inklusive Otto, ohne Levin – Cognac ausgeschenkt und Antonie die Zubereitung eines Kaffees in Aussicht gestellt hatte. Levin bekam eine Limonade versprochen.

»Edgar ist nicht nur als Freund hier, sondern auch, weil es Neuigkeiten zum Tod von Papa und Mama gibt«, erklärte Moritz. Die anderen nickten – es war nicht so, dass Moritz ihnen das nicht schon gesagt hätte. »Magst du uns auf den neuesten Stand bringen, Edgar?«

»Ich habe vor einer Woche einen Brief von Doktor Wechlin aus der Schweiz bekommen – das ist der Beamte in der Kantonsregierung, der mich zweimal hat auflaufen lassen. Ich lese euch zunächst den Brief vor, einverstanden?«

Edgar hatte eine Ledertasche mitgebracht, die er jetzt holte und den Brief daraus hervorzog. Er lockerte die Schultermuskulatur, damit seine Kunsthand sich öffnete und den Brief freigab. Wie üblich machte sie ein paar Schwierigkeiten und knüllte zuerst ein paar Kniffe ins Papier.

»Werter Herr Trönicke, wir bedauern die Missverständnisse, die im Rahmen Ihrer Rekognoszierung des tragischen Vorfalls von Münchenstein und Ihres Sorgetragens für die Familie von Briest zwischen Ihnen und dem Kanton Luzern aufgetreten sind. Wir hoffen, dass wir Ihnen mit dem beiliegenden Zeitungsausriss innert nützlicher Frist die gewünschten Auskünfte erteilen können, und bitten um Verzeihung, sollte der Eindruck entstanden sein, dass wir Ihre Bemühungen aus Abschied und Traktanden haben fallen lassen. Ganz der Ihre, Doktor Carl Wechlin und so weiter und so weiter.«

»Wohin hat er deine Bemühungen fallen lassen?«, fragte Moritz.

»Er meint, dass man meine Anfragen ignoriert hat.«

»Warum schreibt er das dann nicht?«, fragte Levin und grinste breit.

»Jedenfalls – dies ist der Zeitungsbericht, den er mitgeschickt hat. Er beschreibt offensichtlich das amtliche Endergebnis der Untersuchungen.«

Edgar faltete das Blatt auseinander. Die Druckerschwärze war ein wenig verschmiert, aber ohne Probleme zu lesen. Jemand – wahrscheinlich Doktor Wechlins Pendant zu Hermine Leitner – hatte peinlich genau um den Artikel herumgeschnitten, so dass nur dessen Text übriggeblieben war. Auf der Rückseite war ein unvollständiger Beitrag über die Arbeit des ersten katholisch-konservativen Bundesrats Josef Zemp, eines Luzerners, zu lesen und dessen Einführung einer sogenannten Volksinitiative. Eine solche sollte nach Ansicht des Artikelverfassers als Allererstes über ein Schächtverbot abstimmen, was er mit allerlei antijüdischen Plattheiten untermauerte.

Edgar las den Text vor: »Bla bla bla … ist nun das offizielle Gutachten des Eisenbahnunglücks bei Münchenstein freigegeben und auch unserem Blatt zur Verfügung gestellt worden. Bei dieser unserer Leserschaft sicher noch gegenwärtigen Tragödie handelt es sich um einen Eisenbahnunfall von so bedeutendem Umfang und so verderblicher Wirkung, wie er in der Geschichte des Eisenbahnwesens bis anhin nur selten zu verzeichnen war. Das Gutachten, in Auftrag gegeben vom Präsidenten des Civilgerichts Basel und erstattet von den Herren Ingenieur Conrad Zschokke aus Aaran und Oberingenieur Leonhard Seifert aus Duisburg, stellt fest, dass für diese Katastrophe eine tragische Mischung aus natürlicher Unbill und unternehmerischer Gier verantwortlich zu machen ist. So kommen die Herren Ingenieure zum Schluss, dass die Hochwasserschäden, welche die eingestürzte Eisenbahnbrücke über die Birs in den Jahren 1881 und 1890 erlitten hat, nur mangelhaft repariert worden sind. Die vom Hochwasser 1890 verbogenen Eisenträger wurden in den meisten Fällen nur geradegezogen, anstatt ersetzt zu werden. Dort, wo man sie ersetzte, wurde Eisen von nicht ausreichender Zähigkeit verwendet. Zudem war eines der Widerlager unterspült, diese Beschädigung aber nur aufgeschüttet anstatt ausreichend vermauert. Während die Gewalt der Natur, vulgo die der beiden Hochwasser, eine gottgewollte Erscheinung und daher nicht für den Tod von so vielen Unschuldigen in Haft zu nehmen ist, lässt sich für die mangelhaften Reparaturen sehr wohl ein Schuldiger finden. Die Ausbesserungsarbeiten wurden von der in Luzern beheimateten Jura-Simplon-Bahngesellschaft in bestem Treu und Glauben an die Baufirma eines gewissen Herschel Solomon in Entlebuch vergeben. Wie das Gutachten beweist, hat die Firma Solomon den Ersatz *aller* beschädigten Eisenträger in Eisen von hoher Qualität und Festigkeit und die Vermauerung des Widerlagers an die Gesellschaft abgerechnet. Man muss also absichtliche Täuschung unterstellen. Und wenn man auch den Verantwortlichen der Bahngesellschaft vorwerfen mag, dass sie ihrer Bauüberwachungspflicht nicht in der erforderlichen Sorgfalt nachgekommen sind, so muss man doch für deren Verteidigung einen wichtigen Grund ins Feld führen. Dieser lautet, dass ein Auftraggeber sich auf seinen Dienstleister verlassen können muss, besonders wenn es sich um einen Auftrag dieser Güte und Wichtigkeit handelt. So ist es in unserem Bund immer gewesen – Treu und Glauben gegen Treu und Glauben. Leider haben fremde Elemente in unserem Land diese Tradition nicht im gleichen Umfang verinnerlicht wie unsere christlichen Eidgenossen. Achtundsiebzig Unschuldige haben diese Gier mit ihrem Leben bezahlt.«

Edgar ließ den Zeitungsabschnitt sinken und schaute nacheinander in die Gesichter seiner Zuhörer. Otto brach das Schweigen als Erster: »Halten Sie das Gutachten für zutreffend?«

»Ich bin kein Ingenieur. Aber ich finde es interessant, dass Sie diese Frage als Erstes stellen.«

»Das liegt daran, dass Otto Ingenieur werden wird«, sagte Antonie mit gewissem Stolz.

»Nein, das liegt daran, dass Herr Trönicke die zweite Hälfte des Artikels mit einer so merkwürdigen Betonung vorgelesen hat«, erwiderte Otto.

Antonie wandte sich an Edgar: »Entschuldigen Sie die Unterstellung meines Sohnes. Sie geben sich alle Mühe, und …«

»Otto hat recht«, sagte Edgar nüchtern.

Antonie blinzelte. »Womit?«

»Dass er herauszuhören geglaubt hat, ich würde die Aussagen in diesem Zeitungsartikel anzweifeln.«

»Aber Sie haben doch gerade gesagt, dass Sie das nicht beurteilen könnten, weil Sie kein Ingenieur seien.«

»Ich kann den Wahrheitsgehalt des Gutachtens nicht bewerten«, erklärte Edgar. »Aber wer weiß, ob in diesem Artikel auch das drinsteht, was das Gutachten aussagt?«

»Warum sollte die Zeitung denn lügen?«, fragte Moritz fassungslos.

»Folgendes ist mir aufgefallen«, begann Edgar. Er wurde von Otto unterbrochen, der eine Hand hob wie ein Schüler im Unterricht.

»Verzeihung, Herr Trönicke … aber darf ich …? Ich würde gern wissen, ob eine Beobachtung, die ich gemacht habe, zutrifft. Und wenn ich es nach Ihnen anspreche, wird keiner glauben, dass ich es mir zuvor schon gedacht habe.«

Edgar lächelte und nickte Antonie zu, deren Gesicht finsterer geworden war. »Ich bin gespannt«, sagte er. »Und geschmeichelt, dass Sie so aufmerksam zugehört haben, Herr von Briest.«

Otto holte Luft. »Ich habe mich gefragt, wieso das Gutachten von einer Regierungsstelle in Auftrag gegeben worden ist und nicht von der unmittelbar betroffenen Bahngesellschaft. Oder gibt es zwei Gutachten? Und wenn – sagen sie das Gleiche aus?«

»Ich glaube, es gibt sogar mehr als zwei Gutachten«, erklärte Edgar. »Und vermutlich sagen alle etwas anderes aus. Aber Ihre Beobachtung ist richtig. Wenn Sie jetzt weiterdenken – welche Frage drängt sich dann auf?«

Otto sagte wie aus der Pistole geschossen: »Warum ist genau dieses Gutachten an die Presse gespielt worden?«

»Gut. Bitte hören Sie mir alle zu. Ich habe die Zeit, seit ich den Brief erhalten habe, genützt und ein wenig nachgeforscht. Zum einen habe ich Verbindungen zum Schweizer Verein in Berlin genutzt und mich erkundigt, wie die Stimmung in der Schweiz nach diesem Artikel ist. Er wurde nämlich nicht nur in der Bauzeitung, sondern in fast jeder Schweizer Zeitung veröffentlicht. Meine Kontaktleute sprachen von großer Verbitterung und Wut, die allerorts herrscht.«

»Wut über die Bahngesellschaft?«, fragte Moritz.

Edgar schüttelte den Kopf. »Zweitens habe ich versucht, die Baufirma von Herschel Solomon ausfindig zu machen. Der Ort Entlebuch liegt südwestlich von Luzern mitten in einem hügeligen, waldigen, sumpfigen Gebiet. Es sind nicht mehr als ein paar Häuser und Höfe rund um eine alte Pfarrkirche. Man kann davon ausgehen, dass dort kaum jemand Zeitung liest, und wenn, dann nur wegen steigender oder fallender Preise auf dem Gemüsemarkt. Vor allem aber gibt es dort keine Baufirma, die einem Herschel Solomon gehört.«

Levin sagte ratlos: »Aber was soll das Ganze dann? Ist das ein Irrtum? Gibt es einen Ort, der so ähnlich heißt, und der Zeitungsjournalist hat ihn verwechselt?«

»Ich weiß, worauf das Ganze hinausläuft«, sagte Antonie grimmig. »Irgendwer ganz oben in der Bahngesellschaft und in der Kantonsregierung hat geschludert, und nun soll die Schuld bei den Arbeitern abgeladen werden, die die Hochwasserschäden repariert haben.«

»Antonie, der Artikel klagt eine Firma an, nicht einzelne Arbeiter«, sagte Moritz ungeduldig.

»Es gibt noch eine Merkwürdigkeit«, fuhr Edgar fort. »Ich habe in meinem Briefverkehr mit Wechlin nie den Namen von Briest erwähnt – ich habe immer nur Pauls Namen genannt.«

»Ich nehme an, Wechlin wird auch ein bisschen recherchiert haben, bevor er sich an dich wandte«, sagte Moritz. »Mamas Name wird sicher irgendwo aufgetaucht sein – auf der Hotelrechnung zum Beispiel.«

»Nein, die Belege habe ich gesehen. Da hieß es immer nur Herr und Frau Paul Baermann.«

»Es ist also unklar, woher Doktor Wechlin unseren Namen kennt«, sagte Otto. »Aber es ist nicht unmöglich, dass er ihn herausgefunden haben kann, oder?«

»Nein, ist es nicht. Nur ungewöhnlich. Bisher hat er nicht den Eindruck gemacht, dass er sich mehr als nötig für unsere Sache engagiert hätte. Es ist schon merkwürdig genug, dass er mir überhaupt diesen Zeitungsausschnitt schickt. Er hätte mich genauso gut weiterhin ignorieren können, ohne dass ich irgendwas dagegen hätte unternehmen können. In der ganzen Sache mit Wechlin passen nur zwei Dinge zusammen – und die machen mir Sorge.«

»Welche wären das?«, fragte Moritz.

»Du hast vorhin gefragt, ob sich die Wut in der Schweiz gegen die Bahngesellschaft richtet. Als Wechlin hier in Berlin übernachtet hat, hat er verlangt, dass ein Zimmermädchen ausgetauscht würde – angeblich, weil sie Körpergeruch habe. Jetzt lesen wir in einem Artikel, hinter dessen Informationen die Kantonsregierung und damit der werte Doktor Wechlin steckt, dass ein erfundenes Bauunternehmen für das Unglück von Münchenstein verantwortlich ist. Der Name des Zimmermädchens lautet Rahel Rosenblatt. Der erfundene Bauunternehmer heißt angeblich Herschel Solomon. Beides sind jüdische Namen. Und mein Kontakt beim Schweizer Verein hat mir verraten, dass der Volkszorn in der Schweiz sich gegen die angebliche Gier der Juden in der Eidgenossenschaft richtet.«

»Du meinst, es handelt sich um gezielte Hetze gegen die Juden? Wechlin ist ein Antisemit?«

»Und natürlich ist es ihm nicht zu gemein, ein armes Zimmermädchen anzuschwärzen«, stieß Antonie hervor.

»Ich werde so bald wie möglich im neuen Jahr in die Schweiz fahren und mich dort vor Ort umsehen«, sagte Edgar. »Ob nun ein Unfall oder Sabotage am Tod Pauls und Louises schuld sind – ein erfundener Bauunternehmer war es jedenfalls nicht!«

23

Am folgenden Morgen zog Edgar einen dicken Mantel und seine mitgebrachten Soldatenstiefel an und stahl sich aus dem noch schlafenden Gutshaus hinaus in einen trüben, feuchtkalten Morgen, um einen langen Marsch über die Felder zu unternehmen. Er kam nur bis zum Fischteich. Dort stieß er auf den ebenfalls mit einem Mantel und festen Schuhen versehenen Moritz, der mit roten Wangen und roter Nase aus dem Wald herausstapfte.

»Konnte nicht mehr schlafen und hab mir ein bisschen die Beine vertreten«, sagte Moritz. »Hab gestern einen Cognac zu viel erwischt, glaube ich.«

Er hatte mindestens fünf Cognac zu viel erwischt, aber Edgar kommentierte es nicht. Er hoffte, dass der Alkoholgeruch, den er an Moritz wahrnahm, noch von gestern stammte und nicht von einem Aufwärmschluck am Morgen.

»Hast du schon gefrühstückt, Edgar?«

»Nein, ich wollte niemanden wecken.«

»Ich auch noch nicht. Hab es auch nicht eilig damit. Gehst du mit mir noch eine Runde um den Teich?«

»Gern.«

Sie stapften eine Weile schweigend dahin. Das nasse, braune Gras flüsterte unter ihren Sohlen. Der Himmel hing tief und farblos über dem Gut. Die sonnengelben Mauern des Gutshauses und das rote Dach spiegelten sich perfekt im stillen Wasser des Teichs, durchbrochen von den stramm aufragenden, toten Halmen des Schilfgrases.

»Was sagst du dazu?«, fragte Moritz.

Edgar ahnte, dass Moritz sich die ganze Zeit über während seines Morgenspaziergangs über das Thema Gedanken gemacht hatte, zu dem er Edgar jetzt ansprach. Nur – welches Thema war es? Edgar fürchtete, es zu wissen, und stellte sich daher absichtlich dumm. »Zu der Geschichte in der Schweiz? Ich hab dazu keine neuen Erkenntnisse, tut mir leid.«

»Ich meine wegen Antonie.«

Edgar schwieg.

Moritz räusperte sich, dann nestelte er an seinem Mantel herum und brachte schließlich ein Etui ans Tageslicht. Darin steckten mehrere Zigarren. Moritz bot Edgar eine an. Edgar, dem es eigentlich zu früh dafür war, nahm das Angebot trotzdem an. Die nächsten Augenblicke verbrachten sie mit dem Ritual des Zigarrenanzündens.

Edgar dachte angestrengt darüber nach, ob er sich mit einer Meinung in das weite, voller Fallen steckende Gebiet der Eheprobleme zwischen Moritz und Antonie von Briest vorwagen sollte.

Moritz ließ ihm keine Wahl. Er stierte die Bauchbinde seiner Zigarre an, dann wedelte er damit wütend in der Luft herum. »Du hast das mitgekriegt, oder? *Wir* haben die Partagás weggetan. *Wir.* Antonie hat das getan, ohne mich zu fragen. Sie hat die Zigarren dem Gesinde, den Gutsarbeitern und den verfluchten armen Weibern geschenkt, für die sie sich dauernd starkmacht. Versteh mich nicht falsch, Edgar. Ich bin der Erste, der sagt, die Verhältnisse der Arbeiter und Arbeiterfrauen müssen sich bessern, und wer hier auf meinem Gut angestellt ist, wird besser bezahlt als bei den meisten meiner Standesgenossen. Aber ich wäre gern gefragt worden, bevor meine Frau ein halbes Vermögen an Zigarren verschenkt und mich dazu zwingt, diese Dinger hier zu rauchen.« Moritz paffte erbittert an seiner Zigarre und knurrte dann: »Auch wenn man kaum einen Geschmacksunterschied bemerkt. Die Nathusius sind gut. Aber es geht ums Prinzip, verstehst du?«

»Ich verstehe, dass du und deine Frau mal ein längeres Gespräch führen solltet.«

Moritz warf die Arme in die Luft. »Wir haben hundert solcher Gespräche geführt. Es hat nur immer dazu geführt, dass ich nicht recht hatte und sie schon. Ich erkenne sie nicht mehr wieder. Die Zeit auf St. Lucia hat sie verändert – oder die Zeit überhaupt ist daran schuld. Sie hat immer schon einen starken Gerechtigkeitssinn gehabt – als Mama noch für das Rote Kreuz tätig war, hat sie begeistert mitgemacht und sich engagiert, wo sie nur konnte. Und jetzt … jetzt ist sie verbissen bemüht, alles Unrecht auf der Welt auf einmal zu tilgen, speziell wenn es mit der Unterdrückung der Frauen zu tun hat – ob sie die Mittel dazu hat oder nicht. Und egal, wie sehr sie damit überall Anstoß erregt. Kein bisschen Diplomatie, kein bisschen frauliche Überredungskunst, kein bisschen Strategie! Draufhauen, wo es nur geht, und sich für jede Bemühung jeder echten oder eingebildeten Frauenrechtlerin begeistern! Was könnte sie erreichen, wenn sie geschickter vorgehen würde; wenn sie versuchen würde, die Frauen der anderen Direktoren bei Siemens & Halske auf ihre Seite zu ziehen oder Elly von Siemens, die Frau vom Chef. Bei Siemens ist man grundsätzlich sozial eingestellt – Werner von Siemens hat sogar mal öffentlich gesagt, dass ihm das verdiente Geld wie glühendes Eisen in der Hand brennen würde, wenn er seinen Arbeitern nicht einen Anteil am Gewinn auszahlen würde. Aber nein – Antonie denkt gar nicht daran, die Verhältnisse der Frauen zu verbessern, indem sie Schritt für Schritt vorgeht. Alles oder nichts, immer mit dem Kopf durch die Wand und ohne daran zu denken, dass sie auch mal nicht recht haben könnte.«

Moritz' Ausbruch war für Edgar zugleich eine Erleuchtung,

warum die Verhältnisse innerhalb der Familie von Briest so waren, wie sie waren – und brachte ihn in Verlegenheit. Aber er wollte das Vertrauen, das Moritz ihm entgegenbrachte, nicht durch irgendwelche Floskeln enttäuschen, daher erwiderte er: »Hast du sie nicht mal geliebt für ihre Entschlossenheit? Wenn ich mich recht erinnere, ist sie auch bei ihrer Mutter mit dem Kopf durch die Wand gegangen, damit diese dich akzeptiert hat?«

»Edgar – damals hat sie für unser Glück gekämpft. Jetzt ist sie drauf und dran …«

»Was?«

Moritz warf die halbgerauchte Zigarre plötzlich in hohem Bogen in den Teich. Sie zog eine Funkenspur durch die kalte Novemberluft und verlosch zischend, als sie aufs Wasser aufschlug. Ringe breiteten sich im klaren Wasserspiegel aus. Eine kleine, armselige Rauchfahne stieg auf. Der Zigarrenstumpen sah nun aus wie ein Stückchen ins Wasser gefallener Unrat. Die Ringe hatten das perfekte Spiegelbild des Gutshauses zerstört.

»Eigentlich war mit Georg Wilhelm von Siemens vereinbart, dass ich nach St. Lucia einen Direktorenposten hier in Berlin übernehme, damit meine Familie endlich mal sesshaft wird. Aber Antonie hat sich in der Karibik ein paar solche Schnitzer geleistet, dass ich stattdessen nach Borkum geschickt worden bin – zum x-ten Kabelverlegeprojekt. Siemens hat mir ganz klar gesagt, dass das Projekt dazu dienen soll, ein bisschen Gras über den Ärger wachsen zu lassen, den Antonie verursacht hat. Du kannst dir vorstellen, dass es nicht gerade eine Beförderung ist, wenn man vorher Projekte in Kanada, England, Frankreich und der Karibik verantwortet hat, plötzlich auf einer Nordseeinsel zu hocken! Als wir aus Borkum wieder hierherkamen, hab ich bereits Gespräche mit Siemens geführt, das neue Werk in Charlottenburg zu übernehmen. Und dann hieß es auf einmal, man denke daran, mir die Leitung der neuen Niederlassung in Chicago zu übertragen. Kurz vorher hat Antonie angefangen, sich mit den Frauenrechtlerinnen hier in Preußen anzufreunden. Wenn das mal kein Zufall ist …!«

»Das spricht aber weniger gegen Antonie als vielmehr gegen Siemens. Antonie engagiert sich doch für eine gute Sache.«

»Natürlich tut sie das! Und Siemens tut es auch! Die Firma plant den Bau einer ganzen ›Siemensstadt‹ in Spandau, um für die Arbeiter menschenwürdige Wohnungen und Lebensumstände zu ermöglichen – abseits von Politik und Polemik. Die Verbissenheit der Frauenrechtsbewegung rollt solchen Bemühungen Steine in den Weg. Wenn die Aktivitäten wenigstens ein gemeinsames Ziel hätten. Aber die bürgerlichen Frauenrechtsbewegungen wollen nichts mit den proletarischen zu tun haben und umgekehrt. Die einen wollen das Wahlrecht, die anderen das Recht, zum Überleben ihrer Familien beitragen zu können. Edgar – ich würde eine Stiftung zur Förderung der Frauenrechte einrichten, wenn ich es mir leisten könnte! Und würde eine Frau zu ihrer Präsidentin machen! Aber was zurzeit in dieser Sache geschieht, ist verdammte Politik und nichts weiter. Wenn ich Antonie zuhöre, entdecke ich so viele Themen, in denen sie und ihre Gesinnungsgenossinnen unbedingt recht haben. Ungerechtigkeiten, die man abschaffen muss. Doch die Stimmung in den Frauenvereinigungen ist nicht: Kämpfen wir für die Frauenrechte!, sondern: Zeigen wir's den verfluchten Mannsbildern!«

»Ich kann mir schwer vorstellen, dass Antonie so denkt.«

»Nein, Antonie geht es um die Sache. Aber sie ist so fanatisch geworden, dass sie nicht sieht, dass ihre Bemühungen und die ihrer Kameradinnen von ein paar hasserfüllten Weibern und ein paar intriganten Politikern an den entscheidenden Plätzen der Macht missbraucht werden. Und sie sieht erst recht nicht, dass sie damit …« Moritz brach erneut ab.

Edgar ahnte, dass er aussprechen musste, wovor Moritz sich fürchtete und was ihn in den letzten Monaten blass und gehetzt hatte werden lassen.

»Dass sie damit die Familie ruiniert?«

»Dass sie damit meine Liebe verloren hat«, sagte Moritz und schaute zu Boden. »Ah, verdammt.« Er zog eine weitere Zigarre aus der Brusttasche, biss die Spitze ab und spie sie mit abgewandtem Gesicht aus. Edgar, der wusste, was sich unter Männern in dieser Situation schickte, hielt Moritz seine eigene Zigarre in den hohlen Händen hin und ließ ihn davon Feuer nehmen, während er in eine andere Richtung schaute, um so zu tun, als würde er Moritz' Tränen nicht sehen. Seine Prothese zuckte, aber er konnte sie unter Kontrolle halten.

»Siemens schickt mich nach Chicago, damit Antonie mit ihren Aktivitäten hier nicht noch den Namen der Firma schädigt – und die Pläne für die Siemensstadt gefährdet. Georg Wilhelm von Siemens muss sich damit gegen etliche Politiker und auch gegen andere Unternehmer zur Wehr setzen, die jede menschenfreundliche Einstellung sofort als Sozialismus brandmarken und das Gespenst der Revolution von 1848 heraufbeschwören.« Moritz holte ein Taschentuch heraus und schnäuzte sich einhändig. »Du solltest mal sehen, welche Eiseskälte zwischen Siemens und Antonie herrscht, wenn die beiden sich begegnen. Elly von Siemens nimmt an diesen Treffen schon gar nicht mehr teil und lässt sich mit irgendwelchen Beschwerden entschuldigen. Antonie wird auch nur eingeladen, weil es ein zu großer Affront wäre, es nicht zu tun. Wenn sie etwas mehr – wie sagt man dazu neuerdings: Empathie! – besäße, würde sie sich auch entschuldigen lassen, aber stattdessen kommt sie mit der Hartnäckigkeit eines Terriers mit und sorgt für schlechte Stimmung, über der sie dann scheinbar unberührt thront wie eine Königin.«

»Du könntest ihr ja verbieten mitzukommen.«

»Um dann zu hören, ob ich mich wegen ihr schäme, ob sie mir gleichgültig sei, ob ich die verhärteten Meinungen verhärteter alter Männer über die Loyalität zu meiner Frau stelle?«

»Moritz«, sagte Edgar voller Mitgefühl, »erzähl mir nicht, dass deine Liebe zu Antonie erloschen sei, wenn es dich so verletzt, dass sie dir solche Vorwürfe macht.«

Moritz starrte in den Himmel und dann auf seine Zigarre, die er aus dem Mund nahm. »Die schmeckt irgendwie auch nicht«, sagte er. »Ich gehe wieder hinein. Ich friere. Kommst du mit?«

»Wenn es dir recht, laufe ich noch ein bisschen herum. Und wenn es dir lieber ist, nehme ich einen früheren Zug nach Berlin. Ich wäre nicht beleidigt, wenn du lieber mit deiner Familie allein bist.«

»Nein, bitte bleib zum Mittagessen. Ich bin froh, dass du da bist. Es verhindert, dass Antonie und ich den Sonntag streitend verbringen. Und außerdem ...«, zu Edgars Überraschung legte Moritz ihm eine Hand auf die Schulter, »... wüsste ich nicht, wen ich hier in Preußen einen Freund nennen sollte, wenn nicht dich.«

Edgar beobachtete Moritz, der um den Teich herum zum Gutshaus stapfte, dann ging er in die andere Richtung, zur Grabstätte der Familie am Teichufer, wo man den schönsten Blick auf das gesamte Anwesen hatte. Er starrte auf die Grabplatten, las die Namen, die ihm etwas sagten: Levin von Briest. Hedwig von Briest. Alvin von Briest. Louise von Briest. Paul Baermann. Plötzlich sah er sich, wie er das Boot über die Spree ruderte, in dem Moritz und Antonie saßen, während ganz Berlin das Ende des Deutsch-Österreichischen Krieges feierte. Sah sich ein paar Jahre später kurz nach Ausbruch des Deutsch-Französischen Krieges hinter Alvin stehen, ihm auf die Schulter tippen und ihn mit den Worten »Entschuldjense schon ma im Voraus, Herr Oberst« niederschlagen, um auf Bitten von Moritz seinen Ziehvater vor einer Aktion zu bewahren, die sein Leben gekostet hätte. Er sah sich Paul und Louise kurz vor ihrem Aufbruch in die Schweiz verabschieden, und wie er später in seinem Büro saß, fassungslos und gelähmt vor Schuldbewusstsein über die Nachricht von ihrem Tod.

Er seufzte. Irgendwie hatte er jedes Mal an entscheidenden Wegkreuzungen im Leben der Familie von Briest eine Rolle gespielt. Jetzt schien auch wieder so eine Wegkreuzung herangekommen zu sein. Edgar wünschte sich, diesmal keine Rolle spielen zu müssen, aber offenbar war er erneut mittendrin.

Als er aufblickte, sah er jemanden eilig auf sich zukommen und winken. Er straffte sich und hoffte, dass er jetzt vielleicht etwas Angenehmeres hören würde, nämlich die eifrigen Fragen eines verliebten jungen Mannes nach dem Wohlergehen der jungen Frau, die in seinem Herzen war. Unwillkürlich klopfte Edgar gegen seine Manteltasche und hörte das Papier des dort befindlichen Briefs knistern.

Der Ankömmling war Otto von Briest.

24

Otto hatte gehofft, Edgar Trönicke an diesem Morgen allein zu sprechen. Als er vom Majordomus erfahren hatte, der Besucher sei zu einem Spaziergang aufgebrochen, hatte er in aller Eile Stiefel und Mantel angezogen, um ihm zu folgen. Um irgendwelche Fragen, die er nicht beantworten wollte, zu vermeiden, hatte er sich in den Salon zurückgezogen, als sein Vater hereingekommen war. Moritz war, nachdem er seine Stiefel und seinen Mantel abgelegt hatte, in sein Arbeitszimmer gegangen – und Otto war hinausgeschlüpft. Er war froh gewesen, Edgar am jenseitigen Ufer des Fischteichs beim Familiengrab stehen zu sehen und ihn nicht irgendwo auf dem Gutsgelände oder im Dorf suchen zu müssen.

Jetzt stand er vor ihm und wusste nicht, wie er anfangen sollte. Edgar musterte ihn erwartungsvoll. Otto glaubte, einen gespannten, angestrengten Zug in Edgars Gesicht zu erkennen, den sein Lächeln nicht ganz überdecken konnte.

»Ich … ich … würden Sie das Hermine übergeben von mir? Bitte?« Otto zog einen Brief heraus, der mit dem Briest'schen Siegel verschlossen war. Edgar steckte ihn ein und holte selbst einen Brief aus seiner Manteltasche heraus.

»So ’n Zufall«, sagte er. »Ick hab auch ’n Briefchen für Sie.« Er räusperte sich, wie immer, wenn er breites Berlinerisch gesprochen hatte, und versuchte, wieder ins Hochdeutsche zurückzufinden. »Von Hermine. Mit vielen Grüßen. Ich wollte ihn gestern nicht vor allen anderen überreichen, sonst hätte es bestimmt jede Menge gutgemeinten Spott gegeben.«

»Danke.« Otto drehte den Brief verlegen in den Händen. Er hätte ihn rasend gern sofort geöffnet, aber ausnahmsweise war ihm das, was er mit Edgar besprechen wollte, wichtiger, als ohne Verzug Hermines Liebesgrüße zu lesen.

»Wegen Ihres Briefs an Hermine sind Sie mir aber nicht hier heraus nachgelaufen«, vermutete Edgar.

Otto grinste schief. »Einem Detektiv kann man nichts vormachen, was?«

»Sie haben sich gestern mit Ihren Schlussfolgerungen auch ganz wacker geschlagen«, sagte Edgar. »Schneller als alle anderen.«

War das ein Entrée in das Thema, das Otto eigentlich ansprechen wollte? Er fasste sich ein Herz. »Was muss man tun, um Detektiv zu werden?« Er fühlte Edgars Musterung intensiver denn je auf sich ruhen.

»Ich könnte jetzt ironisch ausweichen und sagen: Man muss allet andere vermasselt haben, wa«, erwiderte Edgar. »Aber ich ahne, dass Ihre Frage dafür viel zu ernst gemeint ist. Warum wollen Sie diesen Beruf ergreifen, Otto? Sie haben alle Chancen, etwas Anständiges in Ihrem Leben zu machen.«

»Ich finde den Beruf sehr anständig. Man hilft, Verbrechern das Handwerk zu legen … Ungerechtigkeit aus der Welt zu schaffen …«

»Indem man sich die Hände mit allem schmutzig macht, was unanständig ist.«

Otto ließ den Kopf hängen. Er hatte seine Motive wieder und wieder hinterfragt, seit dem Testamentseröffnungstag, an dem ihm auf einmal wie Schuppen von den Augen gefallen war, dass er etwas studierte, was ihm später zwar Renommee und Geld einbringen würde, was er aber im Grunde seines Herzens nicht als Beruf ausüben wollte. An diesem Tag hatte er Edgar Trönicke gemustert, hatte bemerkt, wie dessen Verstand trotz aller Verlegenheit und Schuldgefühle unablässig arbeitete, beobachtete, verglich, auswertete, Schlüsse zog. Er hatte die schlecht funktionierende Kunsthand gesehen, die glänzenden Stellen an den Ellbogen von Edgars Jackett, die abgestoßenen Ränder seiner Schuhe, die allesamt davon zeugten, dass der Beruf des Detektivs einen keine Reichtümer scheffeln ließ. Es hatte ihn nicht abgeschreckt. Im Gegenteil. Er hatte sich auf einmal glühend gewünscht, in Edgars Haut zu stecken, selbst Detektivarbeit zu verrichten.

Der Wunsch war nicht vergangen, sosehr er auch darüber nachgedacht hatte.

»Mit wem haben Sie schon darüber gesprochen, Otto? Wissen Ihre Eltern davon?«

»Nein, ich … ich hab mit Hermine darüber gesprochen. Geschrieben, meine ich.«

»Was sagt sie?«

Otto errötete. »Dass es egal wäre, welchen Beruf ich hätte, solange ich abends zu ihr nach Hause käme und sie in die Arme nehmen würde.«

»Gute Hermine«, sagte Edgar und lächelte. »Immer ohne Umschweife auf den Punkt. Und wem haben Sie es noch erzählt, der Ihnen nicht so wie Hermine Carte blanche gegeben hat?«

»Ich wollte es Mama erzählen, aber sie hätte nur gesagt: Sei froh, dass du einen guten Beruf studierst, der dir und deiner Familie so viel Geld bringen wird, dass deine spätere Frau sich nicht für ein paar Mark in der Woche schinden muss, um die Kinder zu ernähren, und du etwas davon an die Armen abgeben kannst. Die haben keine solchen Chancen wie du.«

»Gut beobachtet.« Edgar seufzte.

»Papa wollte ich es auch nicht erzählen. Er liebt seinen Beruf und würde nicht verstehen, dass ich nicht in seine Fußstapfen treten will. Und er hat genug um die Ohren zurzeit. Ich glaube, er hat sich gewünscht, nicht noch einmal für ein paar Jahre für Siemens & Halske von zu Hause weg sein zu müssen.«

Edgar nickte.

»Ich … ich habe es einem meiner Lehrer erzählt. Professor von Schley. Die Schüler verehren ihn alle, weil er für jeden ein offenes Ohr hat. Er hat einen Zirkel gegründet, in den man nur hineinkommt, wenn er einen persönlich dazu einlädt. Die besten Kommilitonen der Hochschule befinden sich dort.«

»Hat er Sie auch eingeladen?«

»Nein, aber ich nehme ihm das nicht übel. Ich gehöre nicht gerade zu den besten Studenten. Gefragt hab ich ihn trotzdem. Ich vertraue ihm.«

»Was hat er gesagt?«

»Dass ich mir zuerst ansehen solle, was es mit meinen Berufsmöglichkeiten auf sich hat, bevor ich mich für irgendetwas entscheide. Er hat mir angeboten, sich für mich bei Fabrikanten einzusetzen, die er kennt, um mir ein paar Wochen Praktikum als Jungingenieur zu ermöglichen. Dadurch könnte ich ein besseres Gefühl dafür bekommen, ob mir der Beruf nicht vielleicht doch liegt. Er meinte, dass ein paar weitblickende Unternehmer Gönner der Schule seien und diese unterstützen, an die würde er sich wenden, wenn ich es wünsche.«

»Hört sich tatsächlich wie ein Mann an, dem man vertrauen kann.«

»Was er gesagt hat, hat mich auf eine Idee gebracht.« Otto schluckte. Dann stürzte er sich hinein. »Wenn es möglich ist, in einer Fabrik für ein paar Wochen einzustehen und die Arbeit kennenzulernen, dann müsste das auch bei einer Detektei möglich sein. Oder nicht? Dann hätte ich einen echten Vergleich meiner möglichen Berufsziele.«

»Ich kann mich gerne für Sie bei Caspari-Roth, Boffi und Pelzer erkundigen.«

»Nein … äh … ich wollte Sie eigentlich fragen, ob … ob es nicht bei Ihnen möglich wäre …«

Edgar nickte. Otto wurde klar, dass der Detektiv schon vorher geahnt hatte, worauf Otto hinauswollte. »Außerdem haben Sie ein persönliches Motiv. Wenn Sie mithelfen können, den Tod Ihrer Großeltern aufzuklären, können Ihre Eltern gar nicht anders, als Ihnen Ihren Berufswunsch zu gestatten.«

»Ich müsste sie gar nicht mal fragen. Ich bin dieses Jahr volljährig geworden. Aber ich möchte mein Berufsleben gern mit dem Segen meiner Eltern beginnen … wenn Sie verstehen …«

»Am Ende müssen Sie selbst entscheiden. Aber Sie können es ihnen zumindest leichtmachen, Ihnen den Segen zu erteilen.«

»Wie meinen Sie das?«

»Indem Sie die Möglichkeit eines Praktikums zu Ihrem eigentlichen Studium ebenfalls nutzen und erst dann irgendwelche Entschlüsse fällen.«

Otto fragte mit vorsichtiger Hoffnung: »Heißt das, Sie würden mir eine Chance geben, mit Ihnen … in Ihrer Agentur …?«

Edgar schnaubte, dann lachte er plötzlich. »Mensch, ick gloobe ja ooch, det Se 'n Talent für dieset Milljöh ham. Ein paar Bedingungen habe ich noch: Sie sprechen das Ganze mit Ihrem Professor ab, so dass der Sie für die Zeit, auf die es ankommt, vom Schulbesuch befreit. Was in dieser Zeit gelehrt wird, holen Sie nach, und zwar so, dass Sie in allen Prüfungen gute Noten bekommen. Und Sie absolvieren eine genauso lange Spanne des Praktikums als Ingenieur. Keinen Tag weniger.«

»Das mache ich!«, sagte Otto und widerstand dem Impuls strammzustehen.

»Dann lassen Sie uns mal mit Moritz und Antonie reden.«

»Jetzt gleich!?«

»Natürlich. Sie haben viel vor. Bis Weihnachten sind es noch zwei Wochen, und in denen müssen Sie alles organisiert haben. Sie haben ja gehört, was ich gestern Abend gesagt habe. Nach Heiligdreikönig nächstes Jahr reise ich in die Schweiz, und Sie kommen mit.«

25

Es gibt eine gute und eine schlechte Nachricht«, sagte Rudolf Leitner am Dienstag nach dem zweiten Advent zu Oscar Glock.

»Na prima. Welche will ich zuerst hören?«, grollte der Unternehmer.

»Die gute. Das neue Gasgemisch erfüllt unsere Erwartungen. Wir haben es mit einem Käfig Ratten getestet.«

Glock begann, auf ein Blatt Papier zu kritzeln. »Wie lange hat's gedauert?«

»Fast fünf Minuten. Dann hat es sich verflüchtigt. Wir müssen noch an der Dichtigkeit der Kammer arbeiten. Aber das Gas taugt.«

Glock kritzelte weiter, etwas hektischer diesmal. Dann sah er unzufrieden auf. »Das nennst du 'ne gute Nachricht? Nur fünf Minuten?«

»Es liegt nicht am Gemisch, das wissen wir jetzt. Darauf brauchen wir uns nicht mehr zu konzentrieren. Wir haben die Formel. Jetzt können wir uns mit allen Kräften mit der Konstruktion der Kammern befassen.«

»Na gut, von mir aus.« Glock holte Luft, dann begann er plötzlich zu grinsen. »Fünf Minuten? Ehrlich? Ein ganzer Käfig voller Ratten?«

»Zwanzig Stück, Oscar. Richtig fette Exemplare.«

»Wie groß war die Kammer?«

»Wie du vorgegeben hast.« Leitner streckte die Arme zu beiden Seiten aus und umriss einen Raum.

»Donnerwetter«, sagte Glock. »Also schön, es ist wirklich 'ne gute Nachricht. Was ist die schlechte?«

»Der Brief, den du bei Wechlin in Auftrag gegeben hast. Der an Trönicke. Er hat nicht funktioniert.«

Glocks Miene verdüsterte sich schlagartig. »Inwiefern?«

»Kann ich nicht sagen. Hermine erzählt mir ja keine Interna. Nur dass Trönicke gleich im neuen Jahr in die Schweiz reisen will.«

»Verdammt noch mal! Der beschissene Schnüffler. Was hat er denn nicht geschluckt? Der Brief war doch wasserdicht.«

»Ich weiß es nicht.«

Glock fischte einen Schlüssel aus seiner Westentasche, erhob sich und stapfte zu einem der dramatischen Landschaftsbilder. Er hängte es ab. Dahinter kam ein Wandtresor zum Vorschein. Glock öffnete ihn mit dem Schlüssel. Im Tresor befand sich ein kleinerer Tresor, der sich mit einer Nummernkombination an einer Einstellscheibe öffnen ließ. Glock holte einen dicken Umschlag heraus, spähte hinein und zog ein handbeschriebenes Blatt heraus. Er ließ die beiden Tresore offen und kehrte mit dem Blatt wieder an seinen Tisch zurück. Murmelnd überflog er die Zeilen. Er hatte sie selbst geschrieben. »Versteh ich nicht«, sagte er. »Worüber ist der Schnüffler denn gestolpert? Wenn Wechlin ihm den Artikel in der Bauzeitung mitgeschickt hat, den er dort hat lancieren lassen, ist das Ganze doch wasserdicht. Verdammt, die halbe Schweiz hat die Geschichte geschluckt, nach allem, was uns Wechlin mitgeteilt hat – und dort müsste man am besten wissen, dass es gar keine Baufirma Solomon in Entlebuch gibt.«

»Die Leute glauben immer, was sie glauben wollen.«

»Nur Trönicke will verdammt noch mal nicht glauben, was wir ihn glauben lassen wollen, oder?«

Leitner zuckte in einer unbehaglichen Geste mit den Schultern. »Sieht so aus.«

»Na gut. Dir und deiner Schwester zuliebe hab ich's auf diese Weise versucht. Jetzt ist Schluss. Eigentlich ist es ganz gut, dass der Schnüffler in die Schweiz reist. Wenn ihm da ein Unfall zustößt, interessiert's die Schweizer Behörden schon mal gar nicht, und hier juckt's auch keinen, weil es ja im Ausland passiert ist. So gesehen tut Trönicke uns einen Gefallen mit dieser Reise.« Glock musterte Leitner eingehend. »Was ist? Bekommst du kalte Füße? Glaubst du, dass du mit dem Krüppel nicht fertig wirst? Du bist schon mit ganz anderen fertig geworden.«

»Darum geht es nicht, Oscar …«

»Ich hab dir doch gesagt, ich stell deine Schwester ein, wenn Trönicke das Zeitliche segnet. Ich geb ihr sogar mehr Geld, als sie bei dem Schnüffler verdient hat.«

Leitner seufzte. »Trönicke fährt nicht allein.«

Glock starrte Leitner an. »Er nimmt deine *Schwester* mit!? Hat er was mit ihr oder was!?«

Leitner setzte sich aufrechter hin. »Wir reden hier von Hermine, Oscar, nicht von irgendeiner Schlampe.« Seine Stimme klang auf einmal eisig.

»Schon gut, schon gut.« Glock hob die Hände. »Ich nehm's zurück. Deine Schwester ist ein braves deutsches Mädel, die weiß, was sich gehört, und sie hat 'nen Bruder, der auf sie aufpasst. Ich hätte das nicht sagen sollen.«

Leitner nickte. Er wirkte immer noch aufgebracht, aber er schien Glock den Ausrutscher zu verzeihen. »Der junge Briest fährt mit. Otto.«

»Was? Wozu das denn?«

»Ich hab dir doch neulich erzählt, dass es da diese unerwartete Verbindung gibt, weil seine Großeltern in Münchenstein mit draufgegangen sind, und dass Ottos Großvater von Trönicke …«

»Ja, ja, weiß ich. Aber warum fährt die Kanaille mit in die Schweiz? Hast du nicht gesagt, er studiert an der Hochschule?«

»Alles, was ich aus Hermine rausgekriegt habe, ist, dass er anscheinend glaubt, er wäre ein guter Detektiv, und Trönicke lässt ihn mitlaufen, weil er der Familie freundschaftlich verbunden ist.«

»Du lieber Himmel, soll die Welt noch so einen Plattfuß ertragen? Rudi – du weißt, was du zu tun hast. Ob ein Schnüffler oder zwei in der Schweiz verunglücken, darauf kommt es jetzt auch nicht mehr an.«

»Otto von Briest gehört zu einer alteingesessenen Familie. Seine Großeltern waren mit Reichskanzler Bismarck verbunden. Sein Vater ist Direktor bei Siemens & Halske. Wenn er in der Schweiz draufgeht, wird es einen größeren Aufstand geben, als wenn ein alter Kriegskrüppel und Privatschnüffler unter die Erde fährt.«

»Dann musst du es eben noch mehr wie einen Unfall aussehen lassen.« Glock fixierte Leitner. »Was hast du aufm Herzen, Rudi? Dass Briest reiner, alter deutscher Adel ist? Opfer müssen gebracht werden. Die alten Junker sind doch mit schuld an den Zuständen, wie wir sie heute haben!«

»Darum geht's nicht. Es geht darum … ah, verdammt. Hermine hat sich in Otto von Briest verguckt. Wenn er abkratzt, bricht es ihr das Herz!«

Glock blieb der Mund offen stehen. »Seit wann ist das ein Problem?«, brachte er schließlich heraus.

»Für mich ist es ein Problem, Oscar. Hermine ist meine kleine Schwester!«

»Verdammt noch mal. Was glaubst du, was das gebrochene Herz deiner Schwester im Vergleich zu dem ist, was wir vorhaben? Es geht ihr ja nicht selbst an den Kragen, oder?«

»Trotzdem.«

Glock lehnte sich zurück. Er schlug mit einer Faust auf den

Tisch. »Verflucht, Rudi, nach so langer Zeit bist du so eine Enttäuschung für mich. Ich fass es nicht!«

»Ich hab eine Idee, Oscar. Lass es mich versuchen. Bitte. Wenn es nicht klappt, lege ich Briest sofort um. Versprochen.«

»Lass hören«, grummelte Glock. Er hörte zu. Nach einer Weile begann er zu grinsen. »Gefällt mir«, sagte er. »Könnte glatt von mir sein. Was brauchst du dafür?«

»Zwei Revolver, einen Idioten und eine Druckerpresse.«

»Das kriegen wir hin. Und ich rede zusätzlich mit dem Professor wegen der Briests, damit wir … hmmm … noch einen anderen Zugang zu denen bekommen, wenn es sein muss. Aber wenn das alles schiefgeht …« Glock fuhr sich mit dem Finger über den Hals. »Trönicke und Briest. Alle beide.«

Leitners Wangenmuskeln zuckten. Dann nickte er. »Alle beide.«

2. BUCH

Der Traum von der Gerechtigkeit

Januar 1892 – Mai 1892

»Nee, will ick nich. Ick muss. Det isn Unterschied.«

Edgar Trönicke

1

Irgendwie«, sagte Edgar und fuhr mit dem Finger seiner rechten Hand nachdenklich über den Rand seines Glases, so dass es leise singende Geräusche von sich gab, »scheint jetzt doch wieder Bewegung in unsere Angelegenheit zu kommen. Gut für uns.« Er grinste Moritz und Antonie an, und Otto fragte sich, wieso er das Gefühl nicht loswurde, dass Edgar gerade Theater spielte und dass er in Wahrheit nicht zufrieden, sondern argwöhnisch war. Der Detektiv hatte das doch nicht nötig – oder? Der zweite Brief von Doktor Wechlin aus der Schweiz war doch wie ein Geschenk des Himmels gewesen.

Edgar hatte den Brief bei seinem Besuch auf Gut Briest mitgebracht. Er lag auf dem Tisch, zwischen den Weingläsern. Otto nahm ihn an sich und las ihn ein zweites Mal.

Doktor Wechlin entschuldigte sich dafür, dass dieser Brief erst nach Weihnachten abgesendet worden war. Aufgesetzt hatte er ihn schon vorher gehabt. Ihm war nämlich zu Bewusstsein gekommen, dass der erste Brief samt Zeitungsausschnitt natürlich zu banal gewesen war für jemanden, der beim Eisenbahnunglück von Münchenstein enge Freunde verloren hatte. Aus diesem Grund wollte Doktor Wechlin versichern, dass er selbstverständlich auch zu einem persönlichen Gespräch über die Ergebnisse der Untersuchung bereit war. Falls Herr Trönicke in nächster Zeit die Gelegenheit fand, in die Schweiz zu reisen, würde Herr Doktor Wechlin ihm jederzeit gerne einen Termin einräumen.

Otto legte den Brief zurück. »Als ob er gewusst hätte, dass wir kommen.«

Ein warnender Blick Edgars traf ihn. »Es ist ein für uns sehr passender Zufall, denke ich«, sagte er. »Moritz, wenn du damit einverstanden bist, telegrafiere ich ihm. Heute ist Heiligdreikönig. Ich würde mit ihm gern einen Termin für den elften Januar vereinbaren. Dann müssten Otto und ich …«, er überschlug die Zeiten murmelnd im Kopf, »… am achten Januar hier aufbrechen.«

»Ihr braucht doch nicht drei Tage mit der Bahn nach Luzern!«, sagte Moritz überrascht. Otto, dem der Reiseplan auch lang vorgekommen war, der aber Edgars Blick von vornhin noch im Gedächtnis hatte, sagte nichts. Er war unsicher, welche Hintergedanken Edgar hegte.

»Ich plane einen Tag Aufenthalt bei einem Freund von mir, der am Bodensee lebt«, erklärte Edgar. »Ich möchte ihm gern Otto vorstellen.«

»Oh?«, entfuhr es Otto. »Wozu das denn?«

Antonie räusperte sich. »Otto! Du hörst dich unverschämt an.«

»Entschuldigung, aber … ich wollte es ja nur wissen.«

»Schon gut«, sagte Edgar. »Mein Bekannter war lange beim Militär, hat aber letztes Jahr seinen Abschied genommen. Er plant, sein Vermögen und seine Zeit in eine Fabrik zu stecken. Da Otto später Ingenieur werden will, kann ihm diese Beziehung vielleicht einmal helfen.«

»Das ist sehr freundlich von Ihnen«, sagte Antonie. »Otto – bedank dich bei Herrn Trönicke.«

Otto wollte aufbegehren, aber Edgar war schneller. »Otto weiß schon, was sich gehört.«

»Immerhin dient diese Fahrt damit nicht nur dazu, Ottos neue Berufsträume zu hofieren«, meinte Moritz mit säuerlicher Miene, »sondern nützt auch seinem Studium.«

Diesmal war Otto schneller als Edgar. Er fühlte sich behandelt wie ein kleiner Junge und hatte den Wunsch, seine Eltern ein wenig in Verlegenheit zu bringen. »Sie sagen das so, als sei der Detektivberuf etwas Schlechtes, Vater«, merkte er an.

Moritz bekam schmale Augen, als ihm klar wurde, dass er sich einen Fauxpas geleistet hatte und dass sein Sohn ihn gerade vorführte.

Antonie holte scharf Luft. »Junger Mann …«, begann sie drohend.

Edgar stand auf. »Alles, was ich gehört habe, war die Sorge eines Vaters um das Wohlergehen seines Sohnes«, sagte er. »Was ich nicht gehört habe, aber trotzdem weiß, ist, dass der Zug vor ein paar Minuten aus Magdeburg abgefahren sein müsste. Ich muss mich sputen, wenn ich ihn am Bahnhof Genthin noch erwischen will. Wärt ihr wohl so freundlich, mich hinbringen zu lassen?«

»Julius fährt gleich die Kutsche vor«, erklärte Moritz und klingelte nach dem Majordomus.

»Ich fahre mit«, rief Otto schnell.

»Jetzt noch? Es wird schon dunkel«, sagte Antonie.

»Lassen Sie ihn, Frau von Briest«, sagte Edgar. »Ich wollte ohnehin noch mit ihm durchgehen, was er für die Fahrt braucht. Übermorgen geht es los …«

»Das kann ich doch alles …«, begann Antonie.

Edgar lächelte. »Sicher können Sie. Aber Otto kann das auch. Und damit kann er nicht früh genug anfangen. Stimmt's, Otto?«

Otto, der nicht wusste, ob er gerade auf den Arm genommen wurde, und immer noch angesäuert war, knurrte nur: »Ich bin ja schon ein großer Junge, oder?«

Als sie nebeneinander im Wagen saßen, wandte sich Edgar an Otto und sagte: »Sie fahren nicht nur aus Höflichkeit mit mir bis zum Bahnhof.«

»Und Sie haben meine Begleitung nicht nur angenommen, um mir zu sagen, dass ich Seife und Handtücher einpacken soll.«

Edgar lachte und schüttelte den Kopf.

»Finden Sie das nicht seltsam, dass Wechlin Sie jetzt auf einmal zu einem Gespräch einlädt?«, fragte Otto. »Das passt überhaupt nicht zu dem vorigen Brief.«

»Richtig.«

»Vermuten Sie, dass er irgendwas im Schilde führt?«

»Das tut er ganz sicher. Die Frage ist nur – ist es was Gutes oder was Schlechtes? Und wenn es was Schlechtes ist: Inwiefern sind wir oder Ihre Familie davon betroffen?«

»Was glauben Sie?«

Edgar grinste. »Was glauben *Sie* denn?«

»Ich glaube, dass Wechlin in irgendwas verstrickt ist und dass er entweder versuchen will, uns Sand in die Augen zu streuen oder zu drohen.«

»Aber warum sollte er das tun? Mit dem Brief und dem Zeitungsartikel war er völlig im Reinen. Ich war mit meinen Ermittlungen am Ende.«

Otto begann, Gefallen an dem schnellen Austausch von Gedanken und Schlussfolgerungen zu finden. Ist das Detektivarbeit?, fragte er sich. Er sah sich schon mit Edgar in dessen Büro sitzen, die Füße auf dem Tisch, und sich gegenseitig bei der Bearbeitung irgendeines wichtigen Falles die Bälle zuwerfen. Dann würden sie beide aufspringen, losziehen und ein Verbrechen aufklären, den Opfern helfen, die Schuldigen zur nächsten Polizeistation zerren und dann am Abend bei einem schönen Essen in einem Restaurant den Fall abschließen … und Hermine würde dabeisitzen und atemlos und mit glänzenden Augen zuhören …

»Vielleicht«, sagte Otto, »fürchtet Wechlin, dass Sie trotzdem weiterermitteln wollen. Mein Vater ist nicht irgendjemand. Vielleicht denkt Wechlin, dass er und Sie zusammen einfach keine Ruhe geben.«

»Und worauf würde ich dann, wenn ich keine Ruhe gäbe, stoßen? Der Bericht war in der Zeitung, die Untersuchung ist abgeschlossen, der Schuldige gefunden.«

»Ein Schuldiger, den es gar nicht gibt.«

»Was die Öffentlichkeit in der Schweiz zum Großteil nie erfahren wird, und die es wissen, werden nicht weiter darüber nachdenken. Übermorgen ist das Ganze eh vergessen. Die Kantonsregierung kann die Verantwortung für Schadensersatz an die Bahngesellschaft abwälzen, die den angeblichen betrügerischen Bauunternehmer beauftragt hat. Die Bahngesellschaft kann den Schwarzen Peter dem Bund zuschieben, der zu lasche Gesetze erlassen hat, so dass solche Betrügereien überhaupt möglich waren. In diesem Kreislauf werden alle Schadensersatzforderungen von Hinterbliebenen zerrieben, bis allen Klägern die Luft ausgeht; dann wird es einen kleinen nominellen Betrag für alle geben, den diese als Erfolg ihrer Klagen werten werden und den die Bahngesellschaft aus der Hosentasche bezahlt, und alles wird in Vergessenheit geraten – alles, bis auf die kollektive Erinnerung daran, dass ein jüdischer Bauunternehmer an allem schuld war.«

»Sie betonen das so mit dem ›jüdischen‹ Bauunternehmer.«

»Weil ick so 'ne Ahnung habe, det da der Hund bejraben liegt.«

»Dass man einem Juden die Schuld in die Schuhe schiebt? Das wäre doch nicht das erste Mal.«

»Dass man extra einen erfindet, um ihm die Schuld zuzuschieben – wo man doch genauso gut auch die Schäden aus den beiden Überschwemmungen als Grund für das Unglück hätte heranziehen können. Es wäre leicht gewesen. Warum macht man so ein Fass auf und riskiert, dass der Schwindel auffliegt, wenn man mit der Gewalt der Natur einen viel besseren Schuldigen gehabt hätte?«

»Was denken Sie, warum man das getan hat? Und wer ist überhaupt ›man‹?«

Edgar seufzte. »Wenn ick det wüsste, würden wa hier im schönen Baalin bleiben, statt zu die Schweizer zu jondeln …«

Otto blieb hartnäckig. »Aber Sie sind überzeugt, dass etwas an der Sache gewaltig stinkt. Deshalb haben Sie auch vor meinen Eltern Theater gespielt und alles verharmlost. Damit die sich keine Sorgen machen, dass uns irgendwas passiert …« Otto erschrak plötzlich. »Ist das der Grund, warum Sie zugestimmt haben, dass ich Sie zum Bahnhof begleite? Weil Sie mir eröffnen wollen, dass

Sie mich doch nicht mitnehmen? Ich komme mit, ob Sie wollen oder nicht! Nötigenfalls fahre ich in einem anderen Zugabteil mit und schlafe auf dem Flur vor dem Pensionszimmer.«

»Wie kommen Sie darauf, dass man als Detektiv *im* Zimmer schläft?«, fragte Edgar.

Otto musterte ihn. »Wie komme ich darauf, dass man als Detektiv überhaupt schläft?«, fragte er zurück.

Edgar lachte erneut. Dann legte er Otto plötzlich die rechte Hand auf die Schulter. »Keine Sorge«, sagte er. »Sie fahren mit. Unter zwei Bedingungen.«

Otto fühlte sich so erleichtert, dass er allem zugestimmt hätte. »Welche?«

»Erstens: Sie schreiben jeden Tag einen Brief an Hermine. Sonst häutet sie mich, wenn wir wieder zurück sind.«

»Ich schreibe ihr auch jetzt schon …«, begann Otto.

»Genau deshalb.«

»Versprochen.« Otto strahlte übers ganze Gesicht.

»Zweitens …« Edgar wurde plötzlich ernst. »Sie passen auf sich auf, hören auf mich, befolgen meine Anweisungen und bringen sich und mich nicht unnötig in Gefahr. Dreiste oder unangenehme Fragen an Wechlin oder wer immer unsere Gesprächspartner sein werden stelle nur ich. Wenn Ihnen etwas auffällt, was ich überhört habe, kritzeln Sie es auf ein Stück Papier und geben es mir so, dass nur ich es lesen kann. Wechlin darf ruhig sehen, dass Sie es mir geben, aber er soll nicht erkennen können, was draufsteht.«

»Meine Sauklaue kann eh keiner lesen«, brummte Otto.

»Stimmt, das sagt Hermine auch immer.«

Otto starrte den Detektiv überrascht an, bis ihm aufging, dass Edgar ihn gerade auf den Arm genommen hatte. »Bei mir beschwert sie sich immer über Ihre Schrift«, erwiderte er lahm.

»Natürlich. Was glauben Sie, wofür ich die Schreibmaschine gekauft habe?«

Otto sagte: »Wenn ich das so mache, wie Sie es sagen, wirke ich wie Ihr Gehilfe.«

»Denn sein Se man stolz druff, det ick Sie so aufwerte, denn eijentlich sind Se ja nur als Ballast mit dabei, wa?«

»Danke schön«, knurrte Otto.

Edgars Miene wurde erneut ernst. »Ich bringe Sie heil hin und heil wieder zurück, Herr von Briest. Das habe ich mir geschworen, und das habe ich Ihren Eltern geschworen. Bitte helfen Sie mir dabei, dieses Versprechen zu halten.«

»Ja«, sagte Otto und wusste nicht, ob er sich gerührt oder beunruhigt fühlen sollte. Ihm ging jetzt erst so richtig auf, welche Verantwortung Edgar Trönicke übernahm und welches Entgegenkommen es von seiner Seite war, dass er Otto auf diese Reise mitnahm. Und welches Vertrauen Moritz und Antonie von Briest in den Detektiv setzten, indem sie ihm ihren ältesten Sohn mitgaben. Er holte tief Luft. »Ich verspreche es«, sagte er geradezu feierlich.

»Gut.«

»Und wie passen Sie auf sich selbst auf?«, fragte Otto.

»So wie immer«, erklärte Edgar. »Mit dem jesunden Menschenverstand, den meine Mutter mir mitjejeben hat.«

»Wenn das nicht reicht?«

»Dann greifen die Herren Schilling und Haenel ein.«

»Fahren wir zu viert?«, fragte Otto verwirrt.

»Schilling und Haenel ist eine Firma in Suhl. Sie stellen Handfeuerwaffen für die preußische Armee her – den Revolver M/83. Ist seit gut sechs Jahren das Standardmodell in der Armee. Wollte, wir hätten so ein Ding schon 70/71 gehabt statt der alten Pistole.« Edgars Kunsthand öffnete und schloss sich, und der Detektiv lockerte seine Schultern.

»Wie kommen Sie an so eine Waffe, wenn es doch das Armeemodell ist?«, fragte Otto, gegen seinen Willen fasziniert und ebenso besorgt, dass Edgar daran dachte, einen Revolver in die Schweiz mitzunehmen.

»Man hat so seine alten Beziehungen …«, sagte Edgar und schwieg dann. Otto betrachtete es als Einladung, nicht weiterzufragen. Seine fröhliche Erwartung der Reise hatte jedoch plötzlich einen Dämpfer erhalten. Er wollte eigentlich nachfragen, ob Edgar es wirklich für nötig hielt, bewaffnet auf die Reise zu gehen; doch dann rief er sich in Erinnerung, dass bei dem Unglück fast achtzig Menschen zu Tode gekommen waren – und wenn dahinter Absicht oder kriminelle Fahrlässigkeit gesteckt hatten und wenn Doktor Wechlin oder jemand anderer das zu vertuschen versuchten … dann würde es auf zwei weitere Tote auch nicht mehr ankommen.

Ottos Vorfreude verflüchtigte sich noch mehr. Wie es schien, gab es Aspekte beim Beruf des Detektivs, an die er überhaupt nicht gedacht hatte. Gleichzeitig fühlte er jedoch, dass sein Herz nicht nur aus plötzlicher Beklommenheit härter klopfte. Es war auch so etwas wie erwachendes Jagdfieber dabei.

Auf dem Genthiner Bahnhof warteten Otto und Edgar gemeinsam, bis der Zug aus Magdeburg einlief.

Edgar reichte Otto die Hand. »Ich würde es als einfacher auf der Reise und bei unserer Zusammenarbeit empfinden, wenn wir die Formalitäten aufgäben«, sagte der Detektiv. »Was halten Sie davon? Ich bin Edgar.«

Otto schluckte überrascht. Er fühlte sich immens geehrt und stotterte: »Sehr gern. Ich bin … äh … Otto. Sehr gern!« Er erwiderte Edgars Händedruck voller Begeisterung. Edgar legte seine Kunsthand über ihre verschränkten Hände, und Otto spürte eine kurze Befremdung, als er den sanften Druck der Prothese fühlte, die sich über seiner Hand schloss. Dann schüttelte er die Befremdung ab und legte seine Hand wiederum über die Prothese.

»Partner?«, fragte er atemlos.

Edgar grinste. »Für diese Reise: Partner. Ansonsten – denk an dein Versprechen wegen des Ingenieurpraktikums.«

»Ja«, sagte Otto mit deutlich weniger Begeisterung als vorher.

Als Edgar in den Zug eingestiegen war, kam er zum Fenster und schaute heraus. Der Zug setzte sich dampfend, zischend und ruckelnd in Bewegung. Otto hob die Hand und winkte.

»Ach, Otto?«, rief Edgar. »Vergiss nich, Seife und Handtücher einzupacken, wa?«

2

Seit die Familie von Briest wieder zurück in Deutschland war, hatte Antonie nach einer Möglichkeit gesucht, Amalie eine weitergehende Schulbildung zu ermöglichen. Aus dem Alter, in dem die allgemeine Schulpflicht für sie gegolten hätte, war sie heraus, was im Grunde nur den Besuch einer höheren Töchterschule übrig ließ. Aber diese Schulen hatten als Lehrziel lediglich die Vorbereitung der Mädchen auf ihre späteren Rollen als Hausfrau, Ehefrau und Mutter im Sinn. Es gab keine Oberprima, die auf ein Studium hingeführt hätte, ein Abschluss entsprechend dem für die Knaben geltenden Abitur war nicht möglich, und die staatliche Schulausbildung endete sowieso mit dem fünfzehnten Lebensjahr. Amalie würde in diesem Jahr fünfzehn werden.

Für Antonie war es undenkbar, dass ihre einzige Tochter eine Bildung erhalten sollte, die sie nicht befähigte, als Erwachsene auf eigenen Beinen stehen zu können. Daher hatte sie das bestehende Angebot an Schulen für Mädchen gründlich unter die Lupe genommen.

Amalie war diese Gründlichkeit sehr zupassgekommen, denn sie hatte ihr viel freie Zeit gegeben. Anfangs hatte ihre Mutter sie wie auf St. Lucia zu Hause unterrichtet; doch Antonies Kampf für die Gleichstellung der Arbeiterfrauen hatte diesen Unterricht immer wieder für Tage unterbrochen oder die Unterrichtseinheiten denkbar kurz werden lassen. Zu Amalies Missvergnügen hatte Antonie dies auch gemerkt – und ihre Anstrengungen verdoppelt, eine passende Schule zu finden. Im weiten Umkreis um Gut Briest war nichts zu finden gewesen. In Magdeburg gab es zwei städtische höhere Töchterschulen, die Luisenschule und die Augustenschule, die im Verbund die größte Mädchenbildungsanstalt Preußens darstellten. Doch das Lehrangebot war das übliche: Handarbeiten, Kochen, Sittenlehre, gesprenkelt mit als nachrangig angesehenen Unterrichtsstunden in Naturkunde, Rechnen und Fremdsprachen. Die Mädchenschulen in Schönebeck, Neuhaldensleben, Oschersleben, Stendal, Tangermünde und Quedlinburg waren nicht einmal höhere Schulen, die in Schönebeck, Neuhaldensleben, Oschersleben und Quedlinburg außerdem zu weit entfernt. Die höhere Töchterschule in Halberstadt hatte vielversprechend geklungen, war aber ebenfalls zu weit weg. Es war nur Berlin geblieben – wie stets, wenn es darum ging, ein umfassendes Angebot von was auch immer zu erhalten, hatte die Hauptstadt die Nase vorn.

Deshalb saß Amalie von Briest nun seit Beginn des Wintersemesters letzten Jahres unter der Woche im Victoria-Lyzeum in der Potsdamer Straße. Die Schule war schon vor über zwanzig Jahren von einer der bekanntesten Privatlehrerinnen Berlins gegründet worden, einer Schottin namens Georgina Archer, von der selbst die damalige Kronprinzessin Victoria und jetzige Kaiserinwitwe, die Mutter des derzeitigen Kaisers Wilhelm II., ihre Töchter hatte unterrichten lassen. Die Kronprinzessin hatte Georgina Archer bei der Errichtung des Lyzeums unterstützt, was diese ihr mit der Taufe der Schule auf ihren Namen gedankt hatte. Von anfangs siebzig Schülerinnen war die Anzahl mittlerweile auf knapp eintausend angestiegen. Die Hörsäle platzten aus allen Nähten.

Amalie ahnte, dass die Schulwahl ihrer Mutter nicht zuletzt damit zusammenhing, dass deren Gründung von zwei Frauen ausgegangen war, die beide den ehrlichen Wunsch gehabt hatten, die Frauenbildung und damit die Stärkung des weiblichen Geschlechts voranzubringen – und nicht nur, um gesetzlichen Vorschriften wie der Schulpflicht zu folgen. Ausnahmsweise empfand sie Antonies Leidenschaft diesmal aber nicht als nervend oder belastend. Die Schule lag im Südwesten Berlins an der Straße, die das Berliner Schloss mit der Potsdamer Sommerresidenz verband. Entsprechend gepflegt und schön war die Umgebung der Einrichtung, die Straße war mit einer Allee gesäumt, die Häuser prächtig, die Gärten weitläufig. Mehrere umliegende Gebäude waren von der Schule angemietet und zu Pensionen umgewidmet worden, in denen die Schülerinnen – auch Amalie – unter der Woche übernachteten. Amalie, die es seit ihrer Geburt gewohnt war, in der Welt herumzuziehen, empfand keinerlei Heimweh nach Gut Briest, auch wenn sie das Gut und den Grundbesitz schätzte. Aber selbst wenn sie Heimweh gehabt hätte, hätte ein riesiger Vorteil dies wieder wettgemacht: Nicht weiter als eine Viertelstunde zu Fuß entfernt wohnte ihre neue beste Freundin, Emma von Schley. Emma wurde wegen ihrer kränklichen Konstitution von Privatlehrern in ihrem Haus unterrichtet statt in einer Schule. Das hatte die beiden Mädchen nicht gehindert, sich seit ihrem Kennenlernen während des spektakulären Fallschirmsprungs Hermann Lattemanns mehrere Male zu sehen. Amalie war nach dem Unterricht zu Emma gelaufen; zurück in ihre Pension war sie jedes Mal mit einer Droschke gebracht worden, in Begleitung eines der Schley'schen Hausmädchen. Professor von Schleys besorgte Natur erstreckte sich offensichtlich auch auf die Besucherinnen seiner Tochter.

Der Unterricht im Victoria-Lyzeum fand in Form von Vorträgen statt. Da es keine offiziellen Mädchengymnasien gab, konnte es auch keine Lehrkräfte geben. Die Schule verpflichtete daher Gastprofessoren, die den Schülerinnen in den Hörsälen die Naturwissenschaften, Literatur, Kunst und Geschichte nahezubringen versuchten. Diese Art des Unterrichts hatte – im Gegensatz zu Antonie von Briests pädagogischen Aktivitäten – den Vorteil, dass es nicht auffiel, wenn man nicht zuhörte, sondern vor sich hin träumte. Sie hatte aber auch einen Nachteil: nämlich den, dass es nicht auffiel, wenn man nicht zuhörte, sondern vor sich hin träumte! Der Vortrag, in dem Amalie gerade saß, wäre nicht der erste gewesen, an dessen Ende sie nicht hatte sagen können, worum genau es gegangen war.

Amalie las einen Brief von Emma. Ihre Freundschaft zur Tochter von Professor von Schley war Amalie mittlerweile wichtiger als ihre Schuldbildung und umso kostbarer, weil sie von begrenzter Dauer war – die Abreise der Briests nach Chicago spätestens im Herbst würde sie beenden. Die beiden Mädchen hatten sich in den vergangenen Wochen mehrmals wöchentlich geschrieben. Amalie wusste mittlerweile, dass Emmas Mutter verstorben war, als sie versucht hatte, ein Geschwisterchen für Emma auf die Welt zu bringen. Sie war dem Kindbettfieber erlegen. Einer der Ärzte, der ihr bei der Geburt beigestanden hatte, war direkt von einer Leichensektion herbeigeeilt, um bei plötzlich eingetretenen Komplikationen zu helfen. Emma war damals drei Jahre alt gewesen und hatte nichts verstanden außer der Tatsache, dass sie ihre Mutter nie wiedersehen würde und dass auch ihr Geschwisterchen nicht leben würde. Später hatte sie den Kampf mitverfolgt, den ihr Vater jahrelang vor Gericht gegen den Arzt geführt hatte. Er hatte die Studien des österreichischen Arztes Dr. Semmelweis angeführt, der mangelnde Hygiene der untersuchenden Ärzte als Grund für die hohe Sterblichkeitsrate der Wöchnerinnen erkannt hatte. Aber Doktor Semmelweis war 1865 in einer Irrenanstalt verstorben, so dass sein Zeugnis noch weniger Anerkennung gefunden hatte als zu seinen Lebzeiten. Emma erinnerte sich, dass ihr Vater einmal nach Hause gekommen war und zuerst zu brüllen, dann zu weinen begonnen hatte. Später war ihr klar gewesen, dass an diesem Tag das Gericht seine Klage endgültig abgewiesen hatte; der Richter hatte Julius von Schley einen undankbaren Besserwisser genannt, der das aufopferungsvolle Bemühen des Arztes, seiner vermutlich wegen der vorherigen Geburtskomplikationen ohnehin zum Tod verurteilten Frau dennoch selbstlos zu Hilfe zu eilen, geringschätzte.

Die Gesundheit seiner Tochter zu schützen, war danach Professor von Schleys Hauptaugenmerk gewesen. Er hatte nicht mehr geheiratet. Emma liebte ihren Vater wegen seiner Sorge um sie – und verzweifelte gleichzeitig an ihm, denn sie war überzeugt, dass ihr nichts fehlte und dass sie eigentlich genug Kraft für alles gehabt hätte, wenn der Professor nur zugelassen hätte, dass sie lief und sprang, sich draußen bewegte und ab und zu einen Schnupfen holte, sich schmutzig machte und frische und weniger frische Luft einatmete – so wie alle anderen, die davon auch nicht tot umfielen.

Emma hatte einen Traum, den sie träumte seit dem Tag, an dem sie und Amalie sich kennengelernt hatten. Sie träumte, so wie Hermann Lattemann eines Tages von einem Ballon in die Höhe getragen zu werden, dann den Ballon loszulassen und sich ins Blau des Himmels fallen zu lassen … sich vorzustellen, sie fliege, während sie fiel … und dann an einem über ihr wie eine Sonnenblume erblühenden Fallschirm sanft zu Boden zu schweben, unverletzt, lachend, außer Atem, glücklich. Sie hatte Amalie diesen Traum mitgeteilt, und Amalie überlegte seitdem, wie sie ihrer Freundin dabei helfen konnte, ihn zu verwirklichen. Vor ihrem inneren Auge sah sie dabei ständig Katharina Paulus, die Lebensgefährtin Lattemanns, die sich mit dieser bemerkenswert ruhigen, unaufgeregten Effizienz im Vorfeld um alles gekümmert hatte, was den Aufstieg und den Fallschirmsprung Lattemanns betroffen hatte. Amalie war beinahe sicher, dass die junge Frau – außerhalb von Lattemanns Zirkusvorstellung und weit weg von jeglichem Publikum – selbst auch schon gesprungen war. Niemand konnte mit derartig gelassener Sicherheit eine solche Akrobatennummer vorbereiten, wenn er sie nicht selbst schon ausprobiert hatte! Und warum auch nicht? Sie wäre nicht einmal die erste weibliche Akrobatin gewesen, die die Erfindung des Fesselballons nutzte.

Mittlerweile hatte Amalie, der die Eroberung des Himmels zuvor herzlich egal gewesen war, die Ohren aufgesperrt und zugehört. Es gab eine junge amerikanische Artistin namens Leona Dare, die an einem Trapez, das unterhalb eines hoch in der Luft schwebenden Ballons hing, Kunststücke vollbrachte. Sie arbeitete mit dem in luftfahrtbegeisterten Kreisen berühmten Ballonfahrer und Schausteller Eduard Spelterini zusammen und war mit ihm und ihrer Nummer schon bis nach Russland gereist.

Lange vor ihr, vor über hundert Jahren, hatte eine Frau es erstmals gewagt, mit einem Heißluftballon aufzusteigen. Sie hatte Elisabeth Thible geheißen und war Opernsängerin in Lyon gewesen. Auch ihre Fahrt war ein Auftritt gewesen, zu Ehren des auf Besuch weilenden Königs von Schweden. Madame Thible war als römische Göttin verkleidet gewesen und hatte die ganze Zeit über Arien gesungen – später hatte sie zugegeben, mit dem Gesang ihre Todesangst bekämpft zu haben. Nicht lange nach ihr war Jeanne Labrosse gekommen, die als erste Frau der Welt selbständig einen Ballon gefahren hatte. Und sie war auch als erste Frau der Welt mit einem Fallschirm abgesprungen! Selbst wenn man sich nur auf Deutschland beschränkte, gab es Pionierinnen, die bereits vorangeschritten waren. Die erste deutsche Ballonfahrerin war Wilhelmine Reichard gewesen, die während der Zeit der Napoleonischen Kriege von allen großen deutschen Städten aus Fahrten unternommen hatte.

Was also sollte Emma daran hindern, vielleicht die erste deutsche Fallschirmspringerin zu werden – außer der Angst ihres Vaters um ihr Wohlergehen, ihre eigenen Zweifel und der Tatsache, dass weder Emma noch Amalie wussten, wie sie dieses Ziel angehen sollten. Amalie überlegte bereits, wie sie es schaffen konnte, mit Katharina Paulus Kontakt aufzunehmen und sie zu bitten, Emma einen Sprung mit dem Fallschirm ihres Gefährten Lattemann zu ermöglichen. Wobei das erst der hundertste Schritt in dem Unternehmen war, Emma ihren Traum zu ermöglichen. Die vorherigen neunundneunzig würden darin bestehen, ihrem Vater die Erlaubnis dazu abzuringen. Hm. Neunundneunzig? Eher neunhundertneunundneunzig!

Verstohlen zog Amalie den Brief ihrer Freundin unter einem leeren Notizblatt heraus und überflog ihn aufs Neue. Emma hatte sie zu ihrer Geburtstagsfeier eingeladen! Diese würde an einem Samstag Mitte Februar stattfinden. Einen Tag später, am Sonntag, hatte Emma Geburtstag. Sie wurde achtzehn. Damit war sie drei Jahre älter als Amalie – und sah, wenn die beiden nebeneinanderstanden, zwei Jahre jünger aus. Emma hatte Amalie eingeladen, schon am Freitag im Haus ihres Vaters zu übernachten, das ganze Wochenende dort zu verbringen und am Montagmorgen direkt von dort wieder ins Lyzeum zu gehen. Professor von Schley, schrieb Emma, hatte mit gleicher Post an Amalies Eltern geschrieben, um deren Erlaubnis für diesen Aufenthalt einzuholen. Wenn Amalie der Einladung zustimmte und auch ihre Eltern nichts dagegen hatten, würden die beiden Freundinnen zwei ganze Tage miteinander verbringen können!

Amalie ahnte, dass sie die Einzige war, die eingeladen war. Emmas Eingeständnis bei ihrem ersten Treffen, keine Freunde zu haben, weil sie ihr Leben fast ausschließlich im Haus verbrachte, klang ihr noch in den Ohren. Sie hoffte inständig, dass ihre Eltern, die Professor von Schleys Brief spätestens heute erhalten würden, zustimmten. Aber warum sollten sie nicht? Der Professor war zugleich Ottos Hauptlehrer, Otto redete nur Gutes über ihn, und er war eine anerkannte, geschätzte Persönlichkeit im Berliner Hochschulbetrieb. Es gab überhaupt keinen Grund, seiner Bitte nicht nachzukommen. Amalie konnte sich getrost schon Gedanken über ein Geburtstagsgeschenk machen.

Welches bessere Geschenk hätte es gegeben, als Emma ihren Traum vom Fallschirmsprung zu ermöglichen? Doch das würde nicht möglich sein – noch nicht.

Amalie fragte sich, ob sie ihre Mutter ansprechen und um

Hilfe dabei bitten sollte, mit Katharina Paulus Kontakt aufzunehmen. Außer deren Namen – und dem Lattemanns – hatte Amalie nichts. Sie wusste nicht, wo die beiden lebten, wo sie jetzt im Augenblick waren, wohin sie in diesem Jahr mit ihrer Nummer gehen würden. Und es war äußerst fraglich, ob Antonie bei Amalies Versuch, ihrer Freundin ihren Traum zu ermöglichen, mitgeholfen hätte.

Antonie würde nicht verstehen, dass es Emma nicht darum ging, sich zu beweisen. Amalie verstand ihre Freundin hingegen durchaus. Träume waren Träume, sie hatten nichts damit zu tun, es sich oder der Welt zu zeigen. Sie bestanden aus den Dingen, die man zu tun wünschte, weil man wusste, es brachte einen weiter, es tat einem gut. Die Erfüllung der Träume, die man besaß, war das, wozu man auf der Welt war. Seine Träume träumte man für sich, nicht für andere.

Was Amalie betraf, war sie sich unsicher, welche Lebensträume sie selbst hatte. Manchmal beneidete sie Menschen wie Emma dafür, einen zu haben. Oder ihren Bruder Levin, der davon träumte, so wie Otto Lilienthal zu fliegen. Oder Otto, der gleich zwei Träume hatte: der eine hieß Hermine Leitner, der andere war, Detektiv zu werden, so wie Edgar Trönicke. Selbst ihre Mutter beneidete Amalie, denn ihr Traum, die Lebensumstände der Arbeiterfrauen zu verbessern, brannte so lichterloh in ihr, dass er drohte, ihr gesamtes Umfeld zu entzünden. Und sie selbst hatte – nichts. Manchmal sah sie in sich ein Spiegelbild ihres müde und grau gewordenen Vaters. Auch er schien keine Träume zu haben. Der Unterschied war nur: Amalie hatte *noch* keine Träume. Moritz von Briest hatte mit Sicherheit welche gehabt, aber irgendwie … und irgendwann … schienen sie auf der Strecke geblieben und verkümmert zu sein. Wovon hatte Amalies Vater geträumt, als er jung war? War es das Leben als Weltenbummler im Auftrag von Siemens & Halske gewesen? Wenn ja – warum wirkte er dann so, als sei er dieses Leben leid? Amalie wünschte sich, ihn fragen zu können, doch dazu fehlte ihr der Mut. Und so abwesend und verschlossen, wie er in letzter Zeit wirkte, hielt sie es auch für sinnlos, ihn wegen Emma um Hilfe zu bitten.

Im Grunde blieben nur ihre Brüder Otto und Levin, die sie fragen konnte. Sie verstanden, wie es war, Träume zu haben, mit deren Verwirklichung ihr Elternhaus nicht unbedingt einverstanden war. Aber was konnte Levin schon ausrichten? Er war ja im Grunde selbst noch fast ein Junge. Otto traute sie zu, dass er herausfand, wie sie mit Katharina Paulus Kontakt aufnehmen konnte. Doch Otto reiste morgen schon ab. Sie würde ihn fragen, wenn er aus der Schweiz zurück war.

Amalie lehnte sich zurück und träumte mit offenen Augen von der Erfüllung von Emmas Traum. Sie sah sie an einem strahlend bunten Fallschirm herabschweben, sah sie landen, sah sie, wie sie sich unter dem brausenden Beifall einer riesigen Zuschauermenge verbeugte, strahlte, Kusshändchen warf und glücklich war.

Sie sah sich selbst im Hintergrund stehen, wissend, dass sie ihre Arbeit gut gemacht hatte. Alles hatte funktioniert. Sie hatte sich des Vertrauens Emmas, die ihr Leben in ihre Hände gelegt hatte, würdig erwiesen. Sie fühlte sich in diese Vorstellung hinein und erkannte, dass diese sie genauso glücklich machte, wie Emma es sein würde.

3

Edgar Trönicke und Otto von Briest trafen sich am Morgen des 8. Januar auf dem Charlottenburger Bahnhof und stiegen in den Zug der Preußischen Staatseisenbahn, der sie nach Frankfurt am Main bringen würde. Danach würde es ein bisschen kompliziert werden, denn die Anschlusszüge in Deutschland wurden von der Badischen Staatseisenbahn und der Elsass-Lothringischen Reichseisenbahn gestellt. In der Schweiz würden sie auf Verbindungen der einzelnen Eisenbahngesellschaften angewiesen sein. Das europäische Eisenbahnnetz funktionierte zwar im Wesentlichen flächendeckend, aber es würde Umsteige- und Wartezeiten geben.

Dem Reiseplan zufolge, den Edgar aufgestellt hatte, würden sie insgesamt zwei Tage bis Luzern brauchen. Darin waren allerdings ein Aufenthalt und eine Übernachtung eingeplant, die nichts mit der Zugverbindung zu tun hatten. Edgar hatte einen alten Freund und Kriegskameraden angeschrieben, und dieser hatte sie begeistert eingeladen, einen Zwischenaufenthalt auf seinem Schloss einzulegen.

»Schloss?«, wiederholte Otto überrascht, als Edgar ihm den Plan darlegte.

»Schloss Girsberg. Liegt fast direkt an der Grenze zwischen der Schweiz und dem Deutschen Reich, auf Schweizer Seite. Aber Graf Zeppelin ist ein Deutscher. Das Schloss ist sein Familienbesitz.«

»Graf Zeppelin!?«

»Ferdinand von Zeppelin. Ganz alter Adel. Seine Vorfahren waren Hofmarschälle, Staatsminister, Regierungsräte, was weiß ich noch alles. Die Sippe lebt seit eh und je am Bodensee. Als ich ihn kennenlernte, war er Hauptmann bei der württembergischen Kavallerie.«

»Das war während des Krieges, oder?«

Edgar nickte. »Zwanzig Jahre her«, sagte er.

Otto glaubte, eine winzige Änderung in Edgars Stimmungslage zu bemerken. Er erlebte das nicht zum ersten Mal. Auch bei seinem Vater war es so, wenn die Rede auf den Krieg zwischen Frankreich und Deutschland gekommen war. Dabei hatte Moritz als ziviler Angehöriger der Telegrafentruppe, die Alvin von Briest – Ottos einer Großvater, den er nie kennengelernt hatte – kommandiert hatte, nur ein einziges Mal mit dem Grauen eines Schlachtfelds Berührung gehabt. Und bei allen anderen Veteranen dieses Krieges und des vorherigen gegen Österreich und des vorvorherigen gegen Dänemark war es nicht anders … Deutschland unter preußischer Führung war aus einer Reihe gewalttätiger Geburtswehen hervorgegangen. Das Rot auf der schwarz-weiß-roten Trikolore des Deutschen Reichs stand offiziell für die deutschen Hansestädte, aber eigentlich war es die Farbe von Blut.

»Welchen Rang hattest du damals, Edgar?«

»Feldwebel beim Garde-Infanterie-Regiment.« Edgar zuckte mit den Schultern. »Wenn du jetzt wissen willst, wie ein adliger Offizier und ein gemeiner Unteroffizier sich befreunden konnten … im Krieg ist alles möglich, weil man zuerst den Kameraden sieht und dann erst den Rang.«

»Ich hab mich das nicht gefragt«, erklärte Otto und hatte das Gefühl, sich verteidigen zu müssen, weil es wirkte, als habe Edgar sich angegriffen gefühlt. »Ich war nie im Krieg und bin noch nicht beim Militär gewesen, Edgar. Ich hab keine Ahnung, wie das ist.«

Edgar reagierte nicht darauf. Er schaute zum Fenster hinaus, wo die großzügigen, verschneiten Felder und Gartenanlagen westlich des Potsdamer Bahnhofs vorbeiglitten, unterbrochen von der Havel und vom Stadtkanal, beide zugefroren und in Ufernähe vom Schnee geräumt, so dass Eislaufflächen entstanden waren. Jetzt, in der Düsternis des Januarmorgens, lagen sie einsam da und wirkten wie merkwürdige, rechteckige Fehlstellen in der geschlossenen Schneedecke über den Wasserläufen. Schließlich wandte der Detektiv sich wieder Otto zu, der sich bereits Sorgen machte, dass ihre gemeinsame Reise schon in der ersten halben Stunde zu einer Verstimmung geführt hatte.

Edgar lächelte. »Keene Sorje, Otto, ick hab mir nich auf die Zehen jetreten gefühlt. Ick hab nur nachjedacht, wie det damals allet jewesen war.«

»Und wie war's gewesen?«

»Normalerweise hatten wir und die Reiterei kaum Berührungspunkte. Selbst die Gemeinen dort kamen sich wie die Herren vor. Ich hab selbst mal erlebt, wie ein Infanterieleutnant einem einfachen Husaren befahl, von seinem Gaul abzusteigen, weil der lahmte und schäumte und völlig am Ende war. Der Kerl lachte bloß, und seine Kameraden äfften den Offizier nach. Der arme Leutnant hatte keine Chance.« Edgar grinste plötzlich und seufzte.

Otto ahnte die Antwort auf seine nächste Frage voraus: »War der Leutnant dein Befehlshaber?«

»Merk dir eins, Otto: Leutnants sind nie Befehlshaber von Unteroffizieren. Die Unteroffiziere lassen die Leutnants vor den Mannschaften nur so tun, als dürften sie Befehle geben. Wenn die Befehle zufällig richtig sein sollten, befolgen die Unteroffiziere sie, weil sie es ohnehin genauso gemacht hätten. Wenn sie falsch sind – also im Regelfall –, salutieren die Unteroffiziere und brüllen ›Jawoll, Herr Leutnant!‹, und tun das, was ihnen der gesunde Menschenverstand eingibt.«

»Aber trotzdem hast du den Leutnant gerächt, oder?«

»Wie kommst du darauf?«

Otto ahmte Edgars Grinsen und sein wohliges Erinnerungsseufzen nach.

Edgar zog eine Augenbraue hoch und sagte in gespielter Verdrossenheit: »Soso, du kiekst aber jenau hin, wa?«

»Was hast du dem Husaren angetan?«

»Ich? Gar nichts. Ich hab ihn nicht angefasst. Auch nicht, als er rein zufällig rückwärts vom Donnerbalken mitten in die Versitzgrube fiel.«

Otto schüttelte sich entsetzt. »Er ist mitten in die … Dings … gefallen?«

Edgar nickte, so wie jemand nickt, der einem anderen bei einem Kunststück zusieht und es gelungen findet.

Otto ahnte, dass er damals genauso genickt hatte, als der Husar plötzlich in die Jauchegrube kippte. »Hätte dem Mann da denn nichts passieren können?«, fragte er mit der Faszination des Ekels.

»So tief war die Versitzgrube ja nicht«, erklärte Edgar. »Man konnte schon noch mit den Füßen den Grund erreichen.«

»O Gott!«

»Genau. Das hab ich den Kerl auch sagen hören, nachdem er ausgespuckt hatte.«

Otto schüttelte den Kopf. »Das hätte doch zu Problemen führen können, oder? Wenn der Husar dich gemeldet hätte …?«

»Dann hätte er ja zugeben müssen, dass er so ungeschickt war, in die Jauche zu fallen. Sein halbes Regiment hätte ihn ausgelacht.«

»Er hätte doch bloß zu sagen brauchen, dass du ihn geschubst hast.«

»Ein Husar, der sich von einem Stoppelhopser in die Kacke stoßen lässt? Da hätte ihn sein *ganzes* Regiment ausgelacht.«

»Aber Graf Zeppelin war anders?«

»Ich hab ihn nicht gekannt vor unserer Begegnung. Zu mir war er jedenfalls anders – ein echter Kamerad, den man sich sowohl als Vorgesetzten wünscht als auch neben sich, wenn's in die Schlacht geht. Ich hab ihn seit Kriegsende nur ein- oder zweimal gesehen, weil er ein paar Jahre als Militärbevollmächtigter an der württembergischen Gesandtschaft in Berlin war, und auch da hat er sich jedes Mal wie der Freund und Kamerad von damals verhalten. Also würde ich sagen, Ferdinand war schon von Anfang an nicht so ein Arsch wie seine üblichen Kollegen.«

»Und wie hast du ihn kennengelernt?«

»In den ersten Tagen des Kriegs gegen Frankreich, im Juli 1870, wusste keiner von uns so recht, was uns erwartete. Später wurde uns klar, dass die Franzmänner uns zwar den Krieg erklärt hatten, aber danach nicht in der Lage waren, ihre Armee zu organisieren. Sie schafften es nicht mal, rechtzeitig Truppenkontingente an die Grenze zu bringen. Wir trafen daher auf keinen nennenswerten Widerstand, als unsere Truppen in Frankreich eindrangen. Aber keiner konnte zuerst glauben, dass das schiere Chaos in der französischen Armee daran schuld war; jeder war überzeugt, dass man uns in eine Falle locken wollte. Deshalb gab es jede Menge Erkundungsvorstöße. Die meisten durch kleine Kavallerieabteilungen, die ohne großes Aufsehen zu erregen vorrücken und schnell wieder abhauen konnten, wenn es brenzlig wurde. Ein paar Spähtrupps zu Fuß gab es auch, die hauptsächlich mit der elsässischen Bevölkerung Kontakt aufnehmen und ausloten sollten, wie feindlich uns die Zivilbevölkerung gesinnt war.«

»Papa hat mir vom Chaos der ersten Wochen erzählt«, sagte Otto.

»Dein Vater und ich haben mal kurz zum Chaos beigetragen«, erklärte Edgar vergnügt. »Wenn du die Geschichte nicht kennst, wie wir deinen Großvater Alvin daran gehindert haben, seine Karriere und sich selbst unter die Erde zu bringen, dann lass sie dir mal erzählen.«

Otto lächelte. »Ich kenne sie. Gehört zum weihnachtlichen Geschichten-Schatz der Familie von Briest. Komplett mit einem Toast auf den Gardisten Edgar Trönicke.«

»Det wusste ick jar nich«, sagte Edgar und sah gerührt aus. »Jedenfalls – Ferdinand war damals Rittmeister im 3. Dragoner-Regiment und hatte den Auftrag, die Situation in der Nähe des Ortes Weißenburg auszukundschaften. Der Generalstab wusste, dass dort Teile der französischen Elsassarmee Stellungen bezogen hatten, und wollte vermeiden, dass weitere Truppen zusammengezogen würden. Ferdinand war mit zwölf Mann unterwegs. Sie ritten am 24. Juli los, übernachteten in einem Waldstück und trafen am Mittag des 25. Juli in einem Ort namens Schirlenhof ein. Dort überredeten sie einen Bauern, ihnen ein Mittagsmahl zu bereiten; aber ihre Anwesenheit war entdeckt worden, und sie wurden von einer Gruppe französischer Chausseurs angegriffen. Ferdinand gelang als Einzigem die Flucht, seine Kameraden wurden alle gefangen genommen.«

»Er ist abgehauen?«, staunte Otto.

Edgar zuckte mit den Schultern. »Pflichtgemäß«, sagte er. »Wenn sie alle gefangen genommen worden wären, hätte niemand die Ergebnisse des Erkundungsritts zurück an den Generalstab melden können. Und Ferdinands Beobachtungen trugen entscheidend zum Erfolg unserer Offensive gegen die Elsassarmee bei.«

»Na gut«, sagte Otto, nicht vollkommen überzeugt. Aber er schwieg. Wie er schon erklärt hatte, hatte er keine Ahnung vom Krieg und vom Militär. Wenn das Ziel von Rittmeister von Zeppelin gewesen war, Informationen über die feindlichen Stellungen nach Hause zu bringen, dann hatte er richtig gehandelt zu fliehen. Wahrscheinlich hatten seine Soldaten seine Flucht sogar noch gedeckt.

»Ferdinand schnappte sich eines von den Pferden der Chausseurs und ritt davon. Als er fast schon wieder hinter unseren Linien war, wurden doch noch ein paar Chausseurs auf ihn aufmerksam und jagten ihn. Zu dem Zeitpunkt war sein Gaul schon total erschöpft. Sie hätten ihn wahrscheinlich eingeholt und geschnappt, wenn nicht …«

»Wenn nicht was?«

»Wenn ihn sein Weg nicht ausgerechnet an einem preußischen Erkundungstrupp zu Fuß vorbeigeführt hätte.«

»Den zufällig Feldwebel Trönicke angeführt hat.«

»Nein, ich war damals erst Unteroffizier, aber es stimmt schon – es war meine Korporalschaft. Nominell hat uns so ein grüner Leutnant angeführt, der sich abends im Lager noch die Pickel ausdrücken musste.«

»Und dann?«

»Die Chausseurs gaben die Verfolgung auf. Wir hatten zwei Pferde erwischt und drei Soldaten, von denen alle noch lebten. Wir ließen sie ihre Verwundeten aufsammeln und verjagten sie dann. Unseren eigenen Reiter – ich wusste damals ja nicht, wer es war – bekamen wir gar nicht mehr zu Gesicht, er war einfach weitergeritten, so schnell er konnte, und dankte wahrscheinlich Gott und dem Teufel gleichzeitig für das Glück, das er gehabt hatte.«

»Aber wie habt ihr euch dann doch kennengelernt?«

»Ferdinand hatte schon mitbekommen, dass ihm ein paar Stoppelhopser das Fell gerettet hatten. Als er Meldung erstattet hatte, fragte er herum, wer seine Schutzengel gewesen sein könnten, fand es heraus, fand auch heraus, dass der grüne Leutnant aus falsch verstandenen taktischen Erwägungen nicht erlaubt hatte, auf die Chausseurs zu schießen, und dass sein Unteroffizier den Befehl leider dahingehend missverstanden hatte, dass man die Bastarde unter Feuer nehmen sollte … ja, und dann stand er plötzlich vor mir, schüttelte mir die Hand und wollte gar nicht mehr damit aufhören, und als ich salutieren wollte, schlug er mir auf die Schulter und sagte: ›Wer dem Grafen Zeppelin seinen Allerwertesten in Sicherheit schießt, der muss gewiss nicht salutieren vor ihm! Jetzt trinken wir erst mal was. Du bist der Edgar? Ich bin der Ferdinand.«

»Ich werd verrückt«, sagte Otto.

»Det dachte ick damals ooch«, erwiderte Edgar trocken.

»Ich kann verstehen, dass du ihn wiedersehen willst. Ich kann in einer Pension übernachten oder irgendwo bei einem Wirt, dann störe ich euer Wiedersehen nicht.«

»Unsinn. Klar, ich möchte Ferdinand mal wieder die Pfote drücken. Aber mein Besuch dort hat auch mit dir zu tun.«

»Wie das?«

Edgar breitete die Arme aus. »Eigentlich müsste ich Levin mit zu Ferdinand nehmen, aber Levin ist ja nun mal nicht dabei. Sperr also die Ohren auf und berichte deinem Bruder, was Ferdinand unweigerlich erzählen wird – denn er redet normalerweise von nichts anderem. Ich denke aber, es wird dich auch interessieren.«

»Und was soll das sein, was mich eventuell auch interessiert?«

»Wart's ab.«

4

Ferdinand Graf von Zeppelin holte Otto und Edgar eigenhändig vom Bahnhof Kreuzlingen ab. Das Erste, was Otto an ihm auffiel, waren seine strahlend blauen Augen. Der Graf trug einen ergrauten, buschigen Schnauzbart mit aufgezwirbelten Enden und einen kurzgehaltenen weißen Vollbart. Auf dem Kopf hatte er fast keine Haare mehr, was man sehen konnte, weil Zeppelin seine Mütze abnahm, als er Edgar stürmisch umarmte. Was man bei dieser Umarmung auch sehen konnte, war, dass Zeppelin nicht besonders groß war. Edgar war einen halben Kopf größer. Die fehlenden Zentimeter machte Zeppelin jedoch durch überschäumende Energie wett. Otto bekam einen solchen Händedruck, dass er noch Minuten danach heimlich versuchte, Leben in seine gequetschten Finger zurückzumassieren.

Zeppelin fuhr sie in einer geschlossenen, mit einem Kohlebecken in der Kalesche angenehm erwärmten Kutsche durch ein tiefverschneites Dorf namens Emmishofen zu seinem Familiensitz Schloss Girsberg. Er hatte für die beiden ein Zimmer bereiten lassen, von dessen Fenster aus man zum Bodensee hinunterblicken konnte, zu der Stelle, an der der Rhein den See wieder verließ. Sie hatten kaum ihre Taschen neben das breite Doppelbett gestellt, als schon ein Dienstmädchen kam und ihnen die Arbeit des Auspackens abnahm, gefolgt von einem fröhlichen Grafen Zeppelin, der sie in seinen Salon einlud und Ottos Ausreden, er sei müde und ziehe sich gerne zurück, um sich frisch zu machen – in Wahrheit wollte Otto den beiden alten Kriegskameraden nur Zeit für sich gönnen –, nicht gelten ließ. Keine zwei Stunden nachdem er ihn zum ersten Mal gesehen hatte, wusste Otto, dass Ferdinand Graf von Zeppelin ein lebenslustiger, umgänglicher und vor allem an anderen Menschen interessierter Mann war, der nicht viel auf Konventionen gab und dem es völlig egal war, was irgendwelche anderen Leute über ihn sagen mochten.

Etwas mehr als zwei Stunden und ein großes Glas heißen Grog später wusste Otto auch, wovon Edgar im Zug gesprochen hatte, als er gemeint hatte, eigentlich hätte er Levin dem Grafen vorstellen sollen.

Ferdinand von Zeppelin hatte einen ähnlichen Traum wie Levin, oder wie Otto Lilienthal. Er wollte, dass der Mensch die Lüfte eroberte und flog. Und er wollte, dass der Mensch dorthin fliegen konnte, wohin *er* wollte und nicht der Wind ihn trieb.

Wie er das bewerkstelligen wollte, unterschied sich allerdings vom Herangehen eines Lilienthal. Otto fühlte sich vielmehr an das erinnert, was er von der Unterhaltung zwischen Hermines Bruder Rudi und Levin mitbekommen hatte.

Ferdinand von Zeppelin träumte von lenkbaren Luftschiffen. Er war entschlossen, eines zu konstruieren – nicht für sich oder für den Ruhm, sondern für die Überlegenheit Deutschlands bei der Eroberung des Himmels, sei es zum wirtschaftlichen, aber auch zum militärischen Nutzen.

»Ich hab das doch gesehen!«, sagte er leidenschaftlich. Wie bei Edgar der Berliner kam bei Graf Zeppelin der Thurgauer Dialekt durch, wenn er engagiert redete, nur dass er als alter Adelsspross sofort wieder ins Hochdeutsche umschaltete. Otto verstand *I han des doch gsähe*! »Ich war im Sezessionskrieg in Amerika als Beobachter dabei. Da haben sie Fesselballons zur Frontbeobachtung eingesetzt. Die Soldaten auf der Gegenseite haben versucht, die Halteseile zu zerschießen, und wenn ihnen das gelang, trieben die Ballons hilflos ab – weil sie dem Wind gehorchten und nicht lenkbar waren! Und 70/71 vor Paris war's nicht anders! Oder, Edgar?«

»Nur dass wir nicht nahe genug dran waren, um auf die Seile oder die Ballons schießen zu können«, erwiderte Edgar, dessen nachsichtigem Lächeln Otto entnahm, dass er dieselbe Diskussion schon mehrfach mit Ferdinand von Zeppelin gehabt haben musste und sie mit der Geduld eines echten Freundes so führte, als sei es das erste Mal. »Nicht, dass wir's nicht versucht hätten.«

»Und dann höre ich ein paar Jahre später einen Vortrag vom Reichspostminister über die Briefbewegungen in Berlin – zweihundertfünfzigtausend Briefe und Postkarten pro Tag und fünfundzwanzigtausend Pakete. An Festtagen wie Weihnachten oder Silvester verdoppelt sich diese Anzahl in der Regel. Pro Jahr befördert die Berliner Post zudem fünfundfünfzig Millionen Zeitungen und Zeitschriften. Und was die offizielle Post angeht – Mitteilungen der Staats- und sonstigen Behörden –, beläuft sich die jährliche Transportmenge der Reichspost in ganz Deutschland auf fünfundsiebzig Millionen Briefe! Ich weiß die Zahlen, weil ich sie mir damals notiert habe. Lieber Gott, hab ich mir gedacht, was das für ein Verkehrsaufkommen auf den Reichsstraßen ist. Nur um Post zuzustellen! Mit Kutschen, deren Fassungsvermögen begrenzt und deren Tempo langsam ist. Und mit Kurieren, die schneller sind, aber dafür nur wenig mitschleppen können. Wenn man stattdessen die Post durch die Luft transportieren könnte! Mit entsprechend dimensionierten Ballons, die ein großes Gewicht tragen können. Aber das geht ja nicht – weil die Post nämlich zu einem vorherbestimmten Ort soll und nicht dorthin, wohin der Wind ihr Transportmittel bläst!« Zeppelin ballte mit einer Mischung aus Begeisterung und Frustration eine Hand zur Faust. Dann wandte er sich an Otto. »Wollen Sie noch ein Grögle, Herr von Briest? Du auch, Edgar, du hast auch nichts mehr im Glas.«

»Will ich was?«, fragte Otto verwirrt.

»Nen Grog«, sagte Edgar und beantwortete die Frage gleich selbst: »Danke, Ferdinand, unser junger Freund hält sich bei Alkohol zurück. Ich nehm aber gern noch einen.«

»Die jungen Leute wissen nicht mehr, was gut ist …« Zeppelin seufzte, während Otto versuchte, Edgar mit Blicken zu erdolchen, und dieser zur Antwort fröhlich grinste. Zeppelin klingelte und gab bei dem gleich darauf erscheinenden Dienstmädchen zwei

»Grögle« in Auftrag. Als diese kamen und dampfend auf ihrem Tablett an Otto vorbeigetragen wurden, wusste dieser, warum Edgar für ihn abgelehnt hatte. Die Nachfolgeportionen waren mindestens doppelt so groß wie die ersten, und der Rumgeruch, der mit dem Dampf emporstieg, war massiv. Edgar kannte die Gewohnheiten des Grafen offensichtlich und hatte Otto davor bewahrt, mit einer Ladung wie dieser den Rest des Tages im Vollrausch zu verbringen.

Graf Zeppelin nahm nach einem würdevollen Zuprosten und einem großen Schluck den Diskurs nahtlos dort wieder auf, wo er ihn verlassen hatte. Im Herbst 1885 war er, mittlerweile Oberst eines württembergischen Ulanen-Regiments, als Militärattaché an die Gesandtschaft in Berlin berufen worden. Dort hatte er seine Überlegungen bezüglich lenkbarer Ballons wieder intensiviert und ein Memorandum an König Karl Friedrich von Württemberg verfasst. Ihm war klargeworden, dass er den militärischen Nutzen einer solchen Erfindung hervorheben musste, wenn er wollte, dass ihre Konstruktion aufgenommen wurde.

»Ich hab mir gedacht, wenn man ein lenkbares Luftschiff in großer Höhe über das Aufmarschgebiet des Feindes hinwegfahren lässt, dann kann man dessen Strategie auf einen Blick übersehen und sich besser darauf einstellen, als wenn man nur Teile des Gesamtbilds bekommt, die einem einzelne Spähtrupps vermitteln.« Man konnte klar erkennen, dass Zeppelins militärische Vergangenheit als Kommandeur einer schnellen Reitereinheit und sein berühmt gewordener Erkundungsritt seine Gedanken beeinflusst hatten.

»Aber der Feind würde ja bemerken, dass seine Strategie von oben ausgespäht wurde, und sich darauf einstellen.«

»So schnell lassen sich Aufmarschpläne leider nicht ändern, Herr von Briest«, sagte Zeppelin. »Und natürlich ließen sich alle Änderungen auch wieder aus der Luft erkennen.«

»Dann braucht man als der anrückende Feind ja gar nicht

mehr in die Schlacht zu ziehen, weil man ohnehin schon verspielt hat. Man kann theoretisch gleich aufgeben.«

»Ist das nicht ein schöner Gedanke?« Der Graf strahlte.

»Es sei denn«, erklärte Otto, »der Feind hat auch ein Luftschiff und späht meine Gegenvorbereitungen aus. Dann sind die Aufklärungserkenntnisse wieder ausgewogen.«

»Richtig. Und jeder weiß, dass er verspielt hat, weil der andere seine Strategie durchschaut. Was bedeutet, dass es für keine Seite Sinn ergibt, in die Schlacht zu ziehen. Man kann anfangen, den Konflikt diplomatisch zu regeln. Lenkbare Militärluftschiffe würden auf lange Sicht Kriege verhindern!«

Otto überlegte, ob der Graf ein besonders raffinierter Denker, ein Idealist oder einfach nur blauäugig war. Edgars Seitenblicken in seine Richtung konnte er entnehmen, dass die Gedanken des Detektivs ebenfalls deutlich zynischer waren als die seines luftschiffbegeisterten Freundes. Die Bestätigung dafür lieferte Edgar selbst, indem er sagte: »Oder sie machen ihn nur noch blutiger, weil die Soldaten mit ihnen auch aus der Luft beschossen oder mit Bomben beworfen werden können.«

»Wer würde denn so etwas tun!?«, fragte der Graf schockiert. »Die Soldaten könnten ja nicht mal zurückschießen. Das wäre der Gipfel der Ehrlosigkeit. Kein General würde sich für so etwas hergeben.«

Zeppelin war erst letztes Jahr im Rang eines Generalleutnants aus dem Militärdienst ausgeschieden. »Und seitdem hab ich Zeit, den ganzen Tag über Luftschiffe nachzudenken!«, erklärte der Graf voller Eifer. »Ich bin sogar letzten Herbst einmal mit diesem Zirkusballonfahrer, diesem Eduard Spelterini, und seinem Ballon *Urania* mitgefahren, damit ich ein Gefühl dafür bekomme, wie es da oben ist. Es ist übrigens scheinbar völlig windstill, weil der Ballon ja die gleiche Geschwindigkeit wie der Wind hat, der ihn vor sich hertreibt. An dem Tag sind auch Offiziere der Schweizer Bundesarmee mitgefahren. Ich hab gehört, dass sie sich darüber unterhielten, dem Bundesrat die Aufstellung einer Ballonkompanie vorzuschlagen. Und hab mir gedacht: Ihr Narren, ihr braucht eine *Luftschiffkompanie*!«

»Wie stellen Sie sich so eine Konstruktion vor?«, fragte Otto.

Edgar grinste. »Hab ich vorhin erwähnt, dass Herr von Briest an der Technischen Hochschule in Berlin ein Ingenieurstudium absolviert?«, fragte er Zeppelin. »Jedenfalls ist das die typische Frage eines Ingenieurs. Leute wie wir träumen, Leute wie er überlegen, wie sie diese Träume konstruieren können.«

»Das finde ich interessant«, sagte Zeppelin. Er fasste Otto mit neuem Interesse ins Auge. »Wenn Sie gute Ideen haben, junger Mann, dann raus damit. Einem guten Ingenieur mit guten Ideen würde ich einen hervorragenden Posten beschaffen. Ich denke darüber nach, eine Aktiengesellschaft zur Förderung der Luftschifffahrt zu gründen und lenkbare Luftschiffe zu bauen.«

»Hier am Bodensee?«, fragte Otto, entgegen seiner eigenen Erwartung von dieser Aussicht plötzlich fasziniert.

»Erst mal schon. Aber ich zweifle nicht, dass, wenn die Konstruktion gelingt, die Gesellschaft sich rasend schnell vergrößern wird. Und dann kann es Luftschifffabriken überall geben. Warum nicht auch in Berlin? Aber weshalb fragen Sie? Hätten Sie Bedenken, Berlin zu verlassen, wenn Ihnen eine gute Stelle angeboten würde? Junge Leute gehören raus in die Welt!«

»Ich bin mit meinen Eltern, seit ich geboren bin, in der Welt rumgezogen«, sagte Otto. »Mein Vater ist Direktor bei Siemens & Halske und hat an allen Telegrafenkabel-Verlegungen mitgearbeitet. Ich hab keine Angst davor, dieses Leben aus eigenen Stücken weiterzuführen, aber zumindest für eine Weile wäre es mal ganz nett, einen Ort zu haben, an dem man länger als ein oder zwei Jahre bleibt – so etwas wie eine Heimat.«

»Für Menschen mit Visionen ist die ganze Schöpfung die Heimat«, erklärte der Graf. Er lächelte Otto erwartungsvoll an.

»Ich fühle mich sehr geehrt durch Ihr Vertrauen«, antwortete

Otto. »Was meine Gedanken zu einem lenkbaren Luftschiff betrifft – ich nehme an, es müsste starr sein, nicht weich und nur durch das Treibgas in Form gebracht wie ein Ballon. Und es müsste eine andere Form haben, nicht rund.« Er dachte an den Gleiter Lilienthals, den er in Derwitz gesehen hatte. Das Luftschiff bewegte sich durch die Luft, aber es würde nicht fliegen wie ein Vogel. Es müsste … genau! Es müsste die Form haben, die die Natur schon für ein Geschöpf gefunden hatte, das sich auf ähnliche Weise fortbewegte, nur in einem anderen Element! »Es müsste die Form eines Fischs haben, denke ich. Für den Auftrieb würde das Gas sorgen, so dass das Luftschiff in beliebiger Höhe schweben kann wie ein Fisch im Wasser. Es bräuchte also keine Flügel, um sich oben zu halten. Es müsste sich nur nach vorn bewegen. Was bekommt man, wenn man sich bei einem Vogel die Flügel wegdenkt? Im Wesentlichen die Form eines Fischs!«

»Wie würden Sie das Luftschiff vorantreiben?«, fragte Zeppelin. Sein Lächeln war breiter geworden, die Spitzen seines aufgezwirbelten Schnauzers wiesen vergnügt senkrecht in die Höhe. Otto war klar, dass der Graf sich bereits dieselben Gedanken gemacht hatte und nun sowohl darüber erfreut war, dass ein werdender Ingenieur diese Gedanken bestätigte, als auch darüber, dass Otto sich als kluger Kopf erwies.

»Ich weiß es nicht. Ein Segel ergibt ja keinen Sinn. Eine Dampfmaschine? Die wäre aber extrem schwer. Und was würde die Dampfmaschine antreiben? Eine Art Luftschraube vielleicht, so wie ein Schiff durch eine Schraube angetrieben wird? Könnte das funktionieren?«

»Man hat versucht, Ballons mit riesigen Luftpaddeln anzutreiben«, sagte Zeppelin trocken. »Das hat schon mal nicht funktioniert. Wie würden Sie steuern?«

Otto zuckte ratlos mit den Schultern. »Keine Ahnung.«

Zeppelin und Edgar wechselten einen Blick, den Otto zuerst nicht entschlüsseln konnte, bis der Graf in einer Mischung aus

Begeisterung und Enttäuschung rief: »Genauso weit bin ich mit meinen Überlegungen auch gekommen! Und stecke jetzt an dieser Stelle fest. Ihr Besuch ist trotzdem Gold wert, Herr von Briest! Edgar, ich danke dir, dass du deinen jungen Freund mitgebracht hast. Kommen Sie, junger Mann, darauf müssen Sie jetzt aber doch noch einen Grog mit mir trinken!« Er zerrte an der Klingel für das Hauspersonal.

»Kein ›Grögle‹?«, erkundigte sich Otto schwach.

»Ha! Nein, ein Grögle ist bloß was für zwei alte Krauterer wie den Edgar und mich. Mädle, bringscht uns noch a Grögle für den jungen Kärle, bitte?«

»Und zwee Grögle für die alten Krauterer«, ergänzte Edgar mit breitem Grinsen.

Zeppelin wandte sich an Otto. Er wurde wieder ernst. »Ich hoffe, Sie überlegen sich mein Angebot, Herr von Briest. Ich werde diese Gesellschaft gründen – heute, morgen oder übermorgen. Bringen Sie Ihr Studium zu Ende, und dann melden Sie sich bei mir. Sie wollen Ingenieur werden und Maschinen bauen? Kommen Sie zu mir, dann können Sie als Ingenieur Luftschiffe bauen – und Geschichte schreiben!«

5

Am 11. Januar 1892 standen zwei in einfache, aber saubere Anzüge gekleidete Männer in einem Gang der Kantonsregierung in Luzern. Das Regierungsgebäude stand fast direkt am Ufer der Reuss, in einer Flucht mit der Jesuitenkirche. Es war das Wohnhaus des Ordens gewesen, bevor es im Zug des napoleonischen Code Civil, den seinerzeit auch die Schweiz übernommen hatte, seiner jetzigen Bestimmung zugeführt worden war.

Die beiden Männer verschwendeten keinen Gedanken an die Geschichte des Baus, noch hatten sie einen Blick für seine elegante Renaissance-Schönheit. Einer von ihnen trug eine Tasche und wirkte in seinem Anzug irgendwie so, als würde er nicht hineingehören. Er war hibbelig und klopfte immer wieder an seine Jackentasche, als wolle er sich vergewissern, dass deren Inhalt nicht verlorengegangen war. Das Jackett hing an dieser Seite nach unten, als sei der Inhalt schwer. Der andere Mann sah blass aus und wirkte angespannt, aber neben seinem Kameraden war er geradezu ein Fels in der Brandung.

»Halt dich endlich ruhig, verdammt!«, brummte der Ruhigere der beiden.

»Als ob det so eenfach wäre«, flüsterte der Hibbelige. »Is ja nich so, det de alle Tage eenen wegpusten sollst.«

»Mensch, bist du verrückt? Halt die Fresse, Mann!«, zischte der Ruhige.

»Hört doch eh keener«, maulte der Hibbelige. »Siehste irjend 'ne Menschenseele? … Ick ooch nich. Die Katzenstrecker ham noch nich jemerkt, det heute Montach is. Sach ma – all meene Schulden un die von meener Famillje sin damit weg, richtig?«

»Wie oft soll ich's dir noch sagen? Glaubst du, ich schleppe dich auf die weite Reise von Berlin hierher mit, nur um nachher meine Zusagen nicht einzuhalten?«

»Un die Arbeet beim Glock?«

»Bekommst du wieder zurück.«

Die beiden Männer waren Rudolf Leitner und Leopold Pilatus, genannt der Präfekt, was zum einen seinem ungewöhnlichen Nachnamen geschuldet war, zum anderen bewies, dass auch in den ärmsten Berliner Gassen irgendjemand lebte, der ein bisschen Allgemeinbildung besaß. Pilatus war Teil des Plans gewesen, den Leitner als Alternative zum Mord an Edgar Trönicke und Otto von Briest entwickelt hatte. Er hatte bei Oscar Glock gearbeitet und war dabei erwischt worden, wie er Material gestohlen hatte. Glock hatte ihn von einigen seiner Angestellten unter Aufsicht Rudolf Leitners hospitalreif prügeln lassen und dann auf die Straße gesetzt. Rudolf hatte ihn nun wieder ins Spiel gebracht. Er wusste um die Situation des Präfekten: der älteste Sohn in einer Familie, in der der Vater soff, die Mutter krank war, zwei seiner jüngeren Schwestern auf den Strich gingen und zwei weitere Geschwister noch unter zehn Jahre alt waren. Die Familie Pilatus war kein Einzelfall, so wie es auch kein Einzelfall war, dass ein junger Mann wie Leopold eine Karriere hatte, die von Diebstahl im Betrieb über Raubüberfälle auf der Straße bis zu Messerstechereien in den Hinterhöfen von Schnapskneipen verlief. Manche Viertel in den schlechten Gegenden Berlins ähnelten einem Dschungel. Es roch auch so ähnlich.

Eine der Türen, die von dem stillen, langen Gang in Zimmer hineinführten, öffnete sich. Eine Dame mit straff nach hinten gekämmtem, auf dem Scheitel in einem Dutt zusammengefasstem grauem Haar kam heraus, musterte die beiden jungen Männer mit einem verächtlichen Blick und sagte dann in schwerem Schwyzerdütsch: »Die Herren sind unterwegs.« Sie schritt zur übernächsten Tür, schloss sie auf und wies hinein. »Sie können hier warten.«

Leitner und der Präfekt betraten eine Kammer, in der sich mehrere Kabinette befanden. Leitner sah der grauhaarigen Dame hinterher, die wieder im anderen Zimmer verschwand, dann lehnte er die Tür bis auf einen Spalt an, damit er hinausspähen konnte. Pilatus zog ein paar Schubfächer der Kabinette auf und betrachtete den Inhalt. Nach kurzem Überlegen griff er in eines hinein und stopfte sich etwas in die freie Jackentasche.

»Was machst du da, zum Teufel?«, fragte Leitner gereizt. Er fasste Pilatus in die Tasche. »Wozu klaust du Bleistifte? Willst du deine Memoiren schreiben?«

»Weeß man nie, wozu man det ma brauchen kann«, verteidigte sich Pilatus.

»Du bist ein Arschloch. Leg das wieder zurück.«

»Is ja jut, Rudi. Reg dir nich uff.«

»Hast du dir alles gemerkt?«

»Ja, Rudi.«

»Bist du dir sicher?«

»Ja, Rudi.« Nach einer Pause fügte Pilatus geradezu flehentlich hinzu: »Ick mach det nur wejen die Famillje, Rudi. Sonst hätt ick mir nich druff einjelassen. Meene eene Schwester is erst zwölf und hat jeden Tag zehn Kerle …«

»Hör auf zu flennen. In Berlin suchen sie dich wegen einem halben Dutzend Messerstechereien. Und bei denen haben nicht alle deine Gegner überlebt.«

»Det war wat anderes …«

»Erzähl mir, was jetzt abläuft. Ich will's noch mal hören.«

Der Präfekt seufzte. »Wir warten, bis die zwee Schnüffler bei de Katzenstrecker drinne sin und quatschen. Und bis die Holde mitm Dutt un der Sauertopfvisage sich dünnemacht, wie verabredet. Denn renn wa beede rinne, ick brülle ›Rache für Herschel Solomon!‹, hol den Engelmacher raus, knall den eenen von die Schnüffler ab, baller 'n bisschen rum und hau dann wieder ab. Is echt eenfach zu merken, Rudi.«

»Ist es nicht. Du hast was vergessen.«

»Stimmt. Die Pamphlete in der Tasche.« Pilatus hob verlegen die Tasche hoch. »Die schütt ick noch aus.«

»Verbock es bloß nicht.«

»Mit de Katzenstrecker haste allet bequatscht, Rudi, ja? Der weeß, det ick komme …«

»Ja.«

»Und der andere Schnüffler is noch jrün, der guckt nur doof aus die Wäsche? Nich, det der ooch 'nen Engelmacher dabeihat und uff mir ballert!«

»Geh davon aus, dass er vor Schreck erstarrt sein wird.«

»Un du deckst mir den Rücken?«

»Ja.«

»Aber schießen tu nur ick, wa?«

»Es geht ja um deine Familie, nicht um meine, oder?«

»Na jut.« Pilatus sah besorgt aus. Nach ein paar Sekunden begann sich seine Miene zu erhellen. »Un denn bezahlt Herr Glock die Schulden von mein alten Herrn un stellt ma wieder ein, und meene Schwestern müssen nich mehr anschaffen jehn.«

»Goldene Zeiten warten auf deine Familie, Präfekt«, sagte Leitner sarkastisch. Er wusste, dass Mitleid mit Pilatus nur begrenzt angebracht war. Als Glock ihn hinausgeworfen hatte, war er es gewesen, der seine beiden Schwestern auf den Strich geschickt hatte. Damals war seine kleinere Schwester erst zwölf gewesen. Die ersten Freier hatte er ihr persönlich beschafft. Er war noch immer für beide Mädchen der Zuhälter. Man konnte davon ausgehen, dass er diese Rolle weiterspielen wollte, auch wenn er wieder bei Glock in Lohn und Brot war.

Aus diesem Grund kannte Pilatus auch nur einen Teil des Plans – seinen Part. Doktor Wechlin, dessen Sekretärin die grauhaarige Dame war und in dessen Büro sich die von Pilatus geschilderte Szene ereignen sollte, kannte den Rest. Leitner hatte ihn dem Regierungsbeamten ohne das Beisein von Pilatus geschildert. Dem Plan zufolge würde Leitner nicht als Rückendeckung von Pilatus mit ins Zimmer stürmen, sondern als sein Mörder.

Pilatus würde seinen Kampfschrei brüllen und Edgar Trönicke erschießen. Dann würde er ein paar Löcher in die Wände ballern und die Tasche ausleeren.

Wechlin würde eine Pistole hervorziehen und auf Pilatus anlegen.

Leitner würde Otto von Briest niederschlagen und dann Pilatus erschießen. Dann würde er seinen Revolver Wechlin in die Hand drücken und sich wieder in dem Raum mit dem Kabinettschrank verstecken. Wenn sich eine erschrockene Menge vor Wechlins Büro einfand, würde er sich mit dazustellen und sich mit dieser von den bald darauf eintreffenden Sicherheitskräften aus dem Gebäude treiben lassen.

Pilatus würde tot sein und als Anarchist gelten. Die eigens für diesen Zweck gedruckten Flugblätter in der Tasche, die er verschüttete, würden es zur Genüge beweisen.

Doktor Wechlin würde ein Held sein, der sein Leben und das seiner Besucher mannhaft verteidigt hatte. In der aufgeheizten Stimmung in der Schweiz würde das seiner Karriere immens weiterhelfen. Und er brauchte dazu nicht einmal in Wirklichkeit zu schießen und sein Gewissen mit einem Menschenleben zu belasten, selbst wenn es nur das Leben eines Schmarotzers wie Pilatus gewesen wäre. Doktor Wechlin war, nachdem er das verstanden hatte, Feuer und Flamme für den Plan gewesen.

Otto von Briest wiederum würde, wenn er wieder zu sich kam, sich nur erinnern können, dass Doktor Wechlin mit der Waffe auf einen der Angreifer gezielt hatte. Er würde Wechlins Version der Ereignisse noch bezeugen.

Edgar Trönickes Untersuchungen wären damit zu Ende. Otto von Briest musste nicht sterben. Oscar Glocks Verbündeter in der Schweiz, Doktor Wechlin, wäre der nächste Nationalheld. Und die antijüdische Stimmung in der Schweiz noch explosiver als zuvor.

»Sie kommen«, warnte Leitner, der durch den Türspalt gespäht hatte. »Los, schau hier mit durch, damit du weißt, wer der beiden Trönicke ist. Und zieh dir nachher gleich die Maske über.« Zu sich selbst sagte er: Ich rette dir heute den Arsch, Briest. Dank es mir, indem du meine Schwester aus der Scheiße rausheiratest.

6

Mit den Anweisungen, die Doktor Wechlin ihnen telegrafiert hatte, war es Edgar und Otto ein Leichtes gewesen, das Luzerner Regierungsgebäude und bis vor die Tür des Beamten zu finden. Niemand hielt sie auf. Anders als in Preußen war es in der Schweiz offenbar für jedermann möglich, ein offizielles Gebäude der Regierung zu betreten. Es gab keine Soldaten vor dem Eingang und auch drin keine Uniformierten, die einen aufgehalten hätten – nur einen Pförtner, der einen höflich grüßte und fragte, zu wem man denn wolle.

Edgar klopfte an die Tür, die Doktor Wechlin ihnen bezeichnet hatte. Als er die Türklinke drücken wollte, ging die Tür von allein auf, und eine ältere Frau mit einem straffen grauen Dutt und verschlossener Miene stand im Türrahmen.

»Sind Sie die Herren aus Berlin?«, fragte sie.

Edgar und Otto schlugen die Hacken zusammen und deuteten eine Verbeugung an. »Die Herren Trönicke und von Briest für Herrn Doktor Wechlin«, bestätigte Edgar.

»Sie sind sehr pünktlich. Folgen Sie mir.«

Ohne abzuwarten, ob sie ihr folgten, schritt die Frau durch ein großzügiges Empfangsbüro. Ein einsamer Schreibtisch thronte darin – vermutlich ihrer. Ihre Schritte wurden von einem weichen, orientalisch bunten Teppich gedämpft. Otto fing Edgars verwunderten Blick auf. Die Frau hatte die Tür zum Gang offen stehen lassen. Edgar schloss sie.

Die Frau blieb vor einer Verbindungstür stehen, klopfte, wartete ein gedämpftes »Ja bitte?« ab und schlüpfte hinein. Diese Tür schloss sie hinter sich. Otto und Edgar standen allein in dem großzügigen Büro.

»Haben die hier alle so eine Laune?«, fragte Otto, den das schroffe Benehmen der Frau verunsicherte.

Edgar zuckte mit den Schultern. »Montagmorgen«, sagte er. »Am Montagmorgen würde mich ein Besucher auch nicht in der besten Stimmung antreffen.«

»Ich dachte, Hermine holt dir am Morgen immer ein Frühstück?«

»Det is wohl wahr, aber bis ick det uffm Tisch zu stehen habe, bin ick unjenießbar.« Edgar grinste.

»Arme Hermine«, sagte Otto und lachte ebenfalls.

Die Frau kam wieder aus der Verbindungstür heraus und ließ sie einen Spaltbreit offen stehen. »Doktor Wechlin lässt bitten«, sagte sie kühl, schritt an ihnen vorbei und verließ ihr Büro durch die Tür zum Gang.

»Wo will sie denn hin?«, flüsterte Otto.

»Vielleicht holt sie sich Frühstück gegen ihre miese Laune?«, erwiderte Edgar. Dann traten sie ins Büro von Doktor Carl Wechlin ein.

Irgendwie hatte Otto eine innere Vorstellung von Doktor Wechlin bekommen: klein, schmal, schütteres graues Haar, Zwicker, Knebelbart, steifer Vatermörder und Ärmelschoner. Der echte Doktor Wechlin entsprach dem Bild zu hundert Prozent nicht. Er war groß und breitschultrig, sein blondes Haar wurde nur an den Schläfen grau, sein Bart war ein schneidiger Kavalleristen-Backenbart. Seine Kleidung war dezent, modern und wirkte teuer. Er war hinter seinem Schreibtisch aufgestanden und nickte ihnen mit auf dem Rücken verschränkten Händen zu.

»Grüezi und guata Morga, die Herren«, sagte er in Schwyzerdütsch, um dann in ein dialektbelastetes Hochdeutsch zu wechseln: »Bitte setzen Sie sich. Ich bin Doktor Wechlin.« Und, an Otto gewandt: »Bitte lassen Sie die Tür offen, damit ich hören kann, wann meine Sekretärin wieder zurückkommt.« Er lächelte etwas verkrampft.

Edgar nahm die abweisende Begrüßung unbewegt hin und deutete eine Verbeugung an. »Guten Morgen, Doktor Wechlin. Ich bin Edgar Trönicke. Darf ich vorstellen … Herr Otto von Briest, Enkel der bei Münchenstein verunglückten Familie von Briest.«

Wechlin schenkte Otto einen prüfenden Blick. »Ihr Großvater hieß Baermann, nicht von Briest.«

»Mein Großvater und meine Großmutter …«, begann Otto.

»… sind der Gegenstand unseres Besuchs«, fiel Edgar geschmeidig ein. »Wir bedanken uns, dass Sie sich für uns Zeit nehmen, obwohl der tragische Fall eigentlich abgeschlossen ist.«

Edgar zog einen der drei vor dem Schreibtisch aufgereihten Besucherstühle heran. Otto tat es ihm nach. In seinem Inneren fügte er der langen geistigen Liste von Notizen, wie man sich als Detektiv verhielt, einen weiteren Eintrag hinzu: Keine zusätzlichen Informationen geben, wenn es nicht sein muss!

Wechlin machte eine einladende Geste. Die beiden Besucher aus Berlin setzten sich. Wechlin setzte sich ebenfalls. Sein Stuhl schien auf einem kleinen Podest zu stehen, so dass er im Sitzen deutlich größer war als die beiden Männer auf den Besucherstühlen.

»Womit kann ich Ihnen helfen?«, fragte Wechlin. Er legte die linke Hand auf den Tisch und ließ die rechte darunter liegen, vermutlich in seinem Schoß. Die merkwürdige Körperhaltung wurde noch seltsamer dadurch, dass Wechlin einen ziemlichen Abstand zum Tisch hielt. So als rechne er damit, gleich wieder aufspringen zu müssen.

»Lassen Sie mich Ihnen zunächst auch im Namen meines Klienten«, Edgar wies auf Otto, »an dieser Stelle noch einmal persönlich dafür danken, dass Sie uns über die Ergebnisse der Untersuchung so schnell unterrichtet haben. Ich gratuliere allen Mitarbeitern der Kantonsregierung und der Jura-Simplon-Bahn für dieses umfassende Ermittlungsergebnis.«

»Sehr freundlich«, sagte Doktor Wechlin. Sein Mund zeigte jetzt nicht einmal mehr die Andeutung eines Lächelns. Otto bekam nach und nach den Eindruck, dass sein Gegenüber nicht unhöflich, sondern nervös war. Auf seiner Stirn schien ein leichter Schweißfilm zu glänzen. Fürchtete er das Gespräch mit Edgar und Otto? Dann hätte er sich aber gleich gar nicht darauf einzulassen brauchen. Oder war er krank? Hatte er Fieber?

»Für meinen Klienten und mich sind die Untersuchungen, die unmittelbar zum Tod von Herrn Paul Baermann und Frau Louise von Briest führten, damit abgeschlossen«, erklärte Edgar.

»Sie haben telegrafiert, dass es noch Fragen gäbe«, sagte Doktor Wechlin. Seine Blicke hielten Edgar nicht fest, sondern irrten zur Tür.

»Richtig.«

Edgar schwieg.

Wechlin riss sich sichtlich zusammen und konzentrierte sich auf Edgar. Jetzt erkannte Otto, dass Wechlin tatsächlich schwitzte. Sein Haar war im Nacken feucht, und von einem Ohr lief auf einmal eine Schweißperle in seinen Kragen. »Äh … also haben Sie doch noch etwas zu beanstanden?«, fragte er schließlich irritiert.

»Da die Frage der Schuld geklärt ist«, sagte Edgar, »geht es nun um die Frage der Verantwortung.« Edgar lächelte.

Otto war klar, dass dem Detektiv das sonderbare Benehmen des Beamten ebenso aufgefallen war wie ihm. Mit seiner Kunstpause hatte er Wechlin förmlich gezwungen, sich auf ihn zu konzentrieren; und mit seiner gewollt kryptischen Antwort zwang er ihn, es weiterhin zu tun.

»Wie … äh? Wie meinen Sie das?«, fragte Wechlin. Seine Blicke zuckten zur Tür.

»Sollen wir nachsehen, ob Ihre Sekretärin wieder zurück ist?«, fragte Edgar höflich. »Es wäre kein Umstand.«

»Was? Nein, nein. Ich habe nur … also …« Doktor Wechlin räusperte sich und wandte sich von der Tür ab, was ihm sichtlich schwerfiel. Er drehte sich Edgar zu. »Wie meinen Sie das mit der Verantwortung?«

»Jemand muss für den Tod von Herrn Baermann und Frau von Briest zur Rechenschaft gezogen werden«, erklärte Edgar. »Soweit ich verstanden habe, trägt die Schuld ein Bauunternehmen Solomon. Meine Klienten denken an eine Verurteilung wegen Totschlags und an einen finanziellen Schadensersatz für die erlittenen Schmerzen und Aufwendungen.«

Wechlins Augenlider zuckten. »Ja … äh … mir ist die Tragik vollends bewusst …«

Plötzlich flog die Tür ganz weit auf und krachte an die Wand.

Otto fuhr erschrocken auf seinem Stuhl herum – und kippte im selben Moment nach hinten, weil jemand ihm die Stuhlbeine unter dem Hintern wegriss. Im Fallen sah er zwei maskierte Männer hereinplatzen. Der vordere der beiden hielt eine Waffe am ausgestreckten Arm. Die Waffe schwenkte herum. Otto prallte auf den Boden, dass ihm die Luft aus den Lungen getrieben wurde. Er spürte den Stuhl unter sich zerbrechen. Der Arm mit der Waffe schwenkte herum, zielte über ihn hinweg, zielte auf Edgar Trönicke.

Otto rang nach Luft. Er sah den Finger sich um den Abzug krümmen, hörte die Explosion des Schusses, ein erschreckend lautes Dröhnen, sah die Feuerzunge aus dem Lauf der Waffe stechen. Sein Kopf flog herum. Er wollte Edgar warnen, doch er bekam nicht einmal genug Luft, um einzuatmen.

Edgar war mit seinem Stuhl seitlich zu Boden gefallen. Er musste sich selbst zu Fall gebracht haben, als er Ottos Stuhlbeine unter ihm herausgetreten hatte. In der Höhe, in der sein Kopf gewesen wäre, hätte er noch gesessen, schlug die Revolverkugel in die Wand und sprengte Putz weg. Edgar stieß sich nach hinten von dem umgefallenen Stuhl weg und versuchte, sich herumzurollen. Der Angreifer brauchte nur die Waffe zu senken, um Edgar abzuknallen wie einen Hund.

»Rache für Herschel Solomon!«, kreischte der Maskierte. Er drückte wieder ab … und nochmals … die Schüsse donnerten durch das Büro … Pulverdampf wallte auf, nach Schwarzpulver und Schwefel stinkend … Putz sprang von den Wänden. Er hatte die Waffe nicht gesenkt. Er schien vor Aufregung oder Wut wie blind zu sein. Edgar warf sich herum. Alle Schüsse hatten ihn verfehlt.

Doktor Wechlin kam auf die Beine. Sein Stuhl fiel hinter ihm polternd um. Er hatte ebenfalls eine Waffe gezückt und richtete sie auf den Maskierten. Er brüllte dabei unartikuliert auf.

Der Maskierte fuhr herum. Nun zielte er auf Wechlin. Otto hörte seinen Atem vor lauter Panik pfeifen.

Der zweite Maskierte stand neben Otto. Er holte mit einem Fuß aus, um Otto gegen den Kopf zu treten.

Wechlin zog den Abzug durch. Nichts passierte. Er hatte den Hahn nicht gespannt. Der Maskierte zuckte zusammen und drückte seinerseits ab.

Der zweite Maskierte wirbelte herum, statt Otto zu treten. Otto hörte sein »Nein!!« gleichzeitig mit dem vierten Schuss aus der Waffe des ersten Maskierten, hörte den Schrei im Dröhnen der Explosion untergehen.

Wechlins Kopf wurde nach hinten gerissen. Hinter ihm an der weiß getünchten Wand war auf einmal ein riesiger, sternförmiger, klumpig roter Fleck.

Edgar sprang auf, seinen Revolver bereits in der Hand. Er schoss. Einmal, zweimal, dreimal, schnell hintereinander, den Rückstoß abfedernd. Er schoss auf den maskierten Angreifer.

Hinter seinem Schreibtisch sackte Wechlin in sich zusammen wie eine Marionette, der jemand die Schnüre durchtrennt hat. Der zweite Angreifer starrte fassungslos auf die Szene. Otto konnte seine ungläubig aufgerissenen Augen über der Maske sehen.

Mit Edgars erstem Schuss wurde der erste Maskierte nach hinten gestoßen. Mit dem zweiten Schuss krümmte er sich zusammen. Mit dem dritten flog sein Kopf herum wie unter einem Schlag. Er stolperte noch einen Schritt zur Seite und brach dann zusammen. Die Tasche, die er getragen hatte, entleerte eine Flut von Blättern auf den Boden.

Von der Maske des zweiten Angreifers tropfte das Blut seines Komplizen. Otto sah jetzt, dass auch er eine Waffe trug. Er riss sie hoch und warf sich zugleich zur Seite.

Edgars vierter Schuss fetzte Splitter aus dem Türrahmen. Der Angreifer schoss, traf aber ebenfalls nicht. Erneut stoben Putzbrocken davon.

Edgar, der sich geduckt hatte, richtete sich wieder auf. Er hatte die Waffe zuvor nicht gesenkt und zielte erneut.

Der überlebende Angreifer war einen Sekundenbruchteil schneller. Eine Feuerlanze stach aus dem Lauf seines Revolvers. Edgar wurde nach links herumgerissen. Sein Schuss ging in die Zimmerdecke. Er prallte mit dem Rücken gegen die Wand. Erneut zielte er und feuerte in rascher Folge die letzten beiden Kugeln aus der Trommel seines Revolvers. Putz und Holzsplitter flogen herum. Otto wusste nicht, ob er getroffen hatte. Aber dort, wo der erste Angreifer gestanden hatte, war niemand mehr. Otto hörte die Tür des Sekretätinnenbüros zuknallen, bildete sich ein, die schnellen Schritte eines Flüchtenden auf dem Gang zu hören, hörte, ohne es sich einzubilden, erschrockenes Geschrei und Gekreisch von draußen.

Er stierte den toten Maskierten an, der auf der Seite lag und mit dem Blut aus seiner Kopfwunde seine Blätter tränkte. Der Raum stank nach Pulverdampf und Schlachthaus.

Edgar rutschte langsam an der Wand herab. Sein Jackett und seine Weste bauschten sich um seine Achseln, seine Kunsthand zuckte krampfhaft. Er ließ die Hand mit der Waffe sinken. An seiner linken Schulter färbte sich der Stoff seiner Jacke dunkel.

»Immer de linke Seite, wat'n Scheiß«, ächzte Edgar, und dann: »Biste in Ordnung, Otto?«

Otto wollte etwas antworten. Stattdessen drehte er sich um und übergab sich.

7

Der Berliner Amüsierbetrieb hatte sich noch vor fünfzig Jahren an zwei Stellen konzentriert: in der Königsvorstadt nordöstlich des Stadtzentrums und in der Dorotheenstadt in den Gassen zwischen dem Oranienburger und dem Hamburger Tor. Der Bau der Eisenbahn hatte wie so vieles auch die Topographie der käuflichen Liebe verändert. Mit der Eröffnung des neu gebauten Centralbahnhofs Friedrichstraße 1882 hatte sich das Rotlichtviertel der Dorotheenstadt nach Süden ausgebreitet, hatte die Spree überschritten und sich in der Nähe des Bahnhofs angesiedelt.

Das preußische Strafgesetz von 1871 verbot zwar Bordelle und gewerbsmäßige Unzucht, aber ein wenige Jahre später verabschiedeter Zusatz stellte nur dann eine Strafe in Aussicht, wenn eine Frau sich außerhalb der polizeilichen Aufsicht verkaufte. Natürlich hatte dies zur Bildung eines Generalverdachts geführt, nämlich dass jede Frau, die sich auf öffentlichen Straßen undamenhaft benahm, möglicherweise eine außerhalb der polizeilichen Kontrolle liegende Gewerbsunzucht betrieb. Wer sich als Frau in der Nacht auf der Straße blicken ließ, galt per se als Hure. Eine Frau, die mit hocherhobenem Kopf und frank und frei um sich blickend dahinschritt, statt gesenkten Kopfs geradeaus zu gehen, machte sich auch am helllichten Tag verdächtig. Ging eine Frau zu schnell, hatte sie ein schlechtes Gewissen. Ging sie zu langsam, lud sie damit indirekt Männer ein, sich ihr zu nähern. Sittengesetze führen immer dazu, dass diejenigen, die am stärksten von Unsittlichkeit bedroht sind, deren erste Opfer werden.

Was die Frauen in den Amüsierbetrieben zwischen dem Bahnhof und der Weidendammer Brücke betraf, gab es keinen Zweifel, dass sie ihren Lebensunterhalt mit der Unzucht verdienten. Einige dieser Häuser besaßen ein geheimes Innenleben, meistens im Hinterhof gelegen oder im rückwärtigen Teil eines oberen Stockwerks. Im »offiziellen« Teil des Gebäudes gingen polizeilich gemeldete und ärztlich überwachte Liebesdienerinnen ihrem Gewerbe nach. Im geheimen Bereich gab es keine polizeiliche Aufsicht. Es gab auch keine moralischen Schranken. Das Angebot richtete sich nach den Wünschen der Kunden und deren finanzieller Spannkraft sowie – aufseiten des Betreibers – nach dessen Risikobereitschaft, Fantasie und Gewissenlosigkeit. Um in den Geheimbereich zu gelangen, musste man einen Fürsprecher haben, der einen dem Bordellbetreiber vorstellte; der Fürsprecher wiederum musste jemand sein, dem der Betreiber vertraute, weil er mit ihm geschäftlich verbunden war, weil er einen Partner im Verbrechen darstellte oder weil er mächtig genug war, den Betreiber einzuschüchtern. Hatte man einen solchen Fürsprecher gefunden und war einmal vorgestellt worden, musste man dafür sorgen, dass man dem Bordellbetreiber auch in guter Erinnerung blieb, damit er einen das nächste Mal, wenn man allein anklopfte, wieder einließ. Es half, wenn man eine bekannte Figur des wirtschaftlichen oder politischen Lebens war, deren Wohlwollen – oder Erpressbarkeit – einem Bordellbesitzer einmal von Nutzen sein konnte. Ansonsten half es, wenn man beim ersten Besuch nicht nur die sexuelle Dienstleistung, nach der es einen verlangte, fürstlich honorierte, sondern auch die Gastfreundschaft des Bordellwirts und die Zuneigung des Türstehers, der meistens so gebaut war, dass er einen Dragoner samt seinem Pferd einhändig hätte ersäufen können.

Im »Schmetterling« an der Stallstraße existierte ein solcher geheimer Bereich. Der Bordellwirt und seine Mitarbeiterinnen und Mitarbeiter kannten den Mann, der dort an einem neblignasskalten Samstagabend Mitte Januar vorsprach, gut. Er war ordentlich eingeführt worden von einem Mann, den der Bordellbetreiber zugleich achtete und fürchtete. Er kam nicht übermäßig oft, aber er kam immer wieder, und verglichen mit dem, was manche Stammkunden an Leistung bestellten, war er geradezu harmlos und leicht zufriedenzustellen. Was jedoch nicht für den Besucher, sondern gegen die anderen Kunden sprach.

Die Mädchen, die mit dem Mann zu tun hatten, kannten ihn unter dem Namen »Direktor«, weil er sich von ihnen so anreden ließ. Der Bordellwirt kannte ihn unter seinem richtigen Namen, was der Mann jedoch nicht wusste und der Bordellwirt als sein kleines Geheimnis sorgfältig hütete. Der Direktor bezahlte den Eintritt und das vorab vereinbarte Honorar und wurde in einen Raum geführt, in dem teure Zigarren und eine frisch geöffnete Flasche

Champagner auf ihn warteten. In dem Preis, den der Direktor für den Abend bezahlte, waren diese Beträge unwichtige Nebenposten.

Der Direktor legte Mantel, Hut und Jacke ab, zog die Stiefel aus und machte sich dann daran, Weste, Hemd, Unterhemd, Hosen und Unterhosen auszuziehen. Die Socken behielt er an. Der Raum war mit einem fast rot glühenden Kanonenofen mehr als ausreichend beheizt, so dass der Direktor nicht fror. Er liebte es, bereits nackt zu sein, wenn seine Auserwählte hereinkam. Sie würde erschrecken, sich verlegen winden und zu Boden schauen. Selbstverständlich wusste der Direktor, dass das Erschrecken und die Verlegenheit nur gespielt waren. Aber es reichte, wenn der Anschein erweckt wurde; und wenn seine Gefährtin für diese Nacht erfolgreich so tat, als würde die Neugier ihre Scham nach und nach überwinden und sie ihn endlich anzusehen wagen und schließlich seinen Wünschen nachkommen.

Der Raum war so hell, wie er warm war. Elektrisches Licht brannte in allen Ecken des Zimmers und an der Decke. Wer es sich leisten konnte, musste eine gut gefüllte Kasse besitzen. Es war zwar nur unwesentlich stärker als eine Öllampe mit einem gut geschliffenen Glaskörper, aber es war flackerfrei, musste nicht nachgefüllt werden und rußte nicht. Viele der anderen Zimmer waren nur spärlich erleuchtet – intimes Licht für intime Verrichtungen. Dass es hier hell war, störte den Direktor nicht. Im Gegenteil. Für ihn war das Sehen das halbe Vergnügen.

Er setzte sich in seinem Sessel bequem zurecht.

8

Selbst der Mann mit der Kamera war fassungslos, und er musste schon einiges gesehen haben. »Was macht der Kerl da eigentlich?«, fragte er. »Hat er ihr wirklich grade gesagt, sie soll nicht …?«

»Quatschen Sie nicht, fotografieren sie«, sagte Oscar Glock. Er klang müde. »Wenn ich 'ne Unterhaltung führen will, hole ich mir einen Papagei.«

Der Fotograf murmelte etwas Unfreundliches und verschwand wieder unter dem schwarzen Tuch. Glock sah dem Treiben im Nachbarraum leidenschaftslos zu. Er war nicht zum ersten Mal hier und blickte durch den einseitig geschliffenen kleinen Spiegel, der den Nutzern des Raums nie auffiel und der so angebracht war, dass man den Teil des Zimmers überblicken konnte, auf den es ankam: das Bett und die Sessel, die um das Bett herumstanden. Er hatte auch nicht zum ersten Mal einen Fotografen dabei, und er beobachtete auch nicht zum ersten Mal den Direktor. Wenn es eine Premiere war, dann dergestalt, dass er bisher noch nie einen Fotografen angeheuert hatte, wenn der Direktor im Nebenraum zugange war. Aber wie sich die Dinge neuerdings entwickelt hatten, schien es geraten, sich der Kooperation des Direktors zweifelsfrei zu versichern. Bislang waren sie Partner aus politischer und gesellschaftlicher Überzeugung gewesen. Nachdem er dem Direktor die heute entstehenden Bilder gezeigt haben würde, würde ihre Zusammenarbeit auf eine neue Ebene gehoben werden: von der Kooperation zum Ausgeliefertsein. Die Mädchen im geheimen Bereich des »Schmetterling« wussten alle um den Spiegel und sorgten dafür, dass ihre Besucher klar und scharf abgelichtet werden konnten. Der Direktor würde wissen, dass er Glock mit Haut und Haar gehörte, sobald er die Bilder sah, weil sie ihn gesellschaftlich vernichten würden und seine Familie mit ihm. Das war es, was Ausgeliefertsein bedeutete: vollkommene Wehrlosigkeit gegenüber allen Forderungen dessen, dem man ausgeliefert war. Oscar Glock hatte mehrere Geschäftspartner, die ihm auf diese Weise ausgeliefert waren. Von Ausnahmen abgesehen, hatten sie sich alle freiwillig in seine Hände begeben, indem sie seiner freundlichen Einladung in den geheimen Bereich des »Schmetterlings« lüstern gefolgt waren. Wenn man Wölfe und Bären fangen wollte, musste man die Fallen vergraben und dafür sorgen, dass sie sie nicht bemerkten. Wollte man Schafsköpfe fangen, musste man ihnen die Fallen vor die Nase halten und mit Honig einstreichen, dann tappten sie unfehlbar hinein.

Wie gesagt, es war nicht das erste Mal, dass Oscar Glock hier saß, ein Bier trank und dabei zuschaute, wie ein Mann den Impulsen seiner perversen Libido ins Verderben folgte. Manches von dem, was er gesehen hatte, hatte ihn selbst erregt. In ganz wenigen Fällen hatte er es später selbst mit einer der Frauen ausprobiert. Meistens hatte es ihn abgestoßen, und ab und zu hatte nur das Wissen, dass die Dirnen aus dem niedersten Proletariat oder aus dem volksfremden Ausland stammten, ihn davon abgehalten, einzugreifen und ihnen gegen ihren Besucher beizustehen. Die Männer jenseits des Spiegels gehörten allesamt zu der Sorte, die tagsüber Moral predigte und sich nachts im eigenen Dreck suhlte. Sie hielten sich für die Herren Deutschlands. Für Glock waren sie nur Werkzeuge, die man entsorgen würde, wenn sie mitgeholfen hatten, dass die wahren Herren zu ihrem Recht kamen. Bis dahin würde man sie benutzen. Und sie würden mitspielen. Sie konnten nicht anders.

Der Direktor unterschied sich von den anderen insofern, als seine Sucht Oscar Glock weder abstieß noch erregte. Stattdessen langweilte sie ihn zu Tode. Dem Fotografen schien es nicht anders zu gehen. Er gähnte unter seinem Tuch.

»Schlafen Sie nicht ein, fotografieren Sie«, sagte Glock grob.

»Gott, ist der Kerl da drüben ein Arschloch«, murmelte der Fotograf. »So was hab ich noch nie gesehen.«

»Ich hab Ihre Handwerkskunst gemietet, nicht Ihre Meinung«, knurrte Glock.

Er blickte genervt durch den Spiegel. Nichts, was er dort sah, erhöhte seine Körpertemperatur auch nur um ein hundertstel Grad. Glock stand nicht auf Minderjährige.

Er wusste, was jenseits des Spiegels ablief, auch ohne hinzusehen. Er hatte dem Direktor beim ersten Mal, als er ihn im »Schmetterling« vorgestellt hatte, aus reiner Gewohnheit zugesehen. Beim zweiten Mal hatte er es getan, weil er sicher gewesen war, dass der Mann am Anfang nur scheu gewesen war und sich nicht all seinen Wünschen zu folgen getraut hatte. Nach dem dritten Mal war er überzeugt gewesen, dass der Direktor zu jener abstrusen, in Glocks Augen am verachtungswürdigsten Sorte von Männern zählte, die selbst in der Verfolgung ihrer Perversität noch von Moralvorstellungen gebremst wurden. Die sich selbst einredeten, sie seien ja nicht bis zum Äußersten gegangen und deshalb wären sie auch nicht so schlimm wie ihre Schicksalsgenossen, die sich ihrer Zügellosigkeit voll und ganz hingaben.

Der Direktor war sogar hier ein Sonderfall. Wenn er befriedigt war, bekam er trotz alledem einen Moralischen. Fassungslos hatte Glock aus seinem Versteck beobachtet, wie der Mann zweimal schluchzend zusammengebrochen war und das Mädchen um Verzeihung gebeten hatte. Wenn der Direktor nicht ausgerechnet jetzt so wichtig gewesen wäre, hätte Glock seiner tiefen Verachtung nachgegeben und den Schwachkopf eigenhändig …

»Das Licht reicht nicht«, brummte der Fotograf. »Die meisten Aufnahmen werden verwackelt sein. Der Kerl wichst wie verrückt.«

»Sie brauchen mir nicht zu beschreiben, was ich selber sehe. Sorgen Sie dafür, dass wenigstens ein paar Aufnahmen scharf sind. Man muss sein Gesicht sehen, seine Genitalien und von dem Mädchen so viel, dass jeder Betrachter weiß, die ist garantiert keine achtzehn.«

Der Fotograf brummte wieder. Glock war es egal. Er hatte den Fotografen auch in der Hand. Er hatte in seinem Studio Männer und Frauen für Fotografien posieren lassen, die unter der Hand reißenden Absatz fanden. Die Fotografien waren Akte, die in ihrer Eindeutigkeit nichts zu wünschen übrigließen. Wenn die Öffentlichkeit erfuhr, dass er solche Fotografien angefertigt hatte, würde kein anständiger Mensch mehr zu ihm ins Studio kommen. Er wäre innerhalb eines Vierteljahrs pleite – von einem Gerichtsverfahren wegen anstößiger Berufsausübung abgesehen. Es war so einfach, wenn man ein großes Ziel vor Augen hatte, in der Wahl seiner Mittel nicht zimperlich war und Augen und Ohren offen hielt. Es fand sich immer eine schwache Seele, die nicht einmal ahnte, dass sie das Werkzeug bei der Erreichung eines hehren Ziels war, und die sich ausnutzen ließ, eben weil sie schwach war.

»Ich hab nur noch drei Glasplatten«, merkte der Fotograf an.

»Verschießen Sie sie. Dann verschwinden Sie und bringen mir morgen die Abzüge.«

»Und wenn der Kerl bis dahin nicht …?«

Glock zuckte mit den Achseln. Was der Fotograf bis jetzt aufgenommen haben musste, reichte, um den Direktor zehn Leben lang in die Hand Glocks zu geben. Ob man darauf auch noch erkennen konnte, dass der Direktor bis zum Höhepunkt gekommen war, war völlig nebensächlich. Er wartete, bis die letzten drei Aufnahmen gemacht waren, dann packte der Fotograf zusammen, und Glock und er verschwanden durch einen Hinterausgang aus dem »Schmetterling«. Auf vage Weise war Glock erleichtert, dass er den Rest nicht mehr hatte mit ansehen müssen. Nach dreimaligem Zuschauen hatte er das Gefühl, den Rhythmus des Direktors auswendig zu kennen.

Er würde das Mädchen nicht anrühren. Er würde auch ihr verbieten, ihn anzurühren. Das war die Ausrede des Direktors dafür, dass er eigentlich nichts Verwerfliches tat, denn ein wirklich übler Mensch hätte sich an dem Mädchen vergangen, statt sie nur anzuschauen. Er aber, der Direktor, war ein Mann, der gewisse moralische Schranken einhielt. Er war kein übler Mensch.

Wahrscheinlich würde er trotzdem weinen, wenn die sexuelle Spannung vorüber war. Rotz und Wasser. Das Mädchen um Verzeihung bitten, dem man gesagt hatte, dass auch das irgendwie zu ihrem Auftritt gehörte, und die gnädig, huldvoll vergeben würde.

Der Direktor würde sich beruhigen und ihr mitteilen, dass sie ihm eigentlich dankbar sein konnte, denn ein schlechterer Mensch als er hätte sie … und er war kein schlechter Mensch, er hatte sie verschont, wenn man so wollte; er hatte ihr letzten Endes sogar etwas Gutes getan, denn in der Zeit, in der sie bei ihm gewesen war, hatte sie sich keinem der schlechten Kerle hingeben müssen, die sich im geheimen Bereich des »Schmetterling« herumtrieben.

Sie würde ihm artig danken und draußen vor der Kammertür ausspucken. Was Glock jetzt auch tat, und mit wahrlich schalem Geschmack im Mund.

Mit welchen widerwärtigen Existenzen man sich abgeben musste, wenn man versuchte, dort weiterzumachen, wo die großen Lenker Deutschlands vor zwanzig Jahren aus unerfindlichen Gründen haltgemacht hatten! Nur gut, dass einem Mann wie Glock diese Aufgabe zugefallen war. Er konnte damit umgehen.

9

In Luzern arbeitete die Schweizer Justiz mit geradezu preußischer Effizienz an der Causa Wechlin. Letztlich war klar, wer den Anschlag auf den Beamten verübt hatte und aus welchem Grund, aber Untersuchungen wurden dennoch angestellt. Man wollte in einem solchen Fall vor allem die Gründlichkeit der Strafverfolgungsbehörden in aller Öffentlichkeit beweisen.

Die Aussage von Doktor Wechlins Sekretärin wurde zu Protokoll genommen. Sie gab an, dass ihr Vorgesetzter in den Tagen vor dem Anschlag nervös und reizbar gewesen sei. Den Grund dafür hatte er ihr nicht genannt. Am Tag des Anschlags hatte er sie angewiesen, zwei Besucher, die sich zumindest bei ihr nicht vorangemeldet hatten, in einen Nebenraum zu führen, in dem Schreibmaterial aufbewahrt wurde. Sie hatte sich gewundert, war aber der Anweisung nachgekommen – wie sie stockend zugab, mit gewisser Verärgerung, weil sie sich in ihrer Funktion als Doktor Wechlins Sekretärin nicht gewürdigt gefühlt hatte durch dieses Vorgehen. Die nächste Anweisung Wechlins hatte sie noch mehr verärgert: die beiden angemeldeten und von Doktor Wechlin brieflich eingeladenen Besucher aus Berlin hereinzuführen und dann ihr Büro für eine Stunde zu verlassen, um ein spätes Frühstück oder vorgezogenes Mittagsmahl einzunehmen. So etwas war unerhört – die Sekretärin aus ihrem Zimmer zu weisen, während der Chef Besucher hatte. Wer sollte den Besuchern Kaffee und Tee anbieten oder Gebäck? Wer sollte einen möglichen Folgetermin im Kalender des Chefs lokalisieren? Wer sollte ein Diktat aufnehmen, falls dies im Lauf des Gesprächs nötig wurde? Wer sollte den Chef demonstrativ daran erinnern, dass ein neuer Termin anstand – egal, ob das der Fall war oder nicht –, wenn der Besuch über die ihm zugestandene Zeit hinaus blieb und sich durch höfliche Andeutungen nicht abwimmeln ließ? Doktor Wechlins Sekretärin hatte schon unter dessen Vorgänger Doktor Heubli im Vorzimmer gesessen und davor bei anderen ehrenwerten Beamten in der Kantonsregierung, aber so ein Verhalten, erklärte die Frau – der Protokollbeamte merkte ebenso mitfühlend wie orthographisch fragwürdig an: unter hertzzerreisendem Schluchtzen! – war ihr in all den Jahren noch nie untergekommen. *Nie.*

Die Polizei schloss daraus, dass Doktor Wechlin die Herkunft der beiden unangemeldeten Besucher klar gewesen sein müsse und er in der aufgeheizten Stimmung, die derzeit speziell im Kanton Luzern herrschte, nicht einen Eklat hervorrufen wollte, indem er die Männer einfach des Gebäudes verwies. Er hatte sie wegen des bevorstehenden Gesprächstermins mit den beiden Preußen im Schreibmateriallager untergebracht, wo sie warten sollten. Normalerweise hätten sie im Zimmer der Sekretärin warten dürfen, aber wahrscheinlich wollte der Doktor seine Sekretärin nicht mit der Anwesenheit dieser Menschen belasten. Und wahrscheinlich hatte er sie weggeschickt, weil er fürchtete, dass das Gespräch, das er nach dem Termin mit den Preußen mit den beiden unangemeldeten Besuchern würde führen müssen, unangenehm war und er seine Mitarbeiterin auch davor schützen wollte. Was die Sekretärin als unnötige Grobheit aufgefasst hatte, war in Wirklichkeit Doktor Wechlins Umsicht und Rücksicht ihr gegenüber gewesen. Die Sekretärin quittierte diese Stellungnahme mit noch »hertzzereisenderem und trostlohsem Schluchtzen der Trauer um ihren heldenhafften Vohrgesezten«.

Als Nächstes wurden die Aussagen der beiden Besucher aus Deutschland zu Protokoll genommen, von denen der eine im Hospital lag mit einer üblen Fleischwunde in der linken Schulter und einem zerschmetterten Schulterblatt. Ihn würde in einem gesonderten Verfahren eine Strafe ereilen wegen unerlaubten Waffenbesitzes und Mitführens einer Schusswaffe in die Räumlichkeiten der Luzerner Kantonsregierung. Dass er die Waffe in Notwehr eingesetzt hatte – man war bereit, ihm das zuzubilligen –, um das Leben von Doktor Wechlin zu schützen, würde strafmindernd berücksichtigt werden, sein zwielichtiger Beruf als privater Ermittler in Berlin aber eher wieder zu seinem Nachteil gereichen. Jedenfalls deckten sich die Aussagen der beiden Preußen mit dem Befund am Tatort. Dieser konnte auch die Möglichkeit ausschließen, dass Doktor Wechlin durch eine Kugel aus dem Revolver des Herrn Edgar August Trönicke, Beruf: Detektiv, Wohnort: Berlin, zu Tode gekommen war. Herr Trönicke hatte völlig überflüssigerweise darauf hingewiesen, dass man die Kugeln aus der Leiche des erschossenen Attentäters holen und mit der Kugel vergleichen solle, die hinter Doktor Wechlins Schreibtisch inmitten eines riesigen Blut- und Gewebeflecks in der Wand steckte. Die Luzerner Polizei hatte daran selbstverständlich gedacht gehabt und holte – eine zufällige zeitliche Koinzidenz – *nach* dieser Anrede die Kugeln aus ihren jeweiligen Örtlichkeiten hervor und verglich sie.

Die Kaliber der Kugeln aus der Leiche passten zu Herrn Trönickes Revolver. Diejenigen aus der Wand hinter Doktor Wechlin und aus der Wand hinter dem Stuhl, in dem Herr Trönicke gesessen hatte, passten zur Waffe des toten Attentäters. Befragt nach dem Grund ihres Besuchs, gaben die beiden Herren aus Berlin – Edgar August Trönicke und Otto Paul Alvin Ludwig von Briest, Beruf: Student, Wohnort: Gut Briest bei Genthin, Jerichower Land – zu Protokoll, es habe sich um ein Gespräch wegen des Zugunglücks von Münchenstein im Vorjahr gehandelt; eine tragische Katastrophe, deren Untersuchung jedoch bereits abgeschlossen war und deren Untersuchungsbericht durch das Attentat auf Doktor Wechlin noch im Nachhinein bestätigt wurde. Offensichtlich – dies wurde jedoch nicht offen ausgesprochen, sondern nur als Nachsatz im Protokoll vermerkt – konnte es sich bei Herrn Trönicke nicht um einen fähigen Vertreter seines Berufsstands handeln, wenn seine Agentur sich immer noch mit einem zu den Akten gelegten Fall befasste. Auch wenn man berücksichtigte, dass sein Auftraggeber, die Familie von Briest, als Erben von zwei der beim Zugunglück zu Tode gekommenen Passagiere ihn aus Pietätsgründen dazu ermächtigt hatte. Trauer um verunfallte Familienangehörige war das eine, professionelle Nüchternheit etwas anderes.

Die Hauptaussage stammte vom toten Attentäter, auch wenn er nicht mehr selbst sprechen konnte. Die Flugblätter, die er mitgeführt hatte, sprachen für ihn. Offenbar hatte er sie nach dem Anschlag auf Doktor Wechlin in dessen Büro und auf den Gängen des Regierungsgebäudes verteilen wollen. Die Flugblätter enthielten eine Hetzschrift, die als Rechtfertigung für den Hauptbeschuldigten am Münchensteiner Zugunglück, den Bauunternehmer Herschel Solomon, getarnt war. Darin wurde zwar zugegeben, dass schlampige Arbeit seitens des Bauunternehmers die Unglücksursache gewesen sein könnte, aber zugleich aufgebracht beklagt, dass in der Bahngesellschaft und der Kantonsregierung weitgehend Korruption herrschte und das Wirtschaften in die eigene Tasche zu Lasten bestimmter Bevölkerungsgruppen und Glaubensgemeinschaften im Bund den Alltag beherrsche. Typisch. Man kannte diese »bestimmten Bevölkerungsgruppen und Glaubensgemeinschaften«, zu deren angeblichen *Lasten* Gesetzeswidrigkeiten begangen wurden, schon. Eine Unverschämtheit wie diese Hetzschrift, gepaart mit der Abscheulichkeit des Verbrechens, würde nicht zur Beliebtheit dieser »Glaubensgemeinschaft« unter den guten Schweizer Bürgern führen. Es war geraten, genau zu überlegen, ob man den Inhalt dieses Schreibens überhaupt an die Presse geben sollte, um nicht noch das Überkochen der Volksseele zu riskieren. Aber diese Überlegung konnte man getrost den verantwortungsvoll und professionell denkenden Führungskreisen in der Kantonsregierung und der Justiz überlassen.

10

Schlau«, sagte Edgar grimmig und schlug mit der Rechten auf die Zeitung, die vor ihm auf seinem Krankenbett lag. Seine linke Schulter war dick bandagiert, seine Prothese abgenommen. Er wirkte dadurch kleiner, verletzlicher. Älter.

»Wieso schlau?«, fragte Otto, der gekommen war, um Edgar darüber zu unterrichten, dass die polizeilichen Untersuchungen abgeschlossen waren, und der außerdem zwei schlechte Nachrichten dabeihatte. Die eine war, dass man erwartete, er, Otto, würde demnächst abreisen. Edgar würde wegen des unerlaubten Waffenbesitzes ein gesondertes Verfahren erwarten, weswegen er die Schweiz nicht verlassen durfte. Otto hatte deswegen bereits nach Hause telegrafiert, und Moritz hatte geantwortet, dass er die alten Verbindungen der Familie Briest in die preußische Regierung nutzen würde, um Edgar zu unterstützen. Selbstverständlich würde die Familie weiterhin für alle Auslagen Edgars aufkommen, auch die Krankenhauskosten. Er hatte Edgar mit düsterer Miene bei der Lektüre des *Vaterlands* vorgefunden, einer der beiden in Luzern erscheinenden Zeitungen.

»Wenn sie das Flugblatt veröffentlicht hätten«, sagte Edgar, »hätte es wahrscheinlich einen Pogrom gegeben – und zugleich wäre die ganze Geschichte um Herschel Solomon noch mal hochgekocht. Demnächst wird zwar sowieso rauskommen, dass es ihn nie gegeben hat, aber das wird dann egal sein, weil der Schaden, nämlich die Verfestigung des Judenhasses, dann schon geschehen ist. Also drucken sie stattdessen eine Stellungnahme eines Regierungsrats namens Josef Zemp zu der ganzen Angelegenheit, in der dieser über den Anschlag auf Wechlin schreibt, ohne Solomons Namen jemals zu erwähnen, aber dennoch klarstellt, dass das Attentat seiner Meinung nach eine Art Racheakt für den Untersuchungsbericht zu Münchenstein war. Er schreibt kein einziges Mal das Wort ›Jude‹, aber es ist klar ersichtlich, wen er damit meint.«

»Was geht hier vor, Edgar?«

»Ich glaube, wir erleben hier, wie die Eidgenossen langsam aufgehetzt werden gegen die Juden in ihrem Land … ganz subtil, zwischen den Zeilen, ohne dass man später auf irgendjemand mit dem Finger würde deuten können. Gesteuert entweder von der Regierung selbst oder von einflussreichen Kreisen in der Regierung oder von Gruppierungen, die auf die Regierung genügend Einfluss ausüben können, weil ihre Mitglieder an wichtigen Stellen sitzen.«

»Und das alles hängt sich auf am Unglück von Münchenstein!?«

»Man benutzt das Unglück zumindest für die Propaganda.«

»Oder hat es genau deshalb herbeigeführt«, sagte Otto impulsiv und verstand erst, als er es gesagt hatte, was diese Aussage bedeuten würde. Ihm wurde kalt. »Edgar …«

»Ja, ich weiß. Ich habe ursprünglich Versicherungsbetrug angenommen, falls es sich um eine Sabotage handeln sollte. Nun deutet sich an, dass viel mehr dahintersteckt – wenn es wirklich eine Sabotage war und die interessierten Kreise hier in der Schweiz nicht nur ein tragisches Unglück für ihre Zwecke nutzen.«

»Aber wieso ausgerechnet in der Schweiz?«, fragte Otto mit Nachdruck.

»Keine Ahnung. Ich habe mich in der Vergangenheit mit der Schweiz nie wirklich befasst – wozu auch, meine Fälle waren ja alle in Deutschland. Ich weiß, dass man hier erst vor dreißig Jahren die Bundesverfassung geändert hat und dass die Juden damit mehr Rechte als bisher bekamen, aber das weiß ich auch nur, weil ich vor unserer Abreise ein bisschen recherchiert habe. Von meinen Kontaktleuten im Schweizer Verein in Berlin habe ich gehört, dass Teile der Bevölkerung antijüdisch eingestellt sein sollen. Kannst du dich erinnern, dass auf der Rückseite des Zeitungsartikels, den mir Wechlin zugeschickt hat, in einem anderen Beitrag eine Forderung für ein gesetzliches Schächtverbot stand? Es gibt also schon eine aufgeheizte Stimmung, die man durch Propaganda verstärken könnte. Aber trotzdem …«

»Was?«

»Ich weiß nicht. Irgendwie ist mir, als wären wir mit unseren Vermutungen schon auf dem richtigen Weg, übersähen aber ein Teilstück des Mosaiks.«

»Was sagt dir das?«

»Mein Bauch, die Schmerzen in meiner Schulter, und außerdem hab ich's im Wasser«, knurrte Edgar verdrossen.

»Und was wäre dann Wechlin gewesen?«

»Denk daran, was er in Berlin im Hotel abgezogen hat wegen des jüdischen Zimmermädchens. Ich würde sagen, er war einer der Haupt-Antisemiten in dieser Geschichte. Womöglich geht die Erfindung von Herschel Solomon auch auf sein Konto.«

»Dann könnten die Attentäter das gewusst haben, und der Anschlag war ein Racheakt …«

»Hast du rausgefunden, was ich dich gebeten habe zu ermitteln hinsichtlich des toten Attentäters?«

»Ob man bei der Obduktion und bei der Entfernung der Revolverkugeln darauf geachtet hat, dass er … ob er überhaupt Jude war oder nicht …?«

»Ob er beschnitten war oder nicht, ja«, sagte Edgar mit leichter Ungeduld in der Stimme. »Mensch, Otto, jetzt aber keene falsche Zimperlichkeit, wa?«

Otto seufzte. Er war sich dämlich vorgekommen, als er sich bei den Luzerner Polizeibehörden deswegen zu dem Mediziner durchgefragt hatte, der die Obduktion vorgenommen hatte. Als er die Antwort auf seine Frage erhalten hatte, war er sich noch dämlicher vorgekommen – und absolut vorgeführt. »Das ist die zweite schlechte Nachricht, Edgar. Im Autopsiebericht steht nichts Spezielles darüber, ich durfte ihn lesen. Man hat sich anscheinend darauf beschränkt, deine Kugeln aus ihm herauszuholen. Und nachholen lässt sich diese Untersuchung auch nicht mehr, weil der Tote bereits in ein Krematorium geschafft und verbrannt wurde. Es gab angeblich eine Verwechslung. Die Leiche hat niemand reklamiert, daher sollte sie auf Kosten der Kantonsregierung in einem namenlosen Grab beigesetzt werden, aber stattdessen hat man sie aus Versehen anstelle von jemand anderem verbrannt.«

»Aus *Versehen*!«, wiederholte Edgar sarkastisch. »Schöne Scheiße. Wenn sich rausgestellt hätte, dass der Kerl in Wirklichkeit gar nicht beschnitten war, dann wäre klar gewesen, dass hier ein Riesenkomplott vorliegt. Aber so …«

»Und wie geht es jetzt weiter?«, fragte Otto nach einer Pause.

Edgar starrte ins Leere. Über die Miene des Detektivs huschten Gefühle wie Wolken über einen sturmzerrissenen Himmel. Otto war sicher, wenn Edgar seine Kunsthand angeschnallt hätte,

hätte sie gezuckt und geknarrt. »Weeß ick nich«, sagte Edgar schließlich.

»Aber …«

»Mit Wechlins Tod sind wir in einer Sackgasse gelandet. Die Untersuchungen des Unglücks sind offiziell abgeschlossen. Wechlin war der Einzige, den wir als irgendwie darin verstrickt ausfindig machen konnten. Aber er ist weg und wird nie wieder irgendjemandem etwas verraten können. Alle anderen Spekulationen sind ein Griff in den Nebel und führen uns nirgendwohin.« Edgar fuhr sich mit der rechten Hand über das Gesicht und rieb sich die Stirn. »Fahr nach Hause, Otto. Ich komm hier schon zurecht. Die Behörden werden mir höchstens 'ne Geldstrafe wegen des Waffenbesitzes aufbrummen und mir die Knarre wegnehmen – was mich mehr wurmt als die Strafe, weil es 'ne gute Waffe war und es schwierig sein wird, wieder an eine gleichartige zu kommen. Aber das soll nicht deine Sorge sein. Das Angebot deines Vaters, mir den Krankenhausaufenthalt und die Ärzte hier zu bezahlen, nehme ich dankend an. Mit dem, was ich mir hätte leisten können, wäre mir jetzt wahrscheinlich schon der restliche Arm bis zur Schulter rauf amputiert worden. Was mein Ermittlungshonorar angeht – das werde ich an deinen Vater zurücküberweisen. Ich hab nichts erreicht.«

»Du willst die Ermittlungen einstellen?«, fragte Otto schockiert.

»Nee, will ick nich. Ick muss. Det isn Unterschied.«

»Aber …«

Edgar lächelte säuerlich. »Wir sind am Ende, Otto. Niemand wird je herausfinden, was wirklich am Tod deiner Großeltern schuld war. Wir müssen uns damit abfinden, dass es vielleicht einfach nur eine verdammte Katastrophe war und Paul und Louise zur falschen Zeit am falschen Fleck waren. Fahr du nach Hause. Ich bleibe hier – die Luft in der Schweiz soll ja gesund sein, vielleicht hilft mir das beim Aussitzen meiner Rekonvaleszenz.

Die Behörden werden noch ein paar Wochen brauchen, bis sie sich dazu durchgerungen haben, was sie mir als Strafe aufbrummen. Dann komme ich auch wieder nach Berlin. Und bis dahin hast du schon dein Praktikum in einer Fabrik halb hinter dir und kommst hoffentlich zum Schluss, im Ingenieurberuf dein Heil zu suchen. Ich telegrafiere Hermine, dass sie das Honorar zurücküberweisen soll. Sag deinem Vater von mir, dass der Fall leider abgeschlossen ist. Nach meiner Rückkehr werde ich es ihm auch noch persönlich sagen.«

»Ich will weiter mit dir zusammenarbeiten, Edgar«, sagte Otto leise. »Ich will Detektiv werden.« Er war sich in Wahrheit selbst nicht so sicher. Der blutrote Stern auf der Wand in Wechlins Zimmer … die Art und Weise, wie der leblose Körper zusammengesackt war … das Dröhnen der Schüsse, der Gestank von Pulver und Blut … die hilflose Angst davor, getroffen zu werden … Edgar, den der Treffer in die Schulter herumwirbelte, und Ottos Überzeugung, dass der Detektiv tödlich getroffen sei …

Wollte er jemals etwas Ähnliches wieder erleben?

Würde er es erleben, wenn er als Ingenieur arbeitete und Maschinen herstellte?

»Schau dir das an, was die Welt dir sonst noch bietet«, sagte Edgar. »Wenn Hermine die eine ist, dann sag ihr das und werde mit ihr glücklich. Gründe deine eigene Familie.«

»Ich dachte, wir kehren im Triumph heim und haben das Rätsel um den Tod meiner Großeltern gelöst …«

»Ja«, sagte Edgar, und seine Stimme klang belegt. »Det wär knorke jewesen, wa?«

11

Ein paar Tage nach diesem Gespräch trat Rudolf Leitner in Oscar Glocks Büro. Er war aus Sicherheitsgründen nach dem misslungenen Anschlag aus Luzern abgereist und hatte eine halbe Woche in Zürich verbracht, bevor er sich wieder zurück nach Luzern begeben hatte. Dort hatte er festgestellt, dass er an den im Krankenhaus liegenden Detektiv nicht herankam. In dem Krankensaal, in dem er lag, gab es immer irgendwelche Zeugen. Am Ende war er in Abstimmung mit Oscar Glock wieder nach Berlin zurückgereist. Wenn Trönicke die Verletzung überlebte, würde er auch irgendwann wieder in Berlin eintreffen, und dann konnte man ihn vermutlich einfacher erledigen.

Sowohl Leitner als auch Glock war klar, dass ihre Beziehung nach dem misslungenen Anschlag in der Schwebe war. Würde sich der Fehlschlag als Desaster erweisen und weitere Ermittlungen nach sich ziehen, würde Leitner die Verantwortung dafür übernehmen, die Schuld mit einer erfundenen Geschichte auf sich nehmen und Oscar Glock aus der Schusslinie nehmen, auch wenn dies für ihn eine lebenslange Zuchthausstrafe oder den Galgen bedeutete. Es konnte aber ebenso gut sein, dass Wechlins ungeplanter Tod das lose Ende von Glocks Netzwerk in der Schweiz beseitigte und damit keinerlei Verbindung mehr zwischen dem Unglück von Münchenstein, diversen anderen Aktivitäten in der Schweiz und Glocks Unternehmen in Berlin festzustellen war. Dann hätte sich die Situation unverhofft sogar verbessert. Leitner wäre nicht der Sündenbock, sondern der unfreiwillige Held.

An diesem Nachmittag betrat Rudolf Leitner das Büro seines Chefs, um ihm zu sagen, dass Letzteres eingetreten war.

»Trönicke gibt auf?«, fragte Glock überrascht.

»Ja. Ich hab's von Hermine. Gerade eben, als ich mittags bei ihr in der Agentur war. Sie hat mir gesagt, Trönicke hätte ihr aus Luzern telegrafiert, den Briests das Honorar zurückzugeben. Und Otto von Briest hat ihr schon vor ein paar Tagen ganz resigniert geschrieben, dass der Fall nun gestorben sei.«

Glock nickte. »Wie ist die Lage in der Schweiz?«

»Der Tod Wechlins wegen eines angeblichen jüdischen Anschlags hat die Schweizer Bevölkerung noch mehr aufgehetzt, als es all unsere anderen Aktivitäten vermocht haben«, sagte Leitner vorsichtig. Mit unbewegtem Gesicht und scheinbar emotionslos wartete er ab, was Glock dazu sagen würde. Im Grunde war Leitners Aussage seine völlige Rehabilitation. Sein Plan hatte zwar nicht den erwarteten Erfolg gehabt – aber dafür einen ganz anderen, viel besseren.

Glock schien es ähnlich zu sehen, denn er murmelte: »Von Trönicke haben wir also nichts mehr zu befürchten. Alle Verbindungen in die Schweiz sind gekappt. Die Volksseele dort brodelt. Im Grunde stehen wir besser da als zuvor. Und um Wechlin ist es nicht schade.« Glock begann zu grinsen. »Wir hätten ihn schon viel früher wegräumen sollen. Schade, dass ich nicht daran gedacht habe.«

»Wenn Trönicke aufgibt, haben wir auch von Otto von Briest keine Probleme mehr zu erwarten«, erklärte Leitner. »Was die Ermittlungen betraf, hing er nur an Trönickes Rockzipfel.«

»Ich habe außerdem in die Wege geleitet, dass Otto von Briest über kurz oder lang auf unserer Seite sein wird. Dann kannst du dich freuen, Rudi – wenn er bei deiner Schwester bleibt, hast du einen Gesinnungsgenossen zum Schwager.«

Leitner sagte langsam: »Der Direktor …?« Er verzog verächtlich das Gesicht.

Glock nickte. »Gehört uns nun mit Haut und Haaren.«

»Warst du fotografieren?«

»Glaub mir, es hat keinen Spaß gemacht, der Heulsuse zuzusehen. Jedenfalls – demnächst werde ich dem Direktor den Auftrag erteilen, den jungen von Briest unter seine Fittiche zu nehmen.

Und dann wird deinem Freund nach und nach klarwerden, dass er an der Zukunft Deutschlands arbeitet, wenn er sich für uns entscheidet.«

»Er ist nicht mein Freund.«

»Vielleicht wird er's ja noch? Vielleicht werden alle Briests noch unsere Freunde?«

Leitner zuckte in einer unbehaglichen Geste mit den Schultern. »Ich mach dann in der Fabrik weiter.«

»Gut. Wir haben gesehen, dass unser Plan in der Schweiz funktioniert hat. Dann wird er hier auch funktionieren. Wir brauchen nur einen etwas größeren Rahmen. Darum kümmere ich mich. Und du kümmerst dich weiter um die Konstruktion. Wie ist der letzte Stand der Dinge?«

»Ein teilweises Stützgerüst aus Holz. Aber ich bin nicht überzeugt. Es muss einen besseren Werkstoff geben – einen leichteren. Ich glaube nämlich, dass wir ein Stützgerüst durch die gesamte Konstruktion brauchen werden.«

»Na gut. Noch eilt es ja nicht. Rudi – was die Schweiz angeht: Ich bin froh, dass das so ausgegangen ist.«

»Ich auch«, sagte Leitner.

Glock lächelte. »Es hätte mir schon leidgetan, dich am Galgen hängen zu sehen.«

Leitner nickte und ging hinaus. Auch diesmal war den beiden Männern etwas nur zu klar – nämlich, dass Glocks Worte keine Freundschaftsbekundung gewesen waren.

Sondern eine Drohung.

12

Levin nutzte den ersten sonnigen Februarsonntag zu einem Besuch des Mühlbergs in Derwitz. Er hatte seine Eltern so lange bestürmt, bis sie ihm die Erlaubnis erteilt hatten, allein mit dem

Zug dorthin zu fahren – und die Kosten für das Zugticket zu übernehmen.

Levins Hoffnung war, Otto Lilienthal dort wieder anzutreffen. Er hatte Pech. Zwar spazierten viele Müßiggänger und Familien durch den noch schwächlichen Sonnenschein, aber der fliegende Mann und seine Begleiter ließen sich nicht blicken. Levin fasste sich ein Herz und sprach einen der Droschkenkutscher an, der gerade eine Familie hierhergebracht hatte, ob er Lilienthal kenne und wisse, ob dieser heute noch zu erwarten sei.

»Nee, Chef, det weeß ick nu beim besten Willen nich«, sagte der Droschkenkutscher. »Ick kenn ihn, aber nich so jut, det er mir sagen würde, wat er sonntags so treibt.«

»Sie kennen ihn? Persönlich? Wissen Sie, wo er seine Werkstatt hat?«

Der Droschkenkutscher schüttelte den Kopf. »Hab ihn hier nur öfter hopsen sehen, det is allet.«

»Sie meinen, Sie haben ihn fliegen sehen.«

»Nee, ick hab ihn hopsen sehen. Fliejen is wat anderes. Det is fliejen.« Der Kutscher deutete in den Himmel zu ein paar Vögeln, die dort Kreise zogen.

»Eines Tages wird Herr Lilienthal da oben mitsegeln!«, sagte Levin überzeugt.

»Wenn er denn nur ma oben bleibt un nicht runterfällt«, bemerkte der Kutscher launig. »Wolln Se 'ne Fahrt, Chef?«

»Wohin?«

»Det weeß ick doch nich. Sie sind doch der Passagier.«

»Passagier wäre ich, wenn ich bei Ihnen mitfahren würde.«

»Det is wohl wahr«, sagte der Kutscher, tippte sich an die Mütze und wandte sich ab.

Levin trieb sich enttäuscht auf dem Gelände herum, hoffend, dass Lilienthal vielleicht doch noch auftauchte. Dabei wurde ein Schutzmann auf ihn aufmerksam und fragte mit einer gut dosierten Mischung auf Höflichkeit und Argwohn, was er hier treibe.

»Ich habe gehofft, Herrn Lilienthal anzutreffen.«

»Der war heute Vormittag hier und hat einen neuen Apparat ausprobiert.«

Levin starrte den Schutzmann an. »So ein Mist!«, sagte er dann.

»Na, na. Mäßigen Sie sich mal, junger Mann.«

»Entschuldigung. Ich wollte nicht respektlos sein. Aber …«

»Was?«

»Ich bin extra von Genthin hierhergekommen, um ihn zu treffen.«

»Das ist ein weiter Weg«, stimmte der Schutzmann zu. »Fünfzig Kilometer, wenn's reicht, oder?«

»Jedenfalls über eine Stunde mit dem Zug.«

»Hatten Sie denn eine Verabredung mit Herrn Lilienthal?«

»Nicht direkt«, sagte Levin, der sich plötzlich genierte, dass er wie ein kleiner Junge einem Einfall gefolgt und hierhergefahren war, ohne sich vorher zu erkundigen, ob der Flugapparatekonstrukteur überhaupt vor Ort wäre. Er beschloss, die Wahrheit zu beschönigen. »Mir wurde von einem gemeinsamen Bekannten gesagt, er sei heute hier, aber ich habe nicht daran gedacht, zu fragen, zu welcher Tageszeit.« Er fühlte sich unwohl dabei, einen Polizisten zu belügen, und war sicher, dass der Schutzmann seine Ausrede durchschauen würde, aber der Mann zuckte nur mit den Schultern.

»Was wollten Sie denn von Herrn Lilienthal? Seine Flugversuche beobachten? Wobei«, der Schutzmann beugte sich vertraulich vor, »mehr als Hopser sind das zurzeit nicht. Ich bin aber sicher, dass er sich noch verbessert.«

Levins Gesicht leuchtete auf. Sprach er hier mit jemandem, den Lilienthals Experimente ebenso begeisterten? »Vorhin hat ein Droschkenkutscher sehr abwertend von den ›Hopsern‹ gesprochen.«

»Was wissen die schon?«, brummte der Schutzmann. »Das hier ist mein Revier. Ich schau dem Mann schon seit letztem Jahr zu.

Die Hopser sind immer weiter geworden und die Flugapparate immer komplizierter. Wenn Sie mich fragen – das sieht schon fast aus wie ein Vogel im Flug. Wahrscheinlich hat er noch nicht die richtige Konstruktion gefunden. Und natürlich muss er noch was austüfteln, damit die Flügel schlagen. Ich meine, bei den Vögeln schlagen sie ja auch.«

»Ich bin da völlig Ihrer Ansicht!«, sagte Levin erfreut. »Ich wollte Herrn Lilienthal heute sogar fragen, ob ich irgendwie an seinen Konstruktionen mitarbeiten kann!«

»Glauben Sie, dass Sie sich da auskennen? Wie alt sind Sie denn, wenn ich fragen darf?«

»Ich werde dieses Jahr siebzehn. Meine Eltern wollen, dass ich ein Ingenieurstudium beginne wie mein großer Bruder. Aber ich weiß nicht …« Levin schwieg. Er fragte sich, wieso er diesem wildfremden Beamten sein Herz bezüglich seiner Zweifel über die Pläne seiner Eltern ausschütten wollte.

»Sind wohl mehr der praktische Typ, nicht der Student?«, meinte der Schutzmann. »Jeder sollte das machen, wofür sein Herz schlägt.«

Levin musterte den Polizisten. Er war nicht mehr der Jüngste, aber schlank und drahtig. Die Uniform saß ihm wie auf den Leib geschneidert, sein Gesicht war kantig, aber nicht unfreundlich, und seine Blicke forschend, aber nicht feindselig. Der Schutzmann hatte Levin angesprochen, aber er hatte sich auch von ihm in ein Gespräch verwickeln lassen, anstatt ihn einfach nur zu ermahnen. Er nahm Anteil. Er nahm den Beruf des Schutzmannes so, wie er gedacht war – als Helfer und Ansprechpartner für die Bevölkerung, nicht als deren Zuchtmeister. »So wie Sie?«, fragte er.

Der Schutzmann lächelte. »Wenn man auf sein Leben zurückblickt, sollte man das mit Stolz tun können. Und dazu gehört auch, dass man seinen Träumen folgt und nicht seinen Ängsten.«

»War es ihr Traum, Schutzmann zu sein?«

»Wie mein Vater«, sagte der Schutzmann stolz.

Levin schluckte und fühlte einen Stich der Wehmut, weil sein Traum absolut nichts mit dem Beruf seines Vaters zu tun hatte. Hieß das, dass sein Traum schlecht war? »Und wenn Ihr Vater nicht Schutzmann gewesen wäre?«, fragte er.

»Fragen Sie das, weil die Vorstellungen Ihres Vaters für Ihr Leben andere sind als die Ihren?«

Levin nickte.

»Mein Vater hat mir abgeraten, in seine Fußstapfen zu treten. Bei Kälte und bei Rejen läufste dir draußen die Haxen platt, Junge, hat er immer gesagt. Die normalen Leute übersehen dich, außer se brauchen wat von dir, ansonsten biste Luft. Die Schufte kuschen vor dir, und wenn de ihnen den Rücken kehrst, spucken se aus. Die Mütter drohen ihren Jören damit, det se dir holen, wenn se unartig sind. Un so wat willste werden, meen Junge?«

Levin sah den lächelnden Schutzmann mit offenem Mund an. »Was haben Sie darauf geantwortet?«

»Ich sagte: Na klar, Vadda – weil ick weeß, det ick den Menschen damit helfe, ooch wennse et mir nich danken und mir vielleicht ma scheel ankieken. Aba ick will det ja nich machen, damit et denen jefällt. Ick mach et, weil et mir jefällt.«

»Und was hat Ihr Vater dazu gesagt?«

»Was hat Ihr Vater denn dazu gesagt, dass Sie gar nicht auf Hochschule gehen wollen?«

Levin ließ den Kopf hängen. »Er weiß es noch gar nicht. Ich wusste es bis vor kurzem ja auch nicht.«

»Dann ist jetzt der richtige Zeitpunkt da, es ihm zu sagen, oder nicht?« Der Schutzmann tippte sich an den Tschako. »Wünsche noch einen schönen Tag, mein Herr.«

Levin blinzelte. Er fühlte sich, als hätte diese kurze Unterhaltung sein Innerstes nach außen gekehrt. Fünf Minuten mit einem wildfremden Menschen geplaudert, und auf einmal schien es, dass sein Lebensweg ihm klar und deutlich vor Augen stand! Wie konnte das sein? Lag es nur daran, dass er endlich ausgesprochen hatte, was ihn schon die ganze Zeit bedrückt hatte – dass er es sich damit endlich einmal selbst vor Augen geführt hatte?

»Warten Sie«, rief er atemlos. »Wissen Sie, wo ich Herrn Lilienthals Werkstatt finden kann?«

»Nein, aber fragen Sie am Bahnhof nach. Vielleicht weiß man es dort. Lilienthal kommt meistens mit der Bahn aus Berlin hier an, mit seinem zerlegten Gleiter im Gepäckwagen. Man müsste Ihnen sagen können, wo er einzusteigen pflegt.«

Nachdem er sich nochmals bedankt hatte, ging Levin auf dem Weg, den er vor nicht einmal einer Stunde gekommen war, wieder zurück zum Bahnhof von Groß Kreutz. Dort erfuhr er zum einen, dass Otto Lilienthal, wenn er mit der Bahn reiste, in der Regel seine ganze Familie samt Freunden dabeihatte und seine Experimente als Sonntagsausflug gestaltete. Zum anderen wurde ihm verraten, dass die Lilienthals in Lichterfelde die Bahn bestiegen. Die genaue Adresse konnte ihm allerdings niemand verraten. Das Gute war, dass zwischen Groß Kreutz und Lichterfelde die Eisenbahn direkt verkehrte. Zeitraubendes Umsteigen würde Levin erspart bleiben. Er löste eine Rückfahrkarte bis Lichterfelde, dann schritt er zum Bahnsteig und wartete auf den Zug. Sein Herz pochte. Er hatte die ersten Schritte auf seinem zukünftigen Lebensweg getan!

13

Es war nur ein kurzer Marsch durch das sonntäglich ruhige Lichterfelde, einen eigenständigen Ort im Südwesten Berlins, der mehr und mehr von den Ausläufern der Stadt geschluckt wurde. Um den Bahnhof herum hatte Lichterfelde noch seinen alten Charakter erhalten: eine Mischung aus Dorf und Villensiedlung, baumbeschattet, geradezu idyllisch. Das Gardeschützenbataillon war hier kaserniert, außerdem war der Ort die Heimat der Preußischen Hauptkadettenanstalt. Levin erinnerte sich, dass sein Vater erzählt hatte, nicht zuletzt ihretwegen habe die Firma Siemens & Halske vor zehn Jahren die erste elektrische Straßenbahn der Welt gebaut, die von der Kadettenanstalt zum Bahnhof und zurück verkehrte.

Der Schalterbeamte am Bahnhof Lichterfelde verriet Levin, dass Otto Lilienthal in der Boothstraße 17 lebte; er wirkte so, als habe er diese Auskunft schon oft gegeben. Levin ging durch alleeartig angelegte Straßen, an Häusern in allen erdenklichen Baustilen in großzügig angelegten Gärten vorbei – Villen, die mit ihren spitzen Giebeln und Türmchen wie aus dem Mittelalter aussahen, andere trugen wuchtig-barocken Schmuck an den Fassaden oder wirkten wie überdimensionierte Gartenhäuser. Die Straßen waren fast leer, die wenigen Spaziergänger eher wie für eine Abendgala gekleidet anstatt für einen längeren Marsch.

Nach und nach wurde Levin bewusst, dass er vorhatte, am Sonntagnachmittag einen Mann in seiner Werkstatt aufzusuchen, der sich ein Anwesen in dieser feinen Villensiedlung leisten konnte und der ihn nicht kannte, und ihm vorschlagen wollte, für ihn arbeiten zu dürfen!

Wie groß standen die Chancen, dass Lilienthal zustimmen würde? Wie groß war die Chance überhaupt, dass der Erfinder in seiner Werkstatt sein würde und nicht zu Hause vor Tee und Kuchen, wie es sich an einem Sonntagnachmittag gehörte? Aber wenigstens in Letzterem war Levin sich sicher, dass er richtiglag und Lilienthal in seiner Werkstatt antreffen würde. Wenn Lilienthal heute Vormittag geflogen war, dann würde er entweder kleine Beschädigungen an seinem Gleiter reparieren oder seine heutigen Erkenntnisse in Verbesserungen der Konstruktion umsetzen – auch wenn es Sonntag war! Levin war schon allein deshalb davon überzeugt, weil er selbst es nicht anders gemacht hätte.

Otto Lilienthals Haus war eine eher nüchterne, verwinkelte, eineinhalbstöckige Villa in einem riesigen Gartengrundstück. In der Zufahrt lag ein Gleiter mit abgeknicktem Flügel. Levin, der völlig vergaß, dass er ein Privatgrundstück betrat, kauerte sich neben den Flugapparat und strich über seine Konstruktion mit einer Zartheit, die einen Schmetterlingsflügel nicht beschädigt hätte.

Das Traggerippe war aus Holz und sah mehr dem Skelett einer Fledermaus ähnlich als einem Vogel. Festes, gewachstes Tuch war darübergespannt. Dort, wo sich bei einem Vogel die Brustmuskulatur befunden hätte und wo die Spanndrähte der Konstruktion in einem großen Holzbügel zusammenliefen, befanden sich zwei Ledermanschetten und ein gebogener Griff. Atemlos strich Levin über die Bestandteile des Apparats. Hier, durch die Ledermanschetten, würde der Flieger die Arme stecken und den Griff packen. Hier, durch die Öffnung zwischen den Schwingen, würde sein Kopf ragen und ihm den Blick nach vorn ermöglichen. Und hier hinten, an einem filigranen Holzrahmen befestigt und über die Oberseite des Gleiters hinausragend, war der Schwanz, völlig unähnlich dem eines Vogels oder einer Fledermaus, offenbar eine Erfindung Lilienthals, mit nun leicht durchhängenden Drähten an den Außenseiten der Schwingen abgespannt.

Wahrscheinlich wäre Levin in den nächsten Momenten unter den Gleiter geschlüpft und hätte durch die Manschetten gegriffen. Doch dann hörte er Stimmen sich nähern und erinnerte sich daran, dass er als ungebetener Gast einen fremden Garten betreten hatte. Erschrocken schoss er in die Höhe und stand zwei Männern gegenüber, die sich mit ihrer großen, knochigen Statur und ihren tiefliegenden, hellen Augen sehr ähnlich sahen, obwohl der eine einen gezwirbelten, gepflegten Schnauzbart trug und der andere einen struppigen, zu langen Vollbart und ebenso struppiges, zu langes Haar. Die beiden blieben überrascht stehen.

Der Mann mit dem Vollbart war Otto Lilienthal. Levin erkannte ihn sofort wieder. Der andere war bei Levins erster Begegnung mit dem Erfinder auf dem Derwitzer Mühlenberg ebenfalls dabei gewesen. Die Überraschung in den Gesichtern der zwei Männer wandelte sich in Argwohn.

»Entschuldigen Sie«, stammelte Levin. »Bitte entschuldigen Sie. Ich wollte nicht … aber dann sah ich den Flugapparat hier liegen … und auf einmal stand ich neben ihm … ich wollte nicht … bitte denken Sie nicht von mir …«

»Sie kommen mir irgendwie bekannt vor«, sagte Lilienthal.

»Ja … äh … ja … wir sind uns schon mal begegnet. Letzten Herbst. In Derwitz.«

Otto Lilienthal kniff nachdenklich die Augen zusammen. Der andere Mann sagte etwas barscher: »Mein Bruder begegnet bei seinen Flugversuchen vielen Menschen. Wie wär's, wenn Sie uns Ihren Namen verraten, junger Mann – und das, was Sie hier suchen und was Sie dazu gebracht hat, dieses Grundstück widerrechtlich zu betreten!«

»Sie sind damals abgestürzt«, brachte Levin hervor.

»Das engt den Sachverhalt nicht besonders ein«, sagte Lilienthal trocken. »Ich stürze andauernd ab. Wie man sehen kann.« Er wies auf den beschädigten Gleiter.

»Sie sind rechtzeitig abgesprungen!«

»Ich hoffe, das wird mir stets gelingen.«

»Wir dürfen Sie nun bitten, dieses Privatgrundstück zu verlassen«, sagte Otto Lilienthals Bruder.

»Aber … ich …«

»Wenn Sie meinen Bruder sprechen wollen, kommen Sie morgen in die Fabrik und vereinbaren Sie einen Termin.«

»Nein … ich … ich bin extra … ich habe in Derwitz auf Sie gewartet, aber es hieß, Sie seien schon wieder weg … dann hab ich Ihre Adresse rausgefunden und …«

»Und was wollen Sie von mir?«, fragte Lilienthal.

»Ich will fliegen lernen!«, platzte Levin heraus.

»Bitte gehen Sie jetzt«, sagte Lilienthals Bruder.

»Warte mal, Gustav«, sagte Lilienthal. »Ich glaube, jetzt erkenne ich ihn wieder. Sie wollen fliegen lernen, junger Mann? Bei mir!?«

»Ich putze Ihre Werkstatt, wenn Sie wollen, aber bitte, lassen Sie es mich lernen!«

Lilienthal grinste. »So, meine Werkstatt putzen … glauben Sie denn, sie hat es so nötig?«

»Aber nein, das wollte ich niemals …«

»Welches Opfer würden Sie denn noch bringen, um fliegen zu können?«, fragte Lilienthal.

»Jedes, das gebracht werden muss«, stieß Levin hervor.

»Na schön. Wie alt sind Sie?«

»Ich werde siebzehn.«

»Wie heißen Sie?«

»Levin von Briest.«

»Woher kommen Sie?«

»Gut Briest. Es gehört meinen Eltern. In der Nähe von Genthin.«

»Sind Sie heute von Genthin bis hierher gereist?«

»Das war ein kleines Opfer«, sagte Levin stolz.

»Und Sie haben es gebracht«, erwiderte Lilienthal. Er wechselte einen Blick mit seinem Bruder. Dieser zuckte mit den Schultern, schien aber nicht mehr so ablehnend gegenüber Levin zu sein wie zuvor. »Sie gehen doch noch zur Schule, oder?«

»Mein Vater möchte, dass ich an die Technische Hochschule in Charlottenburg gehe.«

»Also, Herr von Briest, passen Sie auf. Sie wollen fliegen lernen, und Sie wollen dafür Opfer bringen? Dies ist Ihr erstes Opfer: Fahren Sie nach Hause! Melden Sie sich ordentlich in der Schule an und bereiten sich auf sie vor! Erzielen Sie dort nur die besten Noten! Büffeln Sie! Lernen Sie! Werden Sie exzellent! Und vergessen Sie für die Dauer des Schulbesuchs jeden Gedanken ans Fliegen!«

Levin blickte resigniert und enttäuscht zu Boden. Er hatte das Gefühl, dass Lilienthal ihn nicht ernst nahm.

»Wozu das lange Gesicht?«, fragte der Erfinder.

»Sie haben mir doch gerade gesagt, mein Opfer bestehe darin, gar nicht erst das Fliegen zu lernen.«

»Sie haben mir nicht richtig zugehört. Ich sagte, vergessen Sie das Fliegen für die Dauer des Schulbesuchs. Der Schulbesuch beginnt am Montag und endet am Samstag. An den Sonntagen kommen Sie entweder nach Derwitz, wenn ich dort fliege, oder hierher. Ich werde Sie immer wissen lassen, wo ich gerade bin. Sie werden die Werkstatt putzen, Sie werden bei der Konstruktion der Flugapparate helfen, beim Transport zum Flugort und bei den Starts und Landungen – vorausgesetzt, Ihr Vater ist damit einverstanden. Ich werde Ihnen einen kleinen Lohn bezahlen, denn niemand soll gratis für mich arbeiten. Und wenn Sie mir das Gefühl geben, dass Sie es wirklich ernst nehmen, dann werde ich persönlich Ihren Vater um die Erlaubnis fragen, Ihnen den Umgang mit dem Normalsegelflugapparat beizubringen.«

Levin gaffte mit offenem Mund. Er hörte das Blut in seinen Ohren rauschen und fühlte sich zugleich heiß und kalt.

»Die richtige Statur hätte er«, sagte Gustav Lilienthal und lächelte Levin an. »Schmal und drahtig. Für ihn brauchst du keinen so großen Gleiter wie für dich, Otto. Und vielleicht ist er sogar leicht und kräftig genug, um mit ihm einen Schwingenschlagapparat auszuprobieren.«

»Wollen Sie dieses Opfer bringen?«, fragte Otto Lilienthal.

Als er zurück zum Lichterfelder Bahnhof rannte, hätte Levin am liebsten die ganze Zeit gejauchzt und wäre in die Luft gesprungen wie ein kleiner Junge. Dann machte ihn ein Gedanke kurzfristig wieder nüchtern. Es konnte doch nicht sein, dass er der Erste war, der sich bei Lilienthal um eine Lektion im Fliegenlernen beworben hatte! Es mussten doch schon Hunderte vor ihm da gewesen sein – bessere, ältere, erfahrenere Männer. Aber dann wurde ihm klar, dass genau das nicht der Fall war und dass er sich dafür beworben hatte, etwas zu lernen, was alle anderen als entweder zu gefährlich, zu sinnlos oder zu albern betrachteten. Den Flugexperimenten zuzusehen war das eine. Selbst darin verwickelt zu werden und womöglich den Stempel eines Spinners aufgedrückt zu bekommen war etwas ganz anderes. Die Reputation eines aufrechten Bürgers konnte davon möglicherweise Schaden nehmen.

Levins Schritte verlangsamten sich. Er ahnte, welche Schwierigkeiten ihm noch bevorstanden, um seinen Traum zu Hause durchzusetzen. Er wusste jedoch auch, dass er es schaffen würde. Und dass es ihm von Herzen egal war, was irgendwelche bräsigen Bürger von ihm dachten, deren Ehrgeiz sich darauf beschränkte, nach einem üppigen Mittagessen ohne fremde Hilfe vom Sofa aufstehen zu können.

Er begann wieder zu laufen.

Er würde fliegen!

14

Amalie von Briest erwachte aus einem unruhigen Schlummer, als sie den Wagen vor dem Gutshaus vorfahren hörte. Ihr Vater war nach Hause gekommen. Wie spät mochte es sein? Es war dunkel draußen, aber das war es im Februar schon um halb sechs Uhr abends. Wann war sie zu Bett gegangen? Halb acht? Nach einem ungemütlichen Abendessen zu dritt, bei dem der leere Platz ihres Vaters und sein unberührtes Gedeck auf dem Tisch eine Art anklagende Stille verbreitet hatte.

Sehr spät konnte es noch nicht sein, denn Amalies Mutter war noch auf. Amalie hörte ihre Stimme durch das stille Haus murmeln, ohne dass sie etwas verstanden hätte. Ihr Vater antwortete. Ihn verstand sie besser. Anscheinend hatte Antonie ihren Mann an der Eingangstür empfangen, und jetzt waren die beiden weiter ins Haus hereingekommen und standen am Fuß der Treppe, die ins Obergeschoss führte.

»Danke, ich habe keinen Hunger mehr«, hörte Amalie ihren Vater sagen.

»Ich habe die Köchin angewiesen, das Essen für dich warm zu stellen.« Amalies Mutter.

»Vielleicht kann sie es ja morgen noch einmal auftischen. Ich habe mit Wilhelm von Siemens und Doktor Alsberg zu Abend gegessen.«

»Morgen ist es verdorben.«

»Dann soll sie es einem der Schweinebauern im Dorf geben, damit der es an seine Tiere verfüttert. Ich kann ja nichts dafür, dass das heute so lange gedauert hat!«

»In den Armenvierteln gäbe es genügend verzweifelte Frauen, die mit deinem weggeworfenen Abendessen ihre Familie zwei Tage lang ernähren würden.«

Moritz sagte nichts. Amalie hörte die Geräusche, mit denen ihr Vater seinen Mantel an den Garderobenhaken hängte. Eine Tür öffnete sich, und der Majordomus fragte leise, ob man etwas für den Hausherrn tun könne. Moritz verneinte höflich und wünschte dem Majordomus eine gute Nacht. Die Tür schloss sich wieder. Amalie vernahm das Seufzen ihres Vaters und wusste, dass er sich jetzt über das Gesicht rieb und dann durch die Haare fuhr, um zuletzt die Hände ins Kreuz zu drücken. Sie sah sein in der letzten Zeit immer blasser und angespannter gewordenes Gesicht vor ihrem geistigen Auge und hörte das Schweigen, das zwischen ihren Eltern entstand, und sie spürte, noch immer nicht ganz wach, wieder die Angst, die in den letzten Monaten Teil ihres Lebens geworden war. Auf einmal wünschte sie sich, sie wäre das Wochenende über im Lyzeum in Berlin geblieben, anstatt nach Hause zu fahren. Sie hatte den Sonntag auf Gut Briest verbringen wollen, weil nächstes Wochenende die Einladung bei Emma von Schley stattfand und sie dann das Wochenende im

Haus des Professors verbringen würde. Wäre sie diesen Sonntag nicht nach Hause gekommen, hätte sie insgesamt drei Wochen von ihrer Familie getrennt verbracht. Zu lang – aber gar nicht so sehr für ihr eigenes Empfinden. Eigentlich war sie hauptsächlich ihrer Eltern und Brüder wegen nach Gut Briest gefahren, in der Vorstellung, dass diese verletzt und ärgerlich auf sie wären, wenn sie den freien Sonntag nicht dazu nutzte, mit ihnen zusammen zu sein.

Wie sich herausgestellt hatte, war Otto nicht da gewesen und Levin geistesabwesend. Ihr Vater hatte den Sonntag in der Firma verbracht, und ihre Mutter war mit Briefeschreiben beschäftigt gewesen. Außer einem kleinen Spaziergang über das Gut, den Amalie mit Antonie um die Mittagszeit herum unternommen hatte, war sie die längste Zeit für sich allein gewesen. Sie hatte ihre Enttäuschung verborgen, so gut sie gekonnt hatte.

Und jetzt begann unten an der Treppe ein Streit zwischen ihren Eltern. Auch wenn ihre Stimmen nur gedämpft bis an Amalies Ohren drangen, konnte sie doch die Gereiztheit in der Konversation heraushören. Sie überlegte, ob sie sich die Decke über den Kopf ziehen und bemühen sollte, nichts zu hören. Doch das hätte die Angst nicht geringer gemacht; die Angst, dass ihre Familie eigentlich verloren war. Da war es besser zuzuhören. Vielleicht konnte sie so wenigstens beginnen zu verstehen, wie es zu dieser Situation hatte kommen können. Sie waren doch noch alle so glücklich gewesen, damals, in den ersten Wochen auf St. Lucia! Wie hatte die Lage sich in den knapp zwei Jahren seither so verschlechtern können?

»Es ist Sonntagabend, Moritz«, hörte Amalie ihre Mutter sagen. »Da gehört ein Mann zu seiner Familie! Und was tust du? Gehst mit deinem Chef und eurem Rechtsverdreher zu einem Abendessen!«

»Doktor Alsberg ist der Notar von Siemens & Halske und kein Rechtsverdreher. Und das Abendessen war etwas, das der Chef von einem Hotelrestaurant hat bringen lassen. Wir haben es runtergeschlungen, während wir weitergearbeitet haben.«

»Wenn ihr das Essen schon nicht würdigt, warum habt ihr es euch dann bringen lassen?«

»Weil wir alle drei das letzte Mal heute Morgen etwas zu essen gehabt hatten, vielleicht?« Moritz' Stimme klang jetzt schärfer.

»Du müsstest doch wissen, dass man so nicht vernünftig arbeiten kann. Ich bin sicher, die Hälfte des Sonntags war verschwendet. Wenn du am Mittag nach Hause gekommen wärst, wie du es ursprünglich angekündigt hattest, und erst morgen die Arbeit wiederaufgenommen hättest, hättet ihr bestimmt bessere Ergebnisse erzielt. Dann hätte Julius auch nicht seit Mittag auf dem Bahnhof in Genthin auf dich warten müssen.«

»Ich habe keine Klage von Julius gehört, dass ich seine Zeit verschwendet hätte«, knurrte Moritz.

»Warum bist du überhaupt noch so spät losgefahren? Wäre es nicht klüger gewesen, du hättest in Berlin übernachtet? Morgen musst du mit dem Frühzug wieder raus. Lohnt sich das denn, für die paar Stunden, die du hier verbringst?«

»Als ich losfuhr, dachte ich noch, es würde sich lohnen. Da dachte ich, jemand zu Hause würde sich freuen, dass ich doch noch komme.«

»Willst du mir unterstellen, ich freue mich nicht?«

»Wenn du es tust, kannst du es gut verbergen.«

Amalies Mutter schnaubte. »Was erwartest du denn? Ich sitze mit den Kindern am Sonntag allein beim Frühstück, beim Mittagessen, beim Abendessen. Ich komme mir vor, als hätte ich gar keinen Mann.«

»Wie oft lasse ich euch denn am Sonntag allein, verdammt noch mal?«

»Hör auf zu fluchen, Moritz! Wir sind doch nicht im Bierhaus! Und was die Sonntage betrifft: Zu oft lässt du uns allein!«

»Antonie, Herrgott noch mal – was glaubst du, wie viel Arbeit es ist, den Bau einer Fabrik jenseits des Atlantik von hier aus zu planen? Mit einem amerikanischen Geschäftspartner, der ständig vorprescht und mit jedem Federstrich beweisen will, dass er gar keinen Fabrikleiter aus Deutschland braucht, weil seine Direktoren das viel besser können? Wir müssen uns in die Rechtslage in Amerika hineindenken, weil die deutschen Rechtsverordnungen dort keine Bedeutung haben, und alle Bau- und Lieferverträge und die Geschäftspartnervereinbarungen so formulieren, dass amerikanische Gerichte sie im Ernstfall auch anerkennen. Und das Ganze noch in englischer Sprache! Und unter Zeitdruck, weil wir die Partnerverträge von den örtlichen Behörden in Chicago absegnen lassen müssen, bevor wir auch nur den ersten Ziegelstein setzen. Wilhelm von Siemens und Doktor Alsberg sind noch in der Firma geblieben, als ich abgefahren bin! Der Chef hat ohnehin schon komisch geguckt. Ich habe so einen Empfang von dir nicht verdient.«

»Und ich habe nicht verdient, dass du mich mit den Kindern ganze Sonntage lang allein sitzenlässt.«

»Ich bin sicher, die Männer deiner Schützlinge aus den Arbeitervierteln sind auch nicht jeden Sonntag daheim.«

»Was soll das für ein Vergleich sein, Moritz? Willst du dich mit betrunkenen Grobianen, die nur zu Hause sind, um ihre Frauen zu vergewaltigen, und sonst mit ihren Kumpanen an der Stehkneipe herumhängen, auf eine Stufe stellen?«

»Ich frage mich, wie in den Fabriken irgendeine Arbeit getan werden kann, wenn das Proletariat ausschließlich damit beschäftigt ist, sich zu betrinken und ihre Frauen zu notzüchtigen.«

»Leiser, Moritz!«, zischte Antonie. »Wenn du solche Ausdrücke schon im Haus verwendest, dann brüll sie nicht durchs Treppenhaus.«

»Du hast doch damit angefangen!«

»Nein, du hast angefangen. Mit deiner unsäglichen Bemerkung über meine ›Schützlinge aus den Arbeitervierteln‹!«

»Weißt du was, Antonie? Du hast recht. Ich hätte heute in Berlin übernachten sollen statt hier. Und morgen muss ich tatsächlich früh raus. Ich gehe jetzt zu Bett.«

»Sehr schön. Weich dem Gespräch nur aus.«

»Wir führen doch kein Gespräch! Ich stehe hier und höre mir ein Trommelfeuer von Vorwürfen an!«

»Leise, Moritz! Willst du, dass das Personal uns hört?«

Moritz schwieg. Amalie stellte sich vor, wie seine Augen vor Ärger schmal waren und wie er die Zähne zusammenbiss. In ihrem Magen war ein schwerer, saurer Klumpen, und ihr Herz pochte schmerzhaft gegen ihre Brust. Diese Wut, die zwischen ihrer Mutter und ihrem Vater herrschte! Wie sollte das weitergehen?

Dann wuchs ihre Angst noch einmal, denn ihr Vater sagte plötzlich: »Also gut. Ich wollte es noch nicht ansprechen, weil ich mir selbst nicht sicher war, aber es ist nicht recht, dich nicht in meine Überlegungen mit einzubinden. Lass uns in den Salon gehen. Ich muss mit dir reden.«

»Worüber?«

»Nicht hier im Treppenhaus.«

»Du hast eine schlechte Nachricht für mich, Moritz!«

»Ich sagte, nicht hier!«

»Hat Siemens dir einen anderen als Firmenleiter in Chicago vorgezogen? Schießt er dich schon wieder ab? Und du lässt dich noch von ihm ausnutzen und arbeitest dir am Sonntag den Buckel krumm!«

Amalie lauschte atemlos, aber alles, was sie noch hörte, war das Klappen der Salontür. Die Tür war schwer und ließ keinen Laut von dem hervordringen, was hinter ihr gesprochen wurde.

Amalie starrte in die Dunkelheit. Die Wärme des Federbetts war auf einmal beklemmend. Gleichzeitig fror sie. Wieder hatte sie das Gefühl zu fallen, und wieder griff sie in Gedanken nach einem rettenden Fallschirm und fand keinen.

15

Am nächsten Morgen saß Amalie mit ihrem Vater im Zugabteil. Normalerweise war sie stolz, wenn sie neben ihm im Zug sitzen konnte – er gut angezogen wie immer, höflich alle Mitreisenden grüßend, Amalie anlächelnd und ihr zuhörend, während sie von ihrer Welt erzählte, hier nickend, da grinsend, dort einen Ratschlag erteilend, wie sie mit einem Problem umgehen konnte.

Heute war es anders. Moritz grüßte zerstreut und lächelte nicht. Er wirkte, als fühle er sich regelrecht unwohl in Gegenwart seiner Tochter. Amalie, die schlecht geschlafen hatte und der übel war vor Beklommenheit, saß schweigsam neben ihm und blickte auf ihre Hände, die sie in ihrem Schoß umklammert hielt. Ihre Knöchel waren blau und ihre Finger eiskalt.

»Die Tochter von Professor von Schley …«, sagte Moritz unvermittelt.

Amalie schreckte hoch. Als sie sah, wie ihr Vater sich an den Namen zu erinnern versuchte, half sie ihm aus: »Emma?« Ihr Herz klopfte wieder beinahe so heftig wie in der vergangenen Nacht. Was würde jetzt kommen? Würde ihr Vater ihr verbieten, zu der Geburtstagsfeier zu gehen? Gleichzeitig fragte Amalie sich, wieso sie ausgerechnet das jetzt dachte. Sie kannte ihren Vater als großzügigen, nachsichtigen Mann, der sich immer bemüht hatte, seinen Kindern so viele Erlebnisse und Begegnungen zu ermöglichen, wie es nur ging.

»Du magst sie ziemlich, oder?«, fragte Moritz.

»Ja«, sagte Amalie, und dann, weil sie das Gefühl hatte, dass das einfache »Ja« irgendwie schroff geklungen hatte: »Es ist komisch. Ich hab sie damals bei dem Ballonaufstieg in Ottos Schule zum ersten Mal gesehen, aber ich hatte sofort das Gefühl, als ob ich sie schon ewig kennen würde. Ihr ging es genauso.«

»Ihr schreibt euch viel?«

»So oft es geht.« Amalie schluckte. »Das mit dem Kennenlernen und gleich mögen – war das mit Ihnen und Mama auch so?«

Moritz' Blick irrte ab. »Ja«, sagte er dann und murmelte kaum hörbar: »Und wie es so war.«

»Vergeht das mit der Zeit? Das Sich-Mögen?«

»Warum fragst du?«

»Nur so.«

»Hast du Angst, dass du und Emma euch eines Tages nicht mehr mögt?«

Amalie schüttelte den Kopf. Sie wünschte sich, sie hätte die Frage nicht gestellt. Jetzt war ihr auf einmal nach Weinen zumute.

»Hast du Angst, dass deine Mutter und ich uns nicht mehr mögen?«

Da war sie – die Gegenfrage, vor der Amalie sich gefürchtet hatte. Sie biss sich auf die Unterlippe, unterdrückte die Tränen und schüttelte den Kopf erneut. Dann nickte sie. Dann schüttelte sie ihn wieder. Dann saß sie nur da und wartete auf Moritz' Antwort und wollte sie gar nicht wissen.

Moritz seufzte. Er sah sich um. Der Erste-Klasse-Wagen, in dem sie saßen, war fast leer. Er würde sich füllen, wenn der Zug sich Berlin näherte, aber zwischen den Stationen Genthin und Götz stieg normalerweise niemand zu. Erst ab Groß Kreutz und den anderen südwestlichen Berliner Vororten mit ihren Villen und Bürgerhäusern würden Reisende zusteigen, die sich für ihre täglichen Fahrten in die Innenstadt ein teures Erster-Klasse-Ticket leisten konnten.

Moritz beugte sich zu Amalie. »Wir mögen uns schon noch«, sagte er und nahm ihre Hand. Seine Finger waren genauso kalt wie ihre. »Aber wir haben im Augenblick unterschiedliche Ziele im Leben. Und verfolgen sie mit unterschiedlichen Mitteln.«

»Ich verstehe nicht, was Sie meinen«, sagte Amalie mit schwankender Stimme. Immer noch lauerten ihre Tränen nur darauf, hervorzukommen. Ihre Angst war jetzt riesig.

Moritz seufzte und fuhr sich durch die Haare. »Ich habe euch in der ganzen Weltgeschichte herumgezerrt – dich, deine Brüder, deine Mutter. Keiner von euch war in der Lage, sich gute Freundschaften zu erarbeiten. Immer wenn ihr gerade irgendwo sesshaft geworden seid, mussten wir wieder aufbrechen. Es tut mir leid, dass ich euch ein so unstetes Leben bereitet habe.«

»Es war fast immer schön«, sagte Amalie verwirrt. »Nur manchmal war es nicht schön.«

»Deine Freundin Emma … es würde dich sehr traurig machen, wenn du sie irgendwann nicht mehr treffen könntest, oder? Mein Auftrag in Amerika wird mindestens drei oder vier Jahre dauern. Danach bist du eine volljährige Frau, meine Prinzessin. Emma wird vielleicht verheiratet sein und Kinder haben …«

»Emma und ich können uns ja schreiben«, sagte Amalie, völlig ratlos, worauf ihr Vater mit seinen Gedankensprüngen hinauswollte.

»Eine Freundschaft auf dem Papier ist nicht so wie eine Freundschaft, bei der man sich sehen, miteinander reden und sich in schweren Zeiten gegenseitig beistehen kann.«

Amalie zuckte mit den Schultern.

»Du hast eine Freundin gefunden, seit wir wieder auf Gut Briest sind, dein Bruder Otto hat zum ersten Mal in seinem Leben die Liebe entdeckt, und Levin begeistert sich auf einmal für etwas, anstatt nur völlig ziellos durch die Welt zu schlurfen …«

Plötzlich ahnte Amalie, was ihr Vater ihr zu sagen versuchte. »Sie wollen uns nicht nach Amerika mitnehmen.«

»Ich will es euch nicht noch einmal antun.«

»Und Mama?« Amalie fürchtete beide Antworten, die Moritz ihr geben konnte.

Wenn ihre Mutter und ihr Vater nach Amerika gingen, wer würde dann auf die Briest-Kinder achtgeben? Ihre unsäglichen Großeltern mütterlicherseits, die Boettchers, die sich kaum jemals hatten blicken lassen, auch nicht in den Zeiten, in denen die

Familie auf Gut Briest gelebt hatte? Die, wenn sie zu Besuch gekommen waren, ständig mit verkniffener Miene ihre Enkelkinder und deren mögliches Fehlverhalten beobachtet hatten beziehungsweise nichts mit ihnen hatten anfangen können, sobald sie zu alt gewesen waren, um für das Entenfüttern im Fischteich noch Begeisterung aufzubringen?

Und wenn Amalies Mutter nicht mit nach Amerika ging? Wenn ihr Vater allein reisen würde? Allein dort leben? Getrennt von der Familie durch den gesamten Atlantik? Wenn sie ihn nur noch ein-, höchstens zweimal im Jahr sehen würde? Wie einsam und verlassen würde er sein! Und bedeutete das, dass die Liebe zwischen ihren Eltern erloschen war? Dass ihre Mutter gar nicht mitgehen wollte – und dass ihr Vater erleichtert gewesen war, sie nicht mit dabeizuhaben? Vielleicht war er ja froh, keinen von der Familie mehr sehen zu müssen?

»Ach Gott, Prinzesschen«, sagte Moritz mit brüchiger Stimme, »bitte wein nicht.«

»Ich hab Angst«, flüsterte Amalie.

»Ich bin ja nicht tot, ich bin nur weg. Und jedes Jahr zu Weihnachten sehen wir uns! Und in vier Jahren – oder fünf, für länger unterschreibe ich nicht – bin ich wieder zurück und trete hier in Berlin eine Stelle für Siemens & Halske an, und das Herumzigeunern ist unwiderruflich vorbei.«

»Und bis dahin?«

»Schreiben wir uns Briefe«, sagte Moritz. Amalie schaute weg, weil sie wusste, dass ihr Vater auch gleich weinen würde.

Den Rest der Fahrt bis zum Bahnhof Lichterfelde, an dem Amalie in die Wannseebahn umsteigen musste, saßen sie schweigend da, sich an den Händen haltend. Amalie wusste nicht, woran ihr Vater dachte und was genau er fühlte. Sie selbst begann bereits, innerlich Abschied von ihm zu nehmen, und kämpfte ihre Tränen zurück, damit er nicht vor den Leuten, die zuzusteigen begonnen hatten, die Fassung verlor.

16

Die Geburtstage der Kinder zu feiern, war im Haus Briest etwas Übliches gewesen – auch wenn Amalie sich daran erinnerte, dass ihr Großvater Paul einmal gesagt hatte, in seinem Heimatland Bayern hätte der Geburtstag keinerlei Bedeutung, es sei der Namenstag, der mit einer Feierlichkeit begangen würde. Großvater Paul hatte das nicht daran gehindert, trotzdem fröhlich mitzufeiern, wenn die Briests an einem der Geburtstage der Kinder zufällig einmal auf dem Gut weilten und nicht irgendwo anders in der weiten Welt.

Das Konzept war Amalie also durchaus nichts Neues gewesen, und die Einladung Emmas hatte sie aus diesem Grund auch nicht erstaunt. Deshalb war sie umso überraschter zu hören, dass es nicht nur in Bayern, sondern auch in Preußen ungewöhnlich war. Geburtstagsfeste für Erwachsene hatten sich zwar seit einiger Zeit in gutsituierten Kreisen eingebürgert, aber Kindergeburtstage …? So etwas gab es eigentlich nur in höchsten Adelskreisen! Amalie spürte in der Überraschung ihrer Mitschülerinnen, als sie ihnen von der Einladung erzählte, ebenso viel echtes Erstaunen wie blanken Neid und tat das Vernünftigste, was man in so einer Lage tun konnte, nämlich aufzuhören, davon zu erzählen.

Auf Gut Briest – oder sonst wo auf der Welt – waren die Geburtstagsfeiern zwanglose Essen gewesen oder gemeinsame Ausflüge, die in aller Regel ein Picknick enthielten oder den Besuch eines interessanten Orts, wobei nicht immer klar war, auf welcher Seite das Interesse eigentlich bestand: auf der Seite des Geburtstagskindes oder der die Feier organisierenden Erwachsenen. Emma von Schleys Geburtstag unterschied sich davon dramatisch.

Als Amalie im Haus des Professors eintraf, wartete Emma an der Tür auf sie. Sie stand auf eigenen Beinen, aber der Rollstuhl war auffällig-unauffällig hinter ihr neben der Garderobe abgestellt, und ihr Vater stand so nahe bei ihr, dass er sie auffangen konnte, sollten ihre Beine nachgeben.

»Guten Tag«, sagte Emma zu Amalie und zog eine Grimasse, die ihr Vater nicht sehen konnte und die Amalie interpretierte als: Ich kann nichts dafür, mein Vater wünscht es so! »Ich freue mich, dass Sie Zeit erübrigen konnten, Fräulein von Briest. Hatten Sie eine angenehme Anreise?«

Amalie, die Emma schon seit langem duzte, stutzte. Wenn Emmas hilflose Grimasse nicht gewesen wäre, hätte sie sich wahrscheinlich unwillkommen gefühlt von der förmlichen Anrede. Doch sie verstand, dass Professor von Schley die Gelegenheit nutzte, seine Tochter in die Rolle der Hausherrin schlüpfen zu lassen. Er schien sie in der nötigen Etikette eingewiesen zu haben, und so war Emmas Geburtstag weniger eine Feier als vielmehr ein Trainingslauf für die junge Frau.

»Ich … ja … äh … die Anreise war sehr angenehm«, sagte Amalie und blickte unwillkürlich über die Schulter der davonfahrenden Droschke nach. Die Anreise hatte keine zehn Minuten gedauert. »Sie verlief sehr flüssig und ohne Vorkommnisse.«

»Das freut mich zu hören, Fräulein von Briest.« Emma hielt sich an ihrem Lächeln fest, auch wenn auf ihrer Stirn ein feiner Schweißfilm stand.

Amalie sah ihn und verstand, dass er nichts mit einer etwaigen Überanstrengung ihrer Freundin zu tun hatte, sondern mit dem Theater, das sie auf Wunsch ihres Vaters spielte. Amalie würde ihr am besten helfen, wenn sie zügig mitspielte.

»Aber bitte, kommen Sie doch herein ins Warme. Was halten Sie von diesem Wetter? Der Februar ist ein schwieriger Monat, finden Sie nicht? Man glaubt, den Frühling schon zu spüren, aber der Winter will nicht loslassen.«

»Man freut sich auf den Mai und kann ihn kaum erwarten«, bestätigte Amalie.

»Darf ich Ihnen meinen Vater vorstellen, Herrn Professor Julius von Schley? Vater – meine Freundin, Fräulein Amalie von Briest.«

Amalie reichte Emmas Vater die Hand und tat so, als hätte sie ihn nie zuvor gesehen.

Professor von Schley lächelte Amalie dankbar an, spielte die Komödie aber ebenso weiter wie sie. »Wollen Sie ablegen, Fräulein von Briest? Einen Moment, ich klingle nach dem Hausmädchen.«

Das Hausmädchen kam und waltete seines Amtes.

»Wenn Sie mir in den Salon folgen wollen, Fräulein von Briest?«

Im Salon ging die Komödie weiter. Emma plauderte höfliche Erwachsenen-Belangslosigkeiten, sah zu, dass ein anderes Hausmädchen die kleine Runde mit Tee und Gebäck versorgte, wies Amalie auf besondere Bilder an der Wand und außergewöhnlichen Nippes auf dem Teetisch hin. Ihr Rollstuhl wurde hereingeschoben und diskret so platziert, dass sie ihn sehen konnte. Es war ebenso bizarr wie langweilig und dauerte eine Ewigkeit. Erst als die Haustürglocke anschlug und wenig später eines der Schley'schen Hausmädchen einen Besucher für den Herrn Professor ankündigte, fiel die Spannung von den beiden Freundinnen ab. Emmas Vater verließ den Salon, und Emma erhob sich aus ihrem Stuhl, streckte die Arme nach Amalie aus und umarmte sie stürmisch.

»Denk dir nichts«, sagte sie hastig. »Papa ist so besorgt, dass ich nicht den nötigen gesellschaftlichen Schliff habe, weil ich so wenig Umgang mit anderen Menschen habe. Deshalb lässt er mich üben, wenn sich eine Gelegenheit ergibt. Es ist nicht böse gemeint und schon gar nicht gegen dich. Ich bin so froh, dich zu sehen, Amalie!« Emma drückte sie erneut an sich. »Bei der Feier wird es auch so sein wie jetzt, aber dazwischen haben wir bestimmt viel Zeit für uns.«

»Das wäre schön«, erwiderte Amalie mit Inbrunst.

»Geht es dir nicht gut? Du wirkst so bedrückt …«

Amalie war überrascht von Emmas Empathie. Sie hatte gedacht, sie hätte eine vollkommene Fassade vor ihren Gefühlen errichtet. In der Schule hatten weder die Mitschülerinnen noch ihre Gasteltern etwas gemerkt.

»Es ist wegen meines Vaters«, sagte Amalie. »Ich erzähl es dir in Ruhe, sobald es geht.«

»Das, was du mir schon geschrieben hast? Dass er ohne euch nach Amerika gehen will …?«

»Und das, was ich dir nicht geschrieben habe, nämlich wie traurig er deswegen ist.«

»Warum tut er es dann?«

Amalie winkte ab. Sie hatte kein Problem damit, ihrer Freundin Emma ihre Gefühle anzuvertrauen, aber gegenüber anderen Menschen behielt sie die Geschichte für sich – was auch für Professor von Schley galt.

Dieser kam wieder zur Tür herein und brachte den neu eingetroffenen Gast mit. Im Gesicht des Professors konnte Amalie Überraschung, Unruhe und Ratlosigkeit erkennen. Lag es an seinem Besucher? Dieser war groß und schlank und auf distinguierte Art gutaussehend. Er war teuer gekleidet und lächelte selbstsicher.

»Darf ich vorstellen? Meine Tochter Emma – ihre Freundin, Fräulein Amalie von Briest.«

Die beiden Mädchen standen auf und knicksten. Der Besucher schlug die Hacken zusammen und verbeugte sich. Professor von Schley deutete auf ihn.

»Meine Damen – Herr Oscar Glock, ein Geschäftspartner und Gönner der Technischen Hochschule.«

Oscar Glock verbeugte sich erneut.

Der Professor sagte: »Die jungen Damen entschuldigen uns? Es gibt etwas Geschäftliches zu besprechen. Wir ziehen uns in mein Arbeitszimmer zurück.«

»Es tut mir leid, Ihr Zusammentreffen zu stören«, sagte Glock mit gewinnender Stimme. »Seien Sie versichert, Fräulein Emma, dass ich Ihren Vater nicht über Gebühr von Ihrer Seite fernhalten werde. Ich habe verstanden, dass Sie dieses Wochenende Ihren Geburtstag feiern? Darf ich so vermessen sein, Ihnen ein kleines Geschenk zu überreichen?«

Er holte ein in buntes Papier eingewickeltes Schächtelchen hervor und überreichte es Emma.

Emma drehte es erfreut und unschlüssig in den Händen.

»Sie dürfen es ruhig öffnen, Fräulein Emma«, sagte Oscar Glock. »Ich erinnere mich an meine Kindheit, ich konnte es nie erwarten, wenn ich ein Geschenk erhielt.«

Emma warf ihrem Vater einen fragenden Blick zu und begann nach dessen Nicken, das Papier fein säuberlich auseinanderzufalten. Das Geschenk war ein schön gearbeitetes Holzschächtelchen mit einem herausziehbaren kleinen Schubfach. Emma spähte hinein.

»Oh«, sagte sie atemlos, »ist der schön!«

Sie hielt die Schachtel hoch, so dass Amalie und der Professor sehen konnten, was sich in der kleinen Schublade befand. Es war ein fachmännisch auf eine Nadel aufgespießter, getrockneter, in allen Farben schillernder Schmetterling. Er war tatsächlich wunderschön.

»Danke sehr!«, sagte Emma und knickste. »Er bekommt einen Ehrenplatz in meiner Naturaliensammlung.«

Oscar Glock lächelte.

Professor von Schley stand neben ihm, kreidebleich im Gesicht, und wirkte, als habe er gerade sein Todesurteil erfahren.

17

Otto von Briest lehnte sich an die Wand im Vorzimmer von Edgar Trönickes Detektivagentur und sah Hermine Leitner dabei zu, wie sie die Schreibmaschine sorgfältig mit einer Haube bedeckte und ihren Tisch aufräumte.

»Wird Zeit, det Edgar bald wiederkommt«, sagte sie. »So langsam jeht uns hier die Arbeet aus, der Greta und mir. Ick hab schon allet wegjearbeitet, wat det letzte halbe Jahr liejenjeblieben ist.«

»Hat er dir geschrieben, wann sie ihn aus der Schweiz abreisen lassen?«

»Nee, nur, det er zufrieden ist, wie sich seine Wunde entwickelt, aber jenervt, weil er die Prothese deswegen nich anziehen kann und fürchtet, det die Spannung auf die Klavierdrähte irjendwas verbiegt, wenn se dauernd ruht. Und denn ist det Ding vielleicht total unbrauchbar.«

»Klingt so ähnlich wie das, was er meinem Vater geschrieben hat.«

»Er kommt schon wieder«, sagte Hermine und klang so, als würde sie sich in erster Linie selbst beruhigen wollen. »Der Edgar lässt sich nicht unterkriejen.«

Otto nickte und seufzte gleichzeitig. Hermine kam hinter ihrem Schreibtisch hervor und trat an die Garderobe, neben der Otto stand. Er wich ihr nicht aus, so dass sie auf Tuchfühlung an ihm vorbeimusste. Er streckte eine Hand aus und strich ihr scheu über den Oberarm.

»Machense man Platz hier, mein Herr«, sagte Hermine resolut, aber sie schob ihn nicht weg, sondern blieb dicht vor ihm stehen und lächelte ihn an. Otto ließ die Hand sinken und rückte ein Stück beiseite.

»Was glaubst du, wie lange dein Bruder sich noch verspätet?«, fragte er. »Ich hab den Tisch im Borchardt für sechs Uhr bestellt.«

Als er Hermines nachdenklichen Blick sah, fügte er hastig hinzu: »Nicht, dass ich drängeln wollte. Ich bin ihm dankbar, dass er mitkommt, sonst hätten wir unser Rendezvous absagen müssen – Levin soll der Teufel holen, dass er nicht mit dabei sein wollte, und Amalie ist bei Emma von Schley eingeladen. Meine Familie lässt mich total im Stich. Wenigstens dein Bruder hat so viel Anstand, unsere Gouvernante zu spielen.«

»Soso, wir haben also ein *Rendezvous,* Herr von Briest?« Hermine lächelte schelmisch. »Ich dachte, wir gehen nur was essen.«

»Allerdings, Fräulein Leitner.«

»Wo hamse denn die Blumen für det Rendezvous, Herr von Briest?«

»Die stehen im Lokal schon auf dem Tisch und werden geklaut sein, wenn wir ihn nicht bald besetzen.«

Hermine schenkte Otto erneut diesen nachdenklichen Blick. »Rudi kommt überhaupt nicht«, sagte sie dann kaum hörbar.

»Was? Wieso nicht? Ach verdammt – er hat doch zugesagt!«

»Nein, hat er nicht.«

»Aber ich dachte …«

»Er hat nicht zugesagt, weil ich ihm gar nicht mitgeteilt habe, dass wir beide heute Abend ausgehen. Er ist selbst unterwegs, mit seinem Chef, irgendwelchen wichtigen Geschäftspartnern und Geldgebern den Bauch pinseln.«

Otto starrte Hermine an. Er verstand überhaupt nichts.

Hermine zuckte mit den Schultern. »Ick wollte ma mit Ihnen alleene sein, Herr von Briest.« Sie seufzte und sah zu ihm hoch. »Hältste mich jetzt für ein loses Weib?«

Ottos Mund stand offen. Ein heißes Gefühl stieg in ihm auf, das alle Verständnislosigkeit wegbrannte und ihn so sehr mit Freude, Erwartung, Verliebtheit und Nervosität erfüllte, dass er weiterhin nichts sagen konnte. Er sah in Hermines halb erwartungsvolle, halb ängstliche Miene und hörte sein Blut in seinen Ohren pulsieren. Viel weiter südlich pulsierte sein Blut auch und womöglich noch stärker. Natürlich würde heute Abend nichts geschehen, außer dass sie zusammen ausgingen und vermutlich von allen anderen Gästen des Lokals als junges Ehepaar betrachtet wurden, weil sie sonst einen Aufpasser dabeigehabt hätten. Es würde auch nichts anderes als sonst geschehen, nämlich dass sie versuchten, unter dem Tisch die Knöchel miteinander zu überkreuzen und sich über dem Tisch kurze, sehnsuchtsvolle Blicke zuzuwerfen. Es sei denn … vielleicht wäre ja jetzt gerade eine Gelegenheit … er könnte es ja zumindest versuchen … Und wenn sie ihm eine Ohrfeige gab und ihn als zudringlich empfand? … Aber das würde sie nicht, sonst würde sie ihn nicht so ansehen, oder? … Konnte er es riskieren, ihre zarte Zuneigung zueinander aufs Spiel zu setzen durch eine Unbeherrschtheit? … Aber konnte er sich noch länger zurückhalten, während sie so dicht vor ihm stand und ihn anschaute?

Konnte …

… sollte …

… *durfte* er …

… ihr einen Kuss geben?

Er beugte sich im selben Moment zu ihr hinab, als sie ungeduldig schnaubte, ihn am Revers packte und zu sich hinunterzog. Sie stießen mit den Köpfen zusammen, dass es knallte.

Otto zuckte zurück. »O mein Gott! Entschuldige … bitte entschuldige!«

Hermine schwankte, dann stieß sie hervor: »Jetzt aber erst recht, wa!«, legte die Hand in seinen Nacken, zog seinen Kopf resolut zu sich heran und küsste ihn auf den Mund.

Ihre weichen Lippen.

Ihr süßer Atem.

Und dann das drängende Tasten ihrer Zunge und seine unwillkürliche Reaktion darauf, dieses neue Gefühl, dieser unbeschreiblich wunderbare Geschmack, diese vibrierenden Ströme, die in alle Glieder schossen! Hermines Lippen schlossen sich um seinen Mund, sie drängte sich an ihn, er hörte sie kleine Geräusche machen und erwiderte ihren hungrigen Kuss mit ebenso viel Dringlichkeit.

Der Kuss dauerte eine Ewigkeit.

Der Kuss dauerte viel zu kurz.

Hermine löste sich von ihm, gerade als Otto sicher war, dass er entweder vor Verzückung tot umfallen oder an Luftmangel ersticken würde – und es ihm einerlei war, solange der Kuss nicht endete.

Er sah Hermine in die Augen und hatte Mühe, irgendetwas zu denken außer: Noch mal!

Dann ergab er sich dem Drängen und küsste sie nochmals.

Und nochmals.

Jedes Mal war schöner als das Mal zuvor.

Sie blickten sich an. Hermines Wangen glühten. Otto ahnte, dass er ebenfalls aussah, als sei er einen Berg hinaufgerannt.

»Wir …« Hermine räusperte sich. »Rudi kommt mich um neun hier mit 'ner Droschke abholen – sein Chef bezahlt sie für uns. Ick hab Rudi nich jesagt, dass ick mit dir zum Essen jehe. Aber ick hab ihm jesagt, ick muss noch wat wegarbeiten und brauch dazu bis um neune. Wie ick ihn kenne, is er schon um halb neune da. Wie lange brauchen wir zum Lokal?«

»Keine zehn Minuten zu Fuß. Fünf Minuten mit der Droschke.«

»Na jut, denn lassen Se uns man jehen, Herr von Briest. Desto eher sind wir wieder hier zurück.«

»Um … um was zu tun?« Otto schluckte.

»Um dich noch mal zu küssen, Otto, was denn sonst.« Hermine hob einen Finger. »Mehr jibt's aber nicht, mach dir keene falschen Hoffnungen. Ick bin ein anständiges Mädchen.«

Otto blinzelte. Eigentlich sollte er mittlerweile an Hermines Direktheit gewöhnt sein, aber manchmal überrollte sie ihn immer noch. »Vergiss das Essen«, sagte er heiser. »Küss mich gleich.«

»Nee, ick hab echt Kohldampf. Wenn ick nich bald was zu essen krieje, werd ick unleidlich, und ick will nich unleidlich sein heute Abend.« Hermine strahlte Otto an. »Na jut, eener noch.«

Nachher taumelte Otto hinter ihr die Treppe hinunter, im Herzen voller Jubel, im Kopf voller erotischer Gedanken und insgesamt verzaubert, verwirrt und durch und durch und mit Haut und Haar und mit jeder Faser seiner gesamten Existenz von Hermine Leitner besessen.

18

Oscar Glock war nicht allein zu Professor von Schley gekommen. Er hatte Rudolf Leitner mitgebracht. Dieser hatte im Flur gewartet, als der Professor mit Glock in den Salon gegangen war, um den Mädchen Bescheid zu sagen. Während sie nun einem leichenblassen und bebenden Professor von Schley in dessen Arbeitszimmer folgten, flüsterte Rudolf seinem Chef ins Ohr: »Wer waren die beiden jungen Dinger?«

»Amalie von Briest und die Tochter des Hauses.«

»Wer ist wer?«

Glock warf seinem engsten Mitarbeiter einen nachdenklichen Blick über die Schulter zu. »Die Blonde ist die Briest-Göre, die Blasse, die aussieht, als kriege sie nicht genug Licht, ist Schleys Tochter. Warum?«

»Nur so.«

Glock musterte Leitner erneut halb nachdenklich, halb amüsiert. Leitner gab den Blick gleichmütig zurück. Professor von Schley blieb an einer Tür stehen, öffnete sie und gestikulierte hinein. Sein Mund arbeitete, ohne dass er mehr hervorgebracht hätte als ein geflüstertes »Bitte …«

In Schleys Arbeitszimmer setzte sich Oscar Glock hinter den Schreibtisch. Es gab als weitere Sitzgelegenheit nur ein Sofa, auf dem es sich Rudolf Leitner bequem machte. Schley blickte sich ratlos um und blieb dann vor seinem eigenen Schreibtisch stehen wie ein Bittsteller. Glock sah ihn mit einem fast freundlichen Gesichtsausdruck an, der so täuschend war wie das scheinbare Lächeln der hochgezogenen Mundwinkel einer Schlange.

Der Professor riss sich zusammen. »Warum haben Sie meiner Tochter einen toten Schmetterling geschenkt?«, fragte er.

»Ein lebender wäre ja gleich weggeflogen.«

»Nein, ich meine … Sie wissen genau, was ich meine.«

»Weiß ich das? Erklären Sie es mir, Herr Direktor.«

Schley wand sich. Seine Blicke zuckten zu Rudolf Leitner. »Ich … können wir … unter vier Augen …?«

»Ich bin gar nicht da«, sagte Rudolf Leitner und betrachtete seine Fingernägel.

»Er ist gar nicht da«, bekräftigte Glock. »Außerdem weiß er alles, was ich auch weiß, also nur keine falsche Bescheidenheit, Herr Direktor.«

»Hören Sie auf, mich so zu nennen!« Schleys Stimme wurde immer lauter.

»Ich dachte, Sie mögen das?«

»Nicht von Ihnen!«

Glock legte den Finger an die Lippen. »Psssst!«, machte er. »Die jungen Damen könnten Sie schreien hören.«

Professor von Schley ballte die Hände zu Fäusten. Er zitterte am ganzen Körper. »Weshalb sind Sie hier?«, fragte er. »Sie haben mich doch in den geheimen Bereich des ›Schmetterlings‹ eingeführt!«

»Wer sagt denn, dass ich deswegen hier bin?«

»Sie haben meiner Tochter einen toten Schmetterling geschenkt und dafür gesorgt, dass sie ihn vor meinen Augen ausgepackt hat. Denken Sie, ich kann Anspielungen nicht verstehen?«

»Ach, werter Herr Direktor, Sie überinterpretieren, fürchte

ich. Soll ich Ihnen sagen, weshalb ich hier bin? Weil ich Ihre Hilfe brauche.«

»Was?«

»Ich habe ein Problem, bei dessen Lösung Sie mir helfen können.«

»Wie könnte ich …?«

»Ich will es kurz machen, damit Sie zu Ihren beiden jungen Damen zurückkehren können. Beide sind übrigens sehr reizend. Ich darf Ihnen zu einer so zarten, exquisiten Schönheit wie Ihrer Tochter gratulieren und Ihrer Tochter für ihren Geschmack in der Auswahl ihrer Freundinnen.«

»Lassen Sie meine Tochter aus dem Spiel …«

»Meine Güte, sind Sie unfreundlich zu jemandem, der Ihnen Eintritt ins Paradies verschafft hat. Ich bereue fast, Ihnen diesbezüglich mein Vertrauen geschenkt zu haben.«

Professor von Schley blinzelte überrascht. Er bebte immer noch. Seine Augen waren unstet vor Nervosität, Angst und Wut. Glock lächelte. Es war eine gute Methode, seine Gesprächspartner mitten in ihrer Aggression daran zu erinnern, dass sie ihm eigentlich dankbar sein mussten. Es brachte sie aus dem Gleichgewicht. Die meisten bedankten sich dann auch zähneknirschend dafür, dass er sie bis vor die Falle geführt und freundlich eingeladen hatte hineinzutreten. Schley bildete keine Ausnahme.

»Hören Sie, Herr Glock, ich bin Ihnen dafür ja auch dankbar. Ich dachte nur, es sei eine Sache unter Männern gewesen und niemand würde davon erfahren …« Schley warf Rudolf Leitner einen anklagenden Blick zu.

»Sie haben gar nicht gefragt, wobei ich Ihre Hilfe brauche.«

»Also gut. Wie kann ich Ihnen helfen? Wenn es um Ihre Konstruktion geht – ich hätte da vielleicht einen interessanten Ansprechpartner für Sie, einen meiner Schüler …«

»Es geht um die Familie von Briest«, sagte Glock.

Der Professor stockte überrascht.

»Ich habe ein Interesse daran, die Leute nicht aus den Augen zu verlieren. Sie haben ja schon von sich aus die Freundlichkeit besessen, die Tochter der Briests einzuladen. Sehr schön. Sorgen Sie dafür, dass die Freundschaft ihrer Tochter und der jungen Briest sich intensiviert. Binden Sie sie aneinander. Binden Sie sie an sich. Wenn sie alt genug ist, werden Sie sie Stück für Stück in unsere Ziele einweihen und auf unsere Seite ziehen. Sie muss Ihnen vertrauen, Ihnen und Ihrer Tochter. Sie muss Sie für einen Freund und Gönner halten. Egal, was Sie dafür tun müssen – tun Sie es.«

»Aber …«

Glock hob abwehrend eine Hand. »Sie unterrichten auch den ältesten Sohn der Briests, Otto. Laden Sie ihn in Ihren Zirkel ein. Erzählen Sie ihm nichts von unserem Kampf, sorgen Sie nur dafür, dass er sich dort wohl fühlt und Ihnen und den anderen vertraut. Wenn es so weit ist, werden wir ihn genauso wie seine Schwester für unsere Ziele begeistern. Und bis dahin möchte ich, dass Otto von Briest nicht mehr dazu kommt, über bestimmte Dinge nachzudenken.«

»Mein Zirkel ist nur für die wirklich exzellenten Schüler reserviert …«

»Dann ändern wir jetzt die Statuten Ihres Zirkels.«

»Jeder will in meinen Zirkel, weil die Aufnahme darin der ganzen Welt beweist, dass man zu den Besten gehört. Jeder weiß das. Und viele wissen, welche durchschnittlichen Bewertungen Otto von Briest hat. Er ist ein sympathischer junger Mann, aber das ist auch alles. Ich setze meine Reputation aufs Spiel, wenn ich ihn einlade … und ich dachte auch, Sie wollten, dass nur die Besten in diesem Kreis sind …«

»Richtig, das will ich. Deshalb bezahle ich ja auch so gut für die Ausstattung Ihrer kleinen Philosophentreffen mit Champagner, Austern und Pasteten. Briest wird trotzdem Mitglied.«

»Wissen Sie, das ist bizarr«, sagte der Professor. »Alles, was Sie wünschen, hätte ich auch von allein getan, ohne dass Sie hierherkommen und mich zwischen den Zeilen bedrohen! Ich …«

»Ich bitte Sie nur um eine Gegenleistung für die Leistung, die ich zu Ihren Gunsten erbringe.«

»… ich bin froh, dass Fräulein von Briest sich mit meiner Tochter angefreundet hat, und ich hätte ohnehin vorgehabt, Sie mit Otto von Briest bekannt zu machen, denn er ist derjenige, von dem ich vorhin in Bezug auf Ihre Konstruktion gesprochen habe.«

»Ach? Sieh an. Sehen Sie, wie sich alles fügt.« Glock stand auf, kam um den Schreibtisch herum und klopfte dem Professor in einer plumpvertraulichen Geste auf die Schulter.

Schley zuckte zusammen, als hätte ihn etwas Widerwärtiges berührt.

»Und damit es sich weiter fügt, habe ich ein Geschenk für Sie mitgebracht.«

Glock holte ein Kuvert aus der Innentasche seiner Jacke und hielt es hoch. Es wirkte, als ob es gut gefüllt wäre.

»Soll ich noch Kaviar zu den Leckereien kaufen, auf deren gütige Finanzierung Sie mich eben so diskret hingewiesen haben?«, fragte der Professor. »Was ist das? Zuerst die Peitsche, dann das Zuckerbrot?«

»Aber nein«, sagte Glock sanft. Er warf das unverschlossene Kuvert auf den Tisch. Sepiafarbene Papierabzüge rutschten heraus, verteilten sich in einem unordentlichen Fächer über die Tischplatte. Einige fielen auf den Boden. Die Abzüge waren nur wenig mehr als handtellergroß, aber man konnte gut erkennen, was darauf zu sehen war. Ein Mann, bis auf Socken und Sockenhalter nackt, in einem Sessel, masturbierend. Ein junges Mädchen, das vor dem Sessel stand, sich ausziehend, nackt, an sich herumspielend, sich ihm zeigend. Der Professor riss die Augen auf, dann rannte er um den Schreibtisch herum und begann voller Panik, die Abzüge zusammenzuraffen. Sein Atem pfiff. Das Entsetzen in seinem Gesicht zeigte, dass ihm erst jetzt richtig bewusst wurde, mit wem er sich eingelassen hatte. Seine Blicke flogen zum offenen Kamin.

»Das sind die Peitsche *und* die Peitsche, lieber Direktor«, sagte Glock mit freundlicher Stimme. »Ich denke, Sie werden die Abzüge verbrennen wollen. Es wäre schade drum, aber es sind ja jetzt Ihre. Schade wegen der technischen Qualität der Fotografien, nicht des Motivs, dass wir uns da richtig verstehen. Ich bin erstaunt, wie viele davon scharf geworden sind. Ich habe schon viel verwackeltere Dinger gesehen. Aber da haben sich die Leute, die fotografiert wurden, auch mehr bewegt. Sei's drum. Wenn Sie die Bilder verbrannt haben und es Sie nachher reut, melden Sie sich bei mir. Ich habe die Glasplatten, ich kann jederzeit neue Abzüge machen lassen.«

Professor von Schley sah mit schwimmenden Augen zu Glock auf. Er kniete neben seinem Tisch und hatte die letzte Fotografie aufgehoben. Instinktiv drückte er die zusammengerafften Bilder an seine Brust.

»Warum tun Sie das?«, flüsterte Schley.

Glock gab keine Antwort. Er nickte Rudolf Leitner zu. Sie verließen das Arbeitszimmer, in dem Schley immer noch auf dem Boden kniete, die Fotografien seiner Schande an seine Brust gedrückt, kalkweiß im Gesicht und mit zitterndem Mund.

Leitner blieb vor der Tür zum Salon stehen. Er schien unschlüssig. Glock drückte die Tür auf und lächelte freundlich hinein. Die beiden Mädchen im Salon blickten von einem Brettspiel auf. Emma von Schley machte ein fragendes Gesicht.

»Mein Partner und ich wollen uns nur von den Damen verabschieden«, sagte Glock. »Ihr Vater wird gleich wieder bei Ihnen sein, er ordnet nur ein paar Papiere. Es war sehr freundlich von ihm, uns heute zu empfangen. Wir entschuldigen uns, dass wir Sie gestört haben.« Glock gestikulierte zu Rudolf. »Darf ich übrigens vorstellen: mein Geschäftspartner und Teilhaber, Herr Rudolf Leitner.«

Rudolf knallte die Hacken zusammen und verbeugte sich. Dann überraschte er alle Anwesenden, indem er vortrat, Emmas Hand nahm und einen Kuss auf ihren Handrücken hauchte.

Emma starrte ihn fassungslos an. Ihre Hand blieb in der Luft hängen, nachdem Rudolf sich wieder aufgerichtet hatte. Röte kroch in ihre Wangen. Ihr Mund bewegte sich, ohne dass ein Wort herausgekommen wäre.

»Entschuldigung«, sagte Amalie von Briest, »ich will nicht unhöflich sein, aber – haben Sie eine Schwester namens Hermine, Herr Leitner?«

Rudolf nickte. Er blickte Amalie kaum an. Seine Augen waren auf Emma gerichtet, als er antwortete: »Ihr Bruder Otto geht mit meiner Schwester aus. Ich bin erfreut, Sie kennenzulernen, Fräulein von Briest. Ganz bezaubernd.« Es war klar, dass seine letzten Worte nicht an Amalie, sondern an Emma gerichtet gewesen waren.

Die beiden Männer verließen den Salon. An der Tür sagte Glock: »Und ich dachte, die Briest-Göre hätte dir gefallen.«

»Ich bin nicht der Professor«, erwiderte Leitner mit einem kalten Unterton in der Stimme. »Das Briest-Mädchen ist noch ein Kind. Aber Emma von Schley ist eine Frau. Eine bezaubernd schöne Frau«.

»Die ist doch ’ne zarte Mauerblume! Hast du den Rollstuhl im Salon nicht gesehen? Da sitzt die vermutlich den halben Tag drin. So was gefällt dir? Da würde ich es eher mit Amalie von Briest halten – an der wird mal was dran sein, das sieht man jetzt schon. Blond und gesund! Es fehlen nur noch fünf, sechs Jahre, dann ist sie ’ne Schönheit, vor der sich die Kerle auf den Boden werfen.«

Leitner wirkte nachdenklich. Glock öffnete die Tür und lud Leitner ein voranzugehen. Doch dieser drehte sich plötzlich um und stapfte mit schnellen Schritten zu Schleys Arbeitszimmer zurück. Glock folgte ihm erstaunt und argwöhnisch.

Der Professor kauerte vor dem Kamin. Er hatte ein neues Scheit Holz daraufgelegt und das Feuer wieder angefacht. Aber statt die Bilder zu verbrennen, hielt er sie in bebenden Händen und blätterte sie durch. Er fuhr herum, als Leitner und Glock hereinplatzten. Leitner trat vor ihn.

»Was fehlt Ihrer Tochter?«, fragte er.

»Das geht Sie nichts an.«

Leitner bückte sich und riss Schley den Packen Fotos aus den Händen. Er schleuderte die Bilder in das Kaminfeuer. Einen Augenblick lang wirkte es, als würde der Professor versuchen wollen, sie aus den Flammen zu retten. Dann ließ er die Hände sinken und starrte zu Leitner nach oben wie eine Maus zur Katze. Seine Augen waren rot und seine Lippen blau.

»Ich wette«, sagte Leitner, »Ihrer Tochter fehlt nichts. Sie reden nur ihr und sich selber ein, dass sie krank ist, damit sie nie eine erwachsene Frau wird. Das Mädchen hat kein Problem, außer dass es Sie zum Vater hat. Und sollten Sie jemals das Gefühl bekommen, Sie müssten Ihre schmutzigen Finger nach ihr ausstrecken, dann bringen Sie sich besser gleich selbst um – denn sonst tue ich es, und dann wird es sich lange hinziehen!«

19

Weeßte«, sagte Hermine zu Otto über dem ersten Gang eines Menüs, das aus einer Hühnerkraftbrühe mit Schwemmklößen, gespickten Kalbsschnittchen mit Austern und westfälischem Schinken, Grünkohl und als Nachspeise eingemachtem Obst mit Römischem Punsch bestand, »der Rudi und ich, wir sind, seit wir Kinder waren, unzertrennlich.«

»Ich wollte, Amalie würde das auch von mir sagen.« Otto seufzte. »Manchmal habe ich das Gefühl, sie lässt keinen so wirklich an sich ran. Mit Levin verstehe ich mich besser, aber Amalie ist mir – und ihm auch – irgendwie fremd.«

»Rudi hat immer auf mich aufgepasst. Schon bevor unser Vater starb und unsere Mutter uns beide zum Arbeiten auf die Gasse schickte, hat er uff mir jeachtet.« Hermine stocherte in ihren Schwemmklößchen herum, dann zerteilte sie eines mit resoluter Geste und aß es. »Det war keene schöne Zeit«, sagte sie dann, »aber ohne Rudi wär sie wirklich schlimm jewesen.«

Otto winkte dem Kellner, der herbeieilte und in beide Weißweingläser nachschenkte. Hermine beobachtete ihn dabei wie ein Habicht, als ob der Mann versuchen würde, sie um einen Schluck zu betrügen. Sie sah auf, als sie Ottos Blick bemerkte, und wurde rot. »Det hab ick immer, wenn ick an die alten Zeiten denke«, entschuldigte sie sich. »Da hab ick jelernt, det man uffpassen muss, wenn man nicht behumst werden will.«

»*Behumst?*«, fragte Otto und lachte.

»Betrogen«, sagte Hermine würdevoll. »Und du hast keenen Grund zu lachen, *Herr* von Briest, nur weil ick rede wie eene, die von da herkommt, wo se herkommt, wa!« Ihr Mund verzog sich zu einer Schnute, aber ihre Augen blitzten vergnügt.

Otto war atemlos, wann immer er sie anschaute, sein Herz schlug Purzelbäume, und sein Blut rauschte in seinen Ohren und pumpte sich dorthin, wo es zwar vergnüglich, aber im Moment fehl am Platz war. »Außerdem«, fuhr Hermine fort, »biste schuld, Herr von Briest, weil de mir jenötigt hast, den Schampus so runterzukippen und det erste Glas Wein ooch, un daher hab ick jetzt 'nen Schwips.« Sie klopfte mit dem Fingernagel gegen das gefüllte Weinglas. »Mit dir lass ick mir mehr Zeit, wa«, sagte sie. »Nich det der Herr von Briest sich noch einbildet, er kann mir leichtsinnig machen.«

»Könnte ich's denn?«, fragte Otto. »Mit einem Glas Champagner und einem Glas Wein?«

»Verjiss et«, erklärte Hermine und begann zu lachen.

Otto fühlte auf einmal die Berührung ihrer Füße links und rechts von seinen geschlossenen Beinen und verschluckte sich fast, als ihm klarwurde, wie sie unter dem Tisch dasitzen musste. Jetzt wurde er rot, viel röter noch als Hermine. »Erzähl mir noch was aus deiner Kindheit«, sagte er.

»Erzähl *du* mir was! Ick hör so jern von fremde Länder. Ick bin nie aus Berlin wegjekommen.«

»Ich hab dir schon alles erzählt.«

Hermine seufzte. »Na jut. Wat willste wissen?«

»Was haben du und dein Bruder gearbeitet? Ihr wart doch damals noch klein, oder?«

»Rudi war dreizehn, als Vater starb, und ich war sechs! Det war 1880. Ick weeß noch, was det fürn kalter Winter war! Später hab ich erfahren, dass drunten im Süden der Bodensee komplett zugefroren war. Vater war lange krank gewesen. Er hatte zuerst bei Siemens & Halske gearbeitet, dann hat er sich als Uhrmacher und Werkzeugerfinder selbständig gemacht, aber irgendwie war nie genug Geld da, so dass er ab und zu ins Schuldgefängnis musste, und das hat ihn zuletzt kaputtgemacht. Wir mussten aus unserer Wohnung raus; Mutter hat die alte Wohnungseinrichtung verkauft, damit wir Vaters Begräbnis bezahlen konnten. Wir hatten damals nur einen alten Koffer, den wir als Tisch verwendeten, einen Schemel zum Sitzen, so 'nen kleinen Eisenofen und ein paar Tassen, die meisten ohne Henkel. Über ein Jahr lang haben wir uns als Trockenwohner durchgebracht, bis wir wieder 'ne feste Bleibe hatten, und die verdammten Rabitzwände trockengeschnauft.«

»Trockenwohner?«, fragte Otto, der den Begriff noch nie gehört hatte. Was Rabitzwände waren, war ihm halbwegs klar, darüber war in den Vorlesungen einmal gesprochen worden: Es waren Wände, die aus einem Metallgitter, einem darübergezogenen Putzträger – meistens Schilfrohr –, einer faserversetzten Kalkmörtelschicht und einem darauf aufgetragenen Kalkputz aufgebaut waren. Ein Berliner Maurermeister hatte das Patent entwickelt und damit zum schnelleren Wohnungsbau beigetragen, denn die Rabitzwände konnten überall dort eingezogen werden, wo keine tragenden Ständerwände gebraucht wurden.

»Ein neu gebautes Haus ist erst mal innen total feucht«, erklärte Hermine. »Det kommt von dem billigen Kalkmörtel, der braucht 'n Vierteljahr oder länger zum Trocknen. In der Zeit will keen Mieter, der sich wat Besseres leisten kann, drin wohnen – also werden die Wohnungen an arme Schlucker wie meene Mutter, meenen Bruder und mich billig vermietet, damit se nich janz leer stehen und damit die Körperwärme und die Atemluft der Bewohner den Mörtel schneller trocknen lassen.«

»Aber das ist doch in höchstem Maß …«

»… unjesund, ja«, sagte Hermine nüchtern. »Du lebst in 'ner Wohnung, die so feucht und kalt ist wie det Grab von 'nem Matrosen. Aber es ist immer noch trockener und wärmer, als draußen uffm Feld zu schlafen.«

Otto konnte nicht anders: Er fasste über den Tisch und nahm Hermines Hand in die seine. Sie erwiderte seinen Händedruck.

»Das tut mir so leid, dass du so aufwachsen musstest«, sagte er.

Sie zuckte mit den Schultern. »War nich schön jewesen, aber andere hatten's noch schlechter. Wir ham dann ja 'ne kleene Wohnung in Kreuzberg bekommen – eijentlich war's nur ein einziges Zimmer. Aber das hatten wir wenigstens für uns. Mutter hat sich immer geweigert, einen Schlafgänger bei uns aufzunehmen, der ein bisschen Miete gebracht hätte; sie sagte, sie wolle keinen fremden Mann dahaben mit zwei kleinen Kindern, von denen eines auch noch ein Mädchen war. Viele andere Kinder, die ich kannte, hatten weniger Glück, da hatten die Eltern manchmal zwei, drei Schlafgänger gleichzeitig, die sich die Betten je nach den Schichten teilten, in denen sie arbeiteten – der eine legte sich direkt in den Mief des anderen, und die Kinder schliefen auf Strohschütten aufm Boden. Rudi und ich hatten wenigstens zusammen ein Bett.

Und weil Mutter nachweisen konnte, dass wir uns bemühten, unseren Lebensunterhalt zu verdienen, bekamen wir Marken für die Volksküche. Das war ein Glück, da gab's über die Wintermonate jeden Tag 'ne Portion Suppe gratis und am Sonntag Fleisch mit Graupen!«

Otto räusperte sich. Es war ihm unvorstellbar, dass Hermine über diese Zeit nicht mit Grauen in der Stimme, sondern mit anscheinendem Gleichmut berichtete. Er wünschte sich von Herzen, irgendwie jetzt noch in die Zeit zurückreisen zu können und dem kleinen Mädchen zu helfen, das sich mit ihrem Bruder ein Bett teilte und eine Portion Suppe täglich als Glück betrachtete.

»Mutter und ich haben Uhrketten aus Pappe gebastelt – und Tintenwischer und solche komischen Stecknadeligel aus Läppchen und Flicken. Rudi ist draußen rumgelaufen und hat Wollstaub in den Lumpenkellern zusammengesammelt, daraus haben wir dann Figuren gedreht und für Groschen auf der Straße verkauft. Eine Weile hat er für die Soldaten aus der Alexanderkaserne das Kommissbrot verkloppt und von ihnen dafür 'nen Anteil an den Einnahmen erhalten, aber dabei durfte man sich nicht erwischen lassen. An schönen Sonntagen, wenn ich mit ihm rausdurfte, waren wir am Schloss und haben irgendwelche Fremden rumgeführt und ihnen das erzählt, was wir von den richtigen Fremdenführern aufgeschnappt haben. Gestimmt hat's nicht immer, was wir da palavert haben, dafür hat's bei uns auch nur ein paar Pfennig gekostet.«

Hermine lehnte sich plötzlich zurück und nahm einen winzigen Schluck Weißwein. »Und jetzt sitze ich hier mit dir und esse drei Gänge und hab eine Arbeit als Gehilfin des nettesten Mannes, den ich kenne, und Rudi ist die rechte Hand von Oscar Glock, dem Fabrikanten, der ihm vertraut … wenn das Mama noch erleben dürfte. Aber sie hat wenigstens erlebt, dass keiner von uns auf die schiefe Bahn geraten ist, das war immer ihre größte Sorge.«

»Ist sie schon lange tot?«

»Fünf Jahre. Hat sich kaputtgearbeitet für uns. Genau wie Rudi, nur er war noch jünger und hat's ausgehalten. Stell dir vor – eine Weile hat er Laufjunge fürs Tingeltangel gemacht, da durfte er ab und zu nachmittags die Vorstellung sehen und mich mit reinnehmen, und die Mädels, die da getanzt haben, haben ihn als Boten rumgeschickt, um den Kerls zu antworten, die ihnen Anträge für die Nacht gemacht haben ... Rudi hat's rausgehabt, die Preise hochzutreiben, und viele Mädels haben das, was er zusätzlich noch rausgeholt hat, mit uns geteilt ... wat guckste jetzt so erschrocken, Otto?«

»Du hast ... die Mädchen ... das waren ...?«

»Ooch, Otto, jetzt enttäuschste mir aber. Denkste, wer so uffjewachsen ist wie Rudi und icke, dem war so wat fremd? Klar, die Mädels waren ... äh ...« Hermine sah sich plötzlich unsicher um, dann beugte sie sich über den Tisch und flüsterte: »Ach du lieber Jott, um ein Haar hätte ick ›Nutten‹ jesagt. Det darf man hier wahrscheinlich nich ma denken, det se einen nich rausschmeißen.«

»Nicht mal flüstern«, sagte Otto, der grinste, weil ihn Hermines freizügige Verwendung eines verdorbenen Wortes zutiefst erregte.

Hermine sah ihn schockiert an. »Oh«, sagte sie und hielt sich die Hand vor den Mund. »Nu trink ick aber nüscht mehr. Den Rest der Flasche musste selber vernichten, Herr von Briest. Ick trinke nur noch Selters.«

»Erzähl weiter.«

»Et jibt nich mehr viel zu erzählen. Außer ... na ja ... aber daran will ick eijentlich überhaupt nich denken ...«

»Woran?«

Hermine sah Otto nachdenklich an. »Als ich zehn war, wär ich fast gestorben«, sagte sie.

Otto zuckte zusammen. Seine gute Erziehung riet ihm, nicht mehr weiterzufragen, aber sein Instinkt und seine tiefe Liebe zu der jungen Frau ihm gegenüber schlugen die erzieherischen Ratschläge in den Wind. »Was ist passiert?«, fragte er leise. »Hattest du einen Unfall?«

»Nee, ick bin einfach nur krank geworden. Nen Arzt konnten wir uns nicht leisten, aber 'ne Frau in 'nem Nebenhaus kannte sich ein bisschen aus, weil sie selber acht Kinder großzuziehen hatte, und die meinte, es wäre Scharlach und ick sollte mir ja nich in der Nähe von anderen Kindern oder auf der Gasse blicken lassen, weil ick so stark ansteckend wäre. Den Scharlach bin ich wieder losgeworden, aber danach konnte ich kaum noch laufen oder stehen – mir blieb immer die Puste weg, und mein Herz hämmerte bei der kleinsten Bewegung wie verrückt und tat weh. Mutter meinte, ich solle einfach liegen bleiben und mich nicht bewegen, aber Rudi war dagegen. Er trug mich huckepack die Treppen runter und draußen rum und lief mit mir überallhin, Kilometer müssen das gewesen sein, irgendwo raus ins Grüne, wo die Luft besser ist, und dort ermutigte er mich, selbst zu gehen. Immer nur ein paar Schritte, bis sich mir alles drehte; und am nächsten Tag einen Schritt mehr und so weiter. Ich bin überzeugt, das hat mich gerettet – hätte er mich nicht gezwungen, mich zu bewegen und wieder Kräfte zu sammeln, und hätte ich stattdessen den Rat meiner Mutter und den von anderen Leuten befolgt, die sagten, die arme Kleene soll sich stillehalten und ja nich ausm Bette steigen … denn würde ick mir schon lange die Gänseblümchen von unten begucken.«

»Ich bin deinem Bruder von Herzen dankbar«, sagte Otto.

Hermine lächelte. »Ick ooch, det kannste mir glooben. Na ja, und so haben wir uns jeden Tag durchgeschlagen; eigentlich, bis Rudi die Arbeit bei Glock fand, dann wurde es leichter. Glock hat ihn von Anfang an gemocht. Ich weiß noch, als Rudi eines Tages nach Hause kam und ganz nachdenklich war und sagte: Herr Glock hat mir heute ein paar Geschäftsgeheimnisse anvertraut und mir gesagt, was er mit seiner Fabrik noch alles vorhat. Das ist jetzt was Vertrauliches, Hermine, deshalb bitte ich dich, mich nicht mehr nach meiner Arbeit dort zu fragen. Ich hab ihm versprochen, dass er mir vertrauen kann und dass ich das, was ich erfahre, nie einer Menschenseele erzähle.«

»Dein Bruder ist ein aufrechter Bursche«, sagte Otto, der ganz leises Befremden darüber spürte, dass Rudolf Leitner die Vertraulichkeit so dermaßen ernst nahm, dass er sich zu dieser kleinen Rede bemüßigt gefühlt hatte. Aber dann wurde ihm klar, dass diese Ansage für die junge Hermine eine immense Beruhigung gewesen sein musste, denn sie bewies, dass ihr Bruder bei Glock eine sichere Stellung hatte und die Gefahr, wieder in die Armut abzugleiten, gering geworden war.

»Und seit ich bei Edgar arbeite, geht es uns richtig gut.« Hermine sah auf und strahlte Otto an. »Und seit ich dich kenne, bin ich auch noch glücklich«, setzte sie hinzu.

Otto fasste erneut hinüber und nahm Hermines Hand. Ihre Blicke versenkten sich ineinander. Otto bebte innerlich in einer Mischung aus Herzenswärme, Kameradschaft, seelischer Verbundenheit und atemloser Lust, die er alle gleichzeitig für sein Gegenüber empfand. Der Kellner kam mit dem zweiten Gang und räusperte sich leise, als er die ineinander verschränkten Hände bemerkte, aber er war selbst noch jung und zwinkerte Otto beim Verlassen des Tischs kaum merklich zu. Ottos Herz jubilierte. Die Umwelt war ihm egal. Wenn er nicht Hermine damit in Verlegenheit gebracht hätte, wäre er aufgesprungen, um den Tisch herumgelaufen und hätte sie noch viel inniger geküsst, als sie es heute in Edgars Agentur getan hatten. Hermine schien seine Gedanken gelesen zu haben, denn ihre Augen blitzten, und einer ihrer Füße rieb sich an Ottos Knöchel.

»Du machst mich auch glücklich«, flüsterte er heiser. Und in Gedanken fügte er hinzu: Bitte, lieber Gott, lass niemals zu, dass ich sie unglücklich mache.

20

Noch in der Nacht setzte sich Oscar Glock hin und schrieb alles auf, was am zurückliegenden Tage vorgefallen war. Sämtliche Vorkommnisse in der Firma kamen in ein Notizbuch: Ergebnisse, Fehlschläge, neue Erkenntnisse, besonderes Engagement einzelner Arbeiter, Verbesserungsvorschläge, Widerstände … die Seiten des Notizbuchs waren nummeriert, und nachdem er mit dem Eintrag fertig war, trug er in ein alphabetisches Stichwortverzeichnis mit Seitenangabe alles ein, was es ihm wert schien, schnell wiedergefunden zu werden.

In seinem Tresor befanden sich fast zwei Dutzend weitere Notizbücher. Manche waren noch kaum beschrieben. Andere hatten schon einen zweiten oder dritten Band und standen als mit Gummiringen zusammengehaltener Klotz im Tresor. Jedes der Bücher hatte als Titel einen Namen. Julius von Schley war einer davon. Andere Bücher trugen zum Beispiel die Namen von Heinrich von Treitschke, der ein bekannter politischer Publizist war, Max Liebermann von Sonnenberg, ebenfalls Publizist und Reichstagsabgeordneter der Deutschsozialen Partei, Professor Dr. Paul Förster, ein Lehrer und politischer Agitator, und Hans von Bülow, Chefdirigent der Berliner Philharmoniker. Hermine und Rudolf Leitner teilten sich einen Band, ebenso die Familie von Briest. Edgar Trönicke hatte einen eigenen. Alle Namen waren mit Feder und Tinte auf die einfachen, schmucklosen Rücken geschrieben. Glock zog den Band mit dem Namen von Schley heraus und fügte dem Rücken den Namen Emma von Schley hinzu, schlug das Notizbuch auf und begann zu schreiben. Nachdem er damit fertig war, erhielt auch Rudolf Leitners Buch einen weiteren Eintrag. Als alle Notizen beendet waren, schloss Glock den Tresor zu, küsste seine Fingerspitzen und drückte sie fast zärtlich auf die geschlossene Tresortür. Das Glück war eine Frau und musste umworben werden. Die Notizbücher waren Oscar Glocks Glücksbringer, seit zwanzig Jahren nun schon, und er war gewillt, sie das noch mindestens weitere zwanzig Jahre sein zu lassen.

1870 war Oscar Glock als Obergefreiter im 1. Brandenburgischen Pionierbataillon in den Krieg gegen Frankreich gezogen. Während der Belagerung von Paris hatten er und seine Kameraden Gräben rund um die Stadt gezogen. Über ihnen hatten die Fesselballons der Verteidiger geschwebt, außer Reichweite der Gewehrkugeln, die von unten hinaufgefeuert wurden – wohingegen die Soldaten unten durchaus von den Kugeln der Männer in den Ballons hätten getroffen werden können, weil diese nur nach unten schießen mussten. Die Kugeln der Franzosen mochten auf dem langen Weg vom Ballon zum Boden etwas an Kraft eingebüßt haben, aber um einen Mann zu töten, reichten sie allemal. Die Pioniere von Glocks Kompanie hatten schwitzend, mit verkrampften Schultern und eingezogenen Köpfen gearbeitet, ständig auf die Schatten auf dem Boden achtend, wann diese signalisierten, dass ein Ballon vom Wind nahe genug herangetrieben worden war.

Niemand in den Ballons nahm die Pioniere tief drunten unter Feuer. Alles, was die Ballonfahrer taten, war, Meldungen weiterzugeben, den Verlauf der Schanzarbeiten auszuspähen, die deutschen Geschützstellungen auszukundschaften.

Nach einer Weile lockerten sich die Schultern von Glocks Kameraden, und das Schanzen und Graben verlief etwas entspannter. Außer bei Oscar Glock. Er war fassungslos, dass die Franzosen die Ballons nicht als schwebende Feuerstellungen nutzten. Und er glaubte zu ahnen, warum sie es nicht taten.

Sie wiegten den Feind in Sicherheit. Sie wollten nicht, dass sich Gegenfeuer auf die Ballons konzentrierte, denn sie hatten weitreichendere Pläne, als nur mit Gewehren von den Ballonkörben aus auf Soldaten zu schießen. Sie würden, sobald die deutschen Stellungen bezogen waren, die Körbe mit Bomben füllen und diese dann auf die arglosen Deutschen herabwerfen. Der Überraschungseffekt würde nur ein einziges Mal gelingen, aber er würde verheerend sein. Wer erwartete schon, dass von einem Luftfahrzeug aus Bomben auf den Boden regneten?

Zu Obergefreiter Glocks noch größerer Fassungslosigkeit lag er auch mit dieser Befürchtung falsch. Die Franzosen nutzten diese Möglichkeit ebenfalls nicht. Die Ballons schwebten wie große, schmutzfarbene Bälle am Himmel, und alles, was sie anrichteten, war, Positionen weiterzugeben, welche die uneffektive französische Artillerie von deren Stellungen in der Stadt aus zu treffen versuchte.

Idioten!

Neben dem Umstand, dass die Franzosen hinsichtlich ihrer technischen Möglichkeiten extrem fantasielos waren, machte Oscar Glock in den Monaten der Belagerung von Paris noch eine weitere, für ihn tatsächlich noch atemberaubendere Entdeckung: Er entdeckte die Macht der Beobachtung, festgehalten mit Datum und Uhrzeit in einem Notizbuch.

Die Eingebung dazu war buchstäblich von oben erfolgt – von den in den Körben stehenden und eifrig alles Gesehene notierenden französischen Ballontruppen. Jeder Soldat wusste, dass unter den Quartiermeistern und Nachschubfeldwebeln notgedrungen ein paar faule Eier waren. Aufgaben dieser Art zogen die korrupten, gewinnsüchtigen Schieberseelen geradezu magisch an. Nicht alle von ihnen konnten durch den harten preußischen Drill von ihren Wegen abgebracht werden. So gab es auch im 1. Brandenburgischen Pionierbataillon eine kleine Gruppe von Unteroffizieren und Feldwebeln, die mit der reichlich vorhandenen Ausrüstung ihre eigenen Geschäfte machten. Verpflegung wurde über dunkle Kanäle dorthin geschafft, wo am besten bezahlt wurde, gerne auch in die belagerte Stadt hinein. Hauptleute und Majore griffen tief in die Taschen, damit ihre Mannschaften die beste Munition und die am sorgfältigsten gewarteten Waffen ausgehändigt bekamen. Kavallerieobristen von altem Adel waren bereit, für besseres Pferdefutter mehr zu bezahlen. Und so weiter. Es gab kaum einen Bereich des Lebens in diesem Krieg, in dem ein hinreichend unerschrockener und intelligent vorgehender Betrüger nicht den Grundstock für sein späteres eigenes Vermögen legen konnte.

Oscar Glock durchschaute die Machenschaften dieses kleinen Kreises schwarzer Schafe ziemlich schnell. Und er wollte ein Stück vom Kuchen abhaben. Die eine Möglichkeit wäre gewesen, sich den Männern als Helfer anzudienen und dann unverzichtbar zu machen – die Ochsentour, mühsames Hocharbeiten von unten, das möglicherweise länger dauerte als der Rest des Krieges.

Also: falsche Taktik.

Der Krieg bringt Eigenschaften in den Menschen hervor, von denen diese vorher nie geahnt hätten, dass sie sie besitzen. Viele macht er zu Helden. Manche macht er zu Feiglingen. Oscar Glock, der aus normalen Verhältnissen stammte und sich bislang für einen normalen Menschen gehalten hatte, machte er zu einem Verbrecher. Es war das Werk eines Augenblicks, genauso entscheidend wie die Kugel, die den Helden tötet, der sich für seine Kameraden geopfert hat. Der Obergefreite Glock erkannte mit zunächst nicht mehr als dem üblichen Neid derer, die anderen beim illegalen Geldscheffeln zusehen müssen, das Muster hinter den Schiebereien. Dann jedoch sah er, wie er sich daran beteiligen konnte, ohne sich jemals selbst exponieren zu müssen. Er würde reich werden, indem die anderen etwas von ihrem Reichtum abgaben. Er musste sie nur dazu überreden.

Ergo: Er brauchte die richtige Taktik. Eine Taktik wie die der französischen Ballonsoldaten, die alles notierten und alles herausfanden, was den Feind schwächen konnte, ohne jemals selbst in die Feuerlinie zu geraten.

Die nötige Ausrüstung dafür war billig: Ein Notizbuch und ein Stift waren schnell irgendwo erstanden, was den Rest betraf, genügten die eigenen Augen und Ohren und ein paar unter Soldaten beliebte Tauschobjekte, um die Augen und Ohren von jemand anderem nutzen zu können.

Oscar Glock wurde zum Erpresser.

Dann kam der Waffenstillstand, aus den Belagerern wurden Besatzer. Das Geschäft blühte noch stärker als zuvor, vor allem, weil man es nun auf der anderen Seite nicht mehr mit Amateuren zu tun hatte, sondern mit den hochorganisierten Verbrecherbanden aus den Arbeiter- und Einwandererquartieren. Oscar Glocks preußische Geschäftspartner in den Nachschublagern verschoben die Dinge, die gewünscht wurden. Deren französische Geschäftspartner ermordeten die Polizisten auf beiden Seiten, die im Weg waren – oder auch sich gegenseitig, was den Markt mit der Zeit übersichtlicher und besser regelbar machte. Oscar, mittlerweile Sergeant und ohne Ehrgeiz auf einen weiteren Aufstieg, weil seine Macht keine Epauletten und Säbeltroddeln benötigte, sah ihnen dabei zu und kassierte seinen Anteil.

Und fühlte sich zusehends schlecht dabei.

Nicht, weil unrechtmäßig erworbenes Geld seine Taschen füllte. Nicht, weil er etwa ein schlechtes Gewissen gehabt hätte wegen der Erpressungen. Er fühlte sich schlecht, weil er Zeuge wurde, wie etwas, das im Grunde hochmoralisch, rein und bewundernswert war, nämlich die preußische Armee, von Blutsaugern wie den krummen Quartiermeistern und ihren verbrecherischen Komplizen in den Arbeitervierteln geschädigt und von innen her aufgefressen wurde. Die preußische Armee hatte das geschwächte, in sich zerrissene, uneinige Deutschland hinter ihre Fahnen geschart, ihm Stärke und Einigkeit verliehen, es zum Sieg geführt. Und nun bereicherten sich kriminelle Elemente an ihr und verhöhnten ihre Prinzipien, und niemand tat etwas dagegen, weil diejenigen, die etwas hätten tun können, zu dumm oder zu faul oder selbst in die illegalen Machenschaften verwickelt waren.

Und das galt nicht nur für die preußische Armee im besetzten Frankreich, sondern auch für die Heimat, fernab von der Front.

Oscar las von Kriegsgewinnlern, die mit Aktienspekulationen reich geworden waren, weil sie auf den Krieg gesetzt hatten und im Hintergrund die Stellschrauben gedreht hatten, damit er auch wirklich stattfand. Er hörte von Banken, welche die Beute der Offiziere in ihre Tresore einlagerten, ohne sich bestätigen zu lassen, ob es sich um rechtmäßige Kriegsbeute oder um schlichten Diebstahl handelte, weil die Besitzer der Beutestücke bereit waren, horrende Schließfachgebühren zu bezahlen. Er sah mit eigenen Augen, wie in den ersten Tagen nach der Kapitulation Agenten von vermögenden Bankiers, Unternehmern und Privatleuten durch das besetzte Paris strichen und den von den Hungerwochen der Belagerung geschwächten Parisern Kunstgegenstände und alte Erbstücke für buchstäblich Butterbrote abkauften – wenn sie sie nicht einfach kraft der sie begleitenden Soldaten beschlagnahmen ließen. Diese Agenten operierten mit der Deckung hoher Offiziere, die wiederum dadurch hofften, ihre Schulden bei den Auftraggebern der Agenten loszuwerden.

Sergeant Oscar Glock fasste den Entschluss, zur Reinigung des preußischen Militärs beizutragen, auch wenn dadurch seine eigenen Geldquellen trockengelegt wurden. Er suchte um einen Termin beim Bataillonsstab nach, geriet nach zwei subalternen Offizieren endlich an seinen obersten Befehlshaber und handelte mit diesem ein Geschäft aus. Sergeant Glock würde sein Wissen um die Vorgänge und die darin verwickelten Namen preisgeben; da er auch selbst davon profitiert hatte, würde er im Gegenzug zwar eine Strafe akzeptieren, aber eine geringe. Er hatte auch einen Vorschlag in der Tasche: Degradierung zum einfachen Pionier und ehrenhaftes Ausscheiden aus der Armee mit diesem Rang. Als er ein paar Namen von höheren Offizieren fallen ließ, maßgeblich aus anderen Truppenteilen, auf die das Pionierbataillon nicht gut zu sprechen war, willigte Oscars Befehlshaber ein.

Unter den Mannschaften und Unteroffizieren gab es Erschießungen. Aufseiten der Franzosen kam die Guillotine zum Einsatz. Die beschuldigten Offiziere wurden offiziell abgemahnt und zur Rückzahlung der angerichteten finanziellen Schäden verpflichtet. In ein paar Fällen wurden anstehende Beförderungen ausgesetzt. Einige der korrupten Quartiermeister lieferten in der Hoffnung auf Gnade weitere Komplizen aus. Andere schwiegen verbissen, selbst als sie vor dem Peloton standen und nach letzten Worten gefragt wurden.

Die Drahtzieher der Korruption hinter den Kulissen, die Bankiers und Unternehmer und Privatleute, gingen straffrei aus. Oscar hörte von keinem einzigen Prozess, keiner einzigen Verhaftung, keiner einzigen öffentlichen Anprangerung.

Dann kam seine Feldgerichtsverhandlung, und Oscar machte die Erfahrung, dass er trotz aller Abgebrühtheit ein naives Kerlchen gewesen war. Er hatte nicht bedacht, dass er mit seinen Enthüllungen auch die Standesehre des Offizierskorps in den Schmutz gezerrt hatte. Statt als Aufklärer wurde er als Denunziant und Erpresser behandelt, als jemand, der sich an den Fehlern seiner Kameraden bereichert hatte, nur um sie dann ans Messer zu liefern. Niemand hielt zu Oscar Glock, nicht die Offiziere, die sich von ihm bedroht fühlten, nicht die Unteroffiziere, die ihn für einen Verräter hielten, nicht die Mannschaften, die ihm die drastischen bürokratischen Verschärfungen anlasteten, die beim Umgang mit Heeresmaterial in Kraft gesetzt wurden. Oscar wurde degradiert, wie vereinbart. Aber er wurde auch zu sechs Jahren Festungshaft und unehrenhafter Entlassung verurteilt, was nicht vereinbart gewesen war. In der Nacht vor der Urteilsverkündung suchte ihn einer der subalternen Offiziere auf und erklärte ihm, dass er natürlich die Möglichkeit hatte, dem Feldgericht seine Abmachung mit dem Bataillonskommandeur zu schildern und so dessen Ehre auch noch zu beschmutzen. Was er davon haben würde, würde ihm in der ersten Nacht in seiner Zuchthauszelle klarwerden, und er würde sich verfluchen, geplaudert zu haben. Alles verstanden, Pionier Glock?

Jawohl, Herr Oberleutnant.

Sind noch jung, Glock. Was sind sechs Jahre? Gehe stark davon aus, dass Sie sich was auf die Seite geschafft haben aus Ihren Erpressungen, was? Können noch mal von vorn anfangen, wenn Sie draußen sind.

Herr Oberleutnant, darf ich etwas sagen?

Nein, Mann, Sie dürfen das Maul halten. Stillgestanden!

Oscar blieb in Habtachtstellung, auch nachdem der Offizier gegangen war. Es war besser, als der Versuchung nachzugeben und sich vor Wut und Enttäuschung brüllend auf dem Boden zu wälzen.

Aus der Festungshaft kehrte Oscar Glock im Frühjahr 1878 nach Berlin heim. Er hatte die bleiche, teigige Haut eines langjährigen Häftlings, ein kleines Vermögen, das er, wie vom Oberleutnant vermutet, beiseitegeschafft hatte, und keine Illusionen mehr. Er ersetzte die Leere. Durch harte Arbeit beim Aufbau einer kleinen Fabrik für Dampfmaschinen, was sich lohnte. Durch häufige Besuche in den Berliner Bordellen, was ihm zunächst Befriedigung verschaffte und ihn in Kontakt mit Menschen vom Schlag des Besitzers des »Schmetterlings« brachte. Durch die Beobachtung des politischen und gesellschaftlichen Lebens, was die Verachtung vertiefte, die er aus dem Zuchthaus mitgebracht hatte, und die Gewissheit vertiefte, dass das Land einen genauso faulen Kern hatte wie sein Militär. Wie sollte es auch anders sein? Preußen *war* das Militär, und Deutschland *war* Preußen. Oscar Glock, ausgestoßen aus der einen Heimat, die er gehabt hatte, dem Heer, fand, dass er die andere Heimat, die seiner Staatszugehörigkeit, nicht mehr haben wollte, wenn sie so gestaltet war, wie er sie nun im Spiegel seiner Enttäuschung wahrnahm. Alles, was er sich wünschte, war, herauszufinden, wer an dieser Fäulnis Schuld hatte.

Als ein Mann, der sich bemühte, ein Leben aus dem Nichts aufzubauen, kam er mit Leuten zusammen, die sich ebenfalls aus dem Nichts aufzurappeln versuchten. Ähnlich wie er hatten sie einen tiefen Sturz hinter sich. Aber sie hatten nicht ihre Ehre und ihr Vertrauen in den Staat verloren, sondern ihre bürgerliche Existenz. Sie waren Opfer des Gründerkrachs, dessen Höhepunkt sich in Oscars Haftzeit ereignet hatte. Sie hassten die Vertreter des Großkapitals, welche die Wirtschaftskrise überstanden hatten, sie verachteten die Liberalen, deren laxe Gesetze die Krise möglich gemacht hatten, und sie fürchteten das Erstarken der Sozialdemokratie, die ihnen nach ihrer Ansicht den Wiederaufstieg wegen ihrer Ideologie der gerechten Verteilung von Reichtum und Arbeit erschwerte. Sie kamen aus der gebildeten Bürgerschicht, die sich als die Träger der deutschen Kultur verstand. So wie Oscar Glock die Überlegenheit der Moral im preußischen Militär empfunden hatte, empfanden sie die Überlegenheit der geistigen Größe eines Landes, das Goethe, Schiller und Kant hervorgebracht hatte. So wie Oscar Glock fühlten sie Schande und Entsetzen über das Scheitern der hochstehenden Prinzipien ihrer Welt.

Die Männer, die Oscar kennenlernte, hießen Otto Glagau, Adolf Stoecker, Wilhelm Marr, Ernst Henrici, Adolf König und Theodor Fritsch. Sie hießen Bernhard und Paul Förster, Max Liebermann von Sonnenberg und Otto Böckel. Ihnen allen war gemeinsam, dass sie herausgefunden zu haben glaubten, wer an der Fäulnis schuld war. Und während Oscar, der Beobachter und Chronist im Hintergrund, in einigen von ihnen selbst eine tiefe innere Fäulnis wahrnahm und ihnen deshalb zu einem Platz in seinen Notizbüchern verhalf, begann er dennoch zu fühlen, dass sie im Grunde mit ihren Anschuldigungen recht hatten. Er beobachtete ihren Aufstieg in den verschiedenen politischen Gruppierungen, die sich in der preußischen Hauptstadt hervortaten: die Soziale Reichspartei, der Deutsche Volksverein, die Christlich-Soziale Partei, die Deutschkonservativen. Er beobachtete das Interesse, das Reichskanzler Bismarck an diesen Gruppen zeigte. Und er beobachtete ihren Absturz in den Reichstagswahlen 1881, als diese Gruppen mit ihren Zielen eine breite Öffentlichkeit suchten und vernichtend geschlagen wurden, so dass auch der Reichskanzler ihnen wieder sein Wohlwollen entzog.

Oscar hätte ihnen sagen können, dass es auf diese Weise nicht funktionierte. Auch er hatte einmal mit seiner Empörung die Öffentlichkeit seiner befehlshabenden Offiziere gesucht und war dafür abgestraft worden. Wenn man ein Ziel erreichen wollte, durfte man sich nicht sofort an die Spitze einer Bewegung stellen und ihr voranlaufen. Im Gegenteil, man musste eine Bewegung erschaffen, die sich anscheinend von ganz allein bildete, und sich erst, wenn sie zur mächtigen Welle geworden war, aufschwingen und die Welle reiten. So wie Oscar es hätte tun sollen als Sergeant – er hätte die Korruptionsfälle nach und nach bei den Mannschaften und den Unteroffizieren durchsickern lassen sollen und dafür sorgen, dass diese sich von den Schiebereien verhöhnt, benachteiligt und ausgenutzt fühlten. Er hätte für eine tiefe Empörung an der Basis des Heers sorgen sollen und sich die Kraft, die dort entstand, zum rechten Zeitpunkt zunutze machen sollen.

Und so füllte sich die Leere, die Oscar Glock aus dem Zuchthaus mitgebracht hatte, nach und nach mit einer Vision. Aus allem, was er gesehen, gehört und erlebt hatte – der Unantastbarkeit der Soldaten hoch oben in der Luft, der Angst vor den Bomben aus den Ballonen, der Korruption im Herzen der Armee, der Macht der Beobachtung, der leichten Erpressbarkeit derjenigen, die sich beobachten ließen, der mangelnden Moral des Kapitals und der Vaterlandslosigkeit der Kriegsgewinnler und der Erkenntnis, dass man eine Welle erst dann reiten sollte, wenn sie sich aufzubäumen begann –, formte er eine Strategie. Ein Programm. Ein Ziel. In der kleinen, übersichtlichen Schweiz hatte er, dank der Schwäche von Leuten wie Doktor Wechlin, einen Testlauf initiiert. Im Großen und Ganzen hatte er funktioniert, trotz der Störung durch Edgar Trönicke. In Deutschland würde es komplizierter, langfristiger und mühsamer sein, diesen Prozess ins Leben zu rufen. Aber auch dafür hatte Oscar eine Lösung, die er aus seinen Kriegserfahrungen mitgebracht hatte.

Oscar Glock hatte in den letzten Minuten in seinem Arbeitszimmer still an seinem Tisch gesessen und ins Leere gestarrt. Jetzt raffte er sich auf und betrat die Fabrikhalle, die im Dunkeln lag. Dort entstand die Technik, die ihm helfen würde, sein Ziel zu erreichen. Wenn sie fertig war, würde auch die Saat aufgegangen sein, die er mit Hilfe von Männern wie Professor von Schley dorthin trug, wo die empfänglichsten Herzen waren: an die Universitäten und Hochschulen Preußens. Er konstruierte quasi die Waffe und schuf gleichzeitig den Arm, der sie führte. Wenn sich genügend Gefolgsleute gefunden hatten, konnte er Verlierer und Perverse wie den Professor loswerden, die nur schmutzige Werkzeuge für die Arbeit der Reinigung waren, und mit einer puren, reinen Bewegung all das wiederherstellen, was verlorengegangen war. Er hatte sich bereits einen Namen ausgedacht für die Bewegung, die er erschuf, einen Namen, der mit Reinigung und Neuanfang in strahlenderem Licht zu tun hatte: Ragnarök. Die Götterdämmerung.

Der scheinbare Fehlschlag in der Schweiz entpuppte sich im Nachhinein als Vorteil. Er hatte Oscar Glock die Möglichkeit in die Hand gespielt, eine bekannte Familie wie die Briests auf seine Seite zu ziehen. Wenn das gelang, dann wäre seine Idee im wahrsten Sinn des Wortes geadelt – und die Standesgenossen der Briests, auf ihre Weise noch immer das Rückgrat und das Mark des Landes, würden sich ihm ebenfalls anschließen. Wenn der Professor keinen Unsinn erzählt hatte, würde zumindest Otto von Briest sogar noch etwas zu der Konstruktion beitragen können, die in der Fabrikhalle entstand. Es war an der Zeit, den jungen Mann kennenzulernen und zu seinem Freund zu werden. Die Aufnahme in Schleys Zirkel war der erste Schritt. Als Nächstes würde Glock ihm über den Professor eine bezahlte Stelle in seinem Unternehmen für seine studentische Praxisphase anbieten.

Was jedoch bedingte, dass keine weitere Störung eintreten durfte. Edgar Trönicke, der sich als veritabler Störer herausgestellt hatte, war im Augenblick unantastbar. Aber irgendwann in den nächsten Wochen oder Monaten würde er wieder aus der Schweiz zurückkehren, und dann durfte Oscar Glock sich nicht darauf verlassen, dass der Schnüffler wirklich aufgab. Rudolf Leitner würde eine zweite Chance bekommen, den Plattfuß endgültig zu beseitigen.

Glock war der Unwille Leitners, Trönicke beiseitezuschaffen, nicht entgangen. Aber nun gab es etwas, womit Rudolf zu motivieren war. Dieses Etwas sah wie eine blutlose Mauerblume aus, aber wenn jemand verstand, dass jeder Mensch eine Schwäche besaß, die für andere nicht nachzuvollziehen war, dann Oscar Glock.

Lächelnd verließ er die dunkle Fabrikhalle und die Konstruktion, die darin schlummerte und jeden Tag ihrem Erwachen ein wenig mehr entgegendämmerte.

21

Mitte April war Edgar Trönicke wieder zu Hause. Er war etwas magerer geworden, so dass die Prothese noch schlechter saß als zuvor, und er hatte ein paar graue Haare mehr bekommen. Hermine und ihr Bruder holten ihn vom Bahnhof in der Friedrichstraße ab, wo er nach einer langen Zugfahrt eintraf. Er umarmte Hermine, die ihn drückte und auf die Wange küsste, und schüttelte Rudolf die Hand. Hermines Bruder grinste ihn an und bückte sich um die Tasche, die Edgar abgestellt hatte.

»Ick kann det schon selber tragen«, sagte Edgar, »ick bin fast wieder herjestellt, und ick bin noch nich so alt, wie ick aussehe.«

»Lassen Sie mal«, winkte Rudolf ab. »Wie geht's Ihnen? Hermine hat mir ein bisschen was erzählt. Wir sind beide sehr froh, dass Ihnen nichts Schlimmeres passiert ist.«

»Und Otto«, fügte Hermine hinzu.

»Ist der zweite Attentäter gefunden worden?«

»Nein«, erwiderte Edgar. »Wie vom Erdboden verschluckt. Wenn die beiden zwei radikale Einzeltäter ohne große Verbindungen waren, wird es schwer sein, den zweiten zu finden, solange er sich still hält. Wenn sie zu einer ganzen Untergrundorganisation gehörten, wird es unmöglich. Solche Netzwerke sorgen dafür, dass ihre Agenten nicht geschnappt werden.«

»Indem sie sie außer Landes bringen?«

Edgar zuckte mit den Schultern. Seine Kunsthand machte eine Faust. Er packte die künstlichen Finger und bog sie wieder auf. »Oder indem man sie beseitigt«, sagte er.

»Gott, Edgar, da gruselt man sich ja«, sagte Hermine.

»Wie auch immer«, erklärte Edgar, »was immer da noch an Fährte vorhanden war, ist jetzt mehr als kalt. Ich fürchte, die Briests müssen mit der offiziellen Erklärung für den Tod von Paul Baermann und Louise von Briest zufrieden sein.«

Zwei Tage später marschierte Edgar von seinem Büro zum Brandenburger Tor und bestieg dort einen Wagen der Berliner Pferde-Eisenbahn, einer mit Pferden betriebenen Trambahnstrecke, deren Betreiber der Ruhm zukam, mit der Strecke vom Brandenburger Tor nach Charlottenburg die erste Straßenbahnlinie Deutschlands eröffnet zu haben. Heute, knapp dreißig Jahre später, zogen sich die Linien wie das Geäst eines Baums durch Berlin und erreichten sogar Vorstädte wie Spandau, Lichterfelde, Weißensee oder Neukölln. Edgar fuhr bis zum Kupfergraben. Dort wechselte er in einen Wagen der Großen Berliner Stadtbahn und ließ sich bis zum Alexanderplatz tragen. Von dieser Haltestelle aus brachte ihn ein Fußmarsch von weniger als fünf Minuten zur Berliner Stadtwohnung von Moritz von Briest.

Edgar hatte Moritz dort bereits einmal besucht – vor der Reise in die Schweiz. Er war erstaunt über die Veränderungen, die er dort vorfand; oder eigentlich auch nicht, denn im Lichte des Gesprächs, das er an jenem Adventssonntag mit Moritz geführt hatte, waren sie nur logisch. Beim letzten Besuch war Moritz' Bleibe noch eine karge, unpersönliche Bude gewesen, die zwar hervorragend ausgestattet und ihrer guten Lage wegen ziemlich teuer war. Man hatte ihr angesehen, dass ein vielbeschäftigter Mann nur hin und wieder in ihr schlief, weil er ein Dach über dem Kopf brauchte, wenn die Arbeit es ihm nicht gestattete, nach Hause zu fahren. Nun sah das Appartement bewohnt aus. Bücher standen darin, ein paar Kristallflakons, Gläser. Das Sofa hatte eine Tagesdecke. Die Luft roch nach Zigarrenrauch und nach Eau de Cologne.

Moritz machte eine vage Handbewegung. »Ich schätze, ich wohne jetzt hauptsächlich hier«, sagte er wie zur Entschuldigung. »Antonie hat das Haus die meiste Zeit mit ihren Frauenrechtlerinnen voll.«

»Sie kämpfen für eine gute Sache«, sagte Edgar.

»Das bezweifelt auch keiner«, erklärte Moritz und klopfte seine Weste nach Zigarren ab.

Edgar beschloss, mit der Tür ins Haus zu fallen, während Moritz noch auf der Suche war. »Ich wollte dir persönlich sagen, dass ich mir die allergrößten Vorwürfe mache, Otto in Gefahr gebracht zu haben.«

Moritz seufzte. »Das konntest du nicht vorhersehen. Was geschehen ist, war bizarr.«

»Trotzdem – ich war leichtsinnig. Nicht umsonst sind die meisten in meiner Profession ehemalige Soldaten und Polizisten.«

»Bist du vorher jemals in eine lebensgefährliche Situation geraten, seit du mit dem Detektivhandwerk angefangen hast?«

»Ich hab ziemlich oft die Finger in alten Aktenschränken eingeklemmt«, sagte Edgar mit schiefem Grinsen.

»Na, siehst du. Otto jedenfalls nimmt dir nichts übel. Ich glaube aber auch, dass er geheilt ist davon, in deine Fußstapfen treten zu wollen.«

»Und du? Und deine Frau?«

»Otto ist gesund und munter, oder? Und ich habe schon einmal gesagt, dass du das nicht voraussehen konntest.«

Edgar schwieg. Er war nicht sicher, ob Moritz die Angelegenheit wirklich so gelassen sah, aber er ahnte auch, dass er seinen Freund zu keiner anderen Aussage würde bewegen können. Die Last, die er seit dem Attentat auf seiner Seele herumtrug, wurde ein wenig leichter. Ob Antonie von Briest ihm jemals wieder in die Augen schauen würde, war eine andere Sache. Da Moritz sich diesbezüglich zu keiner Aussage eingelassen hatte, schien es Edgar jedoch klar, dass er bei Ottos Mutter untendurch war.

»Du bist aber nicht nur gekommen, um mir das zu sagen«, mutmaßte Moritz.

»Nee, bin ick nich. Ich wollte dir sagen, dass der Tod deiner Eltern für mich keineswegs ein abgeschlossener Fall ist. Ich habe Otto nur gesagt, dass der Fall erledigt sei, weil ich ihn draußen halten wollte.«

Moritz nickte. »Hab ich mir fast gedacht. Ich zahle selbstverständlich weiter deine Spesen.«

»Ich versuche, irgendwas rauszufinden, bevor ihr nach Amerika geht. Wann werdet ihr abreisen?«

»*Ich* werde nun endgültig im Herbst nach Chicago gehen«, sagte Moritz mit Betonung.

Nun seufzte Edgar. »Es ist also tatsächlich so weit gekommen.«

»Es ist das Beste. Ich hoffe, dass uns eine Trennung wieder näher zueinander bringt.«

»Und deine Kinder?«

»Otto hat sein eigenes Leben, und wenn er mit dem Studium durch ist, auch sein eigenes Einkommen. Levin hat sich mit diesem Flugapparateerfinder, Otto Lilienthal, angefreundet und bastelt an den Sonntagen in dessen Werkstatt herum. Und Amalie hat endlich eine Freundin gefunden, sie würde es mir schwer verübeln, wenn ich diese Freundschaft wieder zerstörte, indem ich sie aus Berlin mit fortnähme. Wenn Antonie mitgegangen wäre, wäre es keine Frage, dass wenigstens Levin und Amalie auch mitkämen, aber so …« Moritz zuckte unbeholfen mit den Schultern. »Sie haben ein Heim und ihre Mutter und alles, was sie brauchen, in Berlin und auf dem Gut. Ich werde in den ersten Monaten drüben sowieso für nichts anderes Zeit haben als für die Firma. Auch hier gilt: Es ist am besten so, wie es ist.«

»Wie geht's dir damit?«

»Es ist am besten so, wie es ist«, wiederholte Moritz mit unbewegter Miene, deren Aufrechterhaltung ihn jede Menge Kraft kosten musste. »Was hast du als Nächstes vor?«

»Doktor Wechlin ist tot, aber er hat hier in Berlin ein paar Spuren hinterlassen. Einer bin ich schon gefolgt – zu Oscar Glock, aber das hat sich nicht als ergiebig erwiesen. Ich werde mal hier und da ein paar Gefallen einfordern, aber ganz vorsichtig und schön unter der Decke. Nach außen hin werde ich es dabei belassen, dass ich den Fall für abgeschlossen halte.«

»Wieso? Glaubst du, dass dich jemand beobachtet?«

»Ich glaube jedenfalls nicht mehr, dass die beiden Kerle, die in das Büro Wechlins gestürmt sind, jüdische Anarchisten waren.«

»Sei vorsichtig, Edgar. Wenn ich dir bei irgendetwas helfen kann …«

»Nee, danke. Ick bin vollauf damit bedient, eenen von euch Briests in Jefahr jebracht zu haben.«

»Aber mich wirst du nicht so leicht los wie Otto«, sagte Moritz und grinste.

22

Amalie überlegte ratlos hin und her, wie sie an ihre Mutter herangehen sollte, um sie um Kontaktaufnahme zu Katharina Paulus zu bitten, der Gefährtin des Fallschirmakrobaten. Bei der Ankündigung des Geschenks an Emma von Schley zu deren Geburtstagsfeier war sie – wie sie selbst fand – sehr geschickt vorgegangen.

Sie hatte Emma im Beisein des Professors eine Karte überreicht, in die sie einen Ballon und einen Fallschirmspringer gezeichnet hatte. Zugegeben, das Kunstwerk musste man mit den Augen einer Freundin betrachten, um es als gelungen zu bezeichnen. Aber das war nicht das Thema. Das Thema war, dass der Professor geglaubt hatte, Amalie würde Emma zu einer weiteren Vorführung eines Fallschirmsprungs einladen, wenn sich Hermann Lattemann wieder in Berlin befand. Emma jedoch verstand die wortlose Botschaft: dass Amalie versuchen würde, ihr einen Sprung zu ermöglichen. Keine von ihnen brauchte den Professor anzulügen, es hatte genügt, seine falsche Annahme einfach nicht zu berichtigen.

Allerdings war der Professor nicht so ganz auf der Höhe gewesen. Das überraschende Gespräch mit seinem Geschäftspartner schien ihn aus dem Gleichgewicht gebracht zu haben. Er hatte vage angedeutet, es gäbe Schwierigkeiten mit den Praxisphasen der Hochschulstudenten. Emma hatte es sichtlich nicht interessiert, und auch Amalie hatte dem Geburtstag und dem Zusammensein mit ihrer Freundin mehr Bedeutung beigemessen als Professor von Schleys Problemen mit der Unterbringung von praxiswilligen Hochschülern. Dass der Professor seiner Tochter mehrmals Seitenblicke zugeworfen hatte, die Amalie unter anderen Umständen als »panisch« bezeichnet hätte, war ihr aufgefallen – doch sie hatte auch sie verdrängt.

Seit der Ankündigung des Geschenks war Amalie jedoch keinen Schritt weitergekommen. Sie ahnte, was ihre Mutter antworten würde, wenn sie sie bat, ihr dabei zu helfen, Emma von Schley einen Fallschirmsprung zu ermöglichen.

Ein Kunststück?, würde Antonie rufen. *Das ist alles, was dir einfällt, wenn du deiner Freundin ein Geschenk machen willst? Der Tochter eines Professors? Wenn du schon teure Geschenke machen willst, dann spende in ihrem Namen an eine Frauenrechtsbewegung! Oder rede mit ihrem Vater, dass er sich dafür einsetzt, dass endlich auch in Preußen junge Frauen ordentlich studieren dürfen, ohne sich über Ausnahmegenehmigungen als Gasthörerinnen das Studium erschleichen zu müssen. Zwei Petitionen, dass Frauen auch der Zugang zu Studiengängen in Männerberufen ermöglicht wird, hat das Abgeordnetenhaus in den letzten Jahren abgelehnt. Dabei ist es in der Schweiz und in England schon lange ganz normal, dass Frauen sich immatrikulieren. In London gibt es sogar ein reines Frauencollege, und das schon seit bald fünfzig Jahren! Nein, nein, Amalie, schenk deiner Freundin lieber etwas, das in die Zukunft weist, statt der Teilnahme an einem Akrobatenstück. Was sagt überhaupt ihr Vater zu eurer Idee?*

Auf diese Predigt konnte Amalie wahrlich verzichten. Da sie aber auch nicht wusste, was sie sonst tun sollte, bat sie Levin um Hilfe.

»Ein Fallschirmsprung?«, rief Levin. »Wozu das denn? Wenn du Emma ein richtig anständiges Geschenk machen willst, dann lass sie fliegen. Ich kann versuchen, Herrn Lilienthal davon zu überzeugen, sie mit einem seiner Gleiter fliegen zu lassen. Ich hab ihn schon fast so weit, dass er es mich mal probieren lässt!«

»Aber Levin, Emma sitzt den halben Tag im Rollstuhl. Sie wird nie mit einem Gleiter fliegen!«

»Das ist schlimm«, sagte Levin und klang ehrlich betroffen.

»Wirst du mir helfen?«

»Na gut, ich versuch's. Vielleicht weiß Herr Lilienthal, wie man an die Frau rankommt. Er weiß eigentlich alles.«

Danach vergingen einige Tage, in denen Amalie sich zähneknirschend in Geduld übte und darauf wartete, dass Levin seinen Helden Otto Lilienthal fragte. Schließlich kam ihr Bruder mit einem Zettel an, auf dem eine Adresse in Frankfurt am Main stand. Der Name, der zur Adresse gehörte, lautete auf »Käthe Paulus«.

Amalie starrte Levin mit offenem Mund und nichts weniger als restloser Bewunderung an.

Levin lächelte selbstzufrieden. »Sag's!«, verlangte er.

»Du bist der beste Bruder der Welt.«

»Das will ich meinen!«

»Herr Lilienthal hat tatsächlich die Adresse gehabt?«

»Äh …«, sagte Levin.

Amalie seufzte. »Ist die Adresse überhaupt richtig?«

»Ja, die ist schon richtig!«, rief Levin hastig. »Es ist nur – ich hab sie nicht von Herrn Lilienthal.«

»Von wem dann?«

»Von Mama.«

»Was!?«

Levin breitete die Arme aus. »Du hast gesagt, du bräuchtest Mama erst gar nicht zu fragen, sie würde dich nur abschmettern …«

»Deshalb hab ich ja auch dich gefragt«, maulte Amalie.

»… aber Herr Lilienthal konnte mir auch nicht weiterhelfen. Da bin ich zu Papa gegangen. Der hat gemeint, wenn, dann kann höchstens Mama weiterhelfen mit ihrem … ihrem Frauennetzwerk. Er meinte, dass sie mit Sicherheit jemanden kennt, der wiederum jemanden kennt, der Frau Paulus kennt. Und außerdem wollte er wissen, warum du das nicht selbst in die Hände nimmst.«

»Aber ich wollte doch …«

»Ich hab ihm gesagt, dass ich dir versprochen hätte, mich drum zu kümmern«, beruhigte Levin. »Woraufhin er sagte, wir sollten mal ein bisschen mehr Vertrauen in Mama haben und nicht immer das Schlechteste von ihr glauben.«

Amalie ließ den Kopf hängen. Sie fühlte eine heiße Zuneigung zu ihrem Bruder, der sie nicht hatte hängenlassen, aber zugleich auch eine tiefe Scham, dass sie tatsächlich vorausgesetzt hatte, ihre Mutter hätte kein Verständnis für sie. »Und Mama hat …?«

»Ja, sie hat ein, zwei Briefe geschrieben. Es war anscheinend gar nicht schwer.«

Amalie stand erneut der Mund offen, diesmal vor Verwirrung.

»Mama hat gesagt – wortwörtlich, Amalie! – sie hat gesagt: *Was, Amalie will ihrer Freundin ein Geschenk machen, das sie zur ersten Frau in Deutschland macht, die so etwas wagt? Wie kann ich helfen?*«

Amalie hielt den Zettel mit noch größerer Ehrfurcht als zuvor. Und fuhr zusammen, als die Tür zu ihrem Zimmer sich öffnete und ihre Mutter sagte: »Amalie, wir müssen miteinander reden!«

Levin verdrückte sich schleunigst. Antonie von Briest setzte sich auf Amalies Bett. Amalie blieb unsicher stehen, bis Antonie neben sich auf den Bettbezug klopfte. Amalie setzte sich. Antonie sah sie an, holte tief Luft und stieß sie wieder aus.

»Sind Sie böse auf mich, Frau Mutter?«

»Nein. Nur … warum bist du nicht selbst zu mir gekommen? Ich habe meine Tochter doch nicht zu einem scheuen Prinzesschen erzogen, das andere die Arbeit für sich erledigen lässt!«

»Ich dachte …«, begann Amalie und schwieg dann.

»Du dachtest was?«

»Dass Sie mir nicht zuhören würden. Dass Sie meine Idee mit dem Geschenk für sinnlose Vergeudung halten würden … und für kindisch … und sie mir ausreden würden.«

»Was hab ich nur falsch gemacht, dass du so von mir denkst?«

»Sie haben nichts falsch gemacht, Frau Mutter.«

»Offensichtlich doch.«

Amalie schwieg. Das Gespräch war ihr peinlich, zugleich aber berührte es sie. Zum ersten Mal seit langem empfand sie ihre Mutter als ratlos und erschüttert, und das und der Umstand, dass

Antonie tatsächlich auf ihrer Seite stand, statt sie wegen der Geschenkidee zu maßregeln, ließ einen Schwall tiefer Liebe in ihr aufsteigen. Sie griff nach Antonies Hand. »Sie haben nichts falsch gemacht«, sagte sie noch einmal. »Wir haben Sie alle sehr lieb.«

Einen Moment lang dachte Amalie, ihre Mutter würde zu weinen beginnen. Doch dann straffte Antonie die Schultern, räusperte sich und sagte: »Dann mal los, junge Dame. Du schreibst einen Briefentwurf, und ich schau ihn mir an und helfe dir, wenn es etwas zu korrigieren gibt.«

Amalie fühlte sich einer intensiven Musterung ausgesetzt.

»Du hast gedacht, ich würde nicht nur deine Idee für Unsinn halten, sondern jemanden wie Fräulein Paulus und ihren Gefährten verachten für das, was sie tun.«

Amalie nickte betreten.

»Warum hast du das gedacht?«

»Weil es … weil es nichts Ernsthaftes ist, was sie tut. Es ist eine Zirkusnummer. Nicht so wie der Kampf, den Sie und Ihre Verbündeten führen dafür, dass die Frauen mehr Rechte bekommen.«

Antonie seufzte. »Ich war bei der Vorführung letztes Jahr an der Hochschule ja nicht dabei, aber ich habe mich ein bisschen erkundigt. Fräulein Paulus macht das, was bei anderen Ballonfahrern, die ihre Aufstiege vor und mit dem Publikum machen, die Helfer der Ballonisten erledigen. Die *Helfer*, wohlgemerkt. Das sind alles Männer. Weil es sich dabei um technische Dinge handelt, die angeblich nur Männer beherrschen. Fräulein Paulus' Gefährte vertraut aber sein Leben – und das von aufsteigenden Passagieren! – dem technischen Geschick einer Frau an, und Fräulein Paulus selbst beweist mit jedem Mal, dass eine Frau dieser Herausforderung durchaus gewachsen ist. Es würde mich nicht wundern, wenn sie irgendwann einmal eine eigene Ballon- und Fallschirmnummer hätte. Verstehst du, Amalie: An der Oberfläche sieht das nach Zirkusvorstellung aus, aber in Wahrheit ist es die Expertise einer Frau in einer Domäne, welche die Männer für sich beanspruchen. Auf ihre Weise kämpft Fräulein Paulus den Kampf für die Rechte von uns Frauen noch effektiver, als ich es jemals könnte. Wie könnte ich sie verachten?«

»So habe ich das gar nicht gesehen, Frau Mutter.«

»Macht nichts.«

»Bitte verzeihen Sie …«

»Ich sagte doch, es macht nichts. Ganz im Gegenteil. Mein erster Sohn ist ein erwachsener Mann, mein zweiter steht kurz davor … sie brauchen mich nicht mehr. Wenigstens meiner Tochter kann ich noch ab und zu als Mutter zur Seite stehen und ihr helfen, die Welt zu verstehen.«

Amalie folgte einem Impuls und umarmte ihre Mutter. Sie roch den Lavendelduft ihrer Kleidung und vor allem das Parfüm in ihrem Haar, als sie das Gesicht in Antonie Halsbeuge drückte. Auf einmal merkte sie, wie lange sie schon ihre Mutter nicht mehr so umarmt und diese intime Nähe genossen hatte.

Sie erinnerte sich, wie sehr sie es als Kind geliebt hatte, ihrer Mutter dabei zuzusehen, wie sie am Morgen ihre Frisur gemacht hatte, und dann selbst von ihr zurechtgemacht zu werden. Friseure kamen nur selten zur Familie Briest. Ihr eigenes Haar und das ihrer Tochter pflegte Antonie selbst oder mit Hilfe des Dienstmädchens. Auch um die Frisuren der Söhne hatte sie sich gekümmert, bis diese alt genug waren, dem Beispiel ihres Vaters zu folgen und zum Barbier zu gehen. Antonie hatte schon damals ihr Haar in einer Hochsteckfrisur getragen, die erst jetzt von vielen jungen Frauen als modern erachtet wurde; sie hatte diesen Stil auf einem der Auslandsaufenthalte der Familie bei einem Coiffeur gesehen und als ihren eigenen adoptiert, und sie hatte auch Amalies langes blondes Haar immer auf diese Weise hochgesteckt. Man nannte diese Art der Frisur »Pompadour«: Das Haar wurde hinten und an den Seiten auf die Mitte des Kopfs gehoben und mit Hilfe einer Haarrolle, die wie ein Kranz aus fest geflochtenem Pferdehaar auf dem Scheitel saß, zu einem voluminösen Gebilde gestaltet. Die Stirnlocken wurden mit einer Marcel-Brennschere in Wellen gedreht. Amalie und Antonie hatten zwar beide unterschiedliches Haar, aber beide besaßen Naturlocken, so dass das großflächige Ondulieren mit der Marcel-Schere nicht nötig war – was Antonie als Gottesgeschenk bezeichnete, denn die Brennschere war schwierig zu handhaben, war immer entweder zu kalt oder zu heiß und zerstörte nach und nach das Haar. Weitere einzelne Locken, die sich an den Schläfen herabkringelten, wurden aus eigenen Haaren, die in der Bürste hängen geblieben waren und die Antonie in zwei Haarempfängern für sich und Amalie sammelte – kleinen geschlossenen Porzellandöschen mit einem Loch oben – in die Frisur geflochten. Das Haar eingeflochtene hatte nach dem Gebrauch der Brennschere verbrannt gerochen, ein unangenehmer Geruch, der mit Parfüm überdeckt wurde.

Den gleichen Duft nahm Amalie jetzt wieder wahr, und er und die Umarmung trugen sie mühelos in die Zeit zurück, als sie noch ein Kind gewesen war und mit ihrer Mutter diese kostbaren Stunden gemeinsamer Toilette verbracht hatte. Sie hatte mit den seidenweichen Haarsträhnen ihrer Mutter in deren Haarempfänger gespielt und ihre eigenen in das andere Döschen gestopft – brünett und blond; hatte aus den Strähnen Armbänder für sich und Antonie geflochten und war einmal außer sich vor Stolz gewesen, als ihr Vater angesichts eines solchen Armbands auch eines für sich erbeten hatte und das geflochtene Band dann mit Silberverschlüssen einfassen lassen und so lange getragen hatte, bis es sich auflöste.

Gleichzeitig dachte Amalie an ihre Freundin Emma, die eine solche Umarmung durch ihre Mutter, die intime Nähe der gegenseitigen Haarpflege, niemals kennengelernt hatte. Sie nahm sich vor, bei der nächsten Gelegenheit, wenn sie im Haus Schley übernachtete, eine solche Prozedur mit Emma zu vollziehen, und wurde trotz der Wohligkeit der Situation rastlos, weil sie es am liebsten sofort getan hätte.

Antonie schien zu spüren, dass sich Amalies Körper anspannte, denn sie öffnete die Umarmung und ließ ihre Tochter los. Sie lächelte Amalie an. »An die Arbeit«, sagte sie. »Wenn du willst, dass sich Fräulein Paulus für einen Fallschirmsprung deiner Freundin einsetzt, musst du sie von Anfang an auf deiner Seite haben.«

23

Die Antwort von Katharina Paulus ließ auf sich warten, doch Emma von Schley war geduldig und fragte nur selten nach, ob Amalie schon etwas gehört habe. Sie schien das Warten gewohnt zu sein. Amalie wäre an ihrer Stelle vor unerfüllter Erwartung halb verrückt geworden und wurde es ohnehin schon anstelle ihrer Freundin. Aber Emma hatte eine solch offensichtliche Freude an Amalies Besuchen, dass diese allein sie über die ausbleibende Nachricht hinwegtrösteten, ob ihr großer Traum eine Chance hatte, erfüllt zu werden.

Die Besuche im Hause Schley hatten inzwischen eine wunderbare Regelmäßigkeit angenommen. Sooft es ging, übernachtete Amalie dort. Professor von Schley hatte wieder zu seiner jovialen Freundlichkeit zurückgefunden, worüber Amalie froh war, denn ein paar Besuche lang hatte sie geglaubt, den Professor mit irgendetwas verärgert zu haben. Er hatte sich distanziert zu ihr verhalten und war ihr geradezu ausgewichen. Mittlerweile war diese Phase jedoch wieder vorüber, und wie zuvor ertappte sie ihn dabei, wie er freundliche Gesten – wie ihr übers Haar zu streichen oder die Wange zu tätscheln – gerade noch unterdrückte. Eigentlich fand sie, dass er die Schicklichkeit fast zu weit trieb mit dieser extremen Zurückhaltung. Andererseits, aber das gestand sie sich nur unbewusst ein, war sie irgendwie dennoch froh darüber. Es war, als ob ein winziger Teil in ihr, etwas, das so tief in ihr versteckt war, dass es sich nur über vage Gefühlsregungen bemerkbar machte, vor dem Professor zurückschreckte.

Dies verdrängte sie jedoch, denn es gab auch eine positive Veränderung. Otto war von Professor von Schley in seinen »Zirkel der Exzellenz« aufgenommen worden – und nicht nur das, der Professor hatte ihn bereits mehrfach zu sich ins Haus eingeladen. Während die beiden Männer sich in das Arbeitszimmer des Professors zurückzogen, blieben Amalie und Emma unter sich; aber irgendwie war es schön zu wissen, dass ihr großer Bruder im Haus Schley ebenfalls ein gerngesehener Gast war, fast schon wie bei einer zweiten Familie.

»Meine Mutter hat mir und sich immer die Haare aufgesteckt«, erzählte Amalie einer interessiert zuhörenden Emma. »Gleich am Morgen, nach dem Aufstehen. Wenn du magst, könnte ich das mal für dich tun.«

»Ich weiß schon, welche Frisur du meinst«, sagte Emma. »Ich hab aber gar nicht so langes Haar, dass man es aufstecken könnte.«

Amalie fasste in Emmas in einen einfachen Knoten zusammengefasstes Haar. Es stimmte schon – das Haar ihrer Freundin reichte dieser höchstens bis zur Schulter, während die Mähnen der meisten Frauen und Mädchen bis weit auf den Rücken fielen, wenn sie es frei herunterhängen ließen. Aber auch daraus würde sich etwas machen lassen. Wenn man Emmas Haar ein wenig toupierte und mit der Brennschere Wellen hineinformte und es dann über eine Haarrolle zog … das Problem war allerdings, dass Emma von Schley keines der benötigten kosmetischen Hilfsmittel besaß und auch keinerlei Schminksachen, nur Hautcremes und Öle.

»Vater meint, ich brauche all das nicht«, hatte Emma geantwortet, als Amalie das karg bestückte Eitelkeitstischchen in deren Schlafzimmer aufgefallen war. »Mein Haar ist zu dünn und würde von der Brennschere zerstört, und in den meisten Kosmetika sind giftige Stoffe, die meiner Haut schaden.«

Weshalb Amalie bei diesem Besuch vorgesorgt und ihre eigenen kleinen Helfer mitgebracht hatte. Emma musterte die Fläschchen misstrauisch und studierte das Etikett von einem davon. »Das ist Harper-Haarwasser«, erklärte Amalie. »Gibt es nur in Amerika. Meine Mutter hat es entdeckt, als wir über New York nach St. Lucia fuhren, und hat sich eine Riesenkiste nach Hause schicken lassen. Hat ein Vermögen gekostet, aber Mama schwört darauf, und ich …« Amalie räusperte sich und drückte eines der gedrungenen Fläschchen mit der braunen Flüssigkeit in Emmas Hand; auf dem Etikett auf der Vorderseite stand *Harper Method Tonique For The Hair*, auf der blanken Rückseite war derselbe Text ins Glas eingegossen. »Ich möchte dir gern eines davon schenken.«

»Das geht nicht. Du hast mir schon so ein großes Geschenk gemacht.«

»Geschenke von Freundinnen weist man nicht zurück, Fräulein von Schley!«

Emma seufzte und lächelte Amalie an. »Na gut«, sagte sie unsicher.

»Wir probieren das gleich mal aus«, beschloss Amalie. »Dein Vater und Otto diskutieren noch ewig, zum Abendessen ist es auch noch eine ganze Weile. Wir haben nichts Besseres zu tun.«

»Ich wollte dir mit den Texten helfen, die du bei deinen letzten Vorlesungen mitgeschrieben hast.«

»Ich sagte, wir haben nichts *Besseres* zu tun«, erklärte Amalie und grinste. Sie löste Emmas Haarknoten und bürstete das Haar ihrer Freundin zuerst mit den Fingern aus. Es war steif von der straff zurückgebundenen Frisur und hatte Knick- und Druckwellen, die es merkwürdig in unterschiedliche Richtungen abstehen ließen.

Emma betrachtete sich unglücklich im Spiegel. »Gott, es ist hässlich. Ich bin hässlich.«

Amalie schüttelte den Kopf. Sie holte die Waschschüssel von

ihrem Ständer und brachte den Wasserkrug mit. Dann entfernte sie die wenigen Töpfchen von Emmas Tischchen und platzierte die Waschschüssel darauf. »Bück dich nach vorn, dann wasch ich dir das Haar hier rein«, sagte Amalie.

Emma sah sie bestürzt an. »Aber es ist kalt hier drin. Ich werde mir eine Erkältung holen.«

»Es ist überhaupt nicht kalt, und ich verspreche dir, du wirst gesund bleiben.«

»Mein Vater wird außer sich sein …«

»Wird er nicht, wenn er das Ergebnis sieht.« Amalie war sich bei weitem nicht so sicher, wie sie tat, aber die Unsicherheit ihrer Freundin schmerzte sie; sie wusste, wenn sie jetzt nicht weitermachte, würde Emma glauben, dass auch Amalie Hopfen und Malz für verloren hielt, was ihre Attraktivität betraf, und würde sich erst recht nicht mehr aus ihrem Schneckenhaus herauswagen. Auf einmal wurde ihr klar, dass diese simple kleine Aktion unter Freundinnen für Emma etwas viel Größeres war, so wie der geplante Fallschirmsprung, eine Sprosse in der langen, steilen Leiter, an der Emma von Schley aus ihrer tiefen Lebensangst herausklettern konnte, wenn sie den Mut nicht verlor. Amalie schluckte.

»Ich möchte lieber doch nicht«, sagte Emma.

»Bitte. Für mich.«

Emma seufzte. Dann bückte sie sich folgsam über die Schüssel.

Amalie nahm eine Haarbürste und kämmte Emmas Haar nach vorn, dann ließ sie so wenig Wasser wie möglich darüberrieseln, um es anzufeuchten. Emma holte Luft. Amalie erkannte, dass sie vergessen hatte, das Wasser vorzuwärmen, und machte sich Sorgen, ob Emma sich deswegen nicht doch erkälten würde. Sie trocknete Emmas Haar mit einem Leinentuch ab und verteilte dann Harpers Haartonikum so in ihren Händen, wie ihre Mutter es immer tat. Sie begann, es in Emmas Haar einzumassieren. Der Duft von Rosmarin, Kokos- und Ylang-Ylang-Öl stieg auf.

Emma seufzte erneut, aber diesmal wohlig.

»Tut das gut?«, fragte Amalie.

»Mach weiter«, sagte Emma. »Aber nicht mehr lange – ich bekomme Kopfschmerzen, wenn ich den Kopf so nach unten hängen lasse.«

Unwillkürlich begann Amalie, mit den Fingerspitzen Emmas Schläfen zu massieren, dann ihren Nacken. Emma hatte ihr Kleid am Hals geöffnet und eine Handbreit heruntergezogen, damit es nicht nass und voll Öl wurde. Amalies Finger tanzten langsam über die weiche, warme Haut und massierten eine obere Schulterpartie, die so hart, verkrampft und voller Muskelknoten war, dass sich die Schultern eines Lastträgers auch nicht anders anfühlen konnten. Emma atmete tief und mit kleinen Geräuschen in der Kehle. Der Duft des Tonikums stieg Amalie in den Kopf und machte ihn leicht.

Als Emma wieder aufrecht im Sessel saß, breitete Amalie ein Tuch über ihre Schultern und kämmte das tonikumfeuchte Haar aus. Nun hing es glatt und gerade herunter. Emma, die die Augen geschlossen hatte während des Kämmens, blickte sich erneut im Spiegel an. »Wie eine ertrunkene Ratte seh ich aus«, sagte sie düster.

»Unsinn. Du hast schönes Haar. Es glänzt wunderbar.«

»Das ist das Tonikum, das so glänzt.«

Amalie rollte in gutmütiger Verzweiflung mit den Augen. »Das Nächste, was ich von dir hören möchte, ist eine Bemerkung über irgendwas, was dir an dir selbst gefällt«, befahl sie.

»Mir gefällt, dass du meine Freundin bist«, sagte Emma nach einer kleinen Pause.

Amalie trocknete Emmas Haar mit einem Tuch, dann begann sie, mit der Haarrolle herumzuexperimentieren. Es stimmte – verglichen mit dem Haar ihrer Mutter war das ihrer Freundin dünn und kraftlos, aber die Haarrolle half. Amalie hatte Emma gebeten, die Augen zu schließen. Als sie nun fertig war, bat sie sie, die Augen wieder zu öffnen.

Emma starrte sich im Spiegel an. Sie sagte kein Wort.

Amalie, die fand, dass Emma viel lebendiger und frischer aussah mit den locker auf dem Kopf hochgesteckten, noch immer vor Feuchtigkeit glänzenden Haaren, wurde nervös, als kein Kommentar kam. Sie kauerte sich hinter Emma, fasste sie um die Schultern und presste ihre Wange an die Emmas, so dass sie gemeinsam in den Spiegel blicken konnten. Was sie sah, war ein erstaunlicher Kontrast. Da war sie selbst, blond, die üppige Mähne leicht verrutscht und außer Form geraten, die Wangen rosig überhaucht, volle Lippen, ein kleines Grübchen im Kinn, irgendwie lebenssprühend – ihr fiel erst jetzt auf, dass sich die stille, trotzig wirkende Amalie in den letzten Monaten zurückgezogen zu haben schien, eine Änderung, die ihr noch gar nicht bewusstgeworden war. Emma dagegen: dunkelhaarig, blass, ein schmales Gesicht mit schmalen Lippen und Schatten um die Lider, eine Schönheit aus fast durchsichtigem Porzellan. Emmas Augen waren weit aufgerissen.

Amalie hob besorgt eine Hand und begann, in Emmas Spiegelbild Bereiche zu umfahren: »Hier könnte ich die Haare noch ein bisschen lockerer stecken, das hab ich nicht gut hingekriegt. Und hier könntest du ein paar Locken runterhängen lassen, dazu musst du nur eine Weile dein Haar aus der Bürste klauben und aufbewahren, dann kann man die Strähnen in den Pompadour reinflechten … hier … und hier …«

»Lieber Gott«, flüsterte Emma. »Du hast mich ja schön gemacht, Amalie!«

Amalie blinzelte überrascht. »Aber du *bist* schön, Emma!« Sie richtete sich auf und sah auf ihre Freundin. Die nahm ihre Hand und drückte sie. Wie üblich waren Emmas Finger kalt. Amalie hielt sie zwischen ihren beiden warmen Händen. Emma schaute zu Amalie hoch. Sie wirkte auf eine verletzliche, zarte Art so wunderschön, dass Amalie nicht anders konnte, als sich zu ihr hinunterzubeugen und sie auf die Wange zu küssen. Emma hob ihr im selben Moment den Kopf entgegen, und statt auf ihrer Wange landete der Kuss auf Emmas Mund.

Emma wirkte wie gelähmt. Nur ihr Brustkorb hob und senkte sich, als wäre sie eine Treppe hochgerannt. Amalie suchte nach Worten. Sie fand keine. Sie wollte leichthin über das Geschehene hinweggehen, aber das konnte sie nicht.

Professor von Schleys Stimme von vor der Zimmertür zerbrach den Zauber. »Meine jungen Damen? Schlaft ihr? Wollt ihr zum Tee herunterkommen? Wir haben noch einen weiteren Besucher bekommen.«

Amalie hörte ihn die Treppe wieder hinuntergehen. »Das war dein Vater«, sagte sie schließlich.

»Ja«, sagte Emma.

»Wir sollten runtergehen, oder?«

»Ja.«

»Ich …«, begann Amalie.

»Du …«, sagte Emma gleichzeitig.

Beide schwiegen. Dann sagte Emma: »Ich …«

Amalie sagte gleichzeitig: »Du …«

Wieder schwiegen sie.

»Verzeih mir«, sagte Emma schließlich und blickte auf ihre Hände.

Amalie erwiderte nichts darauf. Der Tumult in ihrem Inneren war zu groß. Sie fasste kurz entschlossen Emmas Hände und zog sie auf die Füße. Ohne dass eine von ihnen noch ein Wort gesagt hätte, gingen sie gemeinsam und sich an den Händen haltend die Treppe hinunter. Erst als sie unten waren, merkte Amalie, dass Emma sich nicht wie üblich mit einer Hand am Treppengeländer festgehalten und mit der anderen Amalies Handgelenk krampfhaft umklammert hatte. Sie war die Stufen hinuntergeschritten, als ob sie es gar nicht bewusst getan hätte.

Unten beim Hauseingang standen Otto und der Professor. Julius von Schley war bleich und machte eine fahrige Bewegung zu dem neu eingetroffenen Besucher hin. Seine ganze Körpersprache war ein einziger Widerspruch, aber Amalie war viel zu sehr in ihrem eigenen Gefühlsaufruhr gefangen, als dass sie dem Aufmerksamkeit gezollt hätte.

Der Besucher blickte von Professor von Schley zu den beiden jungen Frauen. Sein Unterkiefer fiel herab. Er hielt einen großen Strauß frischer Schnittblumen in der Hand und schien ihn vergessen zu haben. Amalie korrigierte sich. Der Besucher sah nicht zu ihr und Emma, sondern nur zu Emma.

»Äh ... darf ich vorstellen ... äh ... Herr Rudolf Leitner ... äh ... das sind Fräulein von Briest und meine Tochter ... äh ...«, stotterte der Professor.

»Emma«, sagte Rudolf Leitner. Er knallte die Hacken zusammen, verbeugte sich, kam wieder hoch und hielt Emma den Blumenstrauß entgegen. Sein Gesicht war so offen und das Gefühl, das darin zu lesen war, so deutlich, dass Amalie es wie einen Schlag in die Magengrube empfand. Sie wusste, wer Leitner war, ohne ihn je gesehen zu haben. Unwillkürlich flogen ihre Blicke zu Otto, der Hermines Bruder mit einer Mischung aus Überraschung, dämmernder Ahnung und Amüsement betrachtete.

»Ich bin sehr erfreut, Sie zu sehen«, sagte Rudolf Leitner zu Emma. »Ich hoffe, ich komme nicht ungelegen ...«

Die Köpfe der Blumen zitterten leicht und verrieten die Nervosität Leitners. Gerade als das Schweigen unerträglich wurde, ließ Emma Amalies Hand los, ergriff den Blumenstrauß und sagte so souverän, wie Amalie sie selten erlebt hatte: »Aber natürlich kommen Sie nicht ungelegen, Herr Leitner. Ich glaube, Sie sind ein Geschäftspartner meines Vaters, ja? Darf ich Sie zum Tee einladen? Und diese Blumen – vielen Dank. Die sind wunderschön. Sie erweisen mir zu viel Ehre.«

»Keineswegs«, erwiderte Leitner und lächelte zugleich freudig, aufgeregt und ängstlich. Es war kaum zu glauben, wie viele widersprüchliche Emotionen ein Gesicht widerspiegeln konnte, wenn sein Besitzer hilflos seinen Gefühlen ausgeliefert war.

Rudolf Leitner war mit Haut und Haaren in Emma von Schley verliebt.

Und Emma hatte vor noch nicht fünf Minuten zu erkennen gegeben, dass sie Amalie von Briest liebte.

24

Otto von Briest wusste nicht recht, wie er sich gegenüber Rudolf Leitner verhalten sollte. Er achtete ihn und hatte den Respekt vor ihm, den jeder junge Mann gegenüber dem älteren Bruder der Frau hat, die er liebt, weil er weiß, dass von dessen Unterstützung viel für ihn abhängt. Der Respekt war umso größer, jetzt, da er wusste, wie hart Rudolf von Kindesbeinen an geschuftet hatte, um seine Schwester und sich durchzubringen. Zugleich fühlte er sich durch dieses Wissen befangen, weil ihm nicht klar war, ob Rudolf es nicht als Indiskretion betrachtete, dass Hermine ihm all das erzählt hatte. Befangen fühlte er sich auch, weil er Rudolf gegenüber ein schlechtes Gewissen wegen der Küsse hatte, die Hermine und er getauscht hatten.

Die beiden Küsse vor dem Essen waren nicht die einzigen geblieben an jenem Abend. Hermine und Otto waren so früh vom Essen im Borchardt zurückgekommen, dass sie noch eine gute halbe Stunde Zeit hatten, bis Rudolf Hermine vom Büro abholen würde. Otto war nochmals mit hochgegangen. In Hermines kleiner Arbeitskammer waren sie mit hungrigen Küssen übereinander hergefallen. Hermine hatte sich eng an Otto geschmiegt und ihre Hände in das Rückenteil seines Jacketts gekrallt, während ihre Zunge überall in seinem Mund gewesen war. Otto, der sich der Erektion in seiner Hose nur zu bewusst gewesen war, hatte voller Scham versucht, sich so zu winden, dass Hermine sie nicht spürte – bis ihre Hüftbewegungen ihm klargemacht hatten, dass sie sie nicht nur spürte, sondern herauszufordern versuchte und dass ihr das Wissen darum überhaupt nicht peinlich war. Sie hatte ihm erlaubt, mit den Händen bis zu ihrem Po hinunterzugleiten, und hatte ihm das Haar zerwühlt. Als Otto rechtzeitig wieder gegangen war und die Friedrichstraße entlanggetaumelt war auf der Suche nach einer Droschke, musste er auf die anderen Nachtschwärmer wie ein Besoffener gewirkt haben: das Haar zerwühlt, das Jackett verknittert, das Gesicht hochrot, die Augen glänzend und der Schritt unsicher und staksend, weil die Erektion nicht weggehen wollte, solange er Hermines Küsse immer noch auf der Zunge schmeckte.

Hermine würde ihrem Bruder diese Küsse niemals gestanden haben! Deshalb durfte auch Otto nicht mit Rudolf darüber reden. Und deshalb kam es Otto irgendwie vor, als würden sie ihren Bruder hintergehen.

Oder hatte sie es ihm doch erzählt? Was würde Rudolf dann von Otto denken? Würde er ihn als schamlosen Verführer betrachten und bei der nächsten Gelegenheit auffordern, sich Hermine nie wieder zu nähern?

Und wie sollte Otto in dieser Situation mit der Erkenntnis umgehen, dass Rudolf Leitner selbst bis über beide Ohren in Emma von Schley verliebt war? Dass er Rudolf, der bisher immer gelassen und überlegen aufgetreten war, als innerlich bebendes Nervenbündel erlebt hatte beim Überreichen der Blumen?

Wie stand überhaupt Emma zu Rudolfs unausgesprochenem Antrag? Sollte Otto einmal versuchen, Amalie darüber auszuhorchen? Amalie hatte so überrascht und schockiert ausgesehen bei der Begegnung zwischen Rudolf und Emma, dass Otto fast sicher war, die beiden jungen Frauen hüteten ein Liebesgeheimnis – nämlich, dass Emma in einen anderen jungen Mann verliebt war und Rudolfs Blumen eigentlich unwillkommen waren. Aber wenn es so war, dann hatte Emma es geschafft, ihre Gefühle meisterlich für sich zu behalten.

Mit all diesen widerstreitenden Fragen näherte Otto sich zwei Wochen nach der Blumenüberreichung der Adresse, die ihm zusammen mit einer förmlichen Einladung seitens des Fabrikanten Oscar Glock von Professor von Schley ausgehändigt worden war. Rudolf Leitner war Glocks Vorarbeiter oder rechte Hand oder Assistent oder was auch immer. Otto hatte verstanden, dass die Einladung Glocks eine Art Vorsprechen darstellte mit der Chance, ein Berufspraktikum in dessen Firma zu absolvieren oder später einmal dort einzusteigen. Der Professor hatte Glock als einen Mann geschildert, der erst am Anfang einer großen Unternehmerkarriere stand und dem man durchaus auch politische Ambitionen zutrauen konnte. Er hatte sogar angedeutet, dass Glock das Format eines jungen Bismarck hätte – was Otto nicht zuletzt wegen seiner eigenen Geschichte mit dem Reichskanzler faszinierte, weil Bismarck ihn ja als Säugling auf der Rückfahrt von der Kaiserproklamation in Versailles auf seinem umfangreichen Bauch hatte einschlafen lassen. Zu dieser Zeit war Bismarck noch ein enger Freund der Familie von Briest gewesen. Die kleine Legende hatte für alle in der Familie immer einen bitteren Nachgeschmack, denn auf dieser Fahrt war Alvin von Briest ums Leben gekommen.

Jedenfalls konnte es gut sein, dass in der Bekanntschaft zu Oscar Glock eine glänzende berufliche Zukunft für Otto lag. Wenn Otto jemals Rudolf das Wasser reichen und ihn ablösen wollte als Beschützer und Ernährer Hermines, brauchte er eine solide Stellung. Mit der Begeisterung für den Detektivberuf war er durch, seit er Doktor Wechlins Gehirn von der Wand seines Büros hatte tropfen sehen, und außerdem musste man als Mann zu seiner gesellschaftlichen Verantwortung stehen und konnte nicht einem Dumme-Jungen-Traum hinterherrennen!

Oder?

Wie stets in letzter Zeit schaffte Otto es, diese Frage zu unterdrücken. Stattdessen beschäftigte er sich von neuem mit der Sorge, ob Rudolf, wenn die Situation Otto und ihn zu Antagonisten werden ließ, Ottos Chancen bei Oscar Glock zerstören würde.

Wie meistens, wenn man sich tagelang wegen halbgarer Interpretationen der Gefühlswelt anderer Leute den Kopf zerbricht, waren Ottos Befürchtungen völlig umsonst gewesen. Rudolf Leitner empfing ihn schon an der Eingangstür der Fabrik, nahm ihn mit der Bemerkung, er sei eh noch ein paar Minuten zu früh dran, beiseite und fragte ihn in fast freundschaftlicher Vertraulichkeit, ob er wisse, wie es Emma gehe. Etwas anderes schien ihn nicht zu interessieren.

»Amalie besucht sie zweimal pro Woche«, sagte Otto. »Wenn es ihr nicht gutginge, hätte sie bestimmt einmal darüber geredet.«

»Dürfte ich Sie bitten, Emma über Ihre Schwester meine Empfehlungen auszurichten?«

»Sehr gern«, sagte Otto. »Und … äh … würden Sie wohl meine Empfehlungen Hermine bestellen?«

Rudolf Leitner grinste. »Warum hab ich das jetzt erwartet?«

Otto räusperte sich verlegen.

Rudolf Leitner klopfte ihm auf die Schultern. »Kein Grund zur Verlegenheit, Herr von Briest. Ich werde Hermines Grüße an Sie besser auch gleich los, sonst brennen sie mir noch ein Loch in den Bauch.«

»Hermine weiß, dass ich heute hier vorspreche?«

»Hätte ich es ihr nicht sagen sollen?«

»Doch … aber … na ja … ich meine … was hat sie denn dazu gesagt?«

»Dass sie Ihnen Glück wünscht. Sie sagt, dass sie stolz und glücklich wäre, wenn nicht nur ihr Bruder, sondern auch der Mann ihres Herzens bei einem Gönner und guten Menschen wie Oscar Glock eine Stellung finden würde.«

»Oh.«

Rudolf wurde ernst. »Das ist nicht nur so dahingesagt. Hermine hat mir erzählt, dass sie Ihnen von der Art und Weise berichtet hat, wie sie und ich aufgewachsen sind. Heute bin ich die rechte Hand von Oscar Glock. Er leitet das Unternehmen, ich leite die Konstruktion seiner Produkte. Es braucht ein großes Herz und einen ebenso großen Weitblick, um einem Rotzgör aus der Gasse, wie ich es war, einen solchen Aufstieg zu ermöglichen.«

Otto wusste nicht, was er sagen sollte. Innerlich schlug sein Herz Purzelbäume. Konnte es denn sein, dass ihm schon so früh der Grundstein für sein späteres Glück präsentiert wurde? Innerhalb so kurzer Zeit hatte er die Frau seines Lebens kennengelernt und schien nun das Interesse eines der kommenden Unternehmer des Deutschen Reichs gewonnen zu haben. Was hätte der Mann getan, auf dessen Bauch der kleine Otto die Fahrt von Versailles nach Deutschland verschlafen hatte und dessen jüngeres Ich Professor von Schley mit Oscar Glock verglichen hatte? Er hätte die Gelegenheit genutzt! Er würde vermutlich stolz auf Otto sein. Und Hermine würde auch stolz sein. Und Ottos Vater! Und seine Mutter! Otto atmete tief durch.

»Es ist mir eine Ehre, dass ich zu diesem Gespräch eingeladen worden bin«, sagte er.

Rudolf lächelte wieder. »Seien Sie nur nicht so förmlich mit Oscar, dann kann nichts schiefgehen. Professor von Schley hat Ihre Leistungen in den höchsten Tönen gelobt, und Oscar ist sehr interessiert daran, einen fähigen jungen Ingenieur in das Unternehmen zu bringen.«

Otto, der bis zur überraschenden Aufnahme in Schleys Zirkel der Exzellenz gedacht hatte, dass der Professor ihn zwar sympathisch, aber schulisch für bestenfalls durchschnittlich hielt, hörte die Lobpreisung verwirrt und zugleich geschmeichelt. »Ich würde mein Bestes geben«, brachte er hervor.

»Nicht weniger wird hier erwartet. Also kommen Sie, ich stelle

Sie einander vor. Ach, und noch was – wenn es Ihnen recht ist: Wahrscheinlich sind wir bald Kollegen, und hier herrscht ein kameradschaftlicher Ton. Wollen wir uns duzen? Wir können ja später noch eine Zigarre darauf rauchen und Brüderschaft trinken. Hermine würde sich bestimmt auch darüber freuen.«

»Äh … ich … aber sehr gern … ist mir eine große Ehre«, sagte Otto, dem der Kopf schwirrte. Die beiden jungen Männer schüttelten sich die Hände.

»Dann mal rein in die Höhle des Löwen«, sagte Rudolf gutgelaunt, öffnete die Tür und schob Otto mit einer freundschaftlichen Geste hindurch.

25

Otto hatte keine rechte Vorstellung von Oscar Glock gehabt. Er hatte einige der bekannteren Berliner Unternehmer kennengelernt, weil Professor von Schley sie zu Vorlesungen eingeladen hatte – Richard Pintsch, Emil Kaselowsky, Wilhelm Wedding; und natürlich kannte er Georg Wilhelm von Siemens, den Chef seines Vaters. Oscar Glock glich keinem dieser gediegenen, reservierten, stets ein wenig misstrauisch wirkenden Männer. Er war gut gekleidet mit Anzug, Weste, Vatermörderkragen und Seidenbinde, doch er machte den Eindruck, als könne er jederzeit aufspringen, das Jackett ausziehen, die Ärmel aufkrempeln und einen in den nächsten Stehausschank mitnehmen … oder selbst mit bei der Arbeit in seiner Fabrik anpacken …

… oder einen Geschäftskonkurrenten mit bloßen Fäusten hospitalreif prügeln …

Otto fragte sich irritiert, welcher merkwürdigen Fehleinschätzung seines Gegenübers dieser bizarre Gedanke entsprungen war. Er verdrängte ihn sofort, was einfach war, denn Oscar Glock war charmant und jovial und ließ sich anmerken, dass ihm die

Begegnung mit Otto Freude machte. Otto konnte auch erkennen, dass Rudolf Leitner nicht übertrieben hatte mit seiner Anmerkung, dass der Umgangston in Glocks Unternehmen kameradschaftlich war. Als Rudolf sich verabschieden wollte, bat Glock ihn zu bleiben, mit der Bemerkung, dass er vor ihm ohnehin keine Geheimnisse habe. Er schenkte Cognac in drei Schwenker aus und stieß mit den beiden jungen Männern an.

»Ich will Sie gar nicht auf die Folter spannen, Herr von Briest«, sagte er. »Professor von Schley hat Sie mir so sehr empfohlen, dass ich mich schon vor diesem Gespräch entschieden habe, Ihnen eine lukrative Praktikumsstelle in meinem Betrieb anzubieten. Und wissen Sie was – wir kennen uns zwar erst fünf Minuten, aber der erste Eindruck ist immer der entscheidende, und der sagt mir, dass diese Entscheidung richtig war. Was halten Sie davon?«

Otto, der wusste, dass jetzt nicht die richtige Zeit für überwältigtes Stottern und Schlucken war, holte tief Luft und sagte: »Ich fühle mich außerordentlich geehrt ...«, ihm fiel ein, was Rudolf Leitner über Förmlichkeiten gesagt hatte, »... und außerdem finde ich es knorke, dass Sie mir eine Chance geben wollen! Herr Glock, Sie werden das nicht bereuen! Ich werde meine ganze Kraft in die Arbeiten stecken, die Sie mir anvertrauen!«

Glock lachte. »Nur so viel Kraft, wie Sie entbehren können, ohne Ihr Studium zu gefährden, mein Lieber! Sie brauchen ein gutes Abschlusszeugnis. Nicht für mich, ich bilde mir ein, dass ich Ihre Qualitäten richtig einschätzen kann. Aber leider ist es in Deutschland mittlerweile so, dass die Pappe, die einer zum Abschluss erhält, wichtiger ist als sein tatsächliches Können. Jeder Idiot, der genügend auswendig gelernt hat, um gute Noten zu schaffen, erhält eine bessere Stellung angeboten als ein kluger Praktiker, dessen Stärke weniger im Bücherwälzen als vielmehr im Anpacken liegt.«

Otto glaubte zu ahnen, warum Professor von Schley ihn in seinen Zirkel aufgenommen hatte, in dem sich sonst nur Einser-Studenten tummelten. Ottos Noten taumelten im vierstufigen Benotungsschema des preußischen Schulsystems zwischen »gut« und »genügend« hin und her, mit gelegentlichen Ausreißern in Richtung »ungenügend«. Aber wahrscheinlich sah der Professor so wie Oscar Glock in ihm den exzellenten Praktiker. Otto wurde warm ums Herz und zugleich schwindlig. Die ganze Zeit über hatte er mit seinen schlechten Noten gehadert und sich für einen Versager gehalten. Dabei war er lediglich ein Typ, der nicht für das Büffeln geschaffen war, sondern für die praktische Umsetzung. Hatte er nicht selbst bei Edgar Trönicke bewiesen, dass er instinktiv wusste, was er tun musste?

»Ich werde mir alle Mühe geben, ein gutes Zeugnis zu bekommen«, sagte Otto.

»Zweifle nicht daran, mein Lieber. Danach leisten Sie noch schnell Ihren Wehrdienst ab, am besten als Einjährig-Freiwilliger – und Sie sind ein gemachter Mann und wie geschaffen dafür, die Geschicke der Firma Glock mit zu steuern. Was sagst du, Rudi?«

»Otto hat das Zeug dazu«, sagte Hermines Bruder und nickte Otto zu.

»Es tut mir leid, dass ich Ihnen dieses Angebot erst jetzt mache. Professor von Schley hat mich schon vor einiger Zeit auf Sie aufmerksam gemacht, aber irgendwie war immer zu viel Arbeit. Ein weiterer Grund, warum wir uns auf Sie freuen – wir sind einfach zwei Hände und einen klugen Kopf zu wenig.«

»Darf ich fragen, woher der Professor und Sie sich so gut kennen?«

»Ich fördere seinen Zirkel der Exzellenz«, sagte Glock und zuckte mit den Schultern. »In der Hoffnung, dass sich dabei ein so guter Kontakt wie der zu Ihnen ergeben würde. Hab ich nicht gesagt, dieses Engagement lohnt sich eines Tages, Rudi?«

»Hast du, Oscar«, erklärte Rudolf Leitner loyal.

»Ich gestehe, dass ich frustriert war, als der Professor mir sagte, wer von meinen Kommilitonen schon alles eine Praxisstelle gefunden hat – und dass einige davon schon eine Zusage für eine feste Anstellung nach dem Studienabschluss in der Tasche hätten.«

»Das glaube ich, dass das frustrierend ist. Warten Sie, ich denke, ich weiß, von wem Sie sprechen …« Glock kramte in einer Schublade und holte ein Notizbuch heraus. Er wedelte damit in der Luft herum. »Alte Gewohnheit«, sagte er. »Was man aufschreibt, braucht man sich nicht zu merken, was? Lassen Sie mal schauen, ich hab mir die Namen doch … der Professor hat mir die Herren nämlich auch empfohlen, bevor er auf Sie aufmerksam … ah ja … reden wir von Moritz Liebermann, Karl Frühling, Abraham Jacoby und Wilhelm Herzlicht-Gerndt?«

»Ja, diese Namen hat Professor von Schley mir auch genannt. Warum haben Sie denen kein Angebot gemacht, wenn ich fragen darf? Sie haben allesamt bessere Noten als ich.«

Glock lehnte sich zurück und seufzte. »Ich sag's Ihnen ehrlich, mein Lieber: weil ich die Ungerechtigkeit nicht noch befördern wollte.«

»Welche Ungerechtigkeit?«

»Die genannten Herren sind von Beruf zuallererst … was?«

Otto zuckte verwirrt mit den Schultern. »Studenten?«

»Nein, mein Lieber. Sie sind Söhne! Ihre Väter haben alle ein Unternehmen in Berlin oder in der näheren Umgebung oder wenigstens ein gutgehendes Geschäft. Der Professor und ich könnten Ihnen noch weitere Namen nennen von Leuten, die es nicht in seinen Zirkel geschafft haben, die sich aber trotzdem auf ihrem Söhnestatus ausruhen und von ihren Vätern gepäppelt und auf die Chefstühle in ihren Unternehmen gehoben werden, nur damit ja keiner von außen kommen kann und was vom Kuchen abbekommen müsste – eine Bevorzugung von Familie und Volkszugehörigkeit auf Kosten exzellenter junger Männer so wie Sie, die sich im Zweifelsfall mit schlechter dotierten Stellen in anderen Unternehmen zufriedengeben müssen und auch noch mit der Bürokratie zu kämpfen haben, die uns ihresgleichen an den wichtigen Positionen in der Regierung eingebrockt hat … so kann man ein Land auch kaputtmachen.« Glock räusperte sich. »Entschuldigung. Ich rege mich jedes Mal auf, wenn ich diese Ungleichbehandlung erlebe. Ich hätte mich besser zusammenreißen sollen.« Er stürzte den Rest seines Cognacs hinunter. Von seinem Hals war zornige Röte in seine Wangen gekrochen.

Otto versuchte, einen Scherz zu machen. »Bitte denken Sie sich nichts, ich bin solche flammenden Plädoyers gegen Ungerechtigkeiten in der Gesellschaft von zu Hause gewöhnt.«

Glock sagte überrascht: »Ach? Wie das?«

»Meine Mutter kämpft für die Gleichstellung der Frauen, speziell für die Arbeiterfrauen und die Armen.«

Glock nickte bedeutungsschwer. »Es ist eine Schweinerei, wie man mit den Arbeitern umspringt, da pflichte ich Ihrer Frau Mutter völlig bei. Ich unterstütze gerade zwei Familien, Verwandte meiner Angestellten, damit sie nicht auf die Straße geworfen werden und samt ihren Kindern obdachlos sind. Stellen Sie sich vor: Bei der einen Familie haben sich der Familienvater und sein Bruder zusammengetan, um eine Bäckerei zu eröffnen. Sie haben einen Kredit bei einer Bank aufgenommen – dem Bankhaus Schlesinger, um genau zu sein – und Tag und Nacht geschuftet wie verrückt, um die Bäckerei ans Laufen zu bekommen. Jeden Monat haben sie brav ihre Kredittilgung und die Zinsen bezahlt; bis sie wegen Schusseligkeit oder Arbeitsüberlastung nach einem halben Jahr einmal die Fälligkeit zwei Tage überschritten haben. Zwei Tage nur! Und was macht das gute Bankhaus Abraham Schlesinger? Kündigt den Kredit, pocht auf Rückzahlung, pfändet die Backöfen und die Einrichtung der Bäckerei, pfändet auch gleich noch den Privatbesitz und setzt die Leute so unter Druck, dass sie nicht mal mehr ihre Miete bezahlen können, weshalb ihr Vermieter, die Ahasver Grundstücks AG, sie auf die Straße setzen will! Und bei der anderen Familie …« Glock stockte. »Verdammt, ich rege mich schon wieder auf. Egal. Bei der anderen Familie haben wir auch ein Beispiel von guter deutscher Risikobereitschaft und Unternehmertum, das von den kapitalistischen Fallstricken einer kleinen Schicht Aasgeier in diesem Land in den Ruin getrieben wurde.«

Otto versuchte, Glock zu beweisen, dass er nicht nur zuhören, sondern auch mitdenken konnte. »Diese Schicht, von der Sie da sprechen … und weil Sie vorhin gesagt haben, dass Einfluss von *außen* in diesen Unternehmen nicht gern gesehen wird … und aufgrund der Namen, die Sie genannt haben … komme ich zu dem Schluss, dass es um jüdische Bankiers geht …«

Glock spreizte die Hände. »Ich kenne zwar keinen aufrechten Deutschen, der so etwas macht, aber ich kenne ja auch nicht ganz Deutschland. Doch unter uns gesagt würde es mich schon wundern, wenn sich mehr als ein oder zwei fänden … bei den Juden hingegen …« Glock schüttelte den Kopf und legte sein Notizbuch zurück in die Schublade.

»Meine Großeltern sind letztes Jahr bei einem Eisenbahnunglück in der Schweiz umgekommen, dessen Grund wahrscheinlich schlampige Arbeit und Korruption in einem jüdischen Bauunternehmen war«, sagte Otto leise. Zu sich selbst sagte er: Was redest du denn da? Hat Edgar nicht herausgefunden, dass das nur eine Erfindung war?

Aber wenn er Oscar Glock so reden hörte, kam es ihm auf einmal weit hergeholt vor, dass man in einer Schweizer Regierungsbehörde so eine Scharade aufführte, um die Schuld irgendwie der jüdischen Bevölkerung anzulasten.

Und zumindest eines stimmte: Es waren jüdische Anarchisten gewesen, die Doktor Wechlin und beinahe auch Edgar und ihn ermordet hatten!

Oscar Glock stand hinter seinem Schreibtisch auf und schüttelte Otto die Hand. »Mein Beileid«, sagte er. »Es ist leider nicht von der Hand zu weisen, dass in vielen solchen schmutzigen Geschäften irgendwo immer mindestens ein jüdischer Name auftaucht.« Glock ließ Ottos Hand nicht los. Dieser suchte nach einer Entgegnung, um der gehässig klingenden letzten Bemerkung Glocks irgendwie zu widersprechen. Doch Glock ließ ihn nicht zu Wort kommen. »Aber jetzt genug von der Politik. Wenn es Sie interessiert, wie es in unserem Land wirklich aussieht, lade ich Sie bei Gelegenheit zu einem der Diskussionszirkel ein, die ich am Leben halte. Vielleicht kennen Sie sogar ein paar Leute dort – einige Ihrer Kommilitonen aus den Vorjahresabschlüssen sind darunter. Die würden Ihnen gefallen – exzellente junge Herren, genau wie Sie. Kommen Sie, Rudi und ich zeigen Ihnen jetzt die Firma. Wissen Sie überhaupt, woran wir arbeiten …?«

»Sie haben ein Patent auf besonders kleine Dampfmaschinen, wenn ich richtig informiert bin.«

»So ist es. Damit verdiene ich das Geld, um diesen Betrieb am Leben und zwei Dutzend Arbeiter in Lohn und Brot zu halten. Aber es gibt auch noch etwas anderes, das Rudi und ich nebenbei zu entwickeln versuchen … und soweit Professor von Schley angedeutet hat, könnten Sie dazu sogar einen sehr willkommenen Beitrag leisten …«

26

Glocks Fabrikhalle war zweigeteilt. Im kleineren Bereich standen Fertigungsbänke für Dampfmaschinen, ein Schmelzofen und große Holzkisten, in denen Maschinenteile aufbewahrt wurden. Es war immer noch warm in der Halle, obwohl der Arbeitstag längst beendet war, der Schmelzofen knackte, es roch nach heißem Metall und Öl, Schmierfett und Schweiß. Eine Trennmauer, die nicht ganz bis zur Decke reichte, zog sich quer durch die Halle. Eine Doppeltür darin verwehrte den Zugang zu dem größeren Bereich dahinter, aber die Tür war nicht versperrt und öffnete sich bereitwillig, als Rudolf Leitner die Klinke betätigte. Glock schien Ottos Überraschung aufgefallen zu sein.

»Haben Sie gedacht, die Tür sei versperrt und das, was jetzt kommt, ein Geheimnis? Aber nein – die Trennwand habe ich aus Sicherheitsgründen einziehen lassen. Hier vorn operieren wir mit Feuer und Metallschmelze. Dahinter mit … aber Rudi wird es Ihnen demonstrieren.«

Der Bereich, in den sie jetzt traten, war düster. Anders als der vordere Hallenteil waren keine Oberlichte in der Decke. Später sollte Otto klarwerden, weshalb: Hier bestand das Hallendach aus einzelnen Blechplatten, die auf einem hölzernen Schienen- und Flaschenzugsystem beiseitegezogen werden konnten, so dass sich eine riesige Öffnung im Dach ergab. In einem Gerüst direkt darunter hing eine große Leinwand wie ein riesiger, an einem Haken aufgehängter Mantel oder ein schlaffes Segel – oder eher wie ein zusammengefalteter Regenschirm, der mit der Öffnung nach unten aufgehängt worden war. Otto war ratlos, was das Gebilde darstellen sollte. Auf dem Boden stand eine rechteckige, brusthohe, mit Blechplatten beschlagene Kiste ohne Deckel, aber mit einem Kranz eiserner Ringe, die an einer angeschmiedeten Kette rund um den Rand der Öffnung verliefen. Dutzende von leeren Hüllen in verschiedenen Größen lagen herum, die wie unpraktische Taschen aussahen, über deren enger Öffnung ein Bügel angebracht war statt zweier Henkel. An den Wänden standen hölzerne Gerüste, in denen Unmengen von geschweißten Stahlflaschen zusammengefasst waren. Daneben befanden sich scheinbar völlig unmotiviert Käfige mit Kaninchen und Ratten. Alles wirkte wie ein halbfertiges, noch im Entstehen begriffenes Projekt.

Rudolf Leitner hielt Glock und Otto gleich hinter der Tür auf, schlüpfte in klobige Filzpantoffeln und schlurfte damit über den Hallenboden zu den Stahlflaschen. Er überprüfte die Druckventile, dann nickte er den beiden anderen zu. »Alles so, wie es sein soll«, sagte er. »Keine Gefahr. Bleibt aber trotzdem, wo ihr seid, dann zeige ich Otto, warum die Vorsichtsmaßnahmen wichtig sind.«

Er montierte eine spitz zulaufende Tülle auf einen unterarmdicken Schlauch und schloss diesen an eines der Ventile an, holte ein Täschchen, steckte die Tülle in dessen Öffnung und drehte das Ventil vorsichtig auf. Das Täschchen blähte sich. Leitner hielt es am Bügel fest, drehte mit der freien Hand das Ventil zu, sah sich suchend um, fand ein Bleigewicht mit einem langen Drahthaken, hängte diesen in den Bügel und stellte das Gewicht auf den Boden. Das Täschchen erhob sich darüber und schwankte leicht hin und her. Wenn man so tat, als sei das Gewicht ein Korb, dann sah das Ganze aus wie ein …

»Ein Ballon«, sagte Otto überrascht. »Ein Gasballon, um genau zu sein.«

»Lasst uns nach draußen gehen«, sagte Leitner. Er öffnete die rückwärtige Tür der Halle und trug die kleine Konstruktion nach draußen, nachdem er den Schlauch zuerst wieder vom Ventil abgekoppelt und die Dichtigkeit des Ventils peinlich geprüft hatte. Die demonstrativen Sicherheitsmaßnahmen machten Otto unwillkürlich nervös. Rudi Leitner wirkte eher wie ein Draufgänger als ein penibler Mensch, doch dies hier schien er bitterernst zu nehmen. Er stellte das bereits etwas weniger pralle, aber immer noch nach oben strebende Täschchen, das sich zu einem kegelförmigen kleinen Ballon geformt hatte, samt seinem Gewicht auf den gepflasterten Boden des Hinterhofs.

»Darf ich mir deine Zigarre leihen, Oscar?«, fragte er.

Oscar Glock zog daran und paffte. »Schade drum«, sagte er dann, lächelte aber dabei. Er zwinkerte Otto zu und überreichte Rudolf den glühenden Stumpen. Dieser spießte ihn auf eine dünne, zugespitzte Stahlstange und manövrierte ihn damit direkt unter die Öffnung des Ballons.

Es gab ein dumpfes WHUMPP und eine grell auflodernde Feuerkugel. Der kleine Ballon flammte auf und sank zu Boden. Eine dicke schwarze Rauchfahne erhob sich über dem Innenhof. Leitner zog die Stange wieder zurück. Der Zigarrenstumpen steckte noch darauf, war aber verkohlt und glomm. Er fiel auseinander, noch bevor Rudi ihn ganz zu sich herangezogen hatte, und glomm auf dem Boden weiter. Glock und Rudi traten die Überreste aus.

Otto sah ihnen mit einer Mischung aus Überraschung und Begeisterung zu. »Das Gas ist Wasserstoff«, sagte er aufgeregt. »Hoch entflammbar, kann sogar mit der Luft allein reagieren und hochgehen. Sie experimentieren mit Gasballons!«

»Mit *einem* Gasballon, zunächst«, korrigierte Glock. »Kommen Sie wieder mit rein, dann erkläre ich Ihnen, woran wir da arbeiten.« Er und Rudolf Leitner inspizierten gegenseitig die Sohlen ihrer Schuhe nach glimmenden Funkenresten.

»Die Gasflaschen sind zwar dicht, aber sicher ist sicher«, sagte Rudi. »Ein Funken genügt theoretisch, um die halbe Halle in die Luft zu sprengen.«

Zurück in der Halle, erläuterten Glock und Leitner abwechselnd die Konstruktion, die in ihrem Gerüst hing.

»Worauf es uns ankommt, ist die Konstruktion eines Ballons, der schwere Lasten tragen kann, nicht nur einen Korb mit ein, zwei Ballonfahrern darin und zusätzlich fünfzig Kilogramm Messgeräte. Wir reden hier von bis zu einer halben Tonne«, sagte Glock.

»Das herkömmliche System des Fesselballons mit seinem Netz ist dazu nicht geeignet«, sagte Leitner. »Wir brauchen etwas, das dem Ballon an sich mehr Steifigkeit verleiht – eine innere Stütze für die Hülle.«

»Haben Sie sich schon mal einen Regenschirm angeschaut?«, fragte Glock. »Den Speichenkranz, über den sich das Stoffdach spannt?«

»Von dieser Konstruktion sind wir ausgegangen«, sagte Leitner. Er wies auf die große, schlaff herabhängende Hülle. »Unter dem Stoff befinden sich zwanzig kreisförmig um eine Krone herum angebrachte Kiele, die mittels Scharnieren beweglich sind und mit Paragonstangen geöffnet oder geschlossen werden können. Das ist das innere Gerüst des Ballons – wie das eines Regenschirms. Wenn wir Gas hineinpumpen, bläht sich die Hülle auf. Die Kiele sind mit der Hülle verbunden; das Ausbreiten der Hülle spannt sie auf, die Paragonstangen heben einen Schieber an einer zentralen Stange hoch und über eine Federraste, so dass der Ballon nachher aufgespannt bleibt. Das verleiht der Hülle die nötige Stabilität. Geschlossen wird die Hülle, indem jemand an der Stange hochklettert, sobald das Gas entwichen ist, und die Federraste entsichert; dann sinken die Kiele wieder herab. Der Luftwiderstand der aufgespannten Hülle lässt das so langsam vor sich gehen, dass derjenige, der hochgeklettert ist, gemütlich wieder nach unten rutschen und unter der Hülle hervortreten kann, bevor sie sich geschlossen hat.«

»Ich werde verrückt«, sagte Otto. Die geniale Einfachheit der Konstruktion begeisterte ihn. »Wie sind Sie darauf gekommen, Herr Glock?«

»Das Verdienst gebührt Rudi.«

Leitner grinste. »Es hat genügt, an einem besonders regnerischen Tag nach oben zu blicken und das Sauwetter zu verfluchen. Dabei fiel mir die Konstruktion des Schirms auf, und ich begann nachzudenken.«

»Und diese Versteifung soll helfen, schwerere Lasten zu transportieren …« Otto dachte nach. »Ich nehme an, der Lastträger wird an der zentralen Stange befestigt. So umgeht ihr auch das Problem mit dem Ballonnetz, das ansonsten den Ballonkörper entweder zu sehr einschnüren oder reißen würde.«

»Genau.«

Otto mustere den blechverstärkten Tragekorb. Oscar Glock folgte seinen Blicken. »Das Ding simuliert derzeit unsere schweren Lasten«, sagte er. »Wir sind am Improvisieren.«

»Wozu ist ein Ballon, der schwere Lasten befördern kann,

überhaupt nötig? Es gibt doch die Eisenbahn und innerstädtisch die großen Fuhrwerke.«

»Das ist schon richtig, Herr von Briest. Aber die Eisenbahn fährt nur nach Fahrplan und auch nicht überallhin, und schwere Güterzüge sind langsam. Große Fuhrwerke dürfen nicht an jedem Tag und durch jede Gasse fahren. Fragen Sie einen beliebigen Maschinenbauer, der vor der Aufgabe steht, eine bei ihm zusammengebaute Maschine zu seinem Kunden zu bringen, und sei es nur ans andere Ende der Stadt. Die Maschine muss wieder zerlegt werden, eine Transportfirma muss beauftragt werden, behördliche Genehmigungen sind für den Transport nötig, eventuell müssen Gassen gesperrt werden, man muss weite Umwege fahren, weil die Gespanne nicht überall durchpassen, belebte Plätze dürfen nur nachts überquert werden … die Kosten für die Verbringung zum Kunden sind oft fast genauso hoch wie die für die gesamte Konstruktion. Die Transportfirmen wissen um die Lage und verlangen mörderische Preise, und raten Sie mal, in wessen Händen die meisten Transportunternehmen sind?«

Otto sagte etwas unbehaglich: »In jüdischen, nehme ich an?«

»Na klar. Die Juden finden ihr Auskommen seit Jahrhunderten, indem sie ihre Produkte auf der Straße haben – und ihren Besitz gleich mit dazu. Den deutschen Unternehmern gehört das Land, auf dem ihre Fabriken stehen; aber den Juden gehört die Straße, weil sie da die größte Expertise haben, und sie erpressen damit riesige Profite. Wir, die wir im Schweiße unseres Angesichts Dinge erfinden, konstruieren, *erschaffen*, sind abhängig von denen, die keinen Schöpfergeist haben, aber unser Herzblut auspressen. Uns gehört das Land, aber das Geschäft damit machen die Juden.«

»Ich verstehe nicht, was das mit dem Ballon …« Otto stockte. Er riss die Augen auf. »Wenn Sie Lasten durch die Luft transportieren können, werden Sie von den Transportunternehmern unabhängig. Und von Zugfahrplänen. Und Sie können auf gerader

Linie von der Produktionsstätte zum Kunden liefern, wie der Vogel fliegt. Das spart eine Unmenge Zeit und Aufwand.«

»So sehe ich das auch«, sagte Glock und grinste zufrieden.

»Aber wie lenken Sie den Ballon, dass er dorthin fährt, wo er soll?«

Rudi Leitner seufzte. »Daran feilen wir noch. Mit unseren kleinen Dampfmaschinen können wir Luftschaufeln betreiben, aber das haben andere schon vor uns probiert. Es funktioniert nicht richtig. Der Ballon ist zu klobig, als dass er sich gegen einen noch so leichten Wind lenken ließe.«

»Ihr braucht eine andere Konstruktion«, sagte Otto wie im Traum. »Und ich glaube, ich weiß, welche …«

»Tatsächlich?« Glock gab sich nonchalant, aber Otto konnte das Glitzern in seinen Augen erkennen.

»Ich habe im Januar mit einem ehemaligen Kavallerieoffizier am Bodensee gesprochen«, erklärte Otto. »Er denkt über das Gleiche nach – lenkbare Ballons. Luftschiffe … mit einer ganz neuen Formgebung …«

»Kannst du uns darüber mehr erzählen?«, fragte Leitner.

»Gehen wir zurück in mein Büro«, sagte Glock. »Dazu brauchen wir einen Cognac. Und ich brauche eine neue Zigarre, weil Rudi die alte in die Luft gesprengt hat.« Er legte Otto eine Hand auf die Schulter und ließ sie dort in einer so vertraulichen Geste, dass Otto sich fühlte, als würde er bereits zur Belegschaft von Glocks Unternehmen gehören – zum inneren Kreis. Er war stolz und aufgeregt. Die Stimme in seinem Inneren, die fragte, wieso ausgerechnet ein blechbeschlagener Passagierkorb als Lastensimulation dienen sollte und welche schweren Lasten Glock transportieren wollte, wenn er selbst nur kleine, leichte Miniaturdampfmaschinen herstellte, drang nicht zu seinem Verstand durch.

27

Als Edgar Trönicke zu Moritz von Briest gesagt hatte, die Spur zu Doktor Wechlin sei noch nicht ganz erloschen, hatte er den Concierge des *Victoria* im Sinn gehabt. Er hatte sich erinnert, dass dieser ihm angeboten hatte, ihn mit dem von Wechlin verunglimpften Zimmermädchen zusammenzubringen – Rahel Rosenblatt. Als er im Hotel ankam und den Concierge ansprach, stellte sich jedoch heraus, dass das Zimmermädchen überhaupt nicht vonnöten war.

»Ich habe mehrmals versucht, Sie zu erreichen, Herr Trönicke«, sagte der Concierge und schaffte es, die Balance zwischen Besorgnis und Vorwurf haarscharf zu halten.

»Ich war erkrankt und wurde dann eine Weile in der Schweiz aufgehalten. Ich bin erst seit zwei Wochen wieder zurück.«

»Oh. Hoffentlich nichts Ernstes.«

»Ich bin noch da und an einem Stück, wie Sie sehen.«

»Wenn Sie gestatten – Sie sind etwas spitz geworden im Gesicht.«

»Das beult sich schon wieder aus mit genügend Portionen guter Berliner Kost.«

»Nun, jedenfalls – ich bin sehr froh, dass Sie hier sind, Herr Trönicke. Erinnern Sie sich, dass wir einmal über Herrn Doktor Wechlin, den Gast aus der Schweiz, gesprochen haben?«

Edgar sagte nicht, dass er genau deswegen gekommen war. Er nickte nur.

»Das Haus … ähm … hat ein kleines Problem mit Herrn Doktor Wechlin, und vielleicht können Sie uns hier helfen.«

»Bin gerne zu Diensten«, sagte Edgar.

Der Concierge sah sich nach allen Seiten um und holte dann aus seiner Schublade einen Faltordner aus Pappe. Er legte ihn verschlossen vor sich auf das Pult und seine Hand darauf, als wolle er unter allen Umständen verhindern, dass er sich von allein öffnete oder davonflog.

»Wir haben erfahren, dass Herr Doktor Wechlin verblichen ist«, erklärte der Concierge in neutralem Ton.

»So kann man es auch nennen«, sagte Edgar.

»Leider gibt es noch eine offene Rechnung …«

»Warum haben Sie sie nicht an seine Familie geschickt?«, fragte Edgar und gab gleich darauf selbst die Antwort: »Weil es eine Rechnung ist, die für seine Familie von delikater Natur ist, habe ich recht?«

Der Concierge neigte kaum merklich den Kopf. Es war das alte Spiel, das alle Concierges notgedrungen spielten. Es galt, den Ruf zu wahren, dass sie nichts Vertrauliches ausplauderten. Aber sie konnten einen Gesprächspartner nicht daran hindern, laut nachzudenken, oder? Das Verhalten war diesen diskreten Männern so in Fleisch und Blut übergegangen, dass sie es sogar unbewusst betrieben, wenn es ein Gespräch war, in dem sie um Unterstützung nachsuchten.

Edgar machte es nichts aus. Er war ohnehin ein bisschen eingerostet, was deduktive Arbeit anging, und konnte das Training brauchen. Er überlegte weiter. »Das ist keine Rechnung aus Ihrem Haus, oder?«

Der Concierge neigte wieder den Kopf.

»Und es handelt sich nicht um eine vergessene Restaurantrechnung oder eine Lieferung Cognac … oder ein paar Schachteln Zigarren.«

»Solche Kleinigkeiten würde das Haus für einen Kunden wie Doktor Wechlin selbstverständlich übernehmen, ohne große Umstände zu machen.«

»Sie meinen, einen so guten Kunden wie Oscar Glock, der die Zimmerrechnungen für Doktor Wechlin bezahlte.«

»Für einen guten Kunden, jedenfalls«, sagte der Concierge und lächelte nichtssagend.

»Wenn Sie die Rechnung nicht an Wechlins Hinterbliebene senden und um Bezahlung bitten wollten, hätten Sie sich ja an Herrn Glock wenden können. Aber ich nehme an, auch dafür ist sie Ihnen zu delikat.«

»Wir wissen nicht, in welchem Vertraulichkeitsverhältnis die Herren Glock und Doktor Wechlin miteinander standen.«

»Also entweder ist es eine Strafe für eine peinliche Ordnungswidrigkeit, die Doktor Wechlin bei seinem letzten Aufenthalt hier begangen hat – etwas aus einem Kaufhaus geklaut oder was weiß ich –, und damit wäre der Absender die Polizei, oder es ist eine Bordellrechnung.«

Edgar hatte leise gesprochen. Dennoch zuckte der Concierge zusammen. Dann seufzte er. »Es ist kein Strafmandat der Polizeibehörde«, sagte er. Er hielt die Hand so fest auf den Ordner gepresst, dass man glauben konnte, die Rechnung darin versuche, herauszukriechen und ihren peinlichen Inhalt durch die Hotelhalle zu brüllen.

»Lassen Sie mich raten«, sagte Edgar. »Der Bordellbetreiber hat sich an Sie gewandt. Er hat rausgekriegt, in welchem Hotel Wechlin wohnte, und hätte jetzt gern sein Geld. Sie wollen einen solchen Posten nicht in Ihren Rechnungsbüchern haben, selbst wenn es die Politik des Hauses wäre, auch solche Auslagen für *sehr gute*, aber leider verstorbene Kunden zu übernehmen. Sie wollen aber auch nicht, dass der Bordellbetreiber damit zur Polizei geht oder an eine Zeitung, weil das unweigerlich den Ruf Ihres Hauses beschmutzen würde. Also brauchen Sie jemanden – sollten Sie sich entschließen, diesen Posten zu begleichen –, der das Geld dorthin bringt. Jemand, dem man eine Summe in gewisser Höhe anvertrauen kann und der auch keine Schwellenangst vor dem Betreten eines Freudenhauses hätte, um dort eine geschäftliche Transaktion durchzuführen.«

»Ich hatte dabei an Sie gedacht«, gestand der Concierge.

»Wie haben Sie es denn geschafft, dass der Bordellbetreiber

so lange stillgehalten hat? Die Rechnung ist ja ein paar Monate alt!«

Der Concierge räusperte sich unglücklich. »Wissen Sie, dieses Etablissement ist nicht eines, dessen Besitzer aus freien Stücken zur Polizei gehen würde, wenn etwas nicht stimmt. Insofern ist es mir gelungen, ihn hinzuhalten, weil er selbst in einer gesetzlichen Zwangslage ist. Aber mittlerweile hat er zu drohen begonnen, und auch wenn ich persönlich keine Furcht habe, möchte ich doch mit allen Mitteln vermeiden, dass es zu irgendwelchen unschönen Szenen oder überhaupt zu einer offiziellen Berührung unseres Hauses mit diesem Etablissement kommt.«

»Mein lieber Freund«, sagte Edgar, »würden Sie mal für einen Moment vergessen, dass Sie Concierge sind, und mit mir Klartext reden?«

Die Wangenmuskeln des Concierge zuckten. Einen Augenblick lang erwartete Edgar, dass er reden würde, wie ihm der Schnabel gewachsen war, doch die Erziehung und die guten Manieren des Mannes waren zu fest verankert. »Ich würde nicht die Feuerwehr rufen, wenn ich wüsste, dass dieser Laden in Flammen steht«, sagte er.

Edgar nickte. Natürlich hatte ein guter Concierge auch gesunde Beziehungen zu den Betrieben in den Rotlichtvierteln. Die Gäste, die in den Hotels abstiegen, hatten alle möglichen Bedürfnisse und selbstverständlich auch dieses. Wenn ein Mann wie sein Gesprächspartner aber so etwas sagte, dann musste es sich um einen Betrieb handeln, der ziemlich übel war und den man nicht vorgeschlagen bekam, wenn man einen Concierge danach fragte, dem das Wohlergehen seines Gastes am Herzen lag.

»Also gut«, sagte er. »Ich spiele gerne für Sie den Geldboten. Um welche Summe handelt es sich denn?«

Der Concierge sagte es ihm.

Edgar starrte ihn an. »Für wie viele Puffbesuche ist das denn?«, brachte er hervor.

Der Concierge verzog wegen der Vulgarität das Gesicht. Dann schlug er den Ordner so auf, dass Edgar den Inhalt nicht sehen konnte, und spähte hinein. Edgar war klar, dass er die Antwort natürlich gewusst hatte, aber dass er ein bisschen Dramatik für angebracht gehalten hatte. »Für einen einzigen«, sagte er.

»Ach du Schande. Was für ein Laden ist das?«

Der Concierge konnte nicht aus seiner Haut. Statt direkt zu antworten, verhakte er die Daumen ineinander und schlug mit den ausgestreckten Fingern beider Hände wie mit Flügeln.

Edgar starrte ihn noch fassungsloser an. »Der ›Schmetterling‹?«, keuchte er.

»Ich würde verstehen, wenn Sie es vorzögen, Ihre Zusage wieder zurückzunehmen«, sagte der Concierge würdevoll.

»Nein, ich helfe Ihnen schon. Aber ... der ›Schmetterling‹! Selbst in unserer Branche weiß man nicht genau, ob die Gerüchte über diesen Schuppen zutreffen.«

»Glauben Sie mir, Herr Trönicke – in unserer Branche weiß man das auch nicht. Aber wir hoffen alle, dass sie es nicht tun, das kann ich Ihnen versichern. Soll ich ankündigen, dass Sie kommen und den Betrag in bar begleichen?«

»Üblicherweise würde ich das Überraschungsmoment vorziehen, aber bevor man mich gar nicht erst reinlässt ...«

»Es könnte sein, dass die Schwierigkeit darin besteht, wieder rauszukommen«, sagte der Concierge, dann fasste er erneut in seine Schublade und holte ein Kuvert heraus. Es war blank und trug nicht einmal den Briefkopf des Hotels. Offenbar wollte der Concierge wirklich jede nur denkbare Verbindung zwischen dem »Schmetterling« und dem *Victoria* vermeiden. Dann zog er ein weiteres Kuvert aus der Jackentasche. Er drückte Edgar beide in die Hand. Das zweite Kuvert war ein offizieller Briefumschlag des Hotels. »Ich habe mir gestattet, bei Ihrem üblichen Spesensatz etwas draufzulegen«, sagte der Concierge.

»Das wäre nicht nötig gewesen.«

»Ich weiß. Aber Sie ahnen nicht, was für einen großen Gefallen Sie unserem Haus erweisen.«

28

Zwei Tage nach diesem Gespräch nahm Oscar Glock seine rechte Hand Rudolf Leitner beiseite.

»Es gibt Schwierigkeiten im ›Schmetterling‹«, sagte er.

Leitner ließ sich anmerken, dass er den »Schmetterling« als Hort diverser Schwierigkeiten betrachtete.

»Der Vollidiot von Puffbesitzer hat seit Monaten eine Rechnung von Wechlin ausstehen, diesem anderen Vollidioten, möge er in der Hölle braten«, knurrte Glock.

»Und damit kommt er jetzt erst zu dir?«

»Es wird noch schöner. Er ist mit der beschissenen Rechnung direkt zum *Victoria* gegangen und hat versucht, die Rechnung dort zu hinterlegen, damit sie Wechlin das Ding bei seinem nächsten Besuch vorlegen.«

»Er weiß natürlich nicht, dass Wechlin ins Gras gebissen hat«, sagte Leitner, wie üblich ein wenig defensiv, wenn es um den Tod des Luzerner Beamten ging. »Trotzdem hätte er damit zu dir kommen sollen.«

»Hat er aber nicht getan!«

Leitner seufzte. »Weil du ihm was von Geschäftsrisiko erzählt und nie und nimmer den vollen Betrag erstattet hättest.«

»Ich hätte ihm gar nichts gegeben, sondern ihm gesagt, er soll sich die Kohle von Wechlins verdammter Familie holen!«

»Dann hat er es aus seiner Sicht ja richtig gemacht. Das Hotel wird die Rechnung dieses Schuppens nie und nimmer an Wechlins Hinterbliebene senden, dazu ist ihnen der Schutz selbst eines verstorbenen Gastes viel zu wichtig. Da sie aber auch nicht mit dem ›Schmetterling‹ in Verbindung gebracht werden wollen, werden sie die Rechnung diskret begleichen.«

»Und genau das tun sie jetzt. Rate mal, wen sie zur Geldübergabe schicken.«

Leitner zuckte mit den Schultern. »Otto von Bismarck?«

»Haha! Sie senden Trönicke. Der Puffbetreiber weiß natürlich, was Trönicke für einer ist, und hat sich jetzt an mich gewandt. Er sagt, er kann den Schnüffler nicht in seinem Laden brauchen. Wenn Trönicke rauskriegt, dass es den verschlossenen Bereich gibt, rennt er zur Polente.«

Leitner sagte verbissen: »Ausgerechnet Trönicke. Das kann kein Zufall sein.«

»Das glaube ich auch nicht. Trönicke hat doch noch nicht aufgegeben. Ich weiß nicht, wie, aber irgendwie hat sich der Plattfuß an den Hotelconcierge angesaugt und tut jetzt so, als würde er einen Botengang verrichten. Dabei wird er versuchen, alles Mögliche über Wechlin rauszufinden und den Fall wieder neu aufzukochen.«

»Was kann er rausbekommen?«

»Du meinst, außer dem Offensichtlichen? Dass es im ›Schmetterling‹ einen Geheimbereich gibt und dass Wechlin dort Minderjährige zugeführt bekam?«

Leitner zuckte mit den Schultern.

»Er könnte rausbekommen, dass ich Wechlin in den ›Schmetterling‹ eingeführt habe. Das wäre dann eine ›geschäftliche‹ Beziehung zu dem Schweizer Bastard, die nicht mal ich mehr wegerklären kann. Trönicke würde sich von neuem in die Geschichte verbeißen – und dann würde er über kurz oder lang den Fotografen ausfindig machen und über den ein paar von den anderen Perversen, die wir in der Hand haben, und dann würde er sich durch den ganzen Schmutz in die Höhe arbeiten und am Ende …«

»… bei den *Söhnen Walhalls* landen«, sagte Leitner. Er sah resigniert aus – nicht, weil Edgar Trönickes Ermittlungen unausweichlich waren, sondern weil der Schluss, den sein wütender und kurzfristig panischer Chef aus dieser Vorhersage ziehen würde, nur einer sein konnte. »Ich kümmere mich darum«, sagte er.

Glock nickte. »So wie du es schon in der Schweiz hättest tun sollen.«

»Ich mach es wieder gut. Ich hatte gehofft, wir wären ihn los, aber nun ist er selbst schuld, dass ihm was zustößt.«

»Hermine bekommt eine Stelle bei mir«, sagte Glock. »Keine Sorge. Ich kann mittlerweile wirklich eine Schreibkraft brauchen. Die Bewegung wird immer größer und die Korrespondenz auch.«

»Oscar, bitte – gib Hermine irgendeine Arbeit, und wenn sie die Fabrikhalle fegt. Aber zieh sie nicht in unsere Sache mit rein. Sie wird nicht mitspielen. Sie wird nicht verstehen, was uns antreibt. Sie wird nur das ganze Blut sehen und die vielen neuen Gräber. Und am Ende stehen sie und ich plötzlich in verschiedenen Lagern! Sie ist meine kleine Schwester. Sie und ich dürfen keine Feinde werden.«

Glock musterte Leitner lange. Er schien zu erkennen, dass er in dieser Sache bei ihm auf Granit biss.

»Schon gut«, sagte er. »Schaff Trönicke aus dem Weg, alles Weitere ergibt sich.«

»Wann will er im ›Schmetterling‹ auftauchen?«

»Am Samstag.«

»Oscar, am Samstag wollten wir den Ballon mit dem neuen Gasgemisch steigen lassen – zum ersten Mal mit einer Traglast! Otto von Briest wird da sein!«

»Wo ist das Problem? Trönicke wird um die Mittagszeit im ›Schmetterling‹ sein – wenn keine Kunden da sind. Den Ballon wollten wir am Nachmittag ausprobieren. Du hast Zeit für beides.«

Leitner öffnete den Mund, aber dann schloss er ihn wieder. Er schien seinen Protest hinunterzuschlucken. Er wusste, dass die Situation jetzt nur deshalb so chaotisch war, weil er in der Schweiz versagt hatte – und dass es an ihm war, sie wieder zu bereinigen, weil ein Mann für das, was er tat, die Verantwortung übernehmen und mit den Konsequenzen leben musste, egal ob es ihm gefiel oder nicht. Aus solchem Holz sollten alle *Söhne Walhalls* geschnitzt sein, und auch wenn Rudolf Leitner diesbezüglich wegen des einen oder anderen Kameraden in der Bewegung Zweifel hatte, war dies doch keine Entschuldigung dafür, selbst weniger als perfekt zu sein.

29

Edgar Trönicke, der viele dunkle Ecken Berlins kannte, war trotzdem erstaunt, wie die nähere Umgebung des »Schmetterlings« beschaffen war. Die Stallstraße lag nicht extrem abseits – zur Friedrichstraße waren es nur ein paar Minuten zu Fuß, zum Spreedamm ebenfalls, vom Bahnhof Friedrichstraße her konnte man die Züge zischen und stampfen hören. Trotzdem war das Bordell, ein Bau aus grau und schwarz gewordenen Ziegeln, der irgendwann einmal ein Kontor oder ein Lagergebäude gewesen sein musste, wie etwas, das sich in einer anderen Welt befand. Es war still hier, weil niemand, der nicht direkt etwas in der Gegend zu tun hatte, durch die Stallstraße ging. Und da es in diesem Teil der Straße außer dem »Schmetterling« nichts gab, worin man etwas hätte erledigen können, fiel auch diese Möglichkeit weg. Vielleicht würde nach Einbruch der Dunkelheit mehr los sein – würden Männer mit hochgeschlagenen Mantelkrägen und tief ins Gesicht gezogenen Hüten heranhuschen und im Eingang des Bordells verschwinden. Jetzt aber, am Samstagmittag: die Einsamkeit eines Spukhauses draußen auf dem Moor, das restliche Berlin ganz weit weg, und das Gefühl, dass es eigentlich Mitternacht hätte sein müssen und die Sonne sich durch ein bizarres Phänomen in den Zenit des Himmels verirrt hatte. Edgar fühlte sich orientierungslos und versuchte, die schlechte Stimmung zu verdrängen, die in ihm aufgestiegen war.

Die Eingangstür war verschlossen. Er trat mit dem Fuß dagegen. Nach einer Weile wurde sie von innen aufgesperrt, und ein Mann trat heraus, dessen Gesichtshaut die Beschaffenheit von Blumenkohl hatte und dessen Arme den Umfang von Oberschenkeln besaßen. Edgar schaute zu ihm hinauf.

»Wat solln ditte mit die Füße jejen die Tür?«, grollte der Mann. »Willste wat uff die Schnauze, du Spinner?«

»Halt die Klappe«, sagte Edgar, der wie immer in solchen Situationen der Prämisse folgte, dass man sich Respekt in den ersten Sekunden einer Begegnung erarbeiten musste. Er unterdrückte bewusst seinen Berliner Dialekt und sprach herablassend hochdeutsch. »Ich bin der Landvogt. Führ mich zu deinem Chef, und zwar 'n bisschen plötzlich.«

»Sonst jeschieht wat?«, fragte der Hüne drohend.

»Sonst bohr ich dir ein zweites Arschloch«, sagte Edgar und gab den drohenden Blick unbewegt zurück.

Das pockennarbige Gesicht zuckte. »Biste der Schnüffler, der die Puseratze bringt?«, fragte der Mann schließlich.

»Was wäre, wenn?«

»Denn will ick ma irjendeene Begloobigung sehen, dette's ooch bist.«

Edgar unterdrückte ein Grinsen und zog seine Lizenz heraus. Der Mann mit dem Blumenkohlgesicht machte eine große Schau daraus, sie zu studieren. Das kleine, zusammengefaltete Stück Papier sah in seinen Pratzen aus wie eine Briefmarke. Schließlich reichte er Edgar die Lizenz zurück und trat beiseite, um ihn durch die Tür gehen zu lassen.

»Nach dir«, sagte Edgar und rührte sich nicht vom Fleck.

Der Mann zuckte mit den Schultern, was bei den Muskelpaketen seines Oberkörpers den Anschein eines Bergrutsches hatte, und ging wortlos voraus.

Obwohl der »Schmetterling« offiziell noch geschlossen hatte, lungerten auf den Gängen mehrere Burschen vom Kaliber desjenigen herum, der Edgar führte. Eines der Gerüchte über das Bordell lautete, dass es hier einen nur für Vertraute des Etablissements zugänglichen Bereich gab, in dem man all die Dinge praktizieren konnte, für die sich in der normalen Welt auch der abgefeimteste Bordellvater und die abgebrühteste Nutte nicht hergaben. Edgar zweifelte nicht daran; er konnte sich außerdem vorstellen, dass dieser Bereich rund um die Uhr geöffnet hatte.

Der Betreiber des »Schmetterling« entsprach in keiner Weise den Vorstellungen, die Edgar sich von ihm gemacht hatte. Er hatte einen übergewichtigen, unrasierten Patron in Hemdsärmeln erwartet. Stattdessen erwartete ihn ein drahtiger, eher kleiner Mann in seinem Alter, der einen Anzug trug. Am linken Revers seines Jacketts prangten mehrere militärische Auszeichnungen an einer Ordensschnalle: das Eiserne Kreuz 2. Klasse mit Eichenlaub an seinem schwarz-weißen Band und der Jahreszahl 1870, eine Kriegs-Denkmünze mit drei Gefechtsspangen an schwarz-weißrotem und ein Ehrenzeichen II. Klasse an silber-rotem Band. Sie wiesen den Mann als Veteranen des Frankreich-Feldzugs aus. Was ihn darüber hinaus ebenfalls als Kriegsveteranen auswies, war der leere rechte Jackenärmel, der mit der Ordensschnalle auf der linken Brustseite festgepinnt war.

Der Blick des Bordellbetreibers fiel auf Edgars Kunsthand. »Weißenburg?«, fragte er statt einer Begrüßung. »Sedan?«

Edgar antwortete nicht sofort. Dass ein Veteran den anderen sofort erkannte, war keine große Überraschung, auch wenn Edgar seine Ehrenzeichen nicht spazieren trug. Es war etwas in der Körperhaltung, in den Augen, in den Kerben um die Mundwinkel. Auch dass der Bordellbetreiber nicht Edgars Bild von ihm entsprach, brachte einen alten Hasen wie ihn nicht genug aus dem Takt, nach der richtigen Antwort suchen zu müssen. Es war das Flackern in den Augen seines Gegenübers und der demonstrativ intensive Blick, den er Edgar schenkte; es war eine Botschaft, die Edgar nicht verstand und die offenbar nur auf diesem Weg gesendet werden konnte. Weshalb? Was war die Botschaft?

»Letztes Kontingent«, sagte er schließlich.

»Sie waren in dem Zug, der in die Luft gesprengt wurde?«

»Ich hatte Glück. Viele Kameraden nicht.«

Der Bordellbetreiber seufzte. Seine Augen sendeten immer noch dringende Signale. »Ich würde salutieren, wenn ich noch einen rechten Arm hätte, Herr Kamerad.«

Edgar nickte zu dem leeren Jackenärmel und spähte gleichzeitig auf die Gefechtsspangen. Die unterste trug die Aufschrift »Paris«. Es war der letzte Kampfeinsatz des Mannes gewesen – derjenige, der ihn seinen Arm gekostet hatte. »Belagerung von Paris?«

»Le Bourget«, sagte der Bordellwirt. »Oktober 70. Vier Stunden Häuserkampf gegen Freischärler und reguläre französische Truppen. Keine schöne Sache.«

»Sie waren bei der 2. Garde-Infanteriedivision? Welcher Rang?«

»Feldwebel. Sie?«

»Ebenfalls. Was war Ihre Aufgabe?«

»Quartiermeister.« Die Lider des Mannes zuckten. Edgar sagte dazu nichts. Er hatte es sich fast gedacht. Jemand, der die nötigen Qualitäten eines Quartiermeisters besaß, war auch in der Lage, ein Bordell mit einem geheimen, höchst illegalen Bereich zu führen. Er nahm an, dass sein Gegenüber damals schon korrupt gewesen war – aber welcher Quartiermeister war das nicht auf die eine oder andere Weise gewesen? Seine Ehrenabzeichen und seine Verwundung zeigten, dass er zumindest kein Feigling gewesen war und an Kämpfen teilgenommen hatte, statt sich in der Etappe zu verkriechen.

Der Bordellbetreiber stand auf und straffte sich. »Ist mir eine Ehre, Herr Kamerad!«

Edgar betrachtete es nicht als Ehre, dem Mann zu begegnen, der einen Laden wie den »Schmetterling« betrieb. Dann beschloss er, dass er ihn ja als Kriegskameraden ehren konnte, wenn schon nicht in seiner jetzigen Funktion. Außerdem war da immer noch diese seltsame, drängende, unverständliche Botschaft im Blick des Mannes. Er straffte sich auch und schlug die Hacken zusammen. »Herr Kamerad!«, sagte er und neigte den Kopf.

»Wo ist das Geld?«

Edgar warf das Briefkuvert auf den Tisch.

»Sie gestatten, dass ich es nachzähle, bevor ich Ihnen die Quittung überreiche?« Der Bordellbetreiber schob einen Zettel halb über den Tisch und klopfte mit dem Zeigefinger der linken Hand darauf. Edgar las überrascht, was hastig hingekritzelt auf dem Zettel stand: *Spielen Sie mit!* Seine Blicke und die des Bordellbetreibers begegneten sich. Der Bordellbetreiber zog den Zettel wieder zu sich heran und steckte ihn in die Tasche, aus der er eine echte Quittung zog, der nur eine Unterschrift fehlte.

Das Geld war schnell gezählt. Es waren gebrauchte Reichskassenscheine zu fünfzig und zwanzig Mark – per Gesetz Werte, die nicht von der Reichsbank gedeckt sein mussten und deshalb nicht registriert waren. Erst für Banknoten ab hundert Mark Wert sah das deutsche Münzgesetz eine wertmäßige Deckung durch die staatlichen Goldreserven vor. Edgar sah dem Zählvorgang schweigend zu.

»Alles da«, sagte der Bordellbetreiber schließlich, klopfte das Geldbündel mit seiner einen Hand und bewundernswerter Geschicklichkeit zusammen, bückte sich, öffnete einen Tresor unter seinem Tisch und verstaute das Geld darin. Dann stand er auf. Seine Augen flackerten stärker denn je. Er klopfte auf die Jackentasche, in der der Zettel mit der Aufschrift *Spielen Sie mit!* war.

»Danke, dass Sie diese Sache aus der Welt geschafft haben, Herr Kamerad«, sagte der Bordellwirt.

»Keine Ursache.« Edgar fragte sich, wobei er mitspielen sollte. Ihm war nur eines klar – irgendeine Gefahr bestand, aber sie ging nicht von dem ehemaligen Quartiermeister aus. Im Gegenteil;

dieser schien zu versuchen, dem Kriegskameraden zu helfen. Eines war jedenfalls klar: Dieses Gespräch wurde belauscht.

»Doch, doch, ich bin wirklich sehr dankbar. Sie können sich denken, dass es einem Mann in meiner Position schwerfällt, solche Außenstände einzutreiben. Ich kann jederzeit einen Skandal bei einem säumigen Zahler verursachen, doch das würde auch meinem Geschäft schaden. Man verlässt sich auf meine Diskretion, wenn man den ›Schmetterling‹ besucht.«

»Jeder hat seine eigenen Probleme«, sagte Edgar.

»Was stachelt Ihre Lust an, Herr Kamerad?« Klopfen auf die Jackentasche und flackernder Blick. »Entschuldigen Sie die intime Frage, aber ich möchte mich erkenntlich zeigen. Meine Mädchen leben hier im Gebäude. Sagen Sie mir nur, zu welcher ich Sie bringen soll. Fühlen Sie sich eingeladen.«

Edgar blinzelte und versuchte, sich auf die Signale des Mannes einzulassen. Dessen gesunde Hand beschrieb kleine Kreise in der Luft, die aussahen wie das militärische Signal zum Sammeln. »Ich habe viele Geschmäcker«, sagte er vorsichtig.

Ein Lächeln huschte über das Gesicht des Bordellwirts. »Ich stelle Ihnen persönlich ein paar meiner süßen Blumen vor«, sagte er. »Kommen Sie mit! Wir haben einen gemütlichen Raum, in dem Sie in aller Ruhe Ihre Auswahl aus dem Angebot treffen können.«

Draußen auf dem Gang schlenderte der Bordellbetreiber dahin, als hätte er alle Zeit der Welt. Nur seiner angespannten Körperhaltung war zu entnehmen, dass er unter Druck stand. Er brachte Edgar zu einem Raum mit einem großen Sofa, einem von der vergangenen Nacht noch warmen Kamin, zugezogenen Vorhängen, elektrischem Licht und dem Duft von schwerem Parfüm.

»Nehmen Sie sich alle Zeit«, sagte der Bordellwirt. Dann verließ er Edgar und schloss die Tür hinter sich. Edgar probierte die Klinke. Die Tür war unverschlossen. Niemand stand davor. Er zögerte einen Moment, dann zog er seinen neuen Revolver aus der Gürteltasche hinter seinem Rücken und trat von der Tür weg. Als sich eine andere Tür öffnete, die so in eine Seitenwand des Raums eingelassen war, dass er sie nicht gleich bemerkt hatte, fuhr er herum und legte die Waffe auf den Eintretenden an. Dieser hob den gesunden Arm. Es war der Bordellwirt.

»Kommen Sie mit!«, sagte er. »Schnell!«

Edgar folgte ihm durch die Tür in einen dunklen Flur, ohne die Waffe wegzustecken. »Was ist hier los?«, fragte er.

»Habe einige Erkundigungen über Sie eingezogen, nachdem Sie mir angekündigt wurden«, stieß der Bordellwirt hervor. Er ging schnell und redete abgehackt. »Habe rausgefunden, Sie seien ein Kriegskamerad. Beschloss, dass ich nicht zulassen konnte, dass einem Kriegskameraden das widerfährt. Man hat auch Ehre, wissen Sie.« Unwillkürlich berührte er die Ordensspange. »Leider hatte ich da schon Alarm Ihretwegen geschlagen.«

»Was soll mir denn widerfahren?«

»Sie sollen den ›Schmetterling‹ nicht lebend verlassen.«

»Weshalb?«

»Bitte, hören Sie mir zu. Habe zwei Gründe, nicht mehr mitzuspielen. Den einen hab ich Ihnen gerade genannt. Der zweite ist das, was Glock vorhat.«

»Glock? Oscar Glock? Der Unternehmer?«

»Sie wissen nichts, oder?«

Edgar schüttelte verwirrt den Kopf. Sie erreichten eine Treppe und liefen hinauf. Der Bordellwirt hinkte dabei. Er schien auch am Bein eine Kriegsverletzung zu tragen.

»Der ›Schmetterling‹ hat einen für die normalen Kunden verschlossenen Bereich …«

»So sagt das Gerücht«, knurrte Edgar. »Sie sind hoffentlich nicht stolz darauf.«

»Glauben Sie, ich würde das dulden, wenn ich anders könnte?«, erwiderte der Bordellwirt heftig. »Ich bin in der Hand von Oscar Glock. Er hat dafür gesorgt, dass ich nach dem Krieg nicht als

Krüppel auf der Straße verhungerte. Den ›Schmetterling‹ mit seinem geheimen Bereich hat er geschaffen und mich zu seinem Herrn gemacht, und weil ich das angenommen habe, habe ich ihm meine Seele verkauft. Er nutzt den geheimen Bereich, um Männer in die Hand zu bekommen – Männer an gewissen Schaltstellen, die ihm wichtig sind. Er lädt sie ein, ihren dunkelsten Begierden zu folgen; ich bringe ihm die Mädchen, die dazu nötig sind; wenn es Mädchen sind, die gewünscht werden …«

»Ersparen Sie mir die Details«, sagte Edgar angewidert.

»Glock hält Deutschland für in Mark und Bein verfault. Korrupt. Moralisch bankrott. Man könnte ihm fast recht geben, wenn man sieht, wer sich im geheimen Bereich des ›Schmetterlings‹ einfindet und was die Herren dort treiben. Er will Deutschland erneuern. Er will die Fäulnis ausbrennen und ein neues, reines Reich auf den Weg bringen …«

»Und da haben Sie was dagegen? Warum? Offensichtlich hält er doch einen Laden wie den Ihren für moralisch vertretbar, sonst würde er ihn ja nicht nutzen.«

»Ich bin nur Mittel zum Zweck«, brummte der Bordellwirt. »Das reine, neue Deutschland, das wird mit den Leuten geschaffen, die er um sich schart. Seine Elite. Lauter junge Leute. Fast alles Männer. Studenten, junge Lehrer, Ärzte, Ingenieure … die Gebildeten. Klug genug, um ihm von Nutzen zu sein. Von einem gesellschaftlichen Rang, der sie eingebildet genug sein lässt, um sich selbst als die Erneuerer und Herrscher Deutschlands zu empfinden. Naiv und jung genug, um sich von ihm blenden zu lassen. Noch sind es nur wenige, aber es werden von Jahr zu Jahr mehr. Sie nennen sich die *Söhne Walhalls* – weil sie sich als die Krieger empfinden, die in Odins Festhalle auf die Götterdämmerung warten, in der die Welt untergeht, um aus den Trümmern dann etwas Neues zu erschaffen.«

»Götterdämmerung?«

»Nennen Sie es einen Weltenbrand.« Der Bordellwirt keuchte.

Mittlerweile waren sie in einem oberen Stockwerk angelangt und liefen einen weiteren, dunklen Gang entlang. Eine schwere, eisenbeschlagene Holztür versperrte das Ende des Gangs. Der Bordellwirt schloss sie auf. Dahinter ging es ins Freie – oder besser gesagt, über eine eiserne Außentreppe in einen engen Hinterhof hinunter. Der Bordellwirt kletterte die Treppe hinunter. Sie wackelte und ratterte.

»Weltenbrand?«, wiederholte Edgar, nun zutiefst beunruhigt und angestrengt versuchend, das Gehörte zu verstehen.

»Glauben Sie, dass in dem neuen Deutschland, das Glock vorschwebt, jemand wie ich Platz hätte? Wie gesagt, ich bin nur ein Werkzeug, das er benutzt und verabscheut. Oder jemand wie Sie, der abseits des Polizeiapparats operiert? Oder meine Mädchen? Meine Türsteher? Oder auf der anderen Seite das Großkapital? Die Banken? Die großen Firmen? Die Juden?«

»Die Juden?«

»Glock will ein Deutschland wie im Mittelalter. Gilden statt Banken, Handwerksbetriebe statt Großunternehmen, alles in rein deutscher Hand. Ich kann nicht erkennen, ob er wirklich an all das glaubt, was man seit der Reichseinigung gepredigt hat – dass Deutschland immer schon ein einziger Staat war, der nur deswegen so lange Jahrhunderte ein Flickenteppich aus Fürstentümern war, die sich gegenseitig bekriegten, weil das feindliche Ausland und üble Kräfte im Inneren das so wünschten, um uns schwach zu halten. Dass die ehemaligen souveränen deutschen Staaten sich ihrer einigenden Identität bewusstwerden müssen, um die Reichseinigung auch in den Herzen ihrer Bürger zu verankern: das stolze Germanentum. Ariovist, Hermann der Cherusker, Julius Civilis … Jedenfalls glauben seine *Söhne Walhalls* daran, so viel ist sicher.«

»Aber das kann doch nur eine Bewegung unter vielen sein …«, begann Edgar, dann schwieg er. Das war tatsächlich das Problem: eine Bewegung unter vielen. Es gab Dutzende von deutschnationalen und völkischen Bewegungen, die ihren Glauben an die Überlegenheit deutschen Blutes an vielerlei Überlieferungen knüpften – von den Germanen über die mittelalterlichen Ritterkaiser bis zum Kampf gegen Napoleon. Allein waren sie schwach, auch wenn sie Krawall machten und hin und wieder einer aus ihren Reihen einen Attentatsversuch startete. Aber wenn man sie einte und mit einem gemeinsamen Ziel hinter sich brachte … und wenn man die unwissende Masse der Bevölkerung auch auf seine Seite brachte, indem man sie aufstachelte, indem man ihren Zorn weckte und ihnen dann einen Sündenbock präsentierte, der irgendwie an ihrem Zorn schuld war … das Großkapital beispielsweise, die Banken, die Großunternehmer, die Rechtsanwälte und Notare … von denen auffallend viele jüdischer Herkunft wa ren …

Das Eisenbahnunglück von Münchenstein! Der aufflammende Antisemitismus in der Schweiz! Glock und Wechlin, der offensichtliche Antisemit, der sich gegen ein jüdisches Zimmermädchen verwahrt hatte. Hatte Glock in der Schweiz ausprobiert, wie er es machen musste? Ein Unglück verursachen und dann dafür sorgen, dass man die Juden daran für schuldig hielt? Er klapperte hinter dem Bordellwirt her die Außentreppe hinunter und spürte, wie seine Kunsthand zuckte und sich öffnete und schloss. Er war atemlos, nicht vom Laufen, sondern von den Erkenntnissen, die von allen Seiten auf ihn einrasten.

»Was wissen Sie noch?«, stieß er hervor. Sie nahmen die letzten Stufen in Angriff.

»Glock baut an irgendeiner Konstruktion«, sagte der Bordellwirt über die Schulter. »Ich kann mir nur einen vagen Reim darauf machen. Aber Sie waren so wie ich vor Paris. Erinnern Sie sich an die Ballons der Franzosen? Ich glaube, Glock versucht, eine Art Lenkballon zu bauen, mit dem er vom Wind unabhängig ist.«

»Um was damit zu tun?«

»Um ihn, wenn seine Bewegung stark genug ist und sich erhebt, über das Regierungsviertel schweben zu lassen und von dort aus Bomben auf den Reichstag zu werfen – unangreifbar von hoch oben in der Luft.«

Edgar spürte, wie sich ihm die Haare vor Entsetzen aufrichteten. Wenn dieses Szenario wahr war …! »Sie sind doch verrückt!«, sagte er. »Woher haben Sie sich das zusammengereimt?«

»Aus unbedachten Bemerkungen, aus eigenen Nachforschungen … bin mir auch keinesfalls sicher, ob ich recht habe. Vielleicht können Sie es herausfinden. Ist ja Ihr Beruf. Aber wenn es stimmt … Hier, ich lasse Sie hier raus. Hinter dem Tor ist eine kleine Stichgasse, über die Sie zum Spreedamm kommen.«

»Was werden Sie sagen, wie ich entkommen bin?«

»Ich werde sagen, ich habe Sie in dem Vorstellungsraum zurückgelassen und eine Weile gebraucht, um die Mädchen wach zu rütteln und präsentabel zu machen. Die Zeit haben Sie genützt, um die Tapetentür zu entdecken und sich abzusetzen, weil Sie wahrscheinlich den Braten gerochen haben.«

»Was sollte mir denn zustoßen?«

»Man wollte Sie erschießen, wenn Sie mit einem Mädchen zugange wären. Oder, falls Sie mein Angebot abgelehnt hätten, gleich noch in meinem Büro. Deshalb habe ich Ihnen den Zettel hingeschoben. Auch mein Büro hat eine verborgene Tür mit einer Kammer dahinter. Darin wartete Ihr Attentäter und hörte jedes Wort, das wir sprachen.« Der Bordellwirt sperrte mit fahriger Hand ein Türchen in der Mauer des Hinterhofs auf. »Verschwinden Sie, Herr Kamerad. Viel Glück.«

»Wen hat Glock als Attentäter angesetzt?«, fragte Edgar. Er dachte an die beiden Vermummten, die in Wechlins Büro gestürmt waren. Er wusste nun, wer sie in Wahrheit geschickt hatte.

Der Bordellwirt riss das Türchen auf. Ein Mann stand auf der anderen Seite und zielte mit einem Revolver auf Edgar.

»Mich«, sagte Rudolf Leitner.

30

Otto hatte bei den Vorbereitungen für den Probeaufstieg des Ballons mitgeholfen. Er hatte sogar schon Zeichnungen angefertigt für ein anderes Ballonmodell, das seiner Meinung nach dafür geeignet war, gelenkt zu werden – eine Zigarre statt einer Kugel, mit einem spitz zulaufenden Vorderteil, ein Fisch ohne Flossen. Otto war völlig klar, dass es vor allem die Schwanzflosse des Fisches war, der ihm zu Richtungsänderungen verhalf, aber ihm fiel keine Methode ein, wie man an den Ballon eine Art Schwanzflosse hätte anbringen können, mit der sich das Gefährt dann auch steuern ließ. Wie der Vortrieb vonstattengehen sollte, war ihm auch nicht ganz klar. Doch das war egal.

Es würde sich schon eine Idee einstellen, vor allem bei Rudi Leitner, der – so viel hatte Otto bisher verstanden – der technische Verstand hinter Glocks Konstruktion war. Glock stellte nur die Mittel zur Verfügung und sorgte mit seiner jovialen, aufmunternden Art für die nötige Motivation. Den Sachverstand hatte hauptsächlich Rudi eingebracht; und neben ihm noch zwei, drei weitere junge Männer, die Otto von der Hochschule und von Professor von Schleys Zirkel her kannte, von denen er jedoch nicht gewusst hatte, dass auch sie eine gewisse Berufspraxis bei Oscar Glock erlernen durften. Ottos Kommilitonen waren zunächst auf eine etwas steife Art kameradschaftlich, aber distanziert gewesen. Das hatte sich mittlerweile gegeben. Neuerdings nahmen sie, was ihre Meinung von den Vorgängen in Deutschland anging, kein Blatt mehr vor den Mund.

Die Leitung der Hochschule zum Beispiel bestand nach ihren Worten aus einer Gruppe missgünstiger, ihren Büchern verschriebener Professoren und Administratoren, die keine eigenen Ideen bei den Studenten zuließen und unauffällig, aber doch fühlbar den Geldadel unter den Schülern favorisierten. Otto wäre es in seiner Naivität vermutlich nicht einmal aufgefallen, wenn ihn die anderen Studenten unter Glocks Fittichen nicht darauf aufmerksam gemacht hätten. Jetzt verstand er auch ein paar Andeutungen Professor von Schleys besser, die dieser geäußert hatte, obwohl ihm wahrscheinlich vonseiten der Schulleitung Ungemach gedroht hätte, wenn seine Freimütigkeit bekanntgeworden wäre.

Auch Professor von Schley gehörte, so wie Oscar Glock, zu den Aufrechten, denen die Zukunft Deutschlands etwas bedeutete und die etwas dafür taten, indem sie die Klugen und Engagierten förderten, und nicht nur die, deren Väter schon auf ihrem Geld gesessen hatten und es zu saftigen Zinsen verliehen, womit sie es noch vermehrten.

Ottos Familie, wurde ihm gesagt, gehörte im Übrigen auch zu denen, die darunter litten. Die Gutsbesitzer und deren Angestellte buckelten, um ihr Land zu erhalten und dessen Wirtschaftskraft dem Staat zur Verfügung zu stellen. Die reichen Bankiers dagegen nützten niemandem, nur sich selbst, mit ihrer sich immer weiter selbst ernährenden Maschinerie aus Geld, Geld und nochmals Geld. Alles stand auf dem Kopf – diejenigen, denen das Land eigentlich gehörte, mussten bei denjenigen zum Betteln gehen, die überhaupt kein Land besaßen, auch nie eines besessen hatten und daher nicht wussten, wie es war, wenn man seinem Land buchstäblich über die eigene Scholle verbunden war! Die Herren waren zu Bettlern geworden.

Nachdem er all dem zugehört hatte, hatte Otto sich beim Majordomus des Guts erkundigt und erfahren, dass dieser tatsächlich im Namen des Guts im Frühjahr Kredite aufnahm, um Saaten zu kaufen, Werkzeug zu ersetzen oder Schäden am Haus reparieren zu lassen – und dass er hoffen musste, dass die Erträge des Guts im Herbst reich genug waren, damit er nach Rückzahlung des Kredits samt Zinsen ein Plus für das Gut erwirtschaftete. Er trug das Risiko. Die Bank, von der er sich das Geld lieh, bekam ihre Außenstände auf jeden Fall herein, denn sie konnte im Notfall das gesamte Gut pfänden. Die Realität seiner eigenen Heimat, um die er sich bisher nie gekümmert hatte, schien die Aussagen seiner Kommilitonen, Professor von Schleys und Oscar Glocks zu bestätigen.

Und doch kamen Otto die Reden der jungen Männer seltsam inhaltsleer und gekünstelt vor. Sie sprachen, als müssten sie sich selbst davon überzeugen, dass sie recht hatten, und sie redeten von nichts anderem. Sie dachten in Überschriften, statt den Dingen auf den Grund zu gehen, und sie redeten sich in Rage, statt mit den Betroffenen zu sprechen. Der Majordomus von Gut Briest hegte keinen Hass gegen die Bankiers; er war froh, dass es sie gab und dass sie Geld verliehen, mit dem er arbeiten konnte. Ottos Vater dachte genauso. Aber da es auch Gutsbesitzer gab, die zu den Reden von Ottos Kommilitonen und Oscar Glocks Anmerkungen dazu mit der Faust auf den Tisch gehauen und sie inbrünstig bestätigt hätten, sagte er sich, dass er vielleicht nur nicht genug politisches Verständnis besaß. Dennoch blieb er in diesen Gesprächszirkeln still und fühlte sich zusehends unwohl. Dagegen genoss er die Gegenwart Rudi Leitners und wenn sie an Glocks Luftschiff arbeiteten.

»Eigentlich könnten wir loslegen«, sagte Otto und spähte in den Himmel. Er war mit grauen Wolken überzogen, aber relativ windstill. Der Probeaufstieg des Ballons mit dem von Rudi hergestellten Wasserstoffgasgemisch konnte wie geplant beginnen. Der Ballon bestand aus zwei Innenräumen – das hatte Otto erst später gelernt. Der obere Bereich konnte mit Gas gefüllt werden, er würde sich ausdehnen, die Regenschirmkonstruktion würde sich aufrichten und schließlich arretieren. Das würde den unteren Bereich für die Aufnahme von heißer Luft vorbereiten, die über einen Brenner bereitgestellt wurde. Auf diese Weise konnte an beidem gespart werden: dem teuren Gas und der heißen Luft, für die ein relativ kleiner Brenner genügte, was Gewicht sparte, das zugunsten der Traglast frei wurde.

Die Traglast war Metallschrott und Maschinenteile, die in den blechverstärkten Korb gelegt worden waren. Selbst wenn der Versuch misslang und der Ballon samt Korb abstürzte, entstand zumindest an der Fracht kein Schaden.

Das Dach des hinteren Teils der Fabrikhalle war geöffnet worden, so dass der Ballon durch die Öffnung hindurch aufsteigen konnte. Mehrere Fesselleinen waren am Korb angebracht. Sie würden den Ballon zunächst auf einer Höhe von zehn Metern festhalten; dann konnte man auf zwanzig Meter gehen, wenn die Sache stabil schien. Die maximale Länge jeder einzelnen Leine betrug fünfzig Meter. Wenn der Ballon die gesamten fünfzig Meter problemlos aufstieg, würde er auch hundertfünfzig schaffen, das war das Credo von Oscar Glock und Rudi. Dann wäre bewiesen, dass die Mischung aus Wasserstoff und heißer Luft funktionierte, und man konnte darangehen, sich mit der Lenkbarkeit des Luftgefährts zu befassen.

»Ich frage mich, wo Rudi bleibt«, sagte Otto.

»Der kommt schon noch«, erklärte Oscar Glock gelassen. »Ich glaube nicht, dass er den Aufstieg versäumen will. Es ist ja im Wesentlichen seine Konstruktion.«

»Wo ist er überhaupt?«

Glock zwinkerte. »Keine Ahnung. Er hat nur gesagt, er müsse etwas für Hermine erledigen. Vielleicht sucht er ein Geburtstagsgeschenk für sie.«

»Ein Geburtstagsgeschenk?«, fragte Otto alarmiert. »Hat sie denn demnächst Geburtstag?«

»Nur keine Aufregung, mein Lieber. Fragen Sie einfach Rudi, wenn er da ist. Ich weiß ja nicht mal, ob es um ein Geburtstagsgeschenk geht. Es war nur so dahingesagt.«

»In meiner Familie ist der Namenstag wichtiger, deshalb hab ich nicht daran gedacht, mich zu erkundigen …«, murmelte Otto bestürzt. »Oh Mann, das wäre peinlich, wenn ich ihr nichts schenken würde …« Er nahm das beruhigende Schulterklopfen

Oscar Glocks nur am Rande wahr; und die innere Stimme, die immer wieder versuchte, ihn wachzurütteln und diesmal behauptete, dass Glock ihn mit der Erwähnung Hermines vollkommen von der Frage abgelenkt hatte, wo Rudi Leitner an diesem wichtigen Tag tatsächlich war, verhallte auch ungehört.

31

Rudolf Leitner stand in der engen Stichgasse, die vom Spreedamm bis hierher führte, und starrte in den Himmel. Er atmete so flach, dass er alle paar Sekunden nach Luft schnappen musste. Schließlich senkte er den Blick und hob gleichzeitig die Hände vor die Augen. In der rechten Hand hielt er noch den Revolver, von dessen Lauf eine schwache Rauchfahne aufstieg. Beide Hände zitterten. Auf dem Handrücken der Rechten sah er ein paar Blutspritzer. Sein Gesicht verzerrte sich. Er wechselte die Waffe in die andere Hand und wischte sich die Rechte an seiner Hose ab, so hart, dass seine Fingerknöchel sich röteten.

Vom Spreedamm her näherten sich zwei Männer mit einem Handkarren. Auf dem Karren lag eine Decke. Eisenschrott schepperte darunter. Die beiden Männer musterten ihn angespannt. Leitner trat beiseite und wies auf das offen stehende Türchen zum Hinterhof des »Schmetterlings«.

»Bringt sie weg«, sagte er heiser. »Den Puffvater könnt ihr in der Spree versenken, den vermisst keiner. Den Schnüffler legt ihr irgendwo im Scheunenviertel ab, damit es so aussieht, als sei er dort überfallen worden. Und gießt 'nen Eimer Schweineblut unter ihm aus. Selbst die dämliche Polente wird stutzig, wenn ein Toter ohne Hinterkopf und ohne Blutlache irgendwo rumliegt.«

Der eine der beiden Männer ließ den Karren stehen und spähte um die Tür herum. Er sah blass aus, als er sich wieder umwandte.

Der andere Mann sagte: »Wieso sin det zwee? Ick dachte, es jeht nur um …?«

»Doppelte Fracht, doppelte Bezahlung«, sagte Leitner.

»Aber denn hätten wir 'ne größere Karre mitjebracht …«

»Stapelt sie, verdammt noch mal. Sie werden sich nicht beschweren.«

»Un wieso sin die hier draußen und nich drinne? Ick dachte, es hätte jeheißen …«

»Planänderung!«, schnappte Leitner. »Seid doch froh, dass ihr nicht zwei tropfende Leichen durch das ganze Haus schleppen müsst!«

Der Mann schwieg. Er nickte seinem Begleiter zu. Sie bugsierten den Karren vor das Türchen, zogen die Decke von ihrer Fracht und sortierten diese um, so dass Platz für zwei menschliche Körper entstand. Dann trugen sie erst den einen, dann den anderen Leichnam heraus und legten sie auf dem Karren ab.

»Der hier hat 'ne Kunstpfote«, sagte der redseligere der beiden Männer. »Janz schön teuer, so wat. Könnwa die behalten und vakoofen?«

»Nein.«

»Und die Klunkern von dem anderen? Det is 'n Eisernes Kreuz, wat er da hat, da jibt et wat dafür, wenn mans an den Richtjen vahökert.«

Leitner trat näher heran. »Lassen sich die Orden irgendwie zurückverfolgen, wem sie mal gehörten?«

»Nee.«

»Dann könnt ihr die nehmen.«

»Wat is mit det janze Blut hier?«

»Das wird der Regen schon wegwaschen; der Boden im Hinterhof ist eh nur festgetretenes Erdreich, und an der Ziegelmauer sieht man es bald nicht mehr.«

»Ick meene, uuf unserem Karren.«

Leitner starrte den Mann an.

Nach ein paar Sekunden hob dieser die Hände und trat zurück. »Schon verstanden, Chef. Det waschen wa weg. Allet im Preis inbegriffen.«

Leitner schwenkte die Trommel seines Revolvers aus und ließ die restlichen Patronen in seine Hand fallen. Dann warf er den Revolver auf den Karren zu dem Eisenschrott. »Den versenkt ihr auch, verstanden? Wehe, der taucht irgendwo mal bei einem Hehler auf.«

»Allet klar, Chef.«

Die Männer zogen mit ihrer unter der Decke wieder versteckten, makabren Fracht ab. Leitner wartete ein paar Herzschläge lang, dann trat er durch das Türchen und sah sich im Innenhof um. Auf dem Boden glänzten zwei dunkle Lachen und hinter ihnen die zwei Blutfächer, die das aus den Austrittswunden sprühende Blut geschaffen hatte. Irgendwo dort steckten auch die beiden Patronen in der Ziegelwand, aber Leitner machte keine Anstalten, sie zu suchen. Er hob die Hände erneut vor die Augen und musterte sie, suchte nach Überresten von Blut. Sie zitterten noch immer, aber sie waren sauber. Er wischte sie trotzdem an seiner Hose ab, dann trat er in die Gasse hinaus, schloss das Türchen hinter sich, wartete, bis die beiden Männer und ihr Karren vorn beim Spreedamm um die Ecke gebogen und außer Sicht waren, dann trottete auch er los. Sein Atem ging immer noch zu flach, und wer in sein gesenktes Gesicht geblickt hätte, hätte einen Mann gesehen, der keinen Triumph verspürte, sondern sich für verflucht hielt.

32

Otto hatte Rudi Leitner noch nie so fahrig und gereizt gesehen. Selbst Oscar Glock zog nur die Augenbrauen in die Höhe und sagte keinen Ton, als Hermines Bruder endlich ankam, sein Jackett auszog, in eine Ecke feuerte und sich dann wortlos daranmachte, die Ballonkonstruktion zu überprüfen.

»Kann ich dir was helfen?«, fragte Otto.

Leitner blickte sich über die Schulter um und starrte Otto nur an.

Otto hob die Hände und trat zurück. »Schon gut«, sagte er beschwichtigend. »Erschieß mich nicht gleich.«

Leitner erstarrte. Seine Schultern hoben und senkten sich einmal, dann machte er weiter mit seiner Inspektion der Ballonhülle.

Otto hatte das Gefühl, dass eine geradezu spürbare Hitze von ihm ausging. Er sah Hermines Bruder dabei zu, wie er den Anschluss der Gaszufuhr ausklinkte, wieder einklinkte und daran rüttelte. Er sah ihn innehalten und seine Hände anblicken, dann wischte er irgendeinen Schmutz, den Otto nicht hatte wahrnehmen können, an seiner Hose ab. Er tat es so grob, als wolle er die Haut gleich mit abreiben. Als er den Gasschlauch etwas anders hinlegte, konnte Otto erkennen, dass Leitners Hände bebten.

Er warf Glock einen Blick zu. Doch dieser betrachtete Leitner nur mit unlesbarem Gesichtsausdruck und zuckte, als er Ottos Blick auffing, mit den Schultern. Nun, wenn Glock nicht beunruhigt war … aber was sollte schon geschehen bei diesem Probeaufstieg? Der Ballon würde schließlich keine menschliche Fracht transportieren. Schlimmstenfalls fiel ein Korb voller Eisenschrott zu Boden, wenn der Ballon abstürzte.

»Alles in Ordnung«, sagte Rudi schließlich und trat zurück. Er holte tief Atem und schien sich halbwegs zu beruhigen. »Otto, dreh den Gashahn auf.«

Otto drehte an dem Ventilrädchen und bildete sich ein, den Gasschlauch leicht zucken zu sehen. Anfangs geschah gar nichts, doch dann wölbte sich der Teil des Ballons, der später das obere Drittel sein würde, leicht unter Zustrom des Gases. Leitner zerrte an der Vertäuung, welche die beiden Ballonkammern verband, legte Seile anders, glättete Falten und überprüfte immer wieder seine Hände. Was hatte er auf einmal gegen ein paar Schmutzflecken? Die Ballonhülle war übersät mit öligen, rußigen oder einfach nur dreckigen Fingertappern. Um deren Sauberkeit konnte es ihm ja wohl nicht gehen.

Die Gaskammer des Ballons war mittlerweile so gut gefüllt, dass sie einen Buckel bildete, der Leitner bis zur Hüfte ging. Sie schwoll immer noch weiter an, aber sie hob die Hülle nicht vom Boden. Glock kratzte sich nachdenklich am Kopf. Otto focht gegen den Impuls an, das Gasventil noch weiter aufzudrehen, weil es ohnehin schon komplett offen war. Leitner stand ganz still und schien in die Ferne zu blicken. Seine rechte Hand öffnete und schloss sich, der Zeigefinger krümmte und streckte sich, dass es fast wirkte, als stünde Edgar Trönicke dort vorn neben dem Versuchsaufbau und hätte Schwierigkeiten mit seiner Kunsthand.

Stimmte das Gasgemisch nicht? Aber die kleinen Testballons hatte es mühelos aufsteigen lassen. War es für den vergleichsweise schweren echten Ballon doch zu schwach?

Die Gaskammer war jetzt so hoch wie Rudolf Leitner. Sie wuchs vor ihm in die Höhe, ein schmutzig grauer Buckel, der sich sanft wiegte wie der atmende Leib eines Tiers.

»Zudrehen!«, befahl Leitner, ohne sich umzudrehen. Otto zuckte zusammen und drehte am Ventil. Er fragte sich, ob der Befehl nicht zu früh gekommen war – der Ballon lag immer noch auf dem Boden. Geplanterweise hätte die Gasfüllung die Hülle in die Höhe heben sollen, so dass man darangehen konnte, in den unteren Teil die Heißluft strömen zu lassen. Der Ring aus Brennern, der in einer Art Kranz zwischen dem Korb und der unteren Öffnung des Ballons eingehängt war, lag noch auf der Seite. Sollte Otto noch ein paar Sekunden zugeben und nicht ganz zudrehen …?

Im selben Moment hob sich der Ballon in die Höhe. Trotz aller Geistesabwesenheit hatte Leitner genau den richtigen Zeitpunkt abgeschätzt. Otto hatte erwartet, dass der Ballon sich mit einem hörbaren Ächzen oder Stöhnen erheben würde, wie ein großes Tier, das sich aufrichtet. Aber nichts dergleichen. Im einen Moment lag der Ballon mit seiner aufgeblähten Gaskammer noch auf der Seite wie eine riesige Blase, im nächsten stieg er hoch und blieb dann leise auf und ab tanzend in drei oder vier Metern Höhe stehen. Das schiere Gewicht der Ballonhülle und der Aufhängung des Lastkorbs hielt ihn in der Schwebe. Die Fesseltaue kringelten sich noch völlig entspannt auf dem Boden.

Leitner blickte sich zu Glock und dann zu Otto um. Zum ersten Mal, seit er angekommen war, sah Otto ein Lächeln über sein Gesicht huschen. »Na?«, fragte er.

»Nicht ganz schlecht«, erklärte Oscar Glock, aber er grinste übers ganze Gesicht dabei.

»Noch etwas mehr Gas, Otto. Nur so viel, dass die Gaskammer die Konstruktion genügend weit hebt, dass wir die Brenner für die Heißluft anwerfen können. Die Kiele müssen einrasten.«

Mit mehreren Gasschüben bekamen sie den Ballon schließlich so weit, dass er – jetzt mit der Gaskammer schon über das geöffnete Hallendach hinausragend – die Haltetaue des Korbs halbwegs straffzog. Die nicht aufgeblähte untere Kammer für die Heißluft hing faltig nach unten, nur offen gehalten von dem hölzernen Ring, der dort eingelassen war.

Otto nahm an, dass die sich entfaltenden Kiele in der Gaskammer die Paragonstangen emporgehoben hatten und der Schieber über der Federraste eingeklinkt war. Gehört hatte er es nicht. Er hatte erwartet, den scharfen Klick zu hören, aber vielleicht stand er zu weit weg. Leitner stand direkt unter dem Ballon und hätte sich bestimmt gemeldet, wenn der Schieber nicht eingerastet wäre. Er schien jetzt wieder ganz bei der Sache zu sein.

Dass der Schieber einrastete und damit das Schirmgerüst die Gaskammer stabilisierte, war für die Konstruktion extrem wichtig. Es verhinderte, dass die Gaskammer zum Beispiel durch eine

Bö eingedellt wurde und Gas nach unten drückte, wo es mit dem Feuerstrahl aus den Brennern in Berührung kommen konnte. Wenn das geschah, würde sich der Ballon innerhalb eines Herzschlags in eine riesige Feuerkugel verwandeln, die flammend zu Boden stürzte.

Rudi Leitner überprüfte die Anschlüsse, die von mehreren Gasflaschen mit einem Wasserstoff-Kohlenstoff-Sauerstoff-Gasgemisch im Korb zu dem Ring aus Brennern führten. Diese waren in ihrer Funktionsweise nur etwas mächtigere Bunsenbrenner, wie Otto sie von der Hochschule her kannte. Er warf Oscar Glock einen fragenden Blick zu.

»Nur zu«, sagte Oscar und wedelte mit seiner Zigarre. Leitner deutete auf sie und schüttelte heftig den Kopf. Glock verzog den Mund und stupste sie dann so lange gegen die Wand der Halle, bis die Glut erloschen war. Den Rest steckte er wieder in die Tasche. »Jetzt alles gut?«, fragte er, halb amüsiert, halb sarkastisch.

»Es wäre gut gewesen, wenn du sie gleich schon ausgemacht hättest«, sagte Rudi. »Ich hab nicht aufgepasst, sonst hätte ich sie dir weggenommen, besonders während des Gaseinfüllens. Insofern ist nicht alles gut, sondern wir haben nur Glück gehabt.«

Die Brenner zischten und fauchten, als Leitner sie aktivierte. Wabernd heiße Luft strömte in die untere Kammer des Ballons, drückte deren obere Wand gegen die untere Wand der Gaskammer und begann, das obere Drittel des Ballons weiter auszudehnen. Als der Ballon schließlich an den Haltetauen zerrte und damit den schweren Lastkorb einen halben Meter in die Höhe gehoben hatte, stieß Oscar Glock die Luft aus, dann applaudierte er. Es hörte sich seltsam und irgendwie unpassend an, dieses Klatschen eines einzelnen Mannes in der dunklen Halle, aber Otto nahm an, dass es von ehrlicher Begeisterung herrührte.

»Es sind nur ein paar Handbreit«, sagte Leitner.

»Dann lass uns mal schauen, wie hoch wir ihn insgesamt bringen. Zehn Meter«, sagte Glock.

Gemeinsam öffneten Otto und Rudi die Knoten der Haltetaue, bis nur noch zwei gegenüberliegende Taue übrig waren, die den Ballon auf der jetzigen Höhe fesselten. Sie kauerten sich bei ihnen nieder, stimmten sich durch Blicke ab, zählten »Eins, zwei, drei – jetzt«, und öffneten mit fliegenden Fingern möglichst gleichzeitig die Knoten, um den Ballon nicht in Schräglage zu bringen. Es gelang. Zuerst mit einem Ruck, dann mit majestätischer Eleganz trieb der Ballon hoch, kam über das Hallendach hinaus und hing dann wieder, auf und ab tanzend, an seinen Fangseilen. Der Lastkorb schwebte direkt über dem Hallendach, zehn Meter über dem Boden. Für alle Nachbarn und Müßiggänger in der Nähe musste sich der atemberaubende Anblick eines in den grauen Himmel strebenden Ballons ergeben, der scheinbar aus dem Nichts zwischen den Hausfassaden aufgestiegen war.

»Zwanzig Meter!«, befahl ein glücklich grinsender Oscar Glock …

In all den Tagen und Wochen, die der Katastrophe folgten, wurde es Otto doch nie klar, was wirklich passiert war. Dies war die eine Sache, die er nicht verstand. Ergebnislos zermarterte er sich den Kopf in der Charité. Waren die Paragonstangen nicht eingerastet, wie es der Umstand nahelegte, dass Otto keinen Klick gehört hatte? War der obere Teil des Ballons mit dem Gas deshalb nicht stabil gewesen und hatte einer Bö nachgegeben, Gas nach unten abgegeben und an den Brennerflammen entzündet? Hatte Rudi Leitner in seiner anfänglichen Fahrigkeit eines der inneren Taue nicht ordentlich entwirrt, so dass die beiden Kammern aus dem Gleichgewicht waren und Gas ausgetreten war? War einer der Brenner defekt gewesen, oder die Zuleitung zu den Brennern, so dass nicht die obere Kammer in Flammen ausgebrochen war, sondern das Feuer von unten in die Ballonhülle geschossen war? Oder war es ganz einfach nur Pech gewesen, irgendein Umstand, den keiner hatte vorhersehen und den auch keiner hätte verhindern können? War es die Hand Gottes gewesen?

Gerade noch hing der Ballon majestätisch über den Dächern des Viertels, Otto und Rudi Leitner damit beschäftigt, die nächsten Knoten zu lösen, damit der Lastkorb auf zwanzig Meter hochgezogen werden konnte. Dann hörte Otto ein tiefes, dumpfes WHUMMP über sich, blickte hoch und direkt in ein Inferno hinein.

Wo der Ballon sein sollte, schwebte ein tosender, schwarz-roter, grell flammender, gigantischer Feuerball. Otto spürte einen Stoß schmerzhaft heißer Luft, der ihn traf und ringsumher Staub aufwirbelte wie eine Explosion. Der Lastkorb war ein schwarzer rechteckiger Schatten vor dem lichterloh brennenden Ballon … und begann schon zu stürzen, und der Ballon mit ihm, brennend, funkensprühend, eine Erscheinung aus der Hölle, eben noch ein Hoffnungsbringer, jetzt ein flammender Todesbote.

Rudi Leitner stierte wie erstarrt nach oben. Er bewegte sich nicht. Es war, als wäre er im Grunde nicht überrascht, dass die Katastrophe geschehen war.

Otto war viel schneller. Mit dem aufwirbelnden Staub war er aufgesprungen und rannte aus der Gefahrenzone, aus dem Bereich, auf den der Lastkorb und mit ihm der Feuerball fallen würde. Als er über die Schulter blickte und sah, dass Rudi sich nicht bewegte, warf er sich herum, um zu ihm zu gelangen.

»NEIN!«, brüllte Glock und rannte ebenfalls los, um Otto abzufangen.

Er war zu langsam.

Otto war zu langsam.

Der Korb prallte auf den Boden auf. Otto spürte die Erschütterung, als hätte ein Riese mit dem Fuß aufgestampft. Der Eisenschrott darin sprang in die Höhe wie eine Fontäne aus Rost und Metall. All das geschah scheinbar lautlos, weil der nach dem Korb herunterstürzende Ballon ohrenbetäubend toste und alle anderen Geräusche verschluckte.

Der Aufprall des Korbs streckte Rudi Leitner zu Boden, ohne dass er oder irgendwelche herausgeschleuderten Teile ihn getroffen hätten. Hermines Bruder rollte sich einmal herum.

Und verschwand unter der Flammenwand des aufschlagenden, brennenden Ballons.

Dies war die andere Sache, die Otto von Briest nicht verstand: Wie es ihm gelungen war, Rudi Leitner unter der brennenden Leinwand herauszuziehen, wie er den lichterloh in Flammen stehenden Mann gelöscht und wie er ihn weggezerrt hatte aus der brutalen Hitze in unmittelbarer Nähe des Flammenmeers. Wie er und Oscar Glock es geschafft hatten, den Explosionen zu entkommen, mit denen zuerst die Gasflaschen im Lastkorb und dann die in den Gestellen entlang der Wand hochgingen … und wie es ihnen gelungen war, den bewusstlos gewordenen, halb verbrannten Rudi Leitner zwischen sich zu tragen und aus der Halle zu gelangen, bevor die Explosionen der Gasflaschen ihren hinteren Bereich zum Einsturz brachten, das zusammenbrechende Dach das Feuer erstickte und ein rollender Pilz aus Rauch, letzten Flammen und Staub über Glocks Firma in die Höhe schoss. Viel höher als der Ballon jemals gestiegen war.

Wie all das hatte gelingen können, ohne dass Otto von Briest größeren Schaden davontrug als Brandblasen an den Händen, versengtes Stirnhaar und einen ruinierten Anzug.

Während Rudi Leitner, den Otto fast jeden Tag in der Charité besuchte und dabei über das Unglück nachdachte, schwer verbrannt zwischen Wachen und Besinnungslosigkeit dahindriftete. Ein Mann, bis auf wenige Körperstellen in Gaze eingehüllt, durch die Wundsekret sickerte. Der in der Bewusstlosigkeit vor Schmerz stöhnte und der, wenn er es überhaupt überlebte, für sein restliches Leben aussehen würde wie ein Ungeheuer.

Oscar Glock wiederum, der noch weniger verletzt worden war als Otto und keine einzige Schramme davongetragen hatte, war ruiniert.

33

Die Kosten für die Beerdigung Edgar Trönickes übernahm die Familie von Briest. Moritz hatte Edgar ursprünglich auf dem Gut bestatten wollen, doch im Testament des Detektivs hatte sich ein Hinweis auf eine Grabstätte im Friedrichshain gefunden, wo auch Edgars Familie ruhte. Er war der Letzte der Trönickes gewesen, den es noch gegeben hatte; jetzt im Tod waren sie alle wieder vereint.

Nach der Beerdigung zerstreute sich das kleine Häuflein Trauergäste, unter dem ein paar Polizisten und ein paar Kriminelle gewesen waren, und ließ die Briests allein mit den Totengräbern und mit Hermine Leitner am offenen Grab zurück. Die Totengräber begannen damit, das Grab zu füllen. Die Erdschollen fielen mit einem dumpfen Geräusch auf den Sarg. Otto fand es unvorstellbar, dass Edgar darin liegen sollte. Er fand es unvorstellbar, dass der alte Freund der Familie nicht mehr am Leben sein sollte. Er fühlte sich noch betroffener als nach dem Tod seiner Großeltern. Sie waren wenigstens gemeinsam aus dem Leben gegangen, bei einem tragischen Unglücksfall. Edgar war allein und wie ein Hund gestorben, niedergeknallt in einer abgelegenen Gasse im Scheunenviertel, vermutlich auf der Suche nach irgendeinem Übeltäter, ganz sicher in einem Verbrechen, das nie aufgeklärt würde. Was für ein Hohn des Schicksals war es eigentlich, als Detektiv das Mordopfer in einem unaufklärbaren Kriminalfall zu sein? Würde Edgar, wo immer er jetzt war, darauf warten, dass jemand für ihn die Aufklärung übernahm, und sei es nur, um seine offen bleibende Polizeiakte zu schließen und ihm so den endgültigen Frieden zu geben? Otto musste zugeben, dass sein Wunsch, das Verbrechen aufgeklärt zu sehen, weniger esoterische Motive hatte. Er wollte den Mann, der Edgar Trönicke ermordet hatte, vor einem Richter stehen sehen und in sein Gesicht schauen, wenn dieser das Urteil über ihn verhängte. Er hasste den Unbekannten mit einer aus Schock und Trauer entstandenen, geradezu tierischen Wut. Wie hatte er Edgar einmal launig erzählen hören, über einen Mann, den er ins Gefängnis gebracht hatte und der ihn, als er aus dem Gerichtssaal geführt worden war, angezischt hatte: Du Drecksau, ick würde nich auf dir pissen, selbst wenn de brennen würdest. Otto fühlte den gleichen Zorn gegen Edgars unbekannten Mörder.

Moritz von Briest trat auf Otto und Hermine zu. Hermine schluchzte, schluckte und schniefte, als Moritz die Hand auf ihren Oberarm legte. »Ich werde eine Anstellung bei Siemens & Halske für Sie finden, Fräulein Leitner, keine Sorge.«

Hermine nickte und schnäuzte sich.

»Kommen Sie mit uns? Wir nehmen Sie gerne mit raus nach Gut Briest. Verbringen Sie ein paar Tage bei uns.«

»Vielen Dank«, sagte Hermine heiser, »aber det jeht nich, ick muss mir um Rudi kümmern, det die im Krankenhaus ihn orntlich behandeln.«

»Ich verstehe«, sagte Moritz und drückte ihr die Hand.

»Ich komme nach, Papa«, sagte Otto.

Moritz klopfte ihm auf die Schulter und führte die Familie weg. Amalie blieb bei Hermine stehen und umarmte sie. Es sah linkisch aus. Nicht zum ersten Mal kam es Otto so vor, als sei Amalie in Hermines Gegenwart befangen, und dass sich das noch verstärkt hatte seit der Nachricht von Edgars Tod. Oder war es seit der Nachricht vom Unfall bei Glock? Er schob den Gedanken wie schon zuvor beiseite.

»Vater meint das ernst«, sagte Otto, als er mit Hermine allein vor dem Grab stand. »Er wird eine Anstellung für dich finden.«

»Rudi hat immer gesagt, det ick was bei Glock finden könnte, wenn ick mal von Edgar wegwollte.«

»Aber die Firma Glock gibt es nicht mehr. Er ist ruiniert.«

»Weeß ick doch«, sagte Hermine und brach wieder in Tränen aus.

»Du brauchst keine Angst zu haben. Für dich ist gesorgt.«

»Du verstehst mich nicht.«

»Dann erklär es mir.«

Statt einer Antwort wandte Hermine sich ab und stellte sich an den Rand von Edgars Grab. »Ach, Edgar«, sagte sie. »Du fehlst mir schon jetzt. Warum haste dir denn nich jewehrt, wenn de schon dorthin jehst, wo een Leben nich mehr wert is als die nächste warme Mahlzeit? Du hattest doch 'nen Revolver!«

»Nein«, sagte Otto. »Den haben die Schweizer Behörden beschlagnahmt.«

»Er hatte sich doch schon lange 'nen neuen besorgt!«

»Dann muss ihn sein Mörder überrascht haben.«

»Überrascht? Überraschen konnte man Edgar nur, wenn man sich von hinten anjeschlichen hat. Von vorn – keene Schangse. Aber wieso hatte Edgar dann een Einschlussloch in der Stirne und nich im Hinterkopf?«

Otto starrte sie an. »Woher weißt du denn das?«

»Wat gloobste, wer den armen Edgar angucken und für die Polizei identifizieren musste?« Wieder begann Hermine zu weinen.

Otto, der darüber noch gar nicht nachgedacht hatte, versuchte, sich in Hermine hineinzuversetzen, und scheiterte. Der Gedanke, wie sie sich gefühlt haben musste, als sie am Tag nach dem Mord zuerst in der Agentur saß, immer besorgter auf ihren ausbleibenden Chef wartend, und wie ein Beamter der Berliner Kriminalpolizei schließlich in der Agentur auftauchte und sie bat, mit ihm zu kommen, um einen im Scheunenviertel aufgefundenen Leichnam zu identifizieren, bei dem es sich aller Wahrscheinlichkeit nach um ihren Arbeitgeber Edgar Trönicke, Privatdetektiv, ledig, keine Verwandten handelte … Otto holte tief Luft und nahm Hermine in den Arm. Im ersten Augenblick schmiegte sie sich in seine Umarmung, dann versteifte sie sich plötzlich.

»Beinahe hätte ich euch alle drei verloren«, murmelte Hermine. »Dich, Rudi und Edgar. Is det ’n Fingerzeig vom lieben Herrjott, det ick zu frech jeworden bin? Det ick anjefangen hab zu hoffen, ick könnte ’ne tolle Zukunft haben? Det ick jesündigt hab, weil ick dir erlaubt habe, mich zu küssen – und ick weeß schon, Otto, det ick selbst damit anjefangen habe, deswejen mach ick mir ja so een Jewissen …!«

»Gott hat bestimmt kein Problem damit gehabt, dass wir uns geküsst haben, Hermine!«, sagte Otto, dessen liberale Erziehung und das Herumgondeln in der Welt ihm Hermines Befürchtung absurd erscheinen ließ.

»Det weeßte nich, Otto. Und nu is Edgar tot, und Rudi is schwer verletzt, und du hättest auch mit draufgehen können, als du ihn ausm Feuer jezogen hast!«

»Ich bin aber nicht draufgegangen, und das hier«, Otto hob die einbandagierten Hände, »ist nicht der Rede wert.«

»Was dein Vater mir angeboten hat, ist sehr nett«, sagte Hermine, nachdem sie sich nochmals geschnäuzt und so viel von ihrer Fassung wiedererlangt hatte, dass ihr Berliner Dialekt nicht mehr so stark in den Vordergrund trat. »Aber ich kann das nicht annehmen.«

»Warum denn nicht?«

»Weil ich jetzt eene andere Aufgabe im Leben habe.«

»Und welche wäre das?«

Hermine sah ihm in die Augen. »Ich muss mich um Rudi kümmern. Als ich klein war, hat er alles für mich getan. Jetzt bin ich dran.«

»Wie meinst du das?«, fragte Otto voll dunkler Vorahnung.

»Ach Otto«, sagte Hermine und begann wieder zu weinen.

34

Amalie wartete beim Eingang des Guts auf Otto. Er traf erst mit dem nächsten Zug ein, zwei Stunden nach der Ankunft der Briests. Es wurde bereits dunkel. Julius, der die Familie in Genthin abgeholt hatte, war von Moritz erneut losgeschickt worden, um auf Otto zu warten. Otto nickte Amalie zu und blieb sitzen, ließ aber, als Amalie neben dem Wagen herlief, anhalten und stieg ab. Amalie sah zu ihm auf. Er war blass und wirkte, als sei die Welt um ihn herum zusammengebrochen. Er nahm den Tod Edgar Trönickes offenbar extrem schwer.

Amalie hatte auf ihn gewartet, weil sie seinen Blick auf dem Friedhof gesehen hatte, als sie Hermine umarmt hatte. Sie hatte das Gefühl, ihr Verhalten gegenüber Hermine erklären zu müssen; sie wusste, wie sehr er sie liebte, und wollte vermeiden, dass er dachte, sie würde die junge Frau nicht mögen.

»Ich möchte dir was sagen«, begann sie ungeschickt.

»Muss das jetzt sein?«, fragte Otto tonlos. »Ich hab genug eigenen Kummer.«

»Es ist wegen Hermine …«

Otto blieb stehen, als sei er gegen eine Wand gelaufen. »Was soll das heißen?«

»Eigentlich ist es mehr wegen ihres Bruders … Herrn Leitner … der jetzt im Krankenhaus liegt …«

»Ich weiß das, ich bin mit ihm dorthin gefahren«, sagte Otto.

Amalie schluckte ihren aufsteigenden Ärger über Ottos Grobheit hinunter. »Ich möchte dir sagen, warum ich zu Hermine so reserviert war in den letzten Tagen.«

»So? Und warum?«

»Es ist wegen ihres Bruders … und wegen Emma …«

Stockend und nicht ohne innere Überwindung versuchte Amalie, die Sachlage zu erklären. Dass Rudolf Leitner sich in Emma von Schley verliebt hatte. Dass er ihr seit jenem Tag, an dem er mit Blumen im Hause Schley erschienen war, mehrere Briefe geschrieben hatte – gespickt mit Rechtschreibfehlern, aber ebenso voller Bekenntnisse, dass er sie liebte und jede Minute an sie dachte. Dass Emma seine Liebe nicht erwiderte und seine Briefe nicht beantworten wollte, weswegen Amalie aus Freundschaft zu Emma und aus Mitleid die Antwortbriefe für sie geschrieben hatte, behutsam, sorgsam formulierend … offenbar zu sorgsam, denn die Botschaft war nicht bei Rudolf Leitner angekommen, der jede Antwort mit einem neuen Brief quittierte, in dem er sein Herz ausschüttete. Amalie verschwieg, wem Emmas wahre Liebe galt, weil sie vor allem die Frage fürchtete: »Und du? Was fühlst du für sie?« Sie hätte die Frage nicht beantworten können.

»Und deshalb«, schloss sie, »war ich in Hermines Gegenwart immer so befangen. Ich wusste ja, dass ihr Bruder im Krankenhaus mit dem Tod ringt, und ich kam mir plötzlich wie eine Betrügerin vor, weil ich Emmas Briefe geschrieben hatte und weil Herr Leitner jetzt im Hospital bestimmt all seine Energie darauf richtet, um Emmas willen gesund zu werden, und weil ich mir vorstellen kann, wie Hermine seinetwegen leidet … weil ich genauso leiden würde, wenn du oder Levin so schwer verletzt …«

»Du hast keine Ahnung«, flüsterte Otto, »was Rudi für sie bedeutet.«

Amalie schwieg, vor den Kopf gestoßen und zugleich voller Angst, was Otto als Nächstes sagen würde. Sie konnte jetzt erkennen, wie rot seine Augen waren. Er musste geweint haben – mehr als die Tränen, die jedem von ihnen bei Edgar Trönickes Beerdigung über die Wangen gelaufen waren.

»Findest du, ich habe das falsch gemacht mit den Briefen?«, fragte sie unsicher.

Otto konnte nicht antworten, denn ihr Vater näherte sich vom Gutshaus her.

»Gut, dass du wieder zurück bist, Otto«, sagte Moritz. »Kommt mit rein, ihr beiden. Da die ganze Familie jetzt beisammen ist, wollen wir uns darüber unterhalten, wie es mit uns allen weitergeht. Ich werde spätestens im Sommer nach Chicago abreisen; eure Mutter bleibt mit euch hier. Otto, du musst dein Studium beenden, und Levin und du, Amalie, ihr seid ohnehin …«

»Ich glaube, ich komme mit Ihnen nach Amerika«, unterbrach Otto. Amalie hielt erschrocken die Luft an. Auf einmal war ihr klar, was Ottos vorher vergossene Tränen zu bedeuten hatten. Sie fühlte, wie ihr selbst Tränen in die Augen stiegen. »Hermine hat mir heute den Laufpass gegeben. Sie will nur noch für ihren Bruder da sein und ihn pflegen, wenn er aus dem Krankenhaus entlassen wird. Für mich gibt es hier nichts mehr.«

»Aber dein Stud…«, begann Moritz, dann schüttelte er sich und tat etwas, was Amalie in der letzten Zeit nicht mehr für möglich gehalten hätte. Er trat vor und nahm seinen erwachsenen Sohn, der einen halben Kopf größer war als er, einfach in den Arm und hielt ihn fest. »Es tut mir sehr leid«, hörte sie ihn murmeln. »Es tut schrecklich weh, wenn einem das Herz bricht.«

Amalie stand da, hörte seine Worte und dachte an den Schmerz, den Emma fühlen würde, wenn sie ihr sagte, dass sie ihre Freundschaft erwiderte und auch ihre Liebe, aber nicht auf die Weise, die Emma wollte. Auf einmal war sie sicher, dass sie dies nie zu ihr würde sagen können. Dass sie alles tun würde, um Emma glücklich zu sehen.

Sie hörte erstickte Geräusche und erkannte, dass Otto angefangen hatte zu weinen und seinen Vater so heftig umarmte, wie er es als Junge getan hatte. Moritz streckte eine Hand aus und zog Amalie in die Umarmung hinein. Auch sie begann zu weinen – für Otto, für ihren Vater, für sich. Gemeinsam standen sie da in der kühl werdenden Abendluft unter den Bäumen in der Einfahrt von Gut Briest und ließen ihren Gefühlen freien Lauf. Ringsum war der Frühling ausgebrochen, aber in Amalies Herz begann bereits der Herbst.

3. BUCH

Der Traum vom Glück

August 1896 – November 1898

»Ich ruh mich ein wenig aus, dann machen wir weiter.«

Otto Lilienthal

1

Alles war anders geworden. Manches davon war gut.

Distanz kann auch Nähe schaffen. Eine solche Nähe hatte sich in den letzten Jahren zwischen Otto und Levin von Briest eingestellt. Sie unterhielten einen regen Briefwechsel zwischen Berlin und Chicago. Es war fast ein kleines Wunder, wenn man bedachte, wie sehr Otto sich vor seiner Abreise nach Amerika von der Familie abgekapselt und keine Nähe zugelassen hatte. Wer ihn angesprochen hatte, war brüsk von ihm zurückgewiesen worden.

Moritz hatte in den Familiengesprächen vor seiner Abreise nach Amerika darauf bestanden, dass Otto sein Studium an der Hochschule beendete, bevor er ihm nach Chicago folgte. Er selbst war im August 1892 von Cuxhaven aus mit der *Fürst Bismarck* aufgebrochen, einem fast nagelneuen Schnelldampfer der *Hamburg-Amerikanischen Packetfahrt-Actien-Gesellschaft*, kurz HAPAG. Die planmäßigen Halts waren Southampton und Cherbourg, dann New York gewesen, und von dort war es über Land mit der *New York Central Railroad* nach Chicago weitergegangen. Die Fahrt mit dem Schiff hatte acht Tage gedauert, sechs davon für die Überquerung des Atlantik. Otto kannte die Reisedetails so genau, weil er ein halbes Jahr später die gleiche Strecke zurückgelegt hatte, mit einem anderen HAPAG-Schnelldampfer, der *Columbia*. Anders als beabsichtigt, hatte Otto diese Zeit jedoch nicht dazu genutzt, an seinem Studienabschluss zu arbeiten.

Er hatte stattdessen einen vergeblichen Kampf darum geführt, Hermine doch noch umzustimmen. Viele Tränen und Wutausbrüche auf beiden Seiten später hatte Otto akzeptiert, dass Hermine in ihrer vermeintlichen Schuld ihrem Bruder gegenüber gefangen war. Sie hatte ihr eigenes Leben der Pflege Rudis untergeordnet. Auch wenn ihre Liebe zu Otto nicht erkaltet war, so hatte sie sie – das erkannte selbst Otto, der ansonsten vor Liebeskummer und Verzweiflung über Hermines gleichbleibende Zurückweisung wie blind war – doch in eine so entlegene Kammer ihres Herzens verbannt, dass sie selbst nicht mehr darankam. Es war, das wurde Otto klar, nachdem seine eigenen Wunden sich geschlossen hatten, Hermines einzige Chance gewesen, mit ihrem gebrochenen Herzen weiterzumachen. Die Taktik musste in den langen Wochen an Rudis Krankenbett und den noch längeren Monaten seiner Rekonvaleszenz zu Hause entstanden sein. Otto hatte sich bemüht, Rudi nicht dafür zu hassen, dass er der Grund für den Verlust Hermines war. Eigentlich hatte er nicht nur eine große Liebe, sondern auch eine beginnende Freundschaft verloren.

Dann hatte er noch seine Stellung in Professor von Schleys Zirkel der Exzellenz aufgeben müssen, denn seine Beurteilungen in der Hochschule waren so schlecht geworden und sein Betragen dort so erratisch, dass seine Kommilitonen den Professor unter Druck gesetzt hatten: Ein Mitglied wie Otto von Briest im Zirkel zu haben, schädigte ihrer aller Ruf und ließ ihren Kreis wie eine willkürliche Gruppe erscheinen, deren Qualitätsmerkmal keine Bedeutung mehr besaß. Zuletzt hatte Otto auch seine Prüfung verhauen – und war im März 1893 mit dem ersten Schiff der neuen Saison, das nach New York fuhr, seinem Vater nachgereist. Er hatte das Gefühl gehabt, dass ihn in der Heimat endgültig nichts mehr hielt, auch nicht seine Mutter, seine Schwester und sein Bruder.

Er hatte seine Familie erst zur Feier von Amalies Volljährigkeit im Mai 1894 wiedergesehen, zu der er und Moritz aus Chicago angereist waren. Auf dieser Feier hatte er nacheinander Antonie, Amalie und Levin beiseitegenommen und sich für sein Verhalten entschuldigt. Alle drei hatten ihm vergeben, Amalie mit einer Umarmung, Antonie mit Tränen in den Augen. Levin jedoch hatte ihn vollkommen überrascht, indem er gesagt hatte: »Verzeihen? Was soll ich dir verzeihen? Dass du gelitten hast wie ein Hund? Komm schon, Otto – ich möchte lieber dich um Verzeihung bitten, dass ich dir nicht habe beistehen können in dieser Zeit.« Otto hatte erkannt, dass er immer einen Freund dort gehabt hatte, wo er ihn nie vermutet hätte: nämlich in seinem kleinen Bruder.

Levins Briefe waren stets Spiegel seines Seelenzustands – ein Fünftel Informationen über den Lauf der Dinge in der Heimat, vier Fünftel begeisterte Ausflüsse zu den Flugexperimenten Otto Lilienthals. Was die gesellschaftlichen und politischen Entwicklungen in Deutschland betraf, waren Otto und Moritz über die Zeitungen informiert, die auf Kosten von Siemens & Halske nach Chicago geschickt wurden – doch die Ausgaben waren immer mindestens vierzehn Tage alt. Allerdings war die Frequenz der Schreiben, die sie von Antonie, Amalie und Levin erhielten, auch nicht viel häufiger.

Brisante oder extrem bedeutende Entwicklungen erhielt Moritz per Telegraf gemeldet, aber in sehr dürren Worten und auch nur dann, wenn sie für die Firma von wirtschaftlicher Bedeutung waren. Die Einführung einer verbindlichen gemeinsamen Uhrzeit für ganz Deutschland zum 1. April 1893 war so eine Nachricht gewesen; das Inkrafttreten des Abzahlungsgesetzes, das Käufern den Erwerb von teuren Gütern per Ratenzahlung ermöglichte, im Juni 1894; oder dass – erst Anfang dieses Jahres – ein Würzburger Physiker namens Wilhelm Röntgen ein Gerät vorgestellt hatte, das den menschlichen Körper mit Hilfe von sogenannten X-Strahlen durchleuchten konnte und damit ganz neue medizinische Diagnosen möglich machte. Die Neuigkeit, dass Papst Leo XIII. in einer Enzyklika behauptet hatte, außerhalb des christlichen Glaubens gebe es kein Heil, und wer nicht als Christ lebe, gehe automatisch dem Verderben entgegen, hatte Moritz hingegen in der Zeitung gelesen; aber vielleicht kam darüber demnächst auch noch ein Firmentelegramm – diese Meldung war erst zwei Monate alt.

Für die wirklich interessanten Meldungen abseits der familiären Entwicklungen mussten also zum einen die Zeitungen, zum anderen die Briefe herhalten. Auf diese Weise erfuhren Otto und sein Vater unter anderem, dass in der österreichischen Steiermark ein neuer Wettkampfsport erfunden worden war: auf Brettern, sogenannten Skiern, einen verschneiten Hang hinunterzufahren. Wer zuerst ins Ziel kam, war Sieger. Es gab Herren- und Damenrennen, was Otto beim Lesen dieser Nachricht die sarkastische Frage entlockt hatte, ob die Damenrennen erst auf Initiative eines Frauenrechtsverbands zustande gekommen waren und ob Antonie sich bereits darum kümmerte, dass auch die armen Arbeiterfrauen Zugang zum Skisport erhielten. Moritz hatte darauf mit einem säuerlichen Grinsen geantwortet, und Otto hatte sich vorgenommen, keine bösen Scherze dieser Art mehr zu machen.

Während beide Briests sich nicht vorstellen konnten, dass ein absurder Sport wie das Befahren eines Hangs auf zwei Brettern jemals mehr als ein paar verschrobene Bergbewohner begeistern würde, war beiden klar, dass eine andere neue sportliche Betätigung die Massen für sich gewinnen würde. Diese hing mit der Erfindung des Zweirads zusammen, das als sogenannte Laufmaschine vor achtzig Jahren begonnen hatte, während mehrerer von Getreidemissernten geprägter Jahre, die für ein Pferdesterben auf der einen Seite und einen immensen Kostenanstieg in der Pferdehaltung auf der anderen verantwortlich waren. Was als Ersatz für die Fortbewegung zu Pferd gedacht gewesen war, hatte sich über diverse technische Sackgassenentwicklungen wie dem Schubstockrad, der Draisine und dem Stahlspeichenhochrad zum Niederrad gemausert und durch dessen einfache Bedien- und Fahrbarkeit zu einer massiven Begeisterung für die neue Technik geführt. Dieser Begeisterung war im Sommer 1893 durch eine Distanzradfahrt von Wien nach Berlin Rechnung getragen worden. Trotz aller Freude an den neuen Sportarten fanden die ersten Olympischen Spiele der Neuzeit im April 1896 in Athen aber ohne Skifahrer und ohne Radrennen statt.

Die familiären Bindungen der Briests nach Frankreich, der Heimat von Großmutter Louise, sorgten dafür, dass auch von den entfernten Verwandten ein paar Briefe in Chicago eintrafen. Über diese Korrespondenz erfuhren Otto und Moritz, dass sich eine Varietétänzerin in Paris für einen Auftritt etwas ganz Neues hatte einfallen lassen: Sie hatte sich tanzenderweise nackt ausgezogen und damit den ebenso beliebten wie als obszön und anstößig geltenden Can-Can auf die Spitze getrieben. Diese Neuigkeit war eine der wenigen Gelegenheiten, in denen Otto vom Sarkasmus seines Vaters überrascht wurde. Als er die Vermutung aussprach, dass es so etwas nur in Paris geben könne und in Berlin ganz unmöglich sei, hatte Moritz nur gesagt: »Und in dem Moment, in dem du das aussprichst, ziehen sich in einem halben Dutzend zweit- und drittklassiger Varietés rund um den Bahnhof Friedrichstraße irgendwelche Tänzerinnen den letzten Schleier vom Leib.«

Als ähnlich anrüchig verschrien, aber dann doch ganz harmlos hatte sich die weltweit erste Vorführung einer Kinematographie herausgestellt – in Berlin. Levin berichtete in einem Brief darüber und dass die Vorführung passenderweise in einem Varieté stattgefunden hatte, dem ehemaligen Wintergarten des *Hotel Central*. Es wurden hauptsächlich Alltagsszenen gezeigt, aufgenommen an innerstädtischen Kreuzungen, bei Kundgebungen, bei Rennveranstaltungen und militärischen Paraden. Dass die Leute einen erklecklichen Eintrittspreis bezahlten, um in ruckelnden, schwarzweißen, zum Teil unfreiwillig komisch bewegten Bildern die Szenen zu sehen, die sie in natura in weitaus besserer Qualität und gratis anschauen konnten, war Otto ein Rätsel. Aber Levin schrieb, dass die Premiere und die nachfolgenden Vorführungen die Zuschauernachfragen kaum bewältigen konnten.

Wie gesagt, manches von dem, was geschehen war in den letzten vier Jahren, war gut. Anderes nicht.

»Mutter tobt immer noch, sobald jemand die Rede auf den Bund Deutscher Frauenvereine bringt«, schrieb Levin. »In den ganzen zwei Jahren, seit es den Bund gibt, hat sie sich immer noch nicht damit abgefunden, dass die proletarischen Frauenbewegungsvereine dort ausgeschlossen bleiben, weil sie angeblich zu sozialistisch-politisch sind. Sie hat sich jetzt mit Emma Ihrer angefreundet, einer Sozialistin aus Velten, zu der sie früher schon Kontakt hatte.« An dieser Stelle war ein harmlos scheinender Klecks auf dem Papier. Levin, der alte Schussel, schaffte es sogar noch, mit dem narrensicheren Waterman-Füllfederhalter zu klecksen, den Otto in Chicago gekauft und ihm zugesandt hatte.

Oder jedenfalls sollte Moritz diesen Eindruck gewinnen, wenn er den Brief las, den Levin an seinen Bruder adressiert hatte. Otto und Moritz tauschten wie selbstverständlich die Briefe aus, die sie aus dem Familienkreis erhielten. Der Klecks war ein Hinweis für Otto, dass sich zu dem neben dem Klecks befindlichen Thema ein Zusatzblatt im Briefumschlag befand – mit weiteren Informationen, von denen Levin den Eindruck hatte, dass Moritz sie besser nicht zu Gesicht bekam.

Das Zusatzblatt erklärte, in noch unleserlicherer Schrift und deutlich lässigerem Duktus: »Die Ihrer und ihr Gatte mussten aus Velten weg, weil man ihm die Konzession für seine Apotheke entzogen hat, und die hat man ihm entzogen, weil seine Frau zu politisch ist. Kommt dir das bekannt vor? Sag Papa davon bloß nichts – und auch nicht davon, dass schon zweimal die Polizei auf dem Gut war, weil Mama sich öffentlich zur Arbeit der Ihrer bekannt hat und sie bei ihren Vereinsgründungen unterstützt. Ich glaube, im Moment schützt sie nur unser guter Name und dass der alte Reichskanzler noch lebt davor, dass man sie verhaftet. Ich sag dir, der gute alte Majordomus wird schon jedes Mal blass, wenn es am Eingangsportal schellt.«

Der reguläre Brief wandte sich einem anderen Thema zu. »Dein ehemaliger Professor, von Schley, war letztens zu Besuch auf dem Gut. Er sagte, er wollte Amalie einen Brief von seiner Tochter Emma überbringen und sei zufällig in der Gegend gewesen. Haha! Als ob schon mal jemand zufällig hier am Ende der Welt was zu tun gehabt hätte. Ich hatte den Verdacht, er wollte mich sprechen und hat Amalie ausgehorcht, wann ich auf dem Gut wäre. Ich hab mich erinnert, dass er dich aus seinem Exzellenzzirkel rausgeschmissen hat, oder wie das hieß, und war ziemlich kühl zu ihm. Ich verstand auch nicht so ganz, was er von mir wollte – es hörte sich so an, als wolle er mich zu irgendeinem Verein einladen, der sich für die alten Germanen interessiert, aber was gehen mich die vermaledeiten alten Germanen an? Außerdem dachte ich, er sei Ingenieur und kein Geschichtsprofessor? Egal. Mutter würde sagen, ich war unverschämt zu ihm, aber mir kam der Kerl einfach seltsam vor. Hast Du nie das Gefühl gehabt, dass er irgendwie ein falscher Fuffziger ist? Ich dachte, ich spreche Amalie mal darauf an, sie muss ihn ja näher kennen, aber Du kennst sie ja – mehr als einsilbige Antworten kriegt man nicht aus ihr raus, und das ist in der letzten Zeit noch schlimmer geworden. Mit Mutter redet sie so gut wie gar nicht mehr und kommt auch nur noch alle heilige Zeiten aufs Gut, seit sie ein Zimmer im Haus des Professors bezogen hat und sich dort um seinen Schreibkram kümmert und darum, dass die zarte Emma betütelt wird. Wenn sie Dir schreibt, sag ihr bloß nicht, dass ich das gesagt habe, sonst redet sie mit mir auch nicht mehr.«

An dieser Stelle befand sich ein neuer Klecks. Das Zusatzblatt hatte dazu Folgendes zu sagen: »Ich will ja nicht wie ein prüder alter Dorfpfarrer klingen, aber mir kommt es so vor, als sei das nicht nur eine normale Weiberfreundschaft zwischen Amalie und Emma. Mir ist es ja egal, und wenn sie glücklich wird, soll sie es so werden, wie sie meint. Ich weiß aber nicht, wie Vater das aufnehmen würde, und ich wage mir gar nicht auszumalen, was Mama tut – am Ende stellt sie noch eine Verbindung zu ihrer Frauenbewegung her und versucht, Amalie dazu zu bringen, bei Veranstaltungen aufzutreten und über die Liebe zwischen Frauen zu reden. Wahrscheinlich ist Amalie deshalb auch so distanziert. Aber wie gesagt, ich weiß gar nichts, ich kann nur vermuten, und wenn Du mehr weißt und darfst es mir nicht sagen, dann hoffe ich, dass Du vor Deiner Antwort auf meinen Brief ein paar Gläser Wein trinkst und dann vergisst, dass Du mir nichts sagen darfst – wissen würde ich nämlich schon gern, was mit unserer Schwester los ist. Und weil ich gerade bei diesem Thema bin und auch nicht weiß, wie offen Du mit Papa darüber redest: Ich bin letztens Hermine Leitner über den Weg gelaufen. Sie hat mich gebeten, Dich zu grüßen. Ihr Bruder ist immer noch nicht ganz überm Berg, er geht am Stock, und sie sagt, dass er kaum aus dem Haus tritt, weil sein Gesicht ziemlich verbrannt ist. Tut mir so leid, Bruderherz, das alles – ich mag sie, und ihn hab ich auch gemocht, und ich werde den Gedanken nicht los, dass es vielleicht für euch alle drei besser gewesen wäre, Du hättest ihn nicht aus dem Feuer gezogen. Nimm's mir nicht übel, dass ich das sage, und wenn Du es als unverschämt empfindest, dann schimpf über mich als Deinen ungezogenen kleinen Bruder – aber sei mir nicht böse, es ist ehrlich gemeint.«

Otto ließ den Brief sinken. Übel nahm er es Levin nicht, dass er das geschrieben hatte; er hatte selbst oft darüber nachgedacht. Es wäre ihm trotzdem lieber gewesen, Levin hätte ganz auf die Hermine-Episode verzichtet. Vier Jahre später fühlte er immer noch den Stich, dass sie ihn verlassen hatte, und eine irrsinnige, sprachlose Hoffnung, die sich aus der Interpretation von Levins Zeilen nährte, dass sie immer noch »Leitner« hieß und also nicht einen anderen geheiratet hatte und daher … eines Tages … vielleicht …

Er schüttelte sich. Wie hatte Levin den Professor bezeichnet?

Als falschen Fuffziger? Otto empfand keine große Sympathie mehr für Professor von Schley nach seinem erzwungenen Abgang aus dem Zirkel der Exzellenz, aber falsch war ihm der Mann nie vorgekommen. Otto hatte in dieser Zeit allerdings Kopf und Herz voll von Hermine gehabt und seiner Umgebung nur so viel Aufmerksamkeit entgegengebracht, wie nötig war, um nicht mit offenen Augen gegen eine Litfaßsäule zu laufen. Wer hatte Levin zu einem Experten im Thema Menschenkenntnis gemacht? Und wo man schon dabei war – sollte man Levins merkwürdige Vermutung, ihre Schwester Amalie sei eine Sapphistin, auch unter dieser Rubrik einordnen? Amalies wenigen Briefen ließ sich jedenfalls nichts dergleichen entnehmen. Das eine Mal, als sie über ihre Freundin geschrieben hatte, war es darum gegangen, dass Emma sich eine dieser neuartigen kleinen Fotokameras gekauft hatte und die beiden jungen Frauen damit herumexperimentierten – übrigens war das auch das einzige Mal gewesen, bei dem ein Brief Amalies unbeschwert und heiter geklungen hatte.

Otto las weiter. Der letzte und größte Teil von Levins Brief befasste sich mit dem Traum vom Fliegen. *Seinem* Traum vom Fliegen, den er mit den Brüdern Otto und Gustav Lilienthal teilte. Die Brüder Lilienthal hatten bereits 1894 auf dem Gelände einer Ziegelei in Lichterfelde, unweit von Otto Lilienthals Haus, einen Hügel aus dem Abraum des Unternehmens aufschütten lassen. Die Lilienthals – und natürlich auch Levin – nannten ihn »Fliegeberg«. Von ihm aus führte Lilienthal nun Hunderte von Gleitflügen durch, bei denen er zum Teil Weiten von achtzig Metern und mehr im freien Flug schaffte. Seine Flüge weckten unter einer bestimmten Klientel – manche hätten sie »Spinner« genannt – eine solche Begeisterung, dass Lilienthal Aufträge zur Serienfertigung seiner Gleiter bekam, die er »Normalsegelapparate« nannte. All das hatte Levin bereits in früheren Briefen geschildert und anlässlich des letzten Familientreffens zu Amalies Geburtstag in epischer Breite nochmals erzählt. Auch, dass er das vollständige Vertrauen Lilienthals erworben hatte und an der Fertigung der bestellten Gleiter mitarbeitete. Allein in den Jahren 1894 und 1895 hatten neun Käufer einen der Flugapparate bestellt, zu einem gemessen am handwerklichen Aufwand geradezu bescheidenen Preis von fünfhundert Mark pro Stück. Unter der freundschaftlichen Aufsicht Lilienthals bastelte Levin an seinem eigenen Gleiter; das Geld für das Material erarbeitete er sich durch seine Hilfsdienste bei Lilienthal und indem er sich anstelle seines Vaters in die Aufgaben als Gutsbesitzer einarbeitete. Es hatte eines heftigen Briefwechsels das ganze Jahr 1894 über bedurft und eines massiven Streits zwischen Moritz und Levin hinter geschlossenen Türen nach Amalies Geburtstagsfeier, bis Moritz sich dazu durchgerungen hatte, Levin diese Aufgabe nicht nur anzuvertrauen, sondern ihm auch dafür über den Majordomus ein kleines Gehalt auszuzahlen. Bis jetzt hatte Levin bei aller Begeisterung für die Flugexperimente Moritz offenbar noch nicht enttäuscht.

Jedenfalls arbeitete Levin daran, seinen eigenen Gleiter zu bauen und mit ihm die ersten weiten Flugversuche zu wagen. Kleinere Sprünge vom Fliegeberg aus hatte er schon unternommen und dabei offensichtlich Blut geleckt. Aus jeder Zeile sprach, dass er es kaum noch erwarten konnte.

»Spätestens Anfang August will ich das Ding fertig haben«, schrieb er. »Otto hat an seinem Gleiter auch noch ein paar Verbesserungen angebracht, die er testen will. Wenn das klappt und ich diese Verbesserungen übernommen habe, gestattet er mir vielleicht, dass ich so weit fliege wie er. Vielleicht sogar mit ihm gemeinsam? Wünsch mir Hals- und Beinbruch, Bruder!«

Otto legte den Brief beiseite. Anfang August ... Levin hatte den Brief Anfang Juli geschrieben, und bis zur Zustellung hatte es gute drei Wochen gedauert. Heute war der achte August; es ging auf acht Uhr abends zu. In Berlin war der neunte August bereits ein paar Minuten alt. Vielleicht war Levin bereits geflogen? Vielleicht flog er heute? Otto lächelte.

»Hals- und Beinbruch, Levin«, murmelte er.

Dann drehte er Levins zusätzliche, nur für ihn bestimmte Nachricht um, weil man erkennen konnte, dass auf der Rückseite noch etwas geschrieben stand. Es war nur ein einziger Satz. Otto las ihn und begann zu lachen. Levin hatte geschrieben: »Wie geht's Dir mit Deiner Käthe?«

2

Levin saß zusammen mit Otto Lilienthal und seinem Monteur Paul Beylich im Zug nach Neustadt/Dosse. Vom dortigen Bahnhof aus würden sie in einem zweistündigen Fußmarsch die Stöllner Berge erreichen, im Speziellen den Gollenberg, einen kahlen Buckel, die höchste Erhebung des Havellandes. Lilienthal suchte die Gegend schon seit drei Jahren auf, um seine Flugweiten zu verbessern. Der Drewitzer Mühlenberg, die Kiesgrube bei Steglitz, der selbsterschaffene Fliegeberg in Lichtenstein hatten ihm allesamt Grenzen gesetzt. Er hatte das Gefühl gehabt, dass er mit seinem neu konstruierten, zusammenklappbaren Normalsegelapparat Strecken von über hundert Meter würde zurücklegen können. Ihm fehlte nur ein Absprungsort, der hoch genug war. Der Gollenberg war in dieser Hinsicht ideal. Nach insgesamt drei Stunden Anreise stand man schon auf seinem Gipfel, der Wind blies beständig am Hang nach oben und sorgte für einen guten Auftrieb, und die Zuschauerdichte war bei weitem nicht so groß wie am Fliegeberg, der sich zu einem Sonntagausflugsziel von Enthusiasten wie Spöttern entwickelt hatte. Außer ein paar Buben von den Bauernhöfen der Umgebung gab es keine Gaffer, und diese waren willkommen, weil sie mit typisch jungenhaftem Unternehmergeist kleine Besorgungen gegen ein paar Pfennige Laufburschenlohn erledigten.

Beylich war wie üblich schweigsam. An redseligen Tagen

sprach der Mann keine zwanzig Worte. Lilienthal war umso aufgekratzter. Er hatte weitreichende Pläne, die sich zum ersten Mal, seit sie zusammenarbeiteten, von den Vorstellungen seines Bruders Gustav unterschieden. Daher war ihm Levin als Gesprächspartner und Partner im Träumen noch willkommener als sonst.

»Gustav verrennt sich, glaube ich«, sagte Lilienthal. »Er hängt immer noch der Idee vom Flügelschlagapparat an. Man kann es ihm einfach nicht ausreden.«

»Aber eure Experimente damit haben doch nie ein brauchbares Ergebnis gebracht.«

»Er ist überzeugt, dass er es trotzdem hinkriegt. Und er hat ja auch ein gutes Argument. Als er damals behauptete, er könne ein feuer- und termitensicheres Baumaterial entwickeln, das man auch noch leicht transportieren kann, habe ich das stark bezweifelt. Aber das Patent, das er darauf hält, ist einer der Grundsteine für das Vermögen unserer Firma.«

»Hauswände zu bauen, unterscheidet sich vom Bau von Flugapparaten«, meinte Levin.

Lilienthal lächelte. »Aber Erfindergeist wird mit allem fertig. Ist auch egal. Bevor ich mich entscheide, wie es weitergeht, möchte ich ohnehin noch ein paar Änderungen an der Steuerung des Gleiters ausprobieren. Sie ist noch immer nicht ganz ausgereift.«

»Die Idee, die ich hatte ... mit der vorderen Flügelklappe? Wolltest du das nicht wieder aufgeben?«

»Ja, weil sie zu kompliziert zu bedienen ist. Trotzdem war die Idee gut – sie könnte Stürze verhindern, wenn sich der Flugapparat zu weit nach unten neigt. Nein, worüber ich nachdenke, ist, ob man das Steuer nicht beweglich bauen kann, so dass es beim Lenken des Gleiters mithilft und nicht nur die Lage stabilisiert. Schau dir die Vögel an – die steuern auch mit den Schwanzfedern.«

»Wie soll das vor sich gehen?«

»Keine Ahnung. Mit Seilzügen vielleicht, die der Flieger bedient? Aber dazu bräuchte es eine stabilere Konstruktion. Und die wird dann unter Umständen zu schwer für ein einfaches, windabhängiges Gleiten …«

»Worauf willst du hinaus, Otto?«

Lilienthal grinste. »Motorflug«, sagte er dann.

»Meine Jüte!«, stieß Paul Beylich hervor und hatte damit voraussichtlich zehn Prozent seines heutigen Sprachschatzes verbraucht.

Levin sagte überrascht: »Du willst den Gleitflug hinter dir lassen?«

»Sagen wir mal so – vielleicht will ich ihn vererben.«

»Wie meinst du das?«

»Gustav ist vom Flügelschlagapparat besessen. Ich möchte mich in den motorisierten Flug vorwagen. Aber beim Gleitflug gibt es trotzdem noch so viel zu entdecken, zu experimentieren, zu wagen. Diese Aufgabe möchte ich gern an den Dritten in unserem Bund weitergeben.«

Levin wandte sich an Paul. »Ist es dir recht, wenn ich mich dann an dich hänge? Ich möchte nämlich beim Gleitflug bleiben. Die paar Hopser, die Otto mich schon hat ausprobieren lassen, haben Lust auf mehr gemacht.«

Paul Beylich schaute Levin groß an. »Ick flieje nich, ick sorje dafür, det die anderen fliejen«, sagte er.

Lilienthal begann zu lachen. »Mein lieber Levin, ich meine doch dich damit!«

»Was!?«

»Ich glaube nicht, dass es in ganz Preußen noch mal jemanden gibt, der so begeistert von meinen Flugapparaten ist wie du – von mir mal abgesehen. Pass auf. Ich möchte heute mit der verbesserten Steuerung ein wenig rumexperimentieren, und wenn ich sehe, dass es gut klappt, dann möchte ich, dass du fliegst. Vom Gollenberg. *Fliegst*, Levin – nicht nur ein paar Dutzend Meter springst!«

»Mit deinem Gleiter!?« Levin hörte, dass seine Stimme sich vor

Begeisterung überschlug wie die eines Jungen, aber es war ihm egal.

»Deinen haben wir ja nicht dabei«, sagte Lilienthal und lächelte.

»Und ich soll wirklich … und du möchtest … ich soll dein Vermächtnis … du glaubst, dass ich dazu in der Lage bin …« Levin gab es auf, einen Satz formulieren zu wollen.

»Er hört sich fast so abgehackt an wie du«, sagte Lilienthal und gab Paul Beylich einen Rippenstoß.

»Nee!«, sagte Beylich und schwieg dann wieder.

Es war ein Sommersonntag wie aus dem Bilderbuch – warm, aber nicht zu heiß, mit einer lauen Brise, die vereinzelte Wolken über den tiefblauen Himmel trieb. Was Levin betraf, hätte es auch Lokomotiven regnen können oder der Mond herabstürzen – er hätte es nicht gemerkt. Den ganzen langen Fußmarsch vom Bahnhof hinaus ins Grüne und dann in die Stöllner Hügellandschaft zum weithin sichtbaren Gollenberg dachte er nur an eines: Er würde heute fliegen! Fliegen! Zum ersten Mal. Und dann noch viele Male – Hunderte Male, Tausende Male, so wie Otto Lilienthal. Denn er würde der neue Otto Lilienthal sein. Er würde ihm nie das Wasser reichen können, das war klar. Er würde nie ein Pionier sein, denn er würde nur Lilienthals Werk fortführen, während dieser ein neues Kapitel in der Eroberung der Lüfte aufschlug, nämlich den Motorflug. Aber er würde den Weg fortsetzen, den Lilienthal gebahnt hatte, und er würde dem Gleitflug neue Nuancen hinzufügen, und sicher würde man eines Tages in der Geschichte des Menschenflugs auch seinen Namen in einer Fußnote finden. Doch darum ging es ihm gar nicht. Es ging ihm nur um eines – er würde *fliegen*!

Als sie auf dem Hügel angekommen waren, zogen sie ihre Jacken aus. Lilienthal trug seinen leicht wattierten, steifen Fliegerdress, der ihm half, den Aufprall bei Abstürzen abzupuffern – Kniebundhose, langärmlige Weste, feste Schuhe, dicke schenkelhohe Socken; er stöhnte erleichtert, als sie oben waren, wischte sich mit seinem Piratenkopftuch den Schweiß von der Stirn und legte sich ins trockene Gras.

Beylich und Levin falteten den Gleiter auseinander und machten ihn flugfertig. Levin blickte sich um und genoss den Ausblick. »Knorke hier, was?«, fragte er Beylich. Er war so voller Erwartung und so aufgekratzt, dass er seine Freude unbedingt teilen musste.

Beylich schien sich dem Ende seines heutigen Wortvorrats zu nähern. Er brummte nur: »Jo.«

»Wenn du willst, kann's losgehen«, sagte Levin zu Lilienthal. Beylich zupfte nochmals an der Verspannung und nickte. Lilienthal duckte sich unter den Apparat, den seine beiden Helfer hielten, schob den Oberkörper unter die Aussparung zwischen den Flügeln, packte den Haltebügel, nickte Beylich zu und grinste Levin an, sagte: »Und aus!« Dann rannte er in einem kurzen Anlauf los … und flog elegant der Kurve des Abhangs folgend ins Tal hinunter.

Levin und Beylich schauten ihm nach. Levins Herz klopfte voller Vorfreude. »Schau dir das an!«, stieß er aufgeregt hervor. »Das wird ein neuer Rekord! Ich wette, dass er vierhundert Meter schafft! Er ist mindestens zwanzig hoch! Was meinst du?«

»Jo«, sagte Beylich.

Levin hielt es nicht mehr aus. Er rannte los, noch bevor Lilienthal gelandet war. Beylich folgte ihm gemächlicher und zählte die Schritte ab.

»Und?«, fragte Lilienthal, der anscheinend selbst gefühlt hatte, dass er heute weiter denn je gekommen war.

»Vierhunnertneununachtzig«, sagte Beylich.

Levin und der Monteur schleppten den Flugapparat wieder nach oben. Wann immer die Brise ihn erfasste, schien er sich losreißen zu wollen – als wäre er plötzlich zum Leben erwacht und ungeduldig, noch einmal loszufliegen.

»Wie klappt die Steuerung?«, fragte Levin.

»Sehr gut. Ich denke, das ist der Grund für diesen weiten Flug. Ich kann die Beine höher anziehen, das vermindert den Luftwiderstand.«

Der zweite Flug ergab das gleiche Bild. Wieder rannte Levin schon vor der Landung den Hügel hinunter, und wieder folgte Beylich gemächlicher.

»Vierhunnerteinunneunzig.«

»Wenn du noch fünf Flüge absolvierst und so weitermachst, übertriffst du die fünfhundert!«, rief Levin begeistert.

Lilienthal lachte. »Die Jugend und der Wettbewerb. Die Zahl bedeutet nichts. Nur dass ich überhaupt so weit geflogen bin heute, ist von Bedeutung.«

Vor dem dritten Flugversuch wandte sich Lilienthal an den Monteur. »Stopp doch bitte mal die Zeit mit, ich bin gespannt, wie lange der Flug dauert.«

Beylich drückte auf den Knopf, als Lilienthal sich mit einem weiten Satz ins Freie stürzte, die Beine anzog und davonglitt. Levin folgte seinem Flug atemlos. Jetzt schafft er es, dachte er, jetzt reißt er die fünfhundert! Der Gleiter verlor kaum an Höhe. Ein Aufwind schien ihn ständig oben zu halten. Levin wandte sich an Beylich, um ihm eine Spaßwette anzubieten – fünfhunderteins oder fünfhundertzehn? –, als er sah, dass der Monteur die Augen zusammengekniffen hatte und beunruhigt aussah.

»Was ist?«, fragte Levin.

»Wird zu langsam«, knurrte Beylich.

Es stimmte. Auf einmal schien es, als stünde der Gleiter in der Luft still. Levin spürte es in seinem schweißnassen Gesicht: Der Wind hatte sich vollkommen gelegt. Lilienthal streckte die Beine aus, warf sie nach vorn und strampelte, um Fahrt aufzunehmen.

Abrupt richtete sich der Gleiter steil auf, wie ein Pferd, das sich aufbäumte. Levin spürte auf seiner Stirn, was passiert war: Der Wind hatte mit einer kleinen Bö wieder eingesetzt und den Gleiter in dem Augenblick getroffen, als er wegen Lilienthals Bewegungen seine stabile Fluglage verloren hatte. Im nächsten Moment kippte der Flugapparat über einen Flügel ab, neigte sich vornüber und fiel mit einer Schraubendrehung senkrecht zu Boden. Levin hörte das Krachen von berstenden Weidenruten und das Reißen der Bespannung, sah Staub von Lilienthals hartem Aufschlag aufwolken. Er hörte die erschrockenen Schreie der Buben, die eben noch am Fuß des Hügels mit offenen Mündern staunend den Flug Lilienthals verfolgt hatten.

Levin und Beylich rasten den Hang hinunter. Levin hatte das Gefühl, er müsse durch Wasser rennen und käme nie an. Dann waren sie beide gleichzeitig bei dem verunglückten Flugapparat. Der rechte Flügel war gebrochen, Weidenruten standen in alle Richtungen ab wie zerschmetterte Knochen. Lilienthal lag in dem Wrack und bewegte sich nicht.

Beylich streckte eine Hand aus, um den Flieger an der Schulter zu rütteln. Levin, in dessen Panik eine Information aufblitzte, die er von seiner Mutter oder seiner Großmutter erfahren haben musste – nie einen Besinnungslosen zu hart anfassen, bevor man nicht weiß, was er sich möglicherweise gebrochen hat! –, packte ihn am Handgelenk und hielt ihn davon ab. Dann legte er eine bebende Hand an Lilienthals Hals. Der Puls schlug schnell und gleichmäßig.

»Er lebt«, hörte er sich sagen.

Beylich starrte auf den Besinnungslosen. »Großer Jott, ick dachte, mir bleibt det Herz stehen. So schlimm war det noch nie. Wat machen wir denn jetzt?«

Die Buben, die zugeschaut hatten, kamen zögernd den Hang herauf. »Lauft zu unseren Sachen nach oben, holt Wasser!«, rief Levin ihnen zu.

Beylich sprang auf. »Det hol ick selber. Die Burschen sollen 'nen Arzt herbringen!«

Die Jungs nickten und rannten in die Richtung, aus der sie gekommen waren. Anscheinend lag dort der Hof ihrer Eltern. Levin wandte sich ab und sah, dass Lilienthal die Augen geöffnet hatte und ihn anblickte wie einer, der gerade aus dem tiefsten Schlaf erwacht.

»Was ist denn passiert?«, fragte er.

»Du bist abgestürzt!«

Lilienthal schnaubte resigniert.

Beylich kam wieder angelaufen mit einer Flasche Selterswasser und fiel neben dem Verunglückten auf die Knie.

»Ich bin abgestürzt, Paul«, sagte Lilienthal, als gäbe es kein größeres Wunder.

»Jo«, stieß Beylich hervor. »Jetzt trink erst mal was.«

»Nachher«, sagte Lilienthal. »Macht nicht so einen Wind, ihr beiden. So was kann immer vorkommen, das wissen wir ja. Ich ruh mich ein wenig aus, dann machen wir weiter.«

Levin konnte nichts sagen vor Erleichterung.

Der nüchterne Beylich brummte: »Weitermachen is nich. Der Apparat ist hinüber.«

»Ah«, sagte Lilienthal, »so ein Pech.« Er versuchte, über die Schulter zu blicken, und wurde im selben Augenblick wieder ohnmächtig. Seine Stirn schlug hart auf den Boden, weil sowohl Levin als auch Beylich zu spät reagierten.

Sie sahen sich an. Levin konnte in Beylichs Gesicht denselben Schreck lesen, den auch er empfand. Anscheinend hatte sich Lilienthal doch schwerer verletzt.

Sie wechselten sich damit ab, Lilienthals Kopf mit der Hand zu stützen und ihm mit seinem selterswassergetränkten Kopftuch die Stirn abzuwischen. Die Sonne brannte herunter.

»Wo bleibt der verdammte Arzt!«, knirschte Levin.

Als er endlich mit einem einspännigen Pferdewagen ankam, brachte er ein Dutzend Leute mit, die ihm in einer Mischung aus Sensationslust und Mitleid gefolgt waren. Levin hätte sie alle umbringen können, wie sie da um das Wrack des Gleiters herumstanden, und den Arzt auch, der an Lilienthals Gliedern herumdrückte.

»Machen Sie doch vorsichtiger!«, schrie er.

Der Arzt verzog den Mund und stand auf. »Immer mit der Ruhe. Es ist nichts gebrochen.«

»Und wieso ist er dann bewusstlos?«

»Vielleicht eine Gehirnerschütterung. Am besten bringen wir ihn nach Stölln, ins *Hotel Herms*.«

»Ick kann meen Wagen holen«, brummte einer der Umstehenden, offenbar der Bauer vom nächsten Hof. »Da kann man ihn reinlejen. Krieg 'ne Mark dafür fürs Anspannen und det Futter vom Pferd und so, wa?«

Levin rannte den Hang hinauf, auf dem sich inzwischen weitere Leute eingefunden hatten. Die Jacken mit ihren Geldbörsen, die sie dort hingelegt hatten, waren weg. Jemand hatte sie gestohlen. Fassungslos fluchend rannte er wieder hinunter.

»Ich fahre mit ihm mit nach Stölln«, sagte er zu Beylich. »Versuch du, nach Neustadt zu kommen und mit dem Zug nach Berlin zu fahren, damit Gustav Nachricht bekommt.«

»Die Fahrkarten warn ooch in den Jacken«, sagte Beylich grimmig.

»Leih dir was! Irgendeine Seele wird sich doch finden! Sag, die Familie Briest steht für die Rückzahlung ein. Von hier ist es nicht mehr so weit bis nach Rathenow und Genthin, vielleicht kennt man am Bahnhof unseren Namen.«

Beylich nickte und trabte los. Der Bauer kam mit dem Fuhrwerk an und ließ sich vertrösten, seine Mark im Hotel zu bekommen. Sie luden den bewusstlosen Lilienthal und den zerstörten Gleiter auf den Wagen und traten den Weg nach Stölln an. Der Hotelier dort ließ sich mit Hilfe des Arztes überzeugen, dass auch er sein Geld zurückbekommen würde, gab dem Bauern eine Mark und ließ Lilienthal in einem Hotelzimmer unterbringen. Der Flieger war immer noch bewusstlos. Levin verbrachte eine Nacht zwischen Halbschlaf und Hochschrecken an seinem Bett und war vollkommen erschöpft, als im Morgengrauen ein völlig aufgelöster Gustav Lilienthal zusammen mit Paul Beylich im Hotel eintraf. Beylich hatte bis Mitternacht gebraucht, um endlich – per Zug und einem dreistündigen Fußmarsch – nach Lichterfelde zu gelangen, wo Gustav Lilienthal sofort hatte anspannen lassen und durch die Nacht losgejagt war.

»Er hat die ganze Zeit das Bewusstsein nicht wiedererlangt!«, sagte Levin.

Gustav beugte sich über seinen Bruder. »Ach, Otto, was machst du für Sachen!«, murmelte er. »Keinen Augenblick kann man dich allein lassen.«

Nach Rücksprache mit dem Arzt organisierten sie Lilienthals Verbringung in die Berliner Universitätsklinik. Ein relativ komfortables Krankenfahrzeug machte sich auf den Weg dorthin, mit Levin, Beylich und Gustav Lilienthal im Fond, um die Trage des Bewusstlosen gekauert.

Nach einer Weile öffnete Otto Lilienthal plötzlich die Augen und blickte sich um. »Was ist denn jetzt wieder?«, fragte er. »Wo kommst du denn her, Gustav?«

»Wir bringen dich ins Krankenhaus, Otto. Ach Gott, sieh dich nur an. Wärst du doch bloß nicht wieder mit dem Gleiter aufgestiegen!«

»Alles halb so wild«, sagte Otto Lilienthal und lächelte. »Das wird schon wieder. Und abgesehen davon – Opfer müssen gebracht werden.«

Es sollten seine letzten Worte sein. Er fiel in eine neue Bewusstlosigkeit, aus der er nicht mehr erwachte. Noch vor Mitternacht des 10. August war er tot.

3

Wie geht's Dir mit Deiner Käthe?«, hatte Levin geschrieben.

Witzbold! *Meine Käthe*, dachte Otto. So kann nur Levin formulieren. Ottos *Käthe* hieß Katharine Wright, war zweiundzwanzig Jahre alt und kam aus einer Stadt namens Dayton in Ohio. Heute würde Otto sie wiedersehen, nachdem sie sich Anfang dieses Jahres zum ersten Mal getroffen hatten – oder jedenfalls war es für Otto das gefühltermaßen erste Mal gewesen. Für Katharine nicht, was zu anfänglicher Verlegenheit geführt hatte; allerdings rein auf Ottos Seite. Danach hatten sie sich jedenfalls ein halbes Jahr lang Briefe geschrieben und schließlich ein Treffen für den heutigen Tag vereinbart.

Ihre erste Zusammenkunft war zugleich merkwürdig und aufregend gewesen, obwohl sie nicht viele Worte gewechselt hatten. Katharine hatte hauptsächlich mit Moritz von Briest gesprochen. Ihr Zwiegespräch hatte zwei meistenteils stumme Zuhörer gehabt: Otto und Katharines Bruder Wilbur.

Otto erinnerte sich an dieses für ihn erste Mal, während er vor dem Spiegel mit dem Krawattenknoten kämpfte. Hier in den Vereinigten Staaten war die Männermode noch etwas pragmatischer als zu Hause; statt der kompliziert zu bindenden Fliege trug man hier, wenn man als Mann schick sein wollte, eine lange, schmale Krawatte und band sie mit vier Handgriffen – *four in hand* – unter dem Hemdkragen fest. Aber auch einfache Knoten konnten einem zu schaffen machen, wenn die Finger es gewohnt waren, komplizierte zu binden. Otto musterte sich. Der Knoten sah aus, als sollte er gleich damit gehenkt werden. Er dröselte ihn auf und begann wieder von vorn.

Anfang Januar dieses Jahres war der alte Mann, der im Fabrikgebäude der *Siemens & Halske Electric Company of America* die Pförtnerdienste versah, zu Otto gekommen und hatte einen Besucher für Moritz angekündigt. Otto war bei der Firma als eine Art persönlicher Assistent für seinen Vater angestellt. Moritz zahlte ihn von seinem eigenem Gehalt – er hatte gar nicht erst den Versuch unternommen, Siemens überzeugen zu wollen, dass man für den mühsamen Aufbau des Geschäfts in Chicago einen Ingenieur mit nicht bestandenem Studium, durchschnittlichen

Jahresbewertungen und familiären Bindungen zum Geschäftsführer einstellen sollte. Otto las die Visitenkarte, die der Pförtner ihm überreichte: *Wilbur Wright, Wright Cicle Company, 22 South Williams Street, Dayton, Ohio.* Er zuckte mit den Schultern. »Hat der Mann einen Termin?«, fragte er. »Ich weiß von nichts.«

»Es sind zwei, Boss«, erklärte der Pförtner, der sowohl Moritz als auch Otto mit *Boss* anredete; bei seinem obersten Chef Moritz setzte er allerdings ein respektvolleres *Mister* vorneweg. Otto fragte sich manchmal, wie der Pförtner wohl O. W. Meysenberg anredete, den amerikanischen Geschäftspartner und Mitinhaber und des Pförtners anderen obersten Chef; er vermutete, mit *Sir Boss.*

»Wie meinen?«

»Ein Herr und eine junge Dame, Boss.«

»Aha. Aber auch wenn's zwei sind, haben sie keinen Termin. Wollen die vielleicht zu Herrn Meysenberg?«

»Nö, die wollen zu Herrn Moritz.«

»Na gut. Ich empfange sie. Bringen Sie sie rauf.«

»Sehr wohl, Boss.«

Otto überlegte, wie sehr er und auch Moritz sich schon den amerikanischen Gepflogenheiten angepasst hatten. Daheim in Preußen wäre es undenkbar gewesen, jemanden sofort zu empfangen, der ohne vorherige Terminvereinbarung mit dem Unternehmensleiter sprechen wollte. Die Amerikaner lebten da eher nach der Devise *Nutze den Tag* und machten eine Viertelstunde für einen Überraschungsbesucher frei; es könnte ja sein, dass dieser das beste Geschäft des Jahres vorzuschlagen hatte, und wenn man nicht mit ihm sprach, schnappte sich am Ende die Konkurrenz dieses Geschäft. Auf der anderen Seite waren die Amerikaner mit allem, was behördliche Regularien betraf, dermaßen langsam und bürokratisiert, dass ein preußischer Verwaltungsbeamter nach einer Woche einen Weinkrampf bekommen hätte. Und niemand hätte behauptet, dass die preußische Bürokratie besonders schnell und effizient arbeitete.

Die Besucher waren ein nicht mehr ganz junger Mann mit einem länglichen, verschlossenen Gesicht und zurückweichendem Haaransatz und eine junge Frau. Sie war hübsch und fröhlich und erinnerte Otto mit ihrem aufgeweckten Blick an Hermine; eine Überraschung war das schmale Pincenez, das sie auf der Nase trug und mit einem silbernen Kettchen in ihrem Haardutt gesichert hatte. Sie lächelte Otto an und sah sich freimütig in dessen kargem Büro um.

Otto stand auf und verbeugte sich hackenschlagend. »Mein Name ist Otto von Briest. Wie geht es Ihnen?« Er verzichtete darauf, die Hand auszustrecken. Auch das war eine Eigenart der Amerikaner: Sie schüttelten sich nicht die Hände, noch nicht einmal bei der ersten Vorstellung.

Der Mann nickte knapp und wies gleichzeitig auf die Visitenkarte. »Wilbur Wright«, murmelte er. »Die Visitenkarte ist neu.«

Otto blinzelte ratlos angesichts dieser kolossalen Eröffnung, dann wandte er sich an die junge Frau. »Mrs. Wright, wie ich annehme?« Erneut verbeugte er sich.

Die junge Frau lachte. »Miss Wright, bitte. Haben Sie das schon vergessen? Und warum so förmlich? Ich dachte, auch in Preußen stellt man sich nur einmal im Leben vor?«

Otto öffnete den Mund und schloss ihn wieder. Sein Gehirn raste, während er gleichzeitig fühlte, wie ihm verlegene Röte ins Gesicht kroch. Hatte er die beiden schon einmal gesehen und es vergessen? Wie peinlich.

Die junge Frau sah sein Dilemma und lachte erneut, als sie Otto aus seiner Verlegenheit erlöste. »War vermutlich ein bisschen viel, oder? Na gut – ich bin Katharine Wright. *Miss* Wright. Ich bin Wilburs Schwester.« Eine kleine Spitze konnte sie sich anscheinend nicht verkneifen, denn sie fügte hinzu: »Ich habe Sie sofort wiedererkannt.«

»Äh …«, machte Otto, der nun noch verlegener war. Er hatte immer noch keine Erinnerung.

Wilbur wies erneut auf die Visitenkarte. »Damals waren wir noch die Wright Cicle Exchange. Haben den Namen geändert. Die Visitenkarte ist neu.«

Plötzlich fiel es Otto wieder ein. Lieber Gott – das war drei Jahre her! Und einer von Dutzenden Kontakten, von denen Otto damals ungeschickt und voller Hektik die Visitenkarten eingesammelt hatte. Die Zusammenkunft war auf der Weltausstellung in Chicago gewesen, wo Siemens & Halske einen Stand aufgebaut hatte und Moritz der Öffentlichkeit als der neue deutsche Leiter der Chicagoer Niederlassung vorgestellt worden war. Damals waren Ottos Besucher aber nicht allein gewesen, oder …?

Im Versuch zu beweisen, dass sein Gehirn nicht gänzlich aus Lücken bestand, stieß Otto hervor: »Jetzt erinnere ich mich. Sie waren mit … Ihrem Vater, nicht wahr? Und noch jemandem …«

Katharine Wright nickte lächelnd. »Sehr gut. Unser Bruder Orville war noch mit dabei.«

Wilbur deutete zum dritten Mal auf die Visitenkarte. »Die von damals können Sie wegwerfen, die hier ist neu.«

Endlich erinnerte Otto sich, dass die Wrights damals beim Stand von Siemens & Halske vorgesprochen hatten, um Werbung für ihre gerade gegründete Firma zu betreiben. Die Gebrüder Wright reparierten, verliehen und verkauften Fahrräder, die auch in Amerika der letzte Schrei waren. Sie hatten auch bei anderen nationalen und internationalen Vertretungen ihre Karten hinterlassen. Otto und Moritz waren damals erst ein paar Monate in Amerika gewesen, eine Zeit, die für Otto in der Erinnerung wie ein einziger flackernder kinematographischer Strudel war, nur in Farbe und noch viel hektischer als auf jeglicher Leinwand.

»Es ist sehr freundlich, dass Sie extra vorbeikommen, um uns Ihre neue Visitenkarte zu übergeben«, sagte er zu Wilbur.

Dieser gestikulierte zu seiner Schwester.

»Nicht nur das, Herr von Briest«, berichtigte Katharine. »Wir möchten Ihnen vielmehr eine Geschäftsbeteiligung vorschlagen.«

Schließlich holte Otto seinen Vater, der sich an die beiden Besucher tatsächlich erinnern konnte, und hörte dann zusammen mit Wilbur Wright zu, wie Katharine dem deutschen Geschäftsführer der *Siemens & Halske Electric Company of America* ein finanzielles Beteiligungsmodell an der Fahrradfirma ihrer Brüder vorschlug – glasklar, geradeheraus, ohne Schnörkel, mit Vor- und Nachteilen auf beiden Seiten, einer Risikobetrachtung, einer Kosten-Nutzen-Analyse und einem Ausblick auf die nächsten Jahre – und das alles charmant lächelnd und lebhaft gestikulierend und mit blitzenden Augen hinter ihrem schmalen Brillengestell.

Am Ende ihrer Rede war Moritz noch nicht ganz überzeugt. Otto jedoch schon – davon, dass er sich in den vergangenen Minuten in Katharine Wright verliebt hatte.

»Ich habe verstanden«, sagte Moritz, »dass Sie eine finanzielle Beteiligung durch die Siemens & Halske Company an Ihrem Unternehmen wünschen, um Kapital zu bekommen für die Anstellung und das Anlernen von Mechanikern, die Errichtung weiterer Dependancen – momentan haben Sie zwei Niederlassungen in Dayton –, die Beschäftigung mindestens eines Geschäftsführers und die Bezahlung der Patenteinreichung für ein von Ihnen entwickeltes besonderes Zweirad.«

»Richtig.«

»Und Sie wollen diesen Weg gehen, anstatt eine Aktiengesellschaft zu gründen, weil Sie die Oberhoheit über Ihre Firma nicht aus der Hand geben wollen. Deshalb ist in Ihrer Offerte auch keine Einflussnahme durch Ihre Finanziers auf Ihre geschäftlichen Pläne vorgesehen, dafür aber ein relativ hoher Anteil an den Jahresgewinnen nach Abzug aller Steuern.«

»Richtig.«

»Mit anderen Worten: Sie wollen mein Geld, aber dann soll ich mich raushalten und hoffen, dass am Ende alles gut wird.«

»Richtig«, sagte Katharine und strahlte. »Nur – Sie brauchen es nicht zu hoffen. Sie können sich dessen sicher sein.«

»Aber wenn das Fahrradgeschäft allein so viel Profit abwirft, wie Sie sagen, wozu brauchen Sie dann für Ihre Investitionen Geld von außen? Warum nehmen Sie dafür nicht Ihre phänomenalen Profite her?«

»Weil wir die schon anderswo investieren«, brummte Wilbur.

Moritz nickte. »Und worin?«

Katharine sagte: »In die Entwicklung eines Motorfliegers.«

Und Otto schüttete seinen Tee über seine gesamten Gesprächsnotizen …

Der Krawattenknoten war endlich so, dass man ihn akzeptieren konnte. Otto musterte sein Spiegelbild erneut. Er nickte sich zu. Sein Vater hatte sich zwar nach reiflicher Überlegung gegen eine Beteiligung an der Wright Cicle Company entschieden, aber das hatte der Faszination Ottos an der Person von Katharine Wright keinen Abbruch getan. Aus einem zuerst halbförmlichen Briefkontakt war Freundschaft geworden. Und heute … heute plante Otto, den Aufpasser, den Katharine bei ihrem Treffen dabeihaben würde, wahrscheinlich den schweigsamen Wilbur oder den noch schweigsameren Orville, irgendwie loszuwerden und sie dann zu küssen. Er hoffte, sie würde sich von ihm küssen lassen. Immerhin hatte sie ja seine Einladung, während ihrer Semesterferien von Dayton nach Chicago zu kommen, ohne zu zögern angenommen. Das musste bedeuten, dass sie an ihm interessiert war, oder?

Er seufzte erneut, ruckelte den Krawattenknoten abermals zurecht und verließ pfeifend das Haus.

4

Die erste Überraschung war: Katharine war allein. Die zweite Überraschung war: Sie stimmte einem Bootsausflug auf dem South Pond im sogenannten Chicago Park District sofort zu.

Der See war voller riesiger Schwäne, zwischen deren Flügeln Menschen saßen. Die Schwäne waren aus Holz und hatten zwischen den normalen Ruderbooten eindeutig die Überzahl; sie bestanden aus einem anmutig geschwungenen Hals und einem aufgestellten Flügelpaar, die auf einem dickbauchig-rundlichen Bootskörper montiert waren. Wer auf der hinteren Sitzbank saß, konnte sich komplett zwischen den Flügeln verstecken; die vordere Sitzbank war für den armen Teufel gedacht, der das klobige Ding rudern musste.

»So eines möchte ich nehmen!«, sagte Katharine mit ihrer üblichen Direktheit, was Otto die Rolle des armen Teufels zuwies. Er bewegte das Schwanenboot schwitzend über den See, versuchte, es in einen Bereich zu bugsieren, in dem etwas weniger los war, und bemühte sich dabei, Katharine die Geschichte vom Schwanenritter launig zu erzählen – was sie mit geschickt verborgenem, höflichem Desinteresse zur Kenntnis nahm. Katharine hatte ihm erklärt, dass am Oberlin College in Dayton, an dem sie studierte, die Freien Künste gelehrt würden. In Preußen verstand man darunter Grammatik, Rhetorik, Logik, Arithmetik, Geometrie, Musik und Astronomie. In Amerika umfassten sie neben diesen allgemeinbildenden Studien auch eine Ausbildung in grundlegenden intellektuellen Fähigkeiten und Ausdruck: Mathematik und Naturwissenschaften, Gesellschaftswissenschaften, Literatur, Sprache, Kreatives Schreiben, Kunst und Musik. Deutsche romantische Literatur und die Sagen des Mittelalters gehörten offensichtlich nicht dazu.

Otto änderte seine Gesprächstaktik. Er hätte sich denken können, dass jemand wie Katharine an praktischeren Inhalten interessiert war.

»Meine Mutter war fassungslos, als ich ihr schrieb, dass an deinem College Männer und Frauen gleichermaßen studieren dürfen«, sagte er. »In Preußen ist alles viel altmodischer. Frauen ist das Studium überhaupt nicht gestattet. Die Regierung meint, das Verlangen nach Zulassung der Frauen zum juristischen Studium habe nur dann einen Sinn, wenn den Frauen dann auch das Ablegen der juristischen Staatsprüfungen ermöglicht würde – und damit der eine oder andere der dadurch bedingten Männerberufe erschlossen werde. Rechtsanwälte, Notare, Richter, Staatsanwälte – am Ende sogar noch weibliche Verwaltungsbeamte? Davor hat man in Deutschland einen regelrechten Horror. Man sieht das Ende aller Zivilisation kommen, wenn Frauen Männerarbeit gestattet wäre, eine Austilgung des Geschlechterunterschieds im öffentlichen Recht, vielleicht sogar noch Wahlberechtigung für Frauen?« Otto zuckte mit den Schultern. »Meine Mutter kämpft gegen solche Vorstellungen, speziell auf der Seite der Arbeiterfrauen, die ganz natürlicherweise Männerarbeit in den Fabriken leisten, wenn ihre Männer krank oder arbeitsunfähig sind.«

»Dieser Kampf wird hier auch schon seit einer Weile geführt«, sagte Katharine. »Wir haben die National American Woman Suffrage Association. Eine der Gründerinnen hat sich sogar vor zwanzig Jahren für das Amt des Präsidenten beworben, aber das hat dann leider noch nicht geklappt.«

»Das ist mutig«, sagte Otto.

Katharine grinste: »Sie stammt aus Ohio.«

Otto lockerte seine Schultern und schaute sich um. Sie waren in einem relativ einsamen Teil des Sees angekommen. »Ganz schön warm heute«, sagte er und lockerte seine Krawatte.

»Soll ich rudern?«, bot Katharine an.

Otto sah sie schockiert an. Sie machte eine wegwerfende Geste. »Ich führe für meinen Vater und meine Brüder den Haushalt. Glaubst du, so ein bisschen Rudern bringt mich ins Schwitzen?«

»Ich kann nicht zulassen, dass eine Frau die Arbeit macht und ich mich faul danebensetze«, erklärte Otto würdevoll.

Katharine schnaubte. »Sag das mal meinen Brüdern.« Sie klopfte auf ihre Sitzbank und rückte gleichzeitig ein Stück beiseite. »Aber wir sind weit genug gerudert. Wenn du nicht vorhast, auf den Michigansee rauszurudern oder bis nach Milwaukee, können wir uns ja ein wenig treiben lassen.«

Otto schluckte und setzte sich neben Katharine. Zwischen den Schwanenflügeln war es so eng, dass sie dicht an dicht saßen.

Katharine lächelte ihn an. »Ich soll dir übrigens schöne Grüße von Wilbur ausrichten«, sagte sie. »Hätte ich beinahe vergessen. Er war ganz außer sich, als du geschrieben hast, dass dein Bruder in Berlin mit Otto Lailienthawl zusammenarbeitet …«

Otto räusperte sich. »Äh … entschuldige … aber es heißt Lilienthal und nicht *Lailienthawl* …«

»Ach?«

»Ja … aber das ist nicht schlimm. Mein Bruder nennt dich zum Beispiel Käthe.«

»Kathy?«

»*Käthe* … mit einem Umlaut …«

»Mit einem was?«

Otto winkte ab. »Völlig egal«, sagte er und dachte bei sich: Du sitzt auf Tuchfühlung neben der Frau, an die du Tag und Nacht denkst, und versuchst, ihr deutsche Aussprache zu erklären? Du gehörst sofort ertränkt. Halt die Klappe und versuch, sie zu küssen! Oder nimm wenigstens ihre Hand!

Er hatte den Faden verloren. »Wo waren wir?«, fragte er und deutete auf Katharines makellose Hand. »Oh … hast du dich da verletzt? Ein Holzsplitter?«

Sie hob die Hand vor Augen und musterte sie kurzsichtig. »Seh nichts.«

Otto nahm ihre Hand und tat so, als würde er sie genau untersuchen. »Nein, war eine Täuschung.« Er hielt ihre Hand in seiner und war sich bewusst, wie schwitzig sie war vom Rudern und von seiner Aufregung.

Katharine zog ihre Hand weg, aber nur, um eine Mücke zu verscheuchen. Dann ließ sie sie wieder auf ihrem Bein ruhen. Otto fehlte der Mut, nochmals danach zu greifen.

»Wir waren bei Wilbur und Herrn Li-li-enthal«, sagte Katharina.

»Weshalb ist Wilbur seinetwegen aus dem Häuschen?«

»Na, weil er seit einiger Zeit eine Korrespondenz mit ihm hat. Es geht ziemlich schwierig, weil Wilbur nicht Deutsch kann und Herr Li-li-enthal kaum Englisch.«

»Die beiden schreiben sich? Über Fahrräder?«

»Aber nein, du süßer Narr. Über das Fliegen.«

Wie hatte sie ihn eben genannt? *Süßer* Narr? Otto hatte Mühe, sich auf das Wesentliche ihrer Aussage zu konzentrieren. »Über das Fliegen?«

Katharine gab ihm einen Stoß. »Hast du ein Wort von dem gehört, was gesprochen wurde, als Wilbur und ich Anfang des Jahres bei deinem Vater vorsprachen?«

»Ich hab nur dich angesehen«, platzte Otto heraus.

Sie nickte. »Das hab ich gemerkt.«

»Oh.«

»Konntest du deine Notizen eigentlich noch gebrauchen?«

»Meine Notizen?«

»Über die du den Tee gekippt hast.«

»Äh … nachdem sie wieder trocken waren … jedenfalls teilweise …«

Katharine lachte schallend. »Dein Vater sollte dich rauswerfen und nach Hause schicken«, sagte sie gutgelaunt.

Otto klappte die Kinnlade herunter. »Oh …«, brachte er noch einmal und in Ermangelung von etwas Intelligentem hervor.

Katharine packte ihn an der Krawatte und zog ihn zu sich heran. »Aber ich bin froh, dass er's nicht getan hat, sonst könnte ich das jetzt nicht tun.« Sie küsste ihn auf den Mund. Otto spürte ihre Lippen auf den seinen, und dann schon ihre Zunge, die sich vortastete und in seinen Mund schob, und dann folgte ein so langer, intensiver, wilder, tiefer Kuss … ihre hungrigen Lippen und ihre Zunge, tastend, tanzend, erobernd, mit jeder Berührung Schauer durch Ottos ganzen Körper sendend … ein so leidenschaftlicher, schamloser, rückhaltloser Kuss … eine Hand immer noch an seiner Krawatte, die andere um seinen Hinterkopf, als wolle sie verhindern, dass er ausweichen konnte. Er spürte, wie das Pincenez herunterfiel und an seiner Wange herabrutschte … ein so erregender Kuss, dass er atemlos daraus hervorkam und beinahe das Boot zum Kentern gebracht hätte, weil er gegen den Schwanenflügel auf seiner Seite sank und gleichzeitig versuchte, Katharine an sich zu ziehen und nicht über Bord zu gehen.

»So«, sagte Katharine und setzte sich zurecht. Ihre Wangen glühten, und ihre Augen blitzten. Unwillkürlich tastete sie nach dem auf ihrer Brust baumelnden Pincenez, setzte es aber dann doch nicht auf. Sie lächelte ihn an und fuhr sich gleichzeitig mit der Zunge über die Lippen.

»Grgl …«, machte Otto.

Katharine blickte ohne jede Verlegenheit auf seinen Schoß. »Oje«, sagte sie.

Otto folgte ihrem Blick und wurde knallrot im Gesicht, vor Scham und Verlegenheit.

Katharine sah wieder zu ihm hoch. »Ihr armen Kerle«, sagte sie. »Ihr könnt einfach kein Geheimnis für euch behalten.« Zu Ottos köstlichem Entsetzen legte sie ihm die Hand auf den Schoß und drückte. »Mit diesem einen Kuss hab ich das geschafft?«

Otto unternahm mehrere Anläufe, etwas zu sagen, und gab es dann auf.

Katharine nahm die Hand weg und legte sie ihm an die Wange.

»Ich wollte dich nicht überrumpeln«, sagte sie, diesmal unüblich ernsthaft. »Ich dachte, du wolltest mich auch küssen. Falls nicht, tut es mir leid. Nimm es mir nicht übel. Wir können das Ganze verg…«

Otto beugte sich nach vorn und schnitt ihr die Worte mit einem Kuss ab. Der zweite Kuss war ebenso intensiv wie der erste, nur dass sie diesmal ihre Hand in seinen Schoß legte und erneut drückte. Otto stöhnte in ihren Mund.

»Nun, jedenfalls …«, sagte Katharine und schob ihn leicht von sich, »bevor ich es vergesse – Wilbur und Orville interessieren sich für die Flugexperimente von Herrn Li-li-enthal und bitten dich, deinen Bruder zu grüßen und durch ihn Herrn Li-li-enthal auch noch mal ihre allergrößte Bewunderung auszudrücken. Wilbur sagt, seine Studien des Vogelflügels und dass seine gewölbte Form einen Auftrieb schafft, waren für ihn eine Offenbarung.«

»Woher … woher … kennen deine Brüder denn …«

»Herrn Li-li-enthal? Wilbur hat einen Artikel im *Railroad and Engineering Journal* gelesen, von einem pensionierten Ingenieur namens Octave Chanute, einem ausgewanderten Franzosen. Der wiederum steht in Briefkontakt mit allen möglichen Leuten rund um die Welt, die sich so wie meine Brüder für die Fliegerei begeistern. Auf der Weltausstellung in Chicago hat er sogar eine Konferenz über Flugapparate und ihre Steuerung organisiert – Orville und Wilbur sind eigentlich nur deshalb zur Weltausstellung gefahren, dass sie nebenher für die Firma werben, war meine Idee … irgendwie mussten die Reisekosten ja wieder reinkommen … also jedenfalls, über Chanute hat Wilbur die Adresse von Herrn Li-li-enthal bekommen, und das war's.« Katharine grinste. »Wenn unser Vater das nicht als Blasphemie ansehen und Wilbur selbst in seinem Alter noch eine Ohrfeige geben würde, würde Wilbur wahrscheinlich einen Lilienthal-Altar in unserem Haus bauen. Er ist von dem Mann hingerissen.«

»Mein Bruder auch«, sagte Otto.

Katharine holte Luft. »So, jetzt hab ich alles ausgerichtet, was meine Brüder mir aufgetragen haben. Jetzt möchte ich mit dem weitermachen, weswegen *ich* deiner Einladung gefolgt bin.« Sie küsste ihn erneut.

Der Rest ihres Bootsausflugs auf dem South Pond war für Otto ein ähnlicher emotionaler Strudel wie seine ersten Monate in Chicago, nur dass es ein durchweg angenehmer Strudel war. Ihre Zunge, die sich fordernd in seinen Mund schob … ihre Hand, die die seine nahm und auf ihre Brüste drückte, ihre Berührungen zwischen seinen Beinen … ihr immer schneller werdender Atem, je mehr ihm klarwurde, wie er ihre Brüste durch den Stoff ihres Kleids hindurch drücken musste … seine Atemlosigkeit, als sie seine Hand erneut nahm und auf ihren Oberschenkel legte und er merkte, dass sie ihren Rock hochgeschoben haben musste, und ihre Ermutigung, die Hand weiter nach oben zu schieben, bis sie dort ankam, wo es unglaublich heiß und weich war … wie sie auf einmal mit einem langen Seufzer gegen ihn sank.

Ihr Schwanenboot hielt plötzlich mit einem Ruck, und Otto tauchte verwirrt hinter dem Flügel auf, sah sich um und bemerkte ein weiteres Schwanenboot, mit dem das ihre zusammengestoßen war. Der Besitzer dieses Boots fuhr den Riemen wieder ein, mit dem er die Boote voneinander getrennt hatte, und zwinkerte ihm zu. »*Good luck, buddy*!«, rief er, bevor er sich wieder hinter sein Flügelpaar duckte. Gleich darauf ertönte von dem sich entfernenden Holzschwan ein zweistimmiges Kichern …

Am intensivsten von allem war aber die ganz und gar unglaubliche und alle Sinne sprengende Erfahrung, dass Katharine, nachdem sich ihr Puls beruhigt hatte, seinen Hosenstall aufknöpfte, sein Einstecktuch aus seiner Brusttasche zog und es über seinen Schoß drapierte, ihr Seitenblick, ihr amüsiertes Schulterzucken und ihre Bemerkung: »Ich wasche die Hosen meiner Brüder, ich weiß, wie schwer das rausgeht.«

Nachher, als er sie schon längst zu ihrem Lodging House gebracht und sich artig von ihr verabschiedet hatte, mit dem Versprechen, morgen mit ihr einen neuen Bootsausflug zu unternehmen, dachte er darüber nach, was ihn am allermeisten in tiefer, erregter Liebe zu ihr hatte aufgehen lassen. Die Tatsache, dass sie einfach die Initiative ergriffen hatte? Dass sie sich von ihm hatte berühren lassen, bis die Ekstase sie überwältigte? Dass sie ihn ohne jegliches Anzeichen von Scham berührt hatte? Nein, entschied er, nein. Sein Herz ganz und gar gewonnen hatte sie mit jener scheinbar nebensächlichen, aber sehr intimen Geste, sein Einstecktuch über seinen Schoß zu drapieren, damit seine Hose nicht befleckt wurde.

Ich liebe dich, Katharine Wright, dachte er.

Erst jetzt merkte er, wie tief die Wunde über den Verlust Hermines vier Jahre danach immer noch gewesen war – und wie sie nun endlich begann, sich zu schließen.

5

Oscar Glock saß im Arbeitszimmer von Professor von Schley und lächelte.

Der Professor lächelte nicht. »Sie sind wahnsinnig«, sagte er.

»Ich bin enttäuscht, dass Sie so denken, Kamerad«, erwiderte Glock.

Hinter ihm stand ein junger Mann, schweigsam und reglos, als wäre er ein Möbelstück. Er stand an der Stelle, an der früher immer Rudolf Leitner gestanden hatte. Der Professor blickte ständig zu ihm hinüber und zuckte dann jedes Mal zusammen. Es mochte daran liegen, dass er den jungen Mann kannte. Vor einer Weile war er noch einer seiner Studenten gewesen und hatte zu ihm aufgesehen. Jetzt sah er anscheinend zu Oscar Glock auf.

Dem Professor konnte man anmerken, dass er vor dem jungen Mann Angst hatte. Allerdings keine so große wie vor Oscar Glock.

»Hören Sie, Herr Glock … ich …«, der Professor gestikulierte in Richtung des jungen Mannes und zog seine Hand sofort zurück, als hätte er sich verbrannt, »*das* ist das eine … aber was Sie jetzt vorschlagen …«

»Ich verstehe den Unterschied nicht. Wir verfolgen doch die gleichen Ziele. Ehre. Reinheit. Die Rettung des Vaterlands.«

»Aber was hat das denn damit …«

»Den Schutz unserer Frauen, Schwestern und Töchter vor den Übergriffen des Feindes.«

»Oh mein Gott, Herr Glock, das hat doch damit überhaupt nichts …«

Glock schüttelte den Kopf. Er schien erst jetzt die Blicke zu bemerken, die der Professor seinem schweigsamen jungen Begleiter ständig zuwarf. Er musterte den Professor, dann nickte er dem jungen Mann zu. »Der Professor und ich müssen ein Gespräch unter vier Augen führen.«

»Jawohl.«

Hackenschlagen, Kehrtwende auf dem Absatz, knappes Türenschlagen. Glock und Professor von Schley waren allein. Die Lider des Professors zuckten krampfhaft. Glock betrachtete ihn freundlich lächelnd.

»Wir sorgen für unsere Kameraden«, sagte er dann sanft. »Für Sie wurde ständig gesorgt, erinnern Sie sich?«

»Sie haben mich … korrumpiert«, sagte der Professor. Es klang wie ein Winseln.

»Sie sind zu streng mit sich selbst.« Glock fischte ein Kuvert aus seiner Jackentasche und legte es auf den Tisch. Der Professor fixierte es. Das Kuvert war dick, als ob sich ein fettes Bündel Geldscheine darin befände. »Aber wie Sie meinen. Sie sind der Herr über sich selbst, Herr Professor. Das hier habe ich für Sie mitgebracht. Schieben Sie es mir einfach wieder herüber, wenn Sie denken, es korrumpiere Sie.«

»Was ist das?«

»Das Gleiche wie die letzten Male – ein Beweis, dass ich mich wie sonst auch um Sie kümmere. Unter Kameraden, wie es sich gehört. Sie würden für mich doch das Gleiche tun, wenn ich Ihre Hilfe brauche.«

»Ich habe Ihnen geholfen … als Ihre halbe Firma abgebrannt war … ich habe für Sie bei der Versicherungsgesellschaft gebürgt und Ihnen meine Studenten vorbeigeschickt, um beim Wiederaufbau zu helfen.«

»Sehen Sie. Und jetzt helfe ich Ihnen wieder.«

»Ich will das nicht! Nicht um diesen Preis!«

»Welchen Preis?«

»Sie haben doch gerade gefordert, dass ich …«

»Aber verehrter Kamerad, darum geht es doch jetzt gar nicht.«

»Ich …« Der Professor stierte das Kuvert mit hervortretenden Augen an.

Glock lehnte sich zurück. »Sehen Sie, ich lasse Ihnen die freie Entscheidung. Schieben Sie mir das Kuvert wieder herüber, und ich verspreche Ihnen, ich werde Ihnen nie wieder eines mitbringen.« Er legte die Hände in den Schoß und lächelte den Professor an.

Professor von Schley legte einen Zeigefinger auf das Kuvert und schob es ein winziges Stück in Richtung Glock. Dann nahm er die Hand weg. Dann legte er den Zeigefinger wieder darauf. Er zuckte zurück, als habe er auf eine heiße Herdplatte gefasst. Er stöhnte. »Es ist schon so lange …«, flüsterte er.

Glock sagte nichts.

»Es ist niemandem etwas geschehen dabei, nicht wahr?«

Glock schüttelte beruhigend den Kopf.

»Und es hat ja vielleicht sogar geholfen … ich meine … Geld … und so …«

Glock lächelte.

Der Professor gab sich einen Ruck und schob Glock das Kuvert hinüber. »Nein«, sagte er.

Glock beugte sich über den Tisch und flickte die Klappe des Kuverts mit einem Fingerschnippen auf. Es war nicht zugeklebt. Ein kleiner Teil einer Fotografie wurde sichtbar. Es hätte alles Mögliche darauf sein können. Das Kuvert war voll mit Fotografien, mindestens ein Dutzend Stück. Der Professor machte ein Geräusch in der Kehle wie ein geprügelter Hund. Sein Kopf neigte sich automatisch nach vorn, als versuche er, besser zu sehen.

Glock schwieg.

»Ich bin verflucht«, sagte der Professor. Eine Träne lief ihm über die Wange.

»Sie quälen sich völlig umsonst, Kamerad«, sagte Glock mit seidenweicher Stimme.

Professor von Schley nahm das Kuvert an sich und die Fotografien heraus. Er brauchte mehrere Anläufe, bis es ihm gelang. Seine Hände zitterten beinahe unkontrolliert. Eine Fotografie entglitt ihm und fiel auf den Tisch. Sie zeigte ein splitternacktes junges Mädchen in einer aufreizenden Pose. Als Oscar Glock mit dem Mann verhandelt hatte, der ihm das Mädchen vorgestellt hatte, hatte dieser gesagt: »Die Kleene is sechzehn, Euer Ehren, uff meen Wort.«

»Sie sieht höchstens aus wie zwölf.«

»Mangelernährung, Euer Ehren. Deshalb is die Kleene ja froh, det ick nu auf se aufpasse. Bei mir jeht's ihr jut.« Er hatte dem Mädchen einen Schlag auf den Hinterkopf gegeben. »Sag ooch ma wat, du Stoffel.«

»Mir jeht's jut«, hatte das Mädchen tonlos gesagt. »Ick mach et Ihnen, wie Se wolln.«

»Ich brauche sie gewaschen und geschminkt und mit einem netten Kleid für ein paar Fotografien. Morgen, bei dieser Adresse.« Eine Visitenkarte war übergeben worden.

»Se wird ausgucken wie de Königin von Saba, Euer Ehren.«

»Sie soll aussehen wie eine Zwölfjährige.«

»Det hab ick jemeint, Euer Ehren.«

Jetzt hörte Glock dem unwillkürlichen Stöhnen und Wimmern zu, mit dem der Professor durch die Fotos blätterte. Er wartete, bis sein Gegenüber beim letzten Foto ankommen würde. Er wusste, was auf allen abgebildet war. Er hatte die Reihenfolge bewusst so gewählt.

»Ewig schade, dass es den ›Schmetterling‹ nicht mehr gibt«, sagte er leise.

Er wartete eine Weile.

»Die Kleine macht Hausbesuche, soweit ich weiß.«

Er wartete wieder.

»Sie würde mit einer anständigen Begleiterin kommen – wie Mutter und Tochter. Wegen der Nachbarn. Es würde wie eine schulische Nachhilfe aussehen.«

Professor von Schley hob den Blick. Seine Augen waren gerötet und sein Gesicht voller hektischer Flecke. »Sie sind der Teufel«, flüsterte er.

»Bin ich vielleicht der Geist, der stets verneint?«, zitierte Glock nachsichtig. »Ganz im Gegenteil! Sie sehen doch, dass ich mich bemühe, Ihnen etwas Gutes zu tun.«

Der Professor schluckte. Nach kurzem Zögern blätterte er weiter. Er starrte jedes einzelne Foto lange an und rutschte dabei in seinem Sessel hin und her.

»Man kann einen Tag finden, an dem Ihre Tochter und Ihr Hausgast nicht anwesend sein werden, dann hätten Sie viel Zeit …«

»Oh mein Gott …«, wisperte der Professor. Dann kam er beim letzten Foto an. Seine Augen weiteten sich. Glock schnellte wie eine Schlange nach vorn und hieb mit der flachen Hand auf den Tisch. Der Professor schrie vor Schreck auf. Die Fotografien flatterten in alle Richtungen davon. Glock schnappte sich das letzte aus dem Stapel und legte es offen vor Professor von Schley ab. Zwei nackte Frauen waren darauf zu sehen, die sich gegenseitig schamlos liebkosten.

»Das«, schrie Glock, »ist es, wobei ich Ihnen helfen will! Haben Sie gedacht, ich weiß nicht, dass Ihre Tochter ständig von dem Briest-Mädchen verführt wird? Die beiden glauben vielleicht, dass Sie es nicht wissen, aber Ihnen muss doch klar sein, dass ich alles weiß! Diese Entartung – dagegen müssen wir vorgehen! Diese Verleugnung der Natur der Frau als Gefäß für den Fortbestand unseres Volkes! Ihre Tochter kann nichts dafür, sie ist nur ein Opfer ihrer eigenen missverstandenen Gefühle. Aber ich kann Ihnen helfen, sie zu retten. Hören Sie auf wegzuschauen. Lassen Sie mich Ihnen erneut etwas Gutes tun! Und ich bin sicher, wir können beizeiten auch Fräulein Amalie von ihrem Irrweg erlösen. Warum wollen Sie sich weigern, sich und Ihrer Tochter und der Freundin Ihrer Tochter helfen zu lassen, Kamerad!? Lassen Sie mich helfen!«

»Aber doch nicht, indem meine Tochter Rudolf Leitner heiratet!«, brüllte der Professor zurück. »Der Mann ist entstellt und ein Krüppel!«

»Aber er ist ein aufrechter Kamerad, um dessen Heil wir uns kümmern müssen, und seine Seele ist die eines treuen Deutschen! Auf die Seele kommt es an! Und auf die Kinder, die er zeugen wird! Wir, Professor – wir, Sie und ich … und mit der Hilfe Ihrer Tochter und guter Männer wie Rudolf Leitner – wir können das Vaterland retten und ihm die Kraft geben, die es für seinen Kampf um die Reinigung braucht!«

Der Professor saß da wie ein Häuflein Elend. »Aber ich kann nicht … Emma … sie wird nicht … wie kann ich von ihr verlangen …« Er begann zu schluchzen. »Oh Gott, es ist meine eigene Perversität. Ich habe sie ihr vererbt. Es ist alles meine Schuld.«

Glock klopfte ihm auf die Schulter. Der Professor merkte nicht, dass Glock sich danach die Hand an seinem Einstecktuch abwischte. Er blickte nur schluchzend zu Boden. »Das lässt sich alles heilen, Kamerad«, sagte er. »Lassen Sie mich Ihnen einfach helfen.«

Er klaubte die Fotografien zusammen, steckte sie in das Kuvert und dieses dem Professor mit spitzen Fingern in die Jackett-tasche. Dann stand er auf und wandte sich zum Gehen. »Rudolf wird demnächst vorbeikommen und sich Ihrer Tochter erklären.« Er war schon fast an der Tür, als er sich umdrehte und sagte: »Und, Kamerad … sagen Sie mir doch beizeiten, wann ich Mutter und Tochter für die Nachhilfestunde vorbeisenden darf.«

6

Als Otto am nächsten Tag bei Katharines Lodging House vorsprach, wurde ihm eine Nachricht in die Hand gedrückt. Hastig draufgekritzelt stand darauf: »Muss nach Hause … etwas Schlimmes ist passiert … telegrafiere dir vom Bahnhof in die Firma.«

Besorgt und außer Atem kam Otto in der Fabrik an, wo das Telegramm schon auf seinem Schreibtisch lag. Katharine musste ein Vermögen dafür ausgegeben haben. Dort stand: »Nachricht von W.&O. erhalten. Schlimme Nachricht aus deiner Heimat. O. L. vor 2 Wo tödlich verunglückt. Erst jetzt erfahren. W.&O. vollkommen am Ende. Brauchen mich. Kann Dich nicht über sie stellen. Verzeih mir. XXX K.«

Otto starrte das Telegramm an, ohne es zu sehen. Zum zweiten Mal gerieten Familienbande zwischen ihn und seine Liebe. Zum zweiten Mal verlor er eine Frau, kaum dass er sie gefunden hatte, weil sie sich für ihre Familie opferte, statt sich für ihn zu entscheiden. Er sprang auf, rannte zu dem Ablageschrank, in dem die deutschen Zeitungen lagen, die in den letzten vierzehn Tagen eingetroffen waren und die Otto noch nicht wie üblich durchgesehen und diejenigen Meldungen herausgetrennt und archiviert hatte, die irgendwie für die Firma von Interesse sein könnten. Mit fliegenden Fingern und schwer atmend blätterte er sie durch, riss in seiner Hektik Seiten ein, flog mit den Blicken über die Zeilen. Schließlich fand er die Todesanzeige in der Berliner Nationalzeitung: Otto Lilienthal, verstorben am 10. August 1896. Er ließ sich im Stuhl zurücksinken und holte Katharines Telegramm hervor, las es noch einmal durch. Er zerriss es in so kleine Fetzen, dass er sie nicht mehr weiter zerreißen konnte, dann schob er den Haufen in den Abfalleimer. Er erhob sich, strich seine Weste glatt, atmete einmal tief durch, klopfte an der Tür zum Büro seines Vaters und trat ein.

Moritz blickte auf.

»Ich will nach Hause«, sagte Otto übergangslos. Er erwartete überraschte und verletzte Fragen und eine Szene. Er plante, alles über sich ergehen zu lassen und dann seine Bitte zu wiederholen. Stattdessen lehnte Moritz sich zurück, kratzte sich am Kopf und holte schließlich einen Brief aus seiner Schublade. Der Brief trug den Kopf der Siemens-&-Halske-Hauptniederlassung in Berlin und war fünf Wochen alt. Moritz musste ihn seit mindestens vierzehn Tagen in seinem Schreibtisch aufbewahrt haben. Der Brief war mit einer Schreibmaschine getippt worden und eigenhändig von Georg Wilhelm von Siemens unterschrieben.

»Sehr verehrter Herr von Briest, leider sehe ich mich gezwungen, Ihnen zwei unerfreuliche Mitteilungen zu machen. Unser amerikanischer Partner, Herr Meysenberg, hat durch geschickte Anhäufung von Unternehmensanteilen und den Hinzukauf von weiteren Tochterfirmen die Mehrheitsverhältnisse bei der *Siemens & Halske Electric Company of America* zu seinen Gunsten verschoben. Ich mache Ihnen keinen Vorwurf, dass Ihnen vor Ort diese Machenschaften entgangen sind; die technische Leitung der Fabrik hat Sie sicher gänzlich ausgelastet. Jedenfalls wünscht Herr Meysenberg Ihre Abberufung als Geschäftsführer, ein Verlangen, dem wir uns aufgrund der neuen Mehrheitsverhältnisse nicht verschließen können. Bitte liquidieren Sie alle Ihre immobilen persönlichen Vermögensverhältnisse vor Ort und beenden Sie eventuelle auf Sie laufende Mietverträge. Lassen Sie mich wissen, wann wir Sie frühestens wieder in Berlin erwarten können. Hochachtungsvoll, Ihr Georg Wilhelm von Siemens.«

»Natürlich ist er der Meinung, dass ich das hätte merken müssen«, sagte Moritz.

»Hast du schon geantwortet?«, fragte Otto fassungslos. Die informelle Umgangsart der Amerikaner miteinander hatte dazu geführt, dass auch Vater und Sohn die Förmlichkeiten aufgegeben hatten und sich seit langem duzten.

Moritz schüttelte den Kopf. »Aber ich werde es heute tun.«

»Und dann?« Otto ließ sich in den Sessel plumpsen, der vor Moritz' Schreibtisch stand. Selbst sein eigener Liebeskummer verging vor dem steinern ertragenen Gefühl der Demütigung, das er an seinem Vater wahrnahm.

»Dann gehen wir beide nach Hause«, sagte Moritz. »*Sic transit gloria mundi.*«

7

Zweimal hatte Amalie Anlauf genommen, einen Briefwechsel mit Katharina Paulus aufzunehmen, der Gefährtin des Fallschirmspringers Lattemann. Beim ersten Mal war der Kontakt nach dem tödlichen Unfall Lattemanns abgebrochen. Alle Zeitungen hatten darüber berichtet: von dem Fallschirm- und Ballonakrobaten, der bei einem misslungenen Experiment in den Tod stürzte, vor den Augen seiner am Fallschirm sicher zu Boden schwebenden Gefährtin. Die Artikel waren der Beweis, dass Katharina Paulus auch mit dem Fallschirm absprang und dass es daher keinen Grund gab, eine Frau nicht dafür zuzulassen. In dem Zusammenhang allerdings war diese Erkenntnis kein Grund zur Freude.

Beim zweiten Kommunikationsabbruch war Amalie der Grund vollkommen unklar. Bis Katharina Paulus sich endlich wieder meldete und Amalie eröffnete, dass ihr Kind, der Sohn, den sie mit Helmut Lattemann gehabt hatte, vor einigen Monaten an Diphtherie verstorben war – mit vier Jahren. Mittlerweile hatte sich schon fast so etwas wie Vertrautheit in die Korrespondenz der beiden Frauen geschlichen. Jedenfalls war der kleine Willy Lattemann im vorigen Jahr verstorben. Frau Paulus' Antwort auf Amalies hartnäckige Briefanfragen war schließlich im Frühjahr erfolgt. Sie hatte sich wieder in ihre Auftritte gestürzt, mit den insgesamt vier Ballons, die sie nach Lattemanns Absturz gekauft hatte, und war durch die Großstädte Europas getourt: London, Nizza, Wien, Amsterdam, Budapest, Danzig, Düsseldorf, Wiesbaden, Paris und Frankfurt. Nun, im Hochsommer, hatte sie einen Auftritt vor vergleichbar kleinem Publikum in Magdeburg – in Paris hatte sie im Frühjahr für eine Veranstaltung zwanzigtausend Eintrittskarten verkauft! Erst durch die Korrespondenz und die Zeitungslektüre über ihre Auftritte war Amalie und Emma klargeworden, dass die junge Frau, die noch in Charlottenburg so ernsthaft und kompetent die Ausrüstung ihres Gefährten überprüft hatte, mittlerweile eine europäische Berühmtheit war – und die erste Deutsche, die je mit einem Fallschirm abgesprungen war.

»Du kannst jetzt leider nur noch die zweite werden«, hatte Amalie im Scherz zu Emma gesagt, als Katharina Paulus endlich zugestimmt hatte, Amalie mit im Ballon nach oben zu nehmen und mit ihr zusammen, an zwei gleichzeitig ausgelösten Fallschirmen pendelnd, abzuspringen. Amalie würde mit aufsteigen, aber im Korb bleiben und von Frau Paulus' Monteur wieder sicher auf den Boden gebracht werden.

»Meinetwegen auch die zweihundertste«, hatte Emma gesagt. »Nur bitte noch in diesem Leben.«

Dass die Aufführung, an der Emma teilnehmen sollte, in Magdeburg war, kam den beiden jungen Frauen entgegen. Sie hatten Emmas Vater nicht ins Vertrauen gezogen; sie waren sicher gewesen, er würde es verbieten. Er schien in den letzten Jahren noch nervöser und besorgter um seine Tochter geworden zu sein. Auch wenn Emma mittlerweile zweiundzwanzig war, hätte sie sich dem Wunsch ihres Vaters gefügt. Amalie machte sich darüber keine Illusionen. Sie hatten schon genug zu tun gehabt, Professor von Schley zu überreden, dass Emma ein paar Tage auf Gut Briest verbringen dürfe und dass sie dort alleine mit dem Zug hinfuhr. Auf diese Weise war die Lüge auch nur eine halbe. Emma würde tatsächlich einen kleinen Besuch auf dem Gut machen. Um nach Magdeburg zu kommen, würden sie und Amalie einfach nur zwischendurch auf dem Genthiner Bahnhof in den Zug nach Süden steigen müssen. Diesen Ausflug mussten sie dem Professor ja nicht auf die Nase binden.

Als Katharina Paulus' Zusage eintraf, feierten Amalie und Emma diesen Erfolg mit einem verstohlenen Liebesakt in Emmas Zimmer, immer mit einem Ohr darauf horchend, ob der Professor die Treppe heraufkam oder das Dienstmädchen, peinlich darauf bedacht, dass ihnen außer leisen Seufzern keine lauteren Lustbekundungen entschlüpften.

Emma war glücklich mit diesen vorsichtigen, langsamen, behutsamen Akten. Es brauchte nicht viel, um sie zur Ekstase zu bringen. Die ersten paar Male hatte schon ein langer, tiefer Kuss genügt, um sie zu erregen. Sie brauchte die Nacktheit zweier Körper nicht, die sich heiß und schwitzend aneinanderpressen. Sie brauchte es nicht, überall angefasst, geküsst und gestreichelt zu werden. Ihr reichte es, wenn sie und Amalie nebeneinander auf dem Bett lagen und, die Röcke gerafft, einander vorsichtig liebkosten, unendlich vorsichtig, mit den Berührungen eines Schmetterlingsflügels.

Für Amalie war das alles, als wenn man ein herrliches Menü

vorgesetzt bekam und dann an allen Gerichten nur schnuppern durfte, während man gleichzeitig an einem Stück Brot kaute. Man wurde satt, aber das war auch alles.

Was Amalie sich wünschte, war handfester. Sehr viel handfester. Sie wollte nackt sein, wenn sie sich Emma hingab, und ihre Freundin nackt sehen. Jeden Quadratzentimeter ihres Leibes berühren. Sie wollte über ihre Freundin herfallen, sie beide zum Schwitzen bringen und sich keine Grenzen auferlegen.

Nichts von alledem war bisher Wirklichkeit geworden. Amalie liebte Emma, und sie war sicher, dass diese sie vergötterte … aber es war eine Liebe, der die Würze fehlte – ein herrliches Menü, das verkam, weil niemand davon kostete. Die Augenblicke, in denen Amalie sich fragte, ob ihr Herz nicht einem völlig falschen Pfad gefolgt war, wurden zusehends mehr.

Ursprünglich hatte der alte Julius wieder bereitstehen sollen, um Emma vom Bahnhof abzuholen. Dann hatte Amalie beschlossen, dass sie mitfahren wollte, und sich schließlich entschieden, den Wagen selbst zu lenken und Julius freizugeben. Ihre Mutter war dagegen. Amalie setzte sich durch, was in letzter Zeit öfter geschah, als ob Antonie so viele Kämpfe außer Haus führte, dass sie in der Familie einfach zu müde dafür war. Amalie fuhr vom Hof, unter den steinernen Blicken Antonies und dem verstohlenen Feixen Julius', und trieb das Pferd dann an, kaum dass sie die letzten Höfe des Dorfs hinter sich gelassen hatte. Sie ließ es schneller und schneller laufen, bis der Wagen in voller Fahrt war, und auf einmal konnte sie der Versuchung nicht länger widerstehen. Sie stellte sich breitbeinig auf dem Kutschbock auf, ließ die Peitsche in der Luft knallen und brachte das alte Kutschpferd in einen Galopp, den es wahrscheinlich selbst für unmöglich gehalten hätte, der Wagen bockend, ruckelnd und ratternd unter Amalies Fußsohlen, der Staub auf der Landstraße hinter ihr aufwirbelnd, der warme Spätsommerfahrtwind ihr Haar zerzausend. Sie hätte es am liebsten gelöst und ihre blonde Mähne hinter sich herwehen lassen.

Nur der Gedanke, in welch aufgelöstem Zustand sie auf dem Bahnhof eintreffen würde, hielt sie davon ab. Das Tempo der wilden Fahrt ließ sie innerlich jauchzen. Sie schrie dem Pferd zu: »Schneller, schneller, schneller!«, schwang die Peitsche, merkte nicht, dass sie auch in Wahrheit jubelte – eingehüllt in einen Kokon aus Rattern, Staub, Fahrtwind, dem Geruch des Pferdekörpers, des warm werdenden Leders, dem Gefühl ihres eigenen Schweißes, der die Furche in ihrem Rücken hinuntertröpfelte – glücklich. In diesem Moment war sie überzeugt, dass ihre Liebe zu Emma auch dieses Glücksgefühl barg, dass sie Emma nur erst dazu bringen musste, aus sich herauszugehen, Sicherheit und Zurückhaltung über Bord zu werfen, Vorsicht und Ängstlichkeit zu vergessen, einfach das Leben zu umarmen und an sich zu pressen, ihm einen dicken Kuss auf die Wange zu drücken und ihm ins Ohr zu brüllen: »Da bist du ja! Auf dich hab ich gewartet!«

In diesem Moment liebte sie Emma mehr als je zuvor, und sie wünschte sich von Herzen, mit ihr zusammen dieses Leben zu umarmen und festzuhalten und so umschlungen in die Ewigkeit zu tanzen.

Als der Zug endlich ankam und Emma vorsichtig und langsam ausstieg, hinter ihr zwei hilfreiche männliche Passagiere, die mit ihrem Rollstuhl hantierten, rannte Amalie auf sie zu, vor Glück strahlend.

Emma blickte auf, und Amalies Ausgelassenheit wurde zu Asche.

8

Emma rückte nicht mit der Sprache heraus, sosehr Amalie auch in sie drang.

»Ich habe doch gesehen, dass du voller Angst und Panik bist«, versuchte Amalie es immer wieder, als sie endlich nach dem Essen allein miteinander in Amalies Zimmer waren. Antonie hatte es ihnen offensichtlich in aller Unschuld zum gemeinsamen Übernachten zugewiesen – mit der Bemerkung, sie habe für Emma kein eigenes Zimmer vorbereiten lassen, weil Freundinnen aus ihrer eigenen Erfahrung die ganze Nacht miteinander plaudern müssten. Das Bett darin war riesig, eines der antiken Teile, die schon alt gewesen sein mussten, als Großvater Paul und Großmutter Louise das Gut übernommen hatten. »Es hat sich mir auf zwanzig Meter Entfernung mitgeteilt.«

Emma schüttelte nur den Kopf und blieb bei ihrer Einlassung, dass sie erst darüber reden wolle, wenn sie im Ballon war und der Sprung bevorstand. »Verdirb mir nicht die Vorfreude darauf«, sagte sie.

Sie liebten sich auf Emmas langsame, zurückhaltende Art. Doch diesmal schien es, als ginge es Emma nicht um Lust, sondern darum, Amalie möglichst nahe zu sein. Sie kroch förmlich in sie hinein. Nachher rollte sie sich zusammen und bat Amalie, die Arme um sie zu legen und sie festzuhalten. So schlief sie ein oder tat zumindest so, und Amalie wagte es nicht einmal, den Arm unter ihr herauszuziehen, als er schon vollkommen taub war. Sie war nicht zur Erfüllung gekommen bei diesem Akt und hatte Emma auch nichts vorgespielt. Emma war darüber hinweggegangen.

Am nächsten Morgen schlich Amalie leise hinunter in die Küche. Es war noch dämmrig, die Welt draußen in Silber- und Grautöne getaucht. Selbst die Köchin schlief noch. Amalie wollte niemanden wecken. Seit langem fühlte sie sich auf Gut Briest nicht mehr wie ein Teil der Herrschaft, sondern als Gast. Sie nahm daher auch nicht die Rechte der Gutsbesitzerfamilie wahr, zum Beispiel den Majordomus zu jeder Tageszeit zu wecken, wenn man etwas vom Personal brauchte. Zu ihrer Überraschung hörte sie bereits jemanden in der Küche rumoren. Sie öffnete die Tür und erwartete, den stets beflissenen Majordomus zu sehen, dem natürlich klar war, dass die beiden jungen Frauen heute einen frühen Zug erwischen mussten und der sich um Reiseproviant kümmerte. Ihre Überraschung war noch größer, als sie ihre Mutter erblickte, im Nachtgewand mit einem Überrock, das Haar nur unordentlich aufgesteckt. Amalie hatte Antonie seit Jahren nur wie aus dem Ei gepellt gesehen. So leger, wie sie jetzt aussah, wirkte sie zugleich jünger und älter. Amalie starrte sie an.

»Guten Morgen«, sagte Antonie. »Zwei Seelen, ein Gedanke?« Sie wies auf die Brote, die sie geschnitten und bereits mit Gurken und kalten Bratenscheiben belegt hatte.

»Ja«, sagte Amalie, weil ihr nichts Besseres einfiel. Sie war fassungslos, dass Antonie sich selbst die Arbeit machte. Unschlüssig trat sie neben ihre Mutter, die ihr sofort das Brett mit den Gurkenscheiben darauf hinschob und sie so stumm aufforderte, sich nützlich zu machen. Sie arbeiteten nebeneinanderher, bis Amalie auf einmal sagte: »Das reicht jetzt, Mama. Wer soll das alles essen?«

Antonie betrachtete die Unmengen Brotscheiben, die sie geschnitten hatte. Amalie erkannte, dass ihre Mutter überhaupt nicht darauf geachtet hatte, was sie tat. Sie war mit ihren Gedanken ganz woanders gewesen. Sie warf Amalie einen Seitenblick zu und schaute sofort wieder weg, und Amalie erkannte weiterhin, dass Antonie damit gerechnet hatte, ihre Tochter würde sich heute Morgen in die Küche schleichen, um den Proviant zu besorgen, und sie dort bewusst getroffen hatte. Amalie fühlte ihr Herz auf einmal klopfen, als sei sie immer noch ein kleines Mädchen, das die Standpauke ihrer Mutter erwartete, weil sie wieder nicht das getan hatte, was Antonie sich von ihr wünschte.

»Bist du glücklich?«, fragte Antonie, den Blick auf den Berg Brotschnitten gerichtet.

»Äh …«, sagte Amalie. Ihr Herz klopfte noch beklommener als zuvor.

Antonie seufzte und hob den Blick. Man konnte sehen, dass es sie Anstrengung kostete, dem ihrer Tochter zu begegnen, aber auf ihre typische Art straffte sie die Schultern und intensivierte dann den Blickkontakt: Antonie von Briest ging zur Offensive über. Nur, dass diesmal ein flackerndes Lächeln über ihre Züge huschte und sie auf einmal eine Hand ausstreckte und Amalie kurz über die Wange strich.

»Hast du geglaubt, mir war nicht klar, was dich mit Fräulein Emma verbindet?«, fragte sie. »Ich beschäftige mich schon so lange mit den Gefühlen und Nöten von Frauen. Außerdem bist du meine Tochter.«

Amalie ergab sich dem Impuls, sich im ersten Schreck dumm zu stellen. »Ich weiß gar nicht, wovon Sie reden.«

»Ihr seid ein Liebespaar«, sagte Antonie auf ihre direkte Art.

Die beiden Frauen sahen sich an. Antonies Blick war brennend, aber nicht unfreundlich. Amalies Lider flatterten. Es war schwer, den Blick nicht zu senken.

»Ja«, sagte Amalie dann schließlich, und alles, was sie noch hatte anfügen wollen – aggressiv oder überheblich oder entschuldigend: Es ist unsere Sache, oder nicht? Wir leben unser Leben, Sie leben Ihres! Es ist einfach so passiert! –, unterblieb. »Ja«, sagte sie nochmals.

Antonie nickte. »Bist du glücklich?«, wiederholte sie ihre Frage.

»Ja.« Amalie wusste, dass ihre Mutter das leichte Zögern, die hastige Lüge, gehört hatte. Sie ging aber nicht darauf ein. Zu ihrer Bestürzung traten auf einmal Tränen in die Augen ihrer Mutter.

»Warum?«, fragte Antonie. »Woran liegt es, dass du nicht glücklich sein kannst?«

»Warum sind Sie es nicht?«, fragte Amalie zurück.

»Ich weiß es nicht. Ich war es. Ich war mit deinem Vater so glücklich, wie ich es nur sein konnte. Er hatte keinen alten bigotten Vater, der ihm erklären wollte, was Frauen wollen. Er hatte deine Großmutter. Ich war eine gesegnete Frau.«

»Was hat sich zwischen euch geschoben?«

»Das Leben, nehme ich an.« Antonie holte Luft und fragte dann: »Was steht zwischen dir und Emma?«

»Ich weiß es nicht«, sagte jetzt Amalie. »Auch das Leben, denke ich.«

»Aber ihr seid noch so jung … wie kann jetzt schon das Leben …?«

»Das Leben in der Hinsicht, dass ich versuche, es anzunehmen, und Emma versucht, davor zu flüchten.« Amalie ließ ihren Tränen freien Lauf. Sie hatte es noch nie ausgesprochen. Jetzt schien es ihr, als würde die bloße Tatsache, dass ihre Annahme nun laut gesprochen im Raum stand, einen Riss verursachen, der sich zwischen Emma und ihr auftat.

»Ich habe mit deinem Vater vor Glück jubiliert und innerlich geschnurrt wie eine Katze, egal, was wir zusammen unternommen haben. Hauptsache, er war bei mir und ich bei ihm. Mit ihm konnte ich die Welt verlieren und stattdessen ganz bei mir sein.«

Amalie erkannte, was dieses Geständnis in Wirklichkeit war: eine Liebeserklärung an ihren abwesenden Vater und die unendliche Trauer darüber, dass diese Liebe kalt geworden war; und die Angst, dass ihre Tochter schon mit der Trauer anfing, ohne das Vergnügen je gekostet zu haben. Amalie wünschte sich, fliehen zu können, und wollte zugleich ihre Mutter in den Arm nehmen. Am liebsten aber wollte sie in ihrem Zimmer Emma im Arm halten und ihr ins Ohr flüstern, dass sie heute – Heute! Jetzt! In dieser Sekunde! – zu leben anfangen solle, dass sie alle inneren Grenzen und Kontrollen niederreißen und ihre Ängste bezwingen und sich einfach fallenlassen sollte. Ihre Augen gingen auf. Fallenlassen! Das war doch genau das, was Emma heute plante. Vielleicht hoffte sie, durch diesen wirklichen, kurzen Sturz ins Blaue die Kraft zu finden, sich auch innerlich fallenlassen zu können? Vielleicht war für Emma dieser Fallschirmsprung noch viel stärker symbolisch behaftet, als Amalie bisher angenommen hatte?

»Gib dich nicht mit weniger zufrieden als mit dem, was dein Vater und ich damals hatten«, sagte Antonie.

Amalie starrte sie an. Ich habe nicht den Bruchteil davon, dachte sie. Doch vielleicht habe ich es nach dem heutigen Tag? Vielleicht befreit sich die Seele der Frau, die ich liebe, heute von ihren Fesseln?

Aber warum war Emma dann so in sich gekehrt, so weit weg – so voller offensichtlicher Angst?

Eine grauenhafte Furcht stieg in Amalie hoch.

Antonie sagte: »Was habt ihr heute eigentlich vor in Magdeburg? Besucht ihr die Ballonakrobatik-Vorstellung, die es dort geben soll? … Amalie?«

»Ich muss zu Emma«, stieß Amalie hervor und rannte aus der Küche.

Aber als sie dann im Zimmer stand und die unter die Decke eingekuschelte, schmale, schlafende Gestalt Emmas betrachtete, schien es ihr auf einmal vollkommen undenkbar, die Geliebte zu wecken und sie zu fragen: »Emma, planst du heute eine riesengroße, grässliche, tragische Dummheit?« Es gab auch noch eine andere Möglichkeit. Sie würde einfach das tun, was sowieso von ihr erwartet wurde: Sie würde gut auf Emma aufpassen.

9

Der Ballonaufstieg fand auf dem Kleinen Trockenen Anger statt, der auch dem Militär der angrenzenden Pionierkaserne als Exerzierplatz diente. Westlich der beiden Elbarme lag die Innenstadt. Auf dem Weg vom Bahnhof zum Startgelände kamen Amalie und Emma an Dutzenden von Plakaten vorbei, die das Porträt von Katharina Paulus in einem Matrosenanzug zeigten, darunter ein ovaler, goldener Ballon, an dem ein Apparat mit zwei großen

Schaufelrädern hing. »Käthchen Paulus in Magdeburg!«, stand auf dem Plakat. »Sonntag, 16. August 1896! Auffahrt des Fräulein K. Paulus mit ihrem neuen Fahrrad-Luftballon. Beginn der Füllung um 2 Uhr, Auffahrt um ½ 7 Uhr. Davor Luftballon-Auffahrt und Mitnahme von Passagieren. Nachmittags und abends Doppel-Concert. Eintrittspreis während des ganzen Tags: 50 Pfg.«

Das Gelände war schwarz vor Menschen, an ein Durchkommen zum Zentrum der Menge, in dem man von weitem die Wölbungen von zwei halb aufgeblasenen Ballons sehen konnte, war kaum zu denken. Emma und Amalie hatten sich bereits früher, wenn Menschenmengen zu durchqueren waren, Emmas Rollstuhl zunutze gemacht. Auch wenn Emma, sobald sie mit Amalie allein war, so gut wie nie darin saß und alles zu Fuß ging, hatte sie sich bei diesen Gelegenheiten hineingesetzt. Amalie hatte sie geschoben, Emma hatte mit freundlicher Stimme gebeten, ein Stück beiseitezutreten, und so war jedes Mal eine Gasse aus mitfühlenden Seelen entstanden, die es der ätherisch schönen jungen Frau und ihrer hübschen Begleiterin ermöglichte durchzukommen. Emma hatte sich immer diebisch gefreut, dass der verhasste Rollstuhl wenigstens dabei von Nutzen war.

Diesmal saß sie nur stumm darin, und die Bitten um Platz musste Amalie aussprechen, die angespannt und gereizt war und daher bei weitem nicht so höflich klang wie Emma üblicherweise. Dennoch kamen sie bis zu dem Kordon aus Soldaten und Polizisten, die den Ballonstartplatz frei hielten. Dort wollte man Amalie nicht mit Katharina Paulus sprechen lassen, getreu dem Motto: »Wat wollense? Mit aufsteijen? Sinse anjemeldet? Da könnte ja jeder kommen, gnädiges Frollein …«

Katharina Paulus, die das Befüllen ihrer Ballons mit Wasserstoff mit der gleichen Akribie überwachte, mit der sie die Ausrüstung ihres verstorbenen Gefährten geprüft hatte, stand weiter vorn, drehte sich aber immer wieder um und musterte die Menge. Amalie winkte ihr. Die Akrobatin stutzte, dann kam sie herübergeschritten, nicht ohne zuvor einem ihrer Monteure noch eine Anweisung gegeben zu haben. Sie trug wie auf dem Plakat einen Matrosenanzug mit steifem weißen Barett, Pluderhosen, Lackgamaschen und hohe schwarze Schnürstiefel. Sie sah atemberaubend aus, eine dunkelhaarige, dunkeläugige, immer noch junge Frau mit einer athletischen Figur, die auch das Kostüm nicht verbarg, und einem reservierten Lächeln. Zu den »Miss Polly!«-Rufen aus dem Publikum nickte und winkte sie. Obwohl sie auf den Plakaten stets als Käthchen Paulus angekündigt wurde, arbeitete sie mit dem Künstlernamen Miss Polly, und unter dem schien auch das Magdeburger Publikum sie ins Herz geschlossen zu haben.

Als sie vor Amalie und Emma stehen blieb und sie begrüßte, drängelten alle Umstehenden sofort neugierig näher. Hände streckten sich der Akrobatin entgegen. Sie schüttelte ein paar und verschenkte ihr distanziertes Lächeln.

»Sind Sie Fräulein Amalie von Briest und Fräulein Emma von Schley?«, fragte sie und reichte ihnen die Hand. Sie hatte eine tiefe, heisere Stimme. »Kommen Sie lieber mal mit.«

Der Polizist, der sie vorhin noch abgewimmelt hatte, tippte an seinen Tschako und verbeugte sich, als sie mit Katharina Paulus durch den Kordon schlüpften. Amalie schob Emmas Rollstuhl vor sich her und beobachtete sie aus den Augenwinkeln. Emma schaute sich um und musterte die Ballons, aber statt der aufgeregten Begeisterung, die Amalie erwartet hatte, zeigte sie nur Aufmerksamkeit.

»Sind Sie schon einmal aufgestiegen, Fräulein von Schley?«, fragte Käthe Paulus und wandte sich an Amalie.

»Oh – ein Missverständnis«, sagte Amalie betroffen. »Ich bin Amalie von Briest. Ihre Passagierin ist hier!« Sie zeigte auf Emma, die sich umwandte und von Amalie zu Käthe blickte und zurück.

»Was? Ich habe gedacht, Sie …«, Käthe Paulus zeigte auf Emma, »hätten mir geschrieben, und Sie …«, sie zeigte auf Amalie, »wollten aufsteigen.«

»Nein.«

»Sie hätten mir sagen sollen, dass Sie …«, erneut wandte sie sich an Emma, »… im Rollstuhl sitzen.« Sie sprach Emmas Beeinträchtigung ohne jedes Stocken oder Verlegenheit an.

»Ist das ein Hindernis?«, fragte Emma.

Käthe Paulus sah sie nachdenklich an.

»Der Rollstuhl ist nur, falls mir schwach wird«, sagte Emma. »Ich kann jederzeit aufstehen …«

Käthe Paulus drückte Emma wieder zurück, bevor sie sich auf die Beine stellen konnte. »Warten Sie«, sagte sie atemlos. Amalie konnte sehen, wie sich hinter ihrer Stirn die Gedanken förmlich jagten. »Bleiben Sie sitzen.«

Sie schritt davon und besprach sich mit einem Mann in schickem Anzug und Zylinder. Mehrmals gestikulierte sie herüber.

»Glaubst du, sie weigert sich?«, fragte Emma. »Glaubst du, wir sind umsonst hergekommen?«

Amalie wandte sich an Emma. Deren Augen waren groß und glänzend, ihre Wangen bleich mit zwei hektischen roten Flecken darauf. Umsonst wofür?, fragte Amalie sich und wollte nicht wissen, wo dieser Gedanke auf einmal herkam.

Käthe Paulus kam wieder herüber. Der Mann mit dem Zylinder schritt davon und mischte sich in die Zuschauermenge. »Bitte entschuldigen Sie«, sagte Käthe. »Ich musste das zuerst mit dem Veranstalter klären. Jetzt ist alles in Ordnung. Ich freue mich, dass Sie diesen Doppelsprung mit mir machen wollen. Und bitte verzeihen Sie mein Missverständnis. Lassen Sie mich Sie noch einmal richtig begrüßen …« Sie schüttelte ihnen erneut die Hände. »Fräulein von Schley … Fräulein von Briest. Dann waren Sie meine Korrespondenzpartnerin, Fräulein von Briest?«

»Ja«, sagte Amalie. »Darf ich Ihnen nochmals mein Beileid zu Ihren Verlusten aussprechen?«

Kurz zuckten die Wangenmuskeln der Akrobatin. »Danke«, sagte sie dann. »Es war schwer, wissen Sie.«

Die nächsten Stunden vergingen für Amalie mit einem Gefühl zunehmend steigender Unruhe. Sie antwortete einsilbig auf Emmas Fragen, aber da diese auch nicht viel sprach, herrschte meistens Schweigen zwischen ihnen. Die Ballons wurden gefüllt und ragten immer weiter über die Menge hinaus, zwei sonnenblumengelbe Riesenformen wie die Leiber von langsam atmenden, friedlichen Ungeheuern. Das Nachmittagskonzert war eine Mischung aus Darbietungen der Stadtkapelle, eines Männerchors, einer Militärkapelle und mehreren Einzeldarbietungen von Sängern und Solokünstlern. Der kleinere, runde Ballon für den Personenaufstieg wurde schneller voll als die große Walze für die Luftfahrradakrobatik. Bald hing er in der Luft, nur noch am Aufsteigen gehindert von seinen Ankertauen. Käthe Paulus blickte zu ihnen herüber. Demnächst würde es losgehen. Amalie schluckte. Ihre Besorgnis vergrößerte sich schlagartig.

Emma nahm plötzlich Amalies Hand. Amalie erschrak, wie eiskalt sich die Finger ihrer Freundin anfühlten.

»Ich muss dir etwas gestehen«, begann Emma.

»Ja?«

»Die kleine, schwache, kranke Emma«, sagte Emma in einem so merkwürdigen Singsang, dass sich Amalie die Härchen auf den Armen aufstellten, »hat eine Weisung von ihrem Vater erhalten.« Emma blickte zu der riesigen schwebenden Goldkugel des Ballons hinauf. »Eine Weisung, der sich die kleine, schwache, kranke Emma nicht verweigern kann, weil es ungehorsam und undankbar wäre gegen ihren Vater.«

»Wovon redest du, Emma? Du machst mir Angst!« Und wieso redete sie von sich in der dritten Person? Als ob sie sich von sich selbst distanzieren würde … Das hatte sie noch nie getan!

»Emmas Vater weiß nichts davon, dass Emma nicht nur klein und schwach und krank ist, sondern auch anders. Er weiß nicht, dass Emmas Herz nicht wie das anderer Frauen schlägt.«

»Versuchst du, mir zu sagen, dass du deinem Vater von uns erzählt hast? Oder wünschst du, dass wir ihm reinen Wein einschenken, wenn wir zurück sind?«

Emma schien Amalies Worte nicht gehört zu haben. Sie bedachte erneut den Ballon mit einem geradezu zärtlichen Blick.

»Emma! Was ist auf einmal los mit dir?«

Käthe Paulus war heran. »Es ist so weit«, sagte sie und musterte Emma eingehend. »Alles klar bei Ihnen?«

»So klar wie noch nie«, sagte Emma.

Käthe Paulus zog eine Augenbraue hoch. »Das ist ja schön«, sagte sie zweifelnd.

Emma lächelte sie an. »Entschuldigen Sie bitte. Ich bin euphorisch. Alles ist gut, ich fühle mich wohl, ich bin bereit.« Sie machte Anstalten, aus dem Rollstuhl aufzustehen.

»Bleiben Sie ruhig sitzen«, sagte Käthe Paulus, »ich schiebe Sie bis zum Korb, wenn ich darf.«

»Sehr freundlich. Amalie hat schon genug zu tun mit mir und dem vermaledeiten Ding.«

Amalie trat zurück und überließ der Akrobatin den Rollstuhl, obwohl sich alles in ihr dagegen sträubte. Der Weg bis zum Korb war kurz. Sie stolperte hinter den beiden her.

»Ich erkläre Ihnen alles beim Aufstieg«, hörte sie Käthe sagen, die sich über die Schulter zu Amalie umdrehte und fortfuhr: »Sie brauchen weiter nichts zu tun, mein Monteur wird Sie und den Ballon wieder nach unten bringen. Genießen Sie die Fahrt – Fräulein von Schley wird den Sprung genießen.«

Amalies Herz klopfte in einem immer schneller werdenden Takt, der ihr die Luft nahm. Der Ballon sah auf einmal winzig aus, wenn man darunterstand. Dieses Ding sollte vier Personen in die Luft bringen und sanft wieder nach unten? Und der Weidenkorb sah nicht sehr viel stabiler aus als einer, mit dem man ein Dutzend Entenküken vom Markt nach Hause brachte. Amalie fühlte Schweiß ausbrechen und nahm seltsam distanziert wahr, dass sie sich gar nicht um sich selbst sorgte. Sie hatte Todesangst um Emma. Ihr merkwürdiges Benehmen vorhin ... Was hatte sie ihr überhaupt gestehen wollen? Was für ein Gerede war das gewesen? Sie trat an den Rollstuhl heran.

»Emma, willst du das wirklich tun?«

»Natürlich.«

Der Monteur war bereits im Korb. Käthe Paulus kletterte ihm über eine kurze Strickleiter hinterher und schwang sich hinein. Dann lehnte sie sich über den Rand des Korbs und streckte die Hände nach Emma aus. »Ich helfe Ihnen.«

»Da komme ich auch alleine rein«, sagte Emma und stand auf. Erneut ergriff sie mit ihren eiskalten Fingern Amalies Hand. »Fräulein von Briest wird mich ein bisschen stützen, dann geht das schon.«

Emma griff nach dem oberen Rand des Korbs, stellte einen Fuß auf die unterste Sprosse der Strickleiter und zog sich nach oben. Der zweite Fuß erklomm die Sprosse darüber. Die Strickleiter pendelte leicht. Amalie stabilisierte sie, indem sie den Fuß auf die unterste Sprosse stellte und Emma links und rechts umfing. Als sie sich ebenfalls hochzog, standen sie eng aneinandergepresst da, Emma in Amalies Arme geschmiegt, fast so wie in der Nacht zuvor. Käthe Paulus wandte sich von den beiden ab und inspizierte zusammen mit dem Monteur das Fallschirmpäckchen, das neben einem aus vielen Gurten bestehenden Harnisch am Fangnetz des Ballons hing.

Amalie schmiegte ihre Wange an Emmas Ohr und flüsterte: »Was wolltest du mir gestehen?« Ihr Herz schlug so hart, dass sie ihren Puls bis in die Fingerspitzen fühlte. Ihre Hände waren schlüpfrig von Schweiß.

Emma wandte sich um, bis sie Amalie in die Augen schauen konnte. »Das soll ein Abschied werden«, wisperte sie. Ihre Augen strahlten. »Sag Lebwohl zu der kleinen, schwachen, kranken Emma.«

»Was!?«

Emma küsste sie. Ihre Zungenspitze tastete über Amalies taube Lippen und schob sich zwischen ihre Zähne. Es war fast genauso wie ihr erster Kuss. Er war süß. Er schmeckte endgültig.

Im selben Moment, in dem sie plötzlich verstand, was ihre innere Stimme ihr schon die ganze Zeit mitzuteilen versuchte, packte Amalie ihre Freundin und ließ sich nach hinten fallen. Emma war zu überrascht, um sich festhalten zu können. Amalie prallte hart auf den Rücken. Emma fiel auf sie. Käthe Paulus fuhr herum und starrte bestürzt zu ihnen herunter. Emma wand sich und versuchte, sich freizumachen.

»Fahren Sie los!«, schrie Amalie. »Starten Sie! Wir fahren nicht mit. Der Sprung fällt aus. Fahren Sie!«

»Nein!«, stöhnte Emma. Sie zappelte verzweifelt.

Amalie wälzte sich auf die Seite, bis sie halb auf Emma zu liegen kam und diese mit Armen und Beinen umklammerte. »Fahren Sie endlich!«, schrie sie zu Käthe Paulus nach oben. »Leinen los!« In ihrer Panik warf sie den Kopf herum, bis sie die beiden Helfer anschauen konnte, die sich nach den Halteknoten der Ankertaue gebückt hatten. »Leinen los!«, stöhnte sie. »Verdammt noch mal, macht die Leinen los, ihr Idioten!«

»Lass mich los!«, kreischte Emma und wand sich wie ein Aal. Sie entwickelte Kräfte, die Amalie nicht für möglich gehalten hätte. Sie hatte zu tun, sie weiterhin festzupinnen. »Ich muss mit! Ich muss springen!«

»Leinen los!«, brüllte Amalie so laut, dass ihr der Hals weh tat. »Um Gottes willen, fahren Sie los! Sie will sich umbringen!«

Käthe Paulus' Mund klappte auf. Ihr Gesicht verzerrte sich im Schock. Dann reagierte sie. »Ballon marsch!«, schnappte sie. Die Helfer lösten in Windeseile die Ankertaue. Der Ballon trieb nach oben.

»Oh Goooott!«, stöhnte Emma, die ihm hinterhersah. »Neeeeeiiin!«

Die beiden Helfer der Luftakrobatin stürzten herbei und standen dann ratlos neben den beiden jungen Frauen, die im Gras miteinander rangen.

»Helft mir, ihr Trottel!« Amalie keuchte. Sie sah aus den Augenwinkeln mehrere Menschen näher kommen, darunter ein paar Polizisten. Vorneweg lief einer mit einer bauchigen Tasche in der Hand.

»Lass mich loooos!«, schrie Emma und weinte.

»Emma, bitte«, keuchte ihr Amalie ins Ohr. »Bitte, Emma. Ich liebe dich. Bitte. Hör auf. Du hast nicht gewusst, was du tust … bitte, hör auf …!«

Der Mann mit der Tasche ging neben Amalie auf die Knie und drückte Emmas Schultern nach unten. »Ich bin Arzt!«, sagte er schwer atmend.

In Amalies zu Tode erschrockenem Hirn blitzte eine Idee auf. »Sie hat einen Krampfanfall«, brachte sie ächzend hervor. »Geben Sie ihr was.«

Die anderen Leute waren heran, unter ihnen die Polizisten – ebenso ratlos wie die Helfer der Akrobatin. Plötzlich waren kleine Reporterkameras vor den Gesichtern einiger Männer. KLICK! Hektische Hände kurbelten den Film weiter. KLICK!

»Lass mich los, Amalie!«, schrie Emma und kämpfte wie verrückt.

Der Arzt, der in seiner Tasche kramte, brüllte die Polizisten an: »Schafft die Pressegeier weg!«

Amalie verstand und verstand doch auch nicht. Sie verstand, dass Käthe Paulus nach ihrer anfänglichen Überraschung erkannt hatte, dass ihr eine Rollstuhlfahrerin als Fallschirmsprungpartnerin eine Publicity verschafft hätte, die nur noch ein Mitglied der kaiserlichen Familie hätte übertreffen können. Deshalb hatte sie ihren Agenten weggeschickt. Dieser war zu den Presseleuten in der Menge gelaufen und hatte sie auf die Geschichte aufmerksam gemacht. Deshalb waren sie jetzt auch so schnell zur Stelle gewesen. Und nun hatten sie eine noch viel bessere Story: Versehrte junge Frau scheitert beim Einsteigen in den Ballon! Vor Amalies Augen blitzten Schlagzeilen auf. Todesangst vor dem Sprung löst Anfall aus! Krampf im Gras! Luftakrobatin überschätzt sich mit geplanter Passagierin! Göttliche Fügung sorgt dafür, dass Kranke gar nicht erst aufsteigt! Die nächsten Wochen würden sich die Zeitungen über die Verantwortungslosigkeit von Käthe Paulus schier zerreißen.

Was sie nicht verstand, war Emmas wahnsinnige Absicht. Was war in sie gefahren? Amalie umklammerte sie und hörte sie stöhnen, schreien und fluchen. Emmas Hinterkopf schnappte zurück und traf Amalies Nase. Ein scharfer Schmerz schoss durch ihren Schädel. Sie fühlte, wie Blut in ihren Mund lief. Ihre Augen füllten sich mit Schmerztränen.

Der Arzt drückte Emma ein Tuch auf Mund und Nase. Emma wehrte sich, dann erlahmten ihre Bewegungen plötzlich, und sie wand sich nur noch schwach und stöhnte. Nun zog der Arzt das Tuch weg. Die Reporter fotografierten wie verrückt. Wer seinen Film verschossen hatte, drehte sich auf dem Absatz um und rannte davon. Weit oben, weit über sich im spätnachmittäglichen Sommerhimmel, sah Amalie durch den Tränenschleier in ihren Augen die strahlende goldene Kugel des Ballons hängen, von niemandem beachtet.

Der Arzt richtete die nun widerstandslose Emma auf.

Amalie rollte sich unter ihr heraus. »Was haben Sie ihr gegeben?«, fragte sie, nachdem sie sich mit dem Handrücken das Blut von den Lippen gewischt hatte. »Chloroform?«

»Eine ganz schwache Dosis. Sie ist nicht betäubt, nur müde und kraftlos.«

Emma lallte kaum hörbar: »Warum hast du das getan, Amalie?«

»Hatte Ihre Schwester schon öfter einen Krampfanfall?«, fragte der Arzt. Er beugte sich über Amalie und betastete vorsichtig ihren Nasenrücken. »Nichts gebrochen. Hier, ich gebe Ihnen eine Tamponade gegen das Blut.«

»Zum ersten Mal«, sagte Amalie, die den Irrtum des Arztes nicht berichtigte. »Die Aufregung vor dem Aufstieg, vermutlich.« Sie schob sich die Tamponade in die Nase. Der Arzt reichte ihr ein alkoholisch riechendes Tüchlein. Amalie putzte sich damit das Blut vom Gesicht.

»Bitte sagen Sie mir, welche Kosten uns entstanden sind«, bat Amalie. »Dann bringe ich meine Schwester hier weg.«

»Wollen Sie nicht warten, bis Fräulein Paulus wieder gelandet ist?«

»Nein, das ist gelaufen. Ich möchte sie nur noch wegbringen.«

»Was mich betrifft, sind keine Kosten entstanden«, sagte der Arzt. »Ich fürchte aber, gnädiges Fräulein, dass die Kosten für Sie trotzdem hoch sein werden. Morgen werden Sie Ihr Konterfei und das Ihrer Schwester, wie Sie sich auf dem Boden wälzen, in allen hiesigen Zeitungen finden. Stammen Sie aus der Gegend?«

»Wir kommen aus Berlin.«

»Na, das ist ein Trost. Provinzblätter von unserem Format werden dort wahrscheinlich nicht gelesen.«

»Ohne Magdeburg schmälern zu wollen – dem Himmel sei Dank!«, erklärte Amalie.

Der Arzt grinste.

Wenig später rollte Amalie die schwach in ihrem Rollstuhl sitzende Emma durch eine sich verbreiternde Gasse in der Gaffermenge vom Startplatz weg. Mittlerweile hatte sich die Aufmerksamkeit wieder auf Käthe Paulus verlagert, die eben von ihrem Ballon aus absprang. Ihr rot-weiß gestreifter Fallschirm erblühte am Himmel. Die Leute, an denen Amalie vorbeikam, musterten sie und Emma mit offener Sensationsgier oder Mitleid.

Statt sie über eine der Brücken zur Innenstadt hinüberzuschieben, brachte Amalie ihre Freundin zum Elbufer hinunter. Sie musste dringend mit ihr reden. Als sie sich vor ihr auf den Boden kauerte und zu ihr hochblickte, klopfte ihr Herz erneut, aber diesmal schwer und langsam.

»Emma«, sagte sie leise. »Was sollte das bedeuten?«

Emmas Lider waren schwer. Sie blinzelte langsam. Als sie den Kopf zu heben versuchte, sackte er wieder herab. »Warum hast du mich aufgehalten«, fragte sie undeutlich.

»Das fragst du noch? Ich liebe dich, Emma! Glaubst du, ich hätte zugelassen, dass du dich aus dem Ballon in den Tod stürzt?«

Über Emmas Gesicht lief ein müdes Zucken, so, als ob sie erst jetzt verstehe. Tränen bildeten sich in ihren Augen und liefen ihr über die Wangen.

»Mein Vater hat beschlossen, dass ich Rudolf Leitner heiraten soll«, sagte sie kaum hörbar und kaum verständlich. »Ich habe gedacht, ich finde die Kraft, mich ihm zu widersetzen, wenn ich diesen Sprung wage. Ich wollte Abschied nehmen von der kleinen, schwachen, kranken Emma. Ich wollte, dass du von ihr Abschied nimmst. Ich wollte, dass eine starke, unabhängige Emma wieder im Gras landet, die mit dir überall hingegangen wäre, ohne sich zu kümmern, was ihr Vater oder sonst wer denkt.«

Amalie wurde innerlich eiskalt. »Aber …«, begann sie und fühlte das blanke Entsetzen in sich aufsteigen.

»Ich war eine Närrin«, lallte Emma. »Wie konnte ich denken, dass ich etwas anderes sei als klein und schwach? Selbst du hast mir nichts zugetraut, außer aus diesem Leben fliehen zu wollen. Ich habe mich überschätzt. Du kennst mich besser als jeder andere. Wenn du kein Zutrauen in meine Stärke hast, dann gibt es diese Stärke gar nicht.«

»Aber nein, Emma!«, schrie Amalie auf. »Ich habe das nur missverstanden! Ich war so verunsichert von gestern und allem und …« Sie brach ab. Emma hatte begonnen, den Kopf zu schütteln. Die Tränen liefen ihr über die Wangen, sammelten sich an ihrer Kinnspitze und tropfen in ihren Schoß, wo ihre Hände reglos lagen, blaugefärbte Finger, orangefarbene Knöchel, kraftlos, blutlos, eiskalt.

»Ich werde Rudolf Leitner heiraten«, brachte Emma mühsam

hervor. »Zu Widerstand fehlt mir einfach die Kraft. Das weiß ich jetzt. Leb wohl, Amalie. Bringst du mich noch zum Zug, bitte? Meine Sachen lasse ich auf dem Gut abholen. Danke, dass du mich und meine Schwäche so lange geduldig ertragen hast. Leb wohl.«

10

Es war nicht mehr dasselbe, seit Otto Lilienthal tot war. Levin bekam mehr und mehr das Gefühl, fehl am Platz zu sein.

Gustav Lilienthal redete Anfang Oktober, als der Schock über den Tod Ottos bei allen halbwegs abgeklungen war, langsam wieder über Flugexperimente. Aber er sprach nicht über Gleitflüge und auch nicht über die Idee seines Bruders, die Flugapparate zu motorisieren. Er war mehr denn je davon überzeugt, dass nur ein Flügelschlagapparat zum Ziel führte. Levin war, von Otto Lilienthals Skepsis angesteckt, nicht davon überzeugt. Als er nach einigen Diskussionen und Widersprüchen gegen Gustavs Ideen zu spüren begann, dass dieser seiner überdrüssig wurde, begann er, innerlich Abschied zu nehmen – ohne zu wissen, wohin er sollte. Er hing in der Luft; so wie die gesamte Familie von Briest. Es war, als ob Otto Lilienthals Absturz eine Zeit beendet hätte, in der alles irgendwie leicht gewesen war. Nun war die Familie unsanft auf dem Boden gelandet, und keiner wusste, was die Zukunft bringen würde. Selbst die Arbeit an dem Gleiter, den Levin angefangen hatte, war auf einmal nutzlos geworden. Levin wusste genau, er würde mit ihm nicht aufsteigen. Eigentlich bastelte er nur daran weiter, weil es das Unvermeidliche hinausschob: zu Gustav Lilienthal und Paul Beylich Lebewohl zu sagen und den Traum zu begraben, wie ein Vogel zu fliegen.

Moritz hatte aus Chicago geschrieben, dass man ihn abberufen habe und dass er, wenn er wieder zurück wäre, den Dienst bei

Siemens & Halske quittieren würde. Von nun an müsse das Gut, die Ersparnisse und was er bei Siemens & Halske als Abfindung oder Rentenzahlung herausschlagen könne, für den Fortbestand der Familie sorgen. Levin hatte zwar keine Sorge, dass irgendjemand der Briests am Hungertuch würde nagen müssen, aber natürlich war diese Ansage nicht gerade willkommen, wenn man gerade selbst mit dem Entschluss kämpfte, eine Anstellung zu verlassen … nicht, dass Levin bei Otto Lilienthal viel Geld verdient hätte, aber es hatte zum Leben gereicht.

Von seinem Bruder Otto war zu hören, dass dieser wahrscheinlich früher als Moritz aus Amerika zurückkommen würde. Ottos Käthe hatte sich zu Ottos Leidwesen als jemand erwiesen, der die Familie über das eigene Herz stellte. Dass Otto so etwas nun zum zweiten Mal passierte, bedauerte Levin. Gleichzeitig war er froh, dass ihn die Liebe noch verschont hatte. Was er bisher davon gesehen hatte, schien mehr Leid und Unfrieden als Frohsinn zu verursachen.

Das galt auch für Amalie, die ohne große Erklärung wieder auf dem Gut eingezogen war und sich in ihr altes Schneckenhaus zurückgezogen hatte – blass und dünn geworden und unglücklich. Levin war völlig unklar, was da passiert war, und er fand auch keinen Weg, seine Schwester darauf anzusprechen. Keiner von ihnen hatte jemals wirklich gut mit Amalie kommunizieren können, sie war dafür immer zu eigenbrötlerisch gewesen. Aber selbst bei einer funktionierenden Geschwisterbeziehung hätte es schon eine ganze Portion Kaltblütigkeit gebraucht, um seine kleine Schwester zu fragen, ob ihre Liebesbeziehung *zu einer anderen Frau* in die Brüche gegangen war! Ein Gutes schien Amalies Scheitern jedoch zu haben – sie und ihre Mutter schienen sich etwas nähergekommen zu sein.

Als Levin plötzlich merkte, dass er beobachtet wurde, blickte er von der lustlosen Arbeit am Spanngerüst des Flugapparats auf. Er war sicher, dass sich gleich Gustav Lilienthal zu ihm gesellen und etwas Belangloses von sich geben würde – oder Paul Beylich, der gar nichts sagen würde … aber der Mann, der am Eingang des Schuppens stand und Levin zunickte, war keiner der beiden.

Levin kannte ihn dennoch. Er hieß Friedrich Wölfert, ein ehemaliger Verleger und Buchhändler aus Leipzig, hauptsächlich aber Luftschiff-Enthusiast. Seine Leidenschaft hatte dazu geführt, dass er sein Unternehmen vernachlässigt hatte und schließlich verkaufen musste, aber der Erlös hatte ihm ein Leben als freischaffender Pionier der Lüfte ermöglicht. Er hatte neben anderen ein muskelkraftgetriebenes Luftschiff entwickelt, das er vor knapp zehn Jahren zum ersten Mal in Dresden vorgeführt hatte. Es hatte ihm die Aufmerksamkeit der Öffentlichkeit und Sponsoren für die Finanzierung seiner weiteren Erfindungen eingebracht – und eine Einladung des schwäbischen Erfinders Gottlieb Daimler, der kurz zuvor einen für den Einsatz in Luftschiffen tauglichen Benzinmotor hatte patentieren lassen. Ein Jahr später, im August 1888, hatte ein Luftschiff Wölferts, angetrieben vom Daimler-Motor, einen zwanzig Kilometer langen Rundkurs bewältigt. Es wäre wahrscheinlich sogar noch weiter gekommen, wenn nicht das altbekannte Problem mit der Lenkbarkeit und der Anfälligkeit des plumpen, länglichen Ballons gegen Winde gewesen wäre. In diesem Frühjahr hatte Wölfert ein benzinmotorgetriebenes Luftschiff auf der Berliner Gewerbeausstellung vorgeführt. Einer dieser Flüge hatte dabei einen neuen Höhenrekord für Luftschiffe aufgestellt: 1940 Meter.

Mit Otto Lilienthal, der einen diametral verschiedenen Weg zur Eroberung des Himmels verfolgte, hatte Wölfert eigentlich nur eines gemeinsam gehabt: die Mitgliedschaft im Verein zur Förderung der Luftschifffahrt. Wölfert war eines der Gründungsmitglieder gewesen und engagierte sich mit Feuer und Flamme dafür. Auch Lilienthal war dort eingetragen gewesen. Wölfert hatte sich mehrmals mit den Brüdern Lilienthal getroffen und über das Fliegen diskutiert. Von daher war er Levin nicht unbekannt.

Wölfert nickte Levin noch einmal zu und sagte mit breitem Lächeln und noch breiterem Sächsisch: »Guudn Dooch, Horr von Briest.«

»Hallo Herr Wölfert. Wie geht's Ihnen?«

»Nu, ma schläächt sich so dorrch.« Wölfert blickte sich seufzend im Schuppen um, wo außer den Dingen, die Levin für seinen Gleiter gebraucht hatte, alles noch dort lag und stand, wo Otto Lilienthal es zuletzt hatte liegen- oder stehenlassen. »Er fäählt immer noch, ned worr?«

Levin nickte. Dann sagte er: »Wollen Sie zu Herrn Gustav?«

»Noochhäer. Erst wollte ich zu Ihnen.«

»Zu mir?«

Wölfert nahm den Hut ab. Wie immer war er leicht dandyhaft gekleidet – heller, schmalkrempiger Hut, weißes Hemd mit weißer Fliege, Weste, Anzug und darüber ein leichter Mantel. Wölfert war ein kühn aussehender, attraktiver Mann, den man sich eher in einer schmucken Dragoneruniform vorgestellt hätte als hinter dem Tresen einer Buchhandlung. Andererseits passte er mit seinem scharf geschnittenen Gesicht, den geschwungenen Augenbrauen, seinen intensiven hellblauen Augen und dem rasanten Musketierbart genau auf den Führersitz eines Luftschiffs – oder, was Levin anging, in den Harnisch eines Flugapparats, aber Wölfert war ein eiserner Verfechter des Luftschiffprinzips. Er hatte Otto Lilienthal und seine Experimente immer hoch geachtet, aber eine verwertbare fliegerische Zukunft hatte er darin nie gesehen.

»Macht es Ihnen etwas aus, wenn ich gar nicht lange um den heißen Brei herumrede?«, fragte er, nun sichtlich um Hochdeutsch bemüht.

Levin schluckte und legte das Werkzeug beiseite. Was kam jetzt? Hatte Gustav Lilienthal etwa Wölfert gebeten, ihm mitzuteilen, dass seine Zeit in der Lilienthal'schen Werkstatt abgelaufen war? Das hätte er Otto Lilienthals Bruder nie zugetraut …!

»Immer freiheraus«, sagte er und hoffte, dass Wölfert ihm seine Unruhe nicht anmerkte.

»Ich möchte Ihnen anbieten, für mich zu arbeiten«, sagte Wölfert.

Levin starrte ihn mit offenem Mund an; offenbar so lange, dass Wölfert glaubte, er habe ihn beleidigt, denn der Luftschiffkonstrukteur entschuldigte sich und wandte sich ab.

»Nein, warten Sie«, rief Levin hastig. Seine Überraschung war so groß, dass er keinen klaren Gedanken fassen konnte. Bekam er da gerade eine neue Möglichkeit angeboten, am Traum vom Fliegen weiterzuarbeiten? Zwar mit einem Luftschiff, was Levin dank des Einflusses von Otto Lilienthal für einen Irrweg hielt, aber immerhin … Seine Tage hier waren gezählt. Lieber an etwas mitarbeiten, was auf lange Sicht nicht zum Ziel führte, als sich von diesem Weg gänzlich zu verabschieden und am Ende noch seinem Vater und dem Gut auf der Tasche liegen, bis er eine Arbeit gefunden hatte, die ihn dann wahrscheinlich nicht befriedigen würde …

»Ich komme aus einer ganz anderen Richtung, was das Fliegen angeht …«, wandte er ein.

»Aber Sie und ich, wir haben den gleichen Traum.«

»Was ist denn mit den Mitgliedern Ihres Vereins? Gäbe es dort nicht bessere Ansprechpartner?«

»Aber Sie haben den Sachverstand, den ich brauchen kann.«

»Das wissen Sie doch gar nicht.«

»Ich nicht. Ich verlasse mich da ganz auf die Menschenkenntnis unseres gemeinsamen Freundes Otto Lilienthal. Er hat oft von Ihrem Instinkt für alles Technische geschwärmt.«

»Oh.« Levin fühlte, wie er rot wurde. »Er hat übertrieben.«

»Otto? Nicht doch. Sie kennen ihn doch. Er hatte immer die Füße auf der Erde.«

Die beiden Männer sahen sich an und brachen plötzlich in Lachen aus. Es war das erste Lachen, das die Werkstatt seit einem Vierteljahr zu hören bekam.

»Sie wissen schon, wie ich das gemeint habe«, sagte Wölfert.

»Ich fühle mich geehrt.«

»Darf ich damit rechnen, dass Sie es sich überlegen?«

»Woran arbeiten Sie denn gerade?«, fragte Levin und erkannte am plötzlichen Zögern Wölferts, dass er zu weit gegangen war. Ihm war klar, dass es speziell unter den Luftschiffern einige Konkurrenz gab. Besonders das Militär interessierte sich für diese Technik, und wer Militär und Regierung von seinem Konzept überzeugen konnte, würde bald Verträge in der Tasche haben. Im Augenblick waren die Konstrukteure – so wie auch Lilienthal es gewesen war – ein im Wesentlichen von eigenem Vermögen und von Sponsorengeldern lebender Haufen, der heute nicht wusste, was morgen mit ihm sein würde. Ein so überzeugender Entwurf, dass das Militär ihm zustimmte, würde dessen Erfinder aller Sorgen entheben. »Verzeihen Sie, ich war indiskret.«

Wölfert überraschte Levin ein zweites Mal, indem er ihn ins Vertrauen zog. »Ich möchte die Nutzlast erhöhen. Mir schwebt eine Vergrößerung des Auftriebskörpers vor auf achthundert bis tausend Kubikmeter. Die möchte ich mit einem stärkeren Motor vorantreiben, an dem mein Freund und Partner Gottlieb Daimler derzeit arbeitet.«

»Nutzlast vergrößern? Wozu?«

»Frachttransport!« Wölfert zuckte mit den Schultern. »Post, vor allem. Ich glaube, wenn ich die zuständigen Ministerien von meinem Entwurf überzeugen kann und die Berechtigung erhalte, Post zu transportieren, dann wird sich die Luftschiffbegeisterung in der Bevölkerung verhunderttausendfachen. Jedermann ist auf die Post angewiesen. Aber ich habe das Problem noch nicht gelöst, dass die Hülle des Auftriebskörpers bei schweren Lasten einknickt. Sie ist zu weich, egal, wie viel Gas man einfüllt.«

Levin hatte das Gefühl, das Vertrauen des Mannes vergelten zu müssen. »Sagt Ihnen der Name Oscar Glock etwas?«

Wölfert schüttelte den Kopf.

»Ich kenne ihn nicht persönlich, nur über meinen Bruder. Er hat sich bis vor drei, vier Jahren mit dem gleichen Problem herumgeschlagen. Er hat dann aber nach einem Unfall aufgegeben, der seine halbe Fabrik zerstört hat.«

»Nie von dem Mann gehört. Schade, vielleicht hätte man ihn ansprechen sollen, dem Verein beizutreten.«

»Sie brauchen eine starre Konstruktion«, sagte Levin und tippte auf den Gleiter. »Im Grunde genommen eine Art Innenskelett, wie bei einem Flügel. Wenn es die Kiele und Spanten nicht gäbe, wäre der ganze Gleiter nur ein interessant geschnittenes, schlaffes Stück Stoff ohne jeden Sinn. Ich kann meinen Bruder fragen, welche Idee Glock hatte; er hat damals daran mitgebastelt. Sie hat zwar offenbar nicht zum Ziel geführt, aber es hilft ja auch, wenn man schon einen Weg eliminiert hat, wie es nicht geht. Mein Bruder ist noch in Amerika, wird aber vor Weihnachten zurückkehren. Ich stelle Sie gerne vor.«

»Und ich lade Sie gerne ein«, sagte Wölfert feierlich, »sich solche Gedanken als mein Angestellter zu machen.

»Ich überlege es mir, wie gesagt.«

Wölfert nickte. Er zögerte. Dann trat er näher an Levin heran und raunte: »Ich sage es Ihnen ganz offen: Die Zeit drängt. Ich bin nicht der Einzige, der die Entwicklung des Luftschiffs weitertreibt. Wir alle im Verein unterstützen uns gegenseitig, selbst wenn wir uns Konkurrenz machen, aber es gibt genügend Eigenbrötler, die für sich allein arbeiten. Ich weiß, dass ein österreichischer Erfinder namens David Schwarz seit einiger Zeit versucht, ein Ganzmetall-Luftschiff mit einem starren Skelett zu bauen. Er hat es schon den Russen angeboten, aber seine Experimente dort sind wohl fehlgeschlagen. Seitdem experimentiert er in Tempelhof herum, mit Unterstützung der Luftschifferabteilung des preußischen Kriegsministeriums. Leider ist der Mann vollkommen unkommunikativ. Ich habe mehrfach vergeblich versucht, mit ihm in Kontakt zu kommen.«

»Wie, ganz aus Metall?« Levin schüttelte den Kopf. »Ich gehe davon aus, dass das Ding nicht vom Boden abhebt. Das muss ja Tonnen wiegen.«

»Es hat nur eine Hülle aus Metall. Aus Aluminium, genauer gesagt. Das ist leicht und lässt sich zu hauchdünnen Folien pressen.«

Levin schnaubte überrascht. »Wer soll das denn bezahlen? Das Zeug ist doch teurer als Gold, soweit ich weiß, weil es so extrem schwer herzustellen ist. Gibt es nicht diese Geschichte, dass der französische Kaiser bei einem Festessen seinen allerverehrtesten Gästen Schmuckstücke aus Aluminium geschenkt hat, während die weniger wichtigen Leute sich mit Gold zufriedengeben mussten?«

Wölfert lachte. »Das ist ein paar Jahrzehnte her. Mittlerweile gibt es ein Verfahren, das die Herstellung verbilligt. Schwarz hat sich das zunutze gemacht und mit Hilfe eines westfälischen Metallfabrikanten namens Carl Berg ein Patent darauf. Aber er bekommt die Hülle nicht luftdicht. Mehr weiß ich nicht ... Auf Wiedersehen, Herr von Briest. Ich erwarte mit Spannung Ihre Antwort auf mein Angebot.« Wölfert setzte sich den Hut auf, drückte Levin die Hand und verließ die Werkstatt.

Levin betrachtete seinen Gleiter, der niemals fliegen würde. Er holte Luft und roch den vertraut gewordenen Duft der Werkstatt – der schon eine schale Note zu bekommen begann. Er sah sich um und legte dann den Kopf in den Nacken, als könne er durch das Dach des Schuppens in den Himmel sehen. Dort hinauf wollte er, hinauf ins ferne Blau ...

Er gab sich einen Ruck und lief hinaus. Wölfert schritt gerade durch das Eingangstor auf die Gasse hinaus.

»Herr Wölfert?«

Wölfert drehte sich um und musterte Levin, der vor ihm stehen geblieben war. Dann begann er zu strahlen.

11

Am 12. Juni 1897, ein knappes Dreivierteljahr nach seiner Rückkehr nach Deutschland und ein gutes halbes Jahr nachdem auch sein Vater zurückgekehrt war, betrat Otto von Briest zögernd das Tempelhofer Feld südlich von Berlin. Er trug die Uniform eines Offiziersanwärters des 1. Telegraphen-Bataillons des Gardekorps. Gleich nach seiner Rückkehr nach Deutschland hatte er sich als Einjährig-Freiwilliger gemeldet, um die Wehrpflicht endlich hinter sich zu bringen. Dass einer der Briests in einer Pioniertruppe des Gardekorps Dienst tat, hatte Tradition in der Familie. Eigentlich wäre Otto zu alt gewesen, um noch die Einjährig-Freiwilligen-Laufbahn antreten zu können; die Altersgrenze lag bei fünfundzwanzig Jahren, und er war beinahe siebenundzwanzig. Sein Auslandsaufenthalt, der gute Name der Familie und die Beziehungen der Briests zur Regierung hatten geholfen, dass der Generalstab hier ein Auge zugedrückt hatte. Mehr als dieses eine Jahr hatte Otto auch nicht opfern wollen. Der Preis dafür bestand in einem hohen Kostenaufwand, denn ein Einjährig-Freiwilliger musste für alles, was mit seinem Soldatentum zusammenhing, selbst aufkommen: Uniform, Ausrüstung, Kost und Logis. Aber dafur würde Otto nach nur zwölf Monaten mit allen Ehren wieder ausscheiden, im Rang eines Reserveoffiziers, und nicht die üblichen drei Jahre Wehrdienst ableisten müssen. Und er würde auf die in Deutschland bei jeder beruflichen Weiterentwicklung unweigerliche Frage: »Haben Sie denn gedient?«, wahrheitsgemäß nicken können.

Das Tempelhofer Feld war die Heimat der preußischen Luftschiffer-Abteilung, aber auch des Vereins zur Förderung der Luftschifffahrt, der von hier aus seit fast zehn Jahren meteorologische Versuchsfahrten durchführte. Nicht zuletzt war das Gelände der Ort, an dem Erfinder und Konstrukteure dem Militär ihre fliegenden – oder manchmal eben auch unfreiwillig nicht fliegenden – Errungenschaften vorstellten. Hoffnungsvolle Projekte erhielten finanzielle Förderung. Man musste dem Militär zugutehalten, dass es den Nutzen der Erfindungen nicht allein auf ihren kriegerischen Zweck hin untersuchte. Inmitten der üblichen Kommissborniertheit und selbstzufriedenen Bürokratie fanden sich immer ein paar Offiziere, welche die preußische Weltanschauung – das Militär war die Gesellschaft und die Gesellschaft das Militär – richtig verstanden. Und zwar so, dass das Militär sich durchaus dem Wohl der Gesellschaft verpflichtet sah.

Es waren also keine Vorbehalte, die Otto zögern ließen, oder eine plötzliche Menschenscheu angesichts der riesigen Menge aus Zivilisten und Militärs, die sich dort eingefunden hatte. Es war Samstag, also ein Werktag, und die geplante Vorführung keine Schau, sondern eine ganz normale Vorstellung vor den militärischen Entscheidungsträgern. Aber der Name Friedrich Wölfert hatte für großes Interesse gesorgt. Otto hatte bereits von seinem Bruder Levin erfahren, dass Friedrich Wölfert und sein Luftschifffahrts-Verein eine große Reichweite besaßen und dass sie hemmungslos Werbung für sich machten. Otto, der vier Jahre lang die amerikanische Sicht auf betriebs- und volkswirtschaftliche Vorgänge aus erster Hand genossen hatte, konnte daran nichts Verwerfliches finden.

Otto von Briest zögerte, weil er sich wie ein Verlierer vorkam. Er war mit einem gebrochenen Herzen, einer verhauenen Prüfung und sonst nichts aus Deutschland aufgebrochen, und jetzt, gut vier Jahre später, kam er mit einem neu gebrochenen Herzen zurück, seine Prüfung war immer noch verhauen, alles, was er an beruflicher Erfahrung vorweisen konnte, war die des persönlichen Assistenten des gescheiterten Siemens-Geschäftsführers in Amerika. Siemens & Halske würden ihm nicht einmal eine Referenz ausstellen, wenn er darum bitten sollte, er war ja der Angestellte seines Vaters gewesen. Er hatte nichts.

Sein kleiner Bruder dagegen, der ihn zu dieser Vorführung eingeladen hatte: einer der zwei geschätzten Monteure des Erfinders Friedrich Wölfert, ehemals Mitarbeiter der Legende Otto Lilienthal, ein junger Mann, dessentwegen die anderen Luftschiffenthusiasten auf Wölfert neidisch waren, weil sie zu spät daran gedacht hatten, ihn anzuwerben. Jemand, um den man sich riss – nicht nur die Konstrukteure, sondern auch deren Töchter … oder zumindest die Töchter von Friedrich Wölfert, wenn Otto die Blicke richtig gedeutet hatte, welche die beiden jungen Frauen seinem Bruder zugeworfen hatten. Er hatte die Familie Wölfert kennengelernt, als Levin ihn dort bald nach Ottos Rückkehr feierlich vorgestellt hatte. Otto hatte gute Miene zum bösen Spiel gemacht und Levins schamlose Übertreibung von Ottos Wichtigkeit in Chicago lächelnd im Raum stehen lassen. Innerlich hatte er sich vor Verlegenheit gekrümmt, nicht zuletzt deshalb, weil er gedacht hatte, Levins Aufschneiderei käme daher, dass er sich eigentlich für das Scheitern seines großen Bruders schämte. Er hatte sich noch mehr gekrümmt, als ihm klargeworden war, dass Levin jedes Wort ernst gemeint hatte und tatsächlich zu seinem großen Bruder als zu jemandem aufsah, der sein Leben im Griff hatte.

Die Zuschauermenge trieb sich erwartungsvoll auf dem Startgelände herum – blaue Uniformröcke, blitzende Helmpickel, in der leichten Brise wehende Haarbüsche auf den Helmen der Gardeoffiziere, Adlerskulpturen auf denen der Leibgendarmerie, da und dort ein Tschako über dem grünen Waffenrock der Jäger- und Schützenregimenter, so dass Otto aus dem Salutieren gar nicht mehr herauskam; dazwischen die nüchtern braunen und grauen Anzüge der Zivilisten, Melonen, Zylinder, Homburgs, breitkrempige Fedoras und Trilbys auf den Köpfen der Männer, frech in die Stirn gekippte Porkpies, Schuten und flache, breitkrempige Strohhüte voller Federn, Vogelflügel, Bänder und Seidenblumen auf den Köpfen der Frauen, die Kleider in Lachsrosa, Beige, Himmelblau und Flaschengrün trugen. Über diesem bunten Tableau ragte die eher nüchterne, leinengraue Hülle des Luftschiffs auf, leicht schwankend im Wind, sich verformend, dem Winddruck nachgebend, atmend in seinem Korsett aus einem engmaschigen Fangnetz, weil das Gas die Hülle nicht prall gefüllt hatte, ein stämmiges Ellipsoid, ein riesiger, dickleibiger Fisch der Lüfte. Otto schlug sich bis dorthin durch, ignoriert von allen um ihn herum, was, wie ihm selbst klar war, an seiner abweisenden Miene liegen musste. Er versuchte, sich zusammenzureißen. Heute war ein großer Tag für Levin. Er hatte es verdient, dass sein Bruder für ihn mit strahlte. Heute würde Levin zusammen mit Friedrich Wölfert und dem zweiten Mechaniker Robert Knabe über dem Tempelhofer Feld aufsteigen und beweisen, dass man Luftschiffe lenken konnte, wohin man wollte. Einen Augenblick lang dachte Otto an den Grafen Zeppelin. Der Tod Edgars hatte den Kontakt zu dem Erfinder vom Bodensee völlig abreißen lassen. Ob er mit seinen eigenen Konstruktionen auch schon so weit war? Oder tüftelte er immer noch an seiner Idee eines starren Innenskeletts herum? Otto hätte ihm sagen können, dass das ein Irrweg war – der in sich zusammengeklappte und der lodernd herabstürzende Ballon in Oscar Glocks Fabrik hatte ihn davon überzeugt … und irgendwo hier in Berlin lebte ein Mann mit halb verbranntem Gesicht und Händen wie Reptilienklauen namens Rudolf Leitner, der dem Grafen das gleiche Lied hätte singen können.

Verdammt. Er hätte nicht daran denken sollen. In Amerika hatte er gedacht, eigentlich über Hermine hinweg zu sein. Seit er wieder zurück war, geisterte die Erinnerung an sie jedoch wieder stark in seinem Herzen herum und ließ die Narbe, die sie hinterlassen hatte, bluten.

Otto holte tief Luft. Dort vorn, neben der Gondel des Luftschiffs und im Schatten seines mächtigen Leibs, standen Friedrich Wölfert, Robert Knabe und Levin von Briest, umringt von Reportern. Levin winkte Otto zu. Es wurde Zeit, Levin zuliebe ein fröhliches Gesicht zu machen. Mit einem breiten Lächeln winkte Otto zurück und trat näher heran.

Friedrich Wölfert war gerade in vollem Schwung und diktierte den Reportern in ihre Blöcke. Levin und Robert Knabe strahlten wie Honigkuchenpferde. Wölferts zweiter Monteur war um einige Jahre älter als Levin, bestimmt um die Mitte dreißig, aber in ihrer Begeisterung über den bevorstehenden Aufstieg sahen beide Männer aus wie aufgeregte Buben. Ihr Chef Friedrich Wölfert im Übrigen auch.

»… seit Jahren an dem Problem, ein Luftschiff lenkbar zu machen«, erklärte Wölfert. »Mit diesen Aerostaten hier, dem zweiten mit dem stolzen Namen *Deutschland*, präsentiere ich heute die Lösung dafür.«

»Ist es das gleiche Modell wie das, das Sie letztes Jahr auf der Gewerbeausstellung vorgeführt haben?«

»Nein, ein verbessertes Modell. Die Maße sind ähnlich, nur …«

»Wie sind die Maße?«, unterbrach ihn einer der Reporter.

»Das Luftschiff misst achtundzwanzig Meter in der Länge, achteinhalb Meter Durchmesser an seiner dicksten Stelle, das Gesamtgewicht beträgt etwa siebenhundert Kilogramm. Es steht alles in dem Flugblatt, das ich habe verteilen lassen, aber fragen Sie mich ruhig, ich gebe gern Auskunft.«

»*Flugblatt*«, sagte einer. »Hahaha. Das ist gut. Darf ich das zitieren, Herr Doktor Wölfert?«

»Tun Sie sich keinen Zwang an, mein Freund«, erwiderte Wölfert, und wenn jemals jemand die Kunst vorgeführt hatte, mit den Augen zu rollen, während er in Wahrheit freundlich lächelnd geradeaus schaute, dann war das in diesem Moment Friedrich Wölfert.

»Was ist das Besondere an der verbesserten Konstruktion, Herr Doktor Wölfert?«

Wölfert gestikulierte über die Schulter, während er erklärte. Es war sonnenklar, dass er sein Luftschiff in- und auswendig kannte. Vermutlich hätte er bei Nacht und mit geschlossenen Augen jede Naht in der Hülle, jede Verstrebung der Gondel, jeden Knoten des Fangnetzes gefunden.

»Wir haben für die Vorwärtsbewegung des Aerostaten eine zweiflüglige Schiffsschraube an der Vorderseite der Gondel – verzeihen Sie, wir Aeronauten nennen das übrigens nicht Gondel, sondern Galerie – installiert, wie Sie sehen können. Eine zweite Schraube befindet sich unter der Galerie. Sie unterstützt je nach Drehrichtung die Auf- oder Abwärtsbewegung des Luftschiffs. Angetrieben werden beide durch einen Motor mit Benzinverbrennung aus der Werkstatt von Herrn Gottlieb Daimler aus Cannstatt, eine Neuentwicklung mit acht Pferdestärken Leistung statt der bisherigen zwei. Diese bringen die beiden Schrauben auf eine Höchstumdrehungszahl von fünfhundert pro Minute.«

Einer der Reporter schien sich entweder schon mit Luftschiffen befasst zu haben oder eine gute physikalische Allgemeinbildung zu besitzen. Er fragte: »Wenn an der Galerie zwei Schrauben befestigt sind, wie ist das dann mit den Schwingungen und Vibrationen? Übertragen diese sich nicht von der Galerie auf die Luftschiffhülle und machen sie instabil?«

»Das verhindert die besondere Aufhängung der Galerie.«

»Inwiefern?«

Wölfert zwinkerte. »Lassen Sie einem Erfinder seine Geheimnisse.«

Die Reporter lachten. Otto sah etwas abseits Wölferts Familie stehen – seine Frau und seine beiden Töchter. Christiane Wölfert lachte mit. Man konnte ihr ansehen, wie sehr sie ihren Mann verehrte und wie sehr sie von seiner Leidenschaft für sein Luftschiff mitgerissen war. Erneut musste Otto an Hermine denken – wäre sie auch eine Partnerin gewesen, welche die Passionen ihres Mannes teilte? Wie wäre es mit Katharine Wright gewesen? Er schüttelte sich. Müßige Fragen. Beide Frauen waren aus seinem Leben verschwunden.

»Wir haben«, sagte Wölfert nun, »das Luftschiff vier Tage lang sehr vorsichtig mit Wasserstoffgas in bester Qualität befüllt. Die Füllung ist komplett. Wie Sie sehen können, haben wir die Zufuhrschläuche bereits demontiert. Wenn es keine Fragen mehr gibt, werden meine beiden Mitstreiter und ich die Auffahrt beginnen. Wenn Ihnen dann doch noch Fragen einfallen, müssen Sie sie zu uns nach oben schreien.« Erneutes Gelächter der Presse. Wölfert grinste breit. »Oder Sie heben sie sich bis nachher auf. Die *Deutschland* ist ja ein vollkommen lenkbares Luftschiff. Wir werden wieder hierher zurückfahren und genau an dieser Stelle landen.« Die Reporter kritzelten diese Worte hektisch auf und klatschten dann. Die Zuschauermenge, die ahnte, dass sich nun etwas tat, drängte näher. Die Soldaten, die sich uniformiert in der Menge befanden, bildeten unter Anweisung ihrer Feldwebel und Offiziere einen Kordon, um eine weite Fläche um das Luftschiff herum freizuhalten. Otto, Wölferts Familie, eine weitere Familie, bestehend aus einem Dreikäsehoch und einer schwangeren jungen Frau, die wahrscheinlich zu Robert Knabe gehörten, sowie ein paar hohe Offiziere aller Truppengattungen blieben von der Absperrung unbehelligt. Unwillkürlich rückten sie alle näher zusammen. Die Offiziere begrüßten die beiden Frauen mit Handküssen und Hackenzusammenschlagen, erwiderten Ottos Salut mit preußischer Zackigkeit und zwinkerten den Kindern zu. Otto stellte sich vor, erfuhr dabei, dass die Schwangere und der kleine Junge tatsächlich Knabes Familie waren, und wurde zu seiner Überraschung von Christiane Wölfert mit einem Wangenküsschen begrüßt, obwohl sie sich erst einmal gesehen hatten. »Ich bin so aufgeregt für Fritz«, raunte sie ihm atemlos ins Ohr. »Er hat so auf diesen Tag hingefiebert. Und Ihr Bruder und Herr Knabe auch.«

»Man konnte Levin in den letzten Tagen nur noch verschwommen sehen«, sagte Otto leichthin, »weil er vor Aufregung die ganze Zeit gebebt hat.«

»Sind Sie zufällig mit der Familie von Briest aus der Nähe von Genthin verwandt, Herr Gefreiter?«, fragte einer der älteren Offiziere. »Generalmajor Alvin von Briest vom Pionierkorps?«

»Das war mein Großvater«, sagte Otto.

Der Offizier nickte. »Hervorragender Soldat«, sagte er. »Habe ihn kennengelernt, als ich noch ein Frischling war. Hat sein Leben geopfert, um einen Revanchisten-Anschlag auf den Reichskanzler abzuwehren, damals, 1871. Tapferer Mann, Ihr Großvater.«

Otto, der wusste, dass der damalige Anschlag im Nachhinein offiziell als Angriff von französischen Freischärlern dargestellt worden war, um Schwierigkeiten für Großvater Paul und Großmutter Louise zu vermeiden, nickte. Einen Augenblick lang war er versucht zu sagen, dass Großvater Alvin damals auch sein Leben gerettet hatte, denn er hatte als Säugling auf dem beträchtlichen Bauch Otto von Bismarcks geschlafen, als die Bombe hatte hochgehen sollen. Aber er wollte sich nicht in ein Gespräch über damals verwickeln lassen, sondern dem Aufstieg des Luftschiffs zusehen. Er dankte dem Offizier, der seine Hand an den Helm legte, und wandte seine Aufmerksamkeit den … wie hatte Wölfert es genannt? … *Aeronauten* zu.

Die drei Männer waren nicht in die Galerie geklettert, sondern standen nachdenklich da und musterten den Leib des Luftschiffs und die Wellen, die die sanfte Brise darüberlaufen ließ.

»Oje«, murmelte Christiane Wölfert.

»Was ist?« Otto wandte sich um und sah, dass sie und Knabes Frau einen besorgten Blick wechselten.

»Ich glaube, das Luftschiff hat zu wenig Auftrieb«, meinte Christiane Wölfert und nahm Otto damit noch mehr für sie ein, denn es bewies, dass sie nicht nur die Leidenschaft ihres Mannes teilte, sondern sich damit auch ein wenig auskannte.

»Aber es ist doch … wie lange? Vier Tage lang? … gefüllt worden.«

»In dieser Zeit verschwindet aber auch wieder ein Teil des Gases durch die Haut beziehungsweise wird ersetzt durch normale Luft, die von außen eindringt«, murmelte Robert Knabes Frau. Sie fügte mit einem verlegenen Räuspern hinzu: »Robert hat mir das einmal erklärt.«

»Das gleiche Problem hatten sie schon letztes Jahr auf der Gewerbeausstellung. Da musste Fritz die Galerie räumen, weil das Luftschiff ihn nicht mehr tragen konnte. Einer der Mechaniker von Herrn Daimler, der nur wegen des Motors mitgekommen war, übernahm seinen Platz, weil er viel kleiner und leichter war als mein Mann.« Christiane seufzte. »Lieber Gott, bitte mach, dass das heute nicht wieder der Fall ist. Er würde *so* enttäuscht sein … und sein Aerostat vor den Entscheidungsträgern in schlechtem Licht dastehen.« Ein nervöser Seitenblick traf die Gruppe der Offiziere.

»Endosmose und Exosmose«, sagte Otto. »Der übliche Vorgang bei allen Wänden, die nicht komplett luftdicht sind, so wie eine Luftschiffhülle. Wenn der Körper des Luftschiffs nicht prall genug ist, dann …« Er zögerte plötzlich. Er hatte sagen wollen: … besteht die Gefahr, dass der Wind in größerer Höhe die Hülle so verformt, dass sie sich teilweise zusammenfaltet und das Luftschiff abstürzt. Das war aber nicht unbedingt das, was die Familien Wölferts und Knabes und die Offiziere hören wollten.

»… hebt es nicht vom Boden ab, und es vergeht einige Zeit, bis es wieder genügend gefüllt ist.«

»Es gibt auch andere Szenarien«, sagte Christiane Wölfert leise und blickte Otto unverwandt ins Gesicht. »Ich bin die Frau eines Luftschiffkonstrukteurs. Ich kenne alle Risiken.«

Otto dachte an die Konstruktion, die Rudi Leitner und Oscar Glock entwickelt hatten. Wenn alles glattgegangen wäre, hätte diese Konstruktion verhindert, dass der Auftriebskörper sich zusammenfaltete und wie ein leerer Sack abschmierte.

Es ist aber nicht alles glattgegangen, dachte er dann. Er schluckte, weil die Erinnerung an die schrecklichen Momente von damals unvermittelt in ihm hochstieg. Er hatte geglaubt, sie schon überwunden zu haben. Der lodernd herabstürzende Feuerball, der kurz zuvor noch ein stolz sich erhebender Ballon gewesen war … die Hitze … Rudis Schreie …

Die drei Aeronauten stiegen nun doch in die Galerie und verteilten sich darauf. Sie wippten mit den Beinen, wechselten die Plätze, gingen auf der Galerie hin und her, ihre Blicke ständig auf die sich direkt über ihnen wölbende Unterseite des Luftschiffskörpers gerichtet. Das Luftschiff erzitterte mit kleinen Wellenbewegungen, die über seine Haut liefen. Die Galerie hob und senkte sich an ihren Bodenankern. Die Männer schienen in die Konstruktion hineinzuhorchen. Dann stiegen sie wieder aus.

»Fliegt nich«, kommentierte einer der Offiziere unzufrieden. »Janzer Almauftrieb umsonst jewesen.«

Die drei Luftschiffer steckten die Köpfe zusammen. Nach einer kurzen Konferenz nahmen sie wieder wie vorher Aufstellung, als sie die kleine Pressekonferenz gegeben hatten. Die Reporter drängten näher. Sowohl Robert Knabes als auch Levins Gesicht waren angespannt. Wölfert lächelte sein freundlich-kompetentes Lächeln.

»Sehr geehrte Herren von der Presse«, sagte er und redete so laut, dass auch die Offiziere es noch hören konnten. »Wir müssen eine Planänderung bekanntgeben. Der Aerostat hat zu wenig reines Wasserstoffgas in seinem Leib. Der Fehler liegt bei mir, ich hätte mehr einfüllen lassen sollen. Jetzt nachzufüllen, ist wegen der hohen Brandgefahr des Gases zu gefährlich. Aber ich werde Sie und alle Zuschauer umso mehr von der Leistungsfähigkeit dieser Konstruktion überzeugen – denn trotz der nicht ausreichenden Füllung wird die *Deutschland* brav aufsteigen und alles tun, was von ihr erwartet wird. Wir werden nur die Traglast etwas verringern.«

»Ach herrje«, entfuhr es Christiane Wölfert. Robert Knabes Frau presste die Lippen zusammen.

Wölfert trat einen Schritt zurück, bis er fast mit dem Rücken an die Galerie des Luftschiffs stieß. Levin und Knabe stellten sich mit einander zugewandten Gesichtern hin. Sie nickten sich zu. Wölfert zog eine Münze heraus und hielt sie in die Luft. Es war eine Goldmünze, mindestens zehn oder zwanzig Reichsmark. »Der Ältere hat die Wahl«, rief er und schaute Knabe an. »Kopf oder Adler?«

»Ich wähle unseren Kaiser«, sagte Knabe mit einem etwas bemühten Lächeln.

Wölfert schnippte die Münze in die Luft und ließ sie zwischen den beiden Mechanikern ins Gras fallen. Alle drei Männer bückten sich und betrachteten sie. Dann richteten sie sich wieder auf. Levins und Knabes Gesichter verrieten nichts. Dann streckte Knabe die Hand aus und schüttelte sie Levin.

»Ach je«, sagte Knabes Frau. »Armer Robert. Er hat verloren.«

Aber Knabe hatte nicht verloren. Er war nur ein exzellenter und höflicher Gewinner. Levin stand ihm in puncto Manieren in nichts nach. Er umarmte seinen Kollegen und klopfte ihm auf die Schulter. Dann schüttelte er auch Wölfert die Hand, wandte sich ab und trottete auf Otto zu. Die Reporter klatschten dem Stil seines Abgangs Beifall.

»Das bedeutete also ›Traglast‹ verringern«, sagte Otto und legte seinem Bruder den Arm um die Schultern. »Tut mir unendlich leid für dich, Levin.«

»Es war eine faire Auswahl«, sagte Levin und straffte sich. »Jeder hatte die gleiche Chance.« Otto konnte am unnatürlichen Glitzern seiner Augen und an seinem starren Lächeln erkennen, dass Levin am liebsten geweint hätte. »Diesmal war Robert der Glückspilz. Nächstes Mal, wenn wieder so etwas passiert, werde ich Glück haben.«

»Robert wird Ihnen dann seinen Platz freiwillig überlassen«, murmelte Knabes Frau. »Danke, dass Sie das so kollegial ertragen, Herr von Briest.«

Christiane Wölfert nickte Levin zu. Sie hatte eine Träne im Augenwinkel. Ihre Töchter seufzten und hätten Levin wahrscheinlich Kusshände zugeworfen, wenn ihre Mutter nicht dabei gewesen wäre. Otto hatte noch nie einen Mann gesehen, der so wenig empfänglich für weibliche Bewunderung war wie in diesem Moment sein Bruder Levin. Er zog ihn zu sich heran und sagte leise: »Wie fühlst du dich?«

Levin sah seinen Bruder aus schwimmenden Augen an. »Scheiße«, sagte er gepresst. »Ich würde noch an Roberts Stelle sein wollen, wenn ich wüsste, dass die *Deutschland* abstürzt.«

»Nächstes Mal«, tröstete Otto.

»Ja, klar, nächstes Mal«, murmelte Levin. Er wand sich aus Ottos freundschaftlicher Umarmung und stapfte wieder zum Luftschiff zurück, um sich beim Start nützlich zu machen. Otto wandte sich kopfschüttelnd ab. Am liebsten wäre er gegangen. Levins Frustration war auf ihn übergesprungen und hatte seine heutige Melancholie noch verstärkt. Aber er dachte, dass er Levin jetzt erst recht nicht im Stich lassen konnte.

Die Zuschauer, von denen ebenfalls etliche geklatscht hatten, als sie den Auswahlprozess zwischen Robert Knabe und Levin mitbekommen und Levins würdevolle Niederlage gesehen hatten, starrten jetzt wieder nahezu reglos herüber und warteten auf den Start. Ein gespanntes, erregtes Raunen lag über der Menge. Nur an einer Stelle, gleich hinter dem Kordon aus Soldaten, winkte jemand heftig.

Als der Motor der *Deutschland* knatternd ansprang und die beiden Schrauben sich langsam zu drehen begannen, hörte Otto ein Geräusch, das er bis dahin noch nicht gekannt hatte. Er drehte sich zum Luftschiff um. Das Geräusch war nicht nur zu hören, sondern auch zu fühlen. Das tiefe, wummernde Knattern von zwei Paar großen Schraubenflügeln, die die Luft peitschten – für die Ohren ein flatterndes Röhren, für den Körper ein Vibrieren und Brummen, das jede Muskelfaser und jeden Knochen beben ließ. Er keuchte, überrascht über die Wucht der Empfindung, die damit verbunden war. Das kehlige Geräusch brachte die Zuschauermenge zum Verstummen und Ottos Herz dazu, schneller zu schlagen.

Der einsame Winker in der Menge wedelte jetzt wieder mit den Armen, als Otto zu ihm hinüberschaute. Auf einmal wurde ihm klar, dass er den Mann kannte. Verblüfft winkte er zurück, dann, mit einem letzten Blick zurück auf die Startvorbereitungen, lief er zu ihm hinüber.

Der gezwirbelte Schnauzbart war noch weißer und buschiger geworden. Der Vollbart war dem Rasiermesser zum Opfer gefallen. Die Augen waren scheinbar noch blauer geworden. Ansonsten hatte sich Ferdinand Graf von Zeppelin nicht verändert. Er drückte Otto zwischen den Körpern von zwei Soldaten hindurch begeistert die Hand.

»I hännt Sie beinah net wiedererkannt, Herr von Briest. Sie sin a rechts Mannsbild gworde. Und bei der Truppe! Mein Kompliment.«

»Was machen Sie denn hier, Herr Graf?«

»Ich wollte schauen, ob ich was lernen kann vom guten Doktor Wölfert.«

»Arbeiten Sie immer noch an Ihrem Luftschiff?«

»Freilich. So was gibt man doch nicht so schnell auf. Ich habe etwas Geld einsammeln können, so dass ich wieder weiterarbeite kann.«

»Soll ich Sie vorstellen, wenn Herr Wölfert wieder gelandet ist? Mein Bruder arbeitet für ihn. Es wäre keine Mühe, und Herr Wölfert würde sich sicher geehrt fühlen.«

»Hanoi, des isch sehr nedd, aber net nötig. Wir kennen uns von vielen Briefwechseln, der Doktor Wölfert und ich, und vom Verein Deutscher Ingenieure. Und da vorn stehen – im Vertrauen gesagt – ein paar Uniforme zu viel herum.«

Obwohl Otto seit Edgar Trönickes Tod keinen Kontakt mehr

zu Graf Zeppelin gehabt hatte, hatte er – auch in Amerika – immer wieder kleine Einblicke in dessen weiteres Wirken erhalten. Die Zeitungen stürzten sich mit Begeisterung auf die Bemühungen Zeppelins, das preußische Kriegsministerium für eine Förderung seiner Starrluftschiff-Pläne zu gewinnen, besonders seit die von Kaiser Wilhelm einberufene Sachverständigenkommission von einer Förderung abgeraten und der Graf versucht hatte, die Expertise der Sachverständigen öffentlich anzuzweifeln. In seiner Heimat wurde Zeppelin auf offener Straße ausgelacht, der Kaiser bezeichnete ihn als »den dümmsten aller Süddeutschen«, seine ehemaligen Militärkollegen gossen beißenden Spott über ihn aus und diskreditierten sogar seine Errungenschaften während des Krieges. Es war verständlich, dass der Graf keine Lust hatte, sich zu den Offizieren zu gesellen und sich dort demonstrativ verächtlich behandeln zu lassen.

»Sehen wir uns nachher noch?«, fragte Otto.

»Noi«, sagte er, dann bemühte er sich um reineres Deutsch: »Ich habe leider heute noch ein paar Gespräche, und morgen Abend möchte ich wieder zu Hause sein. Aber vielleicht im Herbst? Da werde ich noch mal hier sein, weil dann eine weitere Luftschiffkonstruktion vorgestellt wird.«

»Ich weiß, die von David Schwarz, der leider im Januar verstorben ist. Seine Witwe führt das Projekt weiter. Ich hab an Sie gedacht, als ich von seiner Idee gehört habe. Er denkt ähnlich wie Sie – an ein starres Skelett mit einem Überzug.«

»Hanoi …« Der Graf lachte und verfiel wieder in seinen Dialekt. »Er hännt scho a Stückle weitergedacht und ich noch a Stückle mehr. Aber das könnten wir auch mal gerne bei Gelegenheit in Ruhe erörtern.« Graf Zeppelin ergriff Ottos Hand und schüttelte sie erneut, ließ sie dann aber nicht los. Die blauen Augen unter den buschigen weißen Brauen blickten Otto offen an. »Meine Tür steht Ihnen immer offen, Herr von Briest. Kann man Sie denn gar nicht locken mit dem Ruf zur Himmelseroberung?

Sie wären mir nach wie vor herzlich willkommen als Mitarbeiter!« Zeppelin ließ Ottos Hand los und zwinkerte ihm zu. »Schreiben Sie mir. Ich würd mich freuen.«

Während des Gesprächs hatten Wölfert und Knabe die Umdrehung der Schrauben beschleunigt und verlangsamt, mit der Drehzahl des Motors experimentiert, sie verändert. Das Gras unter der Galerie wurde jetzt wild vom Luftdruck der Schraube gepeitscht, die Haare und Jacken der beiden Aeronauten flatterten wild vom Wind, den die vordere Schraube verursachte. Das große Ruderblatt am Heck der Galerie, ein stoffbespannter Rahmen, zitterte und verwand sich. Wölfert und Knabe zerrten lederne Kappen über die Köpfe und holten Brillen mit dick manschettierten Brillengläsern aus einer Kiste, die sie aufsetzten. Die Bodenmannschaft, die Wölfert von der Luftschifferabteilung zur Verfügung gestellt bekommen hatte, wandte die Köpfe ab und blinzelte mit den Augen wegen des Staubs und der kleinen Steinchen, die die aufgewühlte Luft herumschleuderte. Die *Deutschland* zerrte an ihren Bodenankern, ihre Haut rippelte und wellte sich und schien unsichtbare Muskeln zu strecken, zu dehnen und anzuspannen. Der Eindruck eines Tiers, das erwacht ist und sich zum Sprung sammelt, war überwältigend; und das Motorengeräusch war sein Brummen, sein Röhren, sein Brüllen, bevor es sprang.

Mehrere Männer hängten sich nun an die Reling der Galerie. Andere, unter ihnen Levin, eilten um sie herum und lösten die Knoten der Bodenanker und der beiden Fangleinen an Bug und Heck des Auftriebskörpers. Das Schiff wurde jetzt nur noch vom Gewicht der Bodenmannschaft unten gehalten. Es war frei, sobald Wölfert das Signal dazu gab. Otto merkte nicht, dass er vor Aufregung die Hände zu Fäusten ballte und heftig atmete. Die aufgewirbelte Luft hatte mittlerweile auch die kleine Gruppe aus Familienmitgliedern und Offizieren erreicht, peitschte ihre Gesichter, ließ die Haarbüsche an den Helmen wehen und die Frauen ihre Hüte festhalten. Sie wichen einige Schritte zurück.

Nur Otto blieb stehen, wo er war, ohne es zu merken, leicht vorgebeugt, den Hut mit einer Hand auf den Kopf drückend, schwankend von den Schlägen der aufgewühlten Luft. Er konnte förmlich spüren, wie das Luftschiff immer mehr Kraft sammelte, wie es hinauf wollte in den Himmel, wie es zeigen wollte, was in ihm steckte, wie es das tun wollte, wozu es geschaffen worden war: fliegen!

Otto erwartete, dass es einen Satz machen würde, wenn es erst befreit war. Es würde nach oben schießen wie ein Greifvogel, der von seinem Ansitz aus aufsteigt in einer Explosion aus Flügeln und Federn.

Die Bodenmannschaft ließ gleichzeitig los und trat in alle Richtungen auseinander. Einen Herzschlag lang schwebte die *Deutschland* auf der Stelle, als könne sie nicht glauben, dass sie nun frei war. Dann stieg sie mühelos zwei, drei Meter nach oben. Das Motorengeräusch intensivierte sich, wurde ohrenbetäubend, wurde zu einem lauten Röhren. Und als ob es das Einfachste von der Welt wäre, hob sich die Nase des Luftschiffs plötzlich leicht in die Höhe, es nahm Fahrt auf, dann war es zehn, dann zwanzig Meter von seinem Startplatz entfernt, brausend, röhrend, dann war es dreißig, dann vierzig Meter hoch in der Luft, wurde immer noch schneller und flog immer noch höher, überquerte die einsam stehende Paradepappel auf dem Exerzierplatz, deren Äste unter dem Luftdruck der dröhnenden vertikalen Schiffsschraube peitschten … und erst als Otto auffiel, dass er die beiden winkenden Aeronauten nicht mehr erkennen konnte, merkte er, wie hoch und wie weit die *Deutschland* in diesen wenigen Augenblicken bereits gekommen war.

Das Publikum pfiff und applaudierte. Die Reporter schrieben wie die Wilden. Die Fotografen kurbelten den Film in ihren Kameras weiter oder wechselten in rasender Hast die Platten aus; einer war so aufgeregt, dass er sogar sein Blitzpulver zündete, obwohl das am helllichten Tag überhaupt keinen Nutzen hatte. Die

Bodenmannschaft schlug sich gegenseitig auf die Schultern. Levin stand allein abseits, von allen anderen abgewandt, und schaute dem davonfliegenden Luftschiff nach. Otto wusste, ohne dass er es sehen musste, dass seinem Bruder Tränen über das Gesicht liefen. Er schaute zu Robert Knabes Frau, die ihren Sohn hochgehoben hatte und dem Luftschiff hinterherdeutete, zu Christiane Wölfert, die mit vor Stolz glühenden Wangen dastand, und zu ihren Töchtern, die weiterhin Levin mit schmachtenden Blicken aus der Ferne betrachteten und so den Beweis dafür ablieferten, dass die größten Heldentaten keine Rolle spielen, wenn die Zeugen eine ganz andere Präferenz haben.

Das Luftschiff fuhr in westlicher Richtung davon, auf Schöneberg zu. Der Offizier, der Otto seines Großvaters Alvins wegen angesprochen hatte, schaute ihm mit einem Doppelfernrohr der Armee hinterher, das er sich mit einem anderen hohen Offizier teilte.

»Was glauben Sie, wie hoch?«

»Schätze zweihundert Meter.«

»Schätze ich auch.« Der Offizier wandte sich an Otto. »Wollen Sie auch?« Er deutete auf das Fernrohr, das sein Kamerad hielt.

»Vielen Dank«, sagte Otto. »Sehr gern.«

Der Offizier streckte die Hand aus, doch in dem Moment spannte sich der Körper des anderen Soldaten plötzlich an. Er drehte hastig an dem Rädchen für die Fokussierung, statt das Fernrohr abzugeben. »Potztausend«, stieß er hervor. »Scheinen Schwierigkeiten zu haben.«

Otto fuhr herum. Obwohl das Luftschiff mittlerweile so weit entfernt war, dass man es mit dem Daumen an der ausgestreckten Hand hätte ausblenden können, konnte er ganz deutlich sehen, dass sich Rauch entwickelt hatte. Die Bewegung der beiden Schiffsschrauben verwirbelte den Rauch nach hinten, so dass die *Deutschland* auf einmal eine lange Schleppe aus fettem, schwarzem Ölrauch hinter sich herzog.

»Was ist da los?«, rief er.

Der Offizier drehte an dem Rädchen. »Scheint vom Motor zu kommen …«, brummte er und reichte dem Besitzer das Fernrohr zurück. »Ihre Meinung, Herr Kamerad?«

Noch während der andere Offizier die Fokussierung auf seine Augen einstellte, ertönten aus dem Publikum die ersten aufgeregten Rufe. Die Reporter starrten dem eine immer größer werdende Rauchschleppe hinter sich herziehenden Luftschiff mit offenen Mündern nach; bis auf diejenigen, die mehr Geistesgegenwart besaßen und sofort wieder zu kritzeln begannen. Die Fotografen hantierten mit ihren Apparaten, ohne sie schussfertig zu machen – die Entfernung war zu groß. Levin stand plötzlich neben Otto.

»Um Gottes willen«, keuchte er. »Der Motor überhitzt. Wölfert muss ihn mit hoher Drehzahl fahren, damit die untere Schraube den fehlenden Auftrieb ausgleicht …!«

Otto fühlte eine Berührung an der Schulter. Der Offizier hielt ihm das Fernrohr hin, ohne den Blick von der *Deutschland* zu nehmen, die nun eine weite Kurve eingeschlagen hatte, wahrscheinlich, um wieder zum Tempelhofer Feld zurückzugelangen. Er setzte es an und schwenkte es herum, um die Stelle am Himmel zu finden, wo sich die *Deutschland* befand. Sie zuckte durch sein Sichtfeld. Er schwenkte das Fernrohr zurück.

»Der alte, kleine Motor hat auch schon einmal überhitzt«, hörte er Levin sagen. »Deshalb hat Wölfert bei Daimler um einen stärkeren nachgefragt …«

Da war die *Deutschland*! Ein trüber, unscharfer Fleck am Himmel. Verfluchte Kurzsichtigkeit der alten Kommissköpfe! Otto drehte am Stellrad.

»Wenn der Motor schlappmacht und heißes Öl austritt«, sagte Levin, »dann kann das die Galerie in Brand setzten. Oh, verdammt … das ist alles aus Bambus, das ist ziemlich brandsicher … aber das Gas …!«

Endlich war das Luftschiff scharf zu sehen. Das Fernrohr hatte keine besonders beeindruckende Vergrößerung, aber Otto konnte nun erkennen, dass die Galerie von fettem schwarzen Rauch eingehüllt war. Die *Deutschland* brummte träge durch ihren weiten Kurvenradius, legte sich ein wenig schief, als die von West kommende Brise auf ihre Breitseite traf, ihr Leib verformte sich, krümmte sich unter dem Anprall des Windes.

»Großer Gott!«, rief Levin. Er riss Otto das Fernrohr aus den Händen. Aus dem Publikum erscholl ein vielstimmiger Aufschrei.

Otto hatte es noch gesehen, bevor Levin das Fernrohr an sich genommen hatte: Mitten in dem schwarzen Rauch waren plötzlich Funken aufgestoben, war eine Feuerblume erblüht.

»Das Gas?«, fragte Otto, doch er konnte es sich auch so denken. Aufgrund der osmotischen Durchlässigkeit der Luftschiffhaut war der Aerostat ständig von einer Wolke aus Wasserstoffgas umgeben. Vollkommen ungefährlich, solange nirgendwo offenes Feuer in der Nähe war. Und selbst dann noch nicht wirklich riskant, denn die Dichte des Wasserstoffs in der Luft war gering und nur dort, wo die Wolke eng um den Auftriebskörper herumlag, brandgefährlich. Aber das Feuer, das jetzt auf der Galerie des Luftschiffs aufflammte, war mächtig, ein Ofen, den der Luftstrom der vorderen Schraube anfachte wie der Blasebalg einer Schmiede. Wenn es so weit aufflackerte, dass es bis zur Hülle emporschlug und mit dem ausgetretenen Gas in Berührung kam …

»Die vordere Schraube!«, schrie Levin, der sich das Fernrohr mit weißen Knöcheln an die Augen presste. »Der Keilriemen muss gerissen sein …«

Die *Deutschland*, ihres Vorwärtstriebs beraubt, drehte sich einmal langsam um sich selbst. Das Feuer, bisher vom Schraubendruck nach hinten weggepresst, loderte nun hell in die Höhe.

Otto starrte das Drama, das sich in einem Kilometer Entfernung abspielte, wie gelähmt an. Der Anblick vermischte sich mit dem, den die Erinnerung vor seinem inneren Auge abspielte, das

Luftschiff mit dem Ballon über Glocks Firma, die Gegenwart mit der Vergangenheit, die eine Tragödie mit der anderen.

Im einen Moment hing da noch der schmutzig graue Leib der *Deutschland* vor dem blauen Himmel. Im nächsten Moment war das Luftschiff ein Feuerball. Flammend, lodernd, flackernd stürzte es senkrecht in die Tiefe. Otto begann zu laufen. Soldaten, Offiziere, Zuschauer, die Frauen und Kinder der beiden Verdammten dort oben, alle liefen mit. Dorthin, wo die *Deutschland* wie ein brennender Komet vom Himmel fiel, wo sie zwischen den Sommerhäusern der Berliner und den übriggebliebenen Bauernkaten und den Neubaugebieten aufschlug und eine mit Feuer durchsetzte, tödlich aussehende schwarze Wolke über der Absturzstelle in die Höhe schoss.

12

Otto war unter den Ersten, die an der Unglücksstelle eintrafen. Zu diesem Zeitpunkt waren schon die Bewohner der umliegenden Häuser mit Eimern und Krügen beschäftigt, das Feuer zu bekämpfen. Wie durch ein Wunder hatte die abstürzende *Deutschland* kein Gebäude getroffen, und das Feuer, nachdem das Gas aufgezehrt war, war ebenfalls bereits am Verlöschen. Viel Nahrung gab es nicht – die Stoffhülle des Luftschiffs, das Bambusgestell der Galerie, und die zwei auf die Größe von Kindern zusammengeschmorten Körper, die in den rauchenden Trümmern zu Klauen verformte Hände nach oben reckten und mit den Eisenteilen des Motors verschmolzen waren.

Otto konnte nicht helfen. Er blieb stehen und ließ sich überholen, hörte die entsetzten Schreie der Eintreffenden, das Würgen von ein paar Zuschauern, denen der Anblick den Magen umdrehte, weinende Frauen und Kinder, die barschen, aber sinnlosen Befehle von Offizieren. Das Glockengeläut eines Feuerwehrzugs näherte sich, der von der Kaserne aus losgerast war.

Szenen, wie eingefroren vor Ottos entsetzten Augen: Friedrich Wölferts Töchter, die ganz still mitten in der Panik standen, aneinandergeklammert, mit riesigen Augen, ihre weißen Sommerkleider leuchtend in der Sonne und vor dem aufsteigenden Rauch. Robert Knabes Frau, bewusstlos auf dem Boden, umringt von anderen Frauen; sein kleiner Sohn, der hysterisch weinend abseits stand und um den sich in der Hektik niemand kümmerte. Christiane Wölfert, die versuchte, zu den verschmorten Leichen vorzudringen und von Levin daran gehindert wurde, beide mit verzerrten, tränenüberströmten Gesichtern. Der Offizier mit dem Fernrohr, der stocksteif am Rand der verbrannten Fläche stand und den Kopf schüttelte wie jemand, der nicht mehr damit aufhören kann. Anwohner, die kleine Wassergüsse auf die glimmenden Trümmer gossen, mit den resignierten Mienen derer, die wussten, dass ihre Bemühungen keinem Menschen mehr halfen. Soldaten, die mit Tragen herankamen und sich den beiden Toten nicht weiter nähern konnten, weil die Brandstelle noch zu heiß war. Zivilisten, die sich bleich und schockiert abwandten und ihre ebenso bleichen wie schockierten Familien einsammelten. Der strahlend blaue Himmel, vor dem die schwächer werdende Rauchsäule stand.

Otto trat wie in Trance auf Levin und Christiane Wölfert zu, die miteinander rangen. Er spürte plötzlich, dass jemand ihn beobachtete. Er blickte sich um und sah in zwei bekannte Augen und in ein bekanntes Gesicht.

»Otto!«, sagte Hermine Leitner. »Ach Mensch, Otto.«

13

Eine Stunde später hatte sich die Menge zerstreut, die Leichen waren abtransportiert, die Feuerwehr wieder abgezogen. Polizisten in Uniform standen um die Unfallstelle herum, wo Polizisten in Zivil mit langen Stangen in den Überresten herumstocherten. Mehr um den Schein einer offiziellen Untersuchung zu wahren als zu tatsächlichen Ermittlungen, denn am Unfallhergang gab es kaum etwas zu zweifeln – Hunderte von Menschen waren Augenzeugen gewesen. Levin war mit Wölferts Witwe und den Töchtern zu deren Haus gefahren. Um Knabes Witwe und seinen Sohn hatten sich Knabes Schwiegereltern gekümmert, die unter den Zuschauern gewesen waren. Otto hatte versucht, Levin zu unterstützen, hatte mit den Offizieren gesprochen und später mit den Polizisten, hatte die Droschken besorgt, die die Wölferts und Knabes Hinterbliebene weggebracht hatten. Nun stand er mit hängenden Armen da, wurde den Geruch nach Rauch und Leichenbrand nicht los und war sich bewusst, dass Hermine immer noch da war. Sie hatte ihm sehr förmlich die Hand zur Begrüßung gegeben, war dann beiseitegetreten und hatte ihn nicht weiter gestört. Er war sich bewusst, dass er sich umdrehen und etwas zu ihr sagen musste. Er wollte es so wie nichts anderes auf der Welt und wünschte sich zugleich tausend Meilen weit weg. Er holte Atem und wandte sich ihr zu.

Sie war in den vergangenen fünf Jahren noch schöner geworden. Ihr Haar war in einem reichen Pompadour hochgesteckt, ihr Gesicht war schmäler und ihre Augen noch blauer. Ihr Kleid war vom selben Blau. Man konnte sehen, dass sie wegen des Unglücks geweint hatte, aber jetzt erwiderte sie Ottos Blick ganz ruhig.

»Es ist schön, dich zu sehen«, sagte Otto unbeholfen und wurde sich dann bewusst, dass sie beide an einem Ort standen, an dem vor einer Stunde zwei mutige Männer brennend vom Himmel gefallen waren. Welche Bilder mochte der Unfall wohl in Hermine wachgerufen haben, deren Zukunftspläne durch einen ähnlichen Unfall zunichtegemacht worden waren und die sich seither um ihren versehrten Bruder gekümmert hatte? Aber waren Ottos Pläne nicht genauso davon zerstört worden? Er gestikulierte hilflos zu der Brandstelle. »Ich meine …«

»Ick weeß, wat de meinst«, sagte Hermine und räusperte sich dann auf ihre übliche Art, um ihren Berliner Mundart zu unterdrücken. »Ist es unpassend, wenn ich sage, dass ich es auch schön finde, dich zu sehen – hier an diesem Ort?«

Otto schüttelte den Kopf.

Sie sahen sich an, fünf Schritte voneinander entfernt stehend, einander so vertraut und doch so fern. Die fünf Schritte waren wie eine Gebirgskluft.

»Was hast du hier gemacht?«, fragte Otto.

»Wir wollten den Aufstieg anschauen. Du weißt ja … das war immer Rudis Traum … ein Luftschiff zum Fliegen zu bringen.«

Otto nickte. »Du und Rudi. Wo ist er?«

»Er ist mit den anderen auf dem Startfeld zurückgeblieben. Er kann ja nicht so schnell laufen, und ich glaube, er wollte auch nicht sehen, was es hier zu sehen gab.«

»Warum bist du nicht bei ihm geblieben?«, fragte Otto und dachte: Rudi ist bei *den anderen* geblieben? Welchen anderen? Was würde Hermine darauf antworten, wenn er sie das fragte? Würde sie sagen: Na, bei meinem Mann und meinen Kindern? Wieso konnte es nach fünf Jahren immer noch so weh tun, sie verloren zu haben?

»Ick hab dir stehen jesehen«, sagte Hermine. »Wir waren in der Zuschauermeute. Ick wollte dir winken, aber denn hab ick mir nich jetraut. Als de losgeloofen bist, hab ick plötzlich jemerkt, det ick ooch loofe.« Sie zuckte mit den Schultern und wich seinem Blick aus. »Deshalb bin ick jetzt hier.«

»Rudi und deine Gruppe warten sicher auf dich. Ich begleite

dich zurück«, sagte Otto. Und dachte: Dann kannst du mich deinem Mann und deinen Kindern vorstellen.

»Det is lieb«, sagte Hermine. »Danke.«

Sie gingen nebeneinanderher wie zwei zufällige Bekannte. Schweigend, weil es so viel zu fragen gab, dass keiner wusste, wo er anfangen sollte. Otto spürte Hermines Gefühlsaufruhr und ihre Verlegenheit, aber er konnte ihr nicht helfen.

Das Tempelhofer Feld war mehr oder weniger menschenleer. Die Ausrüstung Wölferts stand noch herum, die leeren Gastanks und die Füllvorrichtungen, Kisten, ein abgespanntes Fuhrwerk, das die leere Luftschiffhülle und die Galerie hergebracht hatte, die auf dem Boden liegenden Ankertaue und – beklemmend – eine Jacke, die entweder Wölfert oder Knabe gehört hatte und die wahrscheinlich auf den Gastanks abgelegt worden war. Jemand hatte sich ihrer bemächtigt, die Taschen umgedreht, alle Wertgegenstände gestohlen und sie dann neben die Ankertaue geworfen. Otto fühlte bei ihrem Anblick eine mit sinnloser Wut vermischte Trauer.

Hermine sah sich ratlos um.

»Mit wem bist du denn hier?«, fragte Otto, der die Antwort gar nicht wissen wollte.

»Mit Rudi, seiner Frau Emma und Herrn Glock.«

»Ach so?«

Hermine zuckte mit den Schultern und musterte Otto befremdet. Aber bevor sie fragen konnte: Was hast du denn gedacht?, blickte sie auf und deutete auf einen Mann, der näher kam. »Ah, da kommt Herr Schambacher.«

Otto blickte sich um. »Wer ist Herr Schambacher?« Zugleich hatte er das Gefühl, den Namen nicht zum ersten Mal zu hören.

Dann erkannte er den hochgewachsenen jungen Mann, der sich ihnen in steifer Haltung näherte, und erinnerte sich wieder, warum er den Namen kannte. Wolfram Schambacher war einer von Ottos Kommilitonen gewesen, ein Mitglied des Zirkels von

Professor von Schley. Schambacher blickte Otto überrascht an, aber dann knallte er die Hacken zusammen und verbeugte sich kurz, bevor er ihm die Hand schüttelte. »Briest«, sagte er mit halbem Lächeln. »Ist ja 'ne Ewigkeit her. Und jetzt in Uniform. Gefreiter?« Otto bemühte sich, die leise Verachtung zu überhören. Gefreiter – mit knapp siebenundzwanzig Jahren? Ihm war klar, dass er von außen betrachtet wie ein Versager wirken musste mit den Rangabzeichen, die normalerweise Achtzehnjährige trugen.

»Wo sind die anderen?«, fragte Hermine.

»Im Wagen, Fräulein Leitner. Hauptmann Groß hat Herrn Glock in die Offiziersmesse der Luftschifferabteilung eingeladen. Wir haben den Wagen in der Kaserne abgestellt. Ich habe hier draußen auf Sie gewartet. Kommen Sie, ich bringe Sie hin.«

Schambacher hielt Otto erneut die Hand hin. »War mir ein Fest, Sie wiederzusehen, Briest. Alles Gute.«

»Herr von Briest kommt mit uns«, sagte Hermine. »Ich bin sicher, dass Herr Glock sich freut, ihn wiederzusehen.«

Schambacher verbeugte sich. »Dann gehe ich voraus, um Sie bei der Wache anzumelden, Briest. Sie erlauben?« Schambacher strebte davon.

Otto blickte ihm nachdenklich hinterher. »Wenn ich mich recht erinnere, hatte Schambacher eine schlechte Haltung, den ganzen Tag die Nase in den Büchern und einen gesellschaftlichen Wortschatz von zehn Wörtern.«

Hermine zuckte mit den Schultern. »Vielleicht erinnerst du dich falsch.«

»Oder er hat sich um hundertachtzig Grad gedreht. Was tut er hier? Ich dachte, du seist mit deinem Bruder, deiner Schwägerin und Oscar Glock hier?«

Hermine schaffte es, zugleich zu lächeln und zu schnauben. »Schambacher und seine Kameraden gehören irgendwie zu Herrn Glock dazu. Einer von ihnen ist immer mit dabei.«

»Kameraden?«

Hermine zuckte mit den Schultern. »Freunde. Kollegen. Wie du es nennen willst.«

»Sind sie Angestellte von Glock? In seiner Fabrik?«

»Die Fabrik gibt's nicht mehr.« Hermine runzelte die Stirn. »Ich weiß nicht, wie du das nennen willst. Angestellte? Nee, das trifft es nicht. Herr Glock privatisiert jetzt, aber er hält immer noch Gastvorlesungen an der Hochschule; er hat ein paar Leute um sich versammelt, die ihm Emmas Vater empfohlen hat. In ihrer freien Zeit treffen sie sich mit Herrn Glock und ... ich weiß nicht, wie ich das nennen soll ... verbessern die Welt?« Sie lachte.

»Verbessern die Welt!?« Otto dachte an die Gespräche von damals und fühlte auf einmal einen leisen, kalten Schauer.

»Na ja, wat weeß denn icke? Überlejen sich, wat man besser machen kann in Deutschland und so. Ick gloobe, Herr Glock will irgendwann mal für den Reichstag kandidieren.«

Otto schüttelte den Kopf. »Ich dachte, er wollte immer ein Luftschiff konstruieren?«

»Das will er, glaube ich, immer noch. Irgendwie hat er ständig tausend Dinge am Laufen, der Herr Glock. Jetzt komm, sie werden sich alle freuen, dich wiederzusehen.«

Hermine hängte sich bei ihm ein, als sie auf das Kasernentor zustrebten. Es war so natürlich, dass Otto zunächst gar nicht merkte, dass er – so wie damals – seine linke Hand auf ihre linke Hand in seiner Ellenbeuge gelegt hatte und sie drückte. Erst als sie ein Stück weit gekommen waren, blickten sie beide auf ihre Hände und sich dann in die Augen. Hermine schoss das Blut in die Wangen. Sie entzog Otto ihre Hand. »Entschuldige«, sagte sie.

Otto war stehen geblieben. Sein Herz klopfte hart, und sein Mund war trocken. Auf einmal war ihm alles zu viel. Er wollte nicht hier sein, er wollte Rudi Leitner und Oscar Glock nicht wiedersehen, er wollte nicht, keine zwei Stunden nach einer schrecklichen Katastrophe mit zwei Toten, wirre Hoffnungen und alte

Gefühle in sich aufsteigen spüren. Er trat einen Schritt zurück. »Ich …«, sagte er und wusste nicht weiter.

»Rudi hat jemanden, der sich um ihn kümmert«, flüsterte Hermine. »Er braucht mich nicht. Ich bin jetzt frei, Otto.«

Otto schüttelte den Kopf. Er wollte es nicht hören.

Hermine schluckte. »Bist du verheiratet? Ich weiß, es geht mich nichts an, und ich …«

Otto schüttelte erneut den Kopf, so fest, dass ihm ein Stich in den Nacken schoss.

»Aber du bist verlobt …«

»Ich habe niemanden«, krächzte Otto.

»Ach Otto. Ach Mensch. Glaubst du nicht …?«

»Was?«

»Glaubst du nicht, dass zwei Menschen … dass sie wieder von vorn anfangen können, auch nach so langer Zeit? Ich hab dich jeden Tag vermisst, Otto. Und ich hab nie aufgehört, dich zu lieben.« Hermines Wangen waren jetzt bleich, und ihre Augen schimmerten.

Otto erinnerte sich an den Schmerz, an die Leere in seinem Inneren, an das grauenhafte Gefühl, sie verloren zu haben, an die Farblosigkeit der Welt in den ersten Monaten, an die heimlichen Tränen, an das Loch in seiner Mitte, um das sein Herz sich gekrümmt hatte, wochenlang, monatelang, jahrelang. Seine Angst davor, diesen Schmerz noch einmal zu erleben, war so groß, dass er nichts anderes fühlen konnte. Sein Hirn war wie gelähmt davon. Er sah, dass Hermine auf eine Antwort auf ihr Geständnis wartete, aber er fand keine Worte. Und dann hörte er sich das Einzige sagen, was er sagen konnte, um sich vor der Furcht zu schützen, all das noch einmal durchmachen zu müssen.

»Es tut mir leid«, sagte er, wandte sich ab und stapfte davon.

14

Anfang November saß Otto, jetzt Reserveoffizier des Gardekorps und geistig so weit weg von seiner Wehrdienstzeit, wie man es ein paar Wochen nach dem Ausscheiden nur sein konnte, in einem Zug, der nach Süden fuhr. Vage erinnerte er sich daran, dass er fünf Jahre zuvor in einem Zug derselben Bahngesellschaft gesessen hatte, mit dem gleichen Ziel. Damals hatte Edgar Trönicke ihm gegenübergesessen, und Otto hatte gedacht, er würde eines Tages so wie Edgar Detektiv werden. Wie wenige Jahre gereicht hatten, um diese Vorstellung zu eliminieren! Und wie wenige Jahre auch gereicht hatten, die Landschaft, durch die der Zug nach dem Verlassen des Charlottenburger Bahnhofs fuhr, zu verändern. Berlin wuchs, Berlin strebte aus seinen Mauern, seinen Grenzen, Berlin schluckte die Vororte und veränderte sie, verleibte sie sich ein, verwandelte die Dörfer in Stadtteile. Die Streckenführung war noch die gleiche, aber sonst hatte sich fast alles verändert. Neue Häuser, neue Straßen, jede Menge Baustellen. Erst westlich des Potsdamer Bahnhofs war noch alles so, wie es damals gewesen war. Wie nie zuvor, nicht einmal nach der Rückkehr aus Amerika, fühlte Otto die Diskrepanz, in der sein Heimatland gefangen war. Hier die Träume, die schon zu Ende geträumt waren, wie die Eisenbahn, oder die noch geträumt wurden, wie die Eroberung des Himmels mit Luftschiffen, die Gleichberechtigung der Frauen und das Ende von Seuchen und Armut. Dort das Beharren an den Traditionen und den alten Sicherheiten, wie die ewige Wertigkeit von Landbesitz, die Überlegenheit des Adels und die Pflicht gegenüber dem Vaterland. Vor fünfundzwanzig Jahren hatte ein genialer, skrupelloser Politiker, dessen Namen Otto trug, aus den deutschen Staaten ein einziges Land gemacht: Deutschland. Als gemeinsame Identität hatten Preußen, Sachsen, Schwaben, Bayern und wie sie alle hießen und seit tausend Jahren voneinander unabhängig gelebt hatten, das Germanentum verordnet bekommen. Eine nationale Identität, die zu den Wurzeln zurückführte, aber im Grunde nicht einmal stimmig war. Auch damals hatte es nicht *die Germanen*, sondern die Bojerer, die Sueben, die Alemannen, die Friesen, die Sachsen und so weiter und so fort gegeben. Umso eindringlicher war in den letzten fünfundzwanzig Jahren die edle germanische Abstammung beschworen worden. Die Aufgabe war gewesen, aus tausendjährigen Feinden – oder bestenfalls misstrauischen Nachbarn – *ein* Volk zu machen. Otto fragte sich, als er jetzt hinausblickte und den Zug durch die Zeitblase rollen sah, die die Umgebung des Potsdamer Schlosses mit ihren Gärten, Feldern, Obsthainen, Alleen und Sommervillen darstellte, ob man Deutschland nicht besser unter einem der vorwärtsgerichteten Träume der Ingenieure und Erfinder hätte einen sollen. Aber in seiner jetzigen Stimmung war er ein schlechter Bewerter solcher Entscheidungen, das war ihm selbst klar. Im Grunde war er erneut auf der Flucht, wissend, dass er einen schrecklichen Fehler gemacht hatte und doch nicht anders hatte handeln können.

Ich hab dich jeden Tag vermisst, Otto. Und ich hab nie aufgehört, dich zu lieben.

Aber ich … ich glaube, ich kann nicht mehr, Hermine.

Sein Gegenüber schlug ihm kameradschaftlich gegen den Oberarm. »Was machen Sie denn so ein sauertöpfisches Gesicht, Herr von Briest? Kommen Sie, ich freu mich, freuen Sie sich halt auch mit.«

»Ich freue mich ja, Herr Graf. Ich bin nur nachdenklich.«

»Haben Sie ein Mädle in Berlin zurückgelassen? Wundern tät es mich nicht, so ein fescher junger Mann … aber glauben Sie, die größte Liebe wartet erst auf Sie.«

»Meinen Sie?« Otto machte ein betont neutrales Gesicht.

Graf Ferdinand von Zeppelin malte begeisterte Figuren in die Luft. »Wir werden ein Luftschiff bauen, Sie und ich und all die schlauen Köpfe, die ich mir geleistet habe und die daheim auf uns warten! Das Patent vom guten David Schwarz, Gott hab ihn selig, hat mir endlich ermöglicht, meine Träume umzusetzen. Und dass ich's seiner Witwe abgekauft habe, ist auch noch eine gute Tat.« Erneut schlug der vor Freude überschäumende Graf Otto auf den Arm. »Doppelt und dreifach hat sich das gelohnt, dass ich noch einmal nach Berlin gefahren bin, auch wenn's mir für den David Schwarz seine Witwe leidtut, dass sein Luftschiff bei der Vorführung vor ein paar Tagen abgestürzt ist. Direkt ein Trost, dass der arme Mann selber das nicht mehr hat erleben müssen. Wenigstens ist keinem was passiert dabei. Aber seine Konstruktion ist richtig, und ich habe die Mittel, dass ich damit ein Luftschiff zum Fliegen bringe!«

Otto sagte: »Und dass Sie die Kontrakte mit der Firma Berg übernehmen konnten, die Schwarz das Aluminium geliefert hat, hilft sicher auch.«

Zeppelin wirkte mit seinem buschigen Bart, seinen strahlend blauen Augen und seiner kindlich-jovialen Begeisterung zuweilen wie eine simple Natur, aber das war er ganz und gar nicht. Wenige Blicke in die Patentunterlagen, die David Schwarz' Witwe ihm vorgelegt hatte, hatten ihm gezeigt, dass die dünne Aluminiumhaut, mit der Schwarz sein Luftschiff hatte überziehen wollen, ein essentieller Vorteil seiner Konstruktion war. Also hatte er nicht nur das Schwarz'sche Patent aufgekauft, sondern war auch noch in die exklusiven Verträge zwischen der Firma Berg und David Schwarz eingestiegen. Dass er wie üblich wie der Dragoner, der er früher gewesen war, mutig nach vorn preschte, bewies die Tatsache, dass er sofort mit den neuen Konstruktionen beginnen wollte, obwohl das Kaiserliche Patentamt den Übergang des Patents auf ihn und damit die Sicherung seiner Rechte noch gar nicht bestätigt hatte. Und seine ebenfalls für ihn übliche Offenheit und sein Vertrauen in die Menschen, denen er seine Sympathie geschenkt hatte, belegte er damit, dass er Otto all das freimütig erzählt hatte.

»Freilich …!« Der Graf strahlte. »Aber das Beste ist, dass ich Sie überreden konnte, mit mir zu kommen. Wir werden Gschichte schreiben! Und wenn sich ihr Bruder entschließen kann, meiner Einladung auch zu folgen, dann kann überhaupt nichts mehr schiefgehen.«

»Sie wissen ja – mein Bruder fühlt sich der Familie Wölfert verpflichtet.«

»Aber die Witwe Wölfert wird bestimmt kein Luftschiff bauen! Und von dem einen Gespräch, das ich mit Ihnen und Ihrem Bruder geführt habe, würde ich sagen, dass er mindestens genauso vom Fliegen träumt wie wir beide! Es ist nicht gut, wenn er sich an die Erde fesselt aus einer Loyalität heraus, die keinem was nützt. Wer im Geist Flügel hat, der muss die auch ausstrecken und fliegen!«

15

Das Weihnachtsfest, das Oscar Glock für die Menschen ausrichtete, die er seine Familie nannte, fand seit ein paar Jahren im Haus von Professor von Schley statt. Glock bezahlte das Essen und den Wein. Der Professor, das konnte man ihm ansehen, auch wenn er es zu verbergen versuchte, bezahlte mit seinem Seelenfrieden.

Glocks »Familie« bestand aus Professor von Schley, Rudolf und Emma Leitner, Hermine Leitner und wechselnden Mitgliedern der *Söhne Walhalls.* Wolfram Schambacher war dieses Jahr bereits zum dritten Mal dabei. Es schien, dass Glock ihn mittlerweile als festes Mitglied seines inneren Kreises betrachtete. Schambacher ließ sich anmerken, dass ihn diese unausgesprochene Auszeichnung stolz machte, umso mehr, als Glock ihn neuerdings zuweilen um Rat fragte. Es waren Fragen, die er früher an Rudi Leitner gestellt hätte. Dessen Gesicht war nicht anzumerken, was er dabei fühlte. Aber Rudi Leitners Gesicht war ohnehin nicht viel anderes anzumerken, als dass sein Besitzer durch eine Hölle der Qual gegangen sein musste.

Was die Ratschläge betraf, die Wolfram Schambacher für Oscar Glock hatte, wurden sie von diesem meistens und mit barschen Worten abgetan. Schambachers Verehrung für Glock schien dies keinen Abbruch zu tun. Er gab zu allem seinen Senf dazu, war sofort bereit, seine eigene Meinung zugunsten der Glocks aufzugeben, und wenn er selbst zwischendurch eine Frage hatte, betraf sie in der Regel den Füllzustand von Glocks Weinglas und ob er ihm noch draufschenken dürfte. Wenn er nicht damit beschäftigt war, machte er Hermine schöne Augen, was diese mit deutlich zur Schau getragener Verachtung ignorierte. Schambachers geradezu hündisches Beharrungsvermögen ließ ihn auch hier nicht davor zurückschrecken, sich immer von neuem anzubiedern.

Nach dem Menü – Perigord-Trüffeln, Saibling aus der Müritz à la Moscovite, Geflügelfilets auf Petersilienkartoffeln und Sauce bordelaise und zum Abschluss Croquembouche à la Parisienne – zogen sich Emma und Hermine zurück und ließen die Männer unter sich. Glock fuhr nachdenklich mit dem Finger auf dem Rand seines halbgefüllten Weinglases herum und brachte es leise zum Singen.

»Und das Konzept ist trotzdem stimmig«, sagte er.

»Welches Konzept meinen Sie, Herr Glock?«, fragte Schambacher und sah sich nach der Flasche Château Lafite um, um Glock gegebenenfalls nachzuschenken.

»Dass ein lenkbares Luftschiff ein starres Innenskelett braucht, um es beherrschbar zu machen.«

Schambacher warf Rudi Leitner einen Seitenblick zu, doch dieser reagierte nicht. Nur seine Hände, in dünne Lederhandschuhe gehüllt, die er so gut wie nie auszog, zuckten einmal. Sein Gesicht, auf einer Seite eine blasige, rot gefleckte Kraterlandschaft, in dem die Piratenklappe über dem zerstörten Auge seltsam passend wirkte, blieb reglos.

»Das Luftschiff von Wölfert hatte kein Innenskelett«, sagte Schambacher nach einer Pause. »Hätte er nur eines eingebaut, dann wäre er nicht abgestürzt.«

Glock starrte ihn an. »Wölferts Absturz hatte nichts mit der Konstruktion des Luftschiffs zu tun, sondern mit dem Zusammenspiel von Motor, Schraubenaufhängung, Gasaustritt und einem blöden Defekt!«

»Richtig«, sagte Schambacher. »Genau wie bei David Schwarz' Luftschiff.«

Glock schnaubte. »Bei Schwarz' Luftschiff waren es die Treibriemen, die sich aushängten, wodurch die Schrauben keinen Antrieb mehr erhielten. Damit war das Luftschiff antriebslos und wurde vom Wind zu Boden gedrückt.«

»Verdammte Treibriemen«, sagte Schambacher. »Andererseits – eine jüdische Konstruktion. Was will man da schon erwarten. Nichts Schöpferisches in diesen Leuten ...« Er blickte um sich, ob ihn jemand angesichts des krassen Widerspruchs zur Rede stellen würde, dass er jemandem, der eine in den Augen seines verehrten Mentors Glock fast perfekte Konstruktion erfunden hatte, das Fehlen schöpferischen Geistes unterstellt hatte. Aber niemand sprang auf seine Aussage an. Rudolf Leitner starrte ins Leere, Professor von Schley wirkte wie jemand, der seit Stunden die Tafel verlassen möchte und es nicht wagt, und Oscar Glock sah sich selbst dabei zu, wie er sein Weinglas zum Singen brachte.

»Ich hätte zu gern die Innenkonstruktion gesehen«, sagte Glock schließlich. »Du nicht auch, Rudi?«

»Das wäre hilfreich gewesen«, sagte Schambacher, der nicht zu merken schien, dass er diesmal gar nicht gemeint war.

Rudolf Leitner sagte tonlos: »Der Graf war schneller.« Er war schlecht zu verstehen, weil eine Seite seines Mundes wegen der Brandnarben unbeweglich war.

»Ja, zum Teufel«, knurrte Glock. »Ich dachte, ich könnte ein paar Tage nach dem Unglück in Ruhe mit Schwarz' Witwe reden und ihr das Wrack abkaufen ...«

»Die Juden sind immer scharf aufs Geld«, pflichtete Schambacher bei.

»... aber dass der verfluchte Zeppelin noch viel eher als ich dort auftaucht und ihr gleich das gesamte Patent abkauft, damit habe ich nicht gerechnet. Wir hätten das Wrack gleich noch am Absturzort untersuchen sollen.«

»Mit einer Jüdin Geschäfte machen und ihr gleich ein ganzes Patent abkaufen«, sagte Schambacher, der sich thematisch ganz offenbar in tiefem Wasser befand, aber unverdrossen paddelte. »Der Graf sollte sich was schämen.«

»Die Polizei hatte den Unfallort abgesperrt, Oscar«, murmelte Rudi Leitner.

»Ja, ich weiß. Aber was soll's. Vielleicht sind wir so sogar besser dran.«

»Weil die verfluchte jüdische Konstruktion sowieso nie geflogen wäre«, sagte Schambacher.

Diesmal starrte sogar Rudi Leitner ihn mit seinem heil gebliebenen Auge fassungslos an.

Oscar Glock räusperte sich, dann stieß er hervor: »Das Luftschiff *ist* doch geflogen, Sie Hornochse! Wir sind besser dran, weil nun der Graf sich damit herumplagen kann, die Konstruktion sicher flugfähig zu machen, und nicht wir die ganze Experimentiererei am Hals haben. Von Experimenten haben wir die Schnauze voll, nicht wahr, Rudi?«

Rudi Leitner erwiderte nichts.

Schambacher, der kurz zusammengezuckt war bei Glocks Ausbruch, erklärte loyal: »Besser, dass jemand anderer sich mit den ersten Fehlschlägen herumplagt.« Dann ging er kurz in sich und kam mit einem neuen Aspekt der Sachlage hervor: »Aber wenn der Graf es schafft, ein Luftschiff mit starrem Skelett zu bauen und erfolgreich zu fliegen, haben wir ja nichts davon.«

»Das Problem lösen wir, indem wir rechtzeitig dafür sorgen, dass seine Konstruktion, wenn sie fliegen würde, nicht weit fliegt … und das Prinzip nachbauen, während seine Leute noch versuchen, seine Leiche unter seinem Wrack herauszuziehen. Mit ein bisschen Glück fällt er in den Bodensee und ersäuft.«

»Da bräuchten wir aber jemanden unter seinen Mechanikern, der auf unserer Seite ist«, bemerkte Schambacher, der zur Abwechslung einmal den Kern der Sache erfasste.

»Das lässt sich schon noch einfädeln«, meinte Glock. »Verbindungen haben wir ja jetzt zu Zeppelin.«

»Haben wir nicht«, brummte Rudi.

Glock lächelte. »Hab ich das falsch mitgekriegt, dass deine Schwester gerne wieder was mit ihm angefangen hätte?«

»Lass Hermine aus dem Spiel, Oscar. Briest hat ihr zu verstehen gegeben, dass er nichts mehr von ihr will.«

»Und das glaubst du? Ich dachte, du hättest eine bessere Menschenkenntnis. Er ist nur vor seinen eigenen Gefühlen abgehauen, glaub mir.«

»Ich sag dir noch mal: Lass Hermine aus dem Spiel.« Rudi Leitners Brandnarben röteten sich.

Glock schüttelte seufzend den Kopf. »Deine Schwester liebt Otto von Briest. Wenn wir es schlau anstellen, kommen die beiden doch noch zusammen. Und das willst du ihr verwehren? Wie viele Jahre ihres Lebens und ihrer großen Liebe hat sie für dich geopfert, und du willst jetzt verhindern, dass ich sie und den jungen Briest zusammenbringe? Nennst du das brüderliche Dankbarkeit, Rudi?«

Schambacher beobachtete Rudi Leitner aus den Augenwinkeln. Sein Mund war trocken. Das war das erste Mal, dass er den versehrten Mann so emotional aufgewühlt sah. Der verunstaltete Mund öffnete und schloss sich, die Hände in den Handschuhen fuhren ziellos auf dem Tischtuch hin und her.

Professor von Schley erhob sich ruckartig. Er sah so aus, wie

Rudi Leitner sich innerlich fühlen musste. »Die Herren entschuldigen mich«, brachte er hervor und rannte fast aus dem Salon.

Glock hob sein Glas und prostete ihm hinterher. »Frohe Weihnachten«, sagte er spöttisch.

16

Rudolf Leitner betrat wenig später das Schlafzimmer, das er und seine Frau Emma sich im Schley'schen Haus teilten. Emma lag auf der Seite, das Gesicht ins Kissen vergraben, die Decke bis zum Hals hinaufgezogen. Mehr denn je wirkte sie wie ein kleines Mädchen, das sich vor der Welt in die Sicherheit ihres Federbetts geflüchtet hat. Wahrscheinlich stellte sie sich nur schlafend. Leitner betrachtete sie stumm, während er vor dem Bett stand. Er machte keine Anstalten, so zu tun, als würde er sie wecken oder als würde er ihre Verstellung durchschauen.

Er zog sich ungeschickt, aber lautlos aus. Schließlich trug er nur noch sein Hemd, die Handschuhe und die Augenklappe. Er trat vor den Spiegel an Emmas Kosmetiktisch, setzte sich und hielt beide Hände vor die zerstörte Seite seines Gesichts. Die unversehrte Hälfte blickte ihm aus dem Spiegel entgegen. Er starrte sie an, als kenne er sie nicht. Dann zupfte er sich vorsichtig die Handschuhe von den Händen. Ohne die dicke Schicht aus Vaseline und Heilcreme, die auf seiner Haut verteilt war, hätte er die Handschuhe weder an- noch ausziehen können, ohne stückweise die Haut mit abzureißen. Seine Hände waren nie ganz verheilt, die glasige, harte Haut platzte immer irgendwo auf. Rudi Leitner wischte vorsichtig mit einem Tuch die am Morgen aufgebrachte Cremeschicht ab. Als die Hände einigermaßen sauber waren, nahm er die Augenklappe über der leeren, vernarbten Augenhöhle ab und tupfte sich mit einem anderen Tuch über die verbrannte Gesichtshälfte. Dort war keine Heilcreme aufgebracht, sondern Schminke. Sie deckte ab, dass die verbrannte Haut in Wirklichkeit noch viel fleckiger und kränker aussah. Barthaare stachen einzeln oder in kleinen Inseln aus den Kratern und Narben hervor und sahen widerwärtig aus, aber sie waren noch zu kurz, als dass man sie hätte rasieren können, ohne die kranke Haut zu reizen. Die Schminke deckte auch sie ein wenig ab. Der Preis dieser verzweifelten Eitelkeit waren Pusteln und entzündete Stellen, welche die versehrte Hälfte des Gesichts noch weiter entstellten.

Schließlich schlüpfte er auf seiner Seite des Betts unter die Decke und wand sich, bis er seine Schultern in das Lederkorsett eingepasst hatte, das dort auf ihn wartete. Das Korsett verhinderte, dass er sich im Schlaf auf die Seite drehte. Bis er auf die Idee gekommen war, es anfertigen zu lassen, hatte es unzählige Morgen gegeben, in denen er unter Qualen sein mit getrocknetem Wundsekret am Kissen angeklebtes Gesicht hatte lösen müssen. Er legte die Hände oben auf die Decke, wissend, dass dort am nächsten Morgen blutige Spuren zu sehen sein würden. Rudis und Emmas Bettwäsche wurde täglich gewechselt.

Langsam schlummerte er ein, seine sich schlafend stellende Frau neben sich. Vor dem Richter und der Kirche waren sie Mann und Frau; nach den uralten Gesetzen des Ehesakraments nicht. Sie hatten die Ehe nie vollzogen. In der Hochzeitsnacht hatte Emma ihr Nachthemd über die Oberschenkel hochgeschoben, den Kopf zur Seite gedreht, die Augen geschlossen und gewartet. Als sich nichts getan hatte, hatte sie die Augen wieder geöffnet. Rudi hatte vor dem Bett gestanden, seine wunden Hände erhoben, sein Monstergesicht verzerrt, außerstande, sich aufzustützen, damit er sich zwischen ihre Beine legen konnte. Emma hatte ihn aufgefordert, sich auf den Rücken zu legen, und hatte sich auf ihn geschwungen. Sie hatte sein Nachthemd hochgeschoben und sich unbeholfen an ihm zu schaffen gemacht, mit eiskalten Händen und so flach atmend wie jemand, der einen Löwenkäfig betritt.

Rudi hatte nach einer Weile mit seinen Klauenhänden ihre Handgelenke festgehalten und den Kopf geschüttelt.

Emma war von ihm herabgestiegen. Auf ihren Handgelenken waren Blutspuren gewesen und festgeklebte Reste abgelöster Haut.

Rudi hatte sich auf die Seite gedreht. Am nächsten Morgen hatte er gestöhnt vor Schmerz, als er das Kissen von seinem Gesicht trennte. In der Nacht hatte er geweint. Seine Unfähigkeit, seine Frau zu lieben, war mit Sicherheit der eine Grund dafür. Der andere war, dass Emma es nicht geschafft hatte, die tiefe Erleichterung darüber zu verbergen, dass ihr Ehemann sie niemals würde besitzen können.

17

Oscar Glock saß noch eine Weile allein im Salon und trank den Wein aus. Einen Château Lafite ließ man nicht verkommen. Dann stand er auf. Er wirkte so nüchtern, als hätte er den ganzen Abend nur Wasser getrunken. Mit sicheren Schritten stieg er die Treppe hinauf und betrat Professor von Schleys Arbeitszimmer. Er machte sich nicht die Mühe zu klopfen.

Julius von Schley saß an seinem Schreibtisch, die Hände vor sich auf der Tischplatte, die Handflächen nach oben. Er blickte auf, als Glock hereinkam, sich einen Fauteuil heranzerrte und gegenüber von Schley Platz nahm. Die Augen des Professors waren rot gerändert.

»Was ist los, Professor?«, fragte Glock. »Sie machen mir doch nicht mittendrin schlapp? Ich brauche Sie jetzt!«

Schley antwortete nichts.

»Wenn Graf Zeppelin es schafft, ein vollständig beherrschbares Starrluftschiff zu bauen, sind wir am Ziel. Dann brauche ich mehr Gefolgsleute, die mir helfen wollen, Deutschland zu retten. Sie sollen die jungen Leute begeistern, Professor. Aber das

Bild, das Sie in letzter Zeit bieten, schreckt einen eher ab. Sehen Sie nur mal Ihre Weste an. Sie haben sich beim Abendessen vollgekleckert, ohne es zu merken!«

»Ich habe es satt, jemanden für Sie zu verführen«, sagte Schley heiser.

»Verführen? Ich dachte, wir hätten das gleiche Ziel!«

»So, wie Sie mich verführt haben!«, fuhr Schley fort, der Glocks Einwurf nicht gehört zu haben schien.

Glock nickte langsam. Er wusste, woher die grauenhafte Verfassung des Professors kam. Es hatte die Möglichkeit bestanden, dass er genau so reagieren würde. Schley war ein Schwächling. Zu schwach, seinen eigenen Trieben Einhalt zu gebieten, aber auch zu schwach, das schlechte Gewissen nachher zu verdrängen. Glock hätte sich gewünscht, dass Schley stärker wäre oder dass er sich endlich einmal auch vor sich selbst zu dem bekennen würde, was er war. Umsonst gehofft. Es würde auch ohne den Professor gehen, aber mit ihm wäre es einfacher gewesen. Egal. Die *Söhne Walhalls* würden auch von allein immer mehr Zulauf bekommen, es würde nur langsamer vor sich gehen ohne den Professor als Werber.

Glock lächelte ein kaltes Lächeln. Der Professor erschauerte. »Ich dachte, Sie hätten es genossen, bei der Kleinen endlich ans Ziel zu kommen«, sagte Glock.

Der Professor verfärbte sich. »Natürlich wissen Sie darüber Bescheid«, flüsterte er.

»In allen Einzelheiten«, erwiderte Glock und ließ sich anmerken, dass er jedes einzelne Detail widerlich fand.

Professor von Schley gab ein krankes Geräusch von sich. Seine Augen füllten sich erneut mit Tränen. Er zog eine Schublade in seinem Schreibtisch auf und holte einen kleinen Taschenrevolver hervor. Die Trommel war fünfschüssig und geladen. Schley spannte den Abzug und richtete die Waffe mit einer zitternden Hand auf Glock. Der saß ganz still und fixierte sein Gegenüber.

»Sie haben mich dazu verführt«, krächzte Schley. »Ich kann nicht mehr schlafen, seit ich das getan habe. Ich habe mich versündigt. Es ist Ihre Schuld. Sie sind der Teufel, Glock.«

»Den Schuss wird man im ganzen Haus hören«, sagte Glock.

Der Professor schien seine Worte nicht wahrgenommen zu haben. Tränen liefen ihm über die Wangen. »Sie sind der Teufel«, wiederholte er.

Glock bewegte sich nicht. »Und was, wenn Sie mich wirklich erschießen?«, fragte er. »Nehmen wir mal an, das führt *nicht* dazu, dass alles auffliegt, was ich für Sie getan habe – die Geschichten im ›Schmetterling‹, dass ich Ihnen die Kleine zugebracht habe, was Sie hier mit ihr angestellt haben … nehmen wir mal an, das fliegt mit meinem Tod *nicht* auf und Ihr Name wird *nicht* in allen Zeitungen breitgetreten und Ihre Phantasien *nicht* in ganz Deutschland voller Grausen diskutiert und Ihr Name *nicht* aus allen Annalen und Archiven gestrichen und die Erinnerung an Sie wird *nicht* für alle Zukunft lauten ›Kinderschänder Schley‹ statt ›ehrenwerter Professor Schley‹ – nehmen wir mal an, das alles wird *nicht* passieren, nur weil mit meinem Tod auch meine schützende Hand über Ihrem Treiben verschwindet …«

Glock unterbrach sich. Die Hand des Professors zitterte so sehr, dass es fraglich war, ob er Glock über den Tisch hinweg getroffen hätte – aber es gab auch so etwas wie Glückstreffer. Ein solches Risiko musste man nicht eingehen, wenn man wie Oscar Glock noch eine so große Aufgabe vor sich hatte. Das Gesicht des Professors war aschfahl, seine Lippen blau. Er setzte mehrmals an, etwas zu sagen, und fand keine Kraft dazu. Der kurze Lauf des kleinen Revolvers schwankte hin und her. Glock starrte nicht ihn an, Glock starrte Schley in die zuckenden, tränenden, entzündeten Augen, durch die man bis in eine sich in allen Höllenqualen windende Seele blicken konnte. Die Seele eines Schwächlings.

»Was passiert dann?«, fragte Glock. »Wir beide wissen doch genau, was passiert. Sie werden es wieder tun wollen. Vielleicht nicht morgen. Aber in ein paar Wochen, ein paar Monaten. Sie sind über die Schwelle getreten, Professor, und von dort, wo Sie jetzt sind, gibt es kein Zurück. Nur, dass Sie es nicht mehr kriegen werden, weil Sie nicht wissen, wie Sie rankommen sollen an Ihre Beute. Weil ich nicht mehr da sein werde, um sie Ihnen zu beschaffen.«

»Ich … werde … diese Sünde … abtöten …«, stöhnte der Professor.

»Werden Sie nicht. Weil Sie nicht können. Weil es stärker ist als Sie. Weil Sie, wenn Ihnen das möglich wäre, gar nicht erst angefangen hätten damit.«

»Ich … werde …« Der Revolver bebte, zitterte, pendelte hin und her.

»Sie werden sich im Feuer der Hölle winden, Professor«, sagte Glock. »Und keine Möglichkeit haben, es zu löschen.«

Der Zeigefinger des Professors spannte sich um den Abzugshebel des Revolvers. Seine Knochen waren weiß, so krampfhaft hielt er die Waffe fest. Auf seiner Stirn standen dicke, ölige Schweißtropfen.

Glock stand auf. »All das wird passieren, Professor. Nun haben Sie die Waffe herausgeholt, nun müssen Sie sie auch benutzen. Schießen Sie, Professor. Aber stellen Sie sicher, dass Sie den wirklichen Sünder treffen.«

Er ging ohne Hast und ohne sich noch einmal umzudrehen zur Tür, öffnete sie und trat hinaus. Er schloss sie hinter sich. Er stieg leise die ersten paar Treppenstufen hinunter und wartete. Es dauerte lange.

»Selbst dazu zu schwach«, murmelte er.

Dann fiel der Schuss. Gleich darauf polterte etwas. Glock wartete, bis die Türen zu den Zimmern der anderen Hausbewohner aufgerissen wurden und Rudi Leitner aus dem einen und Hermine Leitner aus dem anderen Zimmer stürzten. Dann setzte er sich in Bewegung, als ob er vom Salon unten die Treppe heraufgelaufen wäre, und hielt künstlich keuchend vor Schleys Arbeitszimmer an. Aus dem Augenwinkel sah er Emma, die sich an der Wand abstützte und unsicher herantaumelte.

»Was ist passiert?«, rief er und gab sich Mühe, panisch zu wirken. »War das ein Schuss?« Er riss die Tür zu Schleys Arbeitszimmer auf. »Herr Professor?« Er prallte zurück. »Oh mein Gott!«

18

Am 30. Juli 1898 starb der größte Politiker, den Europa nach Napoleon Bonaparte kannte, an einer Lungenlähmung auf seinem Alterssitz Friedrichsruh. Fürst Otto von Bismarck war tot.

Seinem letzten Wunsch entsprechend, fand die Beisetzung im engsten Familienkreis auf seinem Schloss statt. Kaiser Wilhelm II., der den alten Mann zu dessen Lebzeiten verachtet hatte und ihm in herzlicher, von Bismarck ebenso leidenschaftlich erwiderter Abneigung verbunden war, konnte sich mit seinem Wunsch nach einer Beisetzung Bismarcks in der Hohenzollerngruft und der Anfertigung eines Sarkophags nicht gegen die Hinterbliebenen durchsetzen. Diese wiederum führten nur die Anordnungen aus, die Bismarck in seinem Testament hinterlassen hatte. Am 2. August 1898 wurde Otto von Bismarck in einem schlichten Sarg in der Familiengruft beigesetzt. Der Kaiser und die Kaiserin standen an seinem Grab. Zu Gesicht bekam Wilhelm II. seinen ehemaligen Reichskanzler nicht mehr. Bismarcks Sohn Herbert hatte den Sarg auf Wunsch seines Vaters verlöten lassen.

Die Familie von Briest war nicht eingeladen.

Bei der offiziellen Trauerfeier in Berlin am 7. August in der Hedwigskathedrale fehlte Bismarcks Familie. Amalie von Briest wünschte sich, der Feier ebenfalls ferngeblieben zu sein. Ihr Wunsch entstammte nicht einer unerträglichen Trauer um den

Toten – sie hatte den Reichskanzler, der zu Lebzeiten von Großvater Alvin so viel für die Familie getan hatte, nie persönlich kennengelernt, genauso wenig wie Großvater Alvin; seinem Tod stand sie daher völlig indifferent gegenüber. Sie wünschte sich, zu Hause geblieben zu sein, weil sie in der Menge der Trauergäste Hermine und Emma Leitner erspäht hatte. Sie hoffte inständig, dass sie Emma nicht nach dem Gottesdienst begegnen würde, aber die Chancen standen schlecht: Zumindest Hermine hatte die Briests gesehen und ihnen zugewinkt.

Nach der Trennung von Emma war Amalies Herz wie vereist gewesen. Sie war sich immer unschlüssig gewesen, was sie mit Professor von Schleys Tochter verbunden hatte, weil sie sich ihrer Sexualität nie ganz sicher gewesen war. Erst nach der Trennung hatte sie gemerkt, wie sehr Emma ihr Leben erfüllt hatte. Amalie hatte ihr Herz danach für niemanden mehr geöffnet. Wenn ihr Vater sich erkundigt hatte, ob eine Heirat für sie überhaupt nicht in Frage käme, hatte sie sich stets taub gestellt. Was hätte sie ihm antworten sollen? Moritz wusste nichts über die sexuelle Präferenz seiner Tochter. In solchen Situationen war es stets Antonie gewesen, die Amalie beigesprungen war. Amalie wusste nicht, war es aus Mutterliebe geschehen oder aus Antonies Instinkt, bedrängten und in ihrer Selbstentfaltung möglicherweise behinderten Frauen zu Hilfe zu eilen. Sie hatte nie deswegen nachgefragt.

Als der Gottesdienst vorbei war, beeilte Amalie sich, einem Zusammentreffen mit Emma zu entgehen. Sie hatte gesehen, dass Hermine Leitner mehrfach zu ihnen herübergeblickt hatte, und an der Reaktion Ottos erkannt, dass auch er es gemerkt hatte. Sie wusste, dass Otto nicht aus reinem Interesse an Luftschiffen nach Süddeutschland zu Graf Zeppelin gegangen war, sondern Hermines wegen. Wer in der Liebe so verwundet war wie Amalie, konnte einem anderen, der eine ebensolche Wunde trug, seine Gefühle an der Stirn ablesen, besonders wenn es der eigene Bruder war. Ihr war auch klar gewesen, dass Hermine den Kontakt zu Otto suchen würde, wenn die Feier vorüber war. Und da Hermine mit Emma hier war und deren Rollstuhl schob, würde sich ein Zusammentreffen mit Amalies ehemaliger Geliebter nicht vermeiden lassen, es sei denn, Amalie setzte sich vorher ab.

Ihre Eltern achteten nicht auf sie. Moritz schüttelte viele Hände und tauschte Höflichkeiten mit Bekannten aus. Antonie schüttelte noch mehr Hände, hauptsächlich die von Frauen, und ließ den einen oder anderen feindseligen Blick von Beamten und Unternehmern, mit denen sie sich angelegt hatte, an sich abprallen. Otto und Levin hatten die meiste Zeit während der Hymnen und Choräle miteinander geflüstert und steckten auch jetzt die Köpfe zusammen. Wie üblich, würde niemand Amalie vermissen, wenn sie jetzt einfach ging. Sie eilte schnell durch ein Seitenportal aus der Kirche, fühlte sich kurzatmiger, als es der geringen Anstrengung geschuldet gewesen wäre, und bog um die Ecke auf den Platz am Opernhaus, dessen südliche Begrenzung die Fassade der Kathedrale war.

Emma saß dort ganz allein in ihrem Rollstuhl und blickte in dem Moment zu ihr her, als Amalie auf den Platz hinaustrat. Es hatte keinen Sinn, so zu tun, als hätte sie die schmale, zarte Gestalt in ihrem Stuhl nicht gesehen. Emma hob die Hand und winkte. Amalie straffte sich, dann ging sie zu ihr hinüber, jeder Schritt begleitet von einem gerade schmerzhaft gewordenen Herzpochen.

»Hallo, Amalie.«

»Hallo, Emma.«

Oh Gott, dachte Amalie, oh Gott – wie kann man nur einen Menschen so in- und auswendig und mit all seinen seelischen und körperlichen Eigenheiten gekannt und geliebt haben – und dann, wenn die Liebe vorüber ist, nicht mehr wissen, wie man mit ihm umgehen soll?

»Ich habe deine Beileidskarte wegen meines Vaters erhalten«, sagte Emma. »Vielen Dank dafür.«

Es war eine Karte der gesamten Familie gewesen. Amalie hatte lediglich darauf unterschrieben. Jetzt wünschte sie, ein paar persönliche Sätze dazugekritzelt zu haben.

»Das war bestimmt eine schwierige Zeit.«

»Ja, es war schlimm«, sagte Emma.

Eine Pause entstand. Amalie suchte nach Worten. Emmas Augen waren groß und glänzend und ließen Amalies Blicke nicht los.

»Wie ist das überhaupt passiert?«, fragte Amalie schließlich.

Emma zuckte mit den Schultern. »Papa hat sich anscheinend eine Pistole besorgt. Ich weiß nicht, warum. Vielleicht hat ihn ein Student bedroht, den er nicht in seinen Zirkel der Exzellenz gelassen hat. Er hat nie etwas Diesbezügliches erwähnt, aber er war in den Tagen vor Weihnachten so nervös und fahrig, wie ich ihn noch nie gesehen habe. Er konnte keinem richtig in die Augen schauen, nicht einmal mir. Jedenfalls muss sich beim Hantieren oder beim Reinigen der Waffe ein Schuss gelöst haben. Als wir in seinem Zimmer ankamen, lag er schon tot auf dem Boden. Herr Glock hat sich um alles gekümmert. Ich weiß nicht, was ich getan hätte, wenn er nicht gewesen wäre.«

Amalie nickte. Wieder wusste sie nicht, was sie sagen sollte. Ihr war klar, dass sie sich nach dem Befinden von Emmas Mann erkundigen sollte, aber sie brachte es nicht übers Herz. »Wo hast du Hermine gelassen?«, fragte sie schließlich. »Ist sie nicht mit dir hier?«

»Sie wollte mit deinem Bruder Otto reden.«

»Ah.«

Emma stieß plötzlich hervor: »Amalie, kannst du mir nicht verzeihen? Ich war so dumm damals! Bitte verzeih mir.« Sie kämpfte um ihre Fassung und gewann.

Amalie war von Emmas Ausbruch völlig überrumpelt, dennoch erkannte sie, dass Emma eine Art Stärke gewonnen haben musste; früher hätte sie den Kampf gegen die Tränen verloren.

»Ich lebe in der Hölle, seit du weg bist«, sagte Emma.

»Behandelt dein Mann dich schlecht?«

»Rudi? Nein, er ist … er ist … ach Gott, Amalie, er liebt mich so sehr und ist so verzweifelt und so ein seelisches und körperliches Wrack … und ich kann nur Mitleid für ihn empfinden, mehr nicht.«

»Hat er dich … habt ihr … ich meine …«, Amalie verstummte, immer noch überrumpelt von der Entwicklung des Gesprächs und erneut fassungslos darüber, welche Kluft sich zwischen zwei ehemals Liebenden auftun konnte, dass man nicht einmal mehr die einfachsten Dinge aussprechen konnte. Als sie noch zusammen gewesen waren, hatte doch auch keine ein Blatt vor den Mund genommen, schon gar nicht, wenn es um Intimitäten ging. Und nun … »Ihr seid ja schließlich verheiratet«, brachte sie hervor, erkannte erst jetzt, auf welches private Terrain sie sich begeben hatte, und wurde rot. »Entschuldige. Das geht mich überhaupt nichts mehr an.«

»Ich hab es versucht, Amalie!«, sagte Emma. »Ich habe mir Mühe gegeben, mir einzureden, es könnte mir gefallen, wenn ein Mann mich berührt.«

Amalie konnte nicht anders. Nun, da plötzlich eine Art Schranke zwischen ihnen gefallen war, musste sie weiterfragen. »Es ging nicht? Weil … ist er denn so schrecklich entstellt, Emma?«

»Das wäre es nicht gewesen. Ich hätte schon versuchen können, in sein Herz zu schauen statt in sein Gesicht. Aber es ging nicht, weil ich … weil ich … es ging einfach nicht, ich empfand überhaupt nichts. Aber das war nicht das Schlimmste.«

»Hat er dich gezwungen!?«

Nun rollte doch eine Träne über Emmas Wange. »Er kann es nicht, Amalie«, wisperte sie. »In seiner Seele und seinem Körper ist so viel kaputt nach dem Unfall … er kann es nicht. Ich hab ihn weinen gehört in der Hochzeitsnacht. Kannst du dir vorstellen, wie es ist, deinen Mann in der Hochzeitsnacht weinen zu hören, während du gleichzeitig weißt, dass seine rohe Haut am nächsten Morgen am Kopfkissen festgeklebt sein wird und du an deinen

Armen noch die Hautfetzen und das Blut trocknen fühlst, die seine Berührung an dir hinterlassen haben?«

»Nein«, sagte Amalie, »und ich möchte es mir auch gar nicht vorstellen.«

Emma nahm plötzlich Amalies Hand. Amalie schluckte. Emmas Finger waren so kalt wie eh und je, trotz der Augusthitze auf dem weiten, gepflasterten Platz. »Amalie, darf ich dich um etwas bitten? Weißt du, weswegen Hermine deinen Bruder sprechen will?«, fragte sie.

Amalie schüttelte den Kopf. Um ebenfalls um Verzeihung zu bitten?, fragte sie sich im Stillen. Was wird Otto antworten? Sie machte sich klar, dass ihre Antwort auf Emmas Bitte um Verzeihung noch ausstand.

»Es geht um Rudi«, sagte Emma. »Herr Glock hat mich auf die Idee gebracht, und Hermine hat mir versprochen, deinen Bruder danach zu fragen. Das Einzige, was Rudi noch an Träumen hat, ist die Idee, ein Luftschiff zu konstruieren. Dein Bruder arbeitet doch jetzt für diesen Grafen am Bodensee, Herrn von Zeppelin. Könnte er nicht ein gutes Wort für Rudi einlegen, dass dieser ihn zu sich holt? Rudi kann nicht mehr viel mit seinen Händen anfangen, aber es gäbe die Möglichkeit, dass er seine rechte Hand, die fast gar nicht mehr funktioniert, amputieren und durch eine gute Kunsthand ersetzen lässt. Damit könnte er wieder Sachen greifen.« Emma sah an sich herab und strich über die Armlehne des Rollstuhls. »Ist ja keine Schande, auf ein mechanisches Hilfsmittel angewiesen zu sein im Alltag, oder?«

Du bist nicht darauf angewiesen, dachte Amalie. Dir hat man nur den Glauben eingepflanzt, du wärst es. Und als du versucht hast, diesen Glauben zu überwinden, habe ich es verhindert.

»Außerdem braucht ein Konstrukteur nicht unbedingt seine Hände. Die können auch von Arbeitern gestellt werden. Er braucht seinen Geist und seine Visionen. Die sind bei Rudi noch intakt.«

»Darum möchte Hermine meinen Bruder bitten?«, fragte Amalie fassungslos.

»Ich weiß, dass es deinem Bruder schwerfallen muss«, erklärte Emma. »Aber vielleicht kannst du ihn auch darum bitten? Um Rudis willen … und um meinetwillen, Amalie.«

»Um deinetwillen?«

»Wenn Rudi wieder etwas hat, was ihn am Leben freut, dann kann ich vielleicht meine Schuld vergessen, dass ich nur Mitleid für ihn habe und keine Liebe.«

»Aber was willst du denn am Bodensee, Emma? Da wärst du doch ganz allein …«

»Glaubst du, dass ich hier nicht allein bin?« Emmas Stimme klang so nüchtern, dass ihre Aussage nur umso schlimmer war. »Außerdem würde ich hierbleiben.«

»Du würdest ihn allein gehen lassen?«

Emma nickte.

Amalie, ganz gegen ihren Willen und so verstört darüber, dass sie sich grußlos abwandte und davonstapfte, fühlte angesichts dieser Aussage eine Regung, die sie völlig abgetötet geglaubt hatte. Sie fühlte einen winzigen Funken Lust in sich aufglimmen, als sie sich vorstellte, dass Emma allein in dem großen Haus lebte, das nun ihr gehörte, und dass niemand mehr Rechenschaft verlangen würde, wenn Amalie sie dort besuchte, und keiner fragen konnte, was sie dann taten.

»Verzeihst du mir, Amalie?«, rief Emma ihr hinterher. »Bitte verzeih mir, Amalie!«

»Ich spreche mit meinem Bruder«, rief Amalie, ohne sich umzudrehen, und lief davon.

19

Mitte November 1898 reisten drei junge Männer nach Süden: Otto von Briest, Levin von Briest und Rudolf Leitner. Rudis rechte Hand ruhte in seinem Schoß und zuckte ab und zu, wenn er sich bewegte. Sie war eine Kunsthand, unendlich viel feiner gearbeitet als die, die Edgar Trönicke gehabt hatte, und, sobald Rudi sich an sie gewöhnt haben würde, völlig seiner Kontrolle unterworfen. Dennoch fühlte sich Levin an die Prothese des Detektivs erinnert, wann immer er Rudi anblickte. Er fragte sich, was sich Hermine Leitner dabei gedacht haben musste, dass ihr Bruder auf einmal dieselbe Versehrtheit aufwies wie ihr ehemaliger verehrter Chef. Aber wahrscheinlich war sie einfach nur froh, dass ihrem Bruder nun ein Schmerz weniger bereitet wurde. Seine rechte Hand war bis zum Ellbogen hinauf verbrannt und verschmort gewesen. Die Ärzte hatten alles abgenommen, was krank gewesen war, die Haut über dem Stumpf vernäht und die Prothese angepasst. Rudi Leitner hatte, als Levin ihn darauf angesprochen hatte, nur gesagt: »Darauf hätte ich schon eher kommen sollen. Schade, dass man nicht auch den Kopf ersetzen kann.« Levin hatte nicht gewusst, ob er darauf lachen oder betreten zu Boden blicken sollte.

Nun saßen sie im Zug und fuhren der Werkstatt des Grafen Zeppelin entgegen, der nicht nur die Bewerbung Levins, sondern auch die Rudi Leitners willkommen geheißen hatte. In den Zeitungen konnte man immer noch vereinzelte Kommentare über den Mordanschlag auf die österreichische Kaiserin Elisabeth vor zwei Monaten lesen, oft im Zusammenhang mit dem Dahinscheiden Otto von Bismarcks. Auf ihre Weise war Kaiserin »Sisi« ebenso eine Ikone gewesen wie Reichskanzler Bismarck. Der Tod zweier so im öffentlichen Bewusstsein verankerter Persönlichkeiten in einem Jahr hatte Wellen geschlagen, die noch lange die Gemüter bewegten. Dass es einem Brasilianer namens Alberto Santos-Dumont gelungen war, in Paris ein von einem Benzinmotor angetriebenes Luftschiff auf einer Höhe von vierhundert Metern eine ganze Strecke weit zu dirigieren, bevor der Traggaskörper einen Druckverlust erlitt und kollabierte, war bereits wieder aus den Gazetten verschwunden. In Wien waren die Bahn-Radweltmeisterschaften im Schatten des Mordes an der Kaiserin veranstaltet worden und hatten mit Prügeleien der Fahrer unter sich, des Publikums unter sich und der Fahrer mit dem Publikum geendet. In Frankreich wogte die Dreyfusaffäre hin und her und ließ immer mehr erkennen, dass der französische Generalstab ein krasses Fehlurteil gefällt und Fälschungen und Lügen mit weiteren Fälschungen und Lügen zu decken versucht hatte. Keine Schlagzeilen mehr machte das Massaker, das Türken unter der griechischen Bevölkerung Heraklions angerichtet hatten, dem mehrere hundert Menschen sowie der britische Konsul zum Opfer gefallen waren. Druckertinte trocknet schneller als Blut.

Graf Zeppelin hatte zwar sein Patent erhalten, aber die Expertenkommission des preußischen Militärs war von seinen Entwürfen nicht genügend beeindruckt, um Geld für die Weiterentwicklung lockerzumachen. Wahrscheinlich standen den Herren noch die beiden Havarien Wölferts und Schwarz' vor Augen. Zeppelin hatte trotzdem unverdrossen eine *Gesellschaft zur Förderung der Luftfahrt* gegründet, hatte für das nötige Aktienkapital eine Summe von vierhunderttausend Reichsmark aus eigenem Vermögen aufgebracht und seinem Chefingenieur die besten Mitarbeiter versprochen, die er finden konnte. Diese saßen nun im Zug in Richtung Bodensee.

»Wie machst du das mit deiner Frau?«, fragte Levin. »Ich meine – du am Bodensee, sie in Berlin. Kommt sie nicht nach?«

Rudi starrte den Boden an. »Es ist ganz gut so«, murmelte er. »Ich am Bodensee, sie in Berlin …«

Levin und Otto wechselten einen Blick über Rudis gesenkten

Kopf hinweg. Dann klopfte Levin dem versehrten Mann mitfühlend auf die Schulter. Ottos Blicke ließen die Levins nicht los. Beide verstanden ohne Schwierigkeiten, was der jeweils andere gerade dachte: Amalie und Emma …

4. BUCH

Der Traum von der Zukunft

Februar 1900 – Dezember 1900

»Wir können hier nie wieder reingehen,
ohne det uns alle heimlich nachgucken.«

Hermine Leitner

1

Oscar Glock las den letzten Brief, den er von Rudi Leitner erhalten hatte. Er war auf den 31. Januar datiert und hatte zwei Tage gebraucht, um vom äußersten Süden Deutschlands bis in die Hauptstadt zu gelangen – obwohl es Winter war. Aber in Berlin wurde die Post auch sechsmal am Tag ausgetragen; man konnte davon ausgehen, dass jeder Brief, der im Hauptpostamt im Lauf eines Werktags eintraf, noch am gleichen Abend beim Empfänger landete.

Rudi schrieb, dass die Arbeiten an Graf Zeppelins erstem Luftschiff vor vier Tagen abgeschlossen worden waren – eineinhalb Jahre nach Beginn der Konstruktionstätigkeiten, die mit der Lieferung der ersten Aluminiumskelett-Teile von Zeppelins Geschäftspartner Carl Berg begonnen hatten. Ein Großteil der Arbeitszeit war für die Errichtung einer schwimmenden Halle nahe einem Ort namens Manzell draufgegangen. Aber darüber hatte Rudi bereits in seinen vorhergehenden Briefen berichtet; in seiner kaum lesbaren Handschrift in kindlich wirkenden Blockbuchstaben und in extrem kurzen, knappen Sätzen. Mit der Kunsthand zu schreiben, auch wenn sie eines der besten Modelle auf dem Markt war, war anstrengend. Die Idee, die Konstruktions- und Unterbringungshalle auf dem Wasser zu montieren, war auf Graf Zeppelin zurückzuführen. Die Halle ließ sich in den Wind drehen, so dass einem startenden Luftschiff der bestmögliche Auftrieb geschenkt und gefährliche Seitenwinde vermieden werden konnten.

»Konstruktion: 16 Querrahmen und 24 Längsstützen, mit Draht stabilisiert«, schrieb Rudi über den Bauplan des Luftschiffs.

»Innengerüst mit Leinenstoff überzogen zum Schutz der äußeren Hülle. 17 Traggaszellen aus gummierter Baumwolle. Steuerung über Bug- und Heckruder. Antrieb: zwei Daimler-Verbrennungsmotoren mit je 15 PS. Balanceregelung über verschiebbares Laufgewicht an Unterseite des Luftschiffs. Zwei Passagiergondeln, über offenen Laufsteg verbunden.«

Glock nickte und verglich die mageren Zeilen mit einer zittrig ausgeführten Konstruktionsskizze, die Rudi anscheinend vom Original abgezeichnet hatte. Die Informationen würden genügen, um das Konzept Zeppelins zu kopieren. Aber dazu war es noch zu früh. Die einzelnen Traggaszellen innerhalb der aluminiumbeschichteten Hülle waren etwas Neues und schienen ein ziemlicher Geniestreich zu sein. Das starre Innenskelett war eine Idee, die Glock von Anfang an begeistert hatte, als Rudi Leitner sie ihm präsentiert hatte – für den Zweck, der ihm vorschwebte, musste das Luftschiff extrem stabil sein, und das Traggerüst brachte diese Stabilität. Glocks und Leitners eigene Konstruktion war gescheitert. Das hatte daran gelegen, dass sie gedanklich noch zu sehr dem Fesselballon und dem Prinzip des Prallluftschiffs verhaftet gewesen waren mit seiner einen Treibgaszelle, die auch zugleich der Auftriebskörper war. So wie Wölfert, der einen noch höheren Preis dafür bezahlt hatte. David Schwarz hingegen hatte viel weiter gedacht mit seinem Starrluftschiff, aber seine Gesamtkonstruktion war zu unausgereift gewesen, die Form des Tragkörpers zu ungünstig und das Ganze insgesamt mehr von Begeisterung als von Fachkenntnis bestimmt.

Graf Zeppelin hatte jedoch in die richtige Richtung weitergedacht. Glock studierte die Konstruktionsskizze mit der gleichen Hingabe, wie ein Kunstbeflissener ein perfektes Gemälde betrachtet hätte. Die Form des Luftschiffs: perfekter runder Querschnitt, langgezogen und schlank mit spitz zulaufenden Enden. Kein Vergleich zu der unförmigen Schwarz'schen Tonne oder Wölferts halbflacher Flunder. Wenn dieser Apparat in der Luft hing, würde er zugleich majestätisch, schön, Ehrfurcht gebietend und bedrohlich aussehen. Das Brummen der Motoren und der von den vier Propellern verwirbelten Luft würde für die beeindruckende Geräuschkulisse sorgen. Genau die Eigenheiten, die Glock immer für sein eigenes Luftschiff vorgeschwebt hatten – genau die Eigenheiten, die es brauchte, um seinen ganz besonderen Zweck zu erfüllen. Ein silberglänzender, riesiger Raubfisch, ein Hai der Lüfte, der all das entfernte, was krank, schwach und entartet war. Er würde einzigartig sein. Er *musste* einzigartig sein!

Glock nahm ein Blatt und einen Bleistift und begann zu zeichnen. Auf Anhieb fielen ihm Verbesserungsmöglichkeiten ein. Zeppelin hatte alle Motorenkraft in die Vorwärtsbewegung des Luftschiffs gesteckt. Die zwei Motoren in der vorderen und hinteren Gondel trieben die Luftschrauben an, die seitlich außen an der Hülle angebracht waren – ein Konzept, das nur mit einem Starrluftschiff funktionierte. Es war genial. Und wo die anderen Konstrukteure Motorkraft mit einer vertikale Schubkraft auslösenden Luftschraube direkt unter der Gondel verschwendet hatten, arbeitete Zeppelin mit der Form seiner Erfindung und mit einem simplen Laufgewicht. Für den horizontalen Flug hing das Gewicht mittig unter dem Rumpf; für Steig- oder Sinkflug konnte es verschoben werden, so dass sich entweder das Heck oder der Bug nach unten neigten. Die Form des Luftschiffs, die einen geradlinigen Kurs begünstigte, und der Vortrieb der Luftschrauben besorgten den Rest. Aber das Gewicht hing bei Zeppelins Konstruktion an einem langen Kabel weit unterhalb des Schiffskörpers und würde beim Manövrieren in niedrigen Höhen stören – außerdem war es anfällig gegen seitliche Scherbewegungen. Glocks Bleistift huschte über das Papier und zeichnete eine Schiene zwischen den beiden Gondeln ein, an denen das Laufgewicht verschoben werden konnte; direkt unter dem Rumpf. Dafür würde man auf den Laufgang, der die Gondeln verband, verzichten müssen … oder man versetzte ihn ins Innere des Rumpfs.

Zwischen den eigentlichen Traggaszellen und der Außenhülle musste ja Raum sein, besonders an der Unterseite, da die Traggaszellen nach oben strebten.

»Abwarten, was Zeppelins Konstruktion beim Jungfernflug macht!«, kritzelte er neben die Zeichnung. »Gegebenenfalls dieses Konzept vorschlagen und ausprobieren lassen.« Es war eine Botschaft für Rudi Leitner.

Dann nahm Glock seinen Füllfederhalter und schrieb einen Brief an Rudi Leitner. Er hielt sich ebenfalls knapp. Die Quintessenz seiner Botschaft lautete: »Sieh zu, dass Zeppelins Luftschiff fliegt. Und wenn es sicher ist, dass er damit fliegen kann – dann sorgen wir dafür, dass er das nie wieder tun wird.«

Er faltete seine Zeichnung zusammen, um sie zusammen mit dem Brief in einen Umschlag zu stecken.

2

Verdammt!«, sagte Levin und schlug auf die Zeitung. »Was für ein Schmierer!«

»Ach was«, erwiderte Graf Zeppelin. »Lassen Sie die Leute doch schreiben, Levin. Solange sie schreiben, belästigen sie uns nicht mit ihren Fragen.«

Levin zitierte empört aus der *Frankfurter Zeitung:* »›Eine Ballonfahrt mit Hindernissen!‹ Ballonfahrt! Der Kerl kriegt nicht mal die Überschrift richtig hin. Und dann: ›Das war gestern eine Enttäuschung, wie sie in dem weiten Seebezirk von Hegau bis zum St. Gallener Land wohl noch nie oder noch selten erlebt sein mag.‹«

»Wir haben das alle selber gelesen, Levin«, knurrte Otto.

Levin beachtete ihn gar nicht. Graf Zeppelin hatte den Jungfernflug seines ersten Luftschiffs für den 30. Juni angekündigt und – da er auf weitere Sponsoren und Geschäftspartner hoffte, um die ruinösen Entwicklungskosten auf mehrere Schultern verteilen zu können – Korrespondenten aller deutschsprachigen Zeitungen dazu eingeladen. Die Journalisten waren in Armeestärke angerückt. Mit ihnen waren buchstäblich Tausende von Schaulustigen gekommen, darunter auch ein Detachement des preußischen Generalstabs, das aus einem Inspektor der Verkehrstruppen, einem Mitglied der Staatlichen Prüfungskommission, dem Kommandeur der Luftschiffer-Abteilung und weiteren hochkarätigen Offizieren bestand. Die Herren waren schon einige Tage vor der Meute angereist und allen auf die Nerven gegangen, da Zeppelin sie in die Halle gebeten und jedem seiner Mitarbeiter die Anweisung gegeben hatte, alle Fragen der Kommissare ausführlich zu beantworten. Das Seeufer bei Manzell war so dicht bestückt mit Menschen gewesen, dass man kein Blatt Papier zwischen ihnen hätte zu Boden fallen lassen können.

Alles war perfekt gewesen – das Wetter, der See, das Publikumsinteresse. Nur das Luftschiff selbst hatte Probleme bereitet. Besser gesagt, die Befüllung der inneren Traggaszellen. Fünf Stunden waren dafür berechnet worden. Am frühen Morgen hatte man dann festgestellt, dass wohl eher fünfundzwanzig Stunden dafür benötigt wurden. Wie der Rechenfehler entstanden war, ließ sich nicht feststellen, da jeder der Monteure und Ingenieure – angefangen bei Theodor Kober bis zu den Briest-Brüdern und Rudi Leitner – an der Aufgabenstellung herumgebastelt hatte. Graf Zeppelin war auch nicht derjenige, der in seinem Team nach einem suchte, den er kreuzigen konnte. Er hatte einfach die Hallentore geschlossen gehalten, war hinausgegangen und hatte den Journalisten die simple Wahrheit gesagt. Zusammen mit dem unvergleichlichen Zusatz: »Wir steigen halt zwei Tage später auf. Bleiben Sie so lange am Bodensee, meine Herren, hier ist es auch ohne Flugvorführung schön.«

»›Ein derartiger Rechnungsfehler kann vorkommen‹«, zitierte Levin weiter. »Und dann … bla bla bla … da! ›Man war seiner

Sache so sicher gewesen, dass man – man darf wohl sagen – das ganze Land in feierlicher Weise zu einem Schauspiel entbot, zu dem, wie sich im letzten Augenblick herausstellte, nicht einmal die Ouvertüre gespielt werden konnte.‹«

Der Graf seufzte. »Dafür sehen sie heute allesamt ein gescheites Finale Furioso.«

Levin ließ die Schultern hängen. Der Optimismus des Grafen war schier unwiderstehlich. Er schob die Zeitung von sich weg. Zeppelin nahm sie an sich und schlug sie auf. Er überflog den Artikel. Noch bevor Levin sich wundern konnte, blickte der Graf auf. Seine verschmitzten blauen Augen warfen Blicke in die Runde. »Recht hat er ja, der gute Mann«, sagte er. »Ich glaube, ich setze mich mal mit ihm in Verbindung. Das könnte ein interessantes Gespräch werden.«

»Sie wollen dem Kerl doch nicht noch die Genugtuung geben, Sie persönlich zu verspotten!«, fuhr Levin auf.

»Ach was!« Der Graf winkte ab. »Wenn zwei gestandene Mannsbilder sich mit einem Grögle an einen Tisch setzen, kommt sicher was Gescheites dabei heraus. Mir scheint, dass der gute Mann ein schlaues Köpfchen hat, und schlaue Köpfchen kann man nie genug auf seiner Seite haben.«

Levin sah, dass Otto, der in den letzten Tagen düster und distanziert gewirkt hatte, zu grinsen begann. Selbst Rudi Leitner lächelte mit der einen Hälfte seines Gesichts. Levin schüttelte fassungslos den Kopf.

Theodor Kober, Zeppelins Chefingenieur, kam hereingeeilt. »Der Wind ist schwächer geworden. Wir haben zwölf Stundenkilometer aus Südost«, meldete er. Sein langes Gesicht mit dem prominenten Kinn und der runden Brille wirkte wie immer besorgt. »Wenn Sie aufsteigen wollen, dann jetzt.«

Der Graf blickte auf seine Taschenuhr. »Viertel nach sechs abends«, sagte er. »Lang genug hat's gedauert.« Er klopfte mit den Fingerknöcheln auf die Tischplatte. Dann blickte er auf die Uhr.

»Auf geht's! Bringen wir ein Luftschiff zum Fliegen, meine Herren. Wir sind dem ganzen Land ein Schauspiel schuldig.«

Die Unterhaltung hatte in der schwimmenden Halle stattgefunden, in der das Luftschiff, nun flugfähig und an sein gewaltiges Floß gefesselt, auf seinen Einsatz wartete. Wenn man auf dem Laufgang daneben stand und es betrachtete, sah es gar nicht mehr aus wie ein Apparat. Es war vielmehr ein Leviathan – ein Gebirge aus schimmerndem Metall, eine Wand, die vor einem hochragte wie eine Klippe, eine so gewaltige Erscheinung, dass sie einen schon beim Hinschauen erdrückt hätte … wenn das Luftschiff nicht zugleich so ungeheuer elegant, so *schön* gewesen wäre. Hundertachtundzwanzig Meter lang, zwölf Meter im Durchmesser – in allen Abmessungen pure Eleganz. Es sah aus wie etwas, das sich ein Erzähler wie Jules Verne ausgedacht hatte, aber kein nüchterner Ingenieur. Es sah fantastisch aus. Es sah nicht aus wie etwas, das jemals fliegen würde. Und wenn es heute doch fliegt, dachte Levin, dann wird die Welt danach nicht mehr die gleiche sein.

Die Arbeiter und Ingenieure versammelten sich um Graf Zeppelin. Dieser zog die Mütze ab und sprach ein Dankgebet. Dann sagte er: »Halle auf.«

Als sie die riesigen Hallentore öffneten und danach zusammen in den frühen Abend hinaustraten, blieb Levin die Luft weg. Das Ufer war von womöglich noch mehr Menschen gesäumt als vor zwei Tagen. Auf dem See lag eine Flotte von Schiffen: Dampfer, Motorboote, Segel- und Ruderboote, jedes schier überladen mit Schaulustigen. Ein Raunen ging durch die Massen, und erste Rufe wurden laut. Sie waren zu neunt, als sie auf die schwimmende Plattform neben der Halle hinaustraten: Graf Zeppelin, sein Ingenieurs- und Monteursteam, bestehend aus Levin, Otto, Rudi, Theodor Kober, Fritz Burr und Albert Groß, einer seiner Geldgeber und Sprössling einer mit Zeppelin befreundeten Adelsfamilie, der junge Konrad Freiherr von Bassus und der Schriftsteller und Journalist Eugen Wolf.

Nicht alle würden auf der Jungfernfahrt dabei sein können. Rudi Leitner hatte bereits abgewunken mit den Worten: »Wenn es gutgeht und die Fotografen kommen, wollen Sie mich nicht mit auf dem Foto haben, Herr Graf.« Er war gegenüber den leidenschaftlichen Beteuerungen Zeppelins, dass er sich geehrt fühle, Rudi mit an Bord zu haben, eisern geblieben.

Otto hatte ebenfalls freiwillig verzichtet – Levin fragte sich, ob das der Grund für seine seit zwei Tagen anhaltende schlechte Laune war; vielleicht bereute er jetzt seinen Verzicht!? Levin war sicher, dass er, hätte er sich so wie Otto selbst aus dem Rennen genommen, sich vor Reue nachts im Bett gewunden hätte.

Der dritte Verzichtskandidat war Konrad von Bassus, der in Levins Alter war und eher theoretische Aufgaben übernommen hatte: Er hatte sich mit den Problemen der Luftnavigation befasst und noch mit einem weniger explosiven Gasgemisch herumexperimentiert, allerdings ohne Erfolg. Seine Aussage war ähnlich kategorisch gewesen wie die Rudis und in seinem münchnerisch gefärbten Deutsch ziemlich eindeutig: »Ich setz mich doch net in a Gondel, die unter einem hundertdreiß'g Meter langen Fass voller flüssigem Feuer hängt – und ich weiß, wovon ich red. Naa, dank schön.« Als Aeronauten waren daher Zeppelin, Eugen Wolf, Burr, Groß und Levin von Briest vorgesehen.

Sie blinzelten alle, als sie ins Freie hinaustraten. Das Raunen, die vereinzelten Rufe – und das langsame Aufkommen von Applaus, der sich von so vielen Menschen wie die Brandung einer Meereswelle anhörte, als Zeppelin den Arm hob und winkte. Levin schluckte. Zeppelin strahlte. Rudi und Otto wirkten äußerlich unbewegt. Burr, Groß und Wolf atmeten schneller. Bassus sah sich wie betäubt um und schien von dem Anblick einer mehrtausendköpfigen Menschenmenge, die wegen eines Ereignisses gekommen war, an dem er teilhatte, vollkommen erschlagen zu sein. Er schüttelte immer wieder den Kopf.

Zeppelin blickte zu dem Fesselballon hinauf, der über der

Halle schwebte und die Windstärke maß. Der Applaus wurde stärker. So hatte es vor zwei Tagen zwar auch angefangen – nur dass der Graf da die Hallentore nicht gleich geöffnet hatte und sie letztendlich auch geschlossen geblieben waren. Diesmal signalisierten die geöffneten Tore, dass es keine erneute Panne geben würde.

Der Wind hatte sich zu einer schwachen Brise abgeschwächt, die die Wimpel an der Ankerleine des Ballons träge flattern ließ. Die Halle war der Windrichtung entsprechend fast parallel zum Ufer ausgerichtet, mit der Öffnung nach Südost, in Richtung Bregenz, das in Luftlinie von der Halle aus gerechnet dreißig Kilometer entfernt am Ostufer des Sees lag. Friedrichshafen war in der gleichen Richtung fünf Kilometer entfernt.

Es dauerte fast eine halbe Stunde, das Luftschiff aus der Halle zu bugsieren und längsseits des riesigen Gebäudes in Startposition zu bringen. Während der Arbeiten war Konrad von Bassus nachdenklich und einsilbig. Dann sah Levin ihn mit Graf Zeppelin diskutieren. Schließlich kamen sie auf Levin zu.

»Die Sache ist die«, sagte der Graf und kratzte sich verlegen am Kopf, »unser Freund Konrad bereut mittlerweile, dass er die Fahrt nicht antreten wollte, und jetzt suchen wir nach jemandem aus der festgelegten Mannschaft, der seinen Platz an ihn abgeben will.«

»Da suchen Sie bei mir an der falschen Stelle«, sagte Levin und fühlte für einen Moment eine gewaltige Abneigung gegen Konrad in sich aufwallen. »Hast du auf einmal keine Angst mehr, mit einem Fass voller flüssigem Feuer hochzugehen, Konrad?«

Konrad von Bassus seufzte.

»Warum fragen Sie nicht Fritz oder Albert, Herr Graf?«

»Wir haben uns Folgendes gedacht«, sagte der Graf, dem man ansehen konnte, dass er dieses Gespräch nur ungern führte und es vermutlich auch nur tat, weil er wegen der freundschaftlichen Verbindung zu Familie von Bassus und deren Sponsoring in der Klemme steckte. »Wenn wir den Fritz oder den Albert fragen und einer von den beiden tritt zurück, dann heißt's am Ende noch, der Adel hat die Bürgerlichen übervorteilt. Darum reden jetzt wir drei über die Sache – weil wir alle von Adel sind.«

»Na toll«, sagte Levin. Er atmete tief ein, dann wandte er sich direkt an Konrad. »Ich würde dir gern helfen, aber du bist selbst schuld, Konrad. Hättest du von Anfang zugestimmt, dann hätte es wahrscheinlich eine Verlosung gegeben, und du hättest eine Chance gehabt. Ich trete nicht freiwillig zurück. Tut mir leid.«

Konrad von Bassus seufzte erneut. »Na gut«, sagte er niedergeschlagen. »Du hast ja recht, Levin.«

Dem Grafen war die Angelegenheit sichtlich peinlich. »Vielleicht können wir doch noch einen mehr mitnehmen. Ich frag den Theodor …« Er stapfte davon.

»Die Füllung der Traggasbehälter ist genau auf fünf Leute abgestimmt«, sagte Levin. »Du bringst den Grafen in Verlegenheit, Konrad. Du solltest dich schämen.«

»Jetzt hör mal, Levin. Ich möchte doch auch bloß dabei sein. Das musst du doch verstehen. Meine Familie hat Geld in die Firma hier gesteckt – mein Vater wird brüskiert sein, wenn ich nicht mit dabei war.«

»Dann hättest du von Anfang an dabei sein sollen – nicht jetzt in letzter Minute. Jetzt ist es zu spät. Das hier ist keine Frage, wer wie viel in das Unternehmen eingezahlt hat, sondern wer sich wann für was entschieden hat. Und du hattest dich dagegen entschieden.«

»Herrgott«, stieß Konrad hervor. »Immer diese preußische Schulmeisterei. Das hab ich vielleicht dick!«

»Immer diese bayerische Impulsivität«, konterte Levin. »Denkt halt mal nach, bevor ihr die Klappe aufreißt.«

Die beiden jungen Männer starrten sich aufgebracht an. Graf Zeppelin kam wieder heran. »Es muss bei fünf bleiben«, sagte er resigniert. »Sonst müssen wir das Luftschiff wieder reinbringen und mehr Gas einfüllen.«

Levin war klar, dass das keine Option war. Damit würde der Start zum zweiten Mal abgeblasen werden müssen wegen einer ungenügenden Betankung. Diesmal würde zwar kein Rechenfehler daran schuld sein, aber Graf Zeppelin würde den wahren Grund garantiert niemals verraten. Er würde sich lieber zum zweiten Mal verspotten lassen, nur dass der Spott diesmal so scharf sein würde, dass er das Ende all seiner Pläne bedeutete. Levin spürte die Ratlosigkeit, die vom sonst so entschlossenen Grafen Zeppelin ausging, beinahe körperlich. Die Worte »Ich verzichte« drängten sich auf seine Lippen, nur um Zeppelin aus der Verlegenheit zu helfen. Aber er biss die Zähne zusammen. Nein. Das hier war auch sein Traum. Edelmut war das eine – sich die Erfüllung eines Traums in letzter Sekunde freiwillig aus der Hand nehmen zu lassen war etwas anderes. Er räusperte sich und sah zu Boden. »Sie müssen die Entscheidung treffen, Herr Graf«, murmelte er. »Ich kann nicht freiwillig verzichten.«

Der Graf seufzte.

»Ah, Herrgott!«, stieß Konrad von Bassus hervor. »Ich bin ein Depp. Es tut mir leid, dass ich Sie so in Bedrängnis gebracht hab, Herr Graf. Und … Levin? Ich hab das nicht so gemeint wegen der Schulmeisterei. Du hast recht. Ich hab's mir selber versaubeutelt.«

Levin musterte den jungen bayerischen Adligen überrascht, aber Konrad meinte es offenbar ehrlich. Er hielt Levin sogar die Hand hin. Levin schüttelte sie.

»Du ziehst deine Anfrage wirklich zurück?«, fragte er.

Konrad nickte. »Nicht leichtfertig, das sag ich dir.«

»Das ist sehr großherzig, Konrad«, sagte der Graf. Und zu Levin: »Aber ich kann auch dich verstehen. Ich hätte an deiner Stelle auch nicht zurückgezogen.«

»Ich will nur mit aufsteigen«, sagte Levin. »Meinetwegen kann die Presse nachher schreiben, dass Konrad mit dabei war. Ich kann meinerseits verstehen, dass Konrads Familie es vielleicht seltsam findet, dass Konrad bei der Jungfernfahrt nicht dabei gewesen sein soll.«

Konrad blinzelte ratlos.

»Über das denke ich noch nach«, sagte Graf Zeppelin. »Los geht's. Wir steigen auf. Verlieren wir keine weitere Zeit.«

Konrad schlug Levin gegen den Oberarm. Die Geste war halb kameradschaftlich, halb frustriert, und der Schlag tat weh. Aber Levin sagte nichts dazu.

Jeder nahm seinen Platz ein. Levin war für die vordere Gondel eingeteilt. Er bediente auf Anweisung des Luftschiffführers, des Grafen, die Kurbel, die das Laufgewicht verlagern sollte, um das Luftschiff in Sink- oder Steigflug zu bringen. Fritz Burr war für den Maschinentelegrafen zuständig, mit dem die hintere Maschine mitgesteuert wurde, und für die Messgeräte. In der hinteren Gondel überwachte Albert Groß den Motor. Eugen Wolf war als reiner Beobachter dabei, der den Flug dokumentierte. Sie überprüften die nassen Sandsäcke und die Wasserfässchen, die als Ballast mitgeführt wurden, untersuchten die Kabel, mit denen die Seitenruder – zwei links und rechts des Bugs und zwei ober- und unterhalb der Heckspitze – bedient wurden, probierten das Sprachrohr zur hinteren Gondel aus. Alles funktionierte tadellos. Über dem mehrtausendköpfigen Publikum lag eine geradezu erwartungsvolle Stille, als könne man dort erkennen, dass der Start kurz bevorstand.

Graf Zeppelin zog das Sprachrohr zu sich heran und pfiff hinein. Ein Antwortpfiff ertönte aus dem Endstück.

»Fertig, Buben?«, fragte er in das Sprachrohr hinein.

»Fertig, Herr Graf.«

Zeppelin wandte sich an Fritz Burr und Levin. »Fertig, Buben?«, wiederholte er.

Levin schluckte. Er hatte vor Aufregung feuchte Hände. Sein Herz schlug bis zum Hals. »Fertig, Herr Graf«, erwiderte er im Chor mit Burr.

Zeppelin nickte und beugte sich hinaus, um Theodor Kober, der die Bodenmannschaft befehligte, einen Wink zu geben. Dieser gab Befehl, die Halteleinen zu lockern. Levin blickte zu Otto. Otto hielt den Daumen in die Höhe und nickte ihm zu. Rudi Leitner stand neben ihm, sein entstelltes Gesicht unlesbar.

Dann fiel die Plattform, die Oberfläche des Sees, der Boden … fiel alles, was das Luftschiff an den Grund gefesselt hatte, nach unten davon und wurde auf einmal nebensächlich, schon jetzt weit entfernt …

… das Luftschiff stieg so sanft und lautlos wie ein Ballon in die Höhe, ruckte leicht in dreißig Metern Höhe, gehalten von den letzten Ankertauen …

… über die Außenhülle lief ein Knistern, als wäre etwas erwacht, das Metallgerippe seufzte und stöhnte von dem Ruck, den die Ankertaue verursacht hatten …

… die Augen des Grafen waren überall, während das Luftschiff, noch an die Erde gebunden, an seinen Fesseln hing; er beugte sich hinaus und musterte die gesamte Länge des Rumpfs, alle Verstrebungen, alle Vertäuungen, schien durch die Aluminiumhaut ins Innere seiner Schöpfung zu blicken …

… Levin legte die Hände auf die Kurbel des Laufgewichts und dachte einen Moment, dass er überhaupt keine Kraft mehr hatte und dass er die Kurbel vor Aufregung nicht würde bedienen können, doch mit dem Berühren der glatten Holzgriffe wusste er, dass er seine Aufgabe ohne Fehl und Tadel erledigen würde …

»Leinen los«, rief Graf Zeppelin nach unten und flüsterte dann: »Heilige Maria Muttergottes, schau auf uns!« Er blickte auf die Uhr. »Drei nach acht«, sagte er zu sich selbst.

Die Bodenmannschaft ließ die letzten Leinen fahren.

Ein tosendes Geräusch erhob sich, von dem Levin zuerst voller Schreck dachte, eine Windbö rase heran, bis ihm klarwurde, dass es die Hurrarufe einer mehrtausendköpfigen Zuschauermenge waren.

Bei diesen Hurrarufen schien das Luftschiff in die Höhe zu steigen, buchstäblich in die Höhe gejubelt, schwebend auf der Begeisterung der Menge.

»Ausgleichen fünf Strich vorne unten«, murmelte Graf Zeppelin. Levin kurbelte hektisch. Die Bodenmannschaften hatten die Haltetaue nicht gleichzeitig losgelassen, die Heckmannschaft war langsamer gewesen. Das Luftschiff stieg mit starker Schräglage auf.

»Ausgleichen zwei Strich hinten unten.«

»Ausgleichen drei Strich vorne unten.«

»Zwei Strich hinten unten.«

Leise über die Horizontalachse schwankend, Bewegungen, die dem Publikum vermutlich wie ein sanftes Wiegen vorkamen, das Laufgewicht an seinem langen Kabel unter dem Rumpf nach vorn und nach hinten gleitend, gewann das Luftschiff immer mehr an Höhe, bis es auf vierhundert Meter stehen blieb, vom komplizierten Zusammenspiel der Traggasfüllung, des Eigengewichts und des Luftdrucks auf der vorher berechneten Höhe gehalten, von Levins Bemühungen im Gleichgewicht gehalten. Levin war schweißgebadet, obwohl die Übersetzung der Kurbel das Bewegen des Laufgewichts nicht zu einem Kraftakt machte. Er sah, wie sich ein immer breiter werdendes Lächeln unter dem buschigen Schnauzbart auf Zeppelins Gesicht zeigte.

»Ein Strich hinten unten.«

»Zwei Strich vorne unten.«

Das Laufgewicht glitt hin und her, ein Weberschiffchen, das mithalf, einen Traum zu weben.

Der Graf packte das Sprachrohr und pfiff hinein. »Hintere Maschine an in zehn«, sagte er. Dann zählte er selbst herunter, auf seine Taschenuhr schielend.

»Zehn …«

»… eins …«

»… Zündung.«

Fritz Burr warf den Zeiger des Maschinentelegrafen herum. Der Motor in der hinteren Gondel sprang ein paar Sekunden später an. Vibrationen liefen über den Schiffsrumpf und kamen in der vorderen Gondel an. Jetzt war das Luftschiff tatsächlich zum Leben erwacht.

Der Graf startete den vorderen Motor. Die Vibrationen wurden stärker. Der Wind trieb das Luftschiff langsam heckwärts ab, aber seine schnittige Form verhinderte, dass der Abtrieb zu groß wurde. Der Graf hantierte mit den Steuerhebeln für die Seitenruder, damit das Schiff weiterhin mit der Spitze in den Wind zeigte.

»Luftschrauben zuschalten auf mein Kommando«, sagte Zeppelin in das Sprachrohr. »Drei – zwei – eins – jetzt.«

Erneut bediente Fritz Burr den Maschinentelegrafen. Der Graf schaltete die Wellen des vorderen Motors zu, die zu den weit oberhalb der Gondel seitlich aus dem Schiffsrumpf ragenden Luftschrauben führten. Über dem Knattern der Motoren war jetzt das sonore, lauter und lauter werdende Brummen der sich drehenden Propellerblätter zu vernehmen. Levin konnte nicht sehen, ob sie sich bewegten – die Wölbung des Rumpfs verbarg die vorderen wie die hinteren Luftschrauben vor seinen Blicken. Eigentlich konnte er von seinem ersten richtigen Flug gar nichts sehen als das Laufgewicht, die Strichmarkierungen auf dessen Kabel, die ihm sagten, wie weit das Gewicht zu bewegen war, und darunter die glänzende, geriffelte Oberfläche des Sees. Der Schweiß brannte ihm in den Augen. Vage wurde ihm bewusst, dass sie viermal so hoch waren wie der höchste Berliner Kirchturm – höher, als je ein Mensch mit einem motorgetriebenen Luftfahrzeug geflogen war, höher selbst als Friedrich Wölfert.

Das Schiff erbebte fühlbar. Der Bug stieg in die Höhe. Levin kurbelte, um das Luftschiff wieder auf ebenen Kiel zu bringen. Der Graf riss an den Steuerhebeln, um den Kurs zu halten.

»Wir fahren«, flüsterte Fritz Burr, der die an der vorderen Gondel angebrachten Windmessgeräte studierte. »Wir machen Fahrt *gegen den Wind*!«

»Vier Strich hinten unten«, befahl der Graf nach einem Blick auf die zitternde Säule der Wasserwaage. Der Bug hatte sich nach Levins Ausgleichsbemühungen zu stark gesenkt.

Levin kurbelte das Laufgewicht nach hinten.

Es war zehn Minuten nach acht.

Und alles fing an schiefzugehen.

3

Levin fühlte den Widerstand, den die Kurbel ihm leistete, plötzlich buttrig werden – einen Augenblick lang, bevor die Kurbel brach und in seinen Händen blieb. Er fühlte den Schock wie einen Faustschlag, bevor er reagieren konnte und sich seitlich hinauslehnte, um zu sehen, wo das Laufgewicht durch den Kurbelbruch festsaß.

»Verflucht«, sagte er.

Er spürte, wie sich der Boden des Luftschiffs von ihm wegsenkte, als der Bug weiter geneigt blieb und die Motoren das Schiff in Richtung Seeoberfläche zu treiben begannen – in einen immer schneller werdenden, unkontrollierten Sinkflug. Er sah sich um und blickte in die erschrockenen Augen des Grafen.

Zeppelin fing sich als Erster. »Vorderen Ballast abwerfen!«, befahl er.

Levin warf die abgebrochene Kurbel einfach auf den Gondelboden und riss an dem Seil, das die Wasserfässer öffnete. Das Wasser strömte in mehreren kleinen Wasserfällen heraus, in denen sich das Sonnenlicht brach. Über das Dröhnen der Motoren war kein Geräusch von den Zuschauern mehr zu hören, aber Levin stellte sich vor, dass das Ablassen des Wassers von fern aussehen musste wie ein geplantes, hübsch anzuschauendes Manöver. Wahrscheinlich klatschten alle. Und wahrscheinlich standen die Bodenmannschaft, Theodor Kober, Otto und Rudi jetzt wie erstarrt auf der Plattform vor der Halle und ahnten, dass etwas schiefgegangen war.

»Schrauben rückwärts!«, rief Zeppelin.

Der Maschinentelegraf schrillte, als Burr ihn auf Rückwärtsgang hebelte. Das riesige Luftschiff schüttelte sich, als die Luftschrauben stehen blieben und sich dann in die Gegenrichtung zu drehen begannen. Zeppelin hantierte mit der Seitensteuerung, um die Ausrichtung des Schiffs im Wind zu halten, aber das Umschalten der Propeller hatte es aus der Richtung gebracht, und nun konnte ein immer seitlicher einwirkender Wind es erfassen und vom Kurs abtreiben. Es stieg zwar wieder in die Höhe, aber nun begann es, sich langsam um seine Querachse zu drehen. Die Seitensteuerung war für einen Rückwärtsflug nicht ideal konzipiert und konnte gegen die Drehung nichts ausrichten.

»Mehr Leistung!«, sagte Zeppelin.

Die Motoren wurden lauter, als ihre Drehzahl sich erhöhte. Levin, dessen Aufgabe am Laufgewicht nicht mehr existierte, bückte sich, um auf Zeppelins Befehl die Sandsäcke über Bord zu hieven.

Im nächsten Moment erbebte das Luftschiff erneut, und die vordere Gondel bockte, als der Motor zu spucken begann. Er stieß eine blaue Rauchwolke aus, hustete noch einmal und lief dann aus. Nach seinem ohrenbetäubenden Knattern schien es auf einmal totenstill zu sein, obwohl der hintere Motor noch brummte und röhrte. Zeppelin starrte den defekten Motor an, als nehme er dessen Ausfall als persönliche Kränkung wahr. Die Aufwärtsbewegung des Luftschiffs verlangsamte sich, zugleich nahm die seitliche Abdrift zu.

»Ballast abwerfen, Herr Graf?«, stieß Levin hervor.

Zeppelin dachte nach. »Nein«, sagte er dann. »Wir müssen landen, bevor wir an Land getrieben werden.«

Aus dem Sprachrohr ertönten ein Pfiff und dann die nervöse, blechern dünne Stimme von Groß, der nach Anweisungen fragte.

Zeppelin spähte in die Richtung, in die das Luftschiff trieb, die vorderen Propellerblätter sich leer durchdrehend und dadurch die Steuerung des Schiffs noch zusätzlich erschwerend, mittlerweile die volle Breitseite dem Wind zugedreht.

Das Luftschiff trieb auf Immenstaad zu. Die Schiffslände des Orts ragte weit in den See hinaus. Levin sah ihr Gefährt vor seinem inneren Auge zwischen den Häusern herunterkommen, der gesamte Rumpf halb so lang wie der Ortskern. Die Schäden würden in die Hunderttausende gehen, ganz zu schweigen von den möglichen Verletzten oder Toten. In den Augen des Grafen konnte er genau die gleichen Überlegungen lesen.

»Hintere Maschine volle Kraft voraus«, befahl er. Burr stellte den Zeiger des Maschinentelegrafen darauf ein. »Vorbereiten für Wasserlandung«, rief Zeppelin in das Sprachrohr.

Das Luftschiff nahm wieder Vorwärtsfahrt auf, schräg nach unten getrieben von den hinteren Luftschrauben. Obwohl es sich jetzt wieder in Richtung Wasseroberfläche bewegte, hatte das Gefühl, durch die Fahrtaufnahme wenigstens etwas Kontrolle über das Gefährt zurückzugewinnen, etwas Tröstliches.

»Jetzt wird's haarig«, murmelte der Graf. Er musterte die rasch näher kommende Oberfläche des Sees. Über die Möglichkeit einer Wasserlandung hatten sie zwar allesamt in den Szenarien gesprochen, die sie über diesen Flug entworfen hatten, aber dass sie sie nun tatsächlich würden durchführen müssen … Ein Luftschiff landete, indem seine Besatzung Ankertaue herabwarf, die von einer Bodenmannschaft vertäut wurden. Bei der Wasserlandung würde die zerbrechliche Außenhülle des Luftschiffs die Seeoberfläche berühren müssen, wo die Adhäsionskraft des Wassers es dann fixierte – wenn der Wind nicht zu stark war und der Wellengang nicht der Rede wert …

»Maschine stopp!«, befahl Zeppelin.

Der Maschinentelegraf schrillte. Das Luftschiff zitterte.

»Maschine zurück halbe Kraft.«

Das Luftschiff erbebte so wie zuvor, als die Bewegung der Luftschraube sich umkehrte. Die Wasseroberfläche kam näher und näher. Levin starrte ihr entgegen, sich an der Reling festhaltend. Es war ein geradezu gemächlicher Absturz, im Fußgängertempo. Dennoch – wie würde sich das Luftschiff verhalten, wenn die Spitze auf die Wasseroberfläche traf? Würde die Hülle aufreißen? Würde das Innenskelett brechen? Würden die Traggaszellen bersten und der hochexplosive Wasserstoff austreten, sich entzünden … würde der erste Flug des Luftschiffs in einem Feuerball enden so wie Wölferts Flug? Würden die fünf Aeronauten des Grafen die Wahl haben zwischen Verbrennen und Ertrinken?

»Da kommt die *Württemberg*«, sagte Graf Zeppelin ganz ruhig. »Brave Buben.«

Unten auf dem See hatte das private Motorboot des Grafen die Fahrt begleitet, jedes Manöver nachvollziehend. Es war mit einer Schleppvorrichtung ausgerüstet, mit der sich ein auf dem Wasser gelandetes Luftschiff abschleppen ließ. Das Boot nahm Fahrt weg und schien abzuwarten, wo das Luftschiff den See berühren würde. Eine Vorsichtsmaßnahme, um zu verhindern, dass am Ende noch Boot und Schiff kollidierten.

»Maschine zurück volle Kraft!«

Der hintere Motor dröhnte auf. Die Wasseroberfläche war ganz nah. Das Luftschiff stand nun fast still. Mit einem nebensächlichen Aufklatschen versank das Laufgewicht unter der Oberfläche. Dann tippte das Luftschiff mit der Spitze auf den See, so sanft, dass fast kein Ruck durch den Rumpf ging.

»Maschine stopp!«

Der Motor verstummte blubbernd. Der schräg nach vorn geneigte Rumpf senkte sich noch ein wenig nach unten und blieb dann in dieser Stellung, leicht schwankend, in der Luft gehalten vom Traggas, auf dem Wasser verankert durch das Laufgewicht, das nun wie ein Schwimmanker wirkte, aber mehr nur durch die Adhäsionskraft des Bugs auf der Wasseroberfläche. Weitere Schiffe eilten über den See herbei.

Zeppelin pfiff in das Sprachrohr. »Alles wohlauf?«

»Alles wohlauf«, antwortete Groß durch das Endstück.

Der Graf stieß die Luft aus, dann bekreuzigte er sich. »Wenigstens das!«, murmelte er.

Der Kapitän der *Württemburg* führte das Motorboot heran, bis es neben der vorderen Gondel anhielt. Er salutierte. »Wollen Sie herüberkommen, Herr Graf?«

Zeppelin schüttelte den Kopf. »Nein, ich gehe erst von Bord, wenn wir wieder bei der Halle sind. Nehmen Sie bitte meine Kameraden auf.«

Levin und Fritz Burr weigerten sich, die Gondel zu verlassen.

Auf Zeppelins unüblich ernst gewordenes Gesicht stahl sich das erste Lächeln seit dem Beginn der Probleme. »Brav, Buben!«, sagte er. Dann nahm er das Sprachrohr wieder auf. »Herr Wolf, wie lange waren wir unterwegs?«

»Aufstieg um 08.03 Uhr, Landung um 08.20 Uhr und dreißig Sekunden.«

Zeppelin blickte Levin, dann Burr an. »Siebzehn Minuten. Das ist gar nicht so schlecht. Jawoll, meine Herren, das ist gar nicht schlecht.« Er begann zu lachen.

»Aber … wir sind notgelandet, Herr Graf!«, wandte Burr ein.

»Ach was!«, rief Graf Zeppelin. »Sie sehen das völlig falsch, mein Lieber. Das war nur am Ende. Die ganze andere Zeit – sind wir geflogen!«

4

Ein paar Tage danach lud Otto seinen Bruder Levin zu einem Bootsausflug auf den See ein.

»Wie ein Liebespärchen?«, fragte Levin und grinste. »Du als Galan, ich als deine schmachtende Fracht?«

»Nicht ganz«, sagte Otto. »Weil du nämlich ruderst.«

Als sie vom Ufer abgelegt hatten und Levin das kleine Boot ein paar schweigsame Minuten lang hinaus auf den See getrieben hatte, sagte Otto: »Ich wollte mit dir unter vier Augen sprechen.«

»Wär das gegangen, ohne dass ich mir Blasen an den Händen hole?«

»Ich weiß, wer schuld an den beiden Problemen mit dem Luftschiff ist – an der falschen Betankung und der gebrochenen Winde.«

Levin musterte seinen Bruder und hörte zu rudern auf. »Willst du mir vielleicht sagen, dass ich es war? Sind wir deshalb hier rausgefahren?«

»Nein, du warst es nicht. Es ist in beiden Fällen Theodor Kobers Schuld. Seine Berechnungen für die Füllgeschwindigkeit des Gases sind von falschen Voraussetzungen ausgegangen, und für das Material der Kurbel hat er Gusseisen statt Stahl verwendet, der viel flexibler gewesen wäre. Außerdem hat er der Schmiede das falsche Gewicht für das Laufgewicht genannt. Er hat neunzig Kilogramm angegeben, aber das Gewicht war in Wahrheit hundertdreißig.«

Levin schüttelte überrascht den Kopf. »Aber Kober ist Zeppelins Chefingenieur! Meinst du, das war … Absicht? Sabotage?«

»Nein. Simple Überarbeitung und eine zu schnelle Entwicklung der Dinge. Das Tempo für die Gasbefüllung ist von ursprünglich nur drei inneren Traggaszellen ausgegangen. Erst später hat der Graf das Konzept auf siebzehn geändert. Aber Kober hat übersehen, seine Berechnungen der neuen Anzahl anzugleichen. Was die Winde betrifft – ursprünglich dachte der Graf, dass ein Ausgleichsgewicht von nur siebzig Kilogramm reichen würde. Da hätten aber nur insgesamt drei Leute die Fahrt mitmachen sollen. Mit der erhöhten Transportlast musste auch das Ausgleichsgewicht schwerer werden. Kober hatte da aber schon den Auftrag an die Schmiede erteilt und einfach vergessen, ihn zu aktualisieren.«

»Verdammt«, sagte Levin. Er starrte ins Leere. »Hast du das dem Grafen gesagt?«

Nun schüttelte Otto den Kopf. »Und ich werde es auch nicht. Kober ist ein hervorragender Mann. Vielleicht kein Ingenieurgenie, aber ein guter Anführer. Ohne ihn und seine Art, die technische Mannschaft zu leiten, hätte der Graf schon längst einpacken können. Zeppelin braucht ihn, wenn er weitermachen will. Und die Fehler, die Kober passiert sind, hätten jedem anderen auch passieren können, besonders bei dem Druck, unter dem der Mann stand.«

»Dir wäre das nicht passiert«, widersprach Levin.

»Hab ich die Fehler vielleicht rechtzeitig erkannt? Na also …«

»Trotzdem … du hast sie *jetzt* erkannt. Du hast das gleiche instinktive Gespür für technische Zusammenhänge wie Opa Paul, dem du nur eine Landkarte vorlegen musstest, und er konnte dir sagen, welche Streckenführung für eine neue Eisenbahnverbindung die beste wäre.«

»Nein, hab ich nicht.«

»Du hast es doch eben bewiesen …«

»Nein, Levin. Soll ich dir sagen, wie ich das rausgefunden habe? Weil ich Kober beobachtet habe. Weil ich gemerkt habe, dass ihm seine Fehler unbewusst klar sind, obwohl sich sein Verstand weigert, sie anzuerkennen. Weil ich geahnt habe, wo ich nachschauen muss in den Unterlagen. Weil es mir nicht zu blöd war, dort tatsächlich rumzuschnüffeln. Weil ich ein Gefühl dafür hatte, wo genau ich nachschlagen muss, und weil ich vor meinem inneren Auge sehen konnte, wie eins zum anderen führte, ohne dass ich die Beweise eigentlich noch brauchte. Das alles hat rein gar nichts mit technischem Sachverstand zu tun. Ich war all die Jahre auf dem Holzweg. Ich wollte Papas Erwartungen erfüllen, dann wollte ich beweisen, dass ich das Geld wert bin, das er in mein Studium gesteckt hat; dann wollte ich mir selbst beweisen, dass ich mehr kann, als mich unglücklich zu verlieben. Dabei wusste ich die ganze Zeit, wo meine wahren Fähigkeiten liegen. Und das ist der zweite Grund, warum ich mit dir in aller Ruhe sprechen wollte.«

Levin fühlte sein Herz sinken. Er hatte die Zeit genossen, in der er so eng mit Otto zusammengearbeitet hatte. Als sie gemeinsam aufgewachsen waren, hatten sie sich als Brüder nicht übermäßig nahegestanden. Es hatte auch keine Streitereien aus brüderlicher Eifersucht gegeben; im Wesentlichen waren sie sich gegenseitig gleichgültig gewesen. Doch das hatte sich geändert. Aus brüderlicher Bindung war eine echte Freundschaft geworden. Levin wusste genau, was Otto gleich sagen würde.

»Ich werde zurück nach Berlin gehen«, erklärte Otto.

»Der Graf wird dich vermissen. Er hält große Stücke auf dich.«

»Er täuscht sich in meinen Fähigkeiten genauso, wie ich mich selbst getäuscht habe. Und Papa. Er braucht mich nicht wirklich.«

»Aber wir werden die Kinderkrankheiten ausmerzen, die den Jungfernflug beeinträchtigt haben! Rudis Hinweise auf die andere Anbringung des Laufgewichts waren klasse, genau wie die Verlegung des Verbindungsgangs ins Innere des Rumpfs! Die Seitenruder werden anders angebracht, damit sie für Vorwärts- und Rückwärtsflug die gleiche Wirkung haben, und …«

»Das alles wird nur geschehen, wenn der Graf weitere Geldgeber findet. Wenn er das Militär in Berlin überzeugen kann, in seine Firma zu investieren. Du weißt so gut wie ich, dass er fast pleite ist. Die Entwicklung des ersten Luftschiffs hat das gesamte Kapital der Gesellschaft verschlungen – eine Million Reichsmark!«

»Aber die nächsten Probeflüge werden alle überzeugen ... weil nichts mehr schiefgehen wird!«

»Davon gehe ich aus. Nur – ich werde nicht dabei sein. Ein Kostenfaktor weniger, wenn mein Gehalt wegfällt.«

Levin seufzte. Ihm war klar, dass Otto seine Entscheidung getroffen hatte. Es hatte keinen Sinn, weiter in ihn zu dringen, auch wenn Levin die Entscheidung von Herzen bedauerte. »*Ich* werde dich vermissen, du Sack.«

»Ich dich auch, du Nervensäge.«

Die beiden Brüder sahen sich schweigend an. Levin legte sich in die Riemen und pullte das Boot ein paar Dutzend Meter weiter hinaus, um der sentimental gewordenen Stimmung zu entgehen.

»Was willst du in Berlin machen?«, fragte er schließlich.

Otto grinste plötzlich. »Wart's ab. Nur so viel: Ich habe einen Brief an Hermine geschrieben.«

»Großer Gott! Ich dachte, du und sie, ihr wärt endgültig ... du willst doch nicht etwa – heiraten!?«

»Viel besser«, sagte Otto. »*Viel* besser.«

5

Rudi Leitner las einen Brief, den Oscar Glock ihm als Antwort auf die letzte Korrespondenz geschickt hatte. Mittlerweile war er mit der Kunsthand so geschickt, dass er den Brief mühelos mit den Fingerspitzen greifen und aus dem Kuvert ziehen konnte. Immer, wenn seine Prothese so ein kleines Kunststück vollbrachte, dachte er an Edgar Trönicke und dessen billige, unfreiwillig zuckende Kunsthand. Sie hatte noch gezuckt, als der Schnüffler mit einem Loch zwischen den Augen und den halben Hinterkopf weggeschossen auf dem Boden gelegen hatte. Der Anblick hatte ihn wochenlang verfolgt und war dann in den ersten Tagen, als er sich dazu entschlossen hatte, die unbeweglich gewordene, ständig schmerzende eigene Hand durch eine Prothese zu ersetzen, zu einem Alptraum geworden. Edgars Kunsthand war darin auf ihn zugekrochen, über den Leichnam ihres Besitzers hinweg, Rudi hatte sich nicht bewegen können, sie war an seinen Beinen emporgeklommen wie eine riesige metallene Spinne, war seinem Hals immer näher gekommen … Der Traum war von der Art, dass man an dieser Stelle aufwachte, weil man es selbst im Tiefschlaf nicht mehr aushielt.

Und jetzt trug Rudi selbst so ein Ding. Der Mörder war seinem Opfer ähnlich geworden. Man durfte nicht zu lang darüber nachdenken, sonst begann man, sich vor dem eigenen Schatten zu fürchten.

Glock hatte diesmal zum Glück keine Zeichnung beigelegt. Rudi kannte die Pläne seines Mentors und Freundes und war nicht überrascht gewesen, sie auf diese Weise festgehalten zu sehen – umso mehr, da das Zeppelin'sche Luftschiff die Lösung für alle damit verbundenen Probleme darstellte. Aber dennoch … irgendwie hatte das Gekritzel genauso obszön gewirkt wie eine der Fotografien, die Glock von seinen unfreiwilligen Gönnern im »Schmetterling« hatte anfertigen lassen.

Glock kam ziemlich schnell zur Sache. Rudi hatte ihm geschrieben, dass der Prototyp des Luftschiffs verbessert wurde und dass das verbesserte Modell mit ziemlicher Sicherheit stabil fliegen würde. Man konnte die Konstruktion so übernehmen und würde erfolgreich ein eigenes Luftschiff bauen können. Im Grunde war damit der Zeitpunkt gekommen, dafür zu sorgen, dass Zeppelins Luftschiff nie wieder aufstieg.

»Habe nachgedacht«, schrieb Glock. »Wenn sich wirklich so viele Leute dafür interessiert haben und Zeppelin der Kerl ist, als den du ihn schilderst, dann werden wir mit einer Sabotage seiner Erfindung nicht froh. Der bringt es fertig und geht der Sache nach. Wir werden unser Luftschiff nicht ganz im Verborgenen bauen können. Bei den guten Verbindungen des Grafen besteht die Gefahr, dass er jemanden kennt, der jemanden kennt, der uns irgendwelche Teile liefert, die ihm bekannt vorkommen. Wir müssen dafür sorgen, dass er von sich aus aufgibt.«

Das wird Zeppelin nie tun, dachte Rudi. Zu seiner eigenen Überraschung stellte er fest, dass ihn der Gedanke erleichterte, das Luftschiff nicht sabotieren zu müssen.

»Glücklicherweise haben wir ja auch Verbindungen«, schrieb Glock. »Wolfram Schambacher hat uns ein Dutzend neuer Interessenten zugeführt, die alle dafür brennen, Deutschland von der Judenpest und der allgemeinen Korruption zu befreien. Da sind auch die Söhne von ein paar hochrangigen Beamten im Kriegsministerium dabei. Wir müssen nur dafür sorgen, dass Zeppelin keine finanzielle Unterstützung aus dem Militär erhält. Dann wird er, wenn das, was du von seinen Finanzen geschrieben hast, zutrifft, innerhalb kurzer Zeit pleite sein. Er wird seine Firma liquidieren müssen. Vielleicht geht er so sehr bankrott, dass er froh ist, wenn jemand ihm seine Pläne und das Luftschiff abkauft. In dem Fall werden wir herzlich gern behilflich sein. Falls nicht, soll das Ding in seiner Schwimmhalle verrotten.«

Rudi ließ seine Kunsthand sich öffnen und schließen. Eine Weile wusste er nicht, ob er den Brief weiterlesen wollte.

»Bleib so lange, wie du noch etwas Sinnvolles rausfinden kannst«, schrieb Glock. »Dann komm wieder nach Berlin. Und dann bauen wir ein Luftschiff, das Deutschland in die Zukunft bombt.«

6

Otto von Briest sah dem Regen dabei zu, wie er von den Windböen gegen die Fensterscheiben gepeitscht wurde. Novemberwetter in Berlin. Irgendwie kam es ihm so vor, als wäre es am Bodensee dauernd sonnig gewesen. Und trotzdem war er lieber wieder hier. Er wartete. Würde sie kommen?

Als er hörte, wie die äußere Tür sich öffnete, wandte er sich vom Fenster ab. Er wusste nicht so recht, wie er sich verhalten sollte, wenn sie einander gegenüberstanden. Er hätte sich gern gelassen und überlegen gezeigt, aber er ahnte, dass sie ihn durchschauen würde. Vielleicht hätte er sich doch hinter den Schreibtisch setzen sollen? Es war noch der alte Tisch, zusammen mit dem Stuhl – nach all den Jahren! Verrückt. Aber es war ihm irgendwie blasphemisch vorgekommen, also hatte er es gelassen.

»Otto?« Er hörte ihre Stimme durch die halbgeöffnete Durchgangstür zum vorderen Raum.

Er schluckte. »Ich bin hier, Hermine.«

Hermine Leitner trat ein, blieb aber gleich nach der Tür stehen. »Hallo, Otto.«

»Hallo, Hermine.«

Hermine sah sich um. »Det is ja allet noch so, wie's damals war.«

»Der Vermieter hat gesagt, es stand die meiste Zeit leer. Wenn jemand die beiden Büros gemietet hat, hat er das Mobiliar immer gleich mitgemietet. So wie Edgar es ja auch getan hat.«

»Außer die Greta. Die hat Edgar mir vermacht. Sie steht jetzt bei mir zu Hause.«

»Tippst du noch viel darauf?«

»Nur wenn ick muss.«

Sie sahen sich an. Immer noch trennte sie die Breite des Raums – Otto am Fenster, Hermine bei der Tür. Sie hatte ihren Hut noch auf und den Mantel noch an und den zusammengefalteten Regenschirm in den Händen, von dem es auf den Boden tropfte. Otto suchte nach Worten. Er fühlte sich ungeschickt und wenig souverän. »Ich freue mich, dass du meiner Einladung gefolgt bist«, sagte er schließlich.

»Haste denn jedacht, ick würde es nicht tun?«

»Ich weiß es nicht.«

Hermine seufzte. »*Ick* hab 'ne janze Weile jedacht, ick würde es nich tun.«

»Ehrlich? Du hast aber sofort geantwortet.«

»Wenn ick 'ne *janze Weile* sage, meine ick nich een paar Tage.«

»Sondern?«

Hermine grinste. »Ne Stunde?«

»Oh.«

»Allet, wat dir inner Stunde nachdenken noch nich klar is, wird dir niemals klar.«

Otto wusste nicht, was er darauf sagen sollte. Er beschloss, zur geschäftlichen Seite ihres Treffens zu kommen – da fühlte er sich halbwegs sicher. »Was hältst du von meinem Angebot? Ich hab dir ja den Vertragsentwurf gleich mit zugeschickt …«

Hermine nickte. »Ick will ooch jar nich einen auf falsche Bescheidenheit machen und so und fragen: Trauste mir das wirklich zu? Ick weeß, dass du es mir zutraust, sonst hättste mich nicht jefragt, und ick weeß, dass ich es mir selber zutraue. Der Vertragsentwurf is in Ordnung und fair. Ick hab eijentlich nur eene Frage.«

»Wie lautet sie?«

»Wie soll das mit der Einlage für die Gesellschaft jeregelt werden? Ick kann sie nur zum Teil erbringen, mehr Jeld hab ich nich.«

»Wir können einen Passus an den Vertrag anhängen, in dem wir festhalten, dass ich dir die fehlende Summe leihe und dass du einen festzulegenden Prozentsatz deines Anteils am jährlichen Überschuss als Kreditrückzahlung an mich überschreibst.«

»Mit Zinsen«, sagte Hermine. »Ick bestehe darauf.«

»Wie du willst – mit Zinsen.«

»Und dette mir ja nich mit dem überhöhten Zinssatz ankommst!«, drohte Hermine. »Det lass ick mir nich jefallen!«

»Wenn es nach mir ginge, würde ich dir das Geld zinslos leihen!«, verteidigte sich Otto, bis er Hermines Grinsen sah und merkte, dass sie ihn auf den Arm genommen hatte.

Hermine rollte mit den Augen. »Wat denn?«, sagte sie. »Früher warste doch ooch nich so schwer von Begriff.«

»Ich hab mich zu lange mit dem Luftschiffbau beschäftigt, da geht alles ein bisschen langsamer.« Otto streckte die Hand aus. »Sind wir dann im Geschäft?«

Hermine blickte sich erneut um. »Mensch, Edgar«, murmelte sie und schüttelte den Kopf. »Wenn de det doch nur sehen könntest. Allet hätt ich jedacht, aber nich, det ick eines Tages wieder hier sitzen würde.«

»Und als Teilhaberin, nicht als Assistentin!«, erinnerte Otto. »Schlag ein, Hermine, bevor mir noch die Hand abstirbt.«

Hermine trat auf ihn zu, zog sich den dünnen Stoffhandschuh aus und gab Otto die Hand. Ihre Haut war warm, ihr Händedruck so fest wie eh und je. Als Otto den Griff lösen wollte, hielt sie ihn fest. »Haste dir schon 'nen Namen überlegt? Bloß nich ›Detektei Argusauge‹ oder so, so heißt jede zweite.«

»A-Agentur Leitner-Briest«, sagte Otto.

»War soll denn det ›A‹ bedeuten?«

»Nichts. Aber es garantiert uns, dass wir im Adress- und Telefonbuch in allen Rubriken ganz vorne eingetragen werden.«

Hermine lachte. Sie hielt immer noch Ottos Hand fest. »Und wieso nicht Briest-Leitner? Die janze Idee ist ja uff deinem Mist jewachsen.«

»Andersrum hört es sich schöner an.«

»Na jut.« Hermine drückte Ottos Hand erneut, dann ließ sie sie los. Otto hätte es noch länger ausgehalten. »Aber nur im Adressbuch an erster Stelle zu stehen, nutzt alleene jar nüscht. Wie kriegen wir Aufträge?«

»Aus Edgars Akten – denen, die die Polizei nicht beschlagnahmt hat – finden wir bestimmt ein paar alte Kunden raus, die wir anschreiben können.«

»Otto, ick hab det janze Adressenarchiv mit nach Hause jenommen. Wenn's dir nur darum geht – det isn Kinderspiel.«

»Sehr gut. Den ersten Auftrag haben wir übrigens schon.«

»Ach nee!«

»Ferdinand von Zeppelin hat seine Luftschiff-Gesellschaft vor ein paar Tagen liquidiert. Weil sich das Militär am Ende entschlossen hat, die Fortsetzung seines Projekts nicht mitzufinanzieren, sind die anderen Geldgeber auch abgesprungen, und mit eigenen Mitteln konnte er es nicht mehr stemmen. Der Graf würde zu gerne wissen, wieso irgendwo im Kriegsministerium jemand gegen ihn entschieden hat, wenn die Militärkommission vor Ort nach dem zweiten und dritten Probeflugzeug eine Finanzierung seiner Forschung uneingeschränkt empfohlen hat.«

»Glaubt er, da war wer bestochen!? Aber von wem? Nem Konkurrenten?«

»Es gibt zurzeit niemanden in Deutschland, der ähnlich weit wäre wie Graf Zeppelin. Das ist ja das Merkwürdige. Es gibt überhaupt keinen Grund, ihm Mittel zu verweigern, nicht mal einen, der nach Korruption riecht.«

»Denn haben wir ja schon ordentlich zu tun, wa?« Hermine lächelte, dann wurde sie ernst und sah Otto gerade in die Augen. »Det eenes klar ist: Wir sind Jeschäftspartner, sonst nüscht. Ick hab dir bei unserem letzten Treffen mein Herz vor die Füße jelegt, aber du bist druffjetreten.«

»Du hast meines damals in tausend Stücke zerbrochen«, sagte Otto leise.

Hermine musterte ihn. »Kriejen wir det hin? Nur Jeschäft, und keen Jefummel oder Versuche, mir zu küssen?«

Otto versuchte es mit einem Scherz, obwohl ein Kloß in seiner Kehle saß: »Kriegst du es denn hin?«

Hermine schnaubte. »Wat gloobst du denn?«

7

Der Sex war heftig, leidenschaftlich, schamlos, schnell und hart. Es war der Sex von zwei Menschen, die jahrelang darauf gewartet haben, endlich zusammenzukommen, und deren Körper jetzt das Kommando übernommen haben.

Hermines Mantel lag auf Edgar Trönickes ehemaligem Schreibtisch und sie auf ihm. Sie hatte ihr Kleid, Anstandsrock und Unterkleid bis über die Hüften hochgeschoben, wo der Stoff sich bauschte und wie ein Kissen unter ihrem Schoß lag. Ihre Beinkleider waren mit einer seitlichen Knopfleiste verschlossen – ein paar Knöpfe hatten dran glauben müssen, als Otto sie mit fiebrigen Fingern geöffnet hatte, während Hermine gleichzeitig an seinem Gürtel und seiner Hose gerissen hatten. Sie küssten sich atemlos, während sie versuchten, zueinanderzukommen. Ihre Finger behinderten einander dabei, sich gegenseitig auszuziehen und zu berühren. Jeder Gedanke an Langsamkeit und Behutsamkeit, Zärtlichkeit und Vorsicht, den Otto vielleicht irgendwo gehabt hatte, wurde überlagert von ihrer gemeinsamen Erregung. Der Tisch wackelte und rutschte mit den Stößen durch den Raum, seine Beine klopften laut auf den Boden. Hermines Fersen pressten sich in Ottos Kehrseite, ihre Hände waren in seine Weste gekrallt und zogen ihn heran, näher, tiefer, schneller. Ihre Wangen glühten. Knöpfe von Ottos Weste rissen ab, Hermines Hochsteckfrisur löste sich, und ihr Haar ergoss sich wie eine kupferrote Kaskade über die Tischplatte. Sie keuchte und stöhnte, trieb ihn an, ließ alle Hemmungen fahren, ihr Oberkörper wand sich auf dem Tisch, sie hielt sich mit den Händen an der Tischkante fest. Als er in ihr Haar fasste, stöhnte sie noch lauter. Sie packte seine Hand und presste sie auf ihre Brüste. Der steife Stoff des Oberteils, das Unterkleid und der Büstenhalter verhinderten, dass er mehr spürte als ihre weiche, nachgiebige Festigkeit, aber sie keuchte noch lauter und zerkratzte seinen Handrücken, damit er fester zudrückte. Über Ottos Haut liefen Schauer, in seinem Kopf explodierten Funkenregen.

»Ich … muss … gleich …«, ächzte er.

»Nicht … ich will nicht … schwanger werden …«

Otto zog sich zurück und presste sich gegen Hermines Venushügel, sie richtete sich auf, umarmte ihn, und er verging in nicht enden wollendem Zucken, bis seine Knie weich wurden.

Hermine sank hintenüber und zog ihn mit, und obwohl es die unbequemste Stellung der Welt war, mit heruntergelassener Hose zwischen ihren Beinen stehend, den Oberkörper nach vorn gebeugt und mit dem Kopf auf ihrer Brust liegend, war es zugleich auch der schönste Ort der Welt. Er fühlte sein Herz wie verrückt hämmern und spürte Hermines Herzschlag durch all die Lagen Stoff hindurch.

»Det hat man im janzen Haus jehört«, sagte Hermine schließlich, als sie beide wieder zu Atem gekommen waren.

»Pfeif drauf«, murmelte Otto.

»Wir können hier nie wieder reingehen, ohne det uns alle heimlich nachgucken und flüstern …«

»Was flüstern sie denn?«

Hermine küsste Otto auf den Scheitel. »Wie neidisch sie sind?«

»Das auf jeden Fall.«

Sie strich mit der Hand durch sein Haar. Eine Weile hingen beide ihren Gedanken nach. Otto richtete sich auf und blickte Hermine an.

»Ich …«, begann er.

Hermine presste ihm blitzschnell einen Finger auf die Lippen. »Pssst!«, machte sie.

»Du weißt ja gar nicht, was ich sagen wollte«, nuschelte Otto um den Finger herum.

»Ick weeß, was ich nich hören will.«

»Aber …«

»Psssst!«

Otto ergriff ihre Hand, küsste den Finger und schob ihn dann weg. Auf ihr Gesicht stahl sich ein besorgter Ausdruck. Er ahnte, was es war, das sie nicht hören wollte. Er hatte es auch nicht sagen wollen. Jetzt in diesem Augenblick hätte es billig geklungen und bemüht.

»Ich wollte sagen: Ich würde gern erfahren, was ich für dich tun kann, damit du auch zum Höhepunkt kommst«, sagte er ruhig.

Sie starrte ihn an. Der besorgte Ausdruck machte einem ungläubigen Platz. Dann verengten sich ihre Augen, und noch mehr Farbe schoss in ihre Wangen. »Wo haste denn jelernt, so wat zu fragen?«, erkundigte sie sich. »Am Bodensee? In Amerika?«

»Das war schon tief in mir verankert.«

Hermine lachte. »Als ob ick von jestern wäre, wa! Aber weeßte wat …« Sie schob sich auf der Tischplatte ein bisschen nach hinten, dann nahm sie seine Hand und dirigierte sie unter den gebauschten Rock. »Ick zeig es dir, einverstanden?«

8

Das ist einfach verrückt«, sagte Levin und setzte den Betrachter ab. »Ich hab das ja schon ein paarmal gesehen, aber es verblüfft einen immer wieder aufs Neue.«

Er reichte den Betrachter an Hermine weiter, die neben ihm saß. Die Geschwister Briest waren alle im Haus von Emma Leitner versammelt. Soweit Levin sich erinnern konnte, war es das erste Mal, dass eine Adventsfeier ohne ihre Eltern stattfand – und, obwohl sie alle in Berlin waren, nicht auf dem Gut. Für das Weihnachtsfest hatten Moritz und Antonie auf Gut Briest eingeladen. Dies jedoch war eine kleine Feier der Geschwister untereinander. Emma und Amalie hatten die Einladung ausgesprochen.

Weder Otto noch Levin hatten gefragt, warum sie nicht auf Moritz und Antonie ausgedehnt worden war. Es war in Ordnung, so wie es war. Alle drei fühlten offenbar unabhängig voneinander, dass es richtig war, die geschwisterlichen Bindungen unabhängig von ihrem Elternhaus zu verstärken.

Levin, Otto und Hermine, Amalie und Emma … Levin war der Einzige, der niemanden an seiner Seite hatte. Es störte ihn nicht. Er war jetzt sechsundzwanzig und hatte nicht das Gefühl, dass er sich schon binden wollte. Es hatte ein paar kleine Liebeleien gegeben während der Zeit, die er bei Graf Zeppelin verbracht hatte – nichts Ernstes und von Levin mit großer Achtsamkeit und Einfühlsamkeit geführt, da er weder ein Herz brechen noch dem Grafen in dessen heimatlicher Umgebung Schwierigkeiten bereiten wollte. Er hatte gemerkt, dass er mit seiner schlanken, schmalen, dunklen Erscheinung bei den robuster wirkenden Mädchen im Süden durchaus Eindruck geschunden hatte – seine Eltern hatten ihm immer gesagt, dass sich in ihm im Gegensatz zu seinen beiden Geschwistern das Erbe seiner Großmutter Louise durchgesetzt hatte. Aber er hatte es nicht ausgenutzt. Und er war nicht auf der Suche nach jemanden, mit dem er sein Leben teilen wollte. Vielleicht kam das noch. Derzeit wollte er sein Leben mit überhaupt niemandem teilen. Er wollte es für sich ganz allein – und damit den Traum von der Fliegerei weiterverfolgen.

Er betrachtete Hermine und Otto aus den Augenwinkeln, die sorglose Intimität, mit der sie sich anlächelten, mit der sich ihre Hände berührten … und Emma und Amalie, die weniger sorglos damit umgingen, dass sie sich liebten, obwohl sie in diesem familiären Rahmen geschützt waren. So schön die tiefe Liebe war … so kompliziert war sie auch. Levin hatte es nicht eilig, sie kennenzulernen, und war vollauf zufrieden damit.

Der Betrachter ging einmal rundherum, bis er wieder bei Emma angelangt war. Er sah aus wie eine überdimensionierte

Schutzbrille aus Holz, deren Wangen man sich ans Gesicht presste, damit man durch die beiden viereckigen Gucklöcher vorn schauen konnte. An der Unterseite war ein glattpolierter Holzgriff angebracht, nach vorn ragte eine Vorrichtung hinaus, an deren Ende man eine Papierfotografie einklemmen konnte. Die Fotografie bestand aus zwei nebeneinander auf einem Abzug befindlichen, scheinbar identischen Aufnahmen. Wenn man durch die Gucklöcher sah, vereinigten sie sich zu einer – und bekamen eine atemberaubende räumliche Tiefe. Man nannte diese Art der Bildaufnahme und -betrachtung Stereoskopie. Sie war seit kurzem große Mode. In Berlin und anderen Großstädten gab es sogenannte Kaiserpanoramen – runde Kabinette, hinter deren Holzvertäfelung stereoskopische Bildserien rotierten und von den Betrachtern durch Gucklöcher bestaunt werden konnten. Um die zwanzig Personen konnten gleichzeitig Platz nehmen und schauen; ein Umlauf der von einer automatisierten Mechanik transportierten Bilder dauerte dreißig Minuten. Die Schlangen vor den Kaiserpanoramen waren allerorts beträchtlich. Ihr Erfinder, ein Physiker und Unternehmer namens August Fuhrmann aus Breslau, war wahrscheinlich den ganzen Tag damit beschäftigt, seine Einnahmen zu zählen.

Emma montierte ein neues Bild in den Betrachter und reichte ihn an Levin weiter. Gleichzeitig sagte sie: »Ihr müsst mir sagen, wenn es euch langweilt. Ich hätte die Bilder gar nicht gezeigt, wenn Amalie nicht darauf bestanden hätte.«

»Natürlich hättest du sie nicht hergezeigt«, sagte Amalie. »Du bist viel zu bescheiden.« Sie lächelte eines ihrer früher seltenen, jetzt zu Levins Freude häufig gewordenen breiten Lächeln. »Außerdem sind die Dame und die beiden Herren Familie. Die haben die Pflicht, sich nicht zu langweilen.«

»Emma«, sagte Levin feierlich, »du bist eine Künstlerin. Deine Fotografien langweilen uns nicht. Das Essen war hervorragend. Der Wein ist superb. Du siehst fantastisch aus. Und meine Lieblingsschwester Amalie lächelt schon seit Stunden. Ich würde sagen, dieser Abend ist perfekt.«

»Du hast nur mich als Schwester. Du hast gar keine andere Chance, als dass ich deine Lieblingsschwester bin«, sagte Amalie. Levin dachte daran, dass die alte Amalie bei einer solchen Bemerkung irritiert geschwiegen hätte. Es war schön zu sehen, dass sie endlich aus sich herausging.

»Na, das trifft sich doch«, erwiderte er. »Glück gehabt.«

»Vor allem du«, sagte Otto, lachte und langte an Hermine vorbei, um Levin auf den Oberarm zu boxen.

Das neue Foto war eine weitere Stadtansicht Berlins. Von diesen gab es Hunderte, viele davon ebenfalls wie die Fotografien Emmas als stereoskopische Aufnahmen. Aber Emma hatte anders als die meisten der Fotokünstler ein Gespür dafür, wie sie diese Technik einsetzen musste, um die aufregendste Wirkung zu erzielen. Sie hatte ihnen vorhin den Apparat gezeigt, mit dem sie die Aufnahmen machte. Es war auch für jemanden mit einem so tiefgehenden technischen Verständnis wie Levin verblüffend, wie aus einem so unscheinbaren Holzkasten mit seinen zwei Linsen an der Vorderseite und seinen Messingbeschlägen solche optischen Wunderwerke entstehen konnten. Beim Betrachten der Aufnahmen fragte er sich, wie so ein stereoskopisches Panorama wohl aussehen mochte, wenn es aus der Luft aufgenommen war – von einem Flugapparat aus. Er merkte, dass er laut gesprochen hatte, als Emma sagte: »Die Kamera muss möglichst ruhig stehen, um so ein Bild aufnehmen zu können. Ich glaube, in einem Luftschiff oder einem Ballon wäre das nicht gegeben.«

Hermine, die den Betrachter als Nächstes in Empfang nahm, murmelte: »Mensch, Emma, eens is besser als det andere!«

»Und du hast wirklich erst vor zwei Jahren angefangen, dich für die Fotografiererei zu interessieren?«, fragte Otto.

»Interessiert habe ich mich schon lange, aber erst seit zwei Jahren richtig«, sagte Emma und schob verlegen ihr Glas hin und her.

Dann sah sie auf und gestand: »Anfangs war es eine Art Flucht aus meinem Gefängnis; die einzige, von der ich dachte, sie sei mir möglich. Und jetzt ist es eine Leidenschaft geworden.«

Alle Blicke wandten sich unwillkürlich zu dem Rollstuhl in der Ecke. Er war jetzt ein Getränkewagen, auf dem Karaffen und Gläser standen. Levin war überrascht gewesen, als Emma sie auf beiden Beinen stehend begrüßt hatte und zwar langsam, aber doch sicher vorangegangen war, um sie in den Salon zu führen. Er und Otto hatten verstohlen erstaunte Blicke gewechselt. Amalie hatte den Blickwechsel bemerkt und ihnen mit belegter Stimme zugeraunt, als Emma kurz den Raum verlassen hatte: »Sie hat es geschafft. Der Rollstuhl steht schon seit einem halben Jahr in der Ecke.«

»Du hast es geschafft, sie so weit zu bringen«, hatte Levin gesagt.

»*Ihr* habt et jeschafft«, hatte Hermine berichtigt und Amalie in den Arm genommen.

»Emma hat schon Bilder an August Fuhrmanns *Weltpanoramazentrale* verkauft«, sagte Amalie jetzt. »Er hat sie gefragt, ob sie nicht eine seiner festangestellten Fotografinnen werden will.«

»Das ist gut!«, sagte Otto. »Wirst du das Angebot annehmen, Emma?«

»Es wäre mit vielen Reisen verbunden«, sagte Emma. »Ich weiß nicht, ob ich mir das zutraue.« Sie warf einen Blick zu dem umfunktionierten Rollstuhl und errötete.

Levin wollte gerade sagen: Klar traust du dich das!, als Hermine erwiderte: »Det weeßte selber, wenn de so weit bist, wa?« Es schien Levin eine bessere Antwort als seine plumpe Aufmunterung, daher schwieg er.

»Und man müsste das Fotolabor mitnehmen«, erklärte Amalie. »Man kann sich nicht auf einen anderen verlassen, wenn man die Bilder so entwickelt haben will, dass sie dem gerecht werden, was man beim Fotografieren im Sinn hatte.«

»Ich verlasse mich auf dich«, sagte Emma und lächelte Amalie zu.

»Ich tue nur das, was du mir sagst«, sagte Amalie.

Beide junge Frauen hatten die braun verfärbten Fingerspitzen und Fingernägel, die von der Chemie herrührten, mit der die Bilder zu Papierabzügen wurden. Vor dem Essen hatten sie ihren Gästen das Fotolabor gezeigt, das sie in einem fensterlosen Raum eingerichtet hatten. Levin hatte bei dem Gedanken daran, wie Emma und seine Schwester sich in der engen, nach Essig riechenden Kammer drängten, wenn sie gemeinsam Papierabzüge herstellten, gelächelt. Es erinnerte ihn an die Stunden, die er mit Otto auf dem Aluminiumgerüst von Zeppelins Luftschiff verbracht hatte – vereint in einem gemeinsamen Ziel, einer gemeinsamen Aufgabe … wenn auch deutlich luftiger und weniger beengt.

»Darf ich euch noch ein letztes Bild zeigen?«, fragte Emma.

»Oh nein, nicht das!«, rief Amalie bestürzt.

»Zu spät«, sagte Levin, der sich den Betrachter, der erneut die Runde vollendet hatte, von Emma schnappte. Er spähte hinein. Er war ein paar lange Sekunden ganz still.

»Herrje«, sagte Amalie in die Stille. Sie war rot geworden. »Wenn du nur einen Ton sagst, Levin von Briest, werf ich dir den Kuchenteller an den Kopf.«

Hermine beugte sich über Levins Schulter, um das kleine Papierfoto in seiner Halterung sehen zu können. Levin ließ den Betrachter sinken.

»Gott, Schwesterherz«, sagte er und meinte es ehrlich, »du bist wunder-wunderschön.«

Das Bild war eine Porträtaufnahme Amalies. Anders als die üblichen Aufnahmen, die in der Regel ein Gesicht und einen Oberkörper in möglichst steifer Haltung zeigten, war Emma mit der Kamera so nahe herangegangen wie möglich. Amalies Gesicht füllte das Bildfeld vollkommen aus. Sie blickte frei und offen direkt in die Kamera. Sie war ungeschminkt. Die Kamera hatte ihren frischen Teint eingefangen, ihre hellen Augen in ihrem Kranz aus dichten Wimpern, ihre vollen Lippen, ihr ebenmäßiges, ausdrucksvolles Gesicht. Amalie war eine schöne Frau, unbestritten. Doch Emmas Fotografie hatte mehr als das eingefangen. Sie hatte hinter die Fassade aus strahlend blauen Augen, reiner Haut und Gesichtsschnitt geblickt und gesehen, was Amalie ausmachte: Verletzlichkeit, Misstrauen, Trotz … unbändige Kraft … den Willen, sich auf das Leben einzulassen … und die Stärke, wieder aufzustehen, egal wie oft sie hinfiel. Emmas Aufnahmen von Berlin waren perfekt. Das Porträt Amalies hingegen war ein Kunstwerk.

Hermine nahm Levin den Betrachter ab und spähte hindurch. »Mensch, Amalie«, sagte sie bewundernd.

Levin sah Emma und Amalie einen Blick tauschen. In Emmas Miene konnte man lesen: Ich hab's dir doch gesagt!, und in Amalies Gesicht pure Freude. Sie beugte sich nach vorn und küsste Emma auf die Lippen, und Levin wandte schnell den Blick ab, um die beiden nicht in Verlegenheit zu bringen. Für einen winzigen Moment fühlte er einen Stich des Bedauerns – jetzt in diesem Moment hätte er auch gern jemanden an seiner Seite gehabt, um einen solchen Blick auszutauschen. Er schüttelte das Gefühl ab und zwinkerte Otto zu, der den Betrachter abgesetzt hatte und Amalie ein paar Momente lang ansah, als erblicke er sie zum ersten Mal. »Unerhört«, sagte er. »So ein hässlicher Kerl wie du hat so eine schöne Schwester.«

»Stimmt«, sagte Otto. »Was die Schönheit betrifft, sind die Brüder Briest beide zugunsten ihrer Schwester benachteiligt worden.«

»Wenn ihr gloobt, det eene von uns jetzt sagt, ihr beede seid doch auch janz wohljeraten, habt ihr euch jeschnitten«, erklärte Hermine.

»So ein Mist, die Damen sind in der Überzahl«, sagte Otto.

Sie lachten. Levin dachte daran, dass er schon im kommenden

Frühjahr wieder weg sein würde; er hatte sich bei dem jungen brasilianischen Flugenthusiasten Alberto Santos-Dumont beworben, der sein immenses Vermögen dazu einsetzte, lenkbare Luftschiffe nach herkömmlichem Muster zu bauen, und zu dem Ferdinand von Zeppelin die Verbindung hergestellt hatte. Santos-Dumont lebte in Paris. Erneut fühlte er einen kurzen Stich des Bedauerns, diesmal, weil es ihm leidtat, der liebevollen, geschwisterlichen Gemeinschaft den Rücken zu kehren. Amalie und Emma und Otto und Hermine würden sich weiterhin ganz unkompliziert treffen und zusammen sein können. Levin hingegen würde nur alle heiligen Zeiten in Berlin sein. Er holte kurz und tief Atem. Aber er hatte es so gewollt, oder? Er wollte in die Welt hinaus – oder besser: in den Himmel hinein. Die Wehmut verging wieder.

Levin blickte sich um. Die Zeit schien für den Moment eingefroren. Die lachenden Gesichter der anderen … Otto und Hermine, die während des Essens gestanden hatten, dass ihre Agentur von der Hand in den Mund lebte und gescheitert wäre, wenn nicht die Detektei von Caspari-Roth, Roffi und Pelzer sie aus alter Kollegialität zu Edgar Trönicke mit kleinen Aufträgen versorgt hätte, die ihnen selbst zu mühselig waren … Emma und Amalie, die eine verborgene Liebe lebten, für die die Gesellschaft nur Irritation übrighatte … er sah an sich selbst herab, an seine nach eineinhalb Jahren Ölschmiere und Fett endlich einmal wieder sauberen Hände, die nicht lange sauber bleiben würden, wenn er erst bei Santos-Dumont in Paris war und einem erneuten Versuch, endlich bei der Eroberung des Himmels Erfolg zu haben …

Nichts war wirklich einfach. Aber es gab diese kleinen Blasen in der Zeit, so wie jetzt, in denen alles gut war.

Ich liebe euch alle miteinander, dachte er. Lieber Gott, was immer auch passiert – erhalte mir diese Liebe.

9

Amalie brachte ihre Brüder und Hermine zur Tür und sah ihnen hinterher, wie sie in Richtung auf eine Droschkenstation davongingen. Es war noch früh am Abend und nicht besonders kalt; die Temperatur lag ein gutes Stück über dem Gefrierpunkt. Kein Flöckchen Schnee war zu sehen. Amalie sah, wie ihre Gäste um die nächste Ecke verschwanden, und wandte sich ab, um ins Haus zurückzugehen. Dann war ihr plötzlich, als sei eine kalte Brise aufgekommen und habe sie mit einem Eishauch angeweht. Unwillkürlich schlang sie die Arme um den Oberkörper und blickte sich um. Hatte sie nicht aus den Augenwinkeln gedacht, bei einer Straßenlaterne in der Nähe stünde eine düstere Gestalt mit Mantel und Hut? Es musste eine Einbildung gewesen sein. Da war nichts. Doch ihre Gänsehaut blieb.

Sie schloss die Tür hinter sich und ging die Treppe hoch. Im Salon hörte sie das Hausmädchen mit dem Geschirr klappern. Als die Hausklingel ertönte, fuhr sie zusammen. Um diese Zeit? Hatte einer ihrer Brüder etwas vergessen?

Sie wusste, dass es keiner von ihren Brüdern oder Hermine war, der geklingelt hatte. Sie wusste es, weil sich auf ihren Armen erneut eine Gänsehaut bildete und weil ihr nun klar war, dass sie sich die finstere Gestalt unter der Straßenlaterne nicht eingebildet hatte.

Sie öffnete die Tür. Der finstere Mann mit Hut und Mantel stand direkt vor ihr. Sie brauchte das von der Hutkrempe verdeckte Gesicht nicht zu sehen, um ihn sofort zu erkennen.

»Herr Leitner«, sagte sie tonlos. Einen Augenblick lang wollte sie ihm den Weg ins Haus verstellen, doch dann trat sie beiseite. Es hatte keinen Sinn; es war im Grunde sein Haus. »Bitte.«

Rudi Leitner trat ein. Er sah sich im Flur um, als wäre er hier zum ersten Mal. Amalie schloss die Haustür und lehnte sich dann mit dem Rücken an das Türblatt. Sie brauchte die Stütze. Der Wechsel von der liebevollen Gemeinschaft, die sie den ganzen Abend lang genossen hatte, zum Auftreten dieses lebenden Gespenstes ging fast über ihre Kräfte. Eine schreckliche Angst schoss in ihr hoch, die sich sofort zur Gewissheit manifestierte. Jeder Optimismus, den der Abend in ihr geweckt hatte, verschwand. Rudi Leitner war wieder zurück. Fast zwei Jahre hatte sie es geschafft, den Gedanken an ihn zu unterdrücken. Jetzt erkannte sie, dass sie das nicht hätte tun sollen. Sie hätte sich damit auseinandersetzen sollen, dass er natürlich irgendwann wieder nach Hause kommen würde. Dann wären der Schock und die Furcht jetzt nicht so groß. Die zur Gewissheit gewordene Furcht, dass Emma sich aus Mitleid und Anstand wieder ihrem Mann zuwenden und ihre Liebe ein zweites Mal sterben würde.

Leitner nahm den Hut ab. Sein Gesicht sah immer noch schrecklich aus, auch wenn die nässende und wunde Haut mittlerweile verheilt war. Auf der verbrannten Hälfte des Schädeldachs war das Haar in einzelnen Klumpen nachgewachsen. Die andere Hälfte hatte Leitner lang wachsen lassen und zusammen mit den sprießenden Büscheln über die versehrte Seite gekämmt. Es war so uneffektiv, wie es pathetisch war.

Leitner drehte sich zu ihr um. Mit seinem gesunden Auge musterte er sie von oben bis unten, sein Gesicht schien unbewegt, wenn man das leise Zucken seiner Kiefermuskulatur nicht beachtete.

»Ist meine Frau zu sprechen?«, fragte er.

»Sie ist oben. Ich hole sie«, sagte Amalie und merkte, dass sie nicht die Kraft hatte, sich von der Tür abzustoßen und an Leitner vorbeizugehen. Es war auch nicht nötig. Emma kam von sich aus die Treppe herunter.

»Hat es geklingelt?«, fragte sie. »Hat jemand was verg…?« Sie blieb stehen, als sie ihren Ehemann unten stehen sah. »Oh.« Die Farbe wich aus ihrem Gesicht.

Leitner blickte zu ihr nach oben. »Hallo, Emma«, sagte er rau.

»Hallo, Rudi.«

Amalie schloss die Augen, als sie sah, wie Emma plötzlich haltsuchend nach dem Geländer griff. Sie wusste, gleich würden Emmas Knie nachgeben und sie sich auf eine Treppenstufe setzen müssen. Sie zwang sich, die Augen wieder zu öffnen, spannte ihren schockgelähmten Körper, um sich doch noch zu bewegen und ihr aufzuhelfen. Emma stand immer noch aufrecht. Dann ging sie langsam, Schritt für Schritt, die Treppe herunter, ohne sich auch nur einmal festhalten zu müssen. Obwohl Rudi Leitner Amalie den Rücken zuwandte, konnte sie an seiner Körperhaltung erkennen, wie erstaunt er war.

»Dir geht es besser«, hörte sie ihn sagen.

»Mir geht es gut, Rudi«, sagte Emma.

Sie kam bei ihrem Mann an und blieb dicht vor ihm stehen. Sie blickte zu ihm hoch. Amalie hatte nur ein kurzer Blick gestreift. Emma blickte intensiv in Leitners abgewandtes Gesicht. Amalie war, als müsse sie an der Eingangstür nach unten rutschen und dann wie ein Haufen Lumpen auf dem Boden liegen bleiben.

»Ich bin wieder da«, sagte Rudi.

»Ja«, sagte Emma. Sie strich vorsichtig über die versehrte Seite von Leitners Schädel. »Dein Haar ist nachgewachsen.«

»Es sieht übel aus.«

Emma zuckte mit den Schultern. Zitternd und mit immer größer werdender innerer Kälte sah Amalie ihr dabei zu, wie sie beide Hände an Leitners Gesicht legte – links und rechts, die gute und die zerstörte Seite. Amalie hörte Leitners Seufzen. Sie sah die Tränen in Emmas Augen treten.

Ihr wurde klar, dass sie hier auf einmal überflüssig war. Sie würde packen müssen und gehen. Alles, was sie vorhin gefühlt und gedacht, gehofft und geträumt hatte, war wieder zunichte. Sie konnte Emma nicht einmal böse sein. Sie wusste, dass Emmas Liebe zu ihr echt war. Aber Emmas Anstand und Pflichtbewusstsein würden ein zweites Mal verhindern, dass diese Liebe gelebt werden konnte. Innerlich heulend wie ein Wolf, stieß Amalie sich von der Tür ab und trat beiseite, damit sie um die Leitners herumgehen und den Flur verlassen konnte.

»Ach, Rudi«, wisperte Emma. »Mein armer Rudi.«

Die Tränen liefen ihr frei über die Wangen. Rudi Leitner hob die Rechte, schien sich zu erinnern, dass sie nur eine Kunsthand war, ließ sie sinken und tupfte mit der vernarbten Linken eine Träne von Emmas Wange. »Kein Grund zu weinen«, sagte er rau.

Amalie taumelte an ihnen vorbei. Weder Rudi noch Emma schenkten ihr Aufmerksamkeit.

»Doch«, sagte Emma. »Ich muss weinen.«

»Weshalb?«

»Weil es so weh tut.«

»Es tut dir weh, dass ich wieder da bin?«

Emma schüttelte den Kopf. Amalie hatte den Fuß der Treppe erreicht und starrte nach oben. Sie hatte keine Ahnung, wie sie es bis in den ersten Stock schaffen sollte, ohne unterwegs zusammenzubrechen.

»Nein«, sagte Emma. »Es tut mir weh, dass ich dich wegschicken muss. Aber es geht nicht anders. Ich liebe dich nicht, Rudi. Ich liebe Amalie. Ich werde diese Liebe nicht noch einmal zerstören. Leb wohl, Rudi. Wir beide haben keine Zukunft. Ich möchte die Scheidung.«

10

Sie möchte sich scheiden lassen …«, wiederholte Oscar Glock langsam und nachdenklich. Er und Rudi Leitner saßen im Salon von Oscar Glocks Wohnhaus. Es war weit nach Mitternacht. Glock trug einen Morgenmantel und Pantoffeln und hatte vom Bett zerrauftes Haar. Der Hausdiener hatte ihn aus dem Schlaf geweckt, als Rudi geklingelt hatte. Für irgendjemand anderen wäre Oscar Glock mitten in der Nacht nicht zu sprechen gewesen. Irgendjemand anderem hätte er sich auch nicht so gezeigt. »Du kannst dich natürlich weigern.«

Rudi schnaubte. »Wozu würde das führen? Ich hab auch meinen Stolz. Sie will mich nicht. Ich war ein Idiot zu glauben, dass sie einen wie mich mögen könnte ... mit diesem Gesicht und all meinen anderen ... Problemen ...«

»Sie sollte froh sein, einen wie dich zum Mann zu haben«, erklärte Glock. Er legte Rudi eine Hand auf die Schulter. »Die Idiotin ist sie, das nicht zu erkennen.«

Rudi Leitner antwortete nicht.

Glock sagte: »Die Scheidung macht sie jedenfalls zur rechtlosen Außenseiterin ...«

»Sie ist schon eine Außenseiterin«, erwiderte Rudi dumpf. »Sie ist eine Sapphistin.«

»Das sind die Mädels doch alle, wenn sie auf der Mädchenschule sind«, erklärte Glock abfällig. »Aber die meisten finden nachher auf den richtigen Pfad zurück. Nur ein paar bleiben entartet.«

»Meine Frau ist nicht entartet!«

Glock hob beide Hände in einer beschwichtigenden Geste. »Natürlich bist du jederzeit hier bei mir willkommen. Ich habe mehrere freie Zimmer. Such dir eines aus, pack deinen Koffer aus, dann bist du ab sofort hier zu Hause.«

»Danke.«

»Im Grunde genommen – und ich meine das nicht als Spitze gegen dich – kommt uns diese Entwicklung eigentlich gelegen.«

»Wie kannst du so was sagen, Oscar?«

»Weil wir Geld brauchen. Wie viel, hast du geschrieben, hat Zeppelin die Entwicklung des ersten Luftschiffs gekostet? Eine Million Reichsmark?«

»Mehr oder weniger.«

»Gut, da war viel Entwicklungsaufwand dabei, den wir dank deiner Informationen nicht haben. Dafür müssen wir ein Grundstück außerhalb der Stadt kaufen, eine in den Boden versenkte Halle bauen, damit niemandem die wirkliche Höhe des Gebäudes auffällt, wir brauchen ein bewegliches Dach statt nur einem Paar Hallentore … wir werden es mit nicht viel weniger als einer Million Reichsmark zu tun haben. Wir müssen sehen, wie wir das Geld zusammenbekommen.«

»Was hat das mit Emmas Wunsch zu tun, sich scheiden zu lassen?«

»Weil ich das Haus nie verkauft hätte, wenn du noch darin gewohnt hättest.«

Eine verblüffte Pause entstand. »Soll das heißen, Emmas Haus gehört in Wirklichkeit dir?«, brachte Rudi schließlich hervor.

»Mit allem, was dazugehört. Der Professor war so freundlich, es mir für einen günstigen Preis zu verkaufen – einige Zeit bevor er den Unfall mit dem Revolver hatte …«

»Aber …«

»Er brauchte Geld. Er hatte eine neue … Leidenschaft entdeckt. Die war nicht billig. Dafür, dass er einen so günstigen Preis ansetzte, habe ich nie auch nur eine Mark Miete verlangt.«

»Wie günstig war der Preis denn!?«

»Zehntausend Reichsmark.«

Rudi sprang auf. »Das Haus ist mehr als zehnmal so viel wert.«

»Er brauchte das Geld schnell, und ich hatte nicht mehr zur Hand.« Glock lächelte milde. »Und du hast dich verrechnet. Es ist fünfzehnmal so viel wert.«

»Emma hat mir aber doch ein Testament ihres Vaters gezeigt, in dem er ihr das Haus überschrieben hat.«

»Ja, das hab ich mir schon gedacht. Der Professor meinte wahrscheinlich, er könne damit eine verzwickte Rechtslage schaffen, wenn ich von meinem Verkaufsrecht Gebrauch mache … dass ein Richter zugunsten der Erbin entscheiden würde, weil der Kaufvertrag mit seinem niedrigen Preis gegen das ›Anstandsgefühl aller billig und gerecht Denkenden‹ verstößt.« Glock grinste, als er die Formulierung des deutschen Reichsgerichts für die Sittenwidrigkeit von Verträgen zitierte. »Binnen kurzem wird die Erbin aber eine geschiedene Frau sein und damit automatisch als nicht gesellschaftsfähig gelten … unabhängig davon, dass sie ihr Bett mit einer anderen Frau teilt. Sie hat keine Chance vor Gericht.«

»Du machst Emma obdachlos!«

»Ach, mein Lieber, ich bitte dich. Ihre Freundin ist die Tochter eines Gutsbesitzers und ehemaligen Siemens-Direktors! Da ist Geld wie Heu vorhanden. Keine Sorge.«

Rudi starrte mit zuckenden Kiefermuskeln auf den Boden.

»Es ehrt dich, dass du dir selbst in dieser Lage noch Sorgen um sie machst«, sagte Glock und legte ihm erneut eine Hand auf die Schulter. »Ich möchte dich aber bitten, ab jetzt an die Zukunft zu denken. Unsere Zukunft. Die unserer Bewegung. Und die Zukunft Deutschlands.«

Rudi schwieg eine lange Weile. »Wir bauen das Luftschiff, oder?«, fragte er leise.

»Darauf kannst du Gift nehmen.«

Rudi hob seine mechanische rechte Hand. »Ich kann nicht …«, begann er.

Glock winkte sofort ab. »Du hast bei Zeppelin helfen können, du kannst hier helfen«, sagte er. »Ohne deine Expertise schaffe ich es ohnehin nicht. Keine Sorge, du bist mit dabei. Aber ich brauche dich auch noch für etwas anderes.«

»Was?«, fragte Rudi. Man konnte selbst seinem unbeweglich-zerstörten Gesicht ansehen, dass er ahnte, worauf Glock hinauswollte, und dass es ihm nicht gefiel – und dass er es trotzdem tun würde, weil es für ihn keinen anderen Weg gab.

»Wir gehen in den drei Stufen vor, die wir immer geplant hatten«, erklärte Glock. »Stufe zwei ist die Fertigstellung eines zuverlässigen Flugapparats, mit dem wir schnell und überraschend zuschlagen können. Stufe drei ist das Zuschlagen selbst zu einem günstigen Zeitpunkt, an dem der Großteil der Regierung und der Militärführung an einem Ort versammelt sind, an dem wir sie alle auf einmal erwischen.« Glock vollführte eine Geste, als würde etwas vom Himmel fallen und beim Auftreffen auf den Boden mit einer gewaltigen Explosion in die Luft fliegen. »Ich gebe zu, dass wir es dabei mit ein paar Unwägbarkeiten zu tun haben werden. Schließlich konnten wir das ja noch nicht proben.« Er grinste.

»Aber Stufe eins haben wir erprobt«, sagte Rudi. »In der Schweiz.«

»Exakt. Und da kommst du ins Spiel, mein Lieber. Wir brauchen in den nächsten Jahren ein paar schöne Unglücksfälle in Deutschland, bei denen es ordentlich Tote und Verletzte gibt …«

»… und für die man, wenn alles nach Plan läuft, Juden verantwortlich machen wird.«

»Ganz genau. Entweder indem wir es als Anschlag hinstellen, oder als Unachtsamkeit oder als Fahrlässigkeit infolge von Geldgier … als Korruption … alles, was man mit den Juden zu Recht in Verbindung bringt. Mittlerweile sitzen genug *Söhne Walhalls* auf wichtigen Beamtenposten oder in Zeitungsredaktionen … oder haben Väter und Onkel in solchen Positionen, die auch auf unserer Seite sind. Es ist wie in der Schweiz mit Wechlin, nur in einem viel größeren Maßstab. Wir heizen die Stimmung gegen die Juden an und zugleich gegen die Regierung, die es zulässt, dass so viele aufrechte Deutsche wegen der jüdischen Machenschaften zu Tode kommen. Wenn wir dann zuschlagen und die Regierung ausgelöscht haben, werden unsere Leute die frei gewordenen Posten übernehmen, und das Volk wird uns erstens zujubeln, weil die Judenfreunde durch reines deutsches Blut ersetzt werden, und zweitens, weil wir gleich danach alle Juden aus staatstragenden Institutionen entfernen. In zehn Jahren spätestens gehört unser Land wieder uns.«

»Und der Bombenanschlag mit dem Luftschiff ...?«

Glock grinste. »Der Teufel soll mich holen, wenn wir den nicht auch den Juden zuschieben können – oder einer feindlichen ausländischen Macht. Wer soll das Ding denn einholen, nachdem die Bomben abgeworfen worden sind? Wir fliegen es vom Anschlagsort weg, lassen es abstürzen und ausbrennen, und niemand wird je auf den Gedanken kommen, dass wir damit zu tun hatten. Und falls doch ... wenn der Coup klappt, sind wir nicht nur die Regierung und das Militär, sondern auch die Polizei.«

Rudi Leitner nickte. »Du möchtest, dass ich die ›Unfälle‹ plane und ausführe.«

»Ich wüsste keinen Besseren.«

»Aber Oscar – dabei werden mit Sicherheit viele Leute draufgehen, die eigentlich so denken wie wir. Ehrliche Deutsche, die auf unserer Seite wären, wenn sie wüssten, dass es uns gibt.«

»Ich weiß«, sagte Oscar Glock. »Aber Opfer müssen gebracht werden, nicht wahr?«

5. BUCH

Der Traum vom Fliegen

Januar 1901 – August 1906

»Es funktioniert!«

ORVILLE WRIGHT

1

Der junge Mann blieb auf der Türschwelle von Emmas Haus stehen und weigerte sich einzutreten. Er hatte sich auch geweigert, dem Hausmädchen den Brief auszuhändigen; er wollte ihn Emma persönlich übergeben.

»Bitte lesen Sie«, sagte er steif. »Ich habe den Auftrag, Ihre mündliche Antwort zurückzubringen.«

Emma sagte befremdet: »Sie sind doch Wolfram Schambacher, oder? Wir kennen uns doch …«

Schambacher knallte die Hacken zusammen und verbeugte sich so knapp wie möglich. »Bitte lesen Sie.«

Amalie, die mit Emma zur Tür gekommen war, las über die Schulter ihrer Freundin mit. Die Nachricht traf sie wie ein Schlag in die Magengrube. Sie holte tief Luft. Emmas kalte Hand umklammerte ihr Handgelenk und brachte sie zum Schweigen.

»Kennen Sie den Inhalt dieses Briefs, Herr Schambacher?«, fragte sie.

Schambacher schüttelte nach kurzem Zögern den Kopf. Es war klar, dass er log. Man konnte ihm die Mischung aus Verlegenheit über die Situation, Verachtung gegenüber Emma und Amalie und Zorn wegen dieses Laufburschenauftrags ansehen; sie ließ ihn so krumm und verkrampft dastehen wie einen Jahrmarktkasper.

Emma sagte und steigerte damit bewusst Schambachers Verlegenheit: »Herr Glock schreibt, das Haus gehöre ihm, das Testament meines Vaters sei nichtig, und wenn ich den Kaufvertrag anzweifeln wolle, solle ich meine Stellung als Frau bedenken, die soeben die Scheidung von ihrem Mann eingereicht hat. Er schreibt weiter, dass er meiner ›Gefährtin‹ Amalie von Briest und mir selbstverständlich und großzügigerweise genügend Zeit ließe, um die Dienstbotenverträge zu lösen und das Haus zu räumen, und dass er davon ausgehe, dass er spätestens Anfang April dieses Jahres über sein Eigentum verfügen könne.«

Schambacher wand sich und sagte nichts.

»Und Sie sollen meine mündliche Antwort jetzt gleich zu Herrn Glock bringen?«

Schambacher nickte.

Emma strahlte ihn an. »Dann richten Sie ihm meinen tief empfundenen, allerherzlichsten Dank dafür aus, dass er meiner Gefährtin, Fräulein von Briest, und mir mit dieser freundlichen Tat die Freiheit schenkt. Wir werden ab sofort jedes Jahr zu diesem Datum eine Flasche besten Champagner auf sein Wohl trinken.«

Schambacher klappte der Mund auf. Er blinzelte verwirrt. »Äh …?«, machte er schließlich.

Amalie, die innerlich vor Wut bebte und nicht wusste, worauf Emma hinauswollte, beherrschte sich nur mit äußerster Mühe. Sie ahnte, dass alles, was sie sagte, Emmas Absichten zuwiderliefe. Aber woher kam Emmas offenbar nicht einmal aufgesetzte Fröhlichkeit?

»War noch etwas, Herr Schambacher?«, fragte Emma.

Hackenknallen, Verbeugung. »Nein, Frau Leitner.«

»Sie dürfen ruhig Fräulein von Schley zu mir sagen. Die Scheidung ist nur eine Frage der Zeit.«

Schambacher sagte nichts. Er stand unschlüssig da, dann wandte er sich ab und trat einen Schritt zurück. Amalie konnte sich nicht mehr beherrschen.

»Ach, Herr Schambacher?«, sagte sie.

Schambacher drehte sich widerwillig wieder um. »Ja, bitte?«

»Machen Sie doch noch mal so wie vorhin.«

»Wie?«, brachte Schambacher verwirrt hervor.

»So.« Amalie öffnete den Mund so weit, wie er Schambacher vorhin aufgeklappt war.

Schambacher, noch verwirrter als zuvor, tat ihr den Gefallen.

Amalie nahm den Brief Glocks und stopfte ihn hinein. »Verschlucken Sie ihn nicht beim Zurücklaufen zu Ihrem Herrchen«, sagte sie grimmig.

Schambacher zog sich den Brief aus dem Mund und stapfte mit hochrotem Kopf davon.

Amalie wandte sich an Emma. »Entschuldige«, sagte sie. »Aber das musste ich tun.«

Emma lächelte. »Hab ich was gesagt?«

»Was sollte das mit der Freiheit?«

»Verstehst du nicht, Amalie? Jetzt gibt es nichts mehr, was uns hier hält! Wir haben kein Haus, kein Heim – wir sind gänzlich von allem befreit. Jetzt kann ich das Angebot annehmen, für die *Weltpanoramazentrale* zu arbeiten! Wir werden reisen, Amalie! Und wir werden etwas erfinden, um das zu ermöglichen, was dein Bruder Levin letztens erwähnt hat: stereoskopische Aufnahmen aus einem Flugapparat heraus. Ich werde endlich auch fliegen, Amalie, aber ich will nicht mehr an einem Fallschirm hängen und herunterschweben, ich will oben bleiben und allen, die das nicht tun können, die Schönheit der Welt zeigen! Und du wirst mitkommen, meine wunderbare Geliebte, und ich werde dir all die Jahre, in denen du die Starke warst und dich um mich gekümmert hast, tausendfach vergelten!« Sie küsste Amalie mit einer Leidenschaft, wie diese sie an ihrer Freundin außerhalb des Betts noch nie erlebt hatte. Der Kuss ließ sie atemlos, mit klopfendem Herzen und so erregt zurück, dass ihre Sinne sich verwirrten. »Wir sind frei, Amalie!«, rief Emma und lachte. »Frei!«

Es war der 9. Januar 1901.

2

Wissen Sie, Ihre Agentur ist mir empfohlen worden«, sagte der Bankdirektor, in dessen Büro Otto und Hermine saßen. »Habe zuerst selbst im Adressbuch nachgesehen. War mir aber nicht sicher, daher bin ich über diese Empfehlung dankbar. Muss gestehen, ohne sie hätte ich Ihre Agentur nicht ausgesucht. Namensgebung ein bisschen zu auffällig, nicht wahr? A-Agentur? Sieht aus, als hätten Sie mit Gewalt versucht, den obersten Eintrag zu bekommen, nicht wahr? Nichts für ungut … bin es gewohnt, geradeheraus zu sprechen. Alte Offiziersschule.«

Otto, der sich nicht anmerken ließ, dass Hermines Tritt gegen seinen Knöchel richtig weh getan hatte, nickte und lächelte. »Welches Regiment, wenn ich fragen darf?«

»Pionier-Bataillon Nr. 4, Magdeburg«, schnarrte der Bankdirektor. »Bin als Oberstleutnant ausgeschieden. Haben Sie gedient, junger Mann?«

»Telegrafen-Bataillon Nr. 1 des Gardekorps, Berlin«, sagte Otto und freute sich innerlich, weil die Truppengleichheit eine unbewusste Kameraderie herstellen würde, die der Auftragserteilung sicher förderlich war. »Leutnant der Reserve.«

»Einjährig-Freiwilliger, was? Warum keine Verpflichtung, Herr Kamerad?«

Ah – immerhin war er jetzt schon Kamerad. Es ließ sich gut an. »Ich musste vor meiner Wehrdienstzeit meinen Vater dienstlich nach Amerika begleiten – im Auftrag von Siemens«, sagte Otto in vorsichtiger Beschönigung der Sachlage. »Nachher musste ich mich um mein berufliches Fortkommen bemühen. Deshalb war keine längere Dienstzeit möglich.«

»Ah, Siemens.« Der Bankdirektor nickte. »Gute Firma. Konnten sich nicht entgehen lassen, Herr Kamerad. Verstehe schon. Nun – zu Ihrem Auftrag.« Der Bankdirektor schilderte ein Überwachungsszenario. Eine Schreibkraft der Bank stand im Verdacht, ein Verhältnis mit einem Angestellten einer Filiale zu haben. »Unser Haus ist für die Moral seiner Angestellten verantwortlich.« Der Bankdirektor schaute von Otto zu Hermine und fragte sich sichtlich, in welcher Beziehung das Detektivpärchen, das vor ihm saß, zueinander stand und ob diese Beziehung mit der Moral des Hauses vereinbar war. Wahrscheinlich würde er sich gleich danach erkundigen – geradeheraus, nicht wahr, alte Offiziersschule.

»An welchem Tag wäre der Angestellte wieder im Haupthaus?«, fragte Hermine.

Der Bankdirektor nannte den Tag. Otto und Hermine wechselten einen betroffenen Blick. Otto dachte: Verdammt! Der dickste Fisch seit Eröffnung der Agentur, und ausgerechnet dieses Datum muss es sein.

»Ich bedauere außerordentlich«, sagte er und meinte es ehrlich. »Wir müssen Ihren Auftrag leider ablehnen. Genau an diesem Tag stehen meine Partnerin und ich vor dem Standesamt und werden heiraten.«

Der Bankdirektor blinzelte verblüfft, dann fing er sich, legte die Zigarre weg, stand auf und reichte den beiden über den Tisch hinweg die Hand. »Gratuliere, Herr Kamerad!«

Es war der 12. Mai 1901.

3

Sie schaffen es, Sie schaffen es …«, murmelte Levin. Er stand auf der zweiten Etage des Eiffelturms und spähte abwechselnd auf seine Uhr und das sich nähernde Luftschiff, die *Santos-Dumont Nr. 6*. Er hatte einen kleinen freien Fleck für sich, gerade genug, um ein Stehpult aufzustellen. Der Rest der Plattform war ein einziges Gedränge von Menschen. Eineinhalbtausend Besucher sollten hier Platz haben. Levin war sicher, dass mindestens zweitausend da waren. Der Lärm, den sie machten, war so gewaltig, dass er selbst das Brummen des Luftschiffmotors übertönte. Es war wie eine Brandung, aus der einzelne spitze Stimmen sich hervorhoben wie Brecher, die an den Klippen aufschlugen.

»Zehn zu eins, dass er die Zeit nicht einhält!«

»Zwanzig zu eins, dass ihm das Gas wieder ausgeht und er zum zweiten Mal an irgendeinem Hausdach hängen bleibt.«

»Fünfzig zu eins, dass er diesmal dabei draufgeht!«

»Halte ich!«

»Wer will wetten, in welcher Gasse sie ihn vom Boden kratzen werden?«

Und dazwischen: »Zigarren, Zigaretten, Feuerzeuge! Zigarren, Zigaretten, Feuerzeuge!«

In dem sich nähernden Luftschiff stand Alberto Santos-Dumont in einem engen, nur hüfthohen Korb am Bug einer unter dem Tragkörper aufgehängten Gondel. In der Mitte der Gondel röhrte der Motor vor sich hin, am Heck wirbelte eine Druckluftschraube. Die Haut des Luftschiffs war gefirnisste Seide. Man musste ein Multimillionär wie der achtundzwanzigjährige Santos-Dumont sein, um sich so etwas leisten zu können. Sein heutiger Flug hatte eine Aufgabe und ein Ziel. Die Aufgabe war, das Luftschiff auf einem elf Kilometer langen Rundkurs von Saint-Cloud um den Eiffelturm herum wieder zurück zum Ausgangsort zu steuern und dabei nicht länger als dreißig Minuten zu brauchen. Das Ziel war der Gewinn eines hochdotierten Preises, den der Industrielle und Luftschiff-Enthusiast Henri Deutsch de la Merthe gestiftet hatte. Dies war Alberto Santos-Dumonts wiederholter Anlauf, sich den Preis zu holen. Seine vorherigen Versuche waren fehlgeschlagen, einer davon ganz spektakulär, indem das Luftschiff unterwegs Gas verloren hatte, gesunken war und das Dach des *Hotels Trocadero* nicht mehr hatte überfliegen können. Santos-Dumont war mit seinem Korb glücklicherweise am Dachüberstand hängen geblieben und hatte von der Feuerwehr gerettet werden müssen.

Levins Aufgabe war es, mit einer Reihe von Messinstrumenten Windrichtung, Windgeschwindigkeit, Fall- und Steigwinde, Temperatur und Luftdruck an seiner Ecke des Turms zu messen und Santos-Dumont die Werte zuzurufen, damit dieser sich darauf einstellen konnte. Drei weitere Mitarbeiter des Brasilianers befanden sich an den anderen Ecken des Turms und ermittelten die gleichen Messwerte. Alle vier waren mit Sprachrohren ausgerüstet, damit der Luftschiffer in der Gondel sie hören konnte. Die *Santos-Dumont Nr. 6* flog in einer Höhe von einhundertfünfzig Metern – gute dreißig Meter oberhalb der zweiten Etage. Der Abstand und der Lärm der Besucher hätten jeden unverstärkten Ruf von unten nach oben unhörbar gemacht.

Levin legte die Uhr auf sein Pult, las die Messwerte ab, trug sie ein. Die Konditionen waren gleichbleibend. Er hob den Fernstecher an die Augen und stellte ihn auf das sich nähernde Luftschiff scharf. Santos-Dumont stand aufrecht im Korb, wie immer makellos gekleidet, sein schmales Gesicht mit den großen schwarzen Augen und dem Schnauzbart so unbewegt, als stehe er irgendwo an der Straße und warte auf eine Droschke.

»Vierzig zu eins, dass das Ding Feuer fängt und explodiert!«, bot jemand in der Menge hinter Levin an.

»Hundert zu eins, dass es genau über unseren Köpfen hochgeht!«, schrie ein Witzbold. Das brauchte ein paar Sekunden, bis es einsickerte. Dann begannen Flüche und Geschimpfe. Levin grinste.

Jetzt hörte er den Motor. Die *Santos-Dumont* kam schnell heran. Der Wind wehte genau aus ihrer Richtung und schob sie vor sich her. Kontrollblick zur Uhr. Es sah gut aus. Levin schätzte, dass Santos-Dumont den Eiffelturm bei gut acht Minuten erreicht haben würde. Damit blieben für Umrundung und Rückflug zweiundzwanzig Minuten. Aber die Umrundung würde Zeit kosten, und der Rückflug fand gegen den Wind statt.

Das Luftschiff war heran. Levin hob das Sprachrohr an den Mund und befeuchtete die Lippen. Nun war der Motor zu hören. Die Menge tobte, schrie und begann zu applaudieren, aber das Motorbrummen spürte man jetzt im Bauchfell und brauchte es nicht mehr mit den Ohren wahrzunehmen.

»Neun Minuten, drei Sekunden!«, brüllte Levin hinauf, dass ihm der Hals weh tat. Dann ratterte er die anderen Messwerte herunter. Der Brasilianer in der Gondel hob dankend die Hand. Das Luftschiff flog zu Levins Linken am Eiffelturm vorbei und dröhnte und brummte. Der Applaus folgte wie eine neue Meereswelle, die um den Turm herumschwappt. Kurze Zeit später tauchte die *Santos-Dumont* wieder zu Levins Rechten auf und machte sich lärmend auf den Rückweg. Levin sah ihr mit dem Fernstecher hinterher.

Und bemerkte, dass die Luftschraube sich auf einmal langsamer drehte, dass die Abgaswolke vom Motor verschwunden war und dass das Luftschiff begann, vom Kurs abzuweichen. Der Gegenwind brachte sie aus der Bahn! Weil der Motor ausgefallen war. Ungläubig und mit vor Furcht trockenem Mund sah Levin zu, wie Alberto Santos-Dumont ungerührt über den Rand des Korbs kletterte, nach hinten zum Motor balancierte und ihn mit einiger Mühe wieder in Gang brachte. Dann kletterte er zurück und korrigierte den Kurs wieder. Die Aktion war begleitet gewesen von geradezu frenetischem Bieten bezüglich des Schicksals des Brasilianers.

Levin legte den Feldstecher weg und wandte sich an einen Entrepreneur, der besonders laut krakeelt und Wetten darauf angenommen hatte, ob Santos-Dumont einfach nur so vom Himmel stürzen würde oder brennend wie ein Komet und ob im letzteren Fall das flammende Wrack des Luftschiffs auf die Zuschauer fallen würde, die unten die gesamte Flugbahn säumten, und wie viele davon dann wohl so wie der Luftschiffer selbst im Feuer umkommen würden. Der Krakeeler stand direkt an der Absperrung, die Levins kleines Reich sicherte.

»He, mein Freund«, sagte Levin. »Nimmst du noch Wetten an?«

»Klar!« Sein Gegenüber grinste. »Worauf willst du wetten, Grandseigneur?«

»Wie viele Zähne ich dir ausschlage«, sagte Levin und drosch zu. Der Krakeeler kippte nach hinten um. Die Umstehenden lachten und begannen, den halb Besinnungslosen auszuplündern. Levin wandte sich mit schmerzender Faust ab und überlegte, ob er den Vorfall in Santos-Dumonts Kladde eintragen sollte, entschied sich dann aber dagegen. Stattdessen trug er die aktuelle Windgeschwindigkeit ein.

Santos-Dumont gewann den Preis, obwohl er dreißig Sekunden zu spät an der Ankerleine hing. Das Preiskomitee befand, die Verzögerung sei nicht seine Schuld gewesen, und sprach ihm das Preisgeld zu. Santos-Dumont teilte die eine Hälfte unter seinen Mitarbeitern auf, die andere spendete er in eine Stiftung für die Armen von Paris.

Es war der 19. Oktober 1901.

4

Verflucht!«, zischte Oscar Glock. »Schau dir diese Scheiße an!«

Glock fluchte selten. Diesmal jedoch stand er fassungslos vor dem riesigen viereckigen Teich, in dem schlammbraunes Wasser schwappte. Er hatte bestimmt eine volle Minute regungslos davor verharrt, bevor der Gefühlsausbruch geschah. Er hatte sogar vergessen, an seiner Zigarre zu paffen. Im beständigen Nieselregen war sie ausgegangen. Er nahm sie und feuerte sie in das Wasser. »Das dauert Wochen, bis das leergepumpt oder abgelaufen ist.«

»Und die ganzen abgesoffenen Baumaschinen sind bis dahin rettungslos ruiniert«, sagte Rudi Leitner. »Das Geld haben wir umsonst ausgegeben.«

Glock trat gegen einen Schlammklumpen, um ihn ins Wasser zu schießen. Der Schlammklumpen war zu weich und platzte stattdessen. Glocks rechter Schuh und die Hose waren auf einmal über und über dreckbeschmiert. Glock sah an sich herunter, weiß im Gesicht vor Wut. »Das wirft uns um Monate zurück«, sagte er.

Rudi nickte.

Der rechteckige Teich war das in wochenlanger Arbeit ausgeschachtete Tiefgeschoss der geplanten Luftschiffhalle. Glock hatte Tausende von Reichsmark für ein Heer von Landarbeitern ausgegeben und über sein Netzwerk an Sympathisanten schweres Ausschachtgerät bei der Firma Siemens gekauft. Siemens baute derzeit an der elektrischen Untergrundbahn, die bei den Bahnhöfen Potsdamer Platz, Wittenbergplatz, Zoologischer Garten und Knie tatsächlich unter der Erde verlief. Die Arbeiten, den Boden der geplanten Halle tiefer zu legen, waren noch nicht einmal fertig gewesen; die Arbeiter waren erst in vier Metern Tiefe angekommen. Acht sollten es werden, dann würde das Dach der Halle nur weitere acht Meter in die Höhe ragen und somit als Fabrikgebäude relativ unauffällig sein.

»Monate!«, knirschte Glock erneut. »Wenn nicht ein Jahr!«

Am Vortag war ein monströses Unwetter über Berlin und Umgebung hinweggezogen. Der Wolkenbruch hatte am frühen Morgen begonnen, fünf Stunden gedauert und war sintflutartig gewesen. Hagel hatte die Abflussrohre verstopft. Das Pflaster war aufgerissen worden, abgeschwemmter Sand hatte die Abflüsse noch mehr blockiert. In der Stadt hatten die Straßen stundenlang unter Wasser gestanden. Der Eisenbahndamm der Nordbahn war abgerutscht und hatte die Bahnverbindung unterbrochen, das Gleiche galt für den Straßenbahndamm in Schöneberg. Der Inhalt ausgeschwemmter Latrinen, geborstener Schweröltanks und überfluteter Lagerkeller war in weitem Umkreis durch die schlammbraunen Fluten verteilt worden, stinkend, klebrig, giftig. Häuser, deren Fundamente schon schwach gewesen waren, waren eingestürzt.

Hier, im Nordwesten der Stadt, im Tegeler Forst, war das Wasser wenigstens nur das: Wasser; ohne die verseuchten Beigaben. Aber dennoch – für den Fortgang der Entwicklung eines eigenen Luftschiffs war das Unwetter eine Katastrophe.

»Scheiße«, sagte Oscar Glock noch einmal und wandte sich ab.

»Was heißt das für Stufe eins unseres Plans?«, fragte Rudi. Er sah aus, als wäre er nicht unglücklich gewesen, wenn Glock diese fürs Erste ausgesetzt hätte.

»Beginnt wie vorgesehen.«

»Wie du willst.«

Es war der 15. April 1902.

5

Und das neue Jahrhundert nahm immer weiter Fahrt auf …

Am 21. Juli 1902 sank der Vergnügungsdampfer *Primus* nach dem Zusammenstoß mit einem Schlepper auf der Elbe bei Hamburg. Über hundert Menschen kamen dabei ums Leben. Das Seegericht befand den Kapitän der *Primus* für schuldig, denn er hatte entgegen den geltenden Regeln versucht, in der für den Gegenverkehr reservierten nördlichen Fahrrinne schneller gegen die Strömung anzukommen. Die Toten waren hauptsächlich Mitglieder eines sozialdemokratischen Arbeitergesangsvereins. Das Unglück rief Erschütterung und Zorn im ganzen Deutschen Reich hervor, besonders als Gerüchte laut wurden, die jüdischen Financiers der Reederei hätten die Schiffseigner und diese den Kapitän zu dem Regelverstoß gezwungen, um Treibstoff und Zeit zu sparen. Wo die Gerüchte herkamen, wussten nur zwei Menschen. Oscar Glock ließ einen Champagnerkorken knallen. Der Korken flog in die verschlammte und immer noch nicht wieder für weitere Ausschachtarbeiten benutzbare Grube, über die sich irgendwann die Luftschiffhalle Glocks erheben sollte. Aber heute war Oscar Glock das egal. Stufe eins ihres großen Plans entwickelte sich prächtig – und diesmal hatten sie noch nicht einmal etwas sabotieren müssen, wie damals in der Schweiz, oder mit einer gezielten Aktion ein Unglück hervorrufen, wie beim Grubenunglück im Steinsalzbergwerk von Staßfurt, wo ein paar illegale Sprengungen einen Schacht hatten einstürzen lassen … fast zwanzig Tote, knapp hundert Verletzte und ein Bekennerschreiben eines zufälligerweise jüdischen Wirrkopfs und Einzelgängers, in dem dieser behauptete, der Salzabbau unter Tage wäre eine gezielte Provokation jüdischer Lebensweisen und der Sprengstoffanschlag die Vergeltung dafür … das Bekennerschreiben war in der Tasche des Mannes gefunden worden, als die Polizei seine bereits verwesende Leiche von dem Deckenbalken abgenommen hatte, an dem der Mann sich erhängt hatte … Nein, mit dem Unglück der *Primus* hatte man nur den richtigen Leuten in den Zeitungsredaktionen und den öffentlichen Salons die entsprechenden Gerüchte in die Ohren streuen müssen …

Am 31. Mai 1903 spielten der VfB Leipzig und der DFC Prag um die erste deutsche Fußballmeisterschaft. Die Mannschaft aus Leipzig gewann mit 7:2 Toren. Es kam zu etlichen Unregelmäßigkeiten – Spielorte wurden trotz vorheriger Auslosung aus Kostengründen gewechselt, Vereine gaben falsche Mannschaftsaufstellungen ab und schickten nicht zugelassene Spieler aufs Feld, gefälschte Telegramme über Spieltermin-Verlegungen führten zur ungerechten Disqualifikation des Karlsruher FV, und beim Endspiel fehlte zunächst der Ball.

Einen Monat später startete die erste Tour de France in Paris und führte über knapp zweieinhalbtausend Kilometer durch ganz Frankreich. Es war zugleich die letzte Tour, die nicht von Skandalen überschattet war; der größte davon ereignete sich bei der zweiten Tour de France, als man feststellte, dass die ersten vier des Gesamtklassements einen Teil der Strecke gemütlich mit der Eisenbahn gefahren waren.

Im Oktober 1903 schrieb Antonie einen Brief an ihren Ehemann Moritz, in dem sie ihn davon in Kenntnis setzte, dass sie über Weihnachten in England sein würde. In Manchester hatten sechs Frauen um Emmeline und Christabel Pankhurst die Women's Social and Political Union gegründet und damit die Frauenrechtsbewegung auch im Vereinigten Königreich gestartet. Aufgrund der Korrespondenz der Engländerinnen mit einigen von Antonies Mitstreiterinnen hatten diese eine Einladung ausgesprochen, um von ihren deutschen Vorstreiterinnen zu lernen. Moritz las den Brief bei einem der selten gewordenen gemeinsamen Abendessen, blickte auf und sagte: »Du musst mich nicht mehr um Erlaubnis fragen, Antonie. Darauf hatten wir uns doch geeinigt.«

»Ich weiß«, sagte Antonie. »Aber ich fühle mich wohler, wenn ich weiß, du hast nichts dagegen.«

»Ich werde dich vermissen«, sagte Moritz und meinte es ehrlich.

Antonie erwiderte nichts darauf, aber Moritz hatte den Eindruck, dass sie beinahe das Gleiche gesagt hätte.

Antonie reiste am 17. Dezember 1903 zusammen mit zwei anderen Frauenrechtlerinnen ab. Sie hatte keine Ahnung, wie wichtig dieses Datum für den großen Traum werden würde, den ihr Zweitgeborener träumte und der auf die eine oder andere Weise das Leben all ihrer Kinder beeinflusste …

6

Otto hatte keine große Lust gehabt, über die Weihnachtsfeiertage nach Gut Briest zu kommen. Er wäre lieber mit Hermine in Berlin geblieben.

Sie hatten zwar nur eine winzige Wohnung, in der Küche, Essbereich und Schlafzimmer ein einziger Raum waren und man die Kohlen für den Herd fünf Stockwerke hochschleppen musste. Aber irgendeine frühere Nutzung dieses Stockwerks hatte dazu geführt, dass an einer Seite ein hohes, halbrundes Sprossenfenster in eine vorspringende Gaube eingebaut worden war, was einen fantastischen Blick über Berlin bot. Eigentlich war die Wohnung der beiden nicht sehr viel mehr als die Grundfläche dieser Gaube; wenn es regnete, tröpfelte Wasser durch den hart gewordenen Kitt der Fenstersprossen; wenn es stürmte, ratterten die Glasscheiben leicht in ihren Halterungen, und der Luftzug konnte schon einmal eine Kerze auf dem Esstisch ausblasen; wenn die Temperaturen unter den Gefrierpunkt fielen, konnte es passieren, dass am frühen Morgen eine dünne Reifschicht auf allen metallenen Rohren lag, die durch die Wohnung verliefen. Wenn es hingegen draußen heiß war, war die Wohnung ein Backofen, in der Hermine nur ihre Unterwäsche trug, wenn überhaupt – was Otto den atemberaubenden Ausblick regelmäßig vergessen ließ. Sie hatten das Bett direkt vor das Sprossenfenster geschoben und schliefen, redeten, lachten, stritten, arbeiteten und liebten sich darin vor dem Panorama der Stadt, die ihnen bei diesen Gelegenheiten buchstäblich zu Füßen lag.

Weihnachten 1903 brachte Otto es jedoch nicht übers Herz, sich der Einladung nach Gut Briest zu verschließen. Seine Mutter war in England, Amalie und Emma irgendwo in der Weltgeschichte unterwegs – ihre letzte Nachricht war aus Kairo gekommen – und Levin in Paris geblieben, wo Alberto Santos-Dumont und seine Mitarbeiter durch alle Salons gereicht wurden. Moritz wäre ganz allein auf dem Gut gewesen. Das wollte Otto seinem Vater nicht antun. Moritz war jetzt zweiundsechzig. Er sah zwar aus wie zweiundfünfzig, aber dennoch fragte Otto sich, wie viel gemeinsame Zeit ihnen noch blieb; außerdem wäre es herzlos gewesen, Moritz über Weihnachten auf dem verwaisten Gut im Stich zu lassen. Und Hermine, die als Stadtpflanze ihr Leben lang in engen, dunklen Wohnungen gehaust hatte, freute sich ohnehin jedes Mal, sich auf dem weitläufigen Gut mit seinem Herrenhaus, den Wirtschaftsgebäuden, dem riesigen Grundbesitz mit seinen Waldstücken, Feldern und Teichen aufhalten zu können.

Es war das bislang seltsamste, aber auch innigste Weihnachten, das Otto auf Gut Briest je erlebt hatte. Sie aßen zu dritt an dem großen Tisch, tauschten gegenseitig Geschenke aus, führten eine stockende Unterhaltung, die mit ansteigendem Weinkonsum etwas lockerer wurde, sangen Weihnachtslieder, zu denen es keine Musikbegleitung gab, weil keiner der drei ein Instrument spielen konnte, holten das Gesinde herein und beschenkten dieses und gaben für die männlichen Dienstboten eine Runde Schnaps, für die weiblichen eine Runde Likör aus; fuhren dann mit allen auf zwei vollgepackten Wagen ins Dorf und besuchten die mitternächtliche Christmette und saßen schließlich wieder, müde und mit eiskalten Füßen, die sie in Richtung Feuer streckten, im Salon und zögerten den Zeitpunkt hinaus, ins Bett zu gehen. Otto sah mit heimlicher Freude und Rührung, dass Hermine, wann immer sie an Moritz vorbeiging, ihm über die Schulter oder den Oberarm strich und ihn anlächelte. Moritz erwiderte die Geste, indem er Hermine zuzwinkerte. Beim Eintritt in die Kirche hatte er darauf bestanden, mit Hermine am Arm als Erster hineinzugehen – wie Gutsherr und Gutsherrin. Otto war mit dem Gesinde hinterhergetrottet, war sich ein paar Momente lang deplatziert vorgekommen, hatte dann die neugierigen Gesichter der Messbesucher gesehen und Hermines vor Aufregung knallrote Wangen und hatte sich für seinen Vater und seine Frau gefreut.

Moritz stand von seinem Sessel auf und ging zur Anrichte hinüber, um sich Wein nachzuschenken. Er kam mit einer Zeitung zurück und reichte sie Otto. »Schau mal, die wollte ich eigentlich Levin zusenden, aber dann hab ich's vergessen. Da steht was drin, was dich eigentlich auch interessieren könnte.«

Die Zeitung war die *Berliner Morgenpost* von Verleger Leopold Ullstein. Sie war bereits bei dem Artikel aufgeschlagen, um den es Moritz ging. Er war nicht lang und wirkte nebensächlich. Doch das, was er beschrieb, hatte die Kraft, die Welt auf den Kopf zu stellen.

Nein, nicht auf den Kopf.

Ihr Flügel zu verleihen!

Der Artikel war von einem Korrespondenten namens Alfred Hildebrand. Er war nicht illustriert.

»Das Problem, in der Luft zu navigieren, ohne dazu einen Ballon zu Hilfe zu nehmen, ist endlich gelöst! In den Sanddünen der Küste von Nord-Carolina, in der Nähe eines Ortes namens Kitty Hawk, haben zwei Männer aus Ohio am 17. Dezember dieses Jahres bewiesen, dass sie eine selbstgebaute Flugmaschine durch die Luft steuern können, wie es ihnen beliebt – so schnell sie wollen und unter völliger Missachtung der herrschenden Winde! Einem gigantischen Vogel gleich, schwebte ihre Erfindung über den Brechern, kreiste über die Dünen, ganz dem Willen ihres Lenkers unterworfen, und landete endlich, nach einem Flug von drei Meilen (4,8 Kilometer) elegant an der Stelle, die dafür geplant war.«

Otto sah auf. »Ohio?«, fragte er. Ihm begann etwas zu dämmern. Er senkte den Kopf und las weiter. Schon nach den ersten Sätzen unterbrach er sich erneut und sagte: »Ich werd verrückt …«

»Was steht dort, Otto?«, fragte Hermine.

Otto las vor: »Während die Regierungen aller Länder in den letzten Jahren Hunderttausende von Reichsmark ausgegeben haben, um einen gesteuerten Menschenflug zu ermöglichen, haben die Brüder Wilbur und Orville Wright aus Dayton, Ohio, in aller Stille, ja im Geheimen ihre Erfindung perfektioniert und einem erfolgreichen Test unterzogen.«

Moritz lächelte resigniert. »Ich hab den Namen auch wiedererkannt. Vielleicht hätte ich damals doch in die Firma der beiden Herren investieren sollen, was?«

»Die Brüder Wright?«, fragte Hermine. »Sind das die, deren Schwester du gekannt hast?«

Otto nickte. Er hatte vor Hermine keine Geheimnisse bestehen gelassen. Hermine hatte seine leicht verlegene Schilderung des Bootsausflugs mit Interesse angehört, geseufzt und gesagt: »Die trauen sich wat drüben in Amerika, det hätte unsereener sich nie jetraut!« – und dann hinzugefügt: »Wie hat die det jemacht? Lass uns det ma probieren, wa?«

»Wilbur Wright, der Chefkonstrukteur der Flugmaschine, überwachte den Flug vom Boden aus. Als er das Startzeichen gab, löste sein Bruder den Haken, der die Konstruktion auf der Spitze des Hügels festhielt. Der große Drachen glitt langsam auf seiner Schiene abwärts, nahm Geschwindigkeit auf. Auf halber Strecke startete der wagemutige Lenker, der auf dem unteren Flügel lag, den Motor. Die Luftschraube hinter dem doppelten Flügelpaar begann sich sofort rasend schnell zu drehen, und als das Ende der Schiene erreicht war, schoss die Maschine in den Himmel hinein, ohne auch nur einen Zentimeter durchzusacken.«

»Das kann ich mir nicht vorstellen«, sagte Moritz. »Ich hab zwar keine Ahnung von Flugmaschinen, aber ich glaube, da hat jemanden beim Schreiben die Begeisterung mitgerissen – auch ohne mit ihm durchzusacken.«

»Höher und höher stieg die Flugmaschine hinauf, angeschoben von der rotierenden Luftschraube, und segelte endlich mindestens zwanzig Meter über dem Boden dahin. Diese Höhe beibehaltend, beschleunigte der Lenker nun die Umdrehung des Propellers, das gewaltige Fluggerät nahm Fahrt auf und raste schließlich mit einer Geschwindigkeit von acht Meilen pro Stunde (fast dreizehn Kilometer!) trotz eines steifen Gegenwindes auf sein Ziel zu.

Unbeirrt folgte die Maschine ihrem Weg, wandte sich nach links, wandte sich nach rechts und flog dann wieder mühelos geradeaus.

›Es funktioniert!‹, rief der Lenker, Orville Wright, der Zuschauermenge unten auf dem Boden zu, nachdem er die erste Meile zurückgelegt hatte. Und er flog weiter! Kein Nachgeben, kein Nachlassen gab es für den Erfinder, nicht bevor er insgesamt drei Meilen zurückgelegt und die Maschine durch alle Arten von Manövern gezwungen hatte. Dann steuerte er die vorbestimmte Landestelle an, und elegant kreisend führte er seinen großen Vogel gen Boden, wo er sanft landete.

›Heureka!‹, rief er.«

»Das hat er bestimmt nicht gerufen.« Moritz seufzte und schüttelte den Kopf.

»Nein, ich denke eher, er rief: ›Holy shit!‹« Otto grinste. »Aber vielleicht übersetzt sich das ja neuerdings in ›Heureka‹. Hast du was dagegen, wenn ich den Artikel mit der Post an Levin sende, Papa?«

»Nur zu«, sagte Moritz. »Für ihn war er ja gedacht.« Er schielte zur Anrichte hinüber. »Wie ist das mit euch jungen Leuten? Ich könnte schon wieder was essen.«

»Herr von Briest, Sie sprechen mir aus der Seele!«, sagte Hermine fröhlich.

»Wo steckst du das nur alles hin, Hermine?«, fragte Otto. »Du bist schlank und rank wie eh und je …« Er stockte, und sein Gesicht verfärbte sich plötzlich. »Äh …«, machte er.

Hermine sah von ihm zu seinem Vater und zurück. Sie lachte noch lauter. »Meine Jüte«, rief sie. »Tut mir leid, mein Schatz, aber du wirst so schnell noch nich Vater – und Sie nich Großpapa, Herr von Briest. Da bin ick mir zurzeit janz sicher. Ick hab halt eenfach Hunger! Und wo es hier so jut schmeckt, ess ick mir einfach nach vorne. Nach den Feiertagen sind wir sowieso nur noch unterwegs und essen Stullen statt Braten.«

»Habt ihr einen großen Auftrag erhalten?«, fragte Moritz.

»Wir sind noch gar nicht dazu gekommen, es dir zu erzählen«, sagte Otto. »Caspari-Roth, Roffi und Pelzer haben uns als Subunternehmer angeheuert. Es geht um eine Sache, die schon drei Jahre her ist – das Grubenunglück von Staßfurt in Sachsen-Anhalt mit siebzehn Toten. Die Grubenbetreiber führen seitdem einen gerichtlichen Kampf mit der Versicherungsgesellschaft. Diese will nicht zahlen, weil es Aussagen von überlebenden Bergmännern gibt, dass angeblich kurz vor dem Schachteinbruch ungeplante Sprengungen durchgeführt wurden … und der Versicherungsvertrag sieht keinen Schadenersatz vor bei grob fahrlässiger Handlung der Grubenbetreiber …«

»Und wir sollen nun vor Ort Gespräche führen und rausfinden, ob wirklich Fahrlässigkeit im Spiel war … oder Sabotage …«, fuhr Hermine fort. »Oder was auch immer. Die Kollegen von Caspari und Co. überprüfen die Bücher und die Expertenberichte, wir machen die Ochsentour und fragen die Leute aus.«

»Wer hat die Caspari-Agentur angeheuert?«, fragte Moritz.

Otto zuckte mit den Schultern. »Die Versicherungsgesellschaft natürlich.«

»Jetzt tretet ihr wirklich in Edgars Fußstapfen«, sagte Moritz mit leichter Wehmut in der Stimme. »Am Ende findet ihr noch raus, was damals mit deinen Großeltern in der Schweiz passiert ist.«

7

Für Levin hatte Moritz den Artikel in der *Berliner Morgenpost* aufgehoben. Otto schickte ihn nach den Weihnachtsfeiertagen mit einem langen Brief an seinen jüngeren Bruder. Er hatte Konsequenzen für Levin, die weder Moritz noch Otto hatten vorhersehen können.

Levin arbeitete immer noch für Alberto Santos-Dumont. Bei Tag war der schmale, kleine Brasilianer unermüdlich damit beschäftigt, Verbesserungen an seinen Luftschiffen umzusetzen; mittlerweile gab es Santos-Dumont Nr. 9, liebevoll *La Baladeuse* genannt, ein Kleinstluftschiff für einen einzigen Passagier, und Nr. 10, genannt *Le Omnibus*, ausgerüstet für zwölf Passagiere und eine zweiköpfige Crew. Während *Le Omnibus* im Teststadium feststeckte, war *La Baladeuse* zu einem alltäglichen – oder besser allnächtlichen – Anblick für die Pariser geworden. Santos-Dumont pflegte das kleine Luftschiff zum nächtlichen Ausgehen – das er ebenso unermüdlich betrieb wie seine Konstruktionen – zu benutzen wie andere Leute eine Droschke. Er brummte damit in Firsthöhe der Dächer durch die Chausseen, und wenn er sein Ziel erreicht hatte, steuerte er es nahe an einen Balkon heran, vertäute es dort und kletterte aus der Gondel und über das Balkongeländer, stets wie aus dem Ei gepellt, zum großen Hurra seiner Gastgeber.

Seine Mitarbeiter bekamen ihren Anteil an seiner Berühmtheit und wurden ebenso durch die Salons gereicht wie ihr Arbeitgeber. Besonders Levin zog die Aufmerksamkeit der Pariser Gesellschaft auf sich – attraktiv, im Gegensatz zu den wortkargen Mechanikern und Konstrukteuren aus Santos-Dumonts Tross eloquent und gebildet und außerdem ein deutscher Adliger. Santos-Dumont schien es Levin nicht zu verübeln, dass sich ein Teil der öffentlichen Aufmerksamkeit statt auf ihn auf Levin konzentrierte. Levin nahm an, der gelassene, über seine Jahre hinaus weise Brasilianer wusste genau, dass Levins Anwesenheit die Unterstützung für seine Projekte nur noch verstärkte. Er profitierte am meisten vom Interesse an Levin von Briest, daher ließ er ihn lächelnd an seinem Ruhm teilhaben.

Für Levin waren die Experimente der Wrights nicht ganz so

neu wie für Otto und Moritz. Alberto Santos-Dumont war bereits seit letztem Jahr Mitglied eines Komitees, das für die Weltausstellung in St. Louis ein Luftrennen organisieren sollte. Hunderttausend Dollar sollte derjenige erhalten, der mit einer Flugmaschine egal welcher Bauart dreimal über einen vierundzwanzig Kilometer langen Rundkurs fliegen konnte, dabei eine vorgegebene Durchschnittsgeschwindigkeit erzielte und es am Ende schaffte, nicht weiter als hundertfünfzig Meter vom Startpunkt entfernt zu landen. Santos-Dumont war vom Ausstellungskomitee eingeladen worden, daran teilzunehmen und als weltbekanntester Aeronaut auch an der Ausarbeitung der Regeln mitzuwirken. Ein weiteres Mitglied des Komitees war der nach Amerika ausgewanderte Franzose Octave Chanute, dessen Namen Levin ebenfalls kannte, weil er mit Otto Lilienthal in Korrespondenz gestanden hatte. Chanute unterstützte die Experimente der Wrights bereits seit zehn Jahren. Von Santos-Dumont hatte Levin erfahren, dass Chanute sich bemühte, die Regeln des Luftrennens so zu gestalten, dass auch ein motorisierter Gleiter daran teilnehmen konnte. Bei seinen Argumenten dafür hatte er nicht zuletzt auf die Flugversuche der Wrights verwiesen und mit deutlichen Hinweisen auf ihre amerikanische Herkunft versucht, eine Art patriotischen Stolz der amerikanischen Ausstellungsmacher auf die Bemühungen ihrer Landsleute zu wecken. Der Abstimmungsbedarf war enorm und erfolgte hauptsächlich brieflich und telegrafisch. Auf Santos-Dumonts Schreibtisch nahm der Papierstapel dazu Dimensionen an, dass Levin sich an Otto Lilienthals Fliegeberg in Lichterfelde erinnert fühlte.

Dass die Brüder Wright nun endlich erfolgreich gewesen waren, war jedoch auch Levin unbekannt gewesen. Er brachte den Zeitungsartikel, den Otto ihm zugesandt hatte, gleich am folgenden Tag zu Santos-Dumont in die Montagehalle mit und übersetzte ihn dem Brasilianer. Dieser schwieg wie üblich, wenn er mit etwas Neuem konfrontiert wurde, aber man konnte seinen großen schwarzen, ins Leere blickenden Augen ansehen, dass das Gehirn dahinter auf Hochtouren arbeitete.

»Sieh an«, murmelte er schließlich. »Ich war geneigt, es nicht zu glauben beziehungsweise dem alten Chanute Übertreibung zu unterstellen.«

»Wussten Sie denn von dem Flugversuch in Kitty Hawk?«, fragte Levin überrascht.

Santos-Dumont zuckte mit den Schultern. »Natürlich. Chanute hat das ganze Komitee sofort davon in Kenntnis gesetzt, nachdem die Wrights ihn informiert hatten. Aber wie gesagt – ich war skeptisch.«

»Warum haben Sie denn keinem was davon erzählt? Das ist doch ein bahnbrechender Schritt in der Technik des Menschenflugs!«

»Warum sollte ich die Pressearbeit von Wilbur und Orville Wright erledigen? Das ist schon deren Sache, mein lieber Levin. Außerdem wissen Sie ja, dass ich Ihre Begeisterung für diese Art von Fliegen nicht teile. Sonst würde ich nämlich schon lange Flugmaschinen entwickeln statt Luftschiffe.«

»Ich bin der Meinung, der vogelähnliche Flug ist das, was die Schöpfung vorgesehen hat, um den Himmel zu erobern. Wenn das Luftschiff das Maß aller Dinge wäre, wären alle Vögel gasgefüllte Hautsäcke, die zwischen den Wolken dahintreiben.«

Santos-Dumont lachte. »Ich liebe diesen Vergleich«, sagte er. »Gestatten Sie mir, dass ich ihn bei meiner nächsten Rede in einem Salon zitiere? Abgesehen davon möchte ich Ihnen aber widersprechen. Wenn der Vogelflug das Ziel der Schöpfung wäre, würden die Gebrüder Wright nicht mit einem Motor, sondern mit schlagenden Flügeln experimentiert haben.«

Levin seufzte. Er erinnerte sich an Gustav Lilienthal, der die Ideen seines Bruders Otto zum motorisierten Flug als den falschen Weg betrachtet und an seinem Flügelschlagapparat festgehalten hatte. Zumindest bis jetzt war Gustav Lilienthal damit gescheitert, sonst hätte Levin schon längst etwas anderes gehört.

»Vielleicht ergibt sich in St. Louis die Gelegenheit, mit den Wrights zu reden«, murmelte er.

Santos-Dumont schüttelte den Kopf. »Die Gebrüder Wright nehmen an der Ausscheidung nicht teil. Soweit ich weiß, wollen sie erst an die Öffentlichkeit, wenn ihre Flugmaschine perfekt funktioniert. Sie wollen einen Fehlschlag vor aller Augen vermeiden. Außerdem halten sie die Teilnahmeregeln für unfair und zu stark zugunsten von Luftschiffen ausgelegt.«

»Und – sind sie das?«

»Lieber Levin, das Veranstaltungskomitee arbeitet seit Monaten an den Regeln. Natürlich kommen viele Eingaben von mir, weil ich die größte Erfahrung habe, und natürlich sind meine Kenntnisse über Luftschiffe größer als die über den Motorflug mit Maschinen, die schwerer als die Luft sind. Aber keine Sorge – mein verehrter Freund Octave Chanute, der wie Ihr Freund Lilienthal schon letztes Jahrhundert mit Gleitern experimentiert hat und der ein starker Unterstützer des vogelähnlichen Flugs ist, ist ja auch im Komitee. Und er ist ein starker Unterstützer der Wright'schen Theorien.« Santos-Dumont lächelte. »Kommen Sie, konzentrieren wir uns auf die Vorbereitungen für die Weltausstellung. Ich möchte Nummer sieben dorthin mitnehmen und den Preis gewinnen. Dazu brauche ich Ihre Unterstützung.«

Du möchtest gewinnen, weil du einen Ruf zu verlieren hast, dachte Levin. Da unterscheidest du dich gar nicht so sehr von den öffentlichkeitsscheuen Wrights, nur dass du in der Zeit, als du noch gar keinen Ruf als genialer Luftschiffkonstrukteur hattest, mehr riskiert hast als sie. Hauptsächlich möchtest du aber gewinnen, weil du hoffst, dass Fräulein de Acosta auch vor Ort sein wird. Weil du sie mit einem Sieg beeindrucken möchtest. Weil du in sie verliebt bist, seit du sie letzten Sommer mit der *Baladeuse* ganz allein hast fliegen lassen, was nicht einmal wir, deine Mitarbeiter, jemals gedurft haben. Weil du sie, seit sie aus deinem Luftschiff ausgestiegen ist und sagte: »Das war sehr schön, Herr

Santos-Dumont!«, nicht mehr wiedergesehen hast. Weil sie nach Amerika zurückgekehrt ist und deine Briefe nie beantwortet hast. Auch du hast Hoffnungen und Träume, mein Freund, neben deiner Begeisterung für deine Luftschiffe. Und die habe ich auch – nur dass sie nicht mit einer Frau zusammenhängen, sondern damit, Schwingen auszustrecken und in den Himmel zu fliegen.

Die Weltausstellung in St. Louis eröffnete am 30. April 1904. Das Luftrennen war gegen Ende der Laufzeit eingeplant, im September oder Oktober. Levin traf mit Santos-Dumont und dem Rest seiner Crew am 2. Juli in St. Louis ein. Die Lieferung der *Santos-Dumont Nr. 7*, welche die Reise in drei riesigen Kisten angetreten hatte, war für den 4. Juli vorgesehen. Während ihr Chef sofort in Gesprächen mit dem Komitee, der Presse und in Einladungen der örtlichen Honoratioren versank, hatten Levin und die anderen Zeit, sich zu akklimatisieren. Levin tat es, indem er sich zuerst bei der deutschen Delegation auf der Weltausstellung vorstellte, die einen Nachbau von Schloss Charlottenburg erstellt hatte. Der Name von Briest war dort nicht unbekannt, so dass man Levin wie ein Mitglied der Delegation aufnahm und ihn als Erstes mit den neuen Lebensmitteln bekannt machte, die auf der Messe vorgestellt wurden: Es gab industriell hergestellte Waffeln mit Speiseeis-Füllung, ein prickelndes Erfrischungsgetränk namens Dr. Pepper, eine Butter aus Erdnussfett und luftig-klebrige Gebilde, die Zuckerwatte genannt wurden. Die teutonischen Ernährungsgewohnheiten tendierten allerdings eher zu den Hackfleischbrötchen, die überall verkauft wurden und die sich »Hamburg« nannten. Levins Landsleute amüsierten sich über das Interesse, das diesen Brötchen entgegengebracht wurde. »Für die Amerikaner ist alles was Neues«, amüsierte sich einer der Delegationsteilnehmer, der einen starken hanseatischen Akzent hatte. »Wir an der Waterkant haben so was schon vorher gehabt, nich? Rundstück warm nennen wir das, nich?«

»Was halten Sie davon, dass für den geplanten Flugwettbewerb keine deutschen Teilnehmer gemeldet sind?«, fragte Levin.

»Was für ein Flugwettbewerb?«

Seufzend angesichts der flugtechnischen Ignoranz, wandte Levin sich von der deutschen Delegation ab und versuchte, einen Gesprächstermin bei Octave Chanute zu bekommen. Doch dieser war ebenso in Gespräche eingebunden wie Santos-Dumont und nicht erreichbar.

Außerhalb des Verwaltungsgebäudes der Weltausstellung, einem imposanten Gebäude wie ein englisches Schloss, das im Gegensatz zu den aus Putz und Hanffasern errichteten temporären Ausstellungsgebäuden aus solidem Stein erbaut war, fiel Levin eine kleine Gruppe sehr traditionell gekleideter Menschen auf. Sie hielten Schilder hoch, auf denen Aufschriften zu lesen waren wie: »Hochmut kommt vor dem Fall« und »Die sich erhöhen, werden erniedrigt werden!«. Ein Gruppenmitglied, ein älterer Mann, schien Levins Stutzen bemerkt zu haben, denn er trat auf ihn zu.

»Guten Tag, Bruder«, sagte er mit einem starken amerikanischen Akzent, so dass Levin zweimal hinhören musste, um ihn zu verstehen. »Auch du empfindest es als Sünde, nicht wahr?«

»Was empfinde ich als Sünde?«

»Dass der Mensch sich in die Lüfte erheben will! Wenn Gott das gewollt hätte, hätte er dem Menschen Flügel gegeben. Hier, Bruder – lies das und bete mit uns, wenn du möchtest.«

Levin las das schlecht gedruckte Pamphlet mit seinen wenigen Absätzen verblüfft. Es waren die üblichen, mittelalterlichen, fortschrittsfeindlichen Anschauungen, durch selbstgerechte Anrufung Gottes als Zeugen der Protestierer untermauert. Levin widerstand der Versuchung, den Zettel zu zerreißen. Er gab ihn dem Mann zurück.

»Tut mir leid«, sagte er. »Ich gehöre zu denen, die glauben, dass Gott dem menschlichen Schöpfergeist keine Restriktionen auferlegt.«

Der Mann blickte ihn finster an, machte auf dem Absatz kehrt und stapfte zurück zu seinen Gesinnungsgenossen. Als Levin weiterging, hörte er sie einen trotzigen Choral anstimmen.

Am 4. Juli wurden die drei Kisten mit der zerlegten *Nr. 7* geliefert. Santos-Dumont und sein Team zogen die Nägel heraus und überprüften den Inhalt. Alles war perfekt. Santos-Dumont setzte einen Probeflug für den nächsten Tag an, dessen Ankündigung sich wie ein Lauffeuer über die gesamte Messe verbreitete und Hunderte von Schaulustigen anzog, welche die Kisten bestaunten.

Am nächsten Tag packten sie die Hülle des Luftschiffs aus. Levin sah es als Erster. Er wurde bleich. Er holte Santos-Dumont aus einem Gespräch mit einem Journalisten heraus. Der Brasilianer wurde ebenfalls bleich.

In der Hülle waren mehrere lange Schnitte, wie mit einem großen, scharfen Messer beigebracht. Das Luftschiff war zerstört. Es zu reparieren würde viele Tage in Anspruch nehmen, ohne Garantie, dass die Hülle dann das Gas hielt. Santos-Dumonts große schwarze Augen blitzten vor Wut. Eine Transportbeschädigung war eindeutig auszuschließen. Der Brasilianer verlangte nach der Polizei.

»Das ist Sabotage«, sagte er. »Eine andere Erklärung gibt es nicht.«

Die Polizisten waren zu dritt. Sie inspizierten den Schaden, dann bezogen sie Posten in einem Raum des Verwaltungsgebäudes. Einer von ihnen nahm die Personalien von Santos-Dumonts gesamter Crew auf.

»Von *Breest*?«, fragte er.

»Nein, von Briest«, sagte Levin. »Mit einem i und einem e nach dem i.«

»Dann heißt es *Bryest*«, erklärte der Polizei nach kurzer Denkpause und nach Inaugenscheinnahme der richtigen Schreibweise.

»Hier vielleicht, aber nicht in Deutschland«, erwiderte Levin.

»Vorname?«

»Levin.«

»*Laywin.*«

»L-E-V-I-N«, buchstabierte Levin seufzend.

»Ah, *Leevine*!« Der Polizist wandte sich an Santos-Dumont. »Ihr Deutschen seid ein lustiges Volk, ihr könnt nicht mal eure Namen richtig schreiben. Kommen alle Ihre Mitarbeiter aus Deutschland?«

»Nein, die anderen sind aus Frankreich«, sagte Levin mit boshafter Freundlichkeit. »Nehmen Sie ihn hier als Nächstes dran – er heißt Jean-François Ghesquière.«

»Wieso halten Sie die Personalien meiner Mitarbeiter fest?«, knurrte Santos-Dumont, als der Ranghöchste der drei Polizisten zu ihnen trat. »Sollten Sie nicht lieber die Saboteure jagen? Mein Kollege hier, Herr von Briest, hat mir von einer Gruppe fortschrittsfeindlicher Fanatiker berichtet, die gestern auf dem Gelände waren.«

Der Polizeibeamte fasste Levin ins Auge. »So?«, sagte er. »Dann kommen Sie mal mit.«

»Wohin?«, fragte Levin.

»Wir müssen Sie befragen.«

Santos-Dumont brauste auf. »Sie müssen meine Männer überhaupt nicht befragen. Sie müssen im Gegenteil Ihre Hintern hochkriegen und Ihre Plattfüße bemühen, um die Saboteure zu fangen!«

»Was müssen wir?«, fragte der Polizeibeamte mit ausgesuchter Freundlichkeit.

»Sie müssen Ihre Arbeit tun und wir die unsere«, warf sich Levin in die Bresche, der von Otto und seinem Vater Moritz von deren Zeit in Chicago gehört hatte, dass die amerikanischen Polizisten robuste Umgangsformen an den Tag legen konnten. »Unsere Arbeit ist, das Luftschiff zu reparieren – wenn das überhaupt noch geht.«

Der Polizist ignorierte ihn. »Wissen Sie«, wandte er sich an Santos-Dumont und beugte sich dabei so weit über den schmalen, kleinen Brasilianer, dass es aussah, als würde ein Vater seinen aufmüpfigen Sohn in die Schranken weisen, »Sie kommen hierher aus dem Ausland mit Ihren ausländischen Mitarbeitern und wollen uns erklären, wie wir unsere Arbeit zu machen haben. Hätten Sie die Ihre anständig gemacht, dann müssten wir jetzt nicht hier sein. Haben Sie die Kisten gestern noch geöffnet? Na also. Haben Sie sie danach offen gelassen? … Dachte ich mir. Haben Sie sie wenigstens bewacht? Nein? Was wollen Sie dann überhaupt? Wenn man so etwas Wertvolles verpackt hat, muss man es auch hüten!«

»Ich dachte, auf dem Gelände der Weltausstellung sei es sicher!«

»Wie hätte es das sein können bei all den Ausländern, die hier herumlaufen? Sie sind selbst schuld an dem Schaden, der Ihnen entstanden ist.«

Die Polizisten verhörten das gesamte Team einzeln, auch den Chef. Nachdem Santos-Dumont an der Reihe gewesen war, kam er vor Wut kochend aus dem Verhörraum und zischte den draußen im Gang wartenden Männern nur eine Anweisung zu: »Mitkommen!«

Als sie vor den halb ausgepackten Kisten standen, hatte der Brasilianer sich einigermaßen beruhigt. »Wir reisen ab«, sagte er. »Packt alles ein. Ich kümmere mich um die Tickets für uns und für die Fracht. Unser Luftschiff ist hinüber, das bekommen wir ohnehin nicht flugtüchtig. Und bei der Einstellung, die hier herrscht, will ich auch nicht mehr teilnehmen.«

»Aber das sind nur ein paar überarbeitete Polizisten«, wandte Levin ein.

»Und es ist die Inkompetenz der Veranstalter, die diese Sabotage haben geschehen lassen. Tut mir leid. Ich hab meinen Stolz!«

Er schritt davon. Seine Männer sahen sich an, zuckten mit den Schultern und begannen einzupacken. Levin starrte betreten und aufgebracht zu Boden. Er hatte so sehr gehofft, an Octave Chanute und über ihn an die Wrights heranzukommen. Jetzt zerplatzte diese Hoffnung, weil der temperamentvolle Brasilianer beleidigt war.

»He, *Leevine*«, sagte einer der Mechaniker und zwinkerte Levin zu. »Nimm's nicht so tragisch. Ist doch egal, wo wir fliegen, ob hier oder zu Hause. Komm schon, pack mit an.«

Niedergeschlagen leistete Levin seinen Teil der Arbeit. Sollte er die Delegierten der deutschen Gesandtschaft bitten, für ihn tätig zu werden und Kontakt zu den Wrights herzustellen? Aber selbst wenn sie dazu willens gewesen wären, was sich angesichts ihrer Interesselosigkeit an der Fliegerei eher unwahrscheinlich anhörte – was hätte dieser Kontakt schon bewirkt? Wenn die Wrights noch nicht einmal an dem Flugwettbewerb im eigenen Land teilnehmen wollten aus Öffentlichkeitsscheu, warum sollten sie dann auf Anfragen eines unbekannten deutschen Flugenthusiasten reagieren, die noch dazu über Dritte zustande kamen?

Plötzlich stutzte Levin. Er war ja gar kein Unbekannter! Zumindest sein Nachname sollte bei einem Familienmitglied der Wrights einen Klang haben: bei Katharine Wright, der Schwester der beiden Konstrukteure! Käthe! Er musste Otto bitten, an sie zu schreiben. Er hatte doch bestimmt irgendwo ihre Adresse aufgehoben. Aus Ottos Briefen hatte sich herauslesen lassen, dass die Amerikanerin für ihn mehr als nur ein Flirt gewesen war!

Sollte er an Otto schreiben und ihn um Hilfe bitten? Wenn die Wrights tatsächlich einen Austausch mit ihm zustimmten, wäre er schon einmal hier und könnte sie gegebenenfalls direkt besuchen! Aber bis eine Rückantwort Ottos eintraf, würden Wochen vergehen, Wochen, in denen Levin hier die Zeit würde totschlagen müssen. Mit welchem Geld? Und seine Anstellung bei Alberto Santos-Dumont würde er auch kündigen müssen, denn dieser würde sie nicht aufrechterhalten, wenn Levin einfach hierblieb, statt mit ihm nach Frankreich zurückzukehren.

Und dann stand Levin auf einmal alles ganz klar vor Augen.

Seine Zeit bei Santos-Dumont war vorüber. Und er musste

auch nicht in Amerika bleiben, denn sein Platz war in Deutschland. Deutschland, das Otto Lilienthal verloren hatte und Ferdinand von Zeppelin geringschätzte. Deutschland, das irgendwie dabei war, den Anschluss an den größten Sprung der Menschheit zu verlieren, den Sprung in den Himmel.

Levin von Briest hatte jahrelang versucht, anderen zu helfen, ihren Traum vom Fliegen zu verwirklichen. Er hatte Männer dabei beobachtet, wie sie ihr Können, ihren Glauben und ihr Talent eingesetzt hatten, um nach den Sternen greifen zu können. Er hatte sein eigenes Können, seinen Glauben und sein Talent dafür verwendet. Jetzt würde er all das für sich tun.

Er würde nach Hause zurückkehren und seinen eigenen Flugapparat bauen! Nicht einen Gleiter nach Lilienthal'schen Vorlagen. Schon gar nicht einen Flügelschlagapparat, wie er Gustav Lilienthal vorgeschwebt hatte. Auch nicht ein Luftschiff, ob starr oder flexibel, und erst recht keinen lenkbaren Ballon! Er würde sein eigenes Flugzeug bauen, und er würde damit fliegen, und wenn sein erster Flug zugleich sein letzter sein würde und er damit brennend vom Himmel fiel, würde er mit seinem letzten Atemzug noch sagen: Aber ich bin wenigstens einmal – einmal! – aus eigener Kraft geflogen!

8

Deutschland wurde von Katastrophen heimgesucht.

Im August 1904 ereignete sich eine Schlagwetterexplosion in der Kaligrube von Eimen in Niedersachsen. Zwölf Bergleute starben, weil der Drahtkorb einer Sicherheitslampe zu glühen begonnen hatte. Der offizielle Untersuchungsbericht sprach von einem Unfall, aber er war von Gerüchten begleitet, dass der Hersteller der Sicherheitslampe jüdischer Herkunft war und dass es mit seinen Produkten bereits mehrere Probleme gegeben hatte, die vertuscht worden waren. Dass die Lampen in Wahrheit von der angesehenen Firma Friemann & Wolf in Zwickau gefertigt worden waren und dass alle Bergleute dies wussten, denn der Hersteller stempelte seinen Firmennamen rund um Deckel seiner Lampen herum, spielte keine Rolle. Es gab Proteste der Bergleute mit der Forderung, dem jüdischen Lieferanten alle Verträge zu kündigen, die erst endete, als der ratlose Grubenbesitzer öffentlich erklärte, er habe den Wünschen seiner Belegschaft entsprochen und dem jüdischen Lieferanten gekündigt. Die nächste Lampenlieferung trug so wie die bisherigen Lampen den Friemann-&-Wolf-Stempel auf dem Deckel. Die Bergleute waren zufrieden, der Grubenbesitzer kratzte sich am Kopf, aber Hauptsache, es konnte wieder ruhig gearbeitet werden.

Im Juli 1905 ereignete sich ein Grubenbrand in der Zeche Vereinigte Borussia. Neununddreißig Bergleute starben. Die Unglücksursache war eine umgestürzte Grubenlampe. Den Gerüchten zufolge handelte es sich um einen Racheakt des jüdischen Lampenherstellers, der durch das Unglück in Eimen im Jahr zuvor alle Lieferverträge mit deutschen Bergbaugesellschaften verloren hatte und bankrottgegangen war. Die Gerüchte sagten, es habe in Wahrheit vierzig Tote gegeben – der vierzigste sei ein jüdischer Attentäter gewesen, dessen Leiche nicht offiziell zugeordnet werden konnte und der daher im Untersuchungsbericht nicht erwähnt worden war.

Im August 1905 stießen in Spremberg im östlichen Brandenburg zwei Schnellzüge der Linie Berlin—Hirschberg frontal zusammen. Als Schuldiger wurde der Stationsassistent von Spremberg ausgemacht, der im Vollrausch einige seiner Aufgaben dem Gepäckträger überlassen hatte, da er sich in der Bahnhofsgaststätte aufhielt, und als er wieder an seinem Platz war, Schalter für Signalanlagen verwechselte und falsche Anweisungen an die falschen Weichenwärter weitergab. Neunzehn Menschen bezahlten dies mit ihrem Leben. Der Stationsassistent gab zu seiner Verteidigung an, ein unbekannter Mann habe ihn in der Bahnhofsgaststätte immer wieder zum Schnapstrinken animiert und ihm die Gläser fast aufgenötigt. Die Urteile gegen den Stationsassistenten und weitere Angestellte der Bahnlinie, die eine Teilverantwortung für den Unfall trugen, fielen milde aus. An den Stammtischen erklärte man sich dies mit der vor der Öffentlichkeit natürlich unterdrückten Information, dass sowohl der damit befasste Staatsanwalt als auch der Richter jüdischen Glaubens wären – und der Stationsassistent auch. Es konnte zwar niemand sagen, woher diese Information gekommen war, aber sie war sicher wahr. Man kannte ja die Machenschaften der Juden und dass diese ihre eigenen Glaubensgenossen stets deckten, auch um den Preis der Gerechtigkeit willen!

Im April 1906 stürzte das Gasthaus Hirsch im schwäbischen Nagold beim Versuch ein, es zu heben, um die Decke des Tanzsaales erhöhen zu können. Der bekannte Bauunternehmer Erasmus Rückgauer, der ein Patent für diese Art von Arbeiten besaß, hatte den Zuschlag dafür bekommen. Zweiundfünfzig Menschen starben. Sie hatten sich im Inneren des Gebäudes aufgehalten, weil sie den Nervenkitzel erleben wollten, zusammen mit dem Haus angehoben zu werden. In der nachfolgenden Untersuchung wurde der mangelnden Organisation auf der Baustelle, einer schlampigen Voruntersuchung des statischen Bauzustands und einer durch mögliche Alkoholisierung Rückgauers verschuldeten nachlässigen Überwachung der Arbeiten die Verantwortung gegeben. Rückgauer wurde zu einem halben Jahr Gefängnis verurteilt, konnte die Strafe jedoch nicht antreten, da er vorher verstarb. Der Unfall hatte seine Lebensgeister gebrochen. Auf den Gassen tuschelte man, dass Rückgauer eigentlich Esra Rückgauer geheißen habe und ein konvertierter Jude sei. Aber was hieß schon »konvertiert«? Einmal ein Jude, immer ein Jude. Niemand fragte nach, wer das absurde Gerücht in Umlauf gebracht hatte.

Die Saat begann aufzugehen.

6. BUCH

Der Traum vom Himmel

Januar 1908 – September 1909

»Du kannst wie immer auf mich zählen.«

Rudolf Leitner

1

Im Januar 1908 fuhr Otto von Briest dienstlich nach Cottbus. Wie schon öfter in letzter Zeit war er allein. Die Aufträge für die Detektivagentur hatten in einem solchen Maß zugenommen, dass es wirtschaftlicher war, wenn er und Hermine sich die Arbeit teilten. Meistens blieb Hermine in der Agentur und erledigte die Büroarbeit; Otto übernahm die Ermittlungen vor Ort.

Eine weibliche Detektivin war noch immer extrem ungewöhnlich. Hermine wurde in der Regel als Schreibkraft oder Assistentin Ottos wahrgenommen, wenn sie zu zweit auftraten – ein Irrtum, den die beiden nur selten aufklärten, weil sich die Befragten dadurch oft gegenüber Hermine, die sie nicht ganz für voll nahmen, eine Blöße gaben. Ermittlungsarbeit leistete Hermine nur dann allein, wenn die Auftraggeber Frauen waren oder es um weibliche Themen ging. Konsequenterweise hatte die Detektei dadurch zwei Standbeine aufgebaut: auf der einen Seite die Aufträge aus der Versicherungswirtschaft, die Otto abarbeitete, auf der anderen Seite familiäre Themen, mit denen sich Hermine befasste.

Zurzeit gab es aber noch einen weiteren Grund, warum Hermine ihre Ermittlungstätigkeit außer Haus weitgehend eingeschränkt hatte. Sie war schwanger. Ihr und Ottos erstes Kind würde im März zur Welt kommen.

Es war ein irgendwie merkwürdiges Gefühl, in einem Zug der Bahnlinie zu sitzen, derentwegen Otto jetzt unterwegs war. Erneut war er wegen eines Rechtsstreits zwischen einem Versicherer und einem Geschädigten zugange. Es ging um das Bahnunglück von Spremberg vor zweieinhalb Jahren. Neben den neunzehn

Todesopfern hatte es auch Kosten in Höhe von zwei Millionen Goldmark verursacht, und seitdem diese festgestellt worden waren, stritten die Preußische Staatseisenbahn und die Versicherungsgesellschaft darum, wer wie viel davon zu tragen hatte. Mittlerweile war selbst der damals zu einer Gefängnisstrafe verurteilte Stationsassistent wieder auf freiem Fuß. Ottos Auftrag war, den Mann noch einmal zum Unfallhergang zu befragen, da sich nach Meinung des Versicherers die polizeilichen Untersuchungen damals mit allzu einfachen Antworten zufriedengegeben hatten.

Der ehemalige Stationsassistent war nach seinem Gefängnisaufenthalt nicht mehr in seine Heimatstadt Spremberg zurückgekehrt. Seine Stellung bei der Eisenbahn hatte er natürlich nicht zurückbekommen. Otto hatte zwei Monate gebraucht, um herauszufinden, von was er jetzt lebte, und einen weiteren Monat, um sich darüber klarzuwerden, wo. Das lag daran, dass er unter anderem Namen bei einem Kirmesbetreiber untergekommen war, der mit einer Bothmann'schen Luftschaukel, einem fast fünfzehn Meter hohen transportablen Riesenrad, durch die Gegend zog und nur im Winter eine feste Bleibe hatte – dort, wo der Kirmesunternehmer den letzten Auftritt der Saison absolviert hatte. In diesem Winter war das die Stadt Cottbus.

Nachdem er das herausgefunden hatte, war der Rest nicht allzu schwer gewesen. Mit dem Auftrag der Versicherungsgesellschaft im Rücken hatte Otto die örtliche Polizei gebeten, den Mann festzunehmen und aufs Revier zu bringen, damit Otto ihn dort befragen konnte. Wer sich einmal außerhalb des Gesetzes begeben hatte, für den galten seine theoretisch nach Verbüßung der Strafe zurückerhaltenen Bürgerrechte nicht mehr viel. Der Staat ließ seinen Bürgern ihre Freiheit so lange, bis sie sich etwas zuschulden kommen ließen – und gab sie ihnen dann nie wieder zurück.

Ottos Gesprächspartner war ein Mann, dem mehrere Dämonen im Nacken saßen. Einer war der Alkoholismus. Ein weiterer war die Schuld, die er am Tod von neunzehn Menschen trug. Ein dritter war sein verpfuschtes Leben. Er war betrunken, als Otto ihn begrüßte, gelb im Gesicht, hager, über seine Jahre hinaus gealtert, hoffnungslos. Er beklagte sich nicht, dass er auf die Polizeiwache geschleppt worden war. Im Lauf des Gesprächs äußerte er nur ein einziges Mal resignierten Unmut mit seinem Schicksal – dass nach seiner Verurteilung etliche Zeitungen geschrieben hätten, er sei Jude. Sein Händedruck bei der Begrüßung war lasch und feucht. Otto wusste, dass er die Hand eines wandelnden Toten hielt, den man vermutlich innerhalb der nächsten zwölf Monate totgesoffen in der Gosse oder an einem Strick von einem Brückenträger baumelnd finden würde.

Das Gespräch brachte zuerst keine Neuigkeiten. Der ehemalige Stationsassistent hielt sich an die Angaben, die er auch damals gemacht hatte. Dass er seinen Dienst nach einer durchzechten Nacht angetreten hatte. Dass er zu spät am Bahnhof erschien, weil er seinen eigenen Zug nach Spremberg verpasst hatte. Dass er gleich nach seiner Ankunft die Bahnhofsgaststätte aufgesucht hatte, um dort ein Bier zu trinken. Dass er die Nachricht erhielt, dass die Zugkreuzung der beiden Durchgangszüge, die später zusammengestoßen waren, wegen der Verspätung eines der beiden Züge von Bragenz nach Spremberg verlegt worden war. Dass er nach Rückkehr auf seinen Platz mehrere Meldungen vertauscht oder an die falschen Empfänger versendet hatte, so dass schließlich beide in entgegengesetzten Richtungen fahrenden Züge von ihren jeweiligen Unterwegsbahnhöfen freigegeben wurden und auf der eingleisigen Strecke aufeinander zurasten. Dass er schließlich bemerkt hatte, welche Katastrophe sich anbahnte, und Alarm gab, dass aber gleichzeitig auch einer der anderen Bahnhöfe erkannt hatte, was los war, und ebenfalls auf der ganzen Strecke Alarm auslöste, so dass die Weichenwärter wegen des pausenlosen, ziellosen Gebimmels eine Fehlfunktion der Signalanlage annahmen und die Gelegenheit versäumten, die Züge aufzuhalten.

Dass er seitdem jeden Tag zu Gott betete, er möge ihm den grausamsten Tod bescheren, wenn er dadurch nur einen der zu Tode gekommenen Reisenden wieder zum Leben erwecken könnte.

Dass Gott ihn bislang nicht erhört hatte.

Und dass er glaubte, dass der einäugige Mann mit dem entstellten Gesicht, der ihn in der Bahnhofsgaststätte zum Weitertrinken animiert hatte, in Wirklichkeit der Teufel gewesen war.

Otto, der mitgekritzelt hatte, so gut er konnte, zuckte zusammen. Er hob eine Hand. »Warten Sie«, stieß er hervor.

Der ehemalige Stationsassistent hielt mit seiner Schilderung inne und starrte Otto mit blutunterlaufenen Augen und resignierter Miene an.

Otto las, was er notiert hatte. »Ein Mann mit entstelltem Gesicht und nur einem Auge?«, fragte er ungläubig.

»De Teufel pasönlich«, murmelte der Stationsassistent.

»Beschreiben Sie ihn mir. Wieso wussten Sie, dass er einäugig war?«

»Hatte 'ne Oogenklappe.«

»Rechts oder links?«

Der Stationsassistent wirkte erstaunt. »Spielt doch keene Rolle nich.«

»Doch, tut es.«

Nach einigem Überlegen: »Rechts, gloob ick.«

Otto holte tief Luft. Ihm war schwindlig. Natürlich gab es tausend Erklärungen für das, was der Alkoholiker da vor ihm beschrieb, vor allem die, dass er eben Alkoholiker war. Aber Otto war sicher, dass der Stationsassistent die Wahrheit sagte. Und von den neunhundertneunundneunzig restlichen Erklärungen schien nur eine einzige wirklich sinnvoll.

»Das Gesicht – inwiefern war es entstellt?«

»Was meinen Se damit?«

»War es … zerschnitten? Vernarbt? Eingedrückt? Fehlten Teile davon? Waren Löcher darin?« Otto beschrieb die Entstellungen, die er im Lauf seines Lebens an anderen Menschen gesehen hatte, hauptsächlich an Veteranen des letzten Krieges oder an Überlebenden von Unfällen und tätlichen Auseinandersetzungen mit Bierflaschen, Knüppeln und Messern.

»Verbrannt war's«, flüsterte der Stationsassistent. »Wie dem Teufel seine Fresse, verbrannt vom Höllenfeuer.«

»Ganz verbrannt?«

»Nee, nur die eene Hälfte.«

»Welche?«

Erneutes Überlegen. »Wo die Oogenklappe war. Rechts.«

»Jetzt sagen Sie mir nur noch eines.« Otto war der Schweiß ausgebrochen. »Kam es Ihnen so vor, als sei eine Hand des Mannes vielleicht eine Prothese?«

»Was, 'ne künstliche Hand?«

»Ja.«

»Nee.«

Otto starrte den Stationsassistenten an. Eine ungläubige Erleichterung wollte in ihm hochsteigen.

»Warten Se mal«, sagte der Stationsassistent. Er betrachtete seine beiden Hände. »Also jetz, wo Se et sagen – die rechte Pfote steckte in 'nem Handschuh, und den zog er die ganze Zeit nich ab.«

Otto fuhr mit dem nächsten Zug nach Berlin zurück, fassungslos, schwindlig, mit rumorendem Magen. Wenn es nicht einen ganz und gar unwahrscheinlichen Zufall gab, dann war sein Schwager, der Bruder seiner Frau und Onkel seines ungeborenen Kindes, Rudi Leitner, vor zweieinhalb Jahren in Spremberg gewesen und hatte einen alkoholsüchtigen Bahnbeamten mit Absicht so betrunken gemacht, dass dieser eine Bahnkatastrophe ausgelöst hatte. Aber diese Annahme war genauso unwahrscheinlich wie die Möglichkeit, dass es einen Doppelgänger gab, der exakt die gleichen Verletzungen wie Rudi hatte.

Wenn es wirklich Rudi gewesen war – wieso hatte er das getan? Das Ganze ergab überhaupt keinen Sinn! Es musste doch einer dieser vollkommen irrwitzigen Zufälle sein, die sich ab und zu ereigneten.

Glaubte er das?

Nein, er glaubte es nicht.

Konnte er glauben, dass Rudi Leitner nach Spremberg gefahren war, um eine Katastrophe auszulösen?

Nein, das glaubte er auch nicht.

Aber was sollte er dann glauben?

Otto ließ sich auf die Bank zurücksinken und starrte vor sich hin. Zum ersten Mal, seit sie zusammen waren, freute er sich nicht, abends auf Hermine zu treffen. Sie würde ihn fragen, was er herausgefunden hatte.

Er wusste jetzt schon, dass er sie anlügen würde. Er würde kein Wort über seinen Verdacht verlieren, bevor er nicht vollkommen sicher war, dass er haltlos war – oder dass er zutraf.

2

Amalie betrachtete Emma, wie sie all die idiotischen Gebärden und Geräusche machte, die Erwachsene von sich geben, wenn sie die Aufmerksamkeit eines Kleinkinds auf sich lenken wollen. Sie war amüsiert. Emma gluckste und schnippte mit den Fingern und wedelte mit der freien Hand; in der anderen Hand hielt sie die kleine Boxkamera, bereit abzudrücken, sobald die kleine Luisa von Briest lächelte. Aber Amalies Nichte lächelte nicht. Steinern betrachtete sie Emmas Bemühungen, während ihre Mutter Hermine mit rotem Gesicht dasaß und krampfhaft das Lachen unterdrückte.

Schließlich gab Emma auf. Sie ließ die Kamera sinken und wandte sich an Amalie. »Mach doch auch mal was!«, sagte sie ungeduldig.

Amalie grinste und sagte: »Da, jetzt lacht sie.«

Emma fuhr herum. Aber Luisa blickte genauso steinern wie vorher. Hermine platzte mit einem lauten Lachen heraus. Es war so ansteckend, dass Amalie mitlachte.

Emma blickte zwischen den beiden Frauen hin und her, dann hob sie die Kamera und fotografierte Amalie, die sich vor Lachen bog. »Da!«, sagte sie. »Und das kommt zur Strafe in die Ausstellung!«

Amalie und Hermine lachten noch lauter. Emmas Mundwinkel zuckten. Luisa zog nun eine bedenkliche Miene und griff mit ihren Patschhändchen in der Luft herum. »Wir zwei sind die einzigen Normalen«, sagte Emma zu ihr.

»Ick weeß nich, warum sie so ernst ist«, sagte Hermine. »Sonst isse immer so jut uffjelegt. Vielleicht hat sie Angst, dass sie in deine Ausstellung kommt, wa, Emma?«

»Da ist leider kein Platz mehr, nachdem ich das Foto von Amalie mit weit offenem Mund und zusammengekniffenen Augen dort aufgehängt habe.«

Amalie trat auf Emma zu und küsste sie lächelnd auf die Wange. »Das kommt nicht in die Ausstellung, sondern in einen Rahmen auf deinen Nachttisch«, sagte sie.

Emma grinste. »Gute Idee«, sagte sie. »Der weit offene Mund passt zu dem Geschnarche, das nachts von deiner Seite kommt.«

»Was denn, du schnarchst?«, rief Hermine und lachte erneut.

»Behauptet *sie*«, sagte Amalie. »Ich bin extra mal eine ganze Nacht aufgeblieben, um es zu überprüfen, und ich habe kein einziges Mal geschnarcht.«

»Otto schnarcht wie 'n Bär«, erklärte Hermine. »Und er sagt, seit Luisa auf der Welt ist, schnarche ick ooch. Ick möchte nicht wissen, was die Kleene sich denkt, wenn sie nachts mal in ihrem Bettchen aufwacht und uns beeden zuhört.«

»Sie denkt sich: Wenn jetzt Emma mit ihrer Kamera hier wäre, würde ich sie strahlend anlächeln, nur damit sie mich hier rausholt«, sagte Amalie.

Emma rief: »Amalie, du bist doof!«

Sie saßen im lichten Schatten unter den Bäumen am Fischteich von Gut Briest. Die Bediensteten hatten Tische und Stühle herausgetragen. Die Maibrise hatte noch einen Hauch von Kühle, aber die Sonne wärmte bereits, und mit leichten Jacken oder einer Häkeldecke über den Schultern konnte man es gut aushalten. Hermine packte Luisa in ihre Wiege zurück.

»Wir versuchen's nachher noch mal mit dem Foto, Emma, wa?«

»Wann immer du willst.«

Obwohl Hermine und Emma scheinbar zwanglos miteinander umgingen, hörte Amalie doch manchmal eine leise Distanz zwischen ihrer Geliebten und ihrer Schwägerin heraus. Nach der Scheidung hatte Hermine zunächst extrem kühl auf Emma reagiert und hatte auf der Seite ihres Bruders gestanden. Mittlerweile hatte sich das wieder mehr oder weniger normalisiert, aber vollkommen harmonisch würde das Verhältnis zwischen Hermine und Emma niemals werden. Amalie schmerzte das, aber es gab nichts, was man dagegen unternehmen konnte.

Die Frauen der Familie von Briest hatten sich an diesem Sonntag auf dem Gut getroffen. Es war beinahe wie ein Verschwörertreffen, nur ohne Verschwörung, denn die Männer – Moritz, Otto und Levin – waren gleichzeitig in Berlin, um Levins fast fertiggestellte Flugmaschine zu sehen.

Natürlich hatte Antonie von Briest einen Grund für die Einladung gehabt.

Sie war relativ ernüchtert wieder aus England zurückgekommen. Die dortigen Frauenrechtlerinnen unter der Führung von Emmeline Pankhurst waren radikale Anarchistinnen, die Bombenanschläge gegen Regierungsgebäude, Säureattacken gegen Briefkästen, Brandstiftungen an Kirchen und die Zerstörung öffentlicher Verkehrsmittel planten. In Deutschland hatte sich die Frauenrechtsbewegung scheinbar totgelaufen in dem unlösbaren

Konflikt zwischen der bürgerlichen und der proletarischen Bewegung. Veränderungen waren dem Augenschein nach keine erzielt worden, sah man von immer neuen, von Frauenvereinen herausgegebenen Zeitschriften ab und von der einen oder anderen zerstörten Karriere eines Mannes, dessen Ehefrau sich mit ihrer Begeisterung für die Frauenbewegung zu weit in die Öffentlichkeit gewagt hatte. Leidensgenossen von Moritz von Briest gab es etliche. Sie hätten sich zusammentun und einen eigenen Verein gründen können.

»Wie loofen die Vorbereitungen für deine Ausstellung?«, fragte Hermine, als Emma die Kamera weglegte.

»Gut. Ich bin froh, dass wir uns Alfred Flechtheim anvertraut haben. Er ist noch jung, aber ein begeisterter Sammler von moderner Kunst, und die Fotografie zählt für ihn mit dazu. Er hat es geschafft, drei Kaiserpanoramen zu organisieren, so dass jederzeit sechzig Menschen meine Stereoskopien betrachten können. Die anderen Galeristen, die wir vorher kontaktierten, haben in dieser Hinsicht gleich abgewunken und mir geraten, nur normale Fotografien auszustellen. Flechtheim hat auch verstanden, was für uns mit der Ausstellung auf dem Spiel steht.«

Amalie hatte jedes Mal ein warmes Gefühl, wenn sie Emma so unbefangen »wir« sagen hörte statt »ich«. Amalie hatte an den Fotografien an sich keinerlei Anteil. Emma suchte sich die Motive, die Standpunkte und die Art und Weise, wie sie die Glasplatten oder die Negative belichten wollte, ganz allein aus. Amalie sorgte nur dafür, dass sie dies tun konnte, ohne sich auf etwas anderes wie Reisevorbereitungen, Unterkünfte, Essen und Trinken und den nötigen Behördenkram konzentrieren zu müssen. All das nahm Amalie ihr ab. Emma dankte es ihr, indem sie in aller Unschuld von »unseren Fotos«, »unseren Motiven« oder nun von »unserer Ausstellung« sprach. Emma hatte sich vor der letzten Reise von August Fuhrmanns *Weltpanoramazentrale* getrennt, da dieser die Rechte an den Bildern, die seine Fotografen anfertigten, für sich beanspruchte. Anfangs hatte Emma und Amalie das nicht gestört, doch mit der Zeit waren sie dahintergekommen, dass Amalies Fotografien besonders beliebt waren und unter den Kunden Fuhrmanns fast schon Kultstatus erreicht hatten. Da Fuhrmann sich geweigert hatte, sie Emma für eine eigene Ausstellung zu überlassen, hatte diese gekündigt. Gleich danach waren sie und Amalie auf eine ausgedehnte Fotoreise durch Europa gegangen; aber Emma hatte daneben auch faszinierende Stereoskopien vom alltäglichen Leben gemacht – von den Arbeiten auf den Feldern und den Ställen von Gut Briest, von Polizisten im Einsatz, von Levin, der an seinem Flugapparat bastelte, von allem und jedem, wozu sie mit Hilfe von Amalie und ihrer Familie Zugang erhalten konnte, und von allen möglichen Standorten aus, sogar aus einem Fesselballon. Selbst Antonie hatte sie unterstützt, indem sie sie zu Berliner Armenwohnungen mitgenommen hatte und zu den Arbeiterfamilien im Nikolaiviertel. Im Lauf eines Jahres waren so Hunderte von Stereoskopien entstanden, von denen die besten nun die Ausstellung beschickten. In allen standen Menschen im Mittelpunkt – schöne und hässliche, alte und junge, Männer und Frauen, glückliche und verzweifelte. Emmas Fotografien gaben ihnen alle eine Würde, die einem beim Betrachten mancher Bilder die Augen feucht werden ließ. In Alfred Flechtheim, dem jungen, vermögenden Galeristen, hatten Amalie und Emma den richtigen Partner gefunden, der diese Ausstellung zum Sprungbrett für Emmas Anerkennung als freischaffende Fotokünstlerin machen würde.

Antonie, die ins Haus gegangen war, um für Luisa noch eine Decke zu holen, kam wieder heraus. Sie breitete sie über die Wiege des Kindes.

»Immer, wenn ich die Kleine sehe, lacht sie«, sagte sie. »Ich habe sie noch keine Sekunde grimmig gesehen.« Sie richtete sich auf und blickte in die Gesichter der anderen. »Was hab ich jetzt Falsches gesagt?«, fragte sie.

»Gar nichts«, sagte Amalie, die gegen einen neuen Lachanfall kämpfte. »Alles bestens.« Dann platzte sie erneut heraus. Hermine schloss sich an, und selbst Emma lachte lauthals.

Antonie schüttelte den Kopf und beugte sich wieder über die Wiege. »Dann erzähle ich eben dir, was ich erzählen wollte und was der Grund ist, warum ich drinnen gerade Champagner in Auftrag gegeben habe. Es ist ohnehin für dich am allerwichtigsten. Ich bin eine alte Oma, und die drei Gackerhühner da sind auch schon aus den Jahren heraus, in denen es für sie interessant gewesen wäre. Aber du, kleine Prinzessin – du wirst eines Tages das tun können, was du willst, und der heutige Tag ermöglicht dir das.«

Amalie wischte sich die Lachtränen aus den Augen. »Ist das, was Sie nun Luisa erzählen, auch der Grund für diese Einladung, Mama?«

Antonie nickte. Das Hausmädchen kam mit dem Champagner. Antonie wartete, bis alle ihr Glas erhoben hatten.

»In den Reichstag ist zum wiederholten Mal eine Vorlage eingebracht worden«, sagte sie. »Es geht darum, dass Mädchen sich auch in Preußen ordnungsgemäß an der Universität immatrikulieren können sollen. Bislang ist das immer abgelehnt worden. Ich weiß aus sicherer Quelle, dass die Vorlage diesmal noch vor der Sommerpause des Reichstags in einen Erlass umgewandelt werden wird, der dann landesweit gesetzlich gültig ist. Prosit, meine Damen – und auf das Wohl der kleinen Luisa, die davon profitieren wird.«

»Det wird den männlichen Studenten wahrscheinlich nich so jut jefallen«, sagte Hermine. »Die ersten Mädels, die sich da einschreiben, können sich uff 'ne Menge Jemeinheiten einstellen.«

Antonie nickte. »Gezische, wenn sie den Hörsaal betreten, Getrampel, wenn sie etwas sagen wollen, herablassende oder obszöne Bemerkungen … aber wenn sie das durchstehen, haben sie am Ende etwas, was ihnen niemand mehr nehmen kann: einen Beruf, einen Akademikergrad … ihre Freiheit. Und ich wage zu prophezeien, dass die weiblichen Studentinnen einen besseren Abschluss hinlegen werden als ihre männlichen Kommilitonen. Die interessieren sich nämlich hauptsächlich für Fackelzüge, Festlichkeiten, Kneipereien, Bier und Kellnerinnen-Popos.«

Emma prustete überrascht los. Amalie schüttelte überrascht den Kopf, und Hermine grinste.

»Entschuldigung«, sagte Antonie und sah überhaupt nicht so aus, als meine sie die Entschuldigung ernst. Richtig – im nächsten Moment grinste auch sie. Sie hob das Glas erneut. »Runter damit, auf dass nachgeschenkt werden kann. Und nachher gibt's Kuchen.«

Hermine grinste. »Kaum dürfen Frauen studieren, werden eenem schon Vorschriften jemacht.«

Antonie überraschte Amalie erneut, indem sie nicht wieder auf das Thema Frauenrechte zurückschwenkte, sondern sich vorbeugte und Hermine ernsthaft fragte: »Geht es Ihnen gut, meine Liebe? Ein Kind ist ein Prüfstein für ein junges Paar.«

Hermine schluckte. Amalie ahnte, was sie sagen würde. Sie hatten zu dritt darüber gesprochen, während Antonie im Haus gewesen war und bevor Emma die kleine Luisa hatte fotografieren wollen.

»Mir geht's jut«, sagte Hermine. »Aber ick gloobe, Otto bedrückt irgendwas, und ick weeß nich, was und habe Angst, dass es um mich und die Kleene geht.«

»Wenn es um Sie und Luisa ginge, hätte er es schon angesprochen«, sagte Antonie. »So gut kenne ich meinen Sohn.«

»Aber ick hab keene Ahnung, was et sonst sein könnte.«

»Er hat einen schwierigen Beruf.«

»Schon, aber sonst hat er mir immer allet erzählt. Warum sollte er mir wat verschweigen? Ick bin ja nich det Heimchen am Herd, ick bin die andere Hälfte der Agentur!« Hermine strich sich nervös über den Leib. »Manchmal denk ick, er hat 'ne andere, weil ick nich mehr so schlank jeworden bin nach der Kleenen wie vorher.« Sie errötete.

»Ich kann mir nicht vorstellen, dass Otto eine andere Frau interessieren könnte, wenn er jemanden wie dich haben kann«, sagte Emma.

Hermine schaute sie groß an. »Mensch, Emma, danke«, sagte sie leise. »Ick weeß, dat det ehrlich jemeint war.«

»Ich glaube auch nicht, dass es das ist«, sagte Antonie. »Aber was immer es ist – lassen Sie ihn in Ruhe und warten Sie, bis er von sich aus auf Sie zukommt. Sie müssen keinen Druck auf ihn ausüben, denn eines ist klar: Was immer ihn bewegt, er wird niemals etwas tun, das Ihnen oder der Kleinen weh tun könnte.«

3

Levin hatte aufgrund der guten alten Beziehungen der Briests zum preußischen Militär eine Werkstatt auf dem Gelände der Tempelhofer Kaserne zugeteilt bekommen. Eine finanzielle Unterstützung für seine Experimente gab es allerdings nicht, denn das preußische Militär interessierte sich, wenn überhaupt, nach wie vor nur für das Luftschiff. Flugapparate, daran hatte die Militärführung keinen Zweifel, eigneten sich für den militärischen Einsatz nicht. Auch für die Erforschung der Luftschifftechnik hatte das Kriegsministerium nach den anfänglichen Fehlschlägen kaum mehr Gelder bewilligt. Graf Zeppelin, der sich nach mehreren Jahren Zwangspause mit neuen Luftschiffkonstruktionen hervorgewagt hatte, hatte zuerst nur eine relativ geringe Summe von fünfzigtausend Reichsmark aus einem Dispositionsfonds des Reichskanzlers erhalten; den Rest des für die Weiterentwicklung nötigen Geldes hatte der Graf einmal mehr aus eigenen Mitteln aufgebracht – und aus einer Lotterie, an der sich erstaunlich viele Menschen beteiligt hatten.

Mit diesen Geldern hatte er *LZ 2* entwickelt, sein zweites Luftschiff, das nach einer Notlandung irreparabel beschädigt wurde und den Grafen erneut an den Rand des Ruins brachte. Mittlerweile gab es jedoch *LZ 3*, eine verbesserte Konstruktion, die der Graf auf Kredit zu bauen begonnen hatte, darauf vertrauend, dass diesmal alles gutgehen und die Flugeigenschaften des Luftschiffs den Staat überzeugen würden, die Kosten von knapp einer Million Reichsmark zu übernehmen. *LZ 3* hatte diese Erwartungen erfüllt und auf Flügen im letzten Jahr mehrere bestehende Fahrtdauer- und Geschwindigkeitsrekorde gebrochen. Wie man hörte, hatte die Regierung dem Grafen daraufhin mehr als zwei Millionen Reichsmark für die Entwicklung eines nochmals verbesserten Luftschiffs zugesprochen, *LZ 4*.

All das hatte bei den zuständigen Beamten und Offizieren keinen Raum mehr für das Nachdenken über Flugapparate gelassen und schon gar keine Fördermittel. Entsprechend langsam ging es mit Levins Entwicklung voran, der sich ebenfalls mit Bankkrediten über Wasser hielt, für die sein Vater Moritz gebürgt hatte.

»Täusche ich mich, oder sieht das Ding jetzt anders aus als beim letzten Mal?«, fragte Moritz.

»Jedenfalls sieht es nicht aus wie ein Lilienthal'scher Gleiter, und wie die Flugmaschine der Wrights auch nicht«, sagte Otto.

»Was würdet ihr sagen, wonach sieht es aus?«, fragte Levin.

»Wie ein fetter Sperling?«, schlug Moritz vor.

»Ich hatte gehofft zu hören: Wie eine echte, richtige Flugmaschine!«

»Das werde ich sagen, nachdem ich sie habe fliegen sehen.«

Levins Flugapparat war ein Hochdecker – zwei stark gewölbte, an den Enden abgerundete Flügel bildeten quasi ein Dach über einem unverkleideten Gerüst aus Holz und Spanndrähten. Dort saß der Pilot, direkt hinter dem Motor, der einen hölzernen Propeller antrieb, zusammengekauert auf einem Sitz, der einem Gartenstuhl ähnlicher sah als allem anderen. Das Gerüst verjüngte sich heckwärts zu zwei hintereinander angebrachten, waagrechten Heckflossen; eine weitere, senkrecht stehende Flosse lief wie eine Finne von den Flügeln zum Heck und erhob sich dort über den waagrechten Steuerelementen. Zwei Fahrradräder links und rechts neben dem Motor und ein kleineres am Heck standen für Start und Landung zur Verfügung.

»Höhensteuerung – Seitensteuerung«, erklärte Levin und deutete auf die waagrechte, dann auf die senkrechte Flosse. »Ich hab das Konzept von einem französischen Entwickler abgeschaut, Louis Blériot – und ein bisschen von den Steuerelementen eines Luftschiffs. Die Wrights steuern ihren Flieger, indem sie die Tragflächen gegeneinander verwinden. Otto Lilienthal hat mit Gewichtsverlagerung gesteuert. Die *Schwalbe* steuert so wie ein echter Vogel – mit den Schwanzflossen.«

»Die *Schwalbe*?«, fragte Otto.

»Irgendeinen Namen musste ich dem Ding ja geben«, sagte Levin schulterzuckend. Er musterte seinen Vater Moritz ungnädig. »*Fetter Spatz* ist mir leider nicht eingefallen.«

»Mit welchem Motor betreibst du den Flieger?«, fragte Otto.

»Geplanterweise mit einem Daimler Achtzylinder mit fünfunddreißig PS.«

Otto nickte. Er nahm die *Schwalbe* vom Tisch und drehte sie in den Händen hin und her. Levins Flugzeug war noch nicht mehr als ein ausgefeiltes Modell aus Holz, Pappe, Papier und Draht. »Fliegt das Modell?«, fragte er.

»Ein, zwei Meter. Im Grunde ist es eher ein kontrollierter Absturz. Die Gleiteigenschaften sind nicht so gut, der Apparat, so wie ich ihn geplant habe, braucht den Motor und den Propeller. Aber das Original wird sowieso nur bei der Landung gleiten müssen.«

»Wieso das?«

»Ich bin mir nicht sicher, was die Vibrationen des Motors und die Luftverwirbelungen vom Propeller bei der Landung mit dem Flieger anstellen. Ich plane, den Motor auszustellen, sobald ich lande.«

Otto fühlte Levins Musterung, als er sich das Modell genau anschaute und den Auftrieb der Tragflächen prüfte, indem er es schnell nach vorn und unten bewegte. Er blickte seinen Bruder an und grinste. »Fühlt sich gut an«, sagte er. »Wann bist du mit dem Original fertig?«

»Die Frage ist eher: Wann fange ich mit dem Original an?« Levin seufzte. »Ich finde keine Kreditgeber. Ich hab mir schon überlegt … aber nein, das ist kompletter Blödsinn …«

»Was?«

»Der Fabrikant, für den Hermines Bruder gearbeitet hat …«

»Oscar Glock?« Otto konnte nicht glauben, was er da hörte.

»Ich sagte ja, es ist Blödsinn … ich meine nur, weil der damals doch an einem Luftschiff rumkonstruiert hat … und da dachte ich, vielleicht ist er immer noch flugbegeistert und würde sich bei mir beteiligen …«

»Levin, der Mann hat Emma und Amalie das Haus unterm Hintern rausgepfändet! Deiner eigenen Schwester! Bei allem Verständnis für deine Not – aber den Kerl fasst keiner von den Briests mehr mit der Beißzange an!«

»Du hast ja recht«, sagte Levin beschwichtigend.

Moritz, der nach Otto das Modell der *Schwalbe* in die Hand genommen und inspiziert hatte, sagte: »Du könntest mit deiner Werkstatt auf das Gut kommen. Das würde dir Kosten sparen. Und deine Mutter könnte auch einmal sehen, woran du arbeitest.«

»Danke, Vater. Aber erstens will ich auf eigenen Füßen stehen, und zweitens habe ich hier in Berlin alles, was ich brauche – Werkzeug, Ersatzteile, die Kameraden vom Luftschifferbataillon helfen mir ab und zu … auf dem Gut hätte ich das alles nicht. Und was Mama betrifft: Überreden Sie sie doch, beim nächsten Mal hierher mitzukommen. Ich würde mich freuen.«

»Ich werd's versuchen. Abgesehen davon: Das Angebot steht weiterhin.«

»Vielen Dank, Vater.«

Die beiden Brüder brachten Moritz zum Tempelhofer Ringbahnhof an der Berliner Straße und verabschiedeten ihn. Dann sahen sie sich an.

»Noch auf ein Bier, großer Bruder?«, fragte Levin.

»Bin schon überredet.«

Als sie in einer Eckkneipe standen und mit den Gläsern zusammenstießen, sagte Otto: »Ich muss dich mal was fragen … weil du Rudi und Oscar Glock erwähnt hast …«

»Ja, ich weiß, ich hätte nicht mal dran denken sollen!«

»Nein, das meine ich nicht. Du hast dich doch mit Rudi gut verstanden, damals schon, als wir uns alle zum ersten Mal trafen, und bei Zeppelin auch.«

»Stimmt.«

»Kannst du dir Folgendes vorstellen?« Otto schilderte seinem Bruder, was er in Spremberg erfahren hatte und zu welchen Schlussfolgerungen es ihn verleitet hatte.

Levin kratzte sich am Kopf. »Hast du Rudi darauf angesprochen?«

»Nein, bis jetzt noch nicht. Je länger ich darüber nachdachte, desto absurder schien es mir.«

»Da geht's dir wie mir. Und ich denk noch gar nicht mal lange drüber nach.«

»Und wenn es doch wahr wäre?«

»Es ist ein Zufall, Otto!«

»Und wenn nicht?«

Levin seufzte. »Wenn nicht – dann musst du eines Tages, wenn du Beweise hast, deinen Schwager an den Galgen bringen.«

Otto starrte Levin an. Er hatte den gleichen Gedanken tausendmal gewälzt. Ihn nun ausgesprochen zu hören verlieh ihm etwas bestürzend Reales.

»Kannst du nicht den ehemaligen Stationsassistenten nach Berlin holen und eine Gegenüberstellung veranlassen?«

»Der Mann ist ein versoffenes Wrack. Niemand würde ihm glauben.«

»Warum glaubst du ihm dann?«

»Ich …« Otto verstummte. Er schüttelte den Kopf. »Ich weiß es nicht. Ich weiß es einfach nicht. Mein Gefühl sagt, dass der Stationsassistent die Wahrheit sagt. Meine Freundschaft zu Rudi sagt, dass er lügt.«

»Und welchem Gefühl schenkst du Glauben?«

Otto zuckte ratlos mit den Schultern.

Levin stieß mit seinem Bierglas gegen das Ottos. »Ich sag dir, großer Bruder«, erklärte er, »das ist der Grund, warum ich lieber Flugapparate baue. Die bringen einen nie in ein solches Dilemma. Bei ihnen ist alles sonnenklar. Du hast es richtig gebaut, dann fliegt es mit dir in den Himmel, oder du hast es falsch gebaut, dann fällt es mit dir runter und bringt dich um.«

»Vielen Dank für dieses erstaunliche Stück Weisheit«, entgegnete Otto sarkastisch.

»Immer wieder gern. Otto – was du auch unternimmst in dieser Sache, eines musst du wissen.«

»Was? Dass Hermine mich hassen wird, wenn ich ihren Bruder verfolge?«

»Nein. Dass du auf mich zählen kannst, wenn du Hilfe brauchst, egal, welchem von deinen beiden Gefühlen du den Vorrang gibst.«

4

Im Juli kamen die ersten Antworten auf die Anfragen, die Otto gestellt hatte. Er hatte sich an alle Polizeidienststellen gewandt, die mit größeren und kleineren Unglücksfällen in den letzten Jahren zu tun gehabt hatten. Er hatte dabei nur diejenigen Vorfälle berücksichtigt, die eine gemeinsame Komponente besaßen.

Diese Komponente war etwas, was ihm erst aufgefallen war, als er – nach dem Gespräch mit Levin – wieder und wieder seine Notizen des Verhörs des Stationsassistenten von Spremberg durchgegangen war. Der Mann hatte in einem Nebensatz gesagt, man habe ihn als Juden denunziert, obwohl er keiner sei. Otto hatte alle Unglücke zusammengesucht, bei denen im Nachgang ebenfalls eine schuldhafte Verstrickung jüdischer Mitbürger postuliert worden war. Mit seinen Anfragen hatte er gehofft, eine weitere gemeinsame Komponente zu finden – einen einäugigen, im Gesicht halb verbrannten Mann, der irgendwie die Finger im Spiel gehabt hatte.

Oder besser gesagt, er hatte gehofft, diese Komponente nicht zu finden.

Diese Hoffnung wurde nicht enttäuscht. In keinem der Fälle war gegenüber den Polizisten oder anderen Behörden jemand erwähnt worden, dessen Beschreibung auf Rudi Leitner passte.

Dass der Spremberger Stationsassistent jemandem mit Rudis Aussehen die Schuld an seiner Pflichtverletzung gab, musste ganz einfach ein bizarrer Zufall sein – oder es war doch dem fortgeschrittenen Alkoholismus des Mannes zuzuschreiben.

Otto beschloss, Rudi nicht darauf anzusprechen. Aber er konnte nicht anders, als seinen Schwager mit einem Keim Misstrauen zu beobachten, wenn er zu Besuch kam, um seine Nichte zu sehen. Innerlich verfluchte er den Stationsassistenten und sich selbst dafür. Auf einmal war seine Arbeit in sein Heim eingedrungen, in seine Familie, in seine Beziehung zu einem Mann, den er bislang immer als Freund betrachtet hatte.

Zum ersten Mal seit Jahren wünschte er, er hätte nie den Wunsch verspürt, in Edgar Trönickes Fußstapfen zu treten. Noch mehr wünschte er jedoch, Edgar wäre noch hier, damit er ihn um Rat fragen könnte, was er jetzt tun solle.

5

Und dann passierte … nichts.

Oder jedenfalls nichts, was in irgendeiner Weise dazu gedient hätte, Ottos schlechte Gefühle zu zerstreuen oder abzuschwächen.

Emmas Ausstellung war ein Erfolg. Die Begeisterung des Publikums teilte sich zwischen ihren Porträts und ihren stereoskopischen Aufnahmen aus Fesselballons heraus auf. Zeitschriftenverlage und Naturwissenschaftliche Gesellschaften traten mit Fotoaufträgen an sie heran. Innerhalb weniger Monate war sie eine gefragte Fotokünstlerin mit einem vollen Terminkalender.

Levin baute weiter an seiner *Schwalbe*.

Antonie und Moritz von Briest führten ihre Scheinehe weiter, gingen sich nach Möglichkeit aus dem Weg, waren höflich zueinander, wenn sie in Gesellschaft oder bei Familienfeiern zusammentrafen, und hatten das Beste aus der Situation gemacht. Manchmal lächelten sie sich an, wenn sie beide vergaßen, was alles vorgefallen war, und waren hernach auf ungewisse Weise froh, dass dieses Lächeln möglich war.

Es gab einen politischen Skandal, als Kaiser Wilhelm, wie schon mehrmals zuvor, durch ungeschickte Äußerungen die halbe Welt gegen sich aufbrachte. Diesmal hatte er sich gegenüber einem englischen Gesprächspartner, der ihre Unterhaltung als Interview im Londoner *Daily Telegraph* veröffentlicht hatte, als diplomatischer Elefant im Porzellanladen gezeigt. Er hatte in England die Furcht vor der deutschen Aufrüstung geweckt, hatte Frankreich und Russland mit Bemerkungen zum Burenkrieg in Afrika düpiert und hatte Japan mit der Ansage schockiert, die deutschen Flottenpläne würden sich hauptsächlich gegen Fernost richten.

In Deutschland wurde die Marke Kaffee HAG ins Markenregister eingetragen, fast zeitgleich patentierten Hugo und Melitta Bentz ihr Kaffeefiltriersystem. Das Unternehmen Maggi stellte einen Brühwürfel vor.

Der Motorradhersteller Hans Grade unternahm den ersten Motorflug mit einem Flugzeug in Deutschland. Der Flug führte über einhundert Meter und endete mit einer Bruchlandung. In Frankreich stellten die Gebrüder Wright, die ihre Öffentlichkeitsscheu mit fortschreitenden Erfolgen überwunden hatten und mit ihren Flugapparaten durch Europa tourten, einen neuen Strecken- und Geschwindigkeitsrekord auf: Sie schafften knapp hundertdreißig Kilometer in zweieinhalb Stunden. In Italien flog die französische Bildhauerin Thérèse Peltier als erste Frau in einem Flugzeug mit.

Graf Zeppelins neuestes Luftschiff, *LZ 4*, wurde auf einem Probeflug nach einer wegen Motorschadens erzwungenen Landung in der Nähe Stuttgarts durch ein Unwetter am Boden zerstört.

Im Nordwesten Berlins, im Tegeler Forst, beendete Oscar Glock die Arbeiten an seinem Luftschiff und besprach sich bei einem Bankett am Silvesterabend mit seinen Getreuen.

6

Oscar Glocks Gäste waren Rudi Leitner, Wolfram Schambacher, Kurt Hammerstingel und Hermann Pail. Die *Söhne Walhalls* waren mittlerweile eine weitverzweigte, lose Organisation, die hauptsächlich von ihrem Antisemitismus und von einer vagen Vorstellung eines germanisch-reinen Deutschland zusammengehalten wurde. Im Wesentlichen waren sie Stammtischpolitiker, die sich nicht zu schade waren, das eine oder andere Gerücht zu streuen, Nachbarn zu verleumden und, soweit es in ihrer Macht stand, das Recht zu beugen, wenn es um Angelegenheiten jüdischer Mitbürger ging. Vor den radikalen Plänen Glocks wären vermutlich die meisten von ihnen zurückgeschreckt. Glock war jedoch sicher, dass sie, waren seine Pläne erst einmal verwirklicht, mit Enthusiasmus bei der Neugestaltung Deutschlands mitmachen würden. Das war die Tragik bei der ganzen Angelegenheit: Die Erneuerung des Vaterlands musste notgedrungen mit Erfüllungsgehilfen auskommen, die im Grunde ihres Herzens auch nicht viel besser waren als diejenigen, die man zu beseitigen trachtete.

Schambacher, Hammerstingel, Pail und natürlich Rudi Leitner gehörten zum inneren Kreis. Aber nur Rudi Leitner wusste, wozu das Luftschiff, das kurz vor der Fertigstellung stand, wirklich gedacht war. Mit dem Silvesterbankett dachte Glock, das zu ändern. Es war zugleich ein Loyalitätstest. Wenn einer der anderen drei zurückschreckte oder sich gegen Glocks Pläne aussprach, wäre er sofort draußen. Draußen bedeutete in diesem Fall einen Meter tief unter der Erde. Rudi Leitner hatte dementsprechende Anweisungen.

»Meine Herren«, sagte Glock, »wir gehen davon aus, dass unser Luftschiff spätestens im Frühsommer einsatzbereit ist. Wir werden nur einen einzigen Testflug absolvieren können, und das nachts, damit wir nicht das Interesse der gesamten Landbevölkerung hier wecken. Aus den Ergebnissen dieses Testflugs werden wir dann ableiten, was eventuell für den Jungfernflug noch getan werden muss.«

»Ein Name«, sagte Hermann Pail.

»Wie?«

»Das Luftschiff braucht einen Namen.«

Glock war für einen Moment aus dem Konzept gebracht.

»Warum nicht *LSW 1?*«, schlug Hammerstingel vor.

»*LSW 1?*«

»Graf Zeppelin nennt seine Apparate doch *Luftschiff Zeppelin* und setzt eine Nummer dahinter. Warum nennen wir unseres nicht *Luftschiff der Söhne Walhalls*?«

»Gute Idee«, sagte Glock, der sich von seiner Überraschung erholt hatte und eingriff, um das Gespräch nicht in einer Namenssuche und Diskussion darüber verzetteln zu lassen. »Bevor wir zur Testfahrt aufsteigen, taufen wir das Schiff auf diesen Namen.«

Pail nickte mit befriedigter Miene, dass sein Vorschlag so gut angekommen war.

»Wie ich aus sicherer Quelle weiß, wird nächsten Sommer eine Internationale Luftfahrtausstellung in Frankfurt stattfinden. Die Entscheidung darüber ist noch vor Weihnachten gefallen. Auf dieser Ausstellung sollen zwei Luftschiffe von Graf Zeppelin die Hauptattraktion sein, *LZ 5* und *LZ 6*. Seit der mitleidheischenden Berichterstattung über die Vernichtung seines *LZ 4* ist er ein Volksheld, und die Spendenaktion, die dadurch losgetreten worden ist, hat ihn wieder flüssig gemacht. Die Militärverwaltung hat mittlerweile seinen *LZ 3* gekauft, die Regierung steht hinter ihm.«

»Die Hauptattraktion werden wir sein mit unserem Luftschiff!«, widersprach Hermann Pail. »Danach werden sich die Leute unserer Bewegung in Scharen anschließen.«

»Wir werden auf der ILA vertreten sein«, bestätigte Glock. »Aber nicht mit dem Luftschiff.«

»Nicht? Glauben Sie, es schafft die Fahrt nach Frankfurt nicht?«

»Darum geht es nicht. Wir haben andere Pläne.«

»Aber ich dachte …«

»Schon jetzt zanken sich die Reichstagsabgeordneten darüber, wer als Erster mit einem der Zeppelin'schen Luftschiffe fahren darf, sobald diese auf der ILA eingetroffen sind. Wir können davon ausgehen, dass die wichtigsten Minister bei der ersten Fahrt dabei sein werden – das Kriegsministerium, das Finanzministerium, der Innenminister …«

»Aber wäre es nicht besser, die würden mit unserem ...?«, begann Pail.

»Egal, in welches von den beiden Zeppelin-Luftschiffen sie einsteigen – es wird unseres sein, sobald es abgehoben hat.«

Pail und Hammerstingel sahen sich mit verwirrten Mienen an. Schambacher wirkte, als begänne ihm etwas zu dämmern. Seine Augen weiteten sich vor Überraschung und aufkeimender Begeisterung. Rudi Leitners Miene blieb wie immer unbeweglich. Unter dem Tisch fuhr seine linke Hand in die Jackentasche und zu der kleinen Pistole dort. Die nächsten Augenblicke waren entscheidend. Wenn Schambacher, Hammerstingel und Pail sich alle drei gegen Glocks Pläne empörten, würden drei Schüsse fallen. Wenn nur einer dagegen aufbegehrte, würde Rudi ihn freundlich nach draußen begleiten und dafür sorgen, dass er nirgendwo ankam.

Oscar Glock beobachtete die drei anderen Männer wie ein Fuchs.

»Sie meinen«, begann Schambacher schließlich, »dass wir das Luftschiff mit den Abgeordneten darin übernehmen, wenn es in der Luft ist?«

»Wir schalten die Besatzung im Handstreich aus. Dann sind uns die Reichstagsabgeordneten ausgeliefert.«

»Was tun wir dann mit ihnen?«, fragte Hammerstingel fassungslos.

Glock breitete die Arme in einer bewusst theatralischen Geste aus. Nun kam es darauf an. »Ursprünglich dachte ich, wir würden einfach versuchen, sie von unseren Zielen zu überzeugen und auf unsere Seite zu bringen. Dort oben in der Luft müssten sie uns zuhören.« Er holte Luft. »Diese Idee setzt natürlich voraus, dass die Herren das Wohl Deutschlands im Auge haben und nicht das der jüdischen Großfinanz.«

Pail schnaubte.

Hammerstingel sagte: »Wir wissen doch wohl alle, wem diese

Herrschaften verpflichtet sind. Die hängen alle am Beutel der hebräischen Bankiers!«

Glock ließ den Kopf hängen. »Ich weiß«, sagte er und tat wie jemand, den eine schwere Entscheidung schon seit Tagen um den Schlaf bringt. »Ich weiß. Aber es ist schrecklich, an die andere Alternative zu denken. Man hält den Gedanken daran auch nur aus, wenn man sich vor Augen führt, wie sehr diese Politiker Deutschland schaden.«

Schambacher sagte: »Diese Leute gehören ersetzt.«

»Die ganze Regierung gehört ersetzt!«, rief Hammerstingel.

»Exterminiert«, sagte Pail. »Wie die Schädlinge, die sie sind.«

Oscar Glock blickte von einem zum anderen. Rudi Leitners linke Hand krampfte sich in seiner Jackentasche um den Pistolengriff.

»Meine Herren«, sagte Glock bedeutungsschwanger, »lassen Sie mich Ihnen mitteilen, zu welchem Entschluss ich nach schwerem Ringen gekommen bin. Dann erwarte ich Ihre Vorschläge.«

Die drei Männer nickten nervös.

»Ich schicke voraus, dass die Stimmung bei allen aufrechten Deutschen so ist wie bei uns: Entsetzen über das Ausmaß der Korruption und Unterwanderung durch den jüdischen Finanzkraken in unserer Regierung; Empörung über all die Vorfälle in den letzten Jahren, bei denen sich herausgestellt hat, dass Juden darin verwickelt waren, die Informationen darüber aber totgeschwiegen oder verleumdet wurden; der unbedingte Wille, Deutschland wieder so rein und großartig zu machen, wie es 1870/71 war, bevor das Großkapital alles befleckt hat.«

»So ist es«, murmelte Pail.

»Daher dürfen wir davon ausgehen, dass neben unserer Bewegung selbst noch Hunderttausende Deutscher auf unserer Seite sind. Wir brauchen nur eine große, eine tapfere, eine *heldenhafte* Geste, damit sie gemeinsam mit uns aufstehen als ein Volk und den Sturm losbrechen lassen, der den Feind hinwegfegt.«

»Ja!«, riefen Pail, Hammerstingel und Schambacher gleichzeitig.

»Nachdem mir das klar war, wusste ich, dass wir nicht einfach hergehen und die Abgeordneten, die wir in der Hand haben, exekutieren dürfen. Der Feind ist perfide – am Ende würde man uns das als feigen Mord anlasten statt der Befreiungstat, die es in Wahrheit ist. Und dann erkannte ich, was wir brauchen: einen Helden, der sich selbst für seine Überzeugungen opfert und den Feind dabei mit in den Abgrund reißt. Jemanden, der das Wohl seines geliebten Landes über alles stellt. Einen Mann, der nicht einmal den Tod scheut, weil er weiß, dass er das Richtige tut. Einen Märtyrer. Einen Helden unserer Bewegung – ach was, einen Helden Deutschlands! Plätze und Straßen werden nach ihm benannt werden!« Glock sah die drei Männer an. »Einen Wolfram-Schambacher-Platz – um nur ein Beispiel zu nennen. Direkt vor dem Reichstag oder vor dem Schloss, wir benennen die vorhandenen Plätze einfach um oder bauen neue, größere, schöne Plätze für die Helden auf.« Glock strahlte Schambacher an, in dessen Augen ein hingerissenes Glitzern getreten war. Dann wandte er sich an die anderen beiden. »Oder eine Kurt-Hammerstingel-Allee auf das Brandenburger Tor zu. Oder eine Hermann-Pail-Chaussee, auf der alljährlich die großen Truppenparaden abgehalten werden …«

»Einen Oscar-Glock-Platz!«, rief Pail, der sich plötzlich halb betrunken anhörte.

Glock wehrte ab. »Nein, nein, das würde ich nicht wollen. Ich tue nur meine Pflicht, um Deutschland zu retten. Ich bin kein Held, nur ein aufrechter Deutscher, das ist alles.«

»Sie dürfen sich nicht opfern«, sagte Schambacher, dessen Augen immer noch glitzerten. »Wir brauchen Sie für den Neuaufbau des Vaterlands. Gehe ich recht in der Annahme, dass Sie andeuten, das Luftschiff mit den Reichstagsabgeordneten müsse … abstürzen?«

»Ja«, sagte Glock schlicht. »Es muss abstürzen. Keiner an Bord darf überleben. In der Presse wird nachher zu lesen sein, dass ein jüdischer Anarchist an Bord war, dass die *Söhne Walhalls* das schon vorher wussten und versuchten, die Regierung zu warnen, dass niemand auf sie hörte, dass deshalb ein Held der *Söhne Walhalls* auch an Bord ging, um den Anschlag zu verhindern, dass er dabei leider scheiterte, aber sein Leben gab im Versuch, alle an Bord zu retten. Sein Bild wird in allen Zeitungen Europas abgedruckt sein. Er wird als Märtyrer den gleichen Platz in der Geschichte einnehmen wie … wie ein Otto von Bismarck, der Deutschland einte … was sage ich, wie ein Hermann der Cherusker, der Vernichter der Römer, wie ein …«

Schambacher sprang auf. »Melde mich freiwillig!«, brüllte er, das Gesicht rot vor Enthusiasmus. »Ich gehe glücklich in den Tod für Deutschland!«

»Oh, mein lieber Junge«, sagte Glock und schaffte es, seine Augen in Tränen schwimmen zu lassen. »Mein lieber, lieber Junge. Sie machen uns alle so stolz – und Ihre Familie erst recht.«

Schambacher, vor Verlegenheit und Begeisterung glühend und von der eigenen Tapferkeit berauscht, konnte nichts erwidern. Er knallte die Hacken zusammen und verbeugte sich.

Pail erhob sich ebenfalls. »Einer allein schafft das nicht. Bitte erlauben Sie, dass ich den Kameraden Schambacher begleite.«

»Aber mein lieber Pail … nicht doch … wir dürfen doch nicht so viel deutsches Heldenblut vergießen …«

»Ich bestehe darauf«, sagte Pail, der im Gegensatz zu Schambacher leichenblass war.

Glock stand auf. Auf einen Wink von ihm erhob sich auch Rudi Leitner, der die linke Hand wieder aus der Tasche genommen hatte. Hammerstingel sah verwirrt von einem zum anderen, dann stand auch er auf. Er wirkte, als führe er einen heftigen inneren Kampf.

Glock verbeugte sich vor Schambacher und Pail, dann reichte

er ihnen die Hand. »Kameraden«, sagte er, »mir fehlen die Worte.«

»Ich würde mich auch melden«, stöhnte Hammerstingel. »Aber meine Familie … Sie wissen ja, ich kümmere mich um meine bettlägerige Mutter, und meine Frau ist kränklich …«

Glock klopfte ihm begütigend auf den Arm. »Mein lieber Hammerstingel, ich weiß, dass nur Ihre Sorge um Ihre Lieben Sie davon abhält, den Weg des Helden zu gehen. Wir verstehen das, keine Sorge.« Was er nicht sagte, was aber deutlich im Subtext zu hören war, war: Natürlich kann es so auch keinen Kurt-Hammerstingel-Platz geben … »Setzen wir uns wieder, meine Herren, damit ich Ihnen den Rest des Plans erklären kann. Wir schlagen in zwei getrennten Aktionen zu. Aktion eins: unsere Helden Deutschlands«, er nickte Schambacher und Pail zu, »bringen das Luftschiff auf der ILA in ihre Gewalt und lassen es abstürzen. Aktion zwei: die *LSW1*«, diesmal nickte er Pail allein zu, dem Namenserfinder, »startet gleichzeitig, fliegt zum Reichstag und …«

»… bombardiert ihn!«, stieß Hammerstingel aus, offenbar im Bemühen, wenigstens irgendetwas martialisch klingendes beizusteuern.

Oscar Glock, der genau das gehofft hatte, tat so, als würde er ihn nachdenklich mustern. »Ich wollte eigentlich sagen: … und demonstriert dort unsere Macht. Aber je länger ich über das nachdenke, was Kamerad Hammerstingel vorschlägt … desto genialer finde ich es …«

»Die Reichstagsabgeordneten sind alle Volksschädlinge, egal ob sie in dem Luftschiff in Frankfurt sitzen oder auf ihren Stühlen im Reichstag!«, rief Hammerstingel leidenschaftlich. »Sie gehören allesamt ausgelöscht! Keiner ist zu schade!«

Glock sagte in einer perfekten Darbietung eines Mannes, der von einer Idee unversehens überwältigt worden ist: »Ich werde das in Betracht ziehen, Kamerad Hammerstingel … ich werde es in Betracht ziehen!«

Als die drei anderen gegangen waren und Rudi Leitner unter dem Vorwand geblieben war, noch etwas Technisches bezüglich *LSW1* mit Glock besprechen zu wollen, wandte der Unternehmer sich an seine rechte Hand.

»Das lief genau so wie erhofft, oder?«

Rudi Leitner nickte.

»Gibt es von deiner Seite aus noch etwas zu sagen, Rudi?«

»Nur eines: Glaubst du wirklich, dass all das nötig ist?«

»Ja«, sagte Glock einfach.

Rudi seufzte. Dann sagte er leise: »Na gut. Du kannst wie immer auf mich zählen.«

7

Amalie dämmerte im Bett vor sich hin, sagte sich, dass es Zeit war aufzustehen, und sagte sich sofort im Anschluss, dass ein paar Minuten länger auch nicht schaden konnten. Es waren zwar noch jede Menge Vorbereitungen für eine geplante Fotoreise an die Ostsee zu erledigen, aber die Reise würde erst Mitte Juli beginnen, und jetzt war Anfang Juni. Da konnte sie sich noch ein paar Minuten im Bett leisten. Dann hörte sie von außerhalb des Schlafzimmers einen Ausruf Emmas, der ihren Schlummer unterbrach. Gleich darauf platzte sie zur halboffenen Tür herein.

»Hast du schon mit der Korrespondenz für die Ostsee-Fotos begonnen?«, rief Emma. Sie hielt einen geöffneten Brief in der Hand.

»Nein, da ist doch noch genügend Zeit …«, sagte Amalie verwirrt und fragte sich, ob sie irgendeine Nachricht übersehen hatte und ob der Brief eine Mahnung eines Korrespondenzpartners war, der auf eine Antwort wartete.

Emma ließ sich neben Amalie ins Bett fallen. »Lies das!«, rief sie triumphierend. Statt Amalie den Brief zu geben, küsste sie sie auf den Mund, dann lachte sie. »Jetzt haben wir es wirklich geschafft!«

Amalie schnappte sich den Brief und las ihn. Dann ließ sie ihn sinken. »*Du* hast es geschafft, Emma«, sagte sie liebevoll.

»Papperlapapp! Wie oft muss ich dir noch sagen, dass all das ohne dich nie geschehen wäre?«

»Soll ich die Termine für die Ostseereise verschieben?«

»Unbedingt. Um mindestens vier Wochen. Ich brauche Zeit, um die Bilder zu entwickeln!«

Der Brief, den Emma mit ins Schlafzimmer gebracht und den Amalie gelesen hatte, bestand aus zwei Teilen. Einer war eine mit einem farbig gedruckten Titelbild versehene, gefaltete Programmanzeige. Das Bild, im Original ein Aquarell, zeigte die neue Festhalle in Frankfurt, vor der Hunderte von fein gekleideten Menschen versammelt waren. Über der Festhalle schwebten ein Luftschiff und ein Ballon, die schwarz-weiß-rote Nationalflagge flatterte von einem Fahnenmast. Auf der Innenseite zogen sich die Buchstaben »ILA« in einem Schmuckrahmen über drei Viertel der Breite des Papiers, daneben waren in einem weiteren Schmuckrahmen ein Luftschiff und eine Flugmaschine vor der Silhouette des Frankfurter Doms gezeichnet. Ein weiß auf schwarz gesetzter Textblock in diesem zweiten Schmuckrahmen klärte auf, was all das zu bedeuten hatte: »Internationale Luftschifffahrt-Ausstellung, Frankfurt am Main, 1909«.

Die Innenseite listete in mehreren Blöcken die Termine der Luftschifffahrt-Ausstellung auf – vom 10. Juli, dem Eröffnungstag, bis zum 17. Oktober. Die Termine boten an: Fesselballon-Aufstiege, Vorträge, Fahrten mit den Luftschiffen des Grafen Zeppelin und des Erfinders August von Parseval, Probeflüge von Motorflugapparaten, Besichtigungen, Feuerwerke, Theatervorstellungen.

Emma nahm Amalie das Programm weg, so dass nur noch der Begleitbrief übrig war. Sie kuschelte sich neben Amalie ins Bett und las laut vor, was sie vorhin zu dem Freudenschrei veranlasst hatte: »… fühlen sich Präsidium und Direktorat der Internationalen Luftschifffahrt-Ausstellung in Frankfurt geehrt, Frau Emma von Schley die exklusive Anfertigung einer Bildreportage zu folgendem Programmpunkt anzubieten: 2. August, Fahrt des Luftschiffs LZ 5 von Frankfurt/Main nach Köln im Beisein von Vertretern der deutschen Regierung und der kaiserlichen Familie unter persönlicher Leitung von Ferdinand Graf von Zeppelin. Für die Reisekosten und das Logis in einem adäquaten Hotel kommt die Ausstellungsleitung auf. Bitte nennen Sie uns Ihr übliches, zusätzliches auszubezahlendes Honorar. Die Auswertung der entstandenen Bilder obliegt der Ausstellungsleitung, einer Zweitauswertung durch Sie im Rahmen einer Ausstellung oder Ähnlichem nach Abstimmung steht nichts im Wege. Präsidium und Direktorat der Internationalen Luftschifffahrt-Ausstellung freuen sich auf Ihre hoffentlich positive Antwort und verbleiben mit größter Hochachtung …«

»… Paul von Gans, Präsident, und Georg von Tschudi, Ausstellungsdirektor«, beendete Amalie.

Die beiden Frauen sahen sich an. »Exklusiv«, sagte Emma. »Das bedeutet, wir sind die Einzigen, die bei dieser Fahrt dabei sind und Bilder machen.« Sie lachte, setzte sich auf und hielt den Brief hoch. »Exklusiv!«

»Ich muss das nachher Otto und Levin schreiben. Besonders Levin wird völlig aus dem Häuschen sein. Ich hab doch gesagt, jetzt hast du es geschafft.«

Emma legte den Brief auf den Nachttisch. »Wer hat es geschafft?«, fragte sie.

»Wir«, sagte Amalie und lächelte.

»Genau!« Emma zog den Morgenmantel aus und strampelte ihn aus dem Bett. »Lass uns feiern.«

8

Rudi Leitner hatte es sich zur Gewohnheit gemacht, seine Nichte Luisa mindestens alle zwei Wochen zu besuchen. Hermine stiegen jedes Mal Tränen in die Augen, wenn sie sah, wie die Kleine mit ihren dicken Händchen Rudis zerstörte Gesichtshälfte berührte, mit der Augenklappe spielte und dabei nicht die geringste Scheu an den Tag legte – und wie Rudi dabei lächelte.

»Wie geht es Otto?«, fragte Rudi.

»Der lässt schön grüßen und wünscht sich, det ick endlich ma wieder voll zu arbeeten loslege«, sagte Hermine. »Wir haben so viele Aufträge erhalten in der letzten Zeit, det er nur noch unterwegs is. Drum werd ick in den nächsten Wochen een paar Termine für ihn in Berlin wahrnehmen, wa? Ab Herbst haben wir dann 'ne Minna, hoff ick; bis dahin nehm ick die Kleene eben mit.«

»Zu Gesprächen mit Auftraggebern?«

»Ick jeh mal davon aus, dass det 'n Vorteil ist – wenn die Kleene eenen anstrahlt, da werden doch selbst die größten alten Knicker weich, wa?«

»Welche Termine nimmst du denn wahr?«

Hermine bewahrte auch ihrem Bruder gegenüber die Schweigepflicht, die ihr Beruf mit sich brachte. Sie hatte es bei Edgar Trönicke so gehalten und in ihrer eigenen Detektei erst recht. Daher erzählte sie auch nicht, dass Otto noch immer mit dem Rechtsstreit zwischen der Staatseisenbahn und der Versicherungsgesellschaft wegen des Unglücks von Spremberg befasst war. Sie sagte lediglich, dass Oberregierungsrat Rüdlin der Gesprächspartner sei; ein Verwaltungsjurist im Preußischen Ministerium der öffentlichen Arbeiten, zu dem auch die staatliche Eisenbahnverwaltung gehörte.

»Wann redest du mit dem Mann?«

»Ooch, ick gloobe Anfang August oder so. Müsste ick nachgucken. Warum?«

»Nur so – reine Neugier. Die sitzen in der Voßstraße, oder?«

»Det Ministerium? Ja. Aber die Treffen finden im Reichstag statt, weil …« Sie wollte fortfahren, dass Oberregierungsrat Rüdlin darum gebeten hatte, sich zu äußerlich unverfänglich wirkenden Terminen im Reichstag zu treffen, wo Abgeordnete immer wieder Besucher aus ihren Wahlkreisen empfingen und wo er Zugang zu einem Büro hatte. Im Ministerium selbst, hatte er ausgeführt, hätten die Wände Ohren. Soweit Hermine von Otto erfahren hatte, war der Oberregierungsrat bislang schnell und effizient auf der Karriereleiter nach oben geklettert und plante, den lästigen Streit mit der Versicherungsgesellschaft siegreich zu beenden, um sich einen weiteren Karrieresprung zu sichern. Wenn ihm jemand aus dem eigenen Ministerium dazwischenpfuschte, konnte das seine Pläne stören. Vermutlich kam man im staatlichen Verwaltungsdienst nicht so weit nach oben, wenn man nicht ein gerüttelt Maß Paranoia an den Tag legte.

Sie konnte aber nicht weiterreden, weil Rudi sie entsetzt anblickte. »Im Reichstag!?«, wiederholte er.

»Ja … det is doch nich schlimm, jeder darf da rin …«

»Wann möchtest du da mit der Kleinen reingehen?«

»Rudi, wat haste denn uff eenmal?«

Hermines Bruder holte tief Luft und gab sich sichtlich Mühe, sich zu beruhigen. »Hast du das denn nicht mitgekriegt?«, fragte er. »Es weiß doch jeder, dass beim Bau des Reichstags gepfuscht worden ist. Wäre ja auch kein Wunder, so oft wie die Baupläne in letzter Sekunde noch mal geändert wurden … aber in letzter Zeit hört man, die Baumängel wären so gravierend, dass Gefahr besteht, die Kuppel stürzt ein.« Er lächelte bemüht, was mit seinem verunstalteten Gesicht aussah wie Zähnefletschen. »Der alte Kaiser hat die Kuppel sowieso nie gemocht, weil sie höher ist als das Stadtschloss. Jedenfalls – meines Wissens soll demnächst eine

Untersuchung dazu angestellt werden. Ich möchte, dass du abwartest, was diese Untersuchung bringt. Einverstanden?«

»Mit abwarten meenste, ick soll nich dort reingehen, bevor es nich als einsturzsicher deklariert worden ist?«

»Genau.« Rudi wirkte erleichtert.

Hermine schnaubte und strich ihm liebevoll über die Haare. »Ach Mensch, Rudi, wo haste denn den Unsinn her? Wenn dat Jebäude so unsicher wäre, gloobste, die Abjeordneten würden ooch nur eenen Tag da drinne sitzen? Die würden ihre liebe Haut schneller retten, als dass de Moment mal sagen kannst.«

»Das ist nicht witzig, Hermine.«

Hermine ließ die Schultern sinken. »Mensch, Rudi, det is doch een Gerücht, weiter nüscht. Früher hätteste so wat nich mal eene Sekunde jegloobt.«

Rudi fuhr sich mit den Fingern über seine verbrannte Gesichtshälfte. »Früher nicht …«, sagte er.

»Oje, so war det doch nich jemeint.«

»Das weiß ich doch. Hermine – bitte halt dich vom Reichstagsgebäude fern. Erspar mir die Sorge. Sag es Otto auch. Aber bitte – erzählt es nicht überall rum, sonst gibt es noch eine Panik.«

»Denn würden aber vielleicht andere Menschen sterben, wenn sie reingehen und det Ding fällt zusammen.«

»Mir ist es genug, wenn ich dich und deine Familie vor Schaden bewahren kann«, sagte Rudi.

9

Levin hatte sich selbst zum Mittagessen auf Gut Briest eingeladen. Er hatte eine gute Nachricht.

»Die *Schwalbe* ist wirklich so gut wie fertig?«, fragte Moritz.

»Ich muss nur noch ausprobieren, ob sie fliegt«, sagte Levin.

»Ah«, sagte Moritz. »Es fehlt also lediglich eine unwichtige Kleinigkeit.«

Levin war über die freundliche Ironie seines Vaters überrascht. Aber in der letzten Zeit hatte immer wieder einmal sein altes Wesen durchgeblitzt – schlagfertig, witzig, manchmal sarkastisch. Es schien, dass Levins Vater endlich aus dem emotionalen Tal herausfand, in dem er seit Jahren gesteckt hatte. Levin hoffte von Herzen, dass es ihm gelang. Er beschloss, die Ironie aufzunehmen.

»Warum kommt ihr nicht demnächst nach Tempelhof und schaut sie euch an? Ich meine, solange ich sie nicht geflogen habe, ist sie auf jeden Fall noch ganz. Wer weiß, wie das nachher ist …«

»Du verstehst es, in einem Zuversicht zu wecken …« Antonie seufzte. »Hör auf damit, sonst mache ich mir noch mehr Sorgen um dich als bisher.«

»Ihr könnt euch auch reinsetzen. Ich hab sie so gebaut, dass man zwei Passagiere mitnehmen kann.«

»Wozu das denn?«, fragte Moritz.

»Damit ich Fluggäste mitnehmen kann. Die Leute haben Schlange gestanden, um mit Fesselballons aufsteigen zu dürfen, und soweit ich weiß, gibt es jetzt schon Wartelisten so lang wie die Friedrichstraße, damit man auf der ILA mit einem Zeppelin-Luftschiff aufsteigen darf. Ich möchte Flüge mit einer Flugmaschine anbieten. Dann bekomme ich vielleicht einen Teil der Entwicklungskosten wieder rein.«

»Den Finanzen von Gut Briest würde das sicher guttun«, meinte Moritz.

»Glaubst du wirklich, dass sich jemals irgendjemand in eine Flugmaschine setzen wird, um damit durch die Luft zu gondeln?«, fragte Antonie. »Ich meine, außer den Verrückten, die sie gebaut haben?« Sie fasste ihren Sohn ins Auge. »Anwesende eingeschlossen.« Sie lächelte bei diesen Worten.

»Bei den Luftschiffen tun es die Leute, Mama.«

»Kann ich genauso wenig verstehen. Ich werde keinen Meter mit deinem Apparat fliegen, Levin.«

»Das hab ich ja auch nicht gemeint. Fliegen tu ich die *Schwalbe* allein, zumindest beim ersten Flug! Aber ich dachte, ihr möchtet vielleicht mal das Gefühl haben, wie es ist, in einem Flugapparat zu sitzen.« Levin zwinkerte seiner Mutter zu. »Ich kann auch den Motor anwerfen und die Luftschraube ein bisschen drehen lassen, dann weht euch der Fahrtwind um die Ohren.«

»Ich passe«, sagte Antonie und schüttelte den Kopf.

»Ach komm, Antonie«, sagte Moritz plötzlich. »Tun wir's doch! Was ist denn dabei? Wir fahren nach Tempelhof, schauen uns Levins Konstruktion an und … und …«

»… spielen ein bisschen damit«, ergänzte Antonie.

Levin dachte, er hätte bissigen Spott in den Worten seiner Mutter gehört. Doch dann blickte er ihr ins Gesicht und stellte fest, dass sie schmunzelte.

»Ist nicht das Schlechteste, einfach mal ein wenig zu spielen«, gab Moritz zurück.

»Und wenn das Ding aus Versehen aufsteigt und mit uns davonfliegt?«

»Also Mama, Sie haben entweder zu viel Vertrauen in meine Konstruktionskünste … oder gar keines.« Levin tat, als würde er schmollen. Tatsächlich war ihm warm ums Herz. Es kam ihm vor, als hätte es eine so leichtherzige Unterhaltung seit Jahrzehnten nicht mehr an einem Esstisch der Familie Briest gegeben.

»Wenn es losfliegt – und das wird es, denn ich gehe davon aus, dass Levin weiß, was er tut –, dann werden wir garantiert nicht an Bord sein. Und wenn doch, verspreche ich dir, dass ich dich rechtzeitig rausschubse.«

»Ich werde aussehen wie eine Närrin, mit dem Kleid und allem in so einer Klapperkiste zu sitzen.«

Levin erinnerte sich an die Bilder von Käthe Paulus, auf die

Amalie ihn aufmerksam gemacht hatte. »Sie könnten einen Matrosenanzug anziehen, Mama«, schlug er grinsend vor.

»Du hattest einen, als du klein warst«, erwiderte Antonie. »Du hast allerliebst drin ausgesehen.«

»Ich wette, ich hab den von Otto aufgetragen.«

»Wette gewonnen. Otto hat auch allerliebst drin ausgesehen.«

»Um der alten Zeiten und des allerliebsten Matrosenanzugs willen, Mama: Sagen Sie ja!«

»Er ist so überzeugend wie du, als du damals meine Eltern überredet hast, dir meine Hand zu geben«, sagte Antonie zu Moritz.

Moritz zuckte mit den Schultern. »Es ist ihm halt wichtig – so wie mir damals.«

Levins Eltern tauschten einen Blick, der so lange dauerte, dass Levin Verlegenheit zu spüren begann.

»Du wirst mich nicht auslachen, wenn ich wie eine Närrin aussehe?«, fragte Levins Mutter schließlich.

»Versprochen«, sagte Moritz.

»Und du, junger Mann«, wandte sich Antonie an Levin, »wenn dein Motor Öl oder Ruß spuckt oder mich sonst wie versaut, dann wirst du mich zum Einkaufen begleiten und mein neues Kleid brav hinter mir hertragen bis zum Bahnhof!«

»Ich füge mich der elterlichen Willkür«, sagte Levin.

Antonie holte tief Luft und stieß sie dann wieder aus. »Na gut. *Ich* füge mich der männlichen Begeisterung für technische Spielzeuge.« Sie stand auf, beugte sich über den Tisch und gab dem überraschten Levin einen Kuss auf die Wange. »Ich bin stolz auf dich, mein Schatz«, murmelte sie. »Jetzt kann ich ja zugeben, dass ich beleidigt gewesen wäre, wenn du mir nicht angeboten hättest, mich dort mal reinzusetzen.«

Als Levin sich am Nachmittag verabschiedete, um den Zug nach Berlin zu erwischen, sagte er: »Sobald die *Schwalbe* ganz fertig ist, gebe ich euch Bescheid.«

Moritz nickte und klopfte ihm auf die Schulter. Zum ersten Mal – obwohl es sicher schon seit Jahren so war – fiel Levin auf, dass Moritz sich dazu ein bisschen strecken musste. Antonie küsste ihn erneut auf die Wange. Als er in den Wagen stieg, um sich von dem reichlich hinfällig gewordenen Julius zum Bahnhof Genthin fahren zu lassen – man sah mittlerweile immer mehr Automobile durch die Gegend knattern, aber auf Gut Briest hatte die neuartige Technik bislang nur in Gestalt von Levins Flugbegeisterung Einzug gehalten –, hörte er seine Mutter sagen: »Das ist das erste Mal seit Jahren, dass wir zusammen etwas tun, was nicht einer gesellschaftlichen Verpflichtung entspringt.«

Er hörte nicht mehr, was sein Vater darauf antwortete, aber er hoffte, es war etwas, das die beiden dazu brachte, sich auch den Rest des Tages längere Blicke zu schenken und sich gegenseitig anzulächeln.

10

Oberregierungsrat Rüdlin ließ der Agentur eine Einladung für ein Gespräch am 2. August zukommen. In einer handgeschriebenen Notiz hatte er hinzugefügt, dass Minister Paul von Breitenbach, sein Chef, an diesem Tag in Frankfurt auf der ILA weile, um einen Flug mit dem Zeppelin'schen Luftschiff zu absolvieren. Der 2. August war ein Montag; die Nachricht traf am 31. Juli bei Otto und Hermine ein.

»Ich denke«, sagte Otto, »er will uns damit mitteilen, dass wir nicht zu befürchten brauchen, dass ein Politiker sich in unser Geschäft einmischt. Wahrscheinlich hat er das Datum absichtlich so gewählt. Und wahrscheinlich hat sich Minister von Breitenbach erst gestern dazu entschlossen, nach Frankfurt zu reisen, sonst hätte sich Rüdlin wohl schon eher gemeldet. Willst du mir das abnehmen, Hermine, wie wir es vereinbart haben? Oder soll ich doch selbst gehen? Ich müsste dann den Termin am Montag in Spremberg telegrafisch absagen und mir irgendeine Ausrede ausdenken …«

»Nee, nee, ick mach det schon.« Hermine wirkte zögerlich.

»Was ist los?«

Hermine seufzte. Dann erzählte sie ihm von Rudis Warnung. Otto war sprachlos. »Was? Davon hab ich noch nie was gehört.«

»Ick ooch nich. Und ooch, wenn ick jetzt Rudi damit vielleicht unrecht tue: Es hat sich so anjehört, als hätte er es erfunden, während er es sagte.«

Otto starrte seine Frau an. Er wurde sich erst bewusst, wie lange er sie wortlos angeschaut hatte, als sie sagte: »Otto? Was ist?«

Otto schüttelte sich innerlich. Die Gedanken, die in rasender Folge in seinem Gehirn übereinandergepurzelt waren, ließen ihn gleichzeitig verwirrt und vollkommen klar zurück; und auf jeden Fall entsetzt, fassungslos und wütend.

Warum hatte sich Rudi eine solche Geschichte ausgedacht? Und offensichtlich auch noch in aller Hast, als er von Hermines Gesprächstermin mit Oberregierungsrat Rüdlin erfahren hatte? War es Hermines wegen? Nein, das konnte nicht sein. Die Geschichte vom einsturzgefährdeten Reichstag und der dadurch entstehenden Gefahr für Hermine und Luisa war völlig aus der Luft gegriffen.

Also war es Rüdlins wegen. Rudi wollte nicht, dass Hermine mit ihm sprach. Besser gesagt, er wollte nicht, dass die A-Agentur mit ihm sprach. Die Agentur hatte nur eine einzige Verbindung mit Rüdlin: über den Spremberg-Fall. Also wollte er nicht, dass die Agentur mit Rüdlin über den Spremberg-Fall sprach.

Otto erinnerte sich an das Gespräch mit dem ehemaligen Stationsassistenten. Er hatte ihn gefragt, inwiefern das Gesicht des Mannes, der ihn zu seiner Pflichtverletzung verleitet hatte, entstellt gewesen war.

Verbrannt war's. Wie dem Teufel seine Fresse, verbrannt vom Höllenfeuer.

Großer Gott.

Es *war* Rudi gewesen.

»Otto? Hallo? Was ist mit dir?« Er hörte Hermines Stimme und sah ihr immer besorgter werdendes Gesicht, ohne sich gegen den Ansturm der Erkenntnisse wehren zu können.

Wann hatte Otto zuvor jemals mit einem Verwaltungsbeamten wegen eines Unglücks mit Versicherungsschaden gesprochen?

In der Schweiz.

Doktor Carl Wechlin.

Zusammen mit Edgar …

Und genau an diesem Tag waren zwei angeblich jüdische Anarchisten in Wechlins Büro gekommen und hatten einen Anschlag auf ihn unternommen? Zwei Männer mit Masken?

Wieso trugen Anarchisten Masken? Wenn sie ein Exempel statuieren wollten, war es doch gerade wichtig, dass man wusste, wer sie waren!

Hatten die beiden Männer in Wahrheit das Gespräch unterbinden wollen?

Atemlos starrte Otto ins Leere. Die Augen des überlebenden Attentäters, der ihn über die Maske hinweg angeblickt hatte – jetzt war er sicher, dass ihm diese Augen damals schon bekannt vorgekommen waren.

War der Tod Wechlins überhaupt geplant gewesen? Die Erinnerung an diese panikerfüllten Sekunden war undeutlich, aber je länger Otto darüber nachdachte, desto mehr schien es ihm nun, dass er ein Unfall gewesen war. Dass Edgar und Otto das eigentliche Ziel des Anschlags gewesen waren. Oder nur Edgar allein?

Weil der zweite Attentäter, dessen Augen Otto nun zu kennen glaubte, vermeiden wollte, dass der Mann starb, dem Hermine ihr Herz geschenkt hatte …!?

Weil er auf seine Weise so etwas wie ein Freund war?

Weil er …

»Otto! Jetzt red halt mit mir!«

… Rudi Leitner hieß? Der Bruder seiner Frau. Der Mann, mit dem zusammen Otto an einem Luftschiff gebaut hatte, den er aus dem Feuer eines brennenden Ballons gezogen hatte, mit dem er gescherzt, gelacht, geredet, geplant hatte?

»Hallo! Herr von Briest! Ick werd gleich unjemütlich, wenn de mit dem Unsinn nich uffhörst, Otto!«

Otto konzentrierte sich auf Hermine. Ihm war innerlich so kalt, dass er bebte.

Hermine sah es. »Was ist denn? Ist dir schlecht? Wirste krank?«

»Nein, Hermine. Entschuldige. Ich habe nur grade festgestellt, dass ich was Wichtiges übersehen habe.«

»Was denn? Mir zu antworten, wenn ick dir schon fast ins Jesicht brülle?«

Otto schüttelte den Kopf. Er rang sich ein Lächeln ab. »Der ehemalige Stationsassistent hat mir etwas erzählt, dem ich hätte nachgehen sollen. So ein Mist. Dass du jetzt von Rudis Warnung erzählt hast, hat es wieder zum Vorschein gebracht.« Otto improvisierte und hoffte, er bekam es besser hin als Rudi. Er würde Hermine nichts von seinem schrecklichen Verdacht erzählen, bevor er nicht Rudi damit konfrontiert und die Wahrheit herausgefunden hatte. »Er erwähnte, es hätten ein paar Tage vor dem Unfall Gleisausbesserungen stattgefunden, und er hätte deswegen jede Menge Mehrstunden ableisten müssen. Ich habe es wahrscheinlich beiseitegeschoben, weil ich dachte, er wolle damit sein Versagen als Überarbeitung deklarieren … aber wenn das nun von der Versicherung aufgenommen wird und man behauptet, die Gleisarbeiten wären fehlerhaft gewesen? Dann wäre das Verschulden eindeutig bei der Staatseisenbahn selbst … ich fahre gleich morgen nach Spremberg, nicht erst am Montag, und überprüfe das. Sonst zaubern die Versicherungsheinis das am Ende noch beim Gerichtsverfahren plötzlich auf den Tisch …«

»Aber wenn sie's bis jetzt noch nicht getan haben …?«

»Es könnte ja ihr Trumpf sein. Wenn sie uns damit überraschen, haben wir den letzten Auftrag in unserer Karriere erhalten – dann nehmen uns weder die Versicherungen noch deren Kunden jemals wieder ernst. Ich fahre, Hermine. Auch wenn Sonntag ist.«

»Ick mach dir Stullen, wa?«

Otto hätte sich übergeben mögen, dass er Hermine dermaßen anlog. Stattdessen lächelte er sie an. »Danke, mein Schatz.«

Während er Hermine beim Stullenmachen zur Hand ging, fühlte er den Erkenntnissen der letzten Minuten nach, und er merkte, wie er mehr und mehr Angst vor dem bekam, was sich morgen alles ergeben würde.

11

Rudi hatte die kleine Wohnung nie aufgegeben, die er mit Hermine bewohnt hatte. Inzwischen hatte sich die Umgebung geändert. Das rasch in alle Richtungen wachsende Berlin benötigte Wohnraum. Nicht nur für die Arbeiterklasse, sondern auch für die immer mehr werdenden Geschäftsassistenten, Schreiber, Buchhalter, Verwaltungsangestellten, Geschäftsführer der mittleren und kleinen Unternehmen und Banken. Diese wurden von ihrer Arbeit nicht reich, aber sie konnten sich bessere Wohnungen leisten als ein Arbeiter, was höhere Mieteinnahmen bedeutete. So wurden Häuser, die jahrzehntelang wahre Bruchbuden gewesen waren, plötzlich von ihren bislang immer geizigen Eigentümern saniert und an eine bessere Klientel vermietet; die Stadt legte Gassenzüge, die eine Verhöhnung jeglicher Zivilisation dargestellt hatten, trocken und reparierte die Kanalisation.

Rudis Wohnung lag in einer Gasse, in der diese Segnungen des Kapitalismus noch nicht vorangekommen waren; aber es war auch hier nicht mehr so lebensgefährlich wie noch zwanzig Jahre zuvor, als Fremder hindurchzugehen. Otto hatte dort ohnehin noch nie irgendwelche Schwierigkeiten erlebt. Rudi und Hermine waren allen Bewohnern der Gasse bekannt, sie gehörten quasi zu ihnen und waren daher vor Anfeindungen gefeit. Der Respekt der Männer vor Rudi schien seit dessen Unfall überdies noch größer geworden zu sein, als ob das entstellte Gesicht und die Verletzungen für ihn eine Art Auszeichnung wären.

Dennoch fühlte Otto seit langem zum ersten Mal wieder Beklommenheit, als er die Stufen zu Rudis Wohnung emporstieg. Diesmal kam er nicht als Schwager und Freund. Diesmal kam er als Detektiv.

Rudi wirkte weniger überrascht, als Otto erwartet hatte. Er bat ihn herein. Rudi holte eine Flasche Korn und goss zwei Gläser voll. Sie setzten sich einander gegenüber, an Rudis abgenutzten Esstisch, auf Rudis wacklige Stühle. Die ungemütliche Förmlichkeit zwischen ihnen bewegte sich an der Grenze zur Feindseligkeit. Otto fühlte eine wehe Leere deswegen in sich. Ihm wurde bewusst, dass er Rudi stets gemocht hatte und immer noch mochte.

Es gab keine freundliche Umschreibung dessen, weswegen Otto gekommen war. Also sagte er freiheraus: »Was du Hermine wegen des Reichstags erzählt hast, ist eine Erfindung.«

Rudi sagte: »Und was wäre dann die Wahrheit?«

Otto sagte es ihm.

Rudi antwortete nicht.

»Sag mir, dass ich mich irre«, verlangte Otto.

»Du irrst dich«, sagte Rudi gleichmütig.

»Du lügst«, sagte Otto.

Rudi erwiderte nichts. Nach ein paar Sekunden hob er sein Schnapsglas und sah Otto erwartungsvoll an. Otto kämpfte die irre Furcht nieder, dass Rudi seinem Glas auf irgendeine Weise Gift beigemischt hätte, und hob seines auch. Rudi stieß leicht dagegen. Er trank den Korn aus. Otto tat es ihm nach. Sie stellten die Gläser wieder auf den Tisch.

»Ich war nicht in Spremberg, ich war nicht in der Schweiz«, sagte Rudi. »Dass der Stationsvorsteher jemand beschrieben hat, der so aussieht wie ich, muss ein irrsinniger Zufall sein. Ich kann mir vorstellen, dass es mehrere Kerle gibt, die solche Fratzen haben wie ich – Lokführer, die einen Unfall überlebt haben, Bergleute, denen eine Sprengung schiefgegangen ist, Stahlarbeiter, deren Kessel explodiert ist, Soldaten aus den Kolonien … Aber es stimmt – ich wollte nicht, dass Hermine morgen in den Reichstag geht.«

Otto versuchte, sich auf Rudis letzte Aussage zu konzentrieren. »Weshalb?«

»Weil ich morgen im Reichstag sein werde und ich nicht wollte, dass Hermine mich dort sieht.«

Otto musterte Rudi. Er wollte so gerne glauben, dass er sich irrte. Er spürte geradezu, wie tief in seinem Inneren eine Art Erleichterung entstand, dass es für alles eine Erklärung gab und dass sein Verdacht völlig unsinnig gewesen war. Und noch tiefer in seinem Inneren, dort, wo auch die Antworten und Schlussfolgerungen herkamen, derentwegen Edgar Trönicke ihm damals gesagt hatte, er habe die Anlagen zu einem Detektiv, brummte eine Stimme, dass Rudi log. »Warum um alles in der Welt soll sie dich dort nicht sehen?«

»Weil ich einen Termin zusammen mit meinem Chef habe wegen einer Sache, die politisch und wirtschaftlich für uns wichtig ist.«

»Mit deinem Chef? Aber … Hermine hat gesagt, du arbeitest bei Borsig. Willst du mir ernsthaft sagen, du spazierst morgen mit Ernst von Borsig in den Reichstag …?«

»Ich arbeite nicht für Borsig. Das war gelogen. Ich arbeite, seit ich vom Bodensee zurück bin, wieder für Oscar Glock.«

»Ich fass es nicht …«, sagte Otto.

»Und genau wegen einer solchen Reaktion habe ich das mit Borsig erfunden.«

»Rudi … Glock hat mit einem ganz miesen Trick das Haus an sich gebracht, in dem meine Schwester und deine Frau gelebt haben! Wie kannst du …«

»Meine geschiedene Frau«, sagte Rudi bitter. »Erwartest du von mir Mitleid für Emma?«

»Nein, aber Fairness hatte ich erwartet.«

Rudi beugte sich über den Tisch, bis sein Gesicht ganz nahe an dem Ottos war. »Schau mich an, Otto«, sagte er heiser. Er schob die Augenklappe nach oben.

Otto blickte in das rotblaue Narbengewebe, das Rudis versehrte Augenhöhle verschloss, in die Kraterlandschaft aus glasiger weißer und schuppig roter Haut, die seine rechte Gesichtshälfte darstellte, auf die einzelnen Haarbüschel, die auf der verbrannten Schädelhälfte wucherten, auf den starren Mundwinkel, auf die Stellen, die nie zu nässen aufgehört hatten. Rudi hob die Kunsthand und bewegte sie. Otto hörte das Klicken und Knarren von künstlichen Gelenken und Ledermanschetten.

»Ich bin ein Ungeheuer«, sagte Rudi. »Wenn ich durch die Stadt gehe, bleiben Frauen stehen und gaffen mir nach, Männer machen einen Bogen um mich. Die Gassengören hier laufen mir nur deshalb nicht mehr kreischend hinterher, weil ich anfangs ein paar von ihnen erwischt und vermöbelt habe. Ich habe mich erst gar nicht bei Borsig beworben – oder bei Siemens oder bei AGFA oder der AEG. Ich bin zu Oscar gegangen, und der hat keine Fragen gestellt.«

»Aber die Sache mit dem Haus …«

»Emma hat auch nicht gefragt, was aus mir wird, als sie mir sagte, sie wolle sich scheiden lassen.«

Otto schüttelte den Kopf. Dann sagte er: »Hermine hat Emma lange Zeit geschnitten deswegen. Sie war immer auf deiner Seite. Aber was Oscar Glock getan hat, hat sie auch nicht verstanden.«

»Und deshalb möchte ich nicht, dass Hermine morgen im Reichstag ist.«

Ottos Erleichterung war nun so groß, dass er sich am liebsten bei Rudi entschuldigt hätte.

Rudi schien es zu spüren, denn er goss Korn nach. Er schob Ottos Glas über den Tisch. »Das Leben ist scheiße, Otto«, sagte er. »Pass mir deshalb gut auf meine Schwester und meine Nichte auf. Prosit.«

»Prosit, Rudi.«

Sie tranken.

»Hast du jemals wieder Kontakt mit Emma gehabt seitdem?«, fragte Otto, unsicher, ob er es ansprechen sollte, aber von einem Impuls getrieben, der sich gegen seine Bedenken durchsetzte.

»Nein. Ich habe mitbekommen, dass sie eine Ausstellung hatte … und dass sie und deine Schwester ein Paar sind, was die Bourgeoisie akzeptiert, weil sie Emma als Künstlerin ansehen …« Rudi schnaubte verächtlich.

»Emma und Amalie sind jetzt auf der ILA«, sagte Otto. »Emma hat einen Bilderauftrag von der Ausstellungsleitung erhalten. Sie fährt als Fotografin mit, wenn morgen die Reichstagsabgeordneten mit dem *LZ 5* von Frankfurt nach Köln …« Otto unterbrach sich, weil Rudi so zusammengezuckt war, als hätte er eine Ohrfeige bekommen. Seine gesunde Gesichtshälfte wurde bleich. »Was ist jetzt los?«, fragte er erschrocken.

»Sag das noch mal«, krächzte Rudi.

»Rudi, was …?«

Rudi sprang auf. Die Kornflasche fiel um und vergoss ihren Inhalt gluckernd über den Tisch und auf Ottos Hose. Otto sprang ebenfalls auf.

»Sag das noch mal!«, brüllte Rudi. »Wo ist Emma?«

»Was zum Teufel soll das?«, brüllte Otto zurück.

Rudi wirbelte herum und rannte zur Tür. Otto stolperte um den Tisch herum und holte ihn ein. Er packte ihn an der Schulter und riss ihn zurück. »Rudi, sag mir, was los ist!«

Er blickte in Rudis bleiches, gehetztes Gesicht, auf dessen gesunder Stirnhälfte Schweißperlen standen. Er sah das Aufblitzen im Auge seines Schwagers. Dann sah er nichts mehr, weil Rudi ihm das Knie zwischen die Beine stieß und Ottos ganzes Bewusstsein sich auf den wühlenden Schmerz in seinen Weichteilen konzentrierte. Er sank auf die Knie und begann zu würgen. Rudi bückte sich und gab ihm einen Stoß, dass er zur Seite fiel. Er wollte etwas sagen, aber ihm war schwarz vor Augen. Er stöhnte. Der Schmerz pochte und pulste durch seine Eingeweide.

»Tut mir leid«, stieß Rudi keuchend hervor, rannte hinaus und sperrte die Wohnungstür hinter sich zu.

12

Oscar, bitte …!« Rudi Leitner flehte Oscar Glock förmlich an. »Wir müssen den Anschlag in Frankfurt auf das Luftschiff verschieben. Bitte!«

»Du bist verrückt, Rudi, dass du dir wegen Emma immer noch Sorgen machst. Sie hat dich sitzenlassen, Mann!«

»Ich weiß, wie es ist, unter einem lodernden Gasballon zu liegen und zu brennen!«, schrie Rudi. »Egal, was sie mir angetan hat, ich will nicht, dass sie das Gleiche durchmacht!«

»Rudi – du sentimentaler Narr! Unser ganzer Plan hängt davon ab, dass die beiden Aktionen fast gleichzeitig stattfinden. Deine ehemalige Frau hat Pech gehabt! Denk dran, was wir immer gesagt haben – was Schambacher und Pail verinnerlicht haben: Opfer müssen gebracht werden. Die Kameraden opfern ihr Leben. Du musst die Frau opfern, die dich ohnehin nicht liebt und nie geliebt hat!«

»Ich weiß, wie wir es machen können«, stieß Rudi voller Panik hervor. »Wir müssen auf die Aktion mit dem Luftschiff nicht verzichten und können Emma trotzdem retten – und Amalie von Briest auch.«

»Sag bloß, um die täte es dir ebenfalls leid!«

»Nein, aber wenn wir Emma verschonen, werden wir sie zwangsläufig mit verschonen. Willst du später, wenn du Deutschland neu aufbaust, eine Familie wie die Briests als Freunde oder als Feinde haben?«

»Und wie soll das gehen?«

»Ganz einfach!« Rudi schluckte und wischte sich mit einer bebenden Hand über den Mund. »Schambacher und Pail treten doch als Offiziere auf und verschaffen sich so in letzter Sekunde Zutritt zu dem Luftschiff. Sie können auch befehlen, dass Emma und Amalie wieder von Bord gehen. Keiner würde sich einem militärischen Befehl widersetzen. Du weißt doch, wie die Leute sind. Über Anweisungen einer Uniform denkt niemand lange nach. Erinnere dich an den Hauptmann von Köpenick!«

»Die Weiber werden sich auf den Auftrag von der Ausstellungsleitung berufen!«

»Na und? Glaubst du, die Herren Abgeordneten, die endlich mal mit einem Luftschiff mitfliegen dürfen, werden warten, bis der Ausstellungsdirektor geholt und das Ganze geklärt ist? Sie wollen aufsteigen! Sie werden sich auf die Seite der vermeintlichen Offiziere stellen und Emma und Amalie auffordern, ein anderes Mal mit dem Luftschiff mitzufahren.«

»Das ist riskant. Schambacher und Pail müssen sich mehr exponieren, als geplant war.«

»Oscar, bitte, oder …«

Oscar Glock musterte Rudi Leitner. »Oder was?«

»Wie meinst du das?«

»Womit drohst du mir, wenn ich mich weigere?«

»Drohen? Ich drohe dir nicht, Oscar. Ich flehe dich lediglich an.«

»Ich verstehe dich nicht, Rudi.«

»Oscar, ich bin doch auf deiner Seite. Wann bitte ich dich denn je um was?«

»Früher, wenn es um deine Schwester ging … und nun, wo es um deine ehemalige Frau geht. Da bittest du ständig um was.«

»Selbst jemand mit meiner Herkunft und meinem Gesicht hat etwas, das er liebt«, sagte Rudi.

Oscar Glock sah Rudi lange schweigend an. Seine Finger trommelten leise auf die Tischplatte. Rudi sagte nichts. Sein Gesicht verriet nicht, ob er überlegte, Glock zwingen zu wollen, seiner Bitte nachzugeben – oder doch mit einer Drohung aufzuwarten, zum Beispiel den ganzen Plan zu verraten – oder sich wenn nötig auf die Knie zu werfen, um seinem Flehen Nachdruck zu verleihen. Seine Kunsthand zuckte und klickte ganz leicht, so wie es Edgar Trönickes Prothese immer getan hatte, wenn in diesem ein emotionaler Aufruhr getobt hatte.

Oscar Glock holte Luft, doch dann schloss er den Mund wieder. Er musterte Rudi noch einmal und schüttelte den Kopf. Dann stand er auf, klopfte Rudi auf die Schulter und ging zur Tür. Er öffnete sie und rief hinaus: »Herr Hammerstingel?«

Hammerstingel kam kurz darauf herein. Im Vergleich zum letzten Mal, als Rudi ihn gesehen hatte, wirkte er abgehärmt und fahrig. Er sah aus wie ein Mann, dem zwei Teufel auf der Schulter sitzen und einander widersprechende Dinge ins Ohr flüstern.

»Kamerad Hammerstingel, Sie müssen ein Telegramm an die Kameraden Schambacher und Pail aufgeben. Bei der Fahrt des *LZ 5* morgen sollen eine Fotografin und deren Begleiterin mit dabei sein. Die Ausstellungsleitung der ILA hat sie eingeladen. Schambacher und Pail sollen dafür sorgen, dass sie die Gondel des Luftschiffs nicht betreten dürfen. Sie dürfen die Fahrt nicht mitmachen.«

Hammerstingel schlug die Hacken zusammen. »Verstehe«, sagte er. »Unschuldige zivile Opfer sollen gering gehalten werden.«

»Wir bauen ein neues Deutschland«, sagte Glock und nickte. »Das geht nicht, wenn wir das alte Deutschland komplett in die Luft jagen.«

Hammerstingel lächelte unsicher. »Ich bin Ihrer Meinung, Herr Glock«, sagte er und klang erleichtert.

»Setzen Sie bitte das Telegramm auf und bringen Sie es mir dann noch mal vorbei. Wichtig ist, dass es heute noch aufgegeben wird.«

Hammerstingel knallte erneut die Hacken zusammen und verschwand.

»Danke, Oscar«, sagte Rudi.

Glock zuckte mit den Schultern und begleitete Rudi Leitner zur Tür. »Kümmere dich jetzt am besten um Briest«, sagte er. »Was hast du mit ihm vor?«

»Er muss nur bis morgen nach dem Anschlag aus dem Verkehr gezogen werden. Danach ist es egal, was er weiß oder ahnt oder unternehmen will. Ich werde ihn in meiner Wohnung fesseln und knebeln. Vorher werde ich ihn dazu bringen, dass er Hermine noch eine Nachricht zukommen lässt, in der er sie auch davor warnt, morgen in den Reichstag zu kommen.«

»Tu das, Rudi.«

Er verabschiedete Rudi und ging zurück in sein Arbeitszimmer, in dem Hammerstingel schon auf ihn wartete. Dieser legte ihm den Telegrammtext vor. Oscar Glock faltete das Blatt zusammen und zerriss es, ohne es zu lesen.

»Hab ich was falsch gemacht?«, fragte Hammerstingel mit bestürzter Miene.

»Nein. Das Telegramm wird nicht abgeschickt.«

»Aber …«

»Wir können es uns nicht leisten, die Kameraden Schambacher und Pail beim Beginn ihrer Mission noch mit so etwas zu belasten. Je mehr Probleme sie verursachen, desto eher fragt vielleicht einer nach, ob sie wirklich Offiziere sind. Wir können den Erfolg unserer Aktion nicht durch so etwas gefährden.«

»Aber Kamerad Leitner war es doch ein Anliegen …«

»Kamerad Leitner ist momentan überarbeitet. Er wird verstehen, dass wir richtig handeln, wenn er sich erholt hat.«

»Aber …«

»Was ist noch, Kamerad Hammerstingel?«

Hammerstingel schluckte. Sein Adamsapfel tanzte. Dann riss er sich zusammen und schlug erneut die Hacken zusammen. »Sehr wohl, Herr Glock«, sagte er.

»Wir bringen alle Opfer für das Heil Deutschlands«, sagte Glock leise. »Ich bin froh, dass Sie das verstehen und an meiner Seite sind, auch wenn es schwer für Sie ist. Aber das verstanden und getan zu haben, was getan werden muss, zeigt, dass Sie der Mann sind, den das neue Deutschland braucht.«

Hammerstingels Brustkasten hob und senkte sich. »Jawohl«, schnarrte er mit roten Wangen, verbeugte sich und stolzierte hinaus.

13

Wenn man mehrere Jahre als Detektiv verbracht hatte, lernte man notgedrungen Dinge, die ein anständiger Mensch nicht beherrschte. Eines davon war, mit Türschlössern fertig zu werden. Otto brauchte eine Weile, bis er sich von dem Kniestoß erholt hatte. Dann untersuchte er die Tür, noch immer ab und zu von Schmerzkrämpfen heimgesucht. Das Türblatt war aus altem, hartem Holz, aber gut in Schuss und so stark lackiert, dass die Farbschicht wie ein zusätzlicher Panzer wirkte. Es einzutreten würde jede Menge Mühe und noch mehr Lärm machen, und vermutlich sähe nachher Ottos Fuß noch schlimmer aus als die Tür. Das Türschloss hingegen war einfach. Mit einem von den Werkzeugen, die ein anständiger Mensch ebenfalls nicht besaß, hätte Otto es in einer Minute aufbekommen. So aber versuchte er sein Glück mit zwei Gabeln aus Rudis kargem Besteckkasten, von denen er alle bis auf jeweils eine Zinke zurückgebogen hatte. Es war ein plumpes, schlecht funktionierendes Werkzeug. Je länger Otto damit herumfummelte, desto schwitziger wurden seine Hände. Schließlich fühlte er, dass eine der Fallen des Schlosses nachgab. Es gelang ihm, das Teil dort zu halten und mit dem anderen Gabelzinken weiterzufummeln, bis er den weichen Gegendruck spürte, der ihm sagte, dass er die richtigen Stellen erwischt hatte. Er bewegte die Gabeln, spürte, wie das weiche Metall des Bestecks nachgab, fluchte vor sich hin, aber gerade, als er dachte zu scheitern, schnappten die Fallen herum, und die Tür war offen.

Otto krempelte sich die Ärmel herab, zog seine Jacke an, setzte seinen Hut auf, öffnete die Tür und trat leise nach draußen. Das finstere, ungepflegte Treppenhaus war menschenleer. Es ging mittlerweile auf den Abend zu. Beim Herkommen hatte sich nur der übliche sommerliche Latrinengeruch der Stadt durch das Treppenhaus gezogen, verstärkt noch von der mangelhaften Kanalisation, die hier üblich war, und den Etagenklos. Jetzt vermischte sich dieser Duft mit dem Geruch des klassischen Arme-Leute-Abendessens: Kohl mit ohne Fleisch. Er lief die Treppe hinunter und zur offenen Haustür hinaus auf die Gasse.

Von der gegenüberliegenden Hauswand stießen sich zwei Männer ab und traten ihm in den Weg. Sie spreizten die Arme ab. Otto drehte sich um. Hinter ihm kamen zwei weitere Männer aus den Schatten und blockierten den Rückweg ins Haus. Sie trugen zerrissene Hemden und Hosen und Schiebermützen, ihre Gesichter waren grob und zerschlagen, ihre Schultern breit und ihre Hände hässlich.

»Ich bin ein Freund von Rudi Leitner«, sagte Otto, der mit allem gerechnet hatte, aber nicht, dass er ausgerechnet jetzt überfallen wurde.

»Ach was, biste det?«

»Ja, bin ich. Und bei mir gibt's nichts zu holen außer kräftig was in die Fresse, Freunde.«

Der Wortführer der vier lachte. »In die Fresse, du Pinkel, kriegst höchstens du. Und wenn du 'n Freund von Rudi bist, wieso hat er dich dann bei sich einjesperrt und uns jebeten, een Ooge druff zu haben, dette nich doch abhaust?«

Otto spürte, wie seine Hoffnung sank. Verdammt. Rudi war umsichtiger gewesen, als Otto es ihm in seiner plötzlichen, unverständlichen Aufregung zugebilligt hatte. Die Männer schlossen einen engen Ring um ihn. Otto hob die Fäuste vors Gesicht.

»Also gut«, sagte er und erinnerte sich an eine der frühen Lektionen, die er von Edgar Trönicke gelernt hatte: Wer nicht in die Verlegenheit kommen wollte, sich verteidigen zu müssen, griff am besten zuerst an. Er täuschte bei dem Mann zu seiner Linken an und schlug dann hart mit der anderen Faust auf eine ungeschützte Nase zu seiner Rechten. Der Mann dort torkelte zurück und hielt beide Hände vors Gesicht. Otto fuhr herum, weil er wusste, dass nun einer der hinter ihm stehenden Angreifer zuschlagen würde.

Er hatte recht mit seiner Vermutung. Aber er war zu langsam. Eine Faust wie ein Brikett traf ihn zwischen die Augen. Er sackte auf die Knie. Er hörte, wie jemand mit einer vor Schmerz dicken Stimme hervorstieß: »Ick tret dem Wichser alle Rippen ein, der hat mir die Nase jebrochen!«, und spürte den ersten Tritt, aber dann folgten keine weiteren mehr. Stattdessen wurde er, noch immer halb betäubt, über das Treppenhaus wieder nach oben geschleppt und in Rudis Wohnung auf den Boden gestoßen. Die vier Männer blieben bei ihm. Er hörte einen sagen: »Kiekt ma, der Rudi hat uns 'ne halb volle Flasche Korn hinjelegt«, und den Wortführer antworten: »Die hat er nich hinjelegt, die is umjefallen, und det meiste is uffn Boden jeronnen, du Arsch.« Ein Dritter sagte: »Lass ma sehen«, trank und seufzte dann: »Ah! Da reden de Leute immer wat von Alkohol – wat brauchn wir 'n Alkohol, wenn wir Schnaps haben?«

Ottos vier Bewacher grölten. Der Wortführer holte einen der Stühle vom Esstisch und stellte ihn so über den auf dem Boden liegenden Otto, dass sein Oberkörper zwischen den Stuhlbeinen gefangen war und eines davon schmerzhaft gegen seine immer noch pochenden Weichteile drückte. Er setzte sich darauf und grinste Otto von oben an.

So blieb die Situation, bis Rudi Leitner zurückkam.

»Lasst ihn aufstehen«, sagte Rudi.

Otto klopfte sich demonstrativ die Kleidung ab, nachdem er sich aufgerappelt hatte. »Erklär mir, was hier los ist, Rudi, oder bei Gott …«

»Was?«, schnappte Rudi. »Was ›bei Gott‹? Was willst du tun, Otto? Mich packen und die vier dort mit mir totschlagen?«

Die vier Männer lachten erheitert.

»Was läuft hier, zum Henker?!«

»Erwartet Hermine dich heute noch zu Hause?«

»Natürlich«, grollte Otto.

»Dann wirst du ihr jetzt schreiben, dass dir was dazwischengekommen ist und du erst morgen Abend wieder daheim sein kannst.«

»Als was? Als Leiche? In Einzelteilen?«

»Red keinen Unsinn, Otto. Wenn ich wollte, dass du tot wärst, wärst du es schon seit damals in der Schweiz.«

Otto versuchte, sich nicht anmerken zu lassen, wie sehr ihn Rudis wütendes Geständnis erschütterte. Er sagte nur: »Du hattest Glück, dass Edgar dich nicht getroffen hat.«

»Ja. Er hatte später nicht so viel Glück.«

Ottos Augen weiteten sich entsetzt. Rudi grinste zornig. »Die schlauen Detektive!«, stieß er hervor. »Trönicke war unfähig, und du bist es noch mehr. Schreib jetzt den Brief! Und dann füg hinzu, dass auch du möchtest, dass Hermine sich morgen vom Reichstag fernhält!«

»Schreib den Brief selber!«

»Orje?«, sagte Rudi.

Otto fühlte, wie jemand ihn im Genick packte und im nächsten Moment mit der Stirn gegen einen der hölzernen Tragpfosten stieß, die frei im Raum standen. Er taumelte zurück, bis er mit dem Rücken gegen den harten Brustkorb des Mannes prallte, der ihn gestoßen hatte. Der Raum schwankte vor seinen Augen. Seine Zähne schmerzten, wo sie vom Ruck des Aufpralls aufeinandergeschlagen waren, aber sein Schädel schmerzte noch mehr. Er spürte, wie aus der Platzwunde auf seiner Stirn Blut rann.

»Schreib den Brief, Otto! Ich will dir nicht noch mehr weh tun. Wir haben ein gemeinsames Ziel: Hermine und Luisa vor Schaden zu bewahren. Also sträub dich nicht! Und was deine Heimkehr angeht – ich möchte gerne, dass sie in einem Stück ist. Mach es mir leicht.«

»Der braucht noch een Arjument«, sagte der Mann namens Orje und packte Otto erneut im Genick.

Otto trat nach hinten aus, aber Orje war auf der Hut und blockte den Tritt mit Leichtigkeit ab.

»Lass ihn in Ruhe, Orje! Setz dich, Otto! Hier sind ein Bleistift und Papier.«

Otto setzte sich zähneknirschend und schrieb. Als er fertig war, nahm Rudi ihm das Blatt ab und las es.

»Musste überraschend doch heute noch nach Magdeburg«, hatte Otto geschrieben. »Werde den nächsten Nachtzug nehmen. Habe mit Rudi gesprochen. Er hat recht, was den Reichstag betrifft. Bitte bleib ihm morgen fern.«

»Was passiert morgen?«, fragte Otto. »Oder kann ich es mir denken? So etwas Ähnliches wie in der Schweiz. Muss der Oberregierungsrat weggeräumt werden? Gibt es wieder einen Anschlag angeblicher jüdischer Anarchisten?«

Rudi antwortete nicht. Er las den Brief noch einmal durch. Dann knüllte er das Papier zusammen und warf es Otto an den Kopf. »Hältst du mich für blöd?«, zischte er. »Der Fall, den du bearbeitest, hat mit Magdeburg nicht das Geringste zu tun. Und ich weiß von Hermine, dass ihr derzeit keine anderen Aufträge habt. Ist das ein heimliches Signal für Hermine? Ah – ich verstehe. Du wolltest tatsächlich heute schon abreisen, aber nach Spremberg, und sie darauf aufmerksam machen, dass etwas faul ist.«

»Ich hab sie angelogen, weil ich nicht wollte, dass sie denkt, ich halte ihren Bruder für einen Schurken.«

»Schreib ihr nur, dass sie sich vom Reichstag fernhalten soll. Alles andere ist überflüssig. Los, mach schon!«

»Was passiert morgen, Rudi? Was hast du vor? Arbeitest du allein? Mit wem steckst du unter der Decke? Mit den vier Geistesakrobaten hier sicher nicht. Ist es Glock? Was plant ihr?«

»Schreib den Brief, Otto. Morgen Abend kannst du nach Hause gehen.«

Als Otto fertig war, nahm Rudi den Brief an sich, faltete ihn und steckte ihn ein. »Passt auf ihn auf!«, sagte er. »Wenn alles vorüber ist, könnt ihr ihn laufenlassen.«

»Wenn wat vorüber is, Rudi?«, fragte Orje.

»Glaub mir, Orje – wenn es so weit ist, wirst du es wissen.«

»Na jut. Ach, Rudi … wenn wa schon hierbleiben und die Kanaille bewachen sollen – wir wär's mit noch 'nem Schnaps? Die Flasche habt ihr leider ausjekippt.«

»Ihr bleibt nüchtern, verstanden?«

»Is jut, Rudi.«

Er verließ die Wohnung. Otto lehnte sich zurück und gab die Blicke der vier Männer gleichmütig zurück. Dann stand er so plötzlich auf, dass der Stuhl über den Boden scharrte. Die vier fuhren auf.

»Immer mit der Ruhe«, sagte Otto. »Ich hole bloß was.« Er ging zu dem Schrank, aus dem Rudi vorhin die Flasche Korn geholt hatte. Richtig – dort standen noch zwei Flaschen, verschlossen und bis oben hin voll. Er trug eine davon zum Tisch, stellte sie ab und zog ein Glas zu sich heran.

»Rudi hat jesagt, keenen Schnaps!«, grollte Orje.

»Das gilt nur für euch, ihr Spatzenhirne«, sagte Otto verächtlich. »Nicht für mich. Ich bin der Gefangene, nicht der Wächter.«

Er zog den Korken heraus, schnupperte an ihm, schenkte sich sein Schnapsglas randvoll und trank es aus. »Aaaaaah!«, machte er genießerisch. »So einen guten Geschmack hätte ich Rudi gar nicht zugetraut.« Er schenkte nach und hob das Glas nacheinander vier durstig aussehenden Gesichtern entgegen. »Santé, meine Herren.«

14

Kurt Hammerstingel hatte eine schreckliche Nacht verbracht. Er hatte sich in seinem Bett hin und her gewälzt und so gut wie nicht geschlafen. Als der Morgen dämmerte, stand er wie gerädert auf. Er hatte das Gefühl, dass in seinem Kopf Kegelkugeln rollten. Schließlich war ihm klar, dass er sein Gewissen nicht mit beidem belasten konnte – dem, was er von Oscar Glocks Plan wusste, und dem, was er als Verrat an Kamerad Leitner empfand. Er zog sich hastig an und schlich dann durch die Wohnung hinaus; er bewohnte ein Logierzimmer bei einer Bürgerfamilie, die um diese Zeit noch tief und fest schlief. Draußen hing der Fäkalienduft der Latrinen in der Luft, wie immer in den heißen Sommerwochen. Er eilte davon. Er wusste, wo Rudi Leitner wohnte.

Völlig verschwitzt kam er dort an, blickte sich wegen der anrüchigen Umgebung nervös um, aber auch hier war noch niemand auf den Beinen, außer zwei Alkoholikern, aber die waren auch nicht auf den Beinen, sondern lagen in ihrem Erbrochenen in der Gosse. Der Geruch nach Kot und Urin war hier in der Gasse noch schlimmer. Hammerstingel ballte die Hände zu Fäusten und probierte die Haustür. Sie war offen. Rudi Leitner wohnte unter dem Dach. Hammerstingel stieg die Stufen nach oben. Jede einzelne knarrte in seinen Ohren so laut wie ein Kanonenschuss. Vor Rudis Tür zögerte er eine halbe Minute, dann klopfte er. Er hatte erwartet, dass er eine Weile würde klopfen müssen, bis Rudi erwachte. Heute war zwar der große Tag, aber auch für diesen war es noch zu früh; Kamerad Leitner würde sicher noch schlafen. Wenn jemand schlafen konnte vor so einer Tat. Zu seiner Überraschung hörte Hammerstingel schon nach kurzem Klopfen ein Grunzen von drinnen und dann schwere Schritte. Die alten, morschen Bodendielen bewegten sich selbst hier draußen von den Schritten in der Wohnung. Ein Schlüssel wurde von drinnen ins Schloss gesteckt.

Die Tür wurde aufgerissen von jemandem, den Hammerstingel noch nie zuvor gesehen hatte. Der Mann torkelte, vom eigenen Schwung mitgerissen, einen Schritt beiseite.

»Watwollnse?«, grollte er. Schlechter Atem und eine Schnapsfahne wehten Hammerstingel entgegen. Er starrte an dem Mann vorbei in Rudis Wohnung und versuchte zu verstehen, was er sah. In der Wohnung hing ein aggressiver Dunst nach durchzechter Nacht, nach Achselhöhlen, Alkohol und Darmwinden.

Ein Mann saß auf dem Boden, an ein Tischbein gelehnt. Im Gegensatz zu allen anderen sah er anständig aus, in einen Anzug mit Weste gekleidet, auch wenn er die Jacke ausgezogen und die Ärmel aufgekrempelt hatte und sein blondes Haar zerzaust war. Das Kinn war ihm auf die Brust gesunken. Er schien zu schlafen. Neben ihm saß einer der zerlumpt gekleideten anderen Kerle auf einem Stuhl, eine Hand auf dem Tisch, ein Schnapsglas in den Händen. Er schlief auf jeden Fall, weil er lautstark mit weit offenem Mund schnarchte. Seine Nase war zu einer blauroten Knolle angeschwollen. Zwei weitere Männer lagen auf dem Boden beziehungsweise auf Rudis schmalem Bett und schnarchten ebenfalls. Der vierte der schlecht angezogenen Galgenvögel stand schwankend in der Tür und stierte Hammerstingel an.

»Machsmauluff«, lallte er feindselig.

Der blonde Mann in der Anzugweste warf sich plötzlich herum, sprang auf und packte gleichzeitig zwei Beine des Stuhls, auf dem der erste Schnarcher mit der Knollennase saß. Er riss den

Stuhl unterm Hintern des Schläfers heraus. Dieser kippte um und krachte dröhnend mit dem Hinterkopf auf den Boden. Der Blonde drehte den Stuhl herum, so dass er ihn an der Rückenlehne hielt, sprang auf den Galgenvogel an der Tür zu und schlug ihm das Sitzmöbel mit aller Kraft über Kopf und Schultern. Der Stuhl zerbarst. Der Galgenvogel torkelte zurück. Er hatte auf einmal Blut im Gesicht. Knollennase rollte sich stöhnend herum und versuchte, auf die Beine zu kommen. Der Blonde ließ die nutzlose, zerbrochene Stuhllehne fallen, klaubte eines der massiven Stuhlbeine auf, stürzte sich auf Knollennase, der es auf die Knie geschafft hatte, und drosch ihm das Stuhlbein mit voller Wucht um die Ohren. Der Schlag schleuderte den Mann zu Boden.

Der erste Galgenvogel hatte sich gefangen und taumelte auf den Blonden zu. Obwohl ihm das Blut in die Augen lief und er stolperte, schaffte er es, ein Schnappmesser herauszuziehen. Der Blonde ließ das Stuhlbein auf sein Handgelenk krachen. Das Messer wirbelte davon. Das Stuhlbein beschrieb eine Kurve durch die Luft, als der Blonde es aus der Hüfte schwang wie eine Sense. Es traf seinen Gegner von unten am Kinn. Die Wucht des Treffers hob den schweren Mann auf die Zehenspitzen, dann fiel er nach hinten gegen die Wand, dass der Boden wackelte. Er rutschte lautlos an der Wand nach unten.

Der Blonde rannte zu Knollennase, der auf allen vieren wegzukriechen versuchte, und schwang das Stuhlbein. Hammerstingel hörte die Treffer auf einem Rücken und einem Schädel. Der Blonde schlug ein drittes Mal zu. Knollennase fiel aufs Gesicht und rührte sich nicht mehr. Der Blonde richtete sich auf und starrte Hammerstingel an. Sein Gesicht war blutgesprenkelt, sein Hemd und seine Weste ebenfalls. Erst jetzt sah Hammerstingel, dass er eine Platzwunde auf der Stirn trug, die von der Anstrengung wieder aufgesprungen war. Ein dünner Blutfaden tröpfelte davon nach unten.

Hammerstingel wich zurück, noch immer sprachlos vor Entsetzen vor diesem Ausbruch von Gewalt im frühen Morgengrauen, der keine zehn Sekunden gedauert hatte. Verspätet fiel ihm auf, dass keiner der Männer in der Wohnung Rudi Leitner war. Hatte er sich im Haus geirrt?

Der Blonde setzte Hammerstingel nach, packte ihn am Kragen und zerrte ihn in die Wohnung. Voller Furcht hob Hammerstingel die Hände vors Gesicht. Er hörte, wie die Tür hinter ihm zugeschlagen wurde. Seine Hände wurden weggerissen. Hammerstingel roch den Alkohol im Atem des Blonden, als dieser hervorstieß: »Wer zum Henker sind Sie?«

In die Stille, die folgte, weil Hammerstingel kein Wort herausbrachte, hörte er das Schnarchen der beiden unverletzten Schläfer. Sie mussten so blau sein, dass sie das Massaker überhaupt nicht mitbekommen hatten.

Der Blonde stieß Hammerstingel hart mit dem Rücken gegen die Wand und hob das Stuhlbein.

»Tun Sie mir nichts«, keuchte Hammerstingel, den die Furcht endlich wieder Worte finden ließ.

»Wer sind Sie?«

»Ku … Ku … Kurt Hammerstingel …«

»Wer sind Sie? Der Mieteintreiber?«

»Nein … nein! Ich … äh …« Hammerstingel versuchte, einen klaren Gedanken zu fassen. »Ich bin ein Kamerad von Rudi Leitner und Oscar Glock …«

Weiter kam er nicht. Der Blonde umschloss seinen Hals mit der freien Hand und presste ihn gegen die Wand. Hammerstingel bekam keine Luft mehr und versuchte, den Griff des Westenträgers aufzubrechen, aber dieser war so hart wie Stahl.

»Was für ein Drecksspiel läuft hier?«, zischte er. »Was wollen Sie von Leitner?«

Hammerstingel röchelte etwas. Er fühlte, wie sich sein Bewusstsein trübte und seine Brust sich krampfhaft hob im Bemühen, wenigstens ein bisschen Luft durch die zusammengepresste

Luftröhre zu saugen. Sein Mageninhalt stieg vor lauter Luftnot hoch. Sein Blick verschleierte sich, weil ihm Tränen in die Augen schossen.

Der Griff lockerte sich. Hammerstingel rang stöhnend nach Luft. Er fühlte sich gepackt und auf den heil gebliebenen zweiten Stuhl gesetzt. Seine Zähne schlugen aufeinander. Der Blonde beugte sich über ihn. »Ich geb dir fünf Sekunden, dann fang ich an, dich totzuschlagen.«

Stotternd vor Panik begann Hammerstingel loszublubbern. Dass er Rudi hatte mitteilen wollen, dass Oscar Glock ihn das Telegramm nicht hatte abschicken lassen. Dass er nach langem inneren Kampf beschlossen hatte, Rudi davon in Kenntnis zu setzen, weil es sich nicht mit seiner Moral in Einklang bringen ließ, dass zwei unschuldige Frauen geopfert werden sollten. Dass er überhaupt immer mehr daran zweifelte, dass sie das Richtige taten. Es würden Dutzende Unschuldige sterben müssen, vielleicht Hunderte. Sollte das neue Deutschland auf dem Blut unbeteiligter Frauen und Kinder aufgebaut werden? Wie sah Rudi das? Waren sie auf dem richtigen Weg, oder führte ihr Plan in den Abgrund …?

Der Blonde drückte ihm die Hand auf den Mund und brachte ihn so zum Schweigen. Hammerstingel starrte in die blitzenden Augen in dem blutgesprenkelten Gesicht und musste sich bemühen, damit seine Blase nicht nachgab.

»Welche Pläne?«, grollte der Blonde. »Welche Unschuldigen?«

15

Eine Stunde später war Otto klar, was Oscar Glock im Schilde führte. Hammerstingels Erläuterungen waren nicht unbedingt kohärent gewesen. Aber irgendwann war die ganze Wucht von

Glocks Plan in Ottos Verstand angekommen; er war übernächtigt, weil er die ganze Nacht nur so getan hatte, als würde er schlafen, und er hatte am Anfang einiges an Schnaps wegschlucken müssen, bis seine Bewacher nicht mehr widerstehen konnten und sich den restlichen Schnaps einverleibt hatten. Aber das Ausmaß des Verbrechens, das Glock plante, machte ihn wach und nüchtern zugleich. Einige Minuten saß er nur da und dachte nach. Er war starr vor Schreck, gleichzeitig raste sein Gehirn auf Hochtouren.

»Sie müssen das verhindern …«, stotterte Hammerstingel.

»Halten Sie die Klappe«, grollte Otto, ohne aufzusehen.

Er musste die Ausstellungsleitung der ILA informieren. Aber wie? Um diese Uhrzeit gab es in ganz Berlin noch nirgendwo ein offenes Telegrafenbüro. Sollte er zur nächsten Polizeiwache laufen? Aber wer würde ihm dort glauben, so wie er aussah und roch? Man würde ihn einsperren. Wolffs Telegrafisches Bureau in der Zimmerstraße war rund um die Uhr im Betrieb. Dorthin hatten die Briests sogar eine alte Verbindung, weil Großmutter Louise seinerzeit zusammen mit Bernhard Wolff, dem Gründer, eine Spendenaktion für Kriegsversehrte hatte auf die Beine stellen wollen. Aber die Angestellten Wolffs würden, selbst wenn sie ihn den Telegrafen benutzen ließen, wissen wollen, worum es ging – und innerhalb einer Stunde würden Extrablätter gedruckt werden und eine Panik auslösen. Nein, außer der Ausstellungsleitung in Frankfurt durfte niemand erfahren, was mit *LZ 5* geplant war; und was hier in Berlin geplant war, durfte erst recht niemand erfahren, bevor Otto es geschafft hatte, Oscar Glock aufzuhalten.

Aufzuhalten? Er allein? Lachhaft!

Er brauchte Hilfe.

Er dachte an Hermine.

Ihm fiel voller Entsetzen ein, dass sie heute zu Oberregierungsrat Rüdlin wollte, in den Reichstag, den Glock aus der Luft bombardieren wollte! Dann erinnerte er sich, was er im Auftrag

Rudis geschrieben hatte, und war seinem schurkischen Schwager einen absurden Moment lang zutiefst dankbar. Und zugleich fiel ihm ein, wo es noch einen Telegrafen gab, der die ganze Nacht besetzt war.

»Sie bleiben hier«, befahl er Hammerstingel. »Fesseln Sie die Typen da mit irgendwas. Und fesseln Sie sie gut. Wenn die zwei, die noch pennen, ihren Rausch ausgeschlafen haben und sich umsehen, werden sie denken, dass Sie für die Schweinerei hier verantwortlich sind.«

Er wartete nicht ab, sondern rannte hinaus, so wie er war, im Hemd und mit blutbesudelter Weste. Beim Laufen schickte er ein Stoßgebet gen Himmel, dass niemand von seiner Familie heute zu Schaden kam! Seine Eltern waren auf Gut Briest, Hermine würde den Termin im Reichstag verstreichen lassen … wenigstens da brauchte er sich keine Sorgen zu machen. Amalie würde in Sicherheit sein, wenn er das Telegramm abgesetzt hatte. Und Levin …

… Levin würde nicht in Sicherheit sein, denn er war die einzige Chance, die Otto hatte, um Oscar Glock und Rudi Leitner davon abzuhalten, den Reichstag in Schutt und Asche zu bomben.

16

Moritz von Briest gähnte und klopfte an die Tür zum Schlafzimmer seiner Frau. Er stellte fest, dass es ihm früher leichter gefallen war, im Morgengrauen aufzustehen. Irgendwie verweichlichte man, wenn man sein eigener Herr war und wenn die Gutsarbeiten, die schon am frühen Morgen erledigt werden mussten, vom Gesinde getan wurden. Aber heute war frühes Aufstehen angesagt, weil die Einladung Levins endlich eingetroffen war und er sie gebeten hatte, möglichst früh in Tempelhof zu sein.

»Komm rein, ich bin wach«, rief Antonie von drinnen.

Moritz trat ein.

Antonie saß bereits fertig angezogen an ihrem Frisiertisch und fuhr sich mit einer Bürste durchs Haar. »Das ging auch schon mal einfacher«, ächzte sie, als sie versuchte, das Haar auf ihrem Rücken zu erreichen.

»Ich helfe dir«, sagte Moritz sanft, trat hinter sie und begann, das lange graue Haar zu bürsten. »Nicht, dass du so lange rumbürstest, dass wir den Morgenzug nach Berlin verpassen.«

»Freust du dich auf den heutigen Tag?«, fragte Antonie.

»Ja, sehr. Und du?«

»Ich auch. Aber nach wie vor gilt: Wenn Levin Anstalten macht, seine Kiste zum Fliegen zu bringen, und ich sitze noch drin, dann gnade ihm Gott!«

17

Hermine schaukelte Luisa auf den Knien und lächelte sie an. Die Kleine gurrte und plapperte und fuhr mit den Händen in der Luft herum.

»Ja«, sagte Hermine, »ja, da haste recht, Kleene. Die Männer sind alle Waschweiber. Rudi hat deinen Papa angesteckt mit seinem Unsinn.« Ihr Blick fiel auf die Notiz, die gestern spätnachts noch von einem Gassenjungen gebracht worden war, der Hermine aus dem Schlaf geklingelt und Luisa zu einer Viertelstunde empörten Gebrülls verholfen hatte.

»Wir beede sollen zu Hause bleiben heute, nur weil die Männer vor ihrem eigenen Schatten Angst haben? Nee, nee! Und uns am Ende noch den Oberregierungsrat zum Feind machen, weil er umsonst auf uns beede warten muss? Pah! Wir beede jehn in den Reichstag, meene kleene Prinzessin, und er wird nicht über unsern Köpfen einstürzen, und wenn dein Papa heute oder morgen heimkommt, wird er froh sein, dass wir nicht seinen und Onkel Rudis Unkereien jefolgt sind, sondern unsere Arbeit verrichtet ham, wie et sich jehört!«

18

In ihrem Hotel in Frankfurt am Main schliefen Amalie und Emma tief und fest. Amalie schnarchte. Seit ihrer Ankunft waren sie in den Salons der reichen Frankfurter Bürgersfrauen herumgereicht worden, waren bewundert worden für Emmas Fotokunst, hatten ein Dutzend Angebote erhalten, Porträtaufnahmen von ganzen Familienclans anzufertigen, und hatten einige Paare kennengelernt, die aus zwei Frauen bestanden und genauso zwanglos zusammenlebten wie sie beide – Malerinnen, Schriftstellerinnen, Kunstmäzeninnen. Auch in Frankfurt gestand man den Künstlerkreisen eine etwas weiter gefasste bürgerliche Moral zu.

Sie hatten beide Zeit. Das Luftschiff des Grafen Zeppelin wurde nicht vor dem späten Vormittag erwartet. Sie würden aufstehen, wenn sie von allein wach wurden, ein Frühstück einnehmen, dann zur ILA spazieren, die dort eingeschlossene Kameraausrüstung an sich nehmen und den Vormittag in Vorfreude auf die Fahrt mit dem Luftschiff genießen.

Das Leben meinte es zurzeit wirklich gut mit ihnen.

19

Es ist bald voll«, sagte Rudi und starrte zu der unter dem Dach der großen Halle schwebenden Hülle des Luftschiffs empor. Es zerrte sanft an den Halteleinen. Die Rippen des Traggerüsts zeichneten sich klar unter der Außenhaut ab. Die Schläuche pumpten das neue Gasgemisch in die Traggaszellen unter der Außenhaut. *LSW1* hatte die Fesseln der Schwerkraft bereits abgeschüttelt und wurde nur durch die Ankertaue festgehalten, aber sobald sie mit dem Laden begannen, würde es wieder zu Boden sinken. Es war noch etwas mehr Gas nötig, um das geplante Endgewicht durch die Luft tragen zu können.

»Wie lange?«, fragte Oscar Glock.

»Zwei Stunden höchstens.«

»Reicht«, befand Glock. Er musterte die Bomben, die mattschwarz angestrichen auf Gestellen lagerten. Es waren unterarmlange Tonnen, an die Stabilisierungsflügel montiert worden. Jede Bombe wog um die dreißig Kilogramm und hatte fünfzehn Kilogramm Sprengstoff geladen. Eine solche Menge führte im Umkreis von bis zu vierzig Metern zu schweren Schäden an Gebäuden; Wände brachen, Säulen wurden zerschmettert, Zwischendecken zum Einsturz gebracht. *LSW1* sollte zehn solcher Bomben abwerfen. Zusammen mit Rudi Leitner und Oscar Glock würde das Luftschiff ein Gewicht von vierhundertfünfzig Kilogramm tragen müssen. Es war wichtig, dass die Traggaszellen gut gefüllt waren.

Oscar Glock betrachtete die Bomben erneut. Plötzlich nahm er ein Stück Kreide von einer Tafel mit Gewichts- und Gasfüllformeln auf und begann, auf jede Bombe etwas zu kritzeln: *Deutschland, wach auf!*

»Die Außenhüllen der Bomben werden komplett zerfetzt«, sagte Rudi mit unbewegter Miene. »Niemand wird das nachher lesen können.«

»Egal«, sagte Oscar Glock. »Hauptsache, ich weiß, dass es draufsteht.«

20

Der Concierge des *Hotels Victoria* war mittlerweile ein anderer als der, den Otto damals noch über Edgar Trönicke kennengelernt hatte. Ansonsten hatte sich nichts geändert. Noch immer arbeiteten die Concierges mit den Detektivbüros, denen sie vertrauten, eng zusammen. Der Mann stand hinter seinem Tresen, makellos gekleidet auch in dieser frühen Morgenstunde, und sah so aus, als habe er auch die ganze Nacht hier gestanden. Es war das gut gehütete Berufsgeheimnis der Concierges, wie sie es schafften, den Eindruck zu erwecken, sie seien ohne zu schlafen rund um die Uhr im Dienst, und trotzdem immer wie aus dem Ei gepellt auszusehen.

»Es stimmt, wir haben einen Fernschreiber«, sagte der Concierge. »Darf ich Sie darauf hinweisen, Herr von Briest … äh … dass Sie hier und hier ein paar undefinierbare Flecken haben? Wenn Sie möchten, kann ich Ihre Weste hier reinigen lassen … sicher ist ein Unglück mit einem dieser neuartigen Kaffeefilter geschehen …?«

»Das ist Blut«, sagte Otto roh. »Und nicht alles ist meins.«

Der Concierge geriet keinen Augenblick aus dem Gleichgewicht. »Dafür empfehle ich eine Mischung aus Dr. Oetkers Backpulver und Salz.«

»Ich muss Ihren Telegrafen benutzen!«, drängte Otto.

»Sie wissen, dass der Fernschreiber nur für hoteleigene Zwecke benutzt werden darf, Herr von Briest.«

Otto starrte den Concierge an. Dieser sagte nach einer winzigen Pause: »Oder zumindest nur von hoteleigenem Personal.«

Otto rang mit sich, aber er brauchte den Mann, und er war sicher, dass er auf seine Verschwiegenheit zählen konnte. »Die Nachricht lautet: Fahrt Reichstagsabgeordnete heute *LZ 5* verhindern. Anschlag wahrscheinlich. Lebensgefahr.«

Der Concierge zog eine Augenbraue hoch.

»Das muss an die Ausstellungsleitung der ILA in Frankfurt gehen«, sagte Otto. Er fühlte sich erschöpft und schwindlig. »So schnell wie möglich.«

»Diese Nachricht wird als Absender das *Hotel Victoria* haben. Sie wissen, dass der Ruf unseres Hauses leidet, wenn sich dies als Scherz oder als Falschmeldung herausstellt?«

»Hab ich Sie jemals versucht reinzulegen?«

»Warum gehen Sie damit nicht zur Polizei?«

»So wie ich aussehe?«

»Oder zu Wolffs Telegrafenbüro?«

»Um alle Journalisten auf diese Sache anzusetzen und eine Panik auszulösen?«

Der Concierge zögerte wieder einen winzigen Moment lang. Dann drehte er sich um, öffnete einen Wandschrank hinter sich und nahm ein leichtes graues Jackett von einem Kleiderbügel. Er reichte es Otto über den Tresen. »Ziehen Sie das über, Herr von Briest, dann sieht man die Blutflecken nicht so sehr.«

»Ich bring es Ihnen zurück … Das Telegramm …?«, drängte Otto.

»Schon so gut wie gesendet.«

»Danke!«

»Keine Ursache, Herr von Briest. Beehren Sie uns recht bald wieder.«

Otto hörte ihn nicht mehr. Er rannte bereits hinaus, auf der Suche nach einer Droschke, die ihn nach Tempelhof bringen sollte. Erst als er auf die nächstbeste zurannte, fiel ihm ein, dass er seine Geldbörse in seinem Jackett stecken hatte und dieses noch in Rudi Leitners Wohnung war. Fluchend wandte er sich ab und begann, mit schmerzenden Füßen und hämmerndem Herzen in Richtung Tempelhof zu laufen.

21

Als die Bomben in der Gondel von *LSW1* verladen und unter einer Decke versteckt waren, holte Oscar Glock die Arbeiter herbei, die beim Aufstieg des Luftschiffs helfen sollten. Nicht alle waren in seine Pläne eingeweiht, auch wenn sie alle *Söhne Walhalls* waren. Die Männer dachten, dies sei ein ganz normaler Jungfernflug des Luftschiffs, an das sie so lange hingebaut hatten.

Oscar Glock hielt eine dementsprechende kleine Rede. Eine Flasche Champagner wurde entkorkt und der Inhalt nach einigem Schütteln zeremoniell an die Seitenwand der Gondel gesprüht. Rudi Leitner stand während der Zeremonie reglos neben Glock, und nur wer ihn gut kannte, konnte feststellen, dass seine unversehrte Gesichtshälfte noch steinerner war als sonst.

Das Dach der Halle wurde geöffnet – ein zeitraubender Vorgang. Die strahlende Helligkeit des Augustmorgens füllte die Halle, die Reflexion der silbernen Luftschiffhülle erhellte noch den letzten Winkel, ließ die Männer die Augen zukneifen und sie so unnatürlich beleuchtet aussehen, als stünden sie alle auf einer Theaterbühne. Morgendliche Kühle sank herab und verdrängte die stickige, trocken-warme Luft in der Halle. Die Faltscharniere des Dachs quietschten, die einzelnen Dachabschnitte knallten, als sie zusammengelegt wurden. Die Männer an den Kurbeln arbeiteten schwitzend und immer wieder pausierend, wenn ihre Kollegen oben auf der umlaufenden Galerie unter dem Dach herunterriefen, dass sich etwas verklemmt hätte.

Als das Dach offen war, nahmen die Männer Aufstellung an den Halteleinen, die das Luftschiff fesselten. Noch waren die Leinen mit starken Schifferknoten an eisernen, am Boden verschraubten Ringen vertäut. Auf ein Kommando Glocks würden die Arbeiter die Knoten lösen und die Leinen selbst halten. Auf ein weiteres Kommando würden sie langsam und möglichst gleichmäßig Leine geben, bis *LSW1* frei über dem Dach schwebte – eine weitere zeitraubende Aufgabe, denn zwischen der Außenhülle des Luftschiffs und der Begrenzung der Dachöffnung waren rundherum keine zwei Meter Spielraum.

Glock wandte sich an Rudi und machte eine höfliche Geste zur Gondel des Luftschiffs. »Nach dir«, sagte er freundlich.

Rudi stieg ein. Glock folgte ihm. »Wann machen wir die Bomben scharf?«, fragte er leise.

»Wenn der Reichstag in Sicht ist«, erwiderte Rudi. »Das geht schnell. Ich will nicht riskieren, dass sie früher losgehen, nur weil die Fahrt vielleicht etwas holpert. Wenn sie mal scharf sind, sind sie ziemlich empfindlich.«

»Gut … Rudi?«

»Ja?«

Glock streckte die rechte Hand aus und ergriff Rudis Prothese. Er schüttelte sie. »Auf die Zukunft Deutschlands.«

»Auf die Zukunft, Oscar.«

22

Levin stand stolz an der geöffneten Tür der kleinen Halle, in der er seine *Schwalbe* zusammengebaut hatte. Da stand sie, dramatisch beleuchtet vom durch die Türöffnung fallenden Morgenlicht. Der Bug des Flugapparats wirkte bullig mit dem großen rechteckigen Rahmen, an dessen Oberkante die Luftschraube befestigt war, dem Motorblock, den Sitzen für den Piloten und seinen einen Passagier direkt dahinter. Das Heck war ein filigranes offenes Gerüst, über dem sich die Seiten- und Höhensteuerung elegant erhob wie die Finne eines Delphins. Direkt hinter den beiden vorderen Sitzen war der zweite Passagierplatz eingebaut. Wer dort saß, hatte eigentlich das große Los gezogen – er war durch die beiden vorn Sitzenden vom Gestank und Geknatter des Motors abgeschirmt und hatte nach links und rechts, nach oben und unten den besten Blick. Nur nach vorn musste er zwischen seinen beiden Vordermännern hindurchspähen.

Levin trat aus der Türöffnung ins Freie hinaus und linste in den silberblauen Morgenhimmel. Fast tat es ihm leid, dass seine Eltern jeden Moment eintreffen mussten. Am liebsten hätte er sich jetzt in die Maschine gesetzt, den Motor angeworfen und hätte sich mit ihr in die Lüfte geschwungen. Er war zuversichtlich, dass der Jungfernflug funktionieren würde. Seine Konstruktion ähnelte ziemlich der des Franzosen Louis Blériot, und der hatte mit seinem Flugapparat erst vor einer guten Woche den Ärmelkanal überflogen! Ganz allein! Ohne Zwischenlandung! Fünfunddreißig Kilometer am Stück, eine gute halbe Stunde Dauerflug! Levin hatte innerlich vibriert, als die Nachrichten von diesem Meisterstück durch die Zeitungen gegangen waren. Als er sie gelesen hatte, hatte er gewusst, dass auch seine Konstruktion fliegen würde. Und fliegen wollte er damit, so dringend, wie ein Mensch essen, trinken und lieben wollte! Jede weitere Verzögerung schmerzte.

Dann erinnerte er sich daran, wie seine Einladung unerwartet zu etwas mehr Nähe zwischen seinem Vater und seiner Mutter geführt hatte, und schalt sich für seinen Egoismus. Er würde mit der *Schwalbe* aufsteigen, wenn seine Eltern das Interesse verloren hatten, darin zu sitzen. Dann konnten sie auf dem Boden zurückbleiben und zu Zeugen werden, wie ihr Sohn Levin in seinem selbstgebauten Flugapparat den Himmel eroberte.

Als Moritz und Antonie eintrafen, gab es die übliche, leicht verlegene Begrüßungszeremonie, wenn Eltern den Lebensmittelpunkt ihres erwachsenen Sohnes besuchen und keiner so recht weiß, wie er sich verhalten soll. Antonie hatte tatsächlich Stullen für Levin bereiten lassen und überreichte sie ihm nun, nur um sie gleich wieder an sich zu nehmen und etwas zu murmeln wie: »Lieber Gott, du bist ja kein kleiner Junge mehr, oder?« – und sie ihm am Ende doch in die Hände zu drücken und zu sagen: »Du musst mehr essen, Levin, du bist ganz dünn geworden.«

Moritz und Levin schoben die *Schwalbe* ins Freie. Levin erklärte ihnen die Konstruktion und wollte seinem Vater die Ehre überlassen, auf dem Pilotensitz Platz zu nehmen. Moritz sträubte sich, bis Antonie ungeduldig sagte: »Jetzt setz dich schon hin, Moritz, Levin und ich wissen doch, wie sehr du es dir wünschst!«

Moritz setzte sich auf die hölzerne Sitzschale, die Levin von einem einfachen Stuhl abgeschraubt und mit Bändern fixiert hatte.

»Der große Hebel ist der Kontrollhebel«, erklärte Levin. »Zieht man ihn nach hinten oder drückt ihn nach vorn, verwinden diese Drähte hier die beiden waagrechten Heckflossen nach oben oder nach unten. So kann ich die Flughöhe steuern. Drückt man ihn nach links oder rechts, verwinden jene Drähte dort die Tragflächenenden, so dass die Maschine zur Seite kippt. Mit dem hölzernen Barren dort unten – sehen Sie, in die Aussparungen stemmt man die Fußsohlen, so wie in einen Steigbügel – bewege ich gleichzeitig das Seitenruder, das ist die bewegliche hintere Hälfte der senkrechten Heckflosse. So kann ich eine Kurve fliegen. Und der dünne Zughebel hier gibt dem Motor mehr oder weniger Schubkraft …«

»Wozu dient das Rad oben auf dem Kontrollhebel?«, fragte Moritz. »Es lässt sich nicht bewegen.«

Levin grinste. »Das ist nur zum Festhalten.«

Moritz stieg aus, nachdem er wie ein kleiner Junge an allen beweglichen Kontrollinstrumenten gezogen oder gedrückt hatte. Er half Antonie auf den dritten Sitz, setzte sich auf den Platz neben dem Piloten und gestikulierte zu Levin, dass auch dieser einsteigen solle. So saßen sie ein paar Augenblicke lang andächtig. Eine sanfte Morgenbrise strich über das Tempelhofer Feld, die *Schwalbe* knarrte und ächzte leise und wartete.

»Soll ich mal den Motor anwerfen?«, fragte Levin.

»Nein!«, sagte Antonie.

»Ja!«, sagte Moritz.

Levin wandte sich fragend zu seiner Mutter um.

Diese verdrehte die Augen und seufzte. »In Gottes Namen«, murmelte sie. »Jungs!«

Der Motor sprang nach ein paar Versuchen an, knatterte und rumpelte und spuckte blaue Rauchwolken aus. Der Geruch von sich aufwärmendem Gras, trockener Erde und Sommermorgen wurde durch Abgasqualm ersetzt. Die *Schwalbe* zitterte und bebte und wirkte, als würde sie die Schultern rollen, um sich für den Flug aufzuwärmen.

»Ich kann die Luftschraube ganz langsam drehen lassen«, schlug Levin vor. »Nur, damit ihr es mal seht …«

»Mach schon!«, sagte Moritz begeistert.

Antonie seufzte und nickte gottergeben.

»Ich muss dazu aussteigen und ihn mit der Hand anwerfen«, erklärte Levin. »Sobald er sich dreht, müssen Sie hier am Gashebel ziehen, Papa. Aber nur ein bisschen. Ganz sachte.«

Moritz kriegte es beim zweiten Versuch hin. Der Propeller drehte sich und drückte warme Luft mit erstaunlicher Kraft nach hinten. Moritz' und Levins Haare flatterten, Antonie hielt ihren Hut fest. Staub und kleine Steinchen prasselten ihnen ins Gesicht. Levin stieg wieder aus, rannte in seine Halle und kam mit drei Brillen mit dicken Ledermanschetten wieder zum Vorschein. »Die hab ich mir von den Luftschiffern ausgeliehen!«, brüllte er über den Motorenlärm. »Setzt sie auf.«

Antonie ließ ihren Hut los, um nach der Brille zu greifen. Er wurde davongeweht. Levin setzte ihm nach und fing ihn wieder ein. Als er ihn Antonie zurückgeben wollte, hatte diese bereits die Brille übergestreift. Strähnen ihres langen grauen Haars hatten sich aus ihrem Pompadour gelöst und flatterten im Propellerwind. Sie schüttelte den Kopf. Levin brachte den Hut in die Halle und kletterte wieder auf den Pilotensitz.

»Wenn ich die Motorkraft jetzt etwas verstärke«, schrie er, »beschleunigt sich die Umdrehung des Propellers, und seine Zugkraft zieht die *Schwalbe* voran. Dann rollen wir über das Feld. Wollt ihr das mal …?«

»JA!«, schrie Moritz.

»AUF KEINEN FALL!«, schrie Antonie.

Levin drehte sich wieder zu ihr um. Antonie warf die Hände in die Luft. »Ach, macht doch, was ihr wollt!«

Die *Schwalbe* hüpfte und rollte in gemächlichem Tempo über das Gras, was sich irgendwie merkwürdig ausnahm, wenn man den Riesenlärm des Motors und das Peitschen der vom Propeller nach hinten gedrückten Luft in Betracht zog. Aber sie rollte, allein von der Kraft der Luftschraube gezogen. Levin ließ sie eine weite Kurve rollen; auf dem Boden reagierte der Apparat nur zögerlich auf die Befehle, die das Höhenruder ihm erteilte. Als er wieder auf die Halle zusteuerte, sah er zu seiner Überraschung seinen Bruder Otto auf das Feld rennen.

23

Bist du verrückt geworden?«, rief Levin. »Wie soll ich mit der *Schwalbe* ein Luftschiff aufhalten?«

Otto saß auf dem Boden, auf den er sich hatte plumpsen lassen. Er war durchgeschwitzt und dreckig und vollkommen erschöpft. In einer Hand hielt er eine der Stullen, die Antonie mitgebracht hatte, in der anderen eine Flasche warmen Weißwein, aus der er gierig trank. Levin hatte nichts anderes Trinkbares in seiner Werkstatt gehabt. Er hoffte, dass sein Körper so erhitzt war, dass der Wein samt Alkohol verdunstete, statt ihn zu berauschen.

»Was weiß ich?«, stieß er mit vollem Mund hervor. »Du bist der Konstrukteur. Ich bin bloß ein Plattfuß.«

»Ein Plattfuß, der die deutsche Regierung zu retten versucht«, sagte Moritz.

»Hör zu!«, sagte Otto. »Ein bisschen was weiß ich auch noch von unserer Zeit bei Zeppelin vom Fliegen. Wir machen das gemeinsam. Hast du eine Waffe?«

Levin zuckte mit den Schultern. »Meinen Reserveoffiziersrevolver …«

Auch Levin hatte wie sein Bruder als Einjährig-Freiwilliger gedient, die einzige ereignislose Episode in den letzten zehn Jahren von Levins Leben.

»Ist der hier?«

»Ja, in der Werkstatt.«

»Munition?«

»Die sechs Schuss in der Trommel …«

»Du fliegst uns so nahe wie möglich an das Luftschiff heran, und ich schieße auf Glock und Rudi, wenn sie nicht von sich aus aufgeben.«

»Das ist Irrsinn«, sagte Levin.

Otto schluckte den letzten Bissen der Stulle hinunter, spülte mit einem Schluck Wein nach, dann lehnte er sich nach vorn und packte Levin am Hemd. »Es wäre Irrsinn, es nicht zu versuchen!«, stieß er hervor.

»Wir machen das anders«, sagte Moritz plötzlich. »Otto, du siehst zu, dass du zum Reichstag kommst und versuchst, die Leute dort zu warnen. Versuch, das Gebäude zu evakuieren! Ich fliege mit Levin mit. Wenn es um die Treffsicherheit mit einem Revolver geht, bin ich tausendmal besser als du.«

»Das ist zu gefährlich«, sagte Otto, der langsam wieder zu Atem kam und den Alkohol doch zu spüren begann. »Außerdem – schau mich an. Wenn ich in den Reichstag reinrenne und Alarm schlage, verhaften sie mich sofort, wenn sie mich nicht gleich erschießen. Du und Mutter, ihr müsst die Leute im Reichstag warnen.«

»Wir sind zwei alte Leute«, sagte Moritz. »Wir kommen nie rechtzeitig dort an. Bis wir allein in der Umgebung eine Droschke gefunden haben, fallen wir schon tot um.«

»Gott, das ist doch …«, begann Otto frustriert.

»Das ist der Plan«, sagte Moritz. »Levin und ich fliegen dem Luftschiff entgegen. Es muss aus Richtung Tegeler Forst kommen, richtig? Du alarmierst den Reichstag. Antonie begibt sich zur Kaserne und versucht dort, jemanden von der Brisanz der Situation zu überzeugen. Noch Widersprüche?«

Otto und Levin holten gleichzeitig Luft.

»Zu spät«, sagte Moritz. »So wird es gemacht.«

24

Otto taumelte stöhnend wieder davon. Antonie hatte ihm noch eine Stulle aufgenötigt. Levin und Moritz standen vor der *Schwalbe* und betrachteten sie. Aus einem friedlichen Sommermorgen war auf einmal ein hektisches Chaos geworden, das in Tod und Zerstörung enden konnte.

»Wie lange können wir damit in der Luft bleiben?«, fragte Moritz.

»Eine Viertelstunde, schätze ich.«

»Und wie hoch können wir fliegen?«

»Blériot hat mit seiner Konstruktion hundert Meter einhalten können! Über alles darüber hinaus kann ich keine Garantie abgeben.« Als Levin Moritz' nachdenkliches Gesicht sah, fügte er hinzu: »Das ist der Jungfernflug! Woher soll ich wissen, wie die Maschine sich in Wirklichkeit verhält?«

»Wie schnell sind wir?«

»Fünfzig bis sechzig Stundenkilometer.«

»Wir kommen also zehn, maximal fünfzehn Kilometer weit.

Das bedeutet, wir starten erst, wenn wir das Luftschiff schon sehen können. Hast du ein Fernglas?«

»Ja.«

»Kletter aufs Dach deiner Halle und such den Himmel ab! Sobald du das Luftschiff siehst, fliegen wir los.«

»Gut. Mama, wollen Sie schon zur Kaserne gehen und … Mama?« Levin starrte seine Mutter fassungslos an, die sich wieder auf den hinteren Sitz der *Schwalbe* gesetzt hatte und seinen Blick mit grimmigem Gesicht erwiderte.

»Was denn?«, fragte sie. »Ich fliege mit.«

»Aber nein«, stieß Moritz hervor. »Du musst die Soldaten alarmieren.«

»Als ob die einer Frau glauben würden, die von einem Anschlag auf den Reichstag faselt. Und was könnten die schon unternehmen? Die können auch nur unten stehen und zuschauen, was oben im Himmel geschieht. Nein, ich fliege mit. Ich lasse euch nicht allein aufbrechen.«

»Aber die *Schwalbe* wäre leichter und leistungsfähiger, wenn wir nur zu zweit …«, begann Levin.

»Hast du das Ding für drei Personen ausgelegt, ja oder nein? Na also. Dann wird es auch drei Personen tragen. Keine Widerrede. Ich fliege mit. Und jetzt sieh zu, dass du aufs Dach kommst, damit wir den richtigen Augenblick nicht verpassen.«

25

Im Organisationsbüro der ILA begann der Arbeitstag um neun Uhr morgens.

Der Telegrafenbeamte sperrte seine Kammer auf und seufzte, als er die lange Papierschlange sah, die sich über seinen Tisch und auf dem Boden wand. Die große Spule mit dem unbeschriebenen

Tickerstreifen war halb leer. Über Nacht mussten mindestens hundert Fernschreiben eingetroffen sein. Und das ging seit Tagen so! Anfragen für Eintrittskarten, irgendwelche idiotischen Grüße idiotischer Absender an noch idiotischere hochrangige Ausstellungsbesucher, Bewerbungen von Flugenthusiasten, Pressemeldungen, Wetterberichte, Angebote von Gastronomen und Brauereien …

Der Telegrafenbeamte setzte sich und begann in aller Ruhe, den langen beschriebenen Tickerstreifen um drei Finger seiner linken Hand aufzuwickeln. Wenn man da nicht gemächlich vorging, bekam man noch einen Herzinfarkt. Das war sowieso ein Irrenhaus hier. Dann musste man die Nachrichten lesen, voneinander trennen, sortieren, die Bandabschnitte auf die richtige Länge trimmen, auf die Formulare kleben, schauen, wohin man sie zustellen musste …

Einer der Kollegen vom Frontbüro steckte den Kopf in die Telegrafenbude. »He«, sagte er. »Es heißt, in einer halben Stunde landet das Zeppelin-Luftschiff! Wollen Sie hier drin sitzen bleiben, oder wollen Sie sich das ansehen?«

Der Telegrafenbeamte schob den Tickerstreifen zur Seite und griff nach seinem Jackett. »Ansehen selbstverständlich«, sagte er. »Wann bekommt man schon mal so einen Anblick geboten?«

Als er aus der Tür ging, wehte die Zugluft den zusammengerollten Tickerstreifen auf den Boden, und er entrollte sich wieder. Alles war genauso ungeordnet wie zuvor. Der Telegrafenbeamte verdrehte die Augen, schloss die Tür hinter sich zu und ging mit seinen Kollegen hinaus ins Freie.

26

Die Landung des Luftschiffs rief einen Rummel hervor, der nur mit einer Kaiserkrönung vergleichbar war. Es dauerte zwei Stunden, bis sich das Interesse so weit gelegt hatte, dass diejenigen, die für den Flug nach Köln vorgesehen waren, auch nur bei Graf Zeppelin vorstellig werden konnten. Amalie fand den alten Mann auf Anhieb sympathisch. Dieser wiederum küsste ihr die Hand und hätte sie beinahe umarmt, als er hörte, dass sie Ottos und Levins Schwester war. Als Amalie ihm Emma vorstellte, stellte sich heraus, dass der Graf noch nie etwas von ihr gehört hatte, zwar extrem freundlich zu ihr war, sein Interesse aber deutlich bei Amalie lag, die er nach Ottos und Levins Befinden fragte. Amalie war es peinlich, doch Emma zwinkerte ihr zu, als der Graf sich endlich seinen anderen Passagieren zuwandte. Es bedeutete, dass Emma sich freute, einmal Amalie im Mittelpunkt des Interesses stehen zu sehen. Amalie warf ihr verstohlen eine Kusshand zu.

Das Luftschiff besaß zwei Gondeln. In der vorderen befand sich die Steuerung, die hintere beherbergte den Motor. Die Gondeln waren durch einen verhüllten schmalen Laufsteg miteinander verbunden. Mit den Passagieren, die in der vorderen Gondel mitfuhren, war alles klar – es waren Kronprinz Wilhelm Victor, der älteste Sohn des Kaisers, Friedrich Graf von der Schulenburg, der designierte Kommandeur des Garderegiments, und weitere Generalstabsoffiziere. Graf Zeppelin unterhielt sich murmelnd mit dem Kronprinzen und deutete auf Emma und Amalie. Daraufhin wandte sich der Kronprinz an einen seiner Adjutanten, und dieser kam auf die beiden jungen Frauen zu, knallte die Hacken zusammen und verbeugte sich.

»Fräulein Emma von Schley, die Fotokünstlerin?«, fragte er.

Amalie wies auf Emma, die dem Offizier zunickte.

»Seine kaiserliche Hoheit Kronprinz Wilhelm Victor bittet Sie, seine Einladung in die Führergondel anzunehmen.«

Emma und Amalie sahen sich überrascht an. Ursprünglich hatte es geheißen, dass zwei Plätze in der hinteren Gondel für sie reserviert wären. Sie folgten der Einladung mit einiger Nervosität, aber der Kronprinz begrüßte sie freundlich-zackig, die anderen Offiziere nickten und lächelten, und Graf Zeppelin zwinkerte ihnen hinter dem Rücken des Kronprinzen zu.

Beim Einsteigen in die hintere Gondel, die für die Reichstagsabgeordneten und Minister vorgesehen war, kam es kurzfristig zu Unstimmigkeiten, weil einige Reichstagsabgeordnete mitfahren wollten, obwohl sie nicht ausgelost worden waren. Offenbar war es mit hochrangigen Politikern nicht anders als mit kleinen Jungs. »Oder mit Pavianen«, flüsterte Emma. »Vielleicht sollten sie ihre nackten Hintern raushängen, um festzustellen, wer den größten hat – der darf dann als Erster einsteigen.«

Graf Zeppelin war bemüht, die Disharmonie mit jovialer Höflichkeit zu schlichten. Kaum hatte er das geschafft, näherte sich ein neues Problem in Gestalt von zwei preußischen Offizieren, einem Oberst und einem Major. Der Oberst trug einen Gesichtsverband, aus dem nur seine Augen schauten, was die Zuschauer veranlasste, für ihn respektvoll eine Gasse zu bilden. Der Major, der ihm voranging, wirkte für seinen Rang sehr jung – er musste ein sehr guter Soldat sein, dass er in Friedenszeiten schon so hoch befördert worden war. Beide trugen die weiße Uniform der kolonialen Schutztruppe in Deutsch-Ostafrika. Der Major salutierte vor dem Kronprinzen.

»Herr Oberst Nigmann und Major Pail bitten um Erlaubnis, an Bord kommen zu dürfen.«

Durch die Menge ging ein Raunen. Der Name des Obersten war ein Begriff. Er hatte vor vier Jahren die von aufständischen Maji-Maji-Anhängern belagerte Station von Mahenge befreit. Offenbar war er vor kurzem verwundet worden, seinem Verband nach zu schließen, und befand sich mit seinem Offizierskameraden auf Heimat- und Erholungsurlaub. Ein paar Männer schüttelten mitleidig die Köpfe, in den Augen einiger Frauen standen Tränen wegen des Schicksals des tapferen Offiziers. Amalie fühlte die Blicke des Mannes über sie und Emma hinweggleiten und hatte ein paar Augenblicke lang das absurde Gefühl, sie würde den Oberst kennen. Sie schüttelte es ab.

Der Kronprinz erwiderte den Salut. »Ich denke, für zwei Helden des Vaterlandes ist noch Platz, nicht wahr, mein lieber Zeppelin?«

Zeppelin nickte, wenn auch mit einem nicht ganz so begeisterten Gesicht. Amalie verstand – jeder zusätzliche Passagier zerstörte die empfindliche Balance zwischen Traglast und Auftrieb. Sie und Emma wechselten einen Blick. Amalie deutete auf die zweite Kamera und deren schweres Stativ. Emma klopfte auf die Ledertasche, in der sie die kleine Kamera verstaut hatte. Beide hatten sich bereits am Morgen beim Frühstück gefragt, ob es sinnvoll wäre, die große Kamera mitzuschleppen. Sie war unhandlich und langsam zu bedienen und extrem anfällig für Erschütterungen und Vibrationen.

Amalie sagte zu Graf Zeppelin: »Wir können die zweite Kamera mit dem Stativ zurücklassen. Wir werden sie wahrscheinlich ohnehin nicht brauchen. Schafft das etwas Platz für die Herren Offiziere?«

Zeppelin nickte dankbar. »Wir werden damit zwar das eingeplante Gesamtgewicht übersteigen, aber es besteht keine Gefahr. *LZ 5* hält das aus.«

Die Kamera wurde einem ILA-Angestellten anvertraut. Der Kronprinz und sein Gefolge stiegen ein, gefolgt von Emma und Amalie. Die neu hinzugekommenen Offiziere kamen als Letzte. Wieder fühlte Amalie die Blicke des Obersten und hatte das Gefühl, als hätte sie diese Augenpartie schon einmal gesehen. Sie beugte sich zu Emma, aber diese war bereits damit beschäftigt, aus der Gondel Fotos von den Ablegetätigkeiten zu schießen. Amalie schob das ungute Gefühl, das auf einmal in ihr aufstieg, erneut beiseite. Da war nun endlich die langersehnte Gelegenheit, mit einem Luftschiff mitzufahren, und sie sah Gespenster!

27

In den ersten Minuten nach dem Aufstieg von *LSW1* konnte man nicht viel mehr tun als steuern, den Motor, die Luftschrauben und den Gasdruck im Auge behalten und das Ziel anvisieren. Unter dem Luftschiff zogen langsam die Baumwipfel des Tegeler Forsts dahin, voraus lag die schmutzig graue Dunstglocke der Stadt, aus der einzelne Rauchfahnen von Fabrikschornsteinen wie dünne krakelige Kohlestiftlinien schräg in die Höhe stiegen. Abgesehen von einer leichten morgendlichen Brise, die freundlicherweise aus West wehte und sie daher noch anschob, gab es keinen Wind. Die Fahrt war so einfach, als würde man mit einer Kutsche über einen moosigen Waldboden rollen. Wäre es eine normale Jungfernfahrt gewesen, hätte man jetzt mit Champagner anstoßen und das Projekt zu einem Erfolg erklären können. Aber so, wie die Sache lag, konnte man die Fahrt erst einen Erfolg nennen, wenn der Reichstag und die Gebäude um ihn herum in Schutt und Asche lagen, wenn die Flammen aus den Ruinen hochschlugen und das Luftschiff als ebenfalls brennendes Wrack auf einer Wiese lag. Rudi Leitners Gesicht war nicht anzusehen, ob er bedauerte, dass seinem Werk nur ein einziger Flug gegönnt war, oder dass dieser nur den Zweck hatte, Tod und Verderben vom Himmel regnen zu lassen.

»Hast du etwas aus Frankfurt gehört?«, rief Rudi über das Dröhnen des Motors und der Luftschrauben.

»Nein!«, rief Oscar Glock zurück. »Aber ich gehe davon aus,

dass alles nach Plan verläuft. Wenn Zeppelins Luftschiff pünktlich gelandet ist, müssten sie jetzt gerade einsteigen.«

»Bist du sicher, dass Schambacher und Pail das Telegramm erhalten haben?«

»Ja, absolut. Es hat eine Rückbestätigung gegeben. Hier …« Glock kramte in seinen Taschen. »Mist!«, sagte er dann. »Ich hab die andere Jacke angezogen. Jedenfalls kannst du davon ausgehen, dass die beiden den Wunsch geäußert haben, die Frauen sollen bei einer anderen Fahrt dabei sein. Schambacher wird seine angebliche Verwundung als Ernst Nigmann als Ausrede verwenden, dass er keine Fotos will. Nigmann ist ein Held, die Leute werden nicht widersprechen. Ich habe an alles gedacht, Rudi.«

»Gut. Danke, Oscar. Wie wird die Aktion in Frankfurt aussehen?«

Glock grinste. Dann beschrieb er Rudi das Szenario.

Es war denkbar einfach. Schambacher und Pail würden – in ihren Verkleidungen als Oberst Nigmann und Major Pail von der Deutsch-Ostafrikanischen Schutztruppe – Graf Zeppelin darum bitten, das Innere des Luftschiffs inspizieren zu dürfen. Sie würden ihm versichern, dass sie nichts beschädigten. Zeppelin würde sich kaum weigern können, und er würde auch niemanden von seiner Crew mit nach oben senden können, weil er wegen der Passagiere mit einer maximal zweiköpfigen Besatzung fahren würde, wovon einer er selbst war. Schambacher und Pail würden in den Rumpf des Luftschiffs klettern, dort ein paar kleine Sprengladungen an den Traggaszellen anbringen, sich die Hände schütteln, die Sprengladungen zünden … und in einer lodernden Feuerwalze vom Himmel fallen, die alle Reisenden im *LZ 5* verschlang und die beiden Männer zu Helden der Bewegung machte.

Rudi Leitner nickte. Die unverletzte Seite seines Gesichts zuckte kurz. Vielleicht erinnerte er sich daran, wie es gewesen war, lebendig in den Flammen eines brennenden Gasballons gefangen zu sein.

28

Ich kenne diesen Oberst Nigmann«, murmelte Amalie zu Emma. »Ich bin mir absolut sicher. Ich weiß nur nicht, woher.«

»Kann er ein Kamerad eines deiner Brüder gewesen sein?«

»Ich hab keinen von denen jemals kennengelernt.«

»Aber woher dann?«

»Ich weiß es nicht, aber …«

»Geh doch hin und frag ihn. Vielleicht geht es ihm genauso, und er versucht schon die ganze Zeit festzustellen, woher er dich kennt.«

»… aber das ist es ja, Emma: So, wie er mich angesehen hat, war mir klar, dass er uns kennt. Uns beide, Emma!«

Auf Emmas Stirn zeigte sich eine Falte. »Uns beide?«, fragte sie verwirrt.

»Ja. Und ist das nicht merkwürdig? Normalerweise sollte man denken, dass er dann uns anspricht, oder?«

»Wahrscheinlich ist er befangen wegen seiner Verwundung und wegen der Gegenwart des Kronprinzen.«

»Dann könnte er ja den Major vorschicken, der in seinem Namen eine Aufwartung macht.«

Emma fasste Major Pail ins Auge. »Den Major kennst du aber nicht, oder?«

»Nein. Und er uns auch nicht. Er hat uns zwar an-, aber gleich wieder weggeschaut.«

»Und wie«, fragte Emma, »hat uns Oberst Nigmann angeschaut?«

Amalie zog die Schultern hoch. Sie fröstelte auf einmal. »Mit einer bösen, bösen Genugtuung.«

Emma machte ein erschrockenes Gesicht.

Amalie seufzte. »Tut mir leid, ich will dir diese Fahrt nicht vermiesen.« Sie straffte sich plötzlich. »Du hast recht, ich werde ihn fragen. Aber ich frage ihn was anderes, dann sehen wir ja, was er für einer ist.«

Amalie drängelte sich durch die dicht an dicht stehenden Adjutanten des Kronprinzen, die sich lautstark gegenseitig auf alles aufmerksam machten, was man von oben sehen konnte. Die beiden Kolonialoffiziere standen abseits und musterten den Rumpf des Luftschiffs. Für den Ausblick aus dreihundert Metern Höhe hatten sie überhaupt kein Auge – merkwürdig, wenn man bedachte, wie vehement sie sich dieser Fahrt aufgedrängt hatten.

»Entschuldigen Sie, Herr Oberst«, sagte Amalie. »Dürfte ich eine Frage an Sie stellen?«

»Der Herr Oberst zieht es eigentlich vor, diese Fahrt still zu genießen«, mischte sich Major Pail ein.

»Das wusste ich nicht. Bitte verzeihen Sie. Dann frage ich eben Sie.« Amalie strahlte den Major an. Dieser blinzelte überrascht, sagte aber dann mit erzwungener Jovialität: »Bitte, tun Sie sich keinen Zwang an, Fräulein von Briest. Womit kann ich dienen?«

»Meine Gefährtin, Fräulein von Schley, und ich planen eine Fotodokumentation über die Naturschönheiten der deutschen Kolonien. Welche Gegend würden Sie uns denn bezüglich Deutsch-Ostafrika empfehlen? Was gibt es dort Sehenswertes?«

Major Pail räusperte sich ausgiebig. »Äh … nicht viel, Fräulein von Briest. Äh … das ist alles im Wesentlichen Wüste mit ein paar Negerkrals, wissen Sie …«

»Oh, wie schade. Ich frage mich, warum man das Leben von so tapferen Männern wie Ihnen und Oberst Nigmann und all Ihren Kameraden riskiert, wenn die Kolonie so wenig hergibt.«

»Es … äh … es ist die strategische Lage, die die Kolonie so besonders macht. Und … äh … äh … und Bodenschätze.«

Amalie lächelte strahlend. »Vielen Dank, Herr Major. Und Ihnen gute Besserung, Herr Oberst.« Oberst Nigmann nickte. Seine

Augen funkelten. Amalie war sicher, aus Wut. Sie kämpfte sich mit einem wie festgefrorenen Lächeln zu Emma zurück, wo sie das Lächeln sofort sein ließ.

Emma sah sie an und wurde eine Spur blasser. »Was hast du rausgefunden?«, flüsterte sie Amalie ins Ohr.

»Dass die beiden noch keine Minute in ihrem Leben in Deutsch-Ostafrika gewesen sind. Erinnerst du dich an die Reise, die wir dorthin gemacht haben? Alles Wüste, sagte der Major. Pah. Kein Wort von den Virunga-Vulkanen, vom ostafrikanischen Grabenbruch, von den großen Seen, von den Victoria-Fällen, vom Kilimandscharo, von den Regenwäldern …«

»Die beiden sind Hochstapler?«

»Mindestens.«

»Was meinst du damit?«

»Ich meine damit, dass ich glaube, ich alarmiere mal lieber Graf Zeppelin.«

»Nicht den Kronprinzen?«

»Nein, lieber den eigentlichen Kommandeur dieser Fahrt.«

Emma wirkte jetzt wirklich besorgt. »Gut.«

Amalie setzte ihr fröhliches Lächeln wieder auf und schob sich nach vorn zum Bug der Gondel, wo Graf Zeppelin über die Bedienelemente des Luftschiffs wachte. Sie berührte ihn sanft am Ärmel, und der Luftschiffkonstrukteur wandte ihr sofort sein freundliches, rundes Gesicht mit den strahlend blauen Augen und dem buschigen Schnauzbart zu.

»Was haben Sie denn auf dem Herzen, meine Liebe?«, fragte er. »Wollen Sie das Luftschiff einmal lenken? Das ist gar nicht so schwer. Sie können gern ein zweites Mal mitfahren, wenn wir die hohen Herren wieder ausgeladen haben …«

Amalie kam nicht mehr dazu, eine Antwort zu geben. Sie hörte plötzlich ein paar Aufschreie und fuhr herum.

Major Pail hatte seine Waffe gezogen und zielte auf Graf Zeppelin. Oberst Nigmann hielt dem Kronprinzen seine Pistole an die Schläfe. »Keiner rührt sich vom Fleck!«, schrie er mit sich überschlagender Stimme.

Schlagartig kam Amalie die Erinnerung wieder. »Wolfram Schambacher!«, rief sie.

Der falsche Oberst Nigmann zerrte sich die Bandagen aus dem Gesicht. Amalie sah Emma fassungslos die Augen aufreißen. Nigmann, oder besser gesagt Wolfram Schambacher, feuerte seine Kappe über Bord und riss sich den engen Kragen der weißen Uniformjacke auf.

»Sind Sie jetzt von allen guten Geistern verlassen?«, sagte Graf Zeppelin, der die auf ihn gerichtete Pistole anstarrte.

»Halten Sie den Mund!«, rief Pail. Er trat näher an Zeppelin heran. Amalie stellte sich vor ihn. Die Pistole schwenkte kurz herum und zielte auf sie, dann richtete Pail sie wieder auf Zeppelin. »Verschwinden Sie, Fräulein von Briest. Gehen Sie zu Ihrer Gespielin nach hinten, sonst knalle ich Sie auf der Stelle ab.«

»Ärgerlich, dass Sie den Kilimandscharo vergessen haben zu erwähnen, Herr Major?«, fragte Amalie.

»Gehen Sie, meine Liebe«, sagte Graf Zeppelin besorgt. »Keiner wird auf mich schießen, weil ohne mich das Luftschiff niemals sicher landen wird.«

Amalie folgte der Bitte. Als sie bei Emma angekommen war, nahm sie deren Hand. Sie erwartete, dass Emmas Finger wieder kalt und klamm wären. Aber sie waren heiß und trocken. Amalie warf ihr einen Seitenblick zu. In Emmas Augen loderte eine helle Wut.

Pail setzte Graf Zeppelin die Pistole an die Schläfe. »Halten Sie das Luftschiff auf Kurs und ausbalanciert!«, befahl er.

Zeppelin beugte sich über die Kontrollinstrumente.

Pail nickte Schambacher zu. »Alles gesichert, Herr Kamerad.«

Schambacher holte Luft. »Sie alle«, schrie er, »werden heute Zeuge, wie das Neue Deutschland entsteht. Dies ist Tag eins der neuen Ordnung. Deutschland ist von korrupten Judenfreunden wie Ihnen ausgeblutet und geschwächt worden! Dank Ihnen duckt sich Deutschland in die Grenzen von 1871, statt wieder das Heilige Germanische Reich zu sein! Das ändert sich nun. Heute beginnt die Zukunft unseres Vaterlandes!«

»Sie sind vollkommen wahnsinnig«, stieß der Kronprinz hervor.

Amalie begann, langsam und demonstrativ zu klatschen. Schambacher zuckte zusammen und stierte sie mit rot unterlaufenen Augen an.

»Gute Rede, Wolfram«, sagte sie spöttisch. »Es war aber das Heilige *Römische* Reich, nicht das germanische. Macht nichts. Hauptsache, es entsteht wieder in den alten Grenzen.« Aus dem Augenwinkel sah sie Emma verstohlen in ihrer Ledertasche kramen. Sie hatte sich dazu halb abgewandt. Amalie trat einen Schritt beiseite. Schambachers vor Wut brennende Blicke folgten ihr.

Ein neben Amalie stehender Offizier zischte: »Kennen Sie diesen Verrückten etwa?«

»Glauben Sie mir, ich bin nicht stolz darauf.«

Schambacher stieß den Kronprinzen vor sich her, bis er neben Zeppelin stand. Er und Pail wechselten einen langen Blick.

»Die Pläne haben sich dank der beiden Weibsbilder geändert«, knurrte Schambacher. »Es ist jetzt ganz allein Ihre Aufgabe. Ich halte das Volk hier in Schach und sorge dafür, dass niemand in der hinteren Gondel Verdacht schöpft. Hier, nehmen Sie das auch noch mit.« Er öffnete seinen Gürtel, von dem Amalie jetzt sah, dass er an der Innenseite ausgepolstert war, und reichte ihn Pail.

Pail sagte: »Danke, Kamerad.«

Dann verließ er die Gondel und verschwand über den Laufgang im Inneren des Luftschiffs.

29

Ich sehe es!«, rief Levin. Er rannte zu der offenen Dachluke, über die er das flache Dach seiner Werkstatthalle betreten hatte, und rutschte mehr, als er kletterte, die Leiter hinunter. »Ich sehe das Luftschiff«, sagte er, als er vor der *Schwalbe* stand.

»Dann geht es jetzt los«, sagte Moritz. »Ich zünde den Motor, du wirfst die Luftschraube an.«

»Und ich halte mich gut fest«, sagte Antonie, die ihren Platz nicht verlassen hatte.

»Mama, willst du nicht doch lieber …?« In den letzten Minuten waren die Förmlichkeiten nebensächlich geworden. Sie waren jetzt nicht mehr Eltern und Sohn, sondern Kameraden in einer Mission, die ebenso bizarr wie lebensgefährlich war.

»Wirf die Maschine an!«, befahl Antonie.

Die *Schwalbe* hüpfte und holperte endlos lange über das Feld, bis sie endlich genügend Luft unter die Schwingen bekam und abhob. Levins Mund war trocken, und sein Herz schlug bis zum Hals. Der erste Flug seines Apparats! Wie anders hatte er ihn sich vorgestellt! Und doch – die *Schwalbe* lag, nachdem sie endlich flog, so ruhig in der Luft, wie er es sich in seinen kühnsten Träumen nicht erhofft hatte. Er hatte gedacht, damit auf und nieder zu gaukeln wie ein Blatt im Wind, aber die kleine Maschine flog stur auf der Höhe, auf der er sie hielt, brummte über die Dächer der Werkzeughallen und der Kaserne hinweg, auf deren Exerzierplatz Soldaten zusammenliefen und nach oben deuteten, und schlug dann einen nordnordwestlichen Kurs ein. Levin hätte brüllen mögen vor Stolz und Freude und vergaß für ein paar Momente, wohin der Jungfernflug der *Schwalbe* sie führte – einem herannahenden Luftschiff mit einer tödlichen Bombenlast und zwei zu allem entschlossenen Verbrechern entgegen.

Er warf seinem Vater einen Blick zu. Die wuchtige Schutzbrille bedeckte den größten Teil von Moritz' Gesicht, aber Levin sah ihn grinsen. Er verrenkte sich den Hals, um über die Schulter zu seiner Mutter zu blicken. Sie nickte ihm zu. Ihr Haar wehte hinter ihr, eine graue, flatternde Fahne, die das Sonnenlicht hell aufleuchten ließ.

Niemand hatte sich wirklich Gedanken darüber gemacht, wie es gelingen sollte, das Luftschiff Glocks vom Kurs abzudrängen oder gar zum Absturz zu bringen. Nur, dass es gelingen *musste*. Fünf Minuten später hatte Levin immer noch keine Idee, aber ihm war klar, dass ihm bald etwas einfallen musste, denn in wenigen Augenblicken würden sie nahe an Glocks Luftschiff heran sein.

Es schob sich vom Tegeler Forst herkommend mehr oder weniger auf perfektem Gegenkurs auf die *Schwalbe* zu. Der Blick von hier oben auf die Stadt war für Levin neu und ließ eine Orientierung nur erschwert zu, aber er erkannte das Grün des Tiergartens direkt voraus und dahinter die Windungen der Spree; der Spandauer Kanal zweigte davon ab, dann musste das da vorn der Westhafen sein ... und direkt darüber hing das Luftschiff, schmutzig-weiß, von der Vormittagssonne direkt beleuchtet, sodass es absolut unwirklich vor dem Hintergrund der Dächer, Gassen und Grünflächen aussah; als hätte es jemand dort hineingemalt. Diese Unwirklichkeit ließ es noch bedrohlicher wirken. Seine Langsamkeit hatte etwas Unausweichliches.

Dann waren sie so nahe, dass sie die beiden Männer in der Führungsgondel sehen konnten und ihre überraschten Gesichter. Sie konnten unmöglich erkennen, wer in dem Flugapparat saß, aber dass er sich auf sie zubewegte und sie offenbar als Ziel hatte, schien sie zu schockieren. Levin wurde das nächste Problem klar: Sie hatten keine Möglichkeit, mit Glock und Leitner zu kommunizieren. Sie konnten noch so brüllen, die beiden in der Gondel würden kein Wort verstehen – und umgekehrt. Ratlos und beinahe in letzter Minute legte Levin die *Schwalbe* in eine Kurve, die sie am Rumpf des Luftschiffs vorbei und weit nach Südwesten hinausführte. Levin hantierte mit dem Steuerknüppel und trat in die Pedale. Das war beinahe so ähnlich wie ein Kampf zwischen zwei berittenen Kavalleristen: Man hatte einen Moment, in dem man die Säbel gegeneinanderklirren lassen konnte, dann trug einen der Galopp der Pferde auseinander, und man musste sich erst wieder mühsam zueinander hinmanövrieren.

So gut die *Schwalbe* geradeaus geflogen war, so schwerfällig war sie beim Manövrieren. Der Motor brummte und stöhnte und spuckte heiße Öltropfen und blauen Rauch. Rumpf und Tragflächen ächzten, die ganze Konstruktion zitterte. Moritz hielt sich mit beiden Händen am Rahmen des Führerstands fest. Levin wagte nicht, sich zu Antonie umzudrehen, aber er nahm an, dass sie sich ebenfalls mit weißen Knöcheln irgendwo festklammerte. Er legte den Flugapparat in eine Rechtskurve. Sie führte die *Schwalbe* weit hinter dem Heck des Luftschiffs vorbei. Jetzt mussten sie ihm hinterherfliegen und versuchen, es einzuholen. Die *Schwalbe* war mindestens doppelt so schnell wie ihr Ziel, dennoch verloren sie gute zwei Minuten, bis sie wieder gleichauf waren. Es waren kostbare Minuten – für mehr als eine Viertelstunde Flug würde der Treibstoff nicht reichen, und zehn davon waren schon fast verstrichen. Was sollten sie tun? Wie sollten sie Glock und Leitner überwältigen? Verglichen mit dem Flugapparat war das Luftschiff riesig, eine fliegende Festung, und die zwei Männer in der metallenen Gondel unter dem Rumpf vollkommen unangreifbar.

»Flieg an seiner linken Seite vorbei und überhol es!«, brüllte Moritz. »Vielleicht können wir Glock und Leitner Zeichen geben!«

»Welche Zeichen?«, brüllte Levin zurück.

Moritz fuhr sich mit dem Finger über den Hals.

»Sehr beeindruckend!«, schrie Levin.

Er zog am Gashebel. Der Motor brummte lauter. Der Luftstrom vom Propeller peitschte sie, so dass Levin spürte, wie sich die Haut auf seinem Gesicht verschob. Bei einer Folgekonstruktion musste er einen Windschutz für den Piloten einbauen, dachte er unzusammenhängend. Irgendein leichtes Glas. Aber würde das nicht von den Vibrationen des Motors sofort zerspringen? Diese waren so stark, dass Levins Zähne aufeinanderschlugen.

Sie näherten sich dem Bug des Luftschiffs. Levin ließ die *Schwalbe* sinken, damit sie auf gleiche Höhe mit der Gondel kamen. Er nahm Gas weg, damit die *Schwalbe* nicht sofort übers Ziel hinausschoss. Das ständige Verändern der Drehzahl tat der Maschine nicht gut. Neben ihrem sonoren Brummen war jetzt ein metallisches Klacken zu vernehmen.

Der Flugapparat sank unter die Wölbung des Tragkörpers und war jetzt mit der Gondel gleichauf.

Oscar Glock beugte sich hinaus und gestikulierte zu ihnen herüber; er zeigte mit ausgestrecktem Arm auf sie.

Er zeigte nicht, er zielte! Er hatte einen Revolver!

Levin riss den Steuerknüppel nach links und trat ins Pedal, ohne nachzudenken.

Glock schoss.

Und traf.

Die *Schwalbe* geriet ins Trudeln und stürzte gen Boden.

30

Bitte glauben Sie mir doch …!« Otto keuchte. »Sie müssen den Reichstag evakuieren. Es werden Bomben fallen!« Er stand, von Soldaten umringt, in der Eingangshalle des Reichstagsgebäudes.

»Wat haste denn jestern Abend jepichelt, Freundchen?«, fragte der diensthabende Offizier der Reichstagswache. »Du stinkst zehn Kilometer jejen den Wind! Bist immer noch blau wie een Veilchen, wa?«

»Nein, bin ich nicht. Und ich erzähle keinen Blödsinn. Bitte …«

»Jungs«, sagte der Offizier und nickte seinen Männern zu. »Schmeißt die Kanaille raus.«

Zwei Soldaten griffen nach Ottos Oberarmen. Es gab nur eine Chance. Nur ein Mann in diesem ganzen Bau würde ihn nicht für verrückt halten, weil sie schon miteinander korrespondiert hatten. Er würde Ottos Namen kennen. Aber wie sollte er zu ihm gelangen?

Er konnte nicht zu ihm gelangen. Er konnte nur so weit wie möglich ins Reichstagsgebäude eindringen und versuchen, ihn aufmerksam zu machen. Hoffentlich trug der Schall in diesem Bau weit genug.

Otto riss sich los. Die Soldaten waren so überrascht, dass sie im ersten Augenblick gar nicht nachfassten. Otto packte den Offizier am Uniformkragen, stellte ein Bein hinter seine Kniekehle und drückte ihn nach hinten. Während der Mann umsank, riss er ihn herum und schleuderte ihn seinen Soldaten vor die Füße. Dann begann er zu rennen, auf das große Treppenhaus zu. Die ganze Zeit brüllte er dabei: »RÜDLIN! ALARM! Ich bin Otto von Briest! Rüdlin! Helfen Sie mir!« Sein Gebrüll hallte von den Wänden wider.

Er kam bis in die Mitte der ersten Treppe, dann hatten sie ihn eingeholt und stürzten sich auf ihn. Er trat um sich und versuchte, die Soldaten abzuschütteln, ohne sie zu schwer zu verletzen. Die Soldaten hatten keine solchen Skrupel und traten und schlugen mit Wucht zurück. Während all dem hörte Otto nicht auf, nach Oberregierungsrat Rüdlin zu brüllen, bis der diensthabende Offizier endlich eine Hand frei hatte und Otto damit den Hals zudrückte und das Gebrüll erstarb.

31

Was zum Teufel soll das?«, stieß Wolfram Schambacher hervor. Er stierte Emma an, die die Kamera gehoben hatte und langsam auf ihn zuging, dabei in den Sucher starrend. In der anderen Hand hielt sie die Blitzlichtlampe hoch.

»Ich mache ein Foto«, sagte Emma seelenruhig. »Bitte nicht bewegen, Kaiserliche Hoheit.«

Schambachers Hand mit der Waffe zuckte. Amalie konnte förmlich seine Gedanken lesen. Wenn er sie von der Schläfe des Kronprinzen nahm und auf Emma schoss, würde der Sohn des Kaisers sich losreißen und ihn angreifen. Wenn er seine Geisel erschoss, würden sich die Adjutanten auf ihn stürzen. »Bleiben Sie stehen, Sie närrische Schlampe!«, schrie er.

»Der Bildausschnitt ist nicht gut«, sagte Emma und trat noch einen Schritt näher.

Amalies Herz schlug vor Angst um Emma so hart, dass sie keine Luft bekam. Sie fühlte, wie eine Hand sich auf ihre Schulter legte. Graf Zeppelin hauchte ihr ins Ohr. »Was hat Ihre Freundin da? Ist das Blitzpulver? Um Gottes willen, wenn das losgeht, das kann das ganze Luftschiff hochjagen!«

Amalie wurde kalt. Sie öffnete den Mund, um eine Warnung zu rufen, doch sie bekam keinen Ton heraus.

Die Adjutanten des Kronprinzen waren beiseitegewichen. Nur einer versuchte, Emma aufzuhalten. Sie trat ihm ohne hinzusehen mit voller Wucht auf die Zehen. Der Mann zuckte zurück und jaulte auf.

»Stehen bleiben!«, brüllte Schambacher. Dann verlor er die Nerven. Er trat dem Kronprinzen in die Kniekehle, dass dieser zusammensackte, riss den Revolver herum und richtete ihn auf Emma, die nun direkt vor ihm stand.

Amalie schrie auf.

Emma stieß Schambacher die Blitzlichtschiene ins Gesicht und zündete das Pulver.

Eine grelle weiße Lichtfontäne blitzte auf. Weißer Rauch wallte hoch.

Ein Schuss löste sich aus Schambachers Waffe.

Emma prallte zurück und fiel gegen die Adjutanten des Kronprinzen.

Ein wahnsinniges Kreischen wurde hörbar. Schambachers Haare, sein Bart, sein ganzes Gesicht standen in Flammen. Er ließ den Revolver fallen und krümmte sich, schreiend vor Schreck und Schmerz.

Die Adjutanten, gegen die Emma gefallen war, konnten sie nicht halten. Sie sackte in sich zusammen und rutschte auf den Boden, wobei sie die Kamera und die Blitzlichtlampe noch immer mit weißen Knöcheln festhielt.

Schambacher wand sich auf dem Boden der Gondel, kreischend und mit den Fersen trommelnd. Rauch stieg von ihm auf, der obere Teil seiner Uniform schwelte, sein Haar schmorte.

Amalie stürzte gleichzeitig mit Zeppelin los. Einer der Adjutanten fiel neben dem Kronprinzen auf die Knie und stützte ihn. Amalie rannte zu Emma, innerlich wie vereist vor Angst. Zeppelin zerrte einen der am Rand der Gondel festgemachten Ballastsäcke voll Sand hoch, riss ihn auf und schüttete den Sand in einem mächtigen Schwung auf den glimmenden Schambacher. Die Flammen erloschen. Schambacher hustete und würgte und rang nach Atem.

»Der wäre gelöscht«, sagte Zeppelin und starrte kreidebleich auf den stöhnenden Schambacher. »Keine Gefahr mehr.«

Amalie nahm Emmas Gesicht in beide Hände. Der Anblick ihrer Gefährtin verschwamm ihr vor den Augen, weil sie vor Angst zu weinen begann. Sie konnte nur an eines denken: Der Schuss aus Schambachers Waffe hatte Emma tödlich getroffen.

Emmas Lider flatterten, als Amalie ihren Kopf wieder zur

Seite sinken ließ und mit fahrigen, zitternden Händen über ihren Körper fuhr, um festzustellen, wo die Wunde war. »Wie ist die Lage?«, murmelte sie.

»Schambacher ist erledigt«, sagte Amalie, die sich mit immer stärker werdender Erleichterung darüber klarwurde, dass Emma nicht getroffen war. Die Kugel Schambachers musste ins Blaue gegangen sein. Sie gab den Blick auf Schambacher frei. Zwei der Offiziere aus der Begleitung des Kronprinzen drehten ihn gerade auf den Bauch und fesselten seine Hände mit dem Strick auf den Rücken, der den Ballastsack vertäut hatte. Schambacher wimmerte. Was man von seinem Gesicht sehen konnte, war rot und schwarz verbrannt und blasig. Sein Haar war großteils weggebrannt. Er roch nach verbranntem Fleisch.

Der Kronprinz stand wieder aufrecht und betrachtete Schambacher. Er schüttelte den Kopf. Er war sichtlich mitgenommen. Dann wandte er sich an einen seiner Begleiter. »Schulenburg, bitte gehen Sie zur hinteren Gondel und nehmen Sie den zweiten Attentäter fest. Ich denke, er hat versucht, die Reichstagsabgeordneten dort als Geiseln zu nehmen.«

Der ältere Generalstabsoffizier nickte und zog die Pistole, bevor er losging.

»Ich glaube nicht, dass Major Pail das vorhatte«, sagte Emma leise.

Amalie dachte an den Gürtel mit der gepolsterten Innenseite, der den Besitzer gewechselt hatte. »Ich auch nicht«, sagte sie grimmig. Sie küsste Emma auf den Mund. Es war ihr egal, dass die Stabsoffiziere es sahen und was sie sich dabei dachten. »Ich liebe dich«, sagte sie. Dann stand sie auf und trat in den verhüllten Laufgang hinaus, bevor jemand sie aufhalten konnte.

32

Die *Schwalbe* trudelte in engen Spiralen in Richtung Boden. Levin war ein paar Augenblicke hilflos und wusste nicht, was er tun sollte, dann zog er am Gashebel und versuchte gleichzeitig gegenzusteuern. Der Motor der *Schwalbe* heulte auf, die sich schneller drehende Luftschraube zog den Flugapparat aus der Trudelbewegung heraus und stabilisierte ihn. Die Dächer des Wedding lagen zum Greifen nah unter ihnen. Im nächsten Moment würden sie in eines hineinkrachen. Mit fliegendem Atem versuchte Levin, wieder Höhe zu gewinnen. Dann sah er direkt voraus die weite, sandige Fläche des ehemaligen Weddinger Mühlengeländes, auf dem der neue Schillerpark entstehen sollte. Er zog die *Schwalbe* hoch, hüpfte damit über die letzten Dachfirste und ließ sie auf die Freifläche hinunterfallen. Er würgte den Motor ab. Die Stille, die eintrat, war geradezu himmlisch.

Die Landung war zu schnell und sehr hart. Levin hörte das Fahrgestell knacken und spürte den Ruck, mit dem es aufsetzte, aber es hielt. Der Flugapparat rollte ein paar Dutzend Meter über das Gelände und blieb dann stehen. Levin ahnte, dass sich die *Schwalbe* wahrscheinlich nach vorn überschlagen hätte, wenn er allein darin gewesen wäre. Das zusätzliche Gewicht seines Vaters und vor allem der relativ weit hinten sitzenden Antonies hatte das verhindert. Er hob die bebenden Hände vom Steuerknüppel und warf sich dann im Sitz herum, um seine Eltern anschauen zu können.

»Alles in Ordnung?«, fragte er hektisch.

Moritz und Antonie nickten wortlos.

»Keiner getroffen?«

Moritz deutete auf die rechte Tragfläche, in der ein ausgefranstes Loch war. Glocks Pistolenkugel war dort hindurchgegangen, der Fahrtwind hatte das Loch erweitert.

Levin schüttelte ungläubig den Kopf. Sie hatten Glück im Unglück gehabt. Dann stieß er hervor: »Steigt aus! Schnell!«

»Was hast du vor?«, fragte Moritz.

Levin deutete auf das Luftschiff, dessen Dröhnen nach dem Ausschalten des Motors der *Schwalbe* jetzt hörbar war. »Ich steige noch mal auf. Es muss eine Möglichkeit geben, ihn aufzuhalten.«

»Und welche wäre das?«

»Keine Ahnung. Zur Not ramme ich ihn!«

Moritz nickte. »Da kommen schon die ersten Leute angerannt«, sagte er. »Beeil dich, wirf den Motor an und dann die Luftschraube. Wenn die erst bei uns sind, kommen wir nicht mehr vom Boden weg.«

Levin zündete den Motor, der brav ansprang, aber jetzt mit einem deutlichen Klacken und Krachen lief. Lange würde er es nicht mehr machen. Er schnallte seinen Gurt auf und schwang sich aus der Maschine. Er lief um die linke Tragfläche herum, nahm vor dem Propeller Aufstellung, spähte zu Moritz hinein, der sich auf den Pilotensitz gesetzt hatte, um besser Gas geben zu können.

Er warf den Propeller herum. Dieser begann, sich zu drehen. Levin trat zurück, musterte seinen Flugapparat mit einem hastigen Blick und lief dann wieder außen um die Tragfläche herum.

Der Motor dröhnte laut auf. Die *Schwalbe* begann zu rollen, eine der sanften Dünen hinab, die das Gelände kennzeichneten. Levin stand einen Augenblick wie vom Donner gerührt da und fragte sich, was er falsch gemacht hatte, bis er genauer hinsah und feststellte, dass Moritz sich auf dem Pilotensitz festgeschnallt hatte und den Gashebel entschlossen zu sich heranzog.

Die *Schwalbe* rollte und hüpfte immer schneller die Düne hinunter. Levin rannte hinterher. »Nein!«, brüllte er. »Nein!«

Die *Schwalbe* wurde in die Höhe gehoben, taumelte, schaukelte, die Ränder berührten einmal, zweimal ganz leicht den Boden, dann zog sie in einem zuerst flachen, dann steiler werdenden

Winkel davon. Levin rannte auf dem Boden mit, bis er nicht mehr konnte. Keuchend blieb er stehen.

Moritz steuerte die *Schwalbe* in einer wackligen, unsicheren Kurve um hundertachtzig Grad herum. Sie flog noch immer ziemlich niedrig, aber sie gewann an Höhe. Hilflos starrte Levin zu ihr hinauf. Er sah seine Mutter winken und wie sie danach eine Hand auf die Schulter seines Vaters legte. Er sah Moritz, der in einer Art Salut die Hand an die Schutzbrille legte.

Levin sank auf die Knie, fassungslos, atemlos, in einer frustrierten Wut, die wenige Augenblicke später in Todesangst um seine Eltern umschlug. Ihm war völlig klar, wie Moritz gedacht hatte.

Levin hatte gesagt, er würde das Luftschiff zur Not rammen.

Moritz musste erkannt haben, dass das tatsächlich die einzige Möglichkeit war, Glock und Leitner aufzuhalten. Und er wollte nicht, dass sein Sohn sich opferte.

Levin ballte die Hände zu Fäusten und brüllte der *Schwalbe* unartikuliert hinterher. Hätte er doch nur seinem Vater nicht erklärt, wie die Maschine funktionierte! Moritz war ein fähiger Techniker; er hatte die Funktionsweise schnell verinnerlicht. Tränen schossen Levin in die Augen. Er rappelte sich auf und lief wieder weiter, dem sich entfernenden Flugapparat mit seinen todgeweihten Eltern hinterher.

33

Die Reichstagswachen hatten den sich mit allen Mitteln sträubenden Otto bis zum Ausgang gezerrt und wollten ihn gerade nach draußen schaffen, doch Otto hielt sich im Türrahmen fest. Seit der wachhabende Offizier seinen Hals freigegeben hatte, damit man ihn wegschaffen konnte, brüllte er wieder mit rauem Hals Rüdlins Namen. Einer der Soldaten hob den Fuß, um gegen Ottos Finger zu treten.

»Was ist hier los?«, schnarrte eine Stimme.

Der wachhabende Offizier fuhr herum. »Mund halten!«, knurrte er. »Das ist eine Sache des Mili… oh, Herr Oberregierungsrat. Bitte um Verzeihung.«

Otto blickte auf. Er sah einen Mann, der ganz offensichtlich Oberregierungsrat Rüdlin sein musste und den Ottos Gebrüll glücklicherweise doch alarmiert hatte. Er keuchte. Es hatte nichts mit Rüdlins Erscheinung zu tun, sondern mit der Frau, die neben ihm stand, Otto vollkommen entgeistert anblickte und ein Kleinkind im Arm hielt. Ihr Anblick war wie ein Schlag für Otto, und zugleich fühlte er eine tiefe, jubelnde Freude, sie zu sehen.

»Otto«, sagte Hermine. »Wat machst'n du hier?«

Otto konnte nicht anders. Er begann vor Erleichterung zu lachen.

Die Erleichterung dauerte nur Sekunden. Von draußen kam ein weiterer Wachsoldat herein und salutierte vor dem diensthabenden Offizier. »Herr Leutnant!«, stieß er hervor. »Unangemeldetes Luftschiff nähert sich vom Wedding her dem Gebäude.«

»Genau deshalb bin ich gekommen, ihr Idioten!«, röhrte Otto.

34

Im Inneren des Luftschiffs zu sein war, als beträte man die Eingeweide eines lebenden Wesens. Unwillkürlich erinnerte Amalie sich an die biblische Geschichte von Jonas im Wal. Die Traggaszellen waren riesige, halbpralle Säcke, die sich in zwei Reihen links und rechts eines axialen Laufstegs entlangzogen, so groß wie Häuser, sich leise blähend und entspannend, immer in Bewegung, zitternd, wie gewaltige Organe. Trotz der Lage, in der sie sich befand, blieb Amalie ein paar Augenblicke lang stehen und starrte. Man konnte nicht anders, als überwältigt zu sein von dieser Dämmerwelt im Herzen einer Maschine, die so lebendig wirkte wie die gewaltigste Kreatur, die je auf Erden gewandelt war. Das Dröhnen der Motoren hallte hier wie in einer Kathedrale, die Luft, die außen an der Schiffshülle vorbeizog, brauste und sang.

Amalie war über eine senkrechte Leiter, die vom Laufgang zwischen den Gondeln nach oben führte, auf diesen axialen Steg gelangt, der sich im unteren Viertel des Luftschiffrumpfs von vorn nach hinten durchzog wie ein Rückgrat aus gelochtem, geschraubtem, geschweißtem Aluminium. Weiter oben in der Dämmerung konnte Amalie einen weiteren Laufsteg erkennen, der vermutlich durch das Zentrum des runden Querschnitts führte. Eine Leiter führte auch dort hinauf. War Pail hinaufgeklettert? Oder auf dieser Ebene geblieben? Amalie hatte keine Zeit zu überlegen. Sie ahnte, dass der Gürtel, den Schambacher seinem Komplizen gegeben hatte, voller Dynamit gewesen sein musste. Von den Erzählungen ihrer Brüder und von der Reaktion Zeppelins auf den brennenden Schambacher war ihr klar, wie feuergefährlich das Gas war, das das Luftschiff oben hielt. Eine kleine Menge Sprengstoff genügte. Wenn sie ein Loch in eine der Traggaszellen riss und das austretende Gas mit der Explosionsflamme in Berührung kam, verwandelte sich alles hier in den größten Feuerball aller Zeiten, und alle, die mit *LZ 5* flogen, würden sterbend vom Himmel fallen, eingehüllt in tausend Grad heißes Gasfeuer, verbrennend bei lebendigem Leib, wenn die Explosion aller Traggaszellen hintereinander sie nicht schon getötet hatte – Emma, Zeppelin, der Kronprinz, seine Offiziere, die Reichstagsabgeordneten … und Amalie.

Sie fand Pail am hinteren Ende des Luftschiffs, dort, wo die Traggaszellen aufhörten und nur noch das Stützgerüst und die Außenhülle sich rings um einen her wölbten wie ein kreisrunder, dröhnender, brausender, hallender Dom von atemberaubender technischer Schönheit. Er kniete auf dem Laufsteg, vor sich ein flaches, handtellergroßes Kästchen mit einem Hebel, von dem Kabel links und rechts wegführten. Amalie blieb stehen. Die Kabel endeten in verschnürten Päckchen an der Reling des Laufstegs, direkt unterhalb der letzten beiden Traggaszellen. Amalie hätte sie nehmen und die Kabel herausziehen können, wenn sie nicht gewusst hätte, dass sie damit nicht aus Versehen die Explosion auslöste – und wenn Pail nicht aufgeblickt und die Pistole auf sie gerichtet hätte.

»Bleiben Sie stehen!«, rief er mit belegter Stimme.

Amalie sah die Tränenspuren auf seinen Wangen, die im Halbdunkel glänzten.

»Keinen Schritt.«

Amalie spreizte die Hände ab und ging dennoch weiter. Sie blieb erst stehen, als Pail mit einem Stöhnen den Sicherungshebel seiner Pistole umlegte und sein Zeigefinger sich um den Abzug krümmte.

»Nicht schießen«, sagte sie.

»Bleiben Sie, wo Sie sind.«

»Was haben Sie vor? Wollen Sie sterben?«

»Ich will, dass die korrupte Bande stirbt, die Deutschland in den Abgrund führt.«

»Welche korrupte Bande?«

»Die auf diesem Luftschiff, Sie Närrin, wer denn sonst?«

»Ich bin nicht korrupt«, sagte Amalie. »Meine Gefährtin auch nicht. Sie ist eine Künstlerin, die die Schönheit unseres Landes in preisgekrönten Bildern festgehalten hat. Wenn Sie sie töten, wird niemand mehr diese Schönheit so einfangen. Graf Zeppelin ist nicht korrupt. Er hat dieses Wunder geschaffen, das uns durch die Luft trägt. Wenn er in der Explosion dieses Luftschiffs stirbt, wird auf Jahrzehnte hinaus keiner mehr so etwas Schönes konstruieren. Und schön ist es, oder nicht?«

Pail nickte. Amalie hatte richtig geahnt, woher die Tränen auf seinen Wangen stammten. Er war ebenso überwältigt wie sie, aber anders als sie hatte er sich mit dem Gedanken befassen müssen, dieses Wunder zu vernichten, nicht es zu retten. »Es ist herrlich«, sagte er kaum hörbar. »Ich habe noch nie so etwas gesehen. Von Glocks Luftschiff kenne ich nur die Außenhülle.«

Amalie hatte keine Ahnung, wovon er redete, aber Hauptsache, er redete überhaupt. Sie trat noch einen Schritt heran. Die Pistole, die Pail halb hatte sinken lassen, ruckte wieder hoch.

»Stehen bleiben!« Es klang wie ein gequälter Aufschrei, nicht wie ein Befehl.

»Was wollen Sie überhaupt mit dieser Aktion erreichen?«, fragte Amalie. »Nur einen Anschlag ausüben auf die Regierung und das Kaiserhaus? Zu welchem Zweck?«

»Kamerad Schambacher und ich retten Deutschland vor dem Untergang«, stieß Pail hervor.

»Kamerad Schambacher ist bereits außer Gefecht gesetzt«, sagte Amalie. »Es sind jetzt Sie allein, der Deutschland rettet. Oder sollte ich sagen: Es sind jetzt Sie allein, der dreißig Menschen zum Tod verdammt, darunter zwei Frauen und den Konstrukteur des größten Wunders, das Deutschland in den letzten hundert Jahren hervorgebracht hat.«

»Wir retten Deutschland!«, beharrte Pail. Sein Gesicht war verzerrt. Auf die Eröffnung, dass er allein war, hatte er reagiert, als hätte er eine Ohrfeige erhalten.

»Wovor?«

»Vor sich selbst!«, brüllte Pail. »Vor einer Politik, die das Geld über die Menschen stellt! Vor dem Kapital, das die Arbeiter verhungern lässt! Vor dem Militär, das die Regierenden beschützt statt die Bürger! Vor den Fremden, die es aussaugen, vor den Juden, die es Stück für Stück verschachern, vor den Verrätern, die mit denen allen unter einer Decke stecken.«

»Deutschland«, sagte Amalie, »ist nicht seine Politik. Deutschland ist nicht sein Geld. Und auch nicht sein Militär. Deutschland besteht aus Menschen. Aus denen, die hier geboren sind, aus denen, die hierher eingewandert sind, aus denen, die sich als Gäste aufhalten. Es gibt keine Fremden, Herr Major, es gibt nur Menschen. Wenn es Fremde gäbe, wären wir alle es, denn wir sind in neunundneunzig Prozent der Welt *Fremde* – und wenn wir allesamt Fremde sind, welchen Sinn macht es dann, in sie und in Einheimische zu unterscheiden?«

Pail starrte Amalie an. Die Pistole in seiner Rechten zielte unverwandt auf sie. Seine Linke schwebte über dem Hebel, der das Luftschiff in eine Hölle verwandeln würde.

Amalie redete weiter. Sie hatte keine Ahnung, wo die Worte herkamen, die sie fand. »Sie denken, die Politiker haben das Land schlechter gestellt und sind korrupt bis ins Mark? Das finde ich auch – bei vielen von ihnen! Aber ebenso viele arbeiten hart, damit es allen bessergeht, und sie arbeiten daran in kleinen, kleinen Schritten, die sie frustrieren und ihnen Geduld und Kraft abverlangen, bis sie daran zu verzweifeln drohen. Sie glauben, das Kapital bringt seine eigenen Arbeiter um? Ja, einige Unternehmer tun das. Und genauso viele setzen einen Großteil ihres Gewinns ein, um das Leben der Arbeiter menschenwürdiger zu gestalten, und bauen Arbeitersiedlungen … wie Siemens, wie Borsig. Das Militär beschützt die Regierenden? Nein, das Militär beschützt unser Land! Stimmt, es sind nicht die Regierenden, die aufs Schlachtfeld ziehen, um dort erschossen, erstochen, erschlagen, zerfetzt, vergiftet, pulverisiert zu werden. Es sind aber auch nicht die Bürger! Es sind die Soldaten, die alle gleichermaßen davor beschützen, von einem Feind erobert und unterdrückt zu werden. Sie wollen Deutschland retten, Herr Major? Dann arbeiten Sie mit allen anderen zusammen an der Größe unseres Landes, statt Menschen zu ermorden!«

»Aber die Juden …« Pail stöhnte auf. »Die Juden …«

»… haben seit Jahrhunderten ihr Geld, ihre Kultur, ihre Hartnäckigkeit, ihren Fleiß für die Entwicklung ihrer Heimat eingesetzt – so wie alle anderen auch. Denn ihre Heimat ist Deutschland, Herr Major, und sie wollen es genauso mächtig und großartig sehen wie Sie selbst.«

In Pails Gesicht arbeitete es. Der Pistolenlauf zitterte, der Waffenarm sank herab. Seine Schultern verkrampften sich. Sein Mund zuckte. Die Augen traten ihm fast heraus. Dann spuckte er die nächsten Worte heraus – und er spuckte sie tatsächlich, denn ein Sprühregen von Schaum und Geifer begleitete sie –, und Amalie wusste, sie hatte verloren.

»Alles Lügen!«, schrie Pail. »Alles verdammte kapitalistische, jüdische Lügen!«

Er riss die Pistole wieder hoch, zielte genau auf Amalie.

Amalie schloss die Augen.

35

Du hättest aussteigen sollen, als du noch Zeit hattest!«, schrie Moritz gegen den Fahrtwind und das immer bedrohlicher klingende Knattern des Motors. Die *Schwalbe* hüpfte und tanzte auf einem unsicheren Kurs dem Luftschiff hinterher, das in den nächsten Augenblicken den Westhafen überqueren würde.

»Und versäumen, wie mein Mann eigenhändig einen Flugapparat steuert?«, schrie Antonie zurück.

»Wir müssen eine der Motorgondeln rammen, wenn wir das Luftschiff zu Boden bringen wollen.«

»Das ist mir klar! Ich habe euch vorhin genau zugehört!«

»Warum bist du dann nicht ausgestiegen, als ich dich darum gebeten habe?«

Die beiden Männer im Luftschiff, dem sie sich schnell näherten, schienen erkannt zu haben, dass sie weiterhin verfolgt wurden. Das Luftschiff begann eine schwerfällige Kurve, vermutlich, damit sein Besitzer sich in Schussposition bringen konnte, ohne dass die *Schwalbe* vom Tragkörper verdeckt wurde.

»Ich bin eine emanzipierte Frau. Ich fälle meine eigenen Entscheidungen!«

Moritz sah, dass das riesige Schiff im Grunde keine Chance hatte, sich auf diese Weise gegen das herannahende Flugzeug zu verteidigen. Und die *Schwalbe* keine Chance, dem Luftschiff Schaden zuzufügen, ohne Waffen an Bord. Er schluckte, als vor seinen Augen auf einmal eine Vision auftauchte – ein Luftschiff, dessen Gondel voller bewaffneter Soldaten war, mit fest installierten Maschinengewehren, die Tod und Verderben den fragilen Flugapparaten entgegenspuckten, die es bedrängten; und in den Flugapparaten ebenfalls Soldaten als Beisitzer, die zurückschossen. Lass das nicht wahr werden, dachte er und erinnerte sich an seine eigenen Erlebnisse als junger Mann in der Schlacht von Königgrätz. Lass uns nicht auch diese Erfindung pervertieren und die Eroberung der Luft nur dazu benutzen, um den Tod auch in die Wolken zu tragen. Aber zugleich wusste er, dass das unausweichlich so geschehen würde und dass es umso schneller geschah, wenn Oscar Glock und Rudi Leitner ihre Pläne erfolgreich realisierten. Es gab ihm neuen Mut. Er zog am Gashebel. Die *Schwalbe* beschleunigte und flog wieder geradeaus, nachdem der neue Propellerzug den unerfahrenen Moritz erst einmal zu ein paar erratischen Manövern gezwungen hatte.

»Wir werden dabei draufgehen!«, schrie Moritz. Er passte seinen Kurs der Ausweichbewegung des Luftschiffs an. Undeutlich sah er etwas in der Gondel aufblitzen. Glock feuerte seine Waffe auf diese Distanz auf sie ab. Es war hoffnungslos. Es zeigte, dass der übermächtig erscheinende Gegner in Wahrheit völlig frustriert war von der kleinen Mücke, die ihm den Kampf angesagt hatte.

»Besser wir als Levin!«, schrie Antonie zurück. »Und die zwei Bastarde dort vorn nehmen wir mit!«

Sie waren jetzt so nah, dass Moritz sich aussuchen musste, welche der beiden Motorgondeln er zerstören wollte. Er wählte die rechte aus und gab nochmals Gas. Die *Schwalbe* geriet in den Luftwirbel, den der mächtige Körper des Luftschiffs und seine Propeller verursachten, und schlingerte und tanzte. Moritz steuerte sie mit schweißnassen Händen wieder heraus und nahm erneut seinen zerstörerischen Kurs auf.

»Vielleicht passen wir nicht mehr zusammen!«, brüllte er über die Schulter. »Aber trotzdem liebe ich dich noch!«

»Ich dich auch!«, erwiderte Antonie. Er spürte ihre Hand auf der Schulter. Er hätte sie gern gedrückt, aber er wagte nicht, den Steuerknüppel nur mit einer Hand zu führen. Der Rumpf des Luftschiffs war jetzt riesengroß vor ihnen, die Motorgondel mit dem wirbelnden Propeller direkt im Rahmen, durch den Moritz nach vorn blickte. Nur noch Augenblicke … nur noch Augenblicke …

»Danke, dass du bei mir bist!«, rief er nach hinten.

Aufprall.

36

Amalie hörte den Schuss peitschen. Aber sie hörte ihn fast direkt in ihrem Ohr. Gleichzeitig drückte jemand sie auf die Knie. Sie riss die Augen auf.

Pail war einen Schritt nach hinten getaumelt. Er sah mit weiten Augen zu ihr herüber. In Höhe der rechten Schulter war in seiner weißen Uniformjacke ein Loch, dessen Ränder rot anzulaufen begannen. Die Hand mit der Pistole hing nutzlos nach unten, die Waffe entglitt ihm und klapperte auf den Laufsteg.

Pail torkelte wieder nach vorn, die linke Hand ausgestreckt, sein Ziel: den Hebel des Zünders umzulegen.

Die Hand in Amalies Nacken drückte sie weiterhin auf die

Knie. Sie hörte in rascher Folge zwei, drei, vier Schüsse, dann ein Klicken. Wer immer hinter ihr stand, hatte die ganze Trommel eines Revolvers leergeschossen. Pail zuckte bei jedem Einschlag zusammen und machte einen bizarren, grässlichen kleinen Sprung. Staub stob von den Einschlägen der Kugeln in seine Brust auf, und ein feiner roter Nebel. Pail stand noch einen Augenblick aufrecht, dann fiel er auf die Knie, auf sein Gesicht und regte sich nicht mehr. Amalie stierte ihn an. Zehn Zentimeter weiter vorn, und er wäre auf den Zünder gefallen und hätte alles in die Luft gejagt.

In ihren Ohren klingelte es von den Schüssen, die in ihrer unmittelbaren Nähe abgefeuert worden waren. Sie wandte den Kopf um und sah zu dem Schützen empor, der die Hand mit der Waffe immer noch ausgestreckt hielt.

»Du machst mein Luftschiff nicht kaputt, hörst du?«, knurrte er. »Wenn hier oiner mei Schiffle kaputtmacht, bin des immer no i!.« Graf Zeppelin ließ die Waffe sinken. Es war Schambachers Revolver. Er sah sie an, dann tastete er plötzlich nach der Reling des Laufstegs und ließ sich langsam auf den Hosenboden sinken. Sein Gesicht wurde kreidebleich.

Amalie tätschelte dem alten Mann die Wangen, bis wieder halbwegs Farbe in sein Gesicht zurückkehrte. Zeppelins Brust hob und senkte sich einmal wie unter einem gewaltigen Seufzer. »Lassen Sie mich den Zünder schnell entfernen und die Bomben wegnehmen«, sagte er mit rauer Stimme. »Und dann steigen wir wieder hinunter zu den andern. Ihre Freundin ist ganz aus dem Häuschen, dass wir sie daran gehindert haben, Ihnen nachzuklettern.«

»Stattdessen sind Sie mir gefolgt«, sagte Amalie.

Graf Zeppelin grinste schwach und machte eine umfassende Geste. »Ich bin ja auch der Hausherr«, sagte er und zwinkerte ihr zu.

37

Niemand von den Menschen, die vor den Säulen des Reichstagsgebäudes auf den Treppenstufen stehen geblieben waren und dem sich nähernden Luftschiff entgegenblickten, konnte genau erkennen, was geschah. Dazu war es noch viel zu weit entfernt. Aber der diensthabende Wachoffizier hatte einen Feldstecher, und er schrie das, was er sah, in höchster Aufregung heraus. Selbst die Leute, die schon über den halben Platz gerannt waren, um sich in Sicherheit zu bringen, hielten an und hörten ihm zu.

»Da ist eine Flugmaschine. Hat das Luftschiff gerammt. Sie ist direkt in eine der Motorgondeln geflogen. Steckt fest! Sie steckt fest, zwischen dem Motor und der Außenhülle. Die Hülle ist eingerissen. Jetzt reißt der Fahrtwind sie noch mehr auf. Was fällt da … das sind die Tragflächen der Flugmaschine, sie sind abgebrochen. Aber der Rumpf hat sich verkeilt und … oh Gott, jetzt sehe ich Menschen, die sich festklammern – die Besatzung der Flugmaschine … ich werde verrückt, ich glaube, einer ist eine Frau …!«

Otto, der Hermine und Luisa nach draußen gebracht hatte und halb wahnsinnig vor Sorge um Levin war, blieb das Herz fast stehen. Eine Frau!? Er rannte die Stufen zu dem Leutnant hinauf. »Bitte …«, rief er und streckte die Hand nach dem Feldstecher aus. »Bitte … das ist mein Bruder …«

Der Leutnant gaffte ihn an. »Im Luftschiff!?«

»Nein, in der Flugmaschine.«

»Gütiger Himmel.« Der Leutnant reichte ihm den Feldstecher.

Aber es war schon zu spät. Das Luftschiff hatte sich halb um die Querachse gedreht, weil die Luft, die sich in dem immer größer werdenden Riss in der Außenhülle fing, es herumdrehte – und der intakte Motor auf der anderen Seite dabei auch noch nachhalf. Das riesige Gebilde torkelte träge um seine Querachse herum und verlor rapide an Höhe. Otto konnte zwei Gestalten in der Gondel sehen, die sich festhielten. Die vorher abgewandte, rechte Seite des Luftschiffs kam wieder in Sicht. Atemlos vor Angst drehte Otto am Einstellungsrad, um schärfer sehen zu können. Er sah das Wrack der *Schwalbe*, das sich zwischen den Haltestangen der Motorgondel und den Streben des Innengerüsts verfangen hatte. Er sah weder Levin noch Moritz, noch Antonie. Waren vorher nicht einzelne Teile der Außenhülle davongerissen worden und zu Boden geflattert und andere undeutlich erkennbare Teile senkrecht hinuntergefallen? Otto wurde schlecht. Waren seine Lieben darunter gewesen?

Das Luftschiff vollführte noch eine Drehung, dann geriet es hinter den nahen Hausdächern außer Sicht. Ottos Herz trommelte wie wild. Er ließ den Feldstecher sinken. Jeden Augenblick würde das Luftschiff aufprallen, würde ein Feuerball dort aufschießen, der alle verschlang, die den Absturz überlebt hatten. Rudi Leitner. Oscar Glock. Levin. Und … Antonie? War Antonie mit in der *Schwalbe* gewesen?

Eine riesige Staubwolke wallte über der Absturzstelle auf. Nur Staub, sonst nichts, und ein paar Fetzen einer schmutzig weißen Außenhülle, die emporgewirbelt wurden.

Otto drückte dem Leutnant seinen Feldstecher in die Hand, drehte sich zu Hermine um, die hinter ihm stand, konnte kein Wort sagen und begann, in Richtung Westhafen zu rennen.

38

Levin erreichte die Absturzstelle des Luftschiffs so erschöpft und abgehetzt, dass er sich kaum noch auf den Beinen halten konnte. Er wollte sich vor Überanstrengung übergeben, aber nichts kam hoch. Von allen Seiten umringten Hafenarbeiter und andere Leute das Wrack, das wie ein gekrümmter, halb zerdrückter Riesenwurm aus Aluminiumknochen, schlaffen Eingeweidesäcken aus Leder und einer zerfetzten Haut aus bedampftem Stoff halb auf dem Dock, halb im Spreekanal lag, gigantisch noch im Tod. Das Luftschiff war an einer Stelle des Westhafens abgestürzt, an der keine Wohn- und Gewerbebauten standen. Die Trümmer, die überall herumlagen, stammten nur vom Wrack. Die Gondel des Luftschiffs lag eingedellt auf der Seite, das Gestell mit den Bomben zerborsten, die Bomben selbst lagen weit verstreut, schwarze, mit Kreide beschmierte, zerbeulte Tonnen mit lächerlich wirkenden Flügelchen an einem Ende – nicht explodiert, weil sie offensichtlich noch nicht scharf gemacht gewesen waren. Gerissene Spanndrähte zogen sich innerhalb des Skeletts hin und her oder baumelten und zitterten nach. Die Gaffer bildeten einen Ring um das Wrack. Levin, der versuchte, genügend Luft zu bekommen, um die Menschen wegzuscheuchen wegen der jederzeit zu erwartenden Explosion des Wasserstoffgemischs, erkannte auf einmal, dass diese schon lang hätte erfolgen müssen. Er drängelte sich keuchend durch die Menge und torkelte auf den von Trümmerteilen übersäten Platz hinaus, den die Ankommenden zwischen sich und dem Wrack freigelassen hatten.

Dort standen Rudi Leitner und Oscar Glock, beide zerrauft, mit zerrissener Kleidung und blutigen Gesichtern, aber wohlauf. Glock hatte einen Arm um Antonie von Briests Hals geschlungen und hielt Levins Mutter wie einen Schutzschild vor sich. Er drückte ihr einen Revolver gegen die Schläfe.

»Levin!«, rief Antonie. Glock schüttelte sie und zischte sie an.

Rudi Leitner stand neben ihm, ebenfalls bewaffnet, und zielte auf Moritz von Briest, der auf dem Boden saß und sein Bein hielt. Selbst von hier konnte Levin erkennen, dass es gebrochen sein musste. Einige der Wrackteile, die hier lagen, erkannte Levin wieder: Sie stammten von der *Schwalbe*.

So schockiert er über die Situation war, ein Gedanke schwappte in seinem überreizten Hirn nach oben: Moritz hatte es geschafft, mit der kleinen, zerbrechlichen *Schwalbe* das riesige Luftschiff zu Boden zu bringen. Die *Schwalbe* hatte es geschafft!

Rudi richtete seine Pistole auf Levin, als dieser taumelnd stehen blieb. Die Zuschauermenge schrie erschrocken auf.

Moritz wandte sich um und schaute Levin über die Schulter an. Er nickte ihm zu. »Das Flugzeug ist hin«, sagte er.

Levin wollte irgendetwas Dramatisches zu Leitner und Glock sagen in der Art von: Gebt auf, es ist vorbei!, aber er bekam kein Wort heraus. Sein Atem pfiff. Er stützte sich auf die Knie. »Frankfurt«, hörte er sich stattdessen japsen, »hat auch nicht funktioniert.«

Rudi starrte ihn an. Glocks Augen zuckten.

»Frankfurt«, sagte Levin lauter, »hat nicht funktioniert, weil Otto ein Telegramm an die Ausstellungsleitung geschickt hat, um sie zu warnen und den Flug von Zeppelins Luftschiff erst gar nicht stattfinden zu lassen. Ihre Leute dort sind mittlerweile wahrscheinlich verhaftet, Glock. Sie sind gescheitert. Lassen Sie meine Mutter los.«

»Lächerlich«, sagte Glock.

»Übrigens«, fuhr Levin fort und wandte sich an Rudi Leitner, »hat euer Freund Hammerstingel das Telegramm, das Emma und Amalie hätte retten sollen, nicht abgeschickt. Glock hat es ihm untersagt. Wir wissen das von Hammerstingel selbst, weil er deswegen so starke Gewissensbisse hatte, dass er dich aufsuchen wollte. Er hat dich nicht angetroffen. Stattdessen waren da Otto und vier Totschläger in deiner Wohnung. Die vier Totschläger sind da wahrscheinlich immer noch. Wenn Hammerstingel nur für einen Groschen Hirn hat, hat er sich aus dem Staub gemacht.«

Levin sah Rudi Leitner mit seinem gesunden Auge mehrfach überrascht blinzeln. Seinem Gesicht war ansonsten nicht viel Regung anzumerken. Das Publikum hatte sich von der ersten Verblüffung erholt, dass vier Überlebende eines Luftschiffabsturzes einander mit Waffen in Schach hielten. Rufe nach der Polizei wurden laut. Erste Entschlossene verließen die Menge, um selbst nach einem Polizisten zu suchen. Aus den umliegenden Gassen strömten immer mehr Leute zusammen, und das Gebimmel eines Feuerwehrzugs, der sich von der Turmstraßen-Feuerwache in Moabit her näherte, wurde immer lauter.

»Ihr habt keine Chance«, sagte Levin. »Lassen Sie meine Mutter los, Glock, und ergeben Sie sich! Rudi, leg die Waffe weg!«

»Er lügt«, sagte Glock zu Rudi. »Hammerstingel hat das Telegramm weggeschickt, wie ich es ihm aufgetragen habe.«

»Weder Otto noch Levin haben vorher was von Hammerstingel gehört«, sagte Rudi ruhig. »Woher sollten sie seinen Namen kennen?«

Glock starrte Rudi an. »Was soll das jetzt?«

»Hat Hammerstingel das Telegramm abgeschickt, Oscar?«

»Ja, zum Teufel.« Glock wandte sich an Levin. »Tritt beiseite, Junge! Rudi und ich nehmen deine Mutter mit. Wenn wir in Sicherheit sind, lassen wir sie laufen.«

»Sie kommen hier nicht weg«, sagte Levin. »Gleich rückt die Polizei an und die Feuerwehr. Geben Sie auf!«

»Wenn ich hier nicht wegkomme, dann heißt das nur, dass deine Mutter und dein alter Herr auch nicht wegkommen. Ich erschieß deine Alte, Rudi deinen Vater. Also lass dir was einfallen, Aristokratensöhnchen.«

»Hab ich schon. Rudi – woher sollten wir alles von euren Plänen wissen? Davon, dass ihr das Luftschiff von Zeppelin mit den Reichstagsabgeordneten und jemandem vom Kaiserhaus abstürzen lassen wolltet? Dass Wolfram Schambacher und Hermann Pail eure Attentäter vor Ort sind und sich zusammen mit dem Luftschiff hochjagen sollten …?«

»Halt's Maul, Junge, sonst knall ich deine Mutter hier und jetzt ab«, rief Glock.

Levin sah ihn gar nicht an. Er schaute unverwandt in Rudi

Leitners gesundes Auge. »Das tun Sie nicht«, sagte er, »weil Sie sonst kein Druckmittel mehr haben. Sie haben sowieso keines, aber Sie reden es sich noch erfolgreich ein. Rudi – woher hätten wir wissen sollen, dass euer Luftschiff von einer halb im Boden versenkten Halle im Tegeler Forst gestartet ist? Dass ihr es *LSW1* getauft habt – *Luftschiff der Söhne Walhalls*?«

Rudi wandte den Kopf langsam, ganz langsam Glock zu. Seine Waffe war immer noch auf Moritz gerichtet, aber der Lauf zitterte jetzt. In die Menge rundherum kam Bewegung, als sich Polizisten hindurchdrängten. Die Beamten blieben wie angewurzelt stehen, als sie die Situation erkannten.

»Oscar«, begann Rudi, »schwöre mir bei unserer Bewegung, dass du Hammerstingel das Telegramm hast abschicken lassen.«

»Er hat es ihm untersagt«, sagte Levin, als Glock nicht sofort antwortete. »Glock wollte Emma und Amalie opfern. Sie sollten brennen, so wie die anderen. So wie du damals.«

Glock fuhr auf. »Wem glaubst du?«, rief er. »Diesem Aristokratenpack, das aus kapitalistischen Judenfreunden, Weiberrechtlerinnen, Plattfüßen und Fotzenleckerinnen besteht, oder mir?«

»Die eine Fotzenleckerin war die Frau, die ich geliebt habe«, sagte Rudi Leitner. Seine Stimme klang ganz fremd.

Er ließ die Waffe sinken. Einen Moment stand er still da. Dann richtete er sie auf Oscar Glock. Dieser bewegte sich, so dass Antonie jetzt zwischen ihm und Rudi Leitner stand. Glock duckte sich hinter ihr. Er hielt die Pistole immer noch an ihre Schläfe.

»Wir haben verspielt, Oscar«, sagte Rudi. »Lass die Frau los!«

»Du bist verrückt geworden, Rudi.«

»Nein, ich bin seit Jahren zum ersten Mal wieder klar. Tu die Waffe weg, Oscar.«

Antonie gurgelte plötzlich: »Mir wird schlecht ...« Sie verdrehte die Augen und sackte in Oscar Glocks Griff zusammen. Glock war so überrascht, dass sie ihm entglitt. Er stand frei da. Er und Rudi sahen sich an. Glocks Gesicht zuckte, Rudis war wie üblich so gut wie reglos. Langsam hob Glock seinen Revolver und legte auf Rudi an. Beide Männer standen verkrampft da, die Waffen mit ausgestreckten Armen aufeinander gerichtet. Es sah fast aus wie ein Duell.

Glock fluchte und feuerte. Rudi feuerte gleichzeitig. Die Zuschauer schrien auf. Die Polizisten wichen zurück.

Glocks Kopf wurde nach hinten gerissen. Dann kippte er wieder nach vorn. Wo sein eines Auge gewesen war, war eine blutige Höhle. Die Kugel hatte den Schädel nicht durchschlagen, aber ihre Wucht musste gereicht haben, um das Gehirn darin zu zerstören. Glock stieß ein unartikuliertes Stöhnen aus, dann gaben seine Knie nach. Er fiel auf die kauernde Antonie. Der Revolver entglitt seinen Fingern und klapperte auf den Boden. Levin stürzte sich mit einem Hechtsprung darauf, kriegte ihn zu fassen, rollte sich herum und kam wieder auf die Beine, den Lauf auf Rudi Leitner gerichtet. Dieser zielte immer noch dorthin, wo Glock gestanden hatte. Er hatte anscheinend gar nicht auf Levin geachtet. Er blinzelte langsam. Als würde er sich aus einer tiefen Erstarrung lösen müssen, schwenkte er seinen Arm dann träge herum und richtete die Waffe auf Levin.

»Es reicht jetzt, Rudi«, sagte Levin. »Leg sie weg!«

Rudi erwiderte nichts. Die gesunde Hälfte seines Gesichts war totenblass.

Ein neuer Aufruhr entstand im Publikum. Weitere Menschen drängten sich nach vorn. Levin wagte nicht, sich umzudrehen, aber er hörte die Stimmen und das Gedränge, und dann hörte er eine angstvolle Stimme rufen: »Rudi!«

Otto und Hermine hatten sich ins Freie gedrängt, erhitzt, rotgesichtig, keuchend. Sie mussten gerannt sein. Hermine hatte ihren Rock und Unterrock bis über die Knie an der Naht aufgerissen, um schneller rennen zu können. Später sollte noch ein verärgerter Oberregierungsrat Rüdlin mit Levins Nichte auf dem Arm eintreffen, dem Hermine einfach Luisa in die Hand gedrückt hatte, bevor sie mit Otto losgerannt war. Hermine hob beschwörend die Hände. Otto starrte voller Horror auf den toten Glock und den reglosen Körper seiner Mutter unter ihm.

»Bitte, Rudi … ich verstehe gar nichts. Bitte tu die Waffe weg. Levin – hör auf, auf meinen Bruder zu zielen. Bitte.«

»Hermine«, sagte Rudi. »Geht's dir gut?«

»Ja, aber … Rudi. Bitte. Weg mit dem Revolver.«

»Ich kann ihn nicht weglegen, Hermine. Wenn ich es tue, macht Levin mich kalt.«

»Nein, das tue ich nicht. Hier …« Levin bückte sich und legte den Revolver auf den Boden. Langsam richtete er sich wieder auf und spreizte die Hände ab. Rudi zielte weiterhin auf ihn. Seine Waffe schwenkte nur einmal kurz herum, als Otto sich in Bewegung setzte, um zu dem vor Schmerz kreidebleichen Moritz zu laufen, dann entschied er offensichtlich, dass er Otto nicht aufhalten konnte, und wandte sich wieder Levin zu.

»Du solltest mich aber besser kaltmachen«, sagte Rudi ganz ruhig. »Ich habe deine Großeltern auf dem Gewissen, Edgar Trönicke und noch ein paar hundert andere Leute – Zugfahrer, Schiffspassagiere, Bergleute …«

»Du wirst vor Gericht kommen, Rudi«, sagte Levin, als sich Hermines Gesicht in ungläubigem Entsetzen verzog.

»Nein«, sagte Rudi. Dann senkte er die Waffe und wandte sich Hermine zu: »Sei frei, Schwesterchen«, sagte er. Aus seinem gesunden Auge lief eine Träne.

»Nein!«, schrie Hermine.

Rudi presste sich den Lauf des Revolvers unters Kinn und drückte ab.

EPILOG

Oktober 1909

»Opfer müssen gebracht werden.«

Levin von Briest

Antonie war in Wahrheit nicht schlecht geworden. Sie hatte es nur als einzigen Ausweg aus dem Patt gesehen, so zu tun, und hatte es riskiert, wissend, dass Glock ihr auch aus Nervosität eine Kugel in den Kopf hätte jagen können, als sie sich fallen ließ. Sie hatte sich dann unter dem toten Glock nicht gerührt, weil sie gefürchtet hatte, das neue Patt zwischen Rudi und Levin zu unterbrechen, und dann hätten beide vielleicht geschossen.

Natürlich wurde der Vorfall auf der ILA totgeschwiegen. Für die Außenstehenden sah es so aus, als sei die erste Fahrt von *LZ 5* auf der Luftschifffahrtsschau aus technischen Gründen abgebrochen worden. Später unternahm Graf Zeppelin noch viele Fahrten im Lauf der ILA. Er war als der Narr vom Bodensee dorthin gereist. Als Held Deutschlands kehrte er davon heim. Er war der Bezwinger der Lüfte, das Genie, der Mann, der für Deutschland den Himmel erobert hatte. In den folgenden dreißig Jahren dachten die Menschen, wenn sie ans Fliegen dachten, an Zeppeline. Mit ihnen reisten sie um die Welt. Mit ihnen bombardierten sie im Krieg Ziele auf dem Boden, und zwar alle kriegführenden Parteien. Der Mensch schafft es jedes Mal, seine größten Erfindungen in Waffen zu verwandeln.

Der Absturz eines Luftschiffs auf die Dockanlagen des Berliner Westbahnhofs war eine Weile Tagesgespräch, besonders hinsichtlich der Möglichkeit, dass der Riese ja auch auf Privathäuser hätte fallen können … oder auf eine Schule … aber da sich der Absturz im Zusammenhang mit dem versuchten Anschlag auf der ILA ereignet hatte, wurde hier vonseiten der Obrigkeiten der

Deckel draufgehalten, und die Leute vergaßen den Vorfall. Ein paar Tage lang lag das Gerippe des *LSW1* noch herum, dann rückten Arbeitertrupps der Regierung an, zerlegten es und brachten das Aluminium weg, um es zu verkaufen. Die Leichen Glocks und Rudi Leitners lagen da schon lang unter der Erde.

Otto und Hermine behielten ihre Detektei. Ottos Einsatz bei der Evakuierung des Reichstags verschaffte ihm einen guten Namen und eine Reputation als Held. Über Auftragsmangel brauchten er und Hermine sich nicht mehr zu beklagen. Oberregierungsrat Rüdlin überwand seinen ersten Ärger darüber, dass Hermine ihn zum Kindermädchen ernannt hatte, und übersandte Luisa bis zu seinem Tod jedes Jahr am 2. August eine Grußkarte und ein kleines Geschenk.

Moritz' Bein heilte wieder, aber es war nicht mehr so belastbar wie früher. Die letzten Jahre seines Lebens humpelte er genauso, wie Alvin von Briest gehumpelt hatte. Manchmal holen die Sünden der Väter die Söhne ein, auch wenn es gar keine Sünden sind, sondern nur der Lauf des Schicksals, und auch wenn die Vaterschaft gar keine biologische ist, sondern nur eine des Herzens.

Antonie widmete sich nach einer kurzen Verschnaufpause, in der sie und Moritz einen Urlaub im Norderneyer Seebad unternahmen, wieder ihrem Kampf um die Frauenrechte. Das Abenteuer mit der *Schwalbe* und der anschließende Erholungsurlaub hatten die Liebe nicht wiederhergestellt, aber die Freundschaft zwischen den beiden Eheleuten vertieft, und da neben der Liebe die Freundschaft das zweite große edle Gefühl ist, dessen wir Menschen fähig sind, war es alles in allem kein ganz schlechter Tausch.

Emma und Amalie flogen mehrere Male mit dem *LZ 5* auf der ILA und schossen Hunderte von Fotos auf den Fahrten, die der Graf kreuz und quer durch Deutschland unternahm. In den Jahren danach war jede zweite Postkarte, die eine Luftaufnahme einer deutschen Stadt oder der deutschen Natur zierte, von Emma fotografiert worden.

Levin baute eine neue *Schwalbe* und nannte sie seinem Vater zu Ehren *Spatz*. Der *Spatz* erreichte nie den Rekord, den die *Schwalbe* auf ihrem ersten und letzten Flug erreicht hatte, und sein Entstehen und die kurzen Flüge mit ihm blieben von der Öffentlichkeit unbeachtet. Levin war es egal. Er flog, um sich selbst zu begeistern, nicht die anderen. Er lebte frugal und schlief oft genug auf einem Lager neben seiner Konstruktion, gründete nie eine Familie und lebte nur für die Augenblicke, in denen er in seinem Flugapparat durch die Lüfte glitt. Wenn man ihn fragte, ob er nichts in seinem Leben vermisse, pflegte er in aller Regel zu grinsen und mit dem selbstzufriedensten Gesicht der Welt zu antworten: »Opfer müssen gebracht werden.«

Nachwort

Münchenstein

Das Zugunglück von Münchenstein mit achtundsiebzig Toten am 14. Juni 1891 gilt bis heute als die schlimmste Eisenbahnkatastrophe der Schweiz. Die Gründe für den Zusammenbruch der Brücke während des Passierens des Zugs sind vielfältig – von zu vielen und zu schweren Waggons bis zu fehlerhaften Reparaturen der Brücke nach dem vorangegangenen Hochwasser. Das Unglück führte dazu, dass die Schweiz strenge Sicherheitsregeln für den Zugverkehr einführte. Der Einführungstext des Untersuchungsberichts, den Edgar Trönicke auf Gut Briest vorliest, ist der Originalausgabe der *Schweizer Bauzeitung* vom 20. Juni 1891 entnommen, in der über das Unglück berichtet wird.

Edgar Trönickes Verletzung

Mit der Zahlung der letzten Kriegsreparationsrate im Herbst 1873 verließen die letzten deutschen Besatzungssoldaten Frankreich. Anschläge gegen diese Transporte gab es anders als im Roman dargestellt nicht. Die französischen Revanchisten taten sich hauptsächlich während des Krieges und bis zum Frieden von Frankfurt mit Guerilla-Anschlägen gegen deutsche Militäreinrichtungen hervor.

Detektive und Gesetzeshüter

Als erste Privatdetektei der Welt gilt eine Agentur von Sir Henry Fielding in London, die 1749 gegründet wurde. Die Erfindung klassischer kriminalpolizeilicher Methoden und die Gründung der Pariser Sureté im Jahr 1812 durch den ehemaligen Kriminellen und späteren Polizeichef Eugène Vidocq machte detektivische Arbeit in ganz Europa populär – sogar so sehr, dass diverse literarische Detektivfiguren wie Sherlock Holmes, Auguste Dupin, Rodolphe de Gerolstein und Monsieur Lecoq nach seinem Vorbild erschaffen wurden. 1850 gründete Allan Pinkerton die legendäre National Detective Agency in Chicago und führte damit die latente Ambivalenz der Privatermittler, die gern selbst Dreck am Stecken hatten und nicht immer legale Methoden anwendeten, zu manchmal skandalösen Höhen. 1860 eröffnete in Stettin ein »Erkundungsbüro zur Wahrung kaufmännischer Interessen«, 1861 das »Detektiv- und Rechtsbüro Rex« von H. L. Römer in Dresden, 1880 das Detektivbüro der ehemaligen Heeresoffiziere Caspari-Roth, Roffi und Pelzer.

Obwohl als Gründer der modernen Kriminalpolizei der Franzose Eugène Vidocq gilt (siehe oben), gab es in Preußen, in Königsberg und in Berlin, schon ab 1799 sogenannte polizeiliche Sicherheitsbüros, deren Beamte unter Aufsicht des Gerichts alle zur Aufklärung von Verbrechen erforderlichen Ermittlungen durchführen durften. Den Polizisten war ausdrücklich erlaubt, in Ausnahmefällen auch ohne Uniform tätig werden zu dürfen. Sie waren die ersten Kriminalbeamten Deutschlands.

Die Berufsbezeichnung »Kriminalkommissar« taucht erstmals 1820 auf, die Trennung zwischen Schutzpolizei und Kriminalpolizei erfolgte 1872 in Berlin. Die erste klassische Mordkommission in Deutschland wurde 1885 beim Mordfall Dickerhoff eingesetzt, wiederum in Berlin.

Versicherungsbetrug

Der Anschlag auf die *Mosel* 1875 in Bremerhaven war tatsächlich ein versuchter Versicherungsbetrug, der nur wegen der vorzeitigen Explosion der Bombe auf dem Verladedock aufgrund eines Frachtunfalls nicht mehr Todesopfer forderte. Dreiundachtzig Tote und über zweihundert Verletzte waren dennoch die Folge. Die weiteren im Roman genannten Katastrophen lassen sich nicht auf Versicherungsbetrug zurückführen – oder jedenfalls lässt sich keiner beweisen. Sie sind zwar tatsächlich passiert, aber mit dem Grund dafür habe ich mir künstlerische Freiheit erlaubt.

Gründerkrach

Der »Gründerkrach« 1873, der von der Wiener Börse ausging, beruhte auf überhitzten Finanzmärkten, völlig spekulativen Firmengründungen und einem Verzicht vieler europäischer Regierungen auf Marktregulierungsmaßnahmen. Studiert man die Gründe genauer, fällt einem auf, dass sie keine anderen sind als die, die zu den Wirtschaftskrisen 2000 und 2007 geführt haben. Die Wirtschaft ist offenbar nicht fähig, aus den Fehlern der Vergangenheit zu lernen. Der Gründerkrach löste die sogenannte Große Depression aus, die bis in die 1890er-Jahre dauerte und den Antisemitismus in Deutschland gehörig anheizte – eine Saat, die fünfzig Jahre später von den Nazis zu schrecklicher Reife geführt wurde.

Siemens

Die *Siemens & Halske Electric Company of America* begann 1892 mit einem Werk in Chicago. Der Leiter des Werks war, anders als im Roman dargestellt, Alfred Berliner und nicht Moritz von Briest. Berliner wurde später einer der Vorstandsvorsitzenden der Siemens & Halske AG. 1893 hatte er jedoch erst einmal Schwierigkeiten mit dem amerikanischen Geschäftspartner in Chicago, O. W. Meysenberg, der Berliners Ablösung betrieb. Die

Geschäfte in Chicago liefen nicht ohne Probleme an, so dass Georg Wilhelm von Siemens sich genötigt sah, schon ein Jahr nach der Gründung das Eigenkapital der Firmentochter zu verdoppeln, um die hohen Verbindlichkeiten auszugleichen. Bis 1894 eroberte das Unternehmen einen ansehnlichen Marktanteil mit elektrischer Ausrüstung für Brauereien und andere von Deutschen in Amerika gegründete Unternehmen. 1894 brannte die Fabrik in Chicago ab, die Produktion wurde in die Hallen der *Grant Locomotive Works* verlegt, welche wenig später auf Betreiben von O. W. Meysenberg aufgekauft wurden. Die amerikanische Siemens-Tochter konzentrierte sich daraufhin auf den Bau von Lokomotiven. Durch weitere Kapitaleinlagen seitens der amerikanischen Geschäftspartner und Firmenaufkäufe verlagerte sich die Geschäftskompetenz mehr und mehr von Siemens weg, bis die *Siemens & Halske Electric Company of America* 1903 komplett aufgelöst wurde und das Siemens-Engagement in den USA endete.

Dass sich Georg Wilhelm von Siemens möglicherweise schon in den 1890er-Jahren für Flugexperimente interessierte, habe ich von der Tatsache abgeleitet, dass die Siemens-Schuckert-Werke unter seiner Leitung Anfang des 20. Jahrhunderts ihr eigenes Luftschiff entwickelten. Dass Siemens zu dieser Zeit nicht schon mit dem Starrflügelprinzip des herkömmlichen Flugzeugs experimentierte, hat mich zu seinen – erfundenen – Einlassungen über die Technik des Menschenflugs im Roman gebracht.

Otto Lilienthal

Die Schilderung von Otto Lilienthals Flugversuch in Derwitz habe ich aus den Fotos von zwei Gleitflügen im Jahr 1891, die dort entstanden, und aus einem Bericht von Lilienthal selbst über einen Beinahe-Absturz zusammenkomponiert. In Wahrheit verliefen die Gleitflüge Lilienthals am 27. September 1891 ohne besondere Vorkommnisse. Der sogenannte »Derwitzer Apparat« war wahrscheinlich das erste erfolgreiche manntragende Flugzeug der Welt. Er ermöglichte Flugweiten bis zu fünfundzwanzig Meter. Um die Dramatik zu erhöhen, habe ich Lilienthal im Roman ein paar Meter mehr gegönnt.

Als Levin zum ersten Mal bei Otto Lilienthal in der Boothstraße 17 in Lichterfelde vorspricht, liegt in der Zufahrt ein beschädigter Gleiter oder Normalsegelapparat. Bei seiner Beschreibung habe ich Lilienthals Todesflug vorweggenommen; von dem beschädigten Flugapparat, mit dem Lilienthal am 9. August 1896 abstürzte, existiert eine Fotografie, die ich dafür verwendet habe. Sie soll in dieser Szene, ebenso wie Lilienthals angeblich letzte Worte »Opfer müssen gebracht werden«, die ich hier zitiere, andeuten, dass die Begeisterung des Flugpioniers in wenigen Jahren zu seinem Tod führen wird.

Die Schilderung von Otto Lilienthals Tod stützt sich auf den entsprechenden Abschnitt in C. C. Bergius' unverzichtbarem Buch *Die Straße der Piloten*; übrigens eines jener Werke, die bei mir in jungen Jahren die Begeisterung für die Fliegerei geweckt haben. Bergius ist bei seiner dramatischen Aufarbeitung des Geschehens, soweit nachvollziehbar, sehr nahe an der historischen Wirklichkeit geblieben. Ich habe nur ganz wenig hinzugefügt; hauptsächlich eigentlich die Figur von Levin von Briest. In Wirklichkeit war Lilienthal mit seinem Monteur Paul Beylich allein, als er abstürzte.

Frauenbewegung

Die komplizierte Geschichte der Frauenbewegung im letzten Drittel des 19. Jahrhunderts habe ich im Roman stark vereinfacht. Notgedrungen habe ich mich auf die Aktivitäten in und um Berlin beschränkt und dabei das Schwergewicht auf die proletarische Frauenrechtsbewegung gelegt. Ein wichtiger Name einer der Vorkämpferinnen für die Frauenrechte kommt daher nur am Rande vor: Gertraude Guillaume-Schack, die als Gertrud Gräfin Schack von Wittenau geboren wurde und eine der ganz wenigen Frauen aus dem Adel war, die sich für Frauenrechte starkmachte. Für sie steht stellvertretend Antonie von Briest. Die Geschichte der Familie von Briest spiegelt auch das berufliche Schicksal des Mannes von Emma Ihrer wider, dem die Konzession als Apotheker wegen der politischen Aktivitäten seiner Frau entzogen wurde. Auch hier ist kaum Raum für die Schilderung der internationalen Frauenrechtsbewegung, die sich in England und USA in der Suffragetten-Bewegung ausdrückte und in Frankreich in der mit juristischer Verfolgung bis hin zu Todesurteilen bekämpften Union des Femmes. Eine der frühen Kämpferinnen für Frauenrechte ist übrigens die Autorin Mary Wollstonecraft Shelley – die Verfasserin von *Frankenstein*. Welche Kraft die Frauenrechtsbewegung hatte, kann man vielleicht an ein paar dürren Zahlen ablesen. Der am 18. Oktober 1865 in Leipzig gegründete erste überregionale »Allgemeine Deutsche Frauenverein« begann mit vierunddreißig Mitgliedern. 1870 waren es bereits zehntausend.

Ottos Einlassung zur Studienzulassung von Frauen gegenüber Katharine Wright ist in Teilen ein Zitat des deutschen Zivilrechtslehrers Otto von Gierke (1841–1921). Die amerikanische Frauenrechtlerin, die sich 1872 als Präsidentschaftskandidatin nominieren ließ, war Victoria Woodhull (1838–1927). Ihre Bemühungen brachten ihr von der empörten Presse den Spitznamen *Mrs. Satan* ein.

Essen, Trinken und das liebe Geld

Das im Roman geschilderte Menü im *Hôtel du Parc* – das spätere *Grand Hôtel Bellevue* – habe ich einer originalen Speisekarte von 1907 entnommen. Das Gesamtmenü lautete: Amerikanische Suppe, Schellfisch mit Butter, Hammelkeule mit Brechbohnen und Petersilienkartoffeln, Hummer-Tatar, Junge Hühner mit Compot-Salat, Aprikosentorte oder Tutti-Frutti-Sorbet, Käse und Früchte.

Die deutsche Einheitswährung ab 1871 war die Mark, rückwirkend auch Goldmark genannt. Ein Kaufkraftvergleich laut Hamburger Staatsarchiv sieht eine Goldmark aus den Jahren 1873–1899 bei knapp zehn Euro.

Luftschiffe

Die Zahlen über die postalischen Bewegungen in Berlin, die Graf Zeppelin aus einer Rede des Reichspostministers zitiert, stammen aus einer Abschrift derselben Rede, verlegt im Springer-Verlag, Berlin/Heidelberg. Reichspostminister Heinrich Stephan hielt sie im April 1874. Zeppelins vage Pläne, einen Postbetrieb mit Luftschiffen einzurichten, fanden erst zum Ende der Zeppelin-Ära ihre Umsetzung: Die Reichspost richtete gleichzeitig mit den Passagierflügen der Luftschiffe regelmäßige Postdienste von Friedrichshafen und Frankfurt nach Rio de Janeiro und nach Lakehurst ein. Die Routen wurden von den Luftschiffen *LZ 127* und *LZ 129* gefahren. *LZ 129* verunglückte 1937 spektakulär in Lakehurst und beendete die Postdienste per Zeppelin in einem Inferno aus brennendem Wasserstoff, dem ein Mitglied der Bodenmannschaft, 35 der 97 Personen und 17 241 von insgesamt 17 609 Postsendungen an Bord zum Opfer fielen.

Die technischen Daten des Luftschiffs *Deutschland* stammen aus einem Zeitungsartikel über Friedrich Wölfert aus dem Jahr 1896, kurz nachdem er sein Luftschiff auf der Berliner Gewerbeausstellung vorgestellt hatte. Auch die Probleme mit dem durch die Hülle wieder diffundierten Wasserstoffgas werden dort beschrieben, allerdings betrafen sie nur den Start auf der Gewerbeausstellung. Wölfert, der ein großer, athletisch gebauter, schwerer Mann war, musste damals tatsächlich auf die Vorführfahrt verzichten und einen aus Cannstatt mitgekommenen, leichteren Daimler-Mechaniker fahren lassen. Der Absturz der *Deutschland* am 12. Juni 1897 wird allgemein auf Motorüberhitzung zurückgeführt. Ich habe beide Probleme aus dramaturgischen

Gründen vermischt. Ungefähr dort, wo Wölfert und Knabe aufschlugen und in den Flammen der *Deutschland* umkamen, verläuft heute in Berlin-Schöneberg die Wölfertstraße.

Auch David Schwarz' Luftschiff stürzte bei der Vorführung vor dem preußischen Militär auf dem Tempelhofer Feld ab. Der Pilot, Ernst Jäger, der erst mühsam hatte gefunden werden müssen, weil niemand mit der »jüdischen Erfindung« hatte in Verbindung gebracht werden wollen, erlitt nur marginale Verletzungen. Das Luftschiff war allerdings ein Wrack. Unterschiedlichen Quellen zufolge kaufte Graf Zeppelin, der sich für die von Schwarz geheim gehaltene, starre Verbindung von Innenskelett und Gondel und den Auftrag einer Aluminiumschicht auf die Außenhaut des Luftschiffs interessierte, Schwarz' Witwe Melanie das Patent noch am Unfallort ab. Andere Quellen besagen, dass er dazu erst einen Umweg über Schwarz' Geschäftspartner Carl Berg machen musste, der den Vertrag und das Geschäftsgeheimnis hütete, obwohl er sich mit David Schwarz wegen dessen irrationalem Gebaren noch vor dessen Tod entzweit hatte. Wie auch immer, ohne das Schwarz'sche Patent und dessen Experimente wäre Graf Zeppelin mit seinen eigenen Konstruktionen sicher nicht vorangekommen.

Die Zitate aus der *Frankfurter Zeitung* über den ersten misslungenen Aufstieg des Zeppelin'schen Luftschiffs über dem Bodensee stammen aus einer berühmten Feder. Die Skepsis des Sonderkorrespondenten wurde auch nicht weniger, als im Oktober 1900 zwei unfallfreie Fahrten mit dem gewaltigen Luftschiff gelangen. In einem erneuten Artikel errechnete er mit triefendem Sarkasmus, dass ein mit einem Zeppelin von Friedrichshafen nach Frankfurt transportierter Brief vierzig Stunden brauche, also genauso lang wie über Land, aber hunderttausendmal so teuer. Der Name des Sonderkorrespondenten: Dr. Hugo Eckener, späterer Chefkonstrukteur der Luftschiffbau Zeppelin GmbH, Nachfolger des Grafen als Firmenleiter und einer der berühmtesten Luftschiffkapitäne Deutschlands.

Bei der Schilderung des unbefriedigenden Jungfernflugs von *LZ 1* habe ich mich einmal mehr auf die Beschreibungen in der unverzichtbaren *Straße der Piloten* gestützt und auf die hervorragend aufgearbeiteten Internet-Einträge des Zeppelinprojekts der Claude-Dornier-Schule in Friedrichshafen (http://www2.cds-fn.de).

Was Alberto Santos-Dumont betrifft, habe ich schweren Herzens auf eine Nebenstory verzichtet, die zwar wunderbar ins Romankonzept gepasst, aber den Umfang der Geschichte gesprengt hätte. Der einzige Mensch, der je außer Santos-Dumont selbst eines seiner Luftschiffe fliegen durfte, war Mademoiselle Aida de Acosta, eine junge Amerikanerin aus reichem Haus mit brasilianischen Wurzeln. Aida de Acosta flog *La Baladeuse* allein von Paris zum Château de Bagatelle, während Santos-Dumont die ganze Strecke mit dem Fahrrad unter dem Luftschiff herstrampelte und Anweisungen nach oben brüllte. Aida de Acoste war die erste Frau, die jemals ein motorgetriebenes Luftfahrzeug pilotierte, und offenbar Santos-Dumonts große Liebe: Der Brasilianer, der sich zeit seines Lebens auf keine einzige längere Romanze einließ, hatte bis zu seinem Tod ein Foto de Acostas auf seinem Schreibtisch stehen, neben einer Vase mit täglich frisch erneuerten Blumen.

Mode

Die Frisur, die Antonie und Amalie von Briest tragen, der sogenannte »Pompadour«, nannte man damals auch den »Gibson-Girl-Stil«. Er wurde nicht von einem Friseur, sondern von einem Zeichner namens Charles Gibson erfunden, der für seine Illustrationen des täglichen Lebens im *Life Magazine* unabhängige, schöne Frauen zeichnete und ihnen diese Frisur verlieh. Der Stil wurde ab den 1890er-Jahren von Friseuren in die Realität umgesetzt und so populär, dass er sich bis nach dem Ersten Weltkrieg hielt. Auch in der Kosmetik imitiert das Leben manchmal die Kunst. Im Unterschied zum strengeren klassischen »Pompadour« ist die Gibson-Girl-Frisur etwas lockerer und luftiger aufgesteckt.

Schönheits- oder Friseursalons für Frauen gab es übrigens erst ab 1888; vorher kamen die Haarkünstler in die Haushalte. Den modernen Schönheitssalon für Frauen verdanken wir der Kanadierin Martha Harper, die 1888 in Rochester bei New York den ersten Salon für Schönheit, Bildung und Konversation eröffnete und mit einem nach strengen Gesundheitsprinzipien aus Kräutern hergestelltem Haarwasser berühmt wurde. Der »Harper Salon« brachte es bis zum Ende des Jahrhunderts auf zweihundert Franchisenehmer in den USA, bis etwa 1920 waren es fünfhundert weltweit mit Niederlassungen auch in Deutschland und dem Vereinigten Königreich. Harpers Franchisekonzept beruhte zum einen auf strenger Qualitätskontrolle ihrer Franchisenehmerinnen, zum anderen auf einer Vorselektion der Bewerberinnen, die ehrgeizige Frauen aus den niederen Einkommensschichten bevorzugte. Insofern darf man Martha Harper durchaus auch als Gesinnungsgenossin Antonie von Briests betrachten. Konsequenterweise waren ihre Salons bei der Suffragettenbewegung äußerst beliebt.

Zeitkolorit

Die Redewendung »ein falscher Fuffziger« ist einer Auslegung nach zwischen 1840 und 1850 entstanden, als eine Berliner Bande die preußischen Fünfzig-Taler-Scheine in so großem Stil fälschte, dass jeder darüber Bescheid wusste. Dass Levin sie in seinem Brief an Otto gebraucht, ist also durchaus zeitgemäß.

Wer die Szene mit Otto und Katharine im Schwanenboot als hoffnungslos übertrieben und unzeitgemäß empfunden hat, dem seien die Aufzeichnungen von Marie Dugard, der Repräsentantin der französischen Oberschule auf der Weltausstellung in Chicago 1893, empfohlen. Sie schildert darin das gesellschaftliche Leben in Amerika, was die innere wie äußere Freiheit der jungen Frauen betrifft. Junge Mädchen, so wird Mademoiselle Dugard zitiert (in der *Geschichte der Frauen*, Band 4), gingen »ohne Anstandsdame mit Jungen ihrer Wahl aus« und kämen »erst spätnachts nach Hause«. Und in seinem Buch über die Geschichte der Frauen in Amerika, *At Odds*, zieht der Pulitzerpreis-Gewinner Carl Degler Tagebuchaufzeichnungen aus dieser Zeit heran, denen zu entnehmen ist, wie viel Spaß die jungen unverheirateten Frauen daran hatten, sich mit ihren *boyfriends* heftigem Petting hinzugeben, sich küssen und streicheln zu lassen und ihren Verehrern den Dienst zu erweisen, den auch Katharine für Otto gern erfüllt. Einige Liebeleien in den Sturm-und-Drang-Jahren waren kein Hindernis, am Ende eine gute Partie zu heiraten.

Eine weitere reizvolle Nebengeschichte, die das Leben geschrieben hat, konnte ebenfalls keinen Platz in diesem Roman finden: die Besetzung des Cöpenicker Rathauses am 16. Oktober 1906 durch den als Hauptmann verkleideten Schuster Friedrich Voigt und den anschließenden Raub der Stadtkasse. Möglich wurde die sprichwörtlich gewordene »Köpenickiade« durch den bedingungslosen preußischen Militär- und Obrigkeitsglauben, der es einem mageren, abgerissen und kränklich aussehenden arbeitslosen Schuster ermöglichte, nur mit einer alten Offiziersuniform angetan sämtliche staatlichen und militärischen Ansprechpartner zu foppen. Angeblich soll Kaiser Wilhelm II., als man ihm davon berichtete, gelacht und gesagt haben: »Da kann man sehen, was Disziplin heißt. Kein Volk der Erde macht uns das nach!«

Flugmaschinen

Der von mir erfundene Zeitungsartikel über den ersten Motorflug der Gebrüder Wright in der *Berliner Morgenpost* – ja, dass ich unter den damals fünfzehn existierenden Zeitungen Berlins ausgerechnet diese ausgesucht habe, ist eine kleine Verneigung vor meinem Verlag, dem Ullstein Verlag! – ist eine Übersetzung des Zeitungsberichts, der am 18. Dezember 1903 im *Norfolk Vir-*

ginian Pilot erschien, einer amerikanischen Tageszeitung. Dass das Flugexperiment der im Umgang mit der Öffentlichkeit sehr vorsichtigen Wright-Brüder so schnell ihren Niederschlag in einer Zeitung fand, ist ein Stück historischer Guerilla-Journalismus und ein eigentlich unverschämter Bruch des Nachrichtengeheimnisses. Nach ihrem erfolgreichen Flug sandten Wilbur und Orville Wright von ihrem Versuchsgelände in North Carolina ein Telegramm an ihren Vater in Ohio. Dieses Telegramm wurde unter anderem durch eine Relaisstation in Norfolk, Virginia weitergeleitet. Der dortige Stationsleiter war von der Nachricht so begeistert, dass er dessen Inhalt an seine lokale Zeitung weitergab. Zieht man den mageren Inhalt des Telegramms in Betracht und die Kürze der Zeit, in der der Redakteur die Einzelheiten herausfinden und dann den Artikel schreiben musste, versteht man auch die Fehler, die dem Schreiber unterlaufen sind. Die Versuchsaufbauten vorheriger Flugversuche wurden mit denen des 17. Dezember vermischt, es fanden insgesamt vier Flüge an diesem Tag statt, und sie waren allesamt einfache Geradeausflüge – ohne das Schweben über den Brechern und dem Kreisen über den rollenden Sanddünen von Kitty Hawk …

Levins *Schwalbe* ist schamlos von Louis Blériots *XII* abgekupfert, dem erfolgreichsten Modell von Blériots Konstruktionen. Verglichen mit den gängigen Typen der Zeit gleicht die *Blériot XII* schon ziemlich dem, was man sich unter einem Flugzeug vorstellt. Die Maschine hatte ihren Erstflug im Juni 1909. Auf der internationalen Luftfahrtschau in Reims belegte sie den zweiten Platz im Geschwindigkeitsrennen und war das erste Flugzeug überhaupt, das neben dem Piloten noch zwei Passagiere aufnehmen konnte.

Danksagung

Wieder einmal bin ich vielen Menschen zu Dank verpflichtet, die mir auf die eine oder andere Weise geholfen haben, diesen Roman zu schreiben.

Mein Agent Bastian Schlück hat den Weg dafür bereitet; meine Lektorinnen bei Ullstein, Nina Wegscheider und Lexa Rost, haben sich des Manuskripts angenommen, das dabei herausgekommen ist, und viele konstruktive Anregungen zu Plot und Figuren gegeben; und mein sehr geschätzter Außenlektor Gerhard Seidl hat in bewährter Weise dafür gesorgt, dass all das, was ich eigentlich sagen wollte, auch im Text vorkommt.

Meine Probeleser Esther Winter, Angela Seidl, Toni Greim und Manfred Wittschier haben sich den ersten Entwurf des Romans angetan und mich auf Ungereimtheiten, Fehler und schriftstellerische Schwachpunkte hingewiesen. Esther Winter bin ich darüber hinaus noch zu besonderem Dank verpflichtet: Der Titel *Der Jahrhunderttraum* stammt nämlich von ihr!

Historische und technische Unterstützung habe ich mir unter anderem im Zeppelin-Museum in Friedrichshafen, in den Publikationen des Lilienthal-Museums in Anklam, im unverzichtbaren Deutschen Museum in München, der Flugwerft in Schleißheim und im Science Museum in London geholt. In Letzterem danke ich ganz besonders Doug Millard für seine Auskünfte und seine begeisterte Führung durch die Abteilung für die Eroberung der Lüfte.

Allen Freunden, Familienmitgliedern und Unterstützern, die ich jetzt namentlich zu erwähnen vergessen habe, danke ich für die Begleitung auf meinen Recherchereisen, für ihre Freundschaft auch in den Wochen, in denen ich schreibend untergetaucht bin, und ganz generell dafür, dass sie mir das Gefühl geben, meine Träume stets zum Fliegen bringen zu können.

Quellen

- Duby, Georges, und Perrot, Michelle (Hrsg.), *Die Geschichte der Frauen*, 19. Jahrhundert, Campus Verlag, 1994
- Lueger, Otto, *Lexikon der gesamten Technik und ihrer Hilfswissenschaften*, Stichwort »Luftschiff«, 1894, www.zeno.org
- Roseberry, Cecil R., *Glenn Curtiss, Pioneer of Flight*, Syracuse Univ Pr., 1991
- Osterhammel, Jürgen, *Die Verwandlung der Welt*, C. H. Beck, 2011
- Bartmann, Wolfgang (Hrsg.), *Berlin zur Kaiserzeit*, Sutton Verlag, 2011
- Paeslack, Miriam (Hrsg.), *Berlin im 19. Jahrhundert*, Schirmer/Mosel, 2015
- Bélafi, Michael, *Der Zeppelin*, Motorbuch-Verlag, 2016
- Bergius, C. C., *Die Straße der Piloten*, Sigbert Mohn Verlag
- Grant, R. G., *Fliegen – Die Geschichte der Luftfahrt*, Dorling Kindersley, 2003
- »Pinkertons Erben«, Der Spiegel 46/1964
- Wilkins, Mira, *Siemens History of Foreign Investments in the United States*, Harvard University Press
- Stephan, Heinrich, *Weltpost und Luftschiffahrt*, Springer, 1874